dtv

Hildegard Palm, 1945 in Dondorf bei Köln geboren, ist die Tochter eines ungelernten Arbeiters und seiner Frau Maria, erzogen im katholischen Glauben. »Wie viele Seiten hat ein Ding?« fragt die Sechsjährige ihren Großvater. »So viele, wie wir Blicke für sie haben«, antwortet er. Ihren Eltern ist Hilde verdächtig: Sie ist ganz offensichtlich aus der Art geschlagen, will sich nicht anpassen an die Regeln der Arbeiterklasse, strebt nach Höherem, spricht Hochdeutsch und rezitiert Schiller. Das weckt Mißtrauen und Angst in ihrer Familie. Mit neun Jahren legt sie eine Sammlung schöner Sätze und Wörter an – als Gegenwelt zum Gebrüll ihres Vaters und dem ängstlichen Geflüster der Mutter. Bücher werden zu ihrer Rettungsinsel. Als Hildegard in den Schulferien zum ersten Mal am Fließband steht und den anzüglichen Gesprächen ihrer Kolleginnen ausgeliefert ist, wirft sie einen entsetzten Blick in die Zukunft, die ihre Eltern für sie vorgesehen haben ... Doch sie findet eine zweite, reichere Wirklichkeit: die Freiheit im Wort und die Kraft in der Literatur.

Ulla Hahn wurde am 30. April 1946 in Brachthausen/Sauerland geboren und wuchs im Rheinland auf. Studium der Literaturwissenschaft, Geschichte und Soziologie, Promotion. Lehraufträge an den Universitäten Hamburg, Bremen und Oldenburg, anschließend Redakteurin für Literatur beim Rundfunk in Bremen. Für ihr literarisches Werk wurde sie mit zahlreichen Preisen ausgezeichnet.

Ulla Hahn

Das verborgene Wort

Roman

Deutscher Taschenbuch Verlag

Von Ulla Hahn
sind im Deutschen Taschenbuch Verlag erschienen:
Ein Mann im Haus (12745)
Unscharfe Bilder (13320)

Neuausgabe
März 2008
Veröffentlicht im Juni 2003 im
Deutschen Taschenbuch Verlag GmbH & Co. KG,
München
www.dtv.de
© 2001 Deutsche Verlags-Anstalt, München
Verlagsgruppe Random House GmbH
Abb. S. 5: Tafel aus einem griechischen Wachstafelbuch
(Staatliche Museen zu Berlin – Preußischer Kulturbesitz/Ägyptisches
Museum und Papyrussammlung; Foto: Karin März)
Umschlagkonzept: Balk & Brumshagen
Umschlaggestaltung: Stephanie Weischer unter Verwendung
einer Fotografie von gettyimages/Tomiko Jones
Satz: Fotosatz Reinhard Amann, Aichstetten
Gesetzt aus der Stempel Garamond 9,5/11,25· (QuarkXPress)
Druck und Bindung: Druckerei C. H. Beck, Nördlingen
Gedruckt auf säurefreiem, chlorfrei gebleichtem Papier
Printed in Germany · ISBN 978-3-423-21055-3

Mit Schreiben und Lesen
fängt eigentlich das Leben an.

(EINTRAGUNG AUF EINER WACHSTAFEL MIT SCHULÜBUNGEN
AUS MESOPOTAMIEN, 4. BIS 5. JAHRHUNDERT N. CHR.)

LOMMER JONN, sagte der Großvater, laßt uns gehen, griff in die Luft und rieb sie zwischen den Fingern. War sie schon dick genug zum Säen, dünn genug zum Ernten? Lommer jonn. Ich nahm mir das Weidenkörbchen untern Arm und rief den Bruder aus dem Sandkasten. Es ging an den Rhein, ans Wasser. Sonntags mit den Eltern blieben wir auf dem Damm, dem Weg aus festgewalzter Schlacke. Zeigten Selbstgestricktes aus der Wolle unserer beiden Schafe und gingen bei Fuß. Mit dem Großvater liefen wir weiter, hinunter, dorthin, wo das Verbotene begann, und niemand schrie: Paß op de Schoh op! Paß op de Strömp op! Paß op! Paß op! Niemand, der das Schilfrohr prüfte für ein Stöckchen hinter der Uhr.

Vom Westen wehte ein feuchter, lauer Wind. Der Rhein roch nach Fisch und Metall, Seifenlauge und Laich, und das Tuten der Schleppkähne, bevor sie an der Raffinerie in die Kurve gingen, war schon jenseits des Dammes in den Feldern und Weiden zu hören.

Ich riß mich los von der Hand des Großvaters, rannte vorwärts, zurück, ergriff seine Hand, ließ sie fahren und hielt sie wieder, fiel hin und stieß mir das Knie, schrie, Freudenschreie, aufsässig und wild. In einem weiten Bogen führte ein Pfad die Böschung hinab durch sumpfige Wiesen, durchs Schilf ans Ufer aus Sand und Kies.

Der Großvater ging voran, dicht am Wasser entlang. Flache Wellen füllten die Mulden, die sein Klumpfuß im nassen Sand hinterließ, winzige Teiche, eine blinkende, blitzende Spur, wie nur er sie schaffen konnte.

Wo im seichten Wasser am Ufer die Algen schwangen, zeigte er uns den Bart des Wassermannes, ein gewaltiges grünes Gestrüpp, das nichts von seinem Gesicht erkennen ließ und von der Piwipp, einem Bootshaus am gegenüberliegenden Ufer, bis zur

Rhenania reichte. Sprang ein Frosch hoch, sagte der Großvater Prosit!, und wir riefen Hatschi! Der Riese hatte geniest.

Hürt ihr de Welle? fragte der Großvater und legte den rechten Mittelfinger auf den Mund. Den Zeigefinger hatte er als junger Mann in der Maggifabrik verloren, noch bevor er aus der Schweiz ins Rheinland gewandert war.

Wir hörten die Wellen und gaben Antwort, sprachen die Wellensprache; doch niemals so gut wie der Großvater, den keine Zähne mehr störten, der schlpp machte, schlpp wie die Wellen. Schlpp, schlpp, das hieß Ja, wenn die Welle die Kiesel am Ufer überströmte, Nein, wenn sie sich zurückzog. Ja und Nein; Ja und Nein. Der Rhein wußte Bescheid. Beides gehörte zusammen. Fragte man im richtigen Augenblick, bekam man die richtige Antwort.

Ganz wie die Menschen sprach der Rhein. Milde, wenn der Wind ihn nur leicht bewegte, herrisch und aufbrausend, wenn die Schleppkähne, bergehoch mit Kohle beladen, stromaufwärts tuckerten und ihre Wellen die verbotenen schwarzen Steinhaufen überspülten. Böse Riesen hätten die Haufen zusammengeworfen, um den Rhein aus seiner Bahn zu bringen. Aber die Kribben hielten den Rhein in seinem Bett, tobte er auch so zornig dagegen wie zu Hause der Vater.

Lieber hörte ich auf den Wind in den Bäumen. Kein Baum rauschte wie der andere. Sie sprachen anders zu allen Jahreszeiten, und im Winter verstummten sie beinah ganz. Sichtbar brachte der Wind Schilf und Pappeln zum Reden, die auf seinen geringsten Anruf antworteten, als wollten sie ihm folgen. Lurt ens, sagte der Großvater, schaut mal, wenn im Frühjahr der Pappelsamen flog, do wandere de Bööm.

Wir sammelten flache Steine, nicht dicker als eine Graubrotscheibe, von der Großmutter geschnitten. Wenn der Großvater in die Knie ging und sie aus einer Drehung des Oberkörpers heraus übers Wasser schickte, war jede Berührung von Strom und Stein Station auf seiner Reise. Einmal, zweimal, dreimal; Kiesberg, Holtschlößchen, Großenfeld; Endstation der Elektrischen, die halbstündlich hinter unserem Garten in den Gleisen quietschte. Wollten wir weiterreisen, mußten wir weiterzählen. Fünfmal ging es nach Rüpprich zum falschen Großvater, dem Stiefvater des Vaters, siebenmal war Schloß Burg. Zehnmal war Kölle. Ließ der Großvater einmal wie aus Versehen einen Stein, Plumps!, versinken, schrien wir Düsseldörp! Eine glatte Null.

Bei unserer Weide sammelten wir Steine fürs Ritterspiel. Nie machten wir den ersten Ausflug im Jahr zu den Weiden, bevor wir nicht unter den größten und schönsten Busch, unter unsere Weide, die Großvaterweide, kriechen konnten und die Zweige über uns zusammenrauschten.

Kleine, runde Steine brauchten wir zuerst, Zwerge und Diener. Sie mußten mich zu Kaisern und Königen, Prinzessinnen und Feen, den Bruder auf die Spuren finsterer Räuber und kühner Ritter führen. War ein grauer Spitzling ein Räuberhauptmann oder doch ein Kunibert, ein Ritter? Hexen waren rauh und bucklig, Feen warm und glatt. Die Königsbraut, weiß, seidig und eiförmig, wurde mit Erde eingerieben; grau und unscheinbar getarnt, hatte sie unter tiefhängenden Weidenzweigen ihrer Erlösung zu harren. Die kam mit dem König, dem sonderbarsten und dicksten Stein, einem Kaiser, wenn er durchlöchert war. In einer Weidenkutsche machte er sich auf die Suche nach einer Frau. Einmal um die Weide, wo der Großvater auf seinem Taschentuch saß, ging der Weg in die weite Welt, gefährlich bevölkert von düsteren Räubern, die wir gemeinsam mit Ritter-Kuniberten einen nach dem andern in den Sand streckten.

Versteckte der Großvater die Königsbraut, vermuteten wir böse Mächte, bis er den Zauberstein aus seiner Westentasche zog und in die Sonne hielt, ein dunkellila Strahlenbündel, prächtiger als der Kranz der Maria im Kapellchen, das Auge Gottes in der Kirche, und ebenso allwissend. Immer blitzte der herrliche Stein dorthin, wo die Königin ihrer Entdeckung harrte. Frohgemut fuhr der Erlöser vor, lud die mit Erde Beschmierte auf und spülte sie hochzeitlich sauber in den Wellen des Rheins.

Im Schloß unter der Weide spielten wir mit unseren Schilfrohrflöten zum Hochzeitsschmaus auf. Jedesmal tat der Großvater, als sei sie verschwunden, bis er sie schließlich aus dem Hemdkragen, dem Schuh, dem Ohr hervorzog oder einfach aus dem Ärmel schüttelte, seine Hohners-Mundharmonika. Ein Bienenschwarm brauste von seinen Lippen, der Großvater nickte uns zu, stampfte den Takt mit seinem gesunden Bein, und ›Fuchs, du hast die Gans gestohlen‹, ›Hänsjen klein‹, ›Komm lieber Mai‹ schwang der König die Königin im Kreis. ›Die Steine selbst, so schwer sie sind‹, sangen wir und schickten die entzauberten Ritter, Könige und Zwerge auf Wanderschaft ins Wasser.

Nach einer Weile zauberte der Großvater seine Mundharmonika wieder weg und hexte Hasenbrote hervor. Köstliches Graubrot mit Rübenkraut oder Holländerkäse. Jede Scheibe einzeln wollte er den Hasen abgejagt haben. Von der Großmutter kam nur das Pergamentpapier. Das mußte man falten und wieder mit nach Hause bringen. War das Brot vom bösen Hasen, wollten wir wissen, dem mit den grausigen Zähnen und Ohren, so lang, daß er sie am Hinterkopf verknoten mußte, um beim Hakenschlagen nicht draufzutreten. Immer war es dem Großvater am Ende gelungen, den Hasen hereinzulegen, sei es, daß er sich ein grünes Taschentuch über den Kopf gelegt und der Hase ihn für einen frischen Kohlkopf gehalten hatte, sei es, daß es ihm geglückt war, dem Hasen Salz auf den Schwanz zu streuen. Jedesmal zog der Großvater sein Taschentuch oder ein Backpulvertütchen mit Salz hervor, seine Waffen, Beweis für Jagd und Beute.

Nach dem Essen nahm der Großvater mich in seinen rechten Arm, den Bruder zwischen die Knie, und wir gingen auf Reisen zur alten Kopfweide zwischen Pappeln und Erlengestrüpp, ein paar Meter von uns entfernt.

Nur dä Stamm, sagte der Großvater. Ich heftete meine Augen auf das rissige Anthrazit, die gekrümmte, schrundige Borke, die matt glänzenden, unregelmäßig gekerbten Rechtecke der Rinde, ihre Vertiefungen, holzigen Rinnsale, grün, wo der Wind das alte Holz feucht verfärbt hatte. Meine Augen öffneten die Weide, öffneten sich für die Weide, Weide wurde zu Augen, die Augen zur Weide, Augenweide. Stark und spielerisch, frei und beharrlich genoß ich jede Bewegung der Pupillen, vor und zurück, auf und nieder, Kreise und Winkel von dunklen und hellen Flecken, schwebend im Raum und tief in die Dinge getaucht. Wie viele Seiten hatte ein jedes Ding? So viele, wie wir Blicke für sie haben, sagte der Großvater.

Regungslos lagen wir auf dem Rücken im Sand, wenn der Großvater befahl, die Augen zu schließen und die Ohren auszustrecken. An geschmeidigen Röhren fuhr ich meine Ohren in die

Landschaft hinaus, näherte mich dem Erdboden, den zirpenden Grillen, ein betäubender Lärm, suchte nach stillen Fleckchen im Gras, hörte das beharrliche Trommeln seiner Wurzeln, das Zischen millionenfacher grüner Zungen, hörte die Käfer fressen, ein kleines Knacken, winziges Knistern, der Käfer kam näher, die Käferkiefer fragten: Wo bist du Biß, du, als wollten sie mich fressen. Ich zog die Ohren ein. Fuhr sie im hohen Bogen durchs zischelnde Schilf ins Sausen der Pappeln, hier einen Kuckuck schnappend wie der Fisch die Mücke, dort ein Bienensummen, Hummelbrummen, Libellensirren. Das Tuscheln der Wellen, ihr aufgeregtes Schlagen, wenn ein Kahn sich näherte, den Rhein hinauf oder hinunter, beladen oder leer. Mit meinen ausgestreckten Ohren lauschte ich es den Wellen ab; ließ die Ohren ein Stück weit auf den Kähnen fahren; das Flattern der Wäsche im Wind, das Bellen des Hundes an Bord, das Klappern der Töpfe aus der Kombüse, helle Frauenstimmen, die rauhen der Männer, Kindergeschrei. Über allem aber das Stampfen der Maschinen, so, daß ich die Ohren bald wieder zurückzog, sie hochfuhr, weit in den Himmel hinein, bis sie dort pendelten und an meiner Kopfhaut ruckten wie ein Luftballon in der Hand. Zwischen den Wolken schwangen sie oder standen einfach im Blau, kein schönerer Laut auf der Welt als die Sehnsuchtsstille des Himmelblaus, so süchtig machend nach einer Stille, die stillt, Sehnsucht stillt, daß ich die Ohren immer nur für Sekunden hoch oben lassen konnte, so sehr zerrten sie an meinem Kopf, als wollten sie ihn zu sich hinaufreißen. Langsam zog ich die Ohren dann wieder näher, durch Pappeln, Schilf und Gräser, bis ich tief in mir das Rauschen meines Blutes vernahm, den Herzschlag in meiner Brust. Der Großvater schnarchte.

Im Kindergarten hob Aniana, die Kinderschwester aus dem Orden der Armen Dienstmägde Christi, jeden Nachmittag ein großes, schweres Buch aus einer Kommode, setzte sich damit in ihren hohen Stuhl, rückte das Fußbänkchen zurecht und las vor. Es war einmal, und es war immer wieder anders. So, wie es der Großvater auch immer wieder anders wußte; von den Pappelsamen, die von ihrer Reise zurückkehrten; von den Wellen und ihren Meeresabenteuern; von Hexen und Zauberinnen in den Bergen und Tälern bei Bingen und Bacharach; vom Dom ze

Kölle, Jan un Griet und den Heinzelmännchen, der schönen Loreley und dem wilden Wassermann.

Aber Großvater hatte seine Geschichten nur im Kopf. Aniana im Buch. So wie der Pastor ein Buch hatte am Altar. Eine Messe lesen hieß es ja auch. Ein Buch lesen. Aniana konnte lesen. Die merkwürdigen schwarzen Kräuselzeichen in Wörter verwandeln, in Sätze und Geschichten. Das konnte der Großvater nicht. Er konnte viel erzählen. Aber nichts beweisen. Er hatte nichts schwarz auf weiß.

Ich stahl mich dem Großvater aus dem Arm, ließ ihn mit dem schlummernden Bruder bei der Weide zurück, strolchte am Ufer entlang und stocherte mit der Schuhspitze, unbekümmert um Kratzer und weiße Ränder, zwischen den Steinen. In der Ferne verschwand ein Kahn, ein paar Möwen lagen in der Nachmittagswärme schlafend auf dem Wasser.

Auch zu Hause gab es ein Buch, das Heiligenbuch. Es war fast so heilig wie das Kreuz, das der Großvater mit der Laubsäge aus Sperrholz geschnitten hatte. Das Kreuz mit dem düsteren, bleiernen Heilandskörper hing in einer Ecke der Küche. Das Heiligenbuch stand darunter, neben dem ewigen Licht, einem Öllämpchen, das freitags um drei, zur Sterbestunde Jesu, angezündet und am Sonntagabend wieder ausgedrückt wurde. Niemand rührte das Buch an.

Als ich gegen den Stein trat, zuckte es durch den Zeh das Schienbein hinauf: Er hatte eine tiefe Schramme in meinen Schuh geritzt. Der Stein gehörte zur Strafe in den Rhein. Ich holte aus. Aufgeschreckt durch die jähe Bewegung, stoben Möwen auf, etwas traf warm und weiß meine Hand, den Stein. Wenns vom Vogel am Himmel auf dich fällt, bringt das mehr Glück als jeder Schornsteinfeger! Ich starrte auf meine Hand, den Stein, Hand und Stein durch gräulichen Schleim miteinander verbunden. Tauchte den Stein in die Wellen. Durch sein unscheinbares, stumpfes Grau schlängelten sich feine weiße Linien, immer wieder unterbrochen, ineinander verschlungen, sich kreuzend: Der Stein war beschrieben! Beinah wie auf den Linien im Schreibheft der Cousinen, fast so gerade wie die Zeilen in Anianas Buch.

Ich glaubte an das Jesulein in der Krippe, an Jesus am Kreuz, an Jesus, auferstanden von den Toten, an die Müllerstochter, die Stroh zu Gold spinnen konnte, den Froschkönig, der sich in einen Prinzen, die Hexe, die sich in einen Drachen verwandeln konnte. Glaubte an Engel und Teufel wie an Onkel und Tanten. Der Stein war ein Wunder. Einer hatte diesen Stein in ein Buch verwandelt. Jedenfalls beinahe. Opa, lur ens*, wat steht do?

Mit einem knarrenden Schnarchlaut fuhr der Großvater hoch. Schlaftrunken riß der Bruder die Augen auf und drehte sich zur Seite.

Opa, wat steht do? Ich hielt den Stein in der Linken, mein rechter Zeigefinger klopfte auf die Äderung.

Wat do steht? Der Großvater holte sein Brillenetui aus der inneren Rocktasche, setzte die Brille auf, wie er es sonntags zum Studium des Kolpingblattes tat, benetzte seinen Zeigefinger mit Spucke und fuhr die hellen Linien entlang, daß sie feucht aufglänzten aus dem matten Grau. Er bewegte den Kopf, die Augen von links nach rechts, und räusperte sich, wie der Pastor auf der Kanzel, bevor er das Evangelium las.

Tja, sagte der Großvater und sah mich an. Seine Augen schimmerten in einem Kreis feiner Fältchen grau und grün wie die Blätter der Weiden. Do has de dir wat janz Besonderes usjesöökt. Dat he es ene Boochsteen. Ein Buchstein.

Es gab einmal, erklärte der Großvater, einen Stein, der alles verwandelt. Er leuchtete im Dunkeln und im Hellen. Als er aber vom Himmel auf die Erde gefallen sei, vor vielen Millionen Jahren, gleich nachdem Gott Himmel und Erde erschaffen habe, seien tausend und abertausend Steinchen abgesplittert und hätten sich über unsere Welt verstreut. Sie alle enthielten nun winzige Bruchteile dieses Himmelssteins. Dies seien die Buchsteine, de Boochsteen. Wer diese Splitter finde, sei selbst ein Licht und leuchte in der Welt. Sei gut und schön und ein Mensch, den alle lieben. Schon das kleinste Teilchen des Steins mache die Menschen selber gut und schön.

Un wer hät die beschrevve? fragte ich.

Großvater war, während er die Geschichte vom Himmelsstein erzählt hatte, von der Weide weg an den Rhein gegangen. Seine

* schau mal

13

Augen hatten die Farbe des Stroms angenommen, grau und blau strahlten sie aus ihrem Faltenkranz.

Na, wat jlövs du dann?

Dä, dä leeve Jott? fragte ich stockend. Von ihm kam ja alles, was mir begegnete, mich umgab, und eine Zeitlang hatte ich gar nicht genug kriegen können, Mutter und Großmutter mit immer neuen Gegenständen an die Beine zu stippen und zu fragen: Die och? Sogar aufs Töpfchen kriegte man mich im Handumdrehen, als man mir versicherte, dat Pöttsche kütt vom leeve Jott, dä mät dat och so*. Als ich begriffen hatte, was allmächtig hieß, hatte ich für kurze Zeit einen Verbündeten in ihm zu finden geglaubt. Aber er war wohl allmächtig immer da, wo ich gerade nicht war. In der Altstraße jedenfalls hatten Vater, Mutter und Großmutter den längeren Arm.

Ja, sagte der Großvater, dä och. Ävver nit nur dä alleen. All die Hellije und die Engelsche han** em jeholpe. För Kenger*** han de Schutzengelsche jeschrievve.

Das beruhigte mich. Un wat steht do, Opa? drängte ich weiter.

Dat kannst du och ald**** läse. Du muß nur jenau lure.

Ich drehte den Stein nach allen Seiten und schüttelte enttäuscht den Kopf

Na jut, der Großvater ließ sein Taschentuch knallen, setzte sich wieder und ruckte die Brille zurecht.

Bertram, rüttelte ich den Bruder, et jibt ne Jeschischte. Ihn schlafen zu lassen, hätte er mir nie verziehen.

Hier, der Großvater sah den Stein eine Weile an, steht die Jeschischte vom Pückelsche. Von einem kleinen Jungen, der einen Buckel hatte, aus dem sich, wann immer es not tat, Flügel entfalteten.

Jib mir dä Stein, Opa, sagte ich und wies den Bruder, der auch seine Hände ausstreckte, zurecht, du bes doch noch vell ze kleen. Du kannst doch noch ja nit läse. Loß mir dä Boochsteen. Hück owend***** läs esch dir die Jeschischte vom Pückelsche vor.

* das Töpfchen kommt vom lieben Gott, der macht das auch so
** haben
*** Kinder
**** schon
*****heute abend

Unsere Suche nach Buchsteinen wurde unermüdlich, fanatisch. Ich hielt mir die Steine so lange vor Augen, bis sie heraufstiegen aus den steinernen Zeichen, die schönen Frauen und Männer, Kinder und Tiere, Feld und Wald, Dörfer und Städte, Gutes und Böses, alles, was ich mir vorstellen konnte. Bisweilen wollte der Bruder wissen, ob auch etwas von unserer Pussi in den Steinen stünde oder vom Schneemann vor der Tür. Dann prüfte ich die Zeichen gewissenhaft, und es kam vor, daß sie wirklich ein paar Sätze über unsere Katze enthielten oder über den Schneemann, der, stand da geschrieben, sehr bald in der Sonne schmelzen würde. Der Bruder heulte. Ich blieb hart. Ich hatte es gelesen.

Spätestens wenn sich die Sonne ins Wasser schlich, machten wir uns auf den Heimweg, bliesen noch einmal unsere Schilfrohrflöten; aber das Fest war vorbei. Auf dem Damm ließ der Großvater seine Mundharmonika endgültig verschwinden. Unsere Pfeifen würde die Großmutter in den Ofen stecken. Wir zerbrachen sie überm Knie und warfen sie weg, in die Wiesen. Die Macht des Großvaters endete am Gartentor.

Im Anfang erschuf Gott Hölle, Teufel und Kinder, und er sah, daß es schlecht war. Meine Großmutter auch. Kinder kamen schlecht auf die Welt. Erwachsen werden hieß besser werden. Dafür sorgten die Erwachsenen, die alles besser wußten, besser konnten, besser machten, eben weil sie erwachsen waren. Kind sein hieß schuldig sein. Sündig sein. Der Reue, Buße, Strafe bedürftig, in Ausnahmefällen der Gnade. Gebote und Verbote kamen direkt von Gott. Gott aber war der, vor dem alle in die Knie gingen. Letzten Endes waren es also nicht die Erwachsenen, die alles besser wußten, sondern der liebe Gott, der durch ihren Mund sprach. Du bist däm Düvel us dä Kiep jesprunge*, schrie die Großmutter und warf nach mir, was sie gerade in der Hand hatte, einen nassen Lappen, eine Kartoffel. Da half nur noch beten.

Sobald ich Mama sagen konnte, Wauwau, Bäbä und Hamham, brachte die Großmutter mir das Beten bei. Mit Geduld und

* dem Teufel aus der Kiepe gesprungen

Zucker. Marmeladenbrötchen. ›Lieber Jott, mach misch fromm, dat isch in dä Himmel komm.‹ Ich liebte diesen Vers, plapperte ihn bei allen Gelegenheiten vor mich hin, die Großmutter hielt mich für auserwählt. Der schöne Überfluß des Reims, der melodische Rhythmus, zu dem die Großmutter ihren Kopf mit den roten Apfelbäckchen und dem Dutt im Nacken auf und ab bewegte, das alles war allein zur Ehre Gottes da, so wie die Blumen im Garten. Die kamen vom lieben Gott, und der Vater hatte ihm beim Pflanzen geholfen. Die Gebete machten die Menschen, doch auch dabei unterstützte sie der liebe Gott.

Gebete waren anstrengender als Blumen, die man einfach abreißen und in die Haare stecken konnte. Gebete mußte man lernen. Dann aber waren sie da. Immer da. Sie ließen sich in den Mund nehmen, man mußte sie nicht suchen, und sie verwelkten nicht. Jederzeit konnte man sie aus dem Kopf holen und sich vorsagen, mit und ohne Stimme. Lange glaubte ich, das Gelernte säße auf endlosen Regalen im Hinterkopf, ähnlich wie das Eingemachte im Keller. Mißtrauisch beobachtete ich im dreiteiligen Spiegel der Frisierkommode, ob sich mein Hinterkopf gehörig nach außen wölbte, um all das Schöne und Kluge speichern zu können, das ich wußte und noch wissen würde. Einmal in meinem Kopf, konnte es niemand wieder wegnehmen.

›Eene meene muh, und aus bist du‹, brachte mir Cousine Hanni bei, bald nach den ersten frommen Zweizeilern. Es gefiel mir weit besser als diese, vor allem weil die Cousine mich bei jedem ›Du‹ mit der Hand vor die Brust stupste oder auf ihrem Schoß nach hinten kippte: aus bist du. Das war eine klare Sache. Was dagegen sollte das heißen, in den Himmel kommen? Herr Tröster, der Nachbar, hieß es, war im Himmel. Dort wohnten der liebe Gott und das ewige Glück. Trotzdem wollte keiner hin. Sogar geweint hatten alle, als Herr Tröster in den Himmel gekommen war. Denn er war nicht nur im Himmel, er war auch tot. Weg. Ich wollte nicht in den Himmel. Lieber eene meene muh. Aber die Großmutter verbot den Vers, dä Düvelskrom, und faltete mir die Hände.

Wohin es mit mir einmal kommen würde, zeigten ja schon all die weißen Flecken auf meinen Fingernägeln. Jeder weiße Fleck bedeutete eine Todsünde. Bei Kindern unter sechs Jahren Todsünden in spe. Ach, du armes Kind, sagte die Frau vom Bäcker, nahm meine Hände in die ihren und zählte bis sechsundzwanzig. Un dat in däm Alter, seufzte sie, wobei ihre Augen einen verschwommenen Ausdruck annahmen. Armes Kind, wiederholte sie und schenkte mir eine zerquetschte Mohnschnecke. Sechsundzwanzig Todsünden in spe. Die Hölle war mir sicher. Aber erst mal eine ganze Mohnschnecke.

Allein Gebete vermochten den Menschen von Grund auf zu bessern, nur sie konnten den lieben Gott erweichen, das Strafmaß zu verkürzen. Gebete waren bare Münze. Noch bevor ich in den Kindergarten kam, lernte ich das ›Gegrüßet seist du, Maria‹ und das ›Vater unser‹, jedenfalls ungefähr. Bis ins Jenseits wirken konnte man mit Gebeten. Trippschers Liesjen, erzählte die Mutter, hatte ausgerechnet, daß sie dreieinhalb Jahre lang jeden Tag einen schmerzensreichen Rosenkranz und fünf ›Vater unser‹ beten müsse, um ihrer Schwiegermutter, die ohne Beichte und letzte Ölung einem Schlaganfall erlegen war, aus dem Fegefeuer in den Himmel zu helfen. Ohne einen Pfennig. Mit Seelenmessen ging es zwar schneller, aber die kosteten und kamen daher nur in schweren Fällen zum Einsatz. Da die Schwiegermutter wohl nur mit läßlichen Sünden verblichen war, reichte beten. An den Schwiegervater hingegen verlor Liesjen nicht ein ›Gegrüßet seist du, Maria‹. Sie hatte den trinkfesten Raufbold nie leiden können und ließ ihn dort schmoren, wohin er schon zu seinen Lebzeiten hätte fahren sollen. Sparen konnte sie sich das Beten für ihren Josef selig, der bei Stalingrad verschollen war. Helden kamen direkt in den Himmel. Wie Heilige.

Vor ihrer Heirat war die Großmutter bei Bürgermeister Waldemar Vischer in Stellung gewesen. Seit dieser Zeit hatte sie unumstößliche Ansichten über ›Maniere‹, teilte die Welt ein in Minsche, die Maniere han, und solche, die ken Maniere han. Aus Vischers Haushalt tauchten manchmal Dinge bei uns auf, sonderbares und prächtiges Strandgut. Kürzlich hatte Friedel, die jüngste Tochter der Bürgermeisterfamilie, jetzt verheiratet mit einem Sparkassenangestellten, einen Gegenstand aufgestöbert, den sie Laterna magica nannte, was sie so lange wiederholte, bis Mutter und Großmutter, ich und der Bruder es nachsprechen konnten.

Am vierten Sonntag im Advent packte der Vater abends den Kasten aus, stellte ihn auf den großen Kochtopf und diesen auf den Beistelltisch im Wohnzimmer. Da stand dat Deng, wie der Vater es verächtlich nannte. Laterna majika, wies die Großmutter ihn zurecht. Der Bruder durfte die Adventskerzen ausblasen, der Vater machte die Kerze im Kasten an.

An der Wohnzimmertür erschien in Augenhöhe ein weißer Fleck, etwa doppelt so groß wie unsere halbrunden Kellerfenster. Ah, machten Mutter, Großmutter und ich. Der Bruder quietschte. Das Tannengrün duftete, und der Großvater stopfte eine Pfeife. Die Großmutter verteilte das erste Spritzgebackene.

Nu loß jöcke*, sagte die Mutter mit einer Stimme, die verriet, daß eigentlich noch eine ganz andere Mutter in ihr steckte. Jung und fröhlich und neugierig.

Der Vater sagte nichts, aber er sah festlich und wichtig aus, wie er da in dem Pappkarton mit Glasscheiben hantierte, endlich eine herauszog und sie langsam von links in den Spalt des Kastens führte.

Oh, machten jetzt alle, sogar der Großvater paffte nicht mehr, um das Bild auf der Wohnzimmertür nicht zu vernebeln. Dort war im kreisrunden Licht ein Baum zu sehen mit Blättern, die herabhingen wie ein riesiger Pilz aus Schilf, und darunter ein Heidenkind mit Baströckchen und einem Blumenkranz um den Hals. Plötzlich. Einfach so. Auf unserer Wohnzimmertür. Und der Papa hatte das gekonnt. Er konnte aber noch viel mehr. Dem lustigen Heidenkind unter der Palleme, wie der Vater sagte, folgte ein Heidenjunge mit einer Muschel in beiden Händen und dem gleichen ausgelassenen Lachen auf dem Gesicht. Dahinter schimmerte es blau wie im August.

Heiden, sagte die Großmutter unbeeindruckt, mach wigger. Mach weiter. Su jät muß mer sich net anlure am hellije Advent. Aber der Vater ließ die Glasscheibe stehen, langte die Muschel vom Wohnzimmerschrank und legte sie mir in die Hand. Schon oft hatte ich um diese Herrlichkeit gebettelt, dieses weiß-bräunlich gekantete Schneckenhaus, dieses verschnörkelte Sahnehäubchen. Immer hatte der Vater gesagt: Dat mäs de nur kapott, und mir das Stück vor die Augen gehalten, kurz, aber lang genug, um mich vor Sehnsucht zum Weinen zu bringen. Nun hielt ich die Muschel in der Hand. Sie war schöner, als sie mir aus der Ferne je erschienen war. Ich hatte ja auch nie ihr Inneres gesehen, diesen rosasilbernen, blaumetallischen Glanz, nie diese schimmernde Glätte, diese seidige Kälte gefühlt. Was waren dagegen die Miesmuscheln vom Rhein!

Su, sagte der Vater und griff nach der Muschel. Ich preßte sie an die Brust. Mit ungewöhnlicher Sanftheit nahm er sie mir aus der Hand und hielt sie an mein Ohr. Su, sagte er wieder, hal se fass.

Ich umklammerte die Muschel mit beiden Händen.

Hürs de? fragte er. Dat is dat Meer. Etwas toste und schlug an den Strand, brauste in meinen Ohren tausendmal lauter als die Pappeln auf dem Damm, und die Pallemen auf der Wohnzimmertür rauschten wie der Wind im Schilf am Rhein, und ein großer Vogel ergriff mich mit seinen Krallen und trug mich weit übers tobende Meer, dahin, wo die Heidenkinder lachten.

Jitz es et ävver jut, protestierte die Großmutter.

Jo, lommer wigger mache, stimmte die Mutter zu.

Der Bruder griff nach der Muschel.

Doför bes de noch ze kleen, wehrte der Vater ab und setzte die Muschel wieder auf den Schrank.

Der nächste Kreis zeigte eine spitze Hütte, einen umgekippten Strauß, offenbar aus Blättern von diesen Pallemen. Daneben fünf, sechs höchst vergnügte Heiden.

Häs de nix angeres als Heide, murrte die Großmutter.

Die nächste Glasscheibe zeigte drei feine Damen in langen Kleidern und mit weißen Lockenhaaren. Perücke, sagte die Großmutter. Sie hatten hervorstehende Hintern, Höcker wie die Kamele auf den Sanellabildern. Lu rens, wat die für ene Popo han, kicherte ich.

Dat is vornehm, sagte die Großmutter hochzufrieden, davon verstehs de nix.

Den Damen folgten seltsame bunte Vögel. Papajeien, sagte der Vater.

Dann kam ein Riegel mit Löwe, Tiger, Elefant.

Hoppe Reiter, hoppe Reiter, quietschte der Bruder und streckte die Ärmchen nach der Tür.

Wööd Zick, wird Zeit, dat mer schlofe jonn, sagte die Mutter.

Nur noch eent, bettelte ich, und der Vater schob noch eine Glasscheibe ein.

Mich sah er an. Mich wollte er fressen. Mich, den Düvelsbrode. Der Negerkopf, doppelt kellerfenstergroß, durch die Nase ein Knochen, die gefletschten Zähne spitz zugefeilt, Stirn und Wangen rot und ocker gestreift. Ich schrie. Verbarg den Kopf an der Schulter der Mutter. Schrie.

Do sühs de et, lachte die Großmutter schadenfroh, so sinn* de Heide us. Nä, schön es hä nit.

Ich schrie, strampelte mit den Beinen, den Kopf an die Schulter der Mutter gepreßt, die, mit dem einen Arm den Bruder haltend, mich mit dem anderen wegzustoßen suchte.

Wat häs de dann? Dat is doch blos de Dür, sagte sie unwirsch.

Der Bruder begann zu brüllen. Ich schrie. Konnte nicht aufhören. Ließ mich vom Stuhl plumpsen, schrie. Nur raus!

Du blievs hie. Mit einem Ruck setzte mich der Vater zurück auf den Stuhl. Ooje op, Augen auf, befahl er. Seine Hand packte meinen Nacken und drehte meinen Kopf zur Tür.

Ich hielt die Augen zugekniffen, zappelte. Lieber Jott, mach misch fromm, dat isch in dä Himmel komm, schrie ich, wollte weg, dahin, wo Herr Tröster war, wohin mir keiner folgen konnte, lieber Gott, mach mich tot!

Ooje op, schrie der Vater und schüttelte mein Genick.

... dat isch in dä Himmel komm, schrie ich. Schrie, bis mir die Luft wegblieb und die Stimmen der Erwachsenen aus meinen Ohren glitten. Ich hörte sie von ferne wie durch Meeresrauschen, Muschelrauschen. Do häs de et, do häs de et, dat kütt dovon, das war die Großmutter. Loß dat Kenk los, du breschs däm dat Jeneck, die Stimme der Mutter.

Hal de Muul, fuhr der Vater die Mutter an. Esch hal dat Blaach su lang fass, bes et de Ooje opmät.** Dat wolle mer doch ens sinn.

Die Stimmen wogten heran und hinweg, lieber Gott, mach mich fromm, mach mich tot, Himmel komm, Himmel komm. Tot. Die Wörter waren in mir, ich war die Wörter, die Wörter

* sehen
** Ich halte das Kind so lange fest, bis es die Augen aufmacht.

waren in meinem Kopf, ich war mein Kopf, sollten die da draußen mit meinem Körper machen, was sie wollten, ich war in Sicherheit, im Kopf, im Wort. Die Wörter waren mächtiger als der, der mich jetzt am Genick hochhob wie ein Karnickel, der mir den Rock hochhob und seine Hand auf meinen Hintern klatschte.

Du mäs jitz ding Ooje op, du mäs jitz ding Ooje op.

… dat isch in dä Himmel komm.

Josäff, loß dat Kenk loss. Dat Jebrüll hürt mer jo bes op de Stroß. Wat sulle de Lück* denke!

Die Mutter hielt meinen Körper bei den Füßen, der Vater im Genick. Mach mich tot, mach mich tot. Himmel komm.

Jitz is et ävver jenuch, das war die Großmutter, sös krit et dä Pastur ze hüre. Himmel komm, Himmel komm.

Scham desch, das war der Großvater, ein schabendes Geräusch von Glas auf Metall.

Die Hand ließ mich los.

Im Bett kam ich wieder zu mir.

Kenk, Kenk, wo bes du? Die Mutter rüttelte mich an den Schultern.

Mach de Ooje op.

Ich schlug die Augen auf. Im Schein der trüben Birne hing das Gesicht der Mutter über mir, die grünen Augen stumpf vor Ärger und Angst, ein schmutzig-rosa Haarnetz hielt die Dauerwelle für den nächsten Tag zusammen.

Schlof Kenk, bäde** dun mer morje widder.

Lommer jonn, sagte der Großvater am nächsten Morgen zu mir allein.

Eine frostige Sonne klammerte sich an einen nebelverhangenen Himmel und warf ihr trügerisches und trauriges Licht über die Felder, auf denen noch der Rosenkohl stand, über die nassen Wiesen, die schütteren Weiden, die ihr Laub oftmals hielten bis weit in den Februar hinein. Wir sprachen nicht viel. Nicht einmal die weiß dampfenden Linien des Atems beim Sprechen, Luftschreiben nannten wir das, munterten mich auf.

* die Leute
** beten

Es war ein windstiller Tag, der Rhein ein Band aus Stahl, bewegungslos bis auf die verebbenden Wellen eines fernen Kahns.

Dat he, sagte der Großvater und bückte sich, es ene Wootsteen. Ein Wutstein. Schön sin se nit. Ävver nötzlisch. So lange anschauen müsse man solch einen Stein, sagte der Großvater, bis das Gesicht desjenigen erscheine, auf den man eine Mordswut habe. Un dann, der Großvater holte weit aus, schmiiß mer dä Steen met däm Kopp en dä Rhing*. Dat det jut. Probier ens. Söök dir ene Steen.

Nur sekundenlang hielt ich den Stein, ein Stück schwarzer, poröser Schlacke, in der Hand. Dann verschwand der Kopf des Vaters im Rhein. Unsicher sah ich den Großvater an. Der nickte verschwörerisch und paffte seinen Krüllschnitt. Doch als ich einen zweiten Stein auflesen wollte, schüttelte er den Kopf. Nur einen auf einmal dürfe man versenken, genau überlegen müsse man seine Wahl und seine Wut, sonst verliere der Stein die Kraft. Nur einen. Ich nickte. Faßte den Großvater bei der Hand. Immer wenn der Bruder und ich gerufen hatten Düsseldörp!, hatte der Großvater also einen Wutstein von sich geschleudert. Immer nur einen.

Kaum zu Hause, erzählte ich alles Frau Peps. Frau Peps war meine Vertraute. Schwarz, matt, graugeschabt an den Kanten, ausrangiert von der Frau Bürgermeister, hatte sie die Großmutter noch einige Jahre in die Kirche begleitet, dann war der Schnappverschluß ausgeleiert, die Tasche nicht mehr zu gebrauchen. Da gehörte die Tasche mir. Frau Peps gehörte mir. Frau Peps war meine Freundin. Mit Birgit, Hannelore, Heidemarie konnte ich spielen; sprechen tat ich mit Frau Peps. Keiner hörte mir so geduldig zu wie sie, keiner vermochte mich zu trösten, zu besänftigen, aufzumuntern wie sie.

Frau Peps war so groß wie die Mutter und ließ ihr braunes Haar, das die Mutter kurz geschnitten trug, offen über die Schultern fallen. Sie wohnte allein in einem schönen Haus, sehr ähnlich dem der Frau Bürgermeister. Ich besuchte sie; nie sie mich. In ihrem Wohnzimmer nahmen wir als zwei feine Damen am Kaf-

* Rhein

feetisch Platz. Juten Tach, Frau Peps, sagte ich, Juten Tach, juten Tach, wurde des Grüßens, das mir im Alltag kaum über die Lippen ging, nicht müde. Frau Peps erzählte ich alles. Wußte sie wirklich nicht, daß die Großmutter gestern abend, als es ihr Mühe machte, das Kleid übern Kopf zu ziehen, dies mir nichts, dir nichts von oben bis unten einfach aufgeschnitten hatte. Jawohl. Und jetzt mußte die Mutter die Kanten säumen, Knopflöcher machen, Knöpfe annähen, und das alles mit der Hand. Ich erzählte ihr vom Vater, den man besoffen nach Hause gebracht hatte, einfach vor die Haustür gestellt, geschellt und abgehauen. Wie ein Stein sei er in den Flur gefallen und beinah noch auf die Mama drauf, als die ihm die Tür aufgemacht habe. An die Wand sei die Mutter gesprungen, den Kopf habe sie sich am Kleiderhaken blutig geschlagen und Josäff! geschrien. Nicht so laut, sagte dann Frau Peps, und ganz leise erzählte ich weiter. Vom verschwundenen Kaninchen, der gestorbenen Katze, dem geschlachteten Schaf.

Einmal, erzählte Frau Peps, war sie Eis essen in Süß' Eisdiele. Im silbernen Becher drei Kugeln, Schokolade, Vanille, Nuß, mit einem langen Löffel und einer Waffel. Ganz langsam habe sie das Eis gegessen, jedes Häufchen erst im Mund zerschmelzen lassen, bis sie geschluckt habe. Als die anderen fertig waren, habe sie noch die Hälfte im Becher gehabt. Doch die anderen seien ungeduldig geworden. Ein Mann, der meinem Vater sehr ähnlich gesehen habe, sei mit seinem Löffel in ihren Becher gefahren. Josäff! habe die Frau neben ihm geschrien, aber es sei schon zu spät gewesen. Mit zwei, drei Bissen habe er das ganze Eis verschluckt. Wir waren uns einig, mit so einem Mann wolle man nichts zu tun haben, dem gehörte eine Tracht auf den nackten Popo. Der gehörte von der Erde weggehauen.

Manchmal wurde Frau Peps müde. Dann packte ich mit dem linken Arm meine rechte Schulter und rüttelte sie wach. Oder sie tat mir sehr, sehr leid. Einmal hatte sie eine der guten Sammeltassen zerbrochen, die mit dem Vergißmeinnicht, ähnlich der, die mir aus der Hand gefallen war, weil mich der Bruder gestoßen hatte, versehentlich, als ich der Mutter beim Abtrocknen half. Dafür hatte es ein paar an die Backen gegeben von der Mutter, rechts und links ein paar, und abends noch einmal vom Vater mit dem Stöckchen hinter der Uhr. Wie tat sie mir leid, die arme, verhauene Frau Peps mit den Scherben der Tasse Vergißmeinnicht. Nicht weinen, Frau Peps, nicht weinen, murmelte ich in die dunkle Öffnung der Tasche hinein und streichelte meinen Kopf, bis Frau Peps ganz ruhig wurde und ich mit dem Gesicht auf der Tasche einschlief.

Vergangenes Jahr wäre Frau Peps fast gestorben. Es war an einem Nachmittag im Oktober, die Schatten der Bäume und Häuser wuchsen schon über Bäume und Häuser hinaus. Längst waren die Bohnen geerntet, die letzten Gurken und nun auch die Kartoffeln. Der Vater harkte das Laub zusammen. Er trug seinen blauen Drillich, die Hosen in Gummistiefeln. Der Bruder schleppte mit seinen Fingerchen eine Kartoffelstaude nach der anderen auf den großen Haufen. Noch war er wie ein Mädchen gekleidet, braune Löckchen bis auf die Schultern.

Wööd Zick, wird Zeit, dat die affkumme, sagte der Vater immer wieder, wenn er dem Bruder ungeschickt durchs Haar fuhr. Aber die Großmutter murmelte dann etwas von einem Engelchen, und die Mutter war ohnehin der Ansicht, besser, ich wäre als Junge, der Bruder als Mädchen geboren.

Ich saß mit Frau Peps in einiger Entfernung unterm Haselnußstrauch auf dem Sofa in ihrem Wohnzimmer und trank Kakao aus einer Nußschale mit Tulpenmuster. Haarklein erzählte ich ihr, was ich heute mittag gegessen hatte, wie viele Kartoffeln, drei, und zwei Löffel Bohnen und ein bißchen rote Soße aus der Dose vom Hering in Tomatenmark, die sich der Vater mit dem Großvater geteilt hatte. Frau Peps schien nicht sehr interessiert. Eher an Birgits Geburtstag. Die Großmutter hatte mir verboten hinzugehen: Jebootsdaach fiere* mer nit, mir fiere Namensdaach. Ävver von däm Minsch, Minsch war die Mutter von Birgit, kann mer jo nix anderes erwade. Dat hät jo ne Evanjelische jehierod. Birgits Mutter hatte einen strammen, rotblonden Ostfriesen geheiratet, der sogar zur See gefahren war. Er lachte gern und ließ dann seine makellosen Zähne unterm Schnurrbart blitzen. Den giftigen Blicken und dem fast lautlosen ›Tach‹ der

* Geburtstag feiern

Großmutter begegnete er stets mit einem pfiffigen ›Moijn, Moijn, Frau Kringli‹. Er züchtete Tauben, und hinter dem Rükken der Großmutter hatte der Vater ihm erlaubt, seinen Schlag dicht neben unserem Gartenzaun zu bauen, wodurch zwischen den beiden Männern eine Verbundenheit erwuchs, die ihnen, Eingeheiratete beide, in ihren Familien und in der Straße einen besseren Stand verschaffte.

Do jow et Kooche*, su vell mer wollte, erzählte ich Frau Peps, un mer kunnte och noch jet met hem nämme. Un dat Birjit hatte ne Kooche mit Kääze, die hät es usjebloose. Ävver esch darf kene Jebootsdaach fiere. Ken Kääze usbloose. Keine Kerzen ausblasen. Ävver aanmache en dä Kersch, dat darf esch.

Es war dunkel geworden und kühl. Über der Pappel in Piepers Garten hing ein Stück Mond. Immer noch Kartoffelstauden hinter sich herziehend, trippelte der Bruder dem Vater zwischen die Füße, der, die Harke an die Schuppenwand gelehnt, zufrieden den Stoß aus dürren Zweigen und verblühtem Phlox, Bohnen-, Gurken- und Kartoffellaub betrachtete. Aus einem Kanister goß er einen kurzen, kräftigen Strahl an den Rand und warf ein Streichholz dazu. Der Haufen loderte auf, der Bruder quietschte, Mutter und Großmutter liefen aus dem Haus, der Großvater folgte ihnen. Auch er hatte in diesem Jahr schon Laub verbrannt; aber einen Kanister hatte er dafür nicht gebraucht. Er hole, hatte er gesagt, das Feuer von den Sternen. Und als die Funken stoben, hatten wir mit eigenen Augen gesehen, daß sie wieder zurückwollten in den Himmel, nach Hause. Dem Feuer aus dem Kanister traute ich nicht. Aufgeschreckt von Feuerlärm und Feuerglanz, blieb ich beim Haselnußstrauch stehen und umklammerte Frau Peps.

Drömdöppe**, schrie die Großmutter und riß mich an den lodernden Haufen. Hie jiddet jet ze lure! Mach de Ooje op.

Aber ich wollte das warme Wohnzimmer von Frau Peps, meinen Platz auf ihrem weichen Sofa durchaus nicht verlassen, wollte nicht in die Dunkelheit, das grelle Licht, den Qualm hinaus. Ich trat nach den Beinen der Großmutter und rammte ihr Frau Peps mit der Schnalle gegen die Knie.

* da gab es Kuchen
** Traumtopf, abwertend für geistesabwesenden Menschen

Düvelskenk, schrie die Großmutter. Der Vater riß mir die Tasche von der Brust und warf sie ins Feuer. Ich brüllte. Die Großmutter hielt mich umklammert.

Jut, dat die doll Täsch weg es, sagte die Mutter und rüttelte mich. Haal de Muul, wat solle de Lück denke.

Aber der Großvater hatte schon die Harke ergriffen und Frau Peps, funkenstiebend bereits auf dem Weg in den Himmel zu Herrn Tröster, aus dem Feuer herausgeschleudert. Flüchtig wischte er den Ruß an den Hosenbeinen ab, die Stimme der Großmutter kippte vor Wut. Mit einem Lappen aus dem Schuppen machte der Großvater Frau Peps gründlich sauber, und dann schenkte er mir noch sein großes grün-grau kariertes Taschentuch, damit ich Frau Peps polieren konnte, wie neu. Wann immer ich nun Frau Peps besuchte, breitete ich das Tuch über ihren Tisch.

Heute erzählte ich Frau Peps vom Wutstein. Auch für sie, trug sie mir auf, solle ich einen werfen. Der Mordversuch müsse gerächt werden. Lange Zeit warf ich zwei Steine. Das Gesicht des Mannes war immer dasselbe. Das Gesicht der Frau war einmal jung, einmal alt. Eines der drei Gesichter erschien in jedem Stein.

Links vom Krankenhaus stand das Leichenhäuschen, rechts der Kindergarten. Mit Frau Peps ging ich hierher nie. Der Flur war mit losem, wellig gewordenem Linoleum ausgelegt, eine Treppe führte ins Obergeschoß, eine Tür in das große Zimmer, das Herz des Kindergartens. Im Flur roch es nach Bohnerwachs, im großen Zimmer wie das Innere eines Glases voll Lakritze. Anianas Reich. Aniana duftete nach Weihrauch, Kerzen und einem Desinfektionsmittel, mit dem die kleinen Klos im Waschraum hinter den Holzverschlägen saubergemacht wurden. Eine weiße, steife Haube bedeckte die Stirn bis zur Nasenwurzel. Ihr Gesicht sah aus wie eine Apfelhälfte. Die Augen schauten glänzend und hell, waren in ständiger Bewegung; nur beim Beten und Erzählen hielten sie inne und blickten in die Ferne, in eine andere Welt. Im Gehen hielt sie, wie die anderen Schwestern auch, ihre Hände in den weiten Ärmeln der Kutte verborgen; wie Zauberer konnten sie alles mögliche aus diesen Ärmeln hervorziehen. Gebetbücher, Buntstifte, Brillen, Taschentücher, Äpfel und Nüsse, den Rosenkranz. Anianas Mund war zu dünn, um schön zu sein, aber seine Winkel waren nach oben gebogen und wiesen so in Richtung des lieben Gottes, daß sie zu lächeln schien, auch wenn sie nachdenklich war, traurig oder ärgerlich. Und wenn sie durch den Garten lief und nach uns rief, Kinder, Kinder, kommt rein, Zeit zum Beten, Zeit zum Essen, entfaltete der Wind ein Lächeln noch in ihrem schweren schwarzen Schleier, der ihr bis in die Taille hing.

Aber wie brannten ihre Augen, wenn sie vom Teufel sprach. Teufelchen, nannte sie ihn, oder Bengelchen. Ernst nahm sie ihn schon, aber eher so wie einen kleinen, bösen Hund, dessen Gedeih und Verderb davon abhängt, ob wir ihn groß werden lassen oder nicht. Sie schaffte es, daß sich jeder von uns jederzeit tüchtig genug fühlte, es mit ihm aufzunehmen.

Vom lieben Gott erzählte Aniana auch, so, wie man von einem nahen Verwandten spricht, mit vertraulichem Respekt. Unser Gott zu Hause war der Gott der Strafe. Er sah ja auch aus wie der alte Brauereibesitzer, wohlbeleibt und gut gekämmt, mit weißem dichtem Haarkranz, weißem dichtem Bart unter blauen Augen. Spitze goldene Zacken wuchsen ihm aus dem Kopf. Umhüllt von blauen und gelben Stoffbahnen, umschwirrt von Engeln, die mit vollen Backen Blasinstrumente spielten, hing er überm Bett der Großeltern. Daß er nur einen einzigen Sohn hatte, wollte ich lange Zeit nicht glauben. Da war der Säuglings-Jesu, der jedes Jahr zu Weihnachten in der Krippe auftauchte. Dann der schöne junge Mann mit den vorquellenden braunen Augen, der das Bett der Eltern bewachte, ein gütiges Lächeln um den welligen Spitzbart. Seine linke Hand lag auf der rechten Brustseite, und links schlug ihm sein Herz. Purpur, in Gold gefaßt, durch das Tuch hindurch! Gott gab es also dreimal. Als Baby für die Kinder, als Sohn für die Eltern und als Vater für die Großeltern. Am liebsten war mir das Baby, kam es doch nie mit leeren Händen, um sich Weihnachten lieb Kind zu machen. Der Sohn schien mir zugänglicher als der Alte, der aber letztlich das Sagen hatte, so, wie in der Gärtnerei Schönenbach der Sohn nur dann den großen Mecki markierte, wenn der Alte verreist war.

Diesem Gott ging man am besten aus dem Weg. Machte sich

unsichtbar wie vor dem Vater; der Altstraßen-Gott war ebenso unberechenbar, launisch, jähzornig, unzuverlässig.

Anianas Gott glich den guten Müttern im Märchen. Die weder Feuer noch Wasser scheuten, noch den Weg in das Totenreich, die sich den Dornbusch ins Fleisch drückten bis aufs Blut, um ihr Kind zu erlösen. Nie hatte ich von einem solchen Vater gehört. Väter verschacherten ihre Töchter an Könige, wo sie Stroh zu Gold spinnen mußten, lieferten sie bösen Stiefmüttern aus. Kein Vater in meinen Märchen erlöste je sein Kind. Und der liebe Gott von Schwester Aniana sollte anders sein?

Jeden Morgen vor dem Kindergarten lief ich zu Hänsjen und gab die immergleichen Ermahnungen der Mutter an ihn weiter. Als winziges Kaninchen hatte es die Tante vom Bauernhof in Rüpprich dem Bruder und mir geschenkt. Nun war Hänsjen ein stattliches Tier mit schwarzem Fell und grüngrauen Augen. Für Hänsjen war uns der zarteste Klee, der saftigste Löwenzahn, die süßeste Möhre, das Innere vom Kohl gerade fein genug, ja, wir knappsten uns sogar die Ohren vom Osterhasen für Hänsjens Mäulchen ab, das uns so zutraulich aus der Handfläche mümmelte. Keinen Abend gingen wir schlafen, ohne einen letzten Blick auf den Riegel zu werfen, der den geräumigen, vom Großvater gezimmerten Kasten versperrte.

Bis brav, Hänsjen, bis brav, dat mir keine Klagen kommen, verabschiedete ich mich auch an diesem Morgen von ihm. Hänsjen war brav. Niemals hatte es Anlaß zu Verdruß gegeben, nicht einmal der Mutter, die den Käfig sauberhielt, weil sie uns das nicht zutraute.

Schluchzend stand der Bruder an Piepers Eck, trat von einem Bein aufs andere und ruderte mit seinen dicken Ärmchen, daß ich, meine Brottasche vor den Bauch gepreßt, ihm, so schnell ich konnte, entgegenlief.

Piepers Lebensmittelladen war das äußerste Ende der Welt. Bis hierher durfte man sich ohne Erwachsene vorwagen; dahinter verschlang kindliche Vorwitznasen der Abgrund, die Hölle, der böse Wolf. Ausgenommen war der Weg in den Kindergarten, nur auf dem linken Trottoir; hin und zurück, ohne Stehenbleiben, ohne Umweg.

Dat Hänsjen, dat Hänsjen. Dicker, weißgelber Schnodder lief dem Bruder aus der Nase. Er mußte lecken, ehe er weiterreden konnte.

Häs de kein Täschedooch? herrschte ich ihn an. Ich hatte gerade im Kindergarten gelernt, wie man sich die Nase putzt, daß man sie nicht hochzieht oder am Ärmel abwischt oder in den Rocksaum schnäuzt.

Bertram sah mich an, als hätte ich Hottentott gesprochen, rieb sich den Rotz auf den nackten Arm, daß es dort glänzte wie von Schneckenspuren, und schluchzte nur noch lauter: Dat Hänsjen, dat Hänsjen.

Ja, wat is denn mit dem Hänsjen? Ich hatte Hunger, wollte nach Hause, essen.

Et is fott. Weg. Stille. Schluchzen.

Fott? Ja, dann müsse mer et sööke*, sagte ich, spürte, wie mein Herz anschwoll, als wollte es durch Knochen und Haut aus mir herausfahren. Ich nahm Bertrams Hand. Alles war still. Niemand, der zwischen den Rosen im Vorgarten, den Johannis- und Stachelbeeren, den Bohnenstangen und Kartoffelreihen auf der Suche nach Hänsjen war. Kein Kind auf der Straße. Verlassen die Beete der Gärtnerei. Nun hielt ich es auch nicht mehr aus.

Dat Hänsjen, dat Hänsjen, wo is dat Hänsjen? stürzten wir schreiend ins Haus.

Die Großmutter saß auf der Hintertreppe und entkernte Sauerkirschen. Ihre Hände waren rot, und der rote Saft tropfte ihr von den Fingern.

Wo is dat Hänsjen?

Wir starrten die Alte an, die kaum von ihrer Schüssel aufsah.

Dat wees esch doch nit. Fott.

Die Großmutter zog ihre Haarnadel aus dem Korken, blutrot vom Kirschsaft, und steckte sie wieder in den Dutt. Fierovend. Feierabend.

Das Ställchen war leer. Maschendraht und Riegel unversehrt. Ein Häufchen schwarzbrauner Köddel lag auf dem sauberen Stroh und die Möhre, mit der ich mich am Morgen von ihm ver-

* suchen

29

abschiedet hatte. Der Bruder heulte auf, und ich glaubte, an meinem Herzen zu ersticken.

Wat sacht denn die Mama? fragte ich Bertram und zog ihn aus dem Schuppen.

Nix. Sie sacht, dat Hänsje is fott.

Die Mutter machte sich am Spülstein zu schaffen, wusch Gläser für die Sauerkirschen.

Jo, jo, jo, et is fott, schnauzte sie, noch bevor wir etwas sagen konnten. Et is fott. Wat kann esch dann doför. Die Mutter bückte sich noch tiefer über die Gläser.

Un jitz joht spille. Geht spielen. Jliesch kütt der Opa heem, dann jüt et Esse.

Der Großvater war von Hänschens Verschwinden nicht minder überrascht als Bertram und ich. Er nahm die Großmutter beiseite, dann strich er uns über die Köpfe und versprach uns einen Gang an den Rhein.

Abends gingen wir noch einmal zu Hänschens Kasten. Legten frischen Löwenzahn und Sauerampfer hinein. Sperrten die Maschendrahthälften weit auf.

Lange konnten wir nicht einschlafen. Ich holte einen Buchstein aus der Schachtel im Nachttisch und las dem Bruder vor, was Hänschen am heutigen Tage erlebt hatte, wie er in den Feldern und Wiesen hinter dem Kirchhof, den zu erreichen ihm ein leichtes gewesen, auf Kameraden gestoßen sei, hübsche Kaninchen, Jungen und Mädchen, mit denen er Fangen und Verstecken gespielt und wunderbar leckeren Klee gefressen habe, bis mein Herz Satz für Satz wieder auf seine natürliche Größe zusammenschrumpfte.

Am nächsten Morgen war auch Hänschens Kasten fort. Die Erwachsenen taten, als wäre nichts geschehen.

Im Kindergarten warf ich mich in Anianas Arme, und als die Kinder einen neugierigen Kreis um uns bildeten, nahm sie mich beiseite und tröstete mich, so gut sie es vermochte. Ihre Handflächen waren seidig, weich und warm wie Hänschens Fell.

Wir wollen für Hänsjen beten, sagte sie. Damit es ihm gut gehe, wohin ihn der liebe Gott auch immer geschickt hat. Amen. Wer weiß, ob er nicht schon bald wieder bei dir ist.

Ich betete für Hänschen mit Aniana und abends noch einmal

mit dem Bruder. Heimlich. Für ein Tier zu beten, hätte die Großmutter nie erlaubt.

Wir beteten am Donnerstag, wir beteten am Freitag, am Samstag. Dann war Hänschen wieder da. Zumindest zur Hälfte. Nach der Rindfleischsuppe kam es auf den Tisch, kehrte uns den Rücken zu, lag da und duftete wie nie zuvor in seinem Leben.

Hänsjen! schrie ich und wollte von der Holzbank springen, weg von diesem Tisch, diesem Geruch.

Wo? schrie der Bruder, der glaubte, ich hätte es draußen gesehen. Hänsjen! schrie er und wollte ebenfalls weg.

Wir kamen beide nicht weit. Mich drückte der Vater nieder, den Bruder zog die Großmutter frohlockend unterm Tisch hervor.

Ihr bliet setze, herrschte der Vater uns an. Un jitz wird jejässe.

Esch han kenne Honger, sagte ich. Dat is et Hänsjen. Und ihr hat dat die janze Zick jewoß.

Die Hand des Vaters in meinem Nacken, das Messer der Großmutter im Fleisch auf dem Tisch, mein Herz so weit, viel weiter als meine enge Brust, mein Herz so groß, mein Herz sich umstülpend, bis ich in meinem Herzen saß wie in einer Blase und alles um mich herum unscharf wurde. Der Braten, das Messer, der plärrende Bruder, die an ihren Fleischbrocken würgende Mutter verschwammen, dann spürte ich die Hand des Vaters nicht länger und glitt bewußtlos unter den Tisch.

Gott hatte mein Gebet erhört. Ich hatte Hänschen wiedergesehen. Aber ich hatte nicht für einen Braten gebetet. Von nun an formulierte ich meine Gebete so genau wie möglich. Wenn man im Himmel etwas erreichen wollte, mußte man den lieben Gott festnageln, durfte ihm kein Schlupfloch lassen für irgendwelche Alleingänge. Zu der ohnmächtigen Wut über die Erwachsenen kam ein fast verächtlicher Zorn auf den lieben Gott. Er war ein Trickser.

Ich bekam Hänschen am Sonntag abend wieder vorgesetzt, man tischte mir Hänschen beim Frühstück, Mittag-, Abendessen auf. Ich rührte Hänschen nicht an. Es gab Hänschen am Montag, am Dienstag. Vergeblich. Am Mittwoch gab es Prügel. Nachmittags fiel ich im Kindergarten um. Aniana brachte mich nach Hause. Abends gab es wieder normale Kost.

Aniana war es auch, die Gottes Ansehen bei mir wiederherstellte. Notdürftig. Nicht ER, sondern der Onkel, Onkel Schäng, der auch unsere Hühner schlachtete, habe seine Hand im Spiel gehabt, und zwar mit einem Kantenschlag ins Genick.

Dä Kning* hät nix jemerk, bestätigte die Mutter und bleckte die Zähne, als lächelte sie.

Gott blieb gut. Böse war der Mensch. Aber wenn Gott allmächtig war, warum ließ er dann den Onkel am Leben? Und Hänschen nicht?

Am nächsten Morgen lief ich auf dem rechten Trottoir zum Kindergarten. Hüpfte zickzack über die Straße. Machte sogar einen Umweg am Kirchhof vorbei. Als ich nach Hause kam, wußte die Mutter Bescheid, schimpfte. Die Tante auf ihrem Fahrrad hatte mich gesehen. Sonst geschah nichts.

Mit weit in den Nacken gelegtem Kopf streckte ich die Zunge heraus. Im Lindenbaum vor Piepers Laden keckerte eine Elster. Ich machte die Zunge so lang und spitz wie möglich.

Dem lieben Gott war es offensichtlich egal, ob ich den Bürgersteig rechts oder links benutzte, sogar daß ich ihm die Zunge rausstreckte, ließ ihn kalt. Oder hatte er wirklich, wie Aniana nicht müde wurde zu versichern, alle Kinder lieb? Auch die bösen. Die, die dem Düvel us dä Kiep jespronge waren.

Am Samstag gingen wir mit dem Großvater an den Rhein. Lange hielt ich den häßlichsten Stein, einen grauschwarzen knubbeligen Buckel, in beiden Händen. Dem Gesicht des Onkels wuchs ein weißer Bart, aus seiner Halbglatze brachen goldene Strahlen. Ich streckte noch einmal die Zunge in den Himmel. Dann warf ich den Stein in den Rhein. Dicht neben meinem schlug der Stein des Großvaters ein.

Es war die schönste Vase, die ich je gesehen hatte. Einem bauchigen Oval entstieg ein langer, schmaler Hals, der sich tulpenförmig öffnete, grünes Glas mit goldenen Einsprengseln, Danziger Goldwasser, im Schütteln gefroren. Sie stand im Zimmer, das nur

---

* das Kaninchen

bei besonderen Gelegenheiten benutzt wurde, wenn das Kasperle kam oder der Nikolaus. Wir hatten auch zu Hause Vasen, zwei Stück, aus Beständen des Bürgermeisterhaushalts. Sie lagerten wohlverpackt auf dem Speicher und wurden nur für die Altäre der drei Prozessionen heruntergeholt. Dort konnte ich sie im Vorübergehen erspähen, mit den schönsten Blumen aus dem Garten.

Sobald ich im Kindergarten das gute Zimmer, wie es genannt wurde, betrat, hatte ich nur Augen für die grüne Vase. Sie stand auf einer Kommode, kaum höher als ich, zwischen Tannenzapfenmännchen und einer gipsernen Mutter Gottes, einem dreiarmigen Kerzenleuchter und anderen größeren und kleineren Vasen aus Glas und Ton. Wer hat aus meiner Vase getrunken? hatte ich gefragt, als ich einmal beim Märchenerzählen den dritten Zwerg in Schneewittchen sprechen durfte.

Im ersten Stockwerk residierte Schwester Bertholdis. Sie hielt mit zwei Mädchen aus dem Dorf die Wäsche der Schwestern und des Krankenhauses in Schuß. Sie war groß und hatte ein scharf geschnittenes, herrisches Gesicht. Von allen Nonnen ragte einzig ihre Nase aus Schleier und steifer Haube heraus. Sie machte lange, unwürdige Schritte, und ihre laute, dunkle Stimme schallte weithin. Bertholdis kommandierte in reinem Hochdeutsch, und ihre klaren blauen Augen kommandierten mit. Sie sei ein Findelkind, munkelte man, womöglich von höherer Geburt. Vor ihr hatten alle Respekt. Mir war sie unheimlich, wenn sich ihre dünnen, gelben, zerstochenen Finger wie eine Krake auf meinen Kopf herabsenkten und durch meine Haare fuhren. Mitunter zog sie mich zu kleinen Aufgaben heran, worum mich die anderen Mädchen mit einer Mischung aus Furcht und Mißgunst beneideten.

An diesem Tag half ich ihr, Zierdeckchen von Tischen, Kommoden und Kissen gegen frisch gewaschene und gestärkte auszutauschen. Ich liebte den Geruch der Räume im ersten Stock, den Geruch gebügelter Wäsche mit ihrem Hauch Lavendel und Kölnisch Wasser, liebte den Blick in die hohen weißen Schränke auf die kantenscharf gestapelten Handtücher, Bettücher, Tisch- und Taschentücher, Bett- und Kissenbezüge, weiß und glatt und in endloser Fülle. Zu Hause waren die Handtücher blaugrau kariert und hart, das Bettzeug aus buntem Biber im Winter und im Sommer aus rot- oder blau-weiß gewürfelter Baumwolle.

In einem kleineren Schrank wurden die Altardecken für das Kapellchen aufbewahrt und die Leichenhemden der Schwestern. Das ihre holte Schwester Bertholdis einmal heraus, faltete es langsam auseinander und hielt es sich vor den langen Körper. So sehe ich im Himmel aus, liebe Hildegard, sagte sie und flatterte mit den Ärmeln. Ich lachte laut heraus, und sie rollte das Hemd mißbilligend wieder zusammen.

Zierdeckchen mußten auch im guten Zimmer des Kindergartens ausgelegt werden. Jedesmal, wenn ich eines unter die grüne Vase schob, genoß ich unsere Berührung stärker, spürte ihr Glas glatter und kühler als zuvor, fuhr mit dem Finger die Kurve des Ovals, die Steigung der Röhre lustvoll nach, fühlte die goldenen Bläschen unter der Fingerkuppe prickeln. Schwester Bertholdis ließ mich gewähren. Alle anderen Deckchen verteilte ich, fast ohne hinzusehen. Zur Belohnung durfte ich ein Plätzchen aus der Blechbüchse greifen.

Diesmal hatte Bertholdis vergessen, das gute Zimmer abzuschließen. Ich hatte es gesehen und geschwiegen. Daß ich mich, kurz vorm Nachhauseweg, noch einmal zum ›Austreten‹, so sollten wir sagen, meldete, war nichts Besonderes: Benutzte ich eines der kleinen Porzellanklos, auf denen ich sitzen konnte, ohne mit den Füßen im Leeren zu baumeln, mußte ich einmal weniger auf das Plumpsklo daheim, ein fensterloses, etwa eineinhalb Quadratmeter großes Gelaß neben dem Haus, durch das Dreieck in der Holztür nur spärlich erleuchtet. Der etwa kniehohe Bretterkasten reichte von einer Seite zur anderen, hatte ein kreisrundes Loch, groß genug für einen erwachsenen Hintern, und war mit einem Deckel zu schließen wie ein Topf. Rechts stand der gleiche für uns Kinder, so niedrig, daß ich dort nur mit hoch angezogenen Knien hocken konnte, den Hintern tief in das Loch geprägt und zugleich bemüht, Berührungen mit Spuren der Vorgänger zu vermeiden. Ich zog es daher vor, über dem Erwachsenenklo zu balancieren, die Füße in der Luft, die Arme Halt suchend nach links und rechts gestemmt, den Atem anhaltend, bis ich endlich soweit war, um nach dem akkurat geschnittenen Zeitungsstück zu greifen. Im Sommer war der Gestank satt und faulig, im Winter blies der Wind den Schnee bis vor die Tür, und der Deckel war oft angefroren. Mit einem großen Schraubenzieher, der griffbereit auf dem Boden lag, mußte er von dem Sitzloch hochgehebelt werden. Dann sah ich abends durch das Dreieck bisweilen einen einzelnen Stern und fühlte mich seltsam getröstet.

Doch lieber verschwand ich im Kindergarten hinter der halbhohen Tür und wusch mir nachher an einem der kleinen Becken ausgiebig die Hände, wie es sich gehörte. Zu Hause gab es nur einen Wasserhahn, den am Spülstein. Mehr als einmal Hände waschen täglich war Verschwendung und nur in Notfällen erlaubt. Ohnehin konnte ich an den Kran nicht heranreichen.

Diesmal hielt ich mich nicht mit Händewaschen auf. Ich legte die Hand auf die Klinke der Tür zum guten Zimmer, drückte sie vorsichtig nach unten, die Tür gab nach. Die Sonne schien durch die beiden kleinen Fenster mit den dünnen weißen Gardinen und schnitt das Zimmer in vier Teile, zwei Viertel Licht, zwei Viertel Schatten, und alle vom Licht berührten Gegenstände schienen darin zu schwimmen und schillerten, als gehörten sie ins Wasser zu Nixen und Meerjungfrauen. Die grüne Vase atmete.

Ich zog das Deckchen mit der Vase bis an den Rand der Kommode. Das alte Holz knarrte. Ich nahm die Vase in die Hand, in beide Hände. Rollte ihre bauchige Wölbung abwechselnd über meine Wangen. Gewitter lagen in der Luft. Kühl schmiegte sich das Glas an meine Haut. Ich streckte die Zunge heraus und leckte die Vase wie Eis, sie schmeckte metallisch. In der Ferne murmelte Donner. Ich stellte die Vase zurück. Mit ihrer größeren Fläche setzte ich sie auf dem Zierdeckchen ab, das brettsteif gestärkt über die Kante ragte. Die Vase kippte, fiel, zersplitterte. Es war sehr still, sehr hell, von weitem die Stimme des Lumpensammlers, Lump, Eis-, -pier! Ich hörte Aniana, die die Kinder aus dem Sandkasten zum Händewaschen rief und zum Beten.

Ja, Hildegard, sagte die Schwester und legte mir die Hand auf die Stirn. Ich hab dich schon vermißt. Wo hast du gesteckt?

Sie erwartete keine Antwort, zeigte zum Himmel.

Jetzt wird gebetet, und dann schnell nach Hause. Das gibt ein tüchtiges Gewitter, es steht schon über Mronz.

Gewitter kamen meist von Westen, über den Rhein, und blieben gern in unserer Gegend zwischen dem Wasser und den Anhöhen des Bergischen Landes hängen. Der Himmel war gelb, die Wolken graue Pilze mit scharfen, dunklen Rändern. Der Wind hatte sich gelegt, und die Luft roch schon versengt nach verbrannter Milch. Wir bekreuzigten uns, um die Schwester geschart, ein furchtsames Häufchen, beteten unterm tückisch anrollenden Donner eilig: ›Mein Herz ist rein‹. Ach, meins war es nicht.

Große runde Tropfen fielen, noch im Sonnenlicht, auf das heiße Wellblech des Wartehäuschens, fleckten den aufgeweichten Asphalt. In heller Aufregung rannten Schönenbachs Gänse mit ihren Jungen über die Straße in den Schutz der Bäume im Garten.

Die Großmutter hatte schon Türen und Fenster geschlossen, die Speisen weggeräumt. Bei Gewitter durfte nicht gegessen werden. Vater und Mutter, der Großvater und der Bruder saßen in der Küche um den Tisch, die Erwachsenen hielten die Rosenkränze in den Händen. Die Schutzkräuter lagen bereit. Jedes Jahr am ersten Sonntag nach Mariä Himmelfahrt gingen wir mit Sträußen von Rainfarn, Wermut, Schafgarbe, Goldrute und Johanniskraut ins Hochamt zur Weihe. Danach hingen die Bündel neben dem Tabak des Großvaters, neben Pfefferminze und Kamille unter dem Verandadach. Gewitterkräuter durften nicht ausgehen. Nach heißen Sommern war der Vorrat am Tag der neuen Weihe fast aufgezehrt.

Das Feuer im Herd, das sommers wie winters brannte, war angefacht, die Platte glühte. Unter dem Kreuz mit dem geweihten Buchsbaum flackerte der Docht im Öl durch das rotgefärbte Glas. Ich drückte mich neben den Bruder auf die Bank.

Dä, sagte die Großmutter und gab mir den Rosenkranz, den sie auf einer Wallfahrt nach Kevelaer gefunden hatte. Das Kreuz war verbogen, Jesus und die dritte Perle der ersten drei ›Vater unser‹ fehlten.

Blitzte es, begann die Großmutter laut zu zählen. Kam sie zwischen Blitz und Donner nur noch bis zehn, griff sie nach dem Rosenkranz und bekreuzigte sich. Wir bekreuzigten uns. ›Der für uns ist gegeißelt worden‹, sagte die Großmutter mit fester

Stimme. Bei Gewitter kam kein anderer als der schmerzensreiche Rosenkranz in Frage. ›Der für uns ist gegeißelt worden‹, sagten wir. Es blitzte. Eins, zwei, drei, vier, fünf, sechs, sieben, acht, unterbrach die Großmutter das Glaubensbekenntnis. Donner. ›Abgestiegen zu der Hölle‹, leierten die Erwachsenen. Blitz. Eins, zwei, drei, vier, fünf, Donner. Die Großmutter stand auf. Bei fünf war das Gewitter über dem Rhein.

Dat kütt nit övver dat Berjische, sagte der Vater. Dat hänk jitz övver us, ergänzte die Mutter. Die Großmutter warf dem Vater einen vernichtenden Blick zu. Sprechen bei Gewitter war verboten. Nur Beten erlaubt.

Noch einmal fuhr die Großmutter mit dem Feuerhaken in die Glut. Dann zerrieb sie die geweihten Kräuter über der Herdplatte. Blitz. Wir beteten lauter. Donner. Rauch in dicken Schwaden stieg auf, würziger Duft biß in die Luft, biß in Luftröhre und Lunge. Es blitzte. Donnerte. Blitz und Donner lagen nun fast aufeinander. Das Haus erbebte, als würde an Piepers Eck eine riesige Trommel geschlagen. ›Heilige Maria, Mutter Gottes‹, husteten wir, Blitz, ›der für uns‹, Donner, ›ist gegeißelt worden.‹ Zehnmal. Donner, ›der für uns mit‹, Blitz, ›Dornen‹, Donner, ›gekrönt worden ist‹. Zehnmal. Blitz, ›der für uns das‹, Donner, ›schwere Kreuz getragen‹, Blitz, ›hat‹, Donner. Zehnmal. ›Der‹, Blitz, ›für‹, Donner, ›uns am‹, Blitz, ›Kreuz‹, Donner, ›gestorben ist‹. Zehnmal. ›Heilige Maria, Mutter‹, Blitz, ›Gottes‹, Donner, ›bitte für uns Sünder‹, Blitzdonner, Blitzblitzdonner, Blitzblitz, ›jetzt und in der Stunde ...‹

Do hät et enjeschlaje! schrie die Mutter.

Maria! rügte die Großmutter, ›unseres Todes. Amen.‹

Sobald das Gewitter nachließ, wurden die Gebete wieder unterbrochen, um den Abstand zwischen Blitz und Donner zu messen. Bei zehn hörte man auf. Mitten in einem Gesetz. Bei fünfzehn riß die Mutter die Fenster auf und band sich ihre Halbschürze wieder vor den Kittel. Der Vater machte, daß er rauskam. Die Großmutter schob die beiden inneren Ringe der Herdplatte mit dem Feuerhaken beiseite und fegte die feine Kräuterasche in die Glut. Lange noch schnüffelte ich dem Duft gottgeweihter Gefahr hinterher.

Kaum hörte es heute zu regnen auf, ergriff ich Frau Peps, hockte mich hintern Hühnerstall und erzählte ihr noch einmal die Geschichte von der Sammeltasse. Der Tasse mit Vergißmeinnichtgirlanden um Goldbuchstaben ›Fern gedenk ich Dein‹, die der Vater der Mutter geschenkt hatte, als sie sich noch in den Rheinwiesen trafen. Die Tasse war in sieben glatte Stücke zerbrochen. Ich trug sie zum Großvater.

Kanns de die widder janz mache eh der Papa kütt? schluchzte ich. Nu, nu, sagte der Großvater und kaute auf seinem Pfeifenstiel. Kalt rauchen, nannte er das.

Loß ens sinn. Er fügte die Scherben zusammen, die Tasse stand wieder vor uns. Ich klatschte in die Hände.

Nä, Kenk, so flöck* jeht dat nit, dat muß esch lieme**, und dann muß et drüje***. Dat durt e paar Daach.

Opa, schluchzte ich, die Mama sät et dem Papa, un esch kann doch nix dofür.

Nu waat ens aff, sagte der Großvater. Et is doch nur en Taß. Esch kall**** ens met däm.

Misch desch do nit in. Dat jeht desch nix an, fuhr die Mutter dazwischen und raffte die Scherben an sich.

Ich wich dem Großvater nicht von der Seite. Sogar zum Lachen brachte er mich mit seiner Geschichte vom Mann, dessen Nase, sooft er kleine Kinder verhaute, ein Stück länger wurde. Viele Male mußte er sie sich um den Hals wickeln, um nicht mit eigenen Füßen darauf zu treten, und schließlich erwürgte er sich mit seiner eigenen Nase.

Abends zerrte mich der Vater am Großvater vorbei ins Wohnzimmer. Die Mutter hob das Röckchen hoch und hielt mich fest. Das Stöckchen sauste vierzehnmal, für jede Scherbe zweimal, einmal für Papa, einmal für Mama.

Ich hatte dies Frau Peps schon oft erzählt. Jedesmal tat es weniger weh. Jedesmal graute mir weniger vor dem Mann mit dem Stöckchen hinter der Uhr, beinah nicht mehr als vor dem Menschenfresser im Märchen.

* flott
** leimen
*** trocknen
**** ich rede

Frau Peps wußte für mich und die grüne Vase keinen Rat. Außer beten. Ich folgte ihr, halbherzig. Gebete hatten nur eine Chance, wenn das Erflehte eine Sache zwischen Gott und mir blieb. Versprach ich ihm, die drei Strophen des neuen Gebets jeden Tag einmal herzusagen, sorgte er dafür, daß ich sie am Ende der Woche auswendig wußte. Zwischen mir, Gott und der grünen Vase stand Aniana.

Nachts träumte ich häufig von goldenen Münzen, wühlte sie aus dem Dreck im Rinnstein und versteckte sie im Strumpf unterm Fuß. In dieser Nacht träumte ich von grünen Vasen. Sie ließen sich pflücken wie reife Früchte und schlecken wie Eis. Sie schwammen im Rhein, kleine grüne Kaulquappen-Vasen, man konnte sie mit Marmeladengläsern fangen und nach Hause tragen, und die zappelnden Blätter der Pappeln am Damm waren bauchige Vasen, golden gesprenkelt vom Sonnenlicht.

Nur für kurze Zeit hatte das Gewitter Abkühlung gebracht. Die Regentonne lief über, ein Sturzbach, roch nach Eis und Blumen und dem Tag der Nacht. In den flachen Pfützen badeten Spatzen.

Hät dat Kenk Fever? fragte die Großmutter und legte mir ihre Lippen auf die Stirn, als sie mir das Brottäschchen umhängte.

Nä, entschied sie, et es heeß, treck* de Jack us.

Im Kindergarten lief ich gleich zum guten Zimmer. Die Tür war verschlossen.

Draußen hatten sich alle schon um Aniana versammelt. Wir saßen im Gras unter der Kastanie, beteten ›Ich bin klein, mein Herz ist rein‹, sangen das Lied vom Fähnchen auf dem Turme, matt und kraftlos drehten wir unsere Händchen im Wind, der nicht wehte. In meinem Kopf wirbelten Türklinken, Vasen, Scherben durcheinander, als Aniana begann, einfach so, aus dem Kopf, ohne Buch, es war einmal... Eine Vase, hätte ich beinah geschrien, aber ich hielt mir beide Fäuste vor den Mund und schaute Aniana verzweifelt an. Es war einmal eine Frau, der brachte eines schönen Tages ihr lieber Mann ein ganzes, sauber gerupftes Huhn mit nach Hause. Das sollte sie braten, damit

* zieh

man sich am Abend daran gütlich tun könnte. Nun briet die Frau das Huhn knusprig und braun, innen aber ganz saftig. Und als es so aus der Backröhre kam, duftend und dampfend, sprach sie zu sich: Nun, so werde ich von meinem Teile schon einmal kosten dürfen, ob es denn auch mundet, riß ein Hühnerbein ab und biß hinein. Es schmeckte köstlich, und die Frau sagte zu sich: Nun weiß ich, wie das dunkle Fleisch am Bein schmeckt. Aber weiß ich denn, wie das weiße Fleisch der Brust schmeckt? Aniana machte eine Pause. Habt ihr alle eure Butterbrote dabei? Dann wollen wir jetzt einmal kräftig hineinbeißen.

Stück für Stück verzehrte die Frau erst ihre Hälfte vom Huhn, dann die ihres Mannes, und wir aßen mit, saftigen Hühnerbraten statt Graubrot mit Rübenkraut und Holländerkäse. Ich schmeckte nichts. Mir war schlecht, genau wie der Frau mit einem ganzen Huhn im Magen und Angst vor ihrem Mann.

Ihr Herz wird schwer, fuhr Aniana fort, und ihr Kopf wird schwer, ihre Füße, ihre Beine und ihr Bauch werden schwer. Tiefe Kuhlen entstehen, wo die Frau auf die Wiese tritt, um die Ziege in den Stall zu holen. So aber kann es gehen, wenn man etwas auf dem Herzen hat, das man nicht laut zu sagen wagt.

Aniana machte eine Pause.

Es wurde Abend und die Frau so schwer, daß sie sich nicht mehr zu rühren wagt. Als der Mann nach Hause kommt, will sie aufstehen, da bricht der Stuhl unter ihr zusammen. Der Mann will ihr aufhelfen, muß sie aber wieder herunterplumpsen lassen.

Kaum aber hat die Frau ihrem Mann gebeichtet, fällt alles Schwere von ihr ab, ist ihr leichter als je zuvor. Sie schwor sich, nie wieder zu verschweigen, was sie auf dem Herzen hätte. Denn wem das Herz schwer ist, dem ist alles schwer.

Während der letzten Sätze hatte die Kirchturmuhr zwölfmal geschlagen.

Heute kommt das Gewitter schon früher, Kinder, sagte Aniana. Am besten, ihr geht jetzt gleich nach Hause.

Wenn der Kindergarten zu Ende ging, wurde gebetet. Wir faßten uns reihum an den Händen, die wir feierlich gewichtig schüttelten, und zwitscherten: Auf Wiedersehen mit Gott.

Mit Gott, liebe Kinder, wiederholte Aniana, kommt gut nach Hause.

Anianas Wünsche trugen so viel Kraft in sich, daß sie ein Segen waren.

Ich verbrachte den Nachmittag mit Frau Peps im sachten Trommeln der Tropfen aufs Blechdach unterm Schuppen. Draußen spielten der Bruder und die Nachbarskinder Schweinekoben. Wie gerne hätte ich mitgemacht, mich, nackt bis auf ein Unterhöschen, in dem warmen schlammigen Wasser gewälzt, das sich bei jedem Regenguß in den tiefen Schlaglöchern der Straße ansammelte. Ich traute mich nicht. Mein Herz war schwer, gefährlich schwer. Meine Fußstapfen in der aufgeweichten Straße teuflisch tief.

Am nächsten Morgen lief ich Aniana entgegen.

Die grüne Vase, stieß ich hervor.

Ja? Sie sah mich an. Sie wußte alles.

Esch han se kapott jemat, stieß ich hervor, zog den Hals zwischen die Schultern und machte den Rücken krumm, als mir die Hand der Schwester unters Kinn griff und den widerstrebenden Kopf langsam und sanft nach oben drückte. Sekundenlang glaubte ich, in das Antlitz der Mutter Gottes aus dem Rheinkapellchen zu sehen, wenn die Sonne durch die bunten Glasscheiben fällt.

Danke, sagte Aniana, und strich mir mit der Hand, trocken und warm wie die Blätter vom Apfelbaum im Sommer, über die Stirn. Mein Herz so leicht, daß ich davonflog mit den Ahornnasen bis zu Haus ans Gartentor. Da stand die Mutter und fragte: Wat wills de hie ald su fröh? Kunnte se desch nit mi ushale, nicht mehr aushalten?

Mit Puppen hatte ich kein Glück.

›Josef, lieber Josef mein‹, sollte ich singen und dazu eine Puppe hin- und herbewegen, Mutter Maria im Krippenspiel.

Siehst du, so mußt du das Jesuskind halten, sagte Aniana bei der ersten Probe zu mir. Sie legte sich das Bündel in die Beuge des linken Arms, hob und senkte es weich und schwingend nach rechts und links.

So, sagte sie und gab mir die Puppe.

›Josef, lieber Josef mein‹, begann ich und ruckte die Puppe mit ausgestreckten Armen auf und ab.

Nein, Hildegard, unterbrach Aniana mich. Du hast dein Kindchen doch lieb, du mußt es an dich drücken.

Ich drückte, daß mir die Luft zum Singen wegblieb.

Ach, Kind. Aniana setzte mich in ihren Schoß mitsamt der Puppe und wiegte mich, als wäre ich noch ganz klein. Ihr schwarzes Gewand um mich herum wie der Mantel der Mutter Maria, ihr Geruch nach Weihrauch, Kernseife und sauren Äpfeln. Aus diesen Armen wollte ich nie mehr heraus.

Zu Hause hatte ich eine Puppe mit Porzellankopf, gelben, strohigen Haaren, blaustarrenden Augen und einem Balg aus Stoff, lachsfarben wie die Korsetts, die die Tante vom Wäschemann kaufte, nur aus stumpferem Material und schon etwas schmutzig. Ich fütterte ihr einen Haufen Plätzchen, bis sie einen verdorbenen Magen hatte und alles wieder ausspucken sollte. Ich redete ihr gut zu. Ihr rosiges Mündchen öffnete sich nicht. Was blieb mir übrig, als nachzusehen, wo das Gebäck geblieben war. Aus dem Balg rieselte aber nur kleingehacktes Stroh. Ich erhob ein Geschrei, die Mutter, die Großmutter stürzten herbei, schimpfend, und ein paar rechts, ein paar links. Waat, bes dä Papp no Huus kütt.

Ich rührte die Puppe nicht mehr an, ließ sie sitzen in ihrem weinroten Taftkleid, ihrem zugestopften Balg, ließ sie grinsen und unschuldig tun. Ihr hatte ich drei auf die linke, drei auf die rechte Hand mit dem Stöckchen zu verdanken. Mit Puppen war ich fertig.

Im Sommer darauf luden uns die Rüppricher, die Schwestern und Nichten und Neffen meines Vaters und sein Stiefvater, zu einem Ausflug nach Schloß Burg ein. Der Vater meines Vaters hatte sich kurz nach der Geburt des dreizehnten Kindes die Kehle durchgeschnitten. Mit demselben Messer wie für die Ferkel, fügte Tante Angela, die Schwester meines Vaters, jedesmal mit schaudernder Lust hinzu. Die Mutter hatte später den Großknecht geheiratet. Mein Vater, damals elf, lief ein paarmal von zu Hause weg, versuchte, eine Tante in der Eifel zu erreichen, wo er nach dem Selbstmord des Vaters ein paar Monate gelebt hatte.

Der Großvater aus Rüpprich verstand von Schweinen und

Kühen mehr als von Kindern und teilte die Menschheit in Herren und Knechte. Kinder zählten zu den Knechten. Im Unterschied zu dem Großvater im Haus nannten der Bruder und ich ihn den falschen Großvater. Er war ein schöner alter Mann mit schneeweißem Haar, das ihm in einer Locke in die Stirn fiel, dunkelblauen Augen und einer scharfen Nase, Lippen, die rot und voll wie die eines jungen Mannes aus seinem Bart hervorschauten. Ein Bauer wie aus dem Bilderbuch oder wie der Oberförster, der im Märchen dem bösen Wolf den Garaus macht. Er hielt sich sehr aufrecht, und seine Bewegungen waren hölzern und abgehackt wie seine Stimme, die ich fürchtete. Aber er war leicht zufriedenzustellen, der schöne Mann, wußte nichts anzufangen mit den Enkeln vom Stiefsohn und suchte doch für die wenigen Stunden unserer seltenen Besuche seine Großvaterrolle so gut wie möglich zu spielen. Also ließ er jedesmal etwas springen, wie die Mutter es nannte. Wat hät he denn diesmol springe loße, war ihre erste Frage, wenn wir die Tür des Bauernhauses hinter uns zugezogen hatten und sie mir die Hand aufbog, die sich um eine Münze krampfte.

Nach Schloß Burg fuhr man, um die Burg zu besuchen. Den Fußweg zur Burg säumten Buden mit Lebkuchenherzen ›Ewig Dein‹, Anstecknadeln für Ausflugskäppchen und Muschelkästchen, Schmuck aus geschliffenen Rheinkieseln, Märchenbauklötze, Bällchen an Gummibändern, Diabolos. Vor einer Bude mit Puppen blieben wir stehen. Da saßen sie, all die feinen Fräuleins mit wallenden Locken, Unschuldslächeln, Kulleraugen. Holländerinnen in Holzschuhen und spitzen Hauben, Schwarzwälderinnen mit Bollenhut und schwarzem Mieder, Rotkäppchen, ihr Körbchen im Arm, Bräute, gekrönt von Diademen, daran Schleppen, dünn wie Gardinen. Ich mochte sie nicht. Sie waren Bälger aus Stroh, ohne Herz.

Mein Blick fiel auf ein kleines Ding in der Ecke, nur etwa ein Viertel so groß wie die protzigen Schwestern, wenn es denn Schwestern waren. Denn das kleine Ding war schwarz und bis auf ein Röckchen aus bunten Bastfäden nackt.

Da, Opa, sagte ich, dat Heidenkind do.

Wo?

Do in de Eck.

Der Verkäufer hatte schon begriffen, blies dem Püppchen über den Kopf und wischte es am Hosenbein ab.

Jo, dat schwatte soll et sein, woll, dienerte er im Tonfall des Bergischen Landes. Dat ist ja janz wat Apartes.

Nä, Heldejaad, wat wills de dann mit nem Näjer, do mußte ävver lang für bäde, bes dat dä wieß wird, frozzelte mein Vetter, der gerade eine Lehre bei Schneiders Willi in der Schmiede angefangen hatte. Sein mit Wasser straff nach hinten gekämmtes schwarzes Haar wuchs ihm in einem spitzen Winkel tief in die Stirn, was ihn, zumal seine Augen ein wenig schräg standen, dem Teufel in der Bibel ähnlich machte.

Ph, stieß ich hervor, wie immer, wenn ich meinen Willen durchsetzen wollte, und wußte, daß Erklärungen oder Bitten zwecklos waren.

Waröm soll dat Kenk dann keen Näjerpopp han? mischte sich jetzt Tante Angela ein. Sie hatte sofort begriffen, daß dieser Ladenhüter weit billiger war als alle anderen.

Heldejaad, das war jetzt die Mutter, warum nimmste dann nit das Prinzessje? Du häs et doch so mit de Prinze und Künnije.

Allein diese Bemerkung verstärkte meinen Wunsch nach dem Ding aus der Ecke mit den dicken roten Lippen, runden schwarzweißen Augen, grinsend und glänzend aus propperem Zelluloid.

Opa, bettelte ich, dat Näjerlein jefällt mir. Esch will och für et bäde.

Wenn dat so es, sagte der falsche Großvater, dann krischs de jitz dat Pöppsche, und dann koofe mer noch ene Rosekranz. Zum Bäde. Dann wolle mer ens affwade, ob du et wieß jebät krischs.

Opa, jauchzte ich und umfaßte sein Knie. Den Rosenkranz gab es gleich in der Bude daneben. Ich wählte einen aus weißen, länglichen Perlmuttperlen mit einem silbernen Kreuz. Auch der kleine Leichnam darauf war aus Perlmutt. Ich war selig.

Mein Bruder wurde Taufpate, als wir den armen Heiden in der Regentonne auf den Namen Fritz tauften – nach dem Großvater, dem echten. Nach Herzenslust ließ sich der wackere Kerl unter Wasser stupsen, ohne unterzugehen. Grinsend schoß die Zelluloidgestalt nach jedem Untertauchen im Namen des Vaters, des

Sohnes und des Heiligen Geistes wieder ans Licht. Pflichtgemäß betete ich ziemlich ausgiebig, daß sich die weiße Seele Fritzens nach außen wenden möge. Aber im Grunde meines Herzens wollte ich diese Änderung nicht. Ich hatte ihn ja allen übrigen vorgezogen, weil er anders war als sie. Dennoch beschloß ich, als um die Weihnachtszeit die Sticheleien der Großmutter gegen das Heidenkind wieder zunahmen, ein Letztes zu versuchen. Ein weißes Negerlein wäre in der Tat ein wirkliches Wunder. Der Großmutter mit einem Wunder das Maul zu stopfen war eine Sache, für die sich ein großer Einsatz lohnte.

Nach der Bescherung am Weihnachtsmorgen gingen wir gemeinsam ins Hochamt in die Turnhalle, die gleich nach dem Krieg dafür hergerichtet und geweiht worden war. Eine Bombe hatte die Pfarrkirche zerstört. Es war keines von den Hochämtern, die auf Lateinisch abgehalten wurden, vielmehr eines zum Mitsingen all der schönen alten Lieder. Wie ich an diesem Morgen das Kind in der Krippe grüßte und benedeite. Sogar die Mutter nickte beifällig auf mich hinunter.

Nach der Messe durften wir ans Krippchen gehen und einen Groschen in einen Glockenturm aus Blech werfen, worauf ein Heidenkind in rotem Turban und lila Pumphosen heftig nickend ein Glöckchen zog. Ich trödelte so lange herum, bis wir die letzten waren, was die milde Stimmung der Mutter schon wieder verdarb. Endlich kehrte sie mir an der Tür den Rücken zu, und ich zog den schwarzen Fritz aus der Manteltasche und legte ihn zum Christkind in die Krippe. Legte ihn dem rosigweißen Baby, das etwa doppelt so groß war wie er, in die weit ausgebreiteten runden Arme und ließ die beiden ewig lächelnden Kinder zurück.

Als um halb fünf die Glocken für die Weihnachtsandacht zu läuten begannen, war ich die erste im Flur bei Mantel und Schal. Auf dem Weg zur Turnhallenkirche kamen uns nur wenige Leute entgegen, alles Evangelische. Die meisten gingen in unsere Richtung. Ich trug meine neuen Gummistiefel mit dicken Wollsocken und hatte endlich keine Angst mehr, nasse Füße zu kriegen. Soll ich dä Schirm jitz op mache oder zoloße, räsonierte die Mutter und ließ den Knirps, ihr Weihnachtsgeschenk, per Knopfdruck aufspringen. Ihn dann wieder kleinzukriegen, weil sonst nie-

mand den Schirm aufgespannt hatte, machte ihr Mühe. Mit hart-
näckigem Plopp spannte die blau-schwarz gestreifte Seide das
kräftige Gestänge immer wieder, bis die Mutter schließlich die
Geduld verlor und den Schirm in voller Größe umklammert
hielt wie einen Prügel. Haarfeiner Regen fiel, und der Wind vom
Rhein warf die Luft wie feuchte Lappen ins Gesicht, den ganzen
Tag war es nicht hell geworden.

Die Kirchenbänke standen, obwohl wir uns in einem Strom
von Kirchgängern bewegt hatten, sonderbar leer. Die Menschen
scharten sich um die Krippe, nicht in Andacht und Gebet, sondern in tuschelnder Neugier. Jeder versuchte einen Blick zu tun
auf das, was da in der Krippe lag. Flüsternd reckte man die Hälse
aus den schweren Wintermänteln, die vor Nässe dampften.

Wat is denn do los? fragte die Mutter, aber ich zog sie schon an
der Hand zur Krippe, denn ich wußte, da lag auf Heu und Stroh
das Weihnachtswunder von Dondorf.

Do kütt et jo, sagte Tante Berta und machte uns Platz. Die
Menge öffnete sich, meine Mutter und ich traten ans Krippchen.
Der Vater war mit dem Bruder gleich auf die Männerseite unter
die Kanzel gegangen. Ob der Bruder auch das Krippchen sehen
wollte, wer gab schon was darauf.

Heldejaad, die Mutter riß mich dicht an sich heran, wie kütt
die Popp hieher?

Alle Köpfe wandten sich uns zu. Die Mutter hielt meine Hand
im Zangengriff. Schräg gegenüber stand der dicke Kurt, Sohn
des Brauereibesitzers, in seinem pelzgefütterten Lodenmantel
und schnitt mir eine schadenfrohe Grimasse. Im Krippchen lag
Fritz in Christkindchens Arm und war noch immer schwarz.

Um Jottes willen, drängte sich die Frau vom Kohlenhändler
nach vorn. Sie trug im Winter ihre Fuchsstola über dem Mantel,
zwei im Nacken zusammengenähte Bälger, deren Köpfe und
Klauen ineinander verhakt zwischen den Brüsten baumelten.

Esch han et ald immer jewoß, mer muß sesch jo blos de Fen-
gernääl von däm Blaach ansin. Damit ergriff sie meine Rechte,
riß den Fäustling ab und hielt anklagend meine Hand mit den
weißgefleckten Fingernägeln in die Höhe. Todsünden! Weiße
Flecken auf den Fingernägeln logen nicht.

Die Mutter ließ meine Hand sofort los und wich mit den anderen vor mir zurück, wurde zu einem Teil der Menge, die mich mit der Kohlenhändlerin, der Heiligen Familie, Ochs und Esel, drei Hirten, zwei Schafen, einem Engel und Fritzchen einschloß. Ich begann zu weinen. Es klingelte. Der Meßdiener hatte das Satinband gezogen, das vor dem Geräteraum, jetzt der Sakristei, hing. Der Pastor trat heraus. Das Harmonium setzte ein. Doch ein Blick in die Halle belehrte den Pfarrer, daß hier etwas Seltsames vor sich ging. Anstatt zum Altar lenkte er seine Schritte zu den Beichtstühlen, dorthin, wo nahe der Marienfigur das Krippchen stand. Wieder teilte sich die Menge.

Nun, was geht hier vor? fragte er.

Dä, sagte die Kohlenhändlersfrau, dä. Dat ist doch die Höhe, Herr Pastor, dat is eine Entweihung. Vor dem Krippschen kann unsereins doch nit mehr beten. Un hie dem Blaach jehört die Popp. Maria, wandte sie sich an meine Mutter, nu sach doch ens jett. Blutübergossen stand die Mutter da und preßte die Lippen zusammen.

Isch, isch, schluchzte ich, konnte aber kein Wort herausbringen. Waat, bis mer daheem sin, stieß die Mutter hervor.

Ja, Hildegard, der Pastor ging vor mir in die Knie, was ihm schwerfiel mit seinem Bauch und den alten Gelenken. Jetzt war er fast so groß wie ich und konnte mir direkt in die Augen sehen. Ist das deine Puppe?

Ja, schluchzte ich, dat is der Fritz. Un jetauft is der auch, in der Rejentonne.

So, sagte der Pastor. Und wie kommt der Fritz in das Krippchen hier?

Den han ich do reinjelescht.

Ja, aber liebes Kind, weshalb denn? Stell dir einmal vor, alle kleinen Mädchen würden ihre Puppen in das Krippchen legen. Das Christkind hätte ja gar keinen Platz mehr.

Aber dä Fritz is doch schwaz, und dat Christkind sollte den weiß machen.

Aber Kind, der Pastor schüttelte den Kopf, jetzt nimmst du dein Fritzchen und betest schön, und nach der Andacht kommst du mit deiner Mutter in die Sakristei.

Triumphierend schaute die Kohlenhändlerin in die Runde der Frauen, die sich rasch in den Kirchenbänken zerstreuten.

Waat, bis mer dahem sin! Wenn dat der Papp hürt, zischte die Mutter noch einmal. Ich schaute zum Vater hinüber. Der döste wie die meisten anderen Männer auch. Das Harmonium hob an. Ein gewaltiges ›O du fröhliche‹ ließ den Vater zusammenfahren. Die Frauenstimmen begannen, die Männer fielen ein paar Takte später ein, ›Gnaden bringende Weihnachtszeit‹. Meine Manteltasche beulte der schwarze Fritz.

Nach der Andacht gingen die Menschen schnell nach Hause. Kaum einer, den das Jesuskind im Krippchen so allein noch interessierte. Mer müsse noch in de Sakristei, wejen däm hie. Die Mutter ruckte mich am Arm, dem Vater, der mit dem Bruder an der Hand die Kirche gerade verlassen wollte, vor die Füße. Wenn de wills, kanns de mitjonn.

Der Pastor hatte seine Gewänder, Talar, Rochette und Velum, schon abgelegt und fuhr sich noch einmal mit dem Kamm durch sein kräftiges graues Haar. Sein rundes, festes Gesicht war immer stark durchblutet. Er lachte gern mit weit aufgerissenem Mund und ließ dabei eine Reihe goldgefaßter Backenzähne blitzen. Von Zeit zu Zeit fand man ihn morgens neben seinem Fahrrad in der Hecke des Kirchgäßchens liegen, wenn er im Eifer des Gefechtes für die gute Sache – den Wiederaufbau der Kirche – einen über den Durst getrunken hatte, um die Spender in eine mildtätige Stimmung zu versetzen. Meine Großmutter knickste, wenn sie ihm auf der Straße begegnete, und hielt mich auch dazu an.

Ja, mein Kind, wandte sich Pastor Kreuzkamp als erstes an mich, wo ist denn der kleine Fritz? Ich vergrub meine Hände in den Manteltaschen. Was hatte der Pastor vor?

Los, zesch dem Herr Pastor de Popp. Die Mutter schubste mich vorwärts.

Da, sagte ich und setzte Fritz neben das Weihrauchfäßchen. Mir war heiß. Die Mütze kratzte auf Stirn und Ohren, die Füße in den Wollsocken und Gummistiefeln waren geschwollen. Der Pastor drehte Fritzchen in seinen gepflegten Händen hin und her, hob ihn sogar unter das Licht der Lampe, als könne er ihm so sein Geheimnis entlocken.

Was hast du dir denn dabei gedacht, hm? Was sollte denn das Fritzchen bei dem Jesuskind?

Dat Fritzje is doch schwaz, sagte ich, und esch han doch so viel jebetet, et sollte doch weiß werden, weil et doch kein Heidenkind mehr is. Un esch hab jedacht, dat Jesuskind kann dat. Ävver isch hab noch wat verjesse... Ich nestelte meinen Rosenkranz aus der Tasche und wand ihn der Puppe ein paarmal um den Hals. So, dat und dat Christkind, dat muß hölpe.

Aber Hildegard, sagte der Pastor und warf den Eltern einen raschen Blick zu. Die standen da in der Haltung von Untergebenen, bereit, jeden Befehl willig entgegenzunehmen.

Hildegard, ist das denn wirklich so wichtig, daß Fritzchen weiß wird? Nä, sagte ich, aber die Oma sacht und die Mama, daran kann mer sehen, dat et kein Heidenkind mehr ist un ob isch jenuch jebät han.

Aber Hildegard, du bist doch ein großes Mädchen. Glaubst du wirklich, der liebe Gott hätte die Schwarzen schwarz gemacht, wenn er sie lieber weiß gehabt hätte?

Darauf hätte ich auch selbst kommen können! Schließlich wußte ich längst, daß der Allmächtige alles kann, was er will. Der liebe Gott stand auf meiner und Fritzens Seite, gegen Mutter und Großmutter und alle Verächter der Heidenkinder. Der liebe Gott war weit vernünftiger als die Großmutter. Und mächtiger. Allmächtig eben. Der Vater hatte sich abgewandt und in die Betrachtung eines Schränkchens vertieft; hinter geschliffenem Bleiglas sah man goldenes Meßgerät schimmern. Die Mutter blickte abwechselnd zum Pastor hinauf und auf mich hinunter, griff nach dem Bruder und stellte ihn zwischen ihre Knie, schlug den Arm um ihn und preßte das Handtäschchen vor die Brust.

Der Pastor räusperte sich. Liebe Frau Palm, sagte er, Ihre Tochter hat eine ganz ungewöhnlich lebhafte Phantasie. Sie können stolz sein auf Ihre Tochter.

Die Mutter zog den Bruder näher zu sich heran. Phantasie? Für den Pfarrer hatte ich Phantasie, für die Mutter war ich dat dolle Döppe. Ich erkannte in ihren Augen diese Mischung aus Angst und Ärger, mit der sie mich ansah, wenn Aniana ihr von meinem reinen Herzen erzählte. Der Vater trat von dem Schränkchen zu uns zurück und schlug mit leichten, schnellen Schlägen die Handschuhe gegen die Hutkrempe.

So, Hildegard, sagte der Pastor, da hast du dein Fritzchen wieder. Er nahm meine beiden Hände und legte die Puppe hinein. Sie war jetzt heiß und ein bißchen feucht. Dann wölbte er seine großen warmen Hände um die meinen, daß Fritzchen aus diesem doppelten Dom nur noch mit seinem zelluloidkrausen Haar herausschaute. Paß gut auf Fritzchen auf. Und nun wünsche ich Ihnen allen noch einmal eine gesegnete Weihnacht, und die besten Grüße zu Hause.

Noch am selben Abend begann die Großmutter zu häkeln. Ein Hemd und eine Hose für Fritz. Besonders eine Hose. Aus reiner Baumwolle und weiß wie ein neuer Topflappen.

Beides zog ich ihm gleich wieder aus. Nur wenn der Ohm kam, verkleidete ich Fritzchen als Christenkind. Der Ohm war ein Bruder der Großmutter, Pater bei den Oblaten. Die Familie hatte hart für seine Priesterweihe gespart, der Ohm war die irdische Beglaubigung ihres himmlischen Kontos. Höher als das seine stand nur Gottes Wort. Kam der Ohm zu Besuch, geriet die Großmutter Tage vorher in flatternde Aufregung. Mitten in der Woche wurde Rindfleischsuppe gekocht. Sauerkraut und Kartoffelbrei aß er am liebsten; wir teilten uns eine Bratwurst, er bekam Kasseler Kotelett. Der Vater verschlang sein Essen noch schneller als gewöhnlich und verschwand grußlos im Schuppen. Kurz nachdem ich Fritzchen ins Herz geschlossen hatte, war der Ohm wieder einmal da und hatte die neueste Ausgabe der Missionszeitschrift seines Ordens, den ›Hünfelder Boten‹, mitgebracht.

Sieh mal, Hildegard, sagte er und ließ seinen spitzen weißen Zeigefinger über zwei Fotos kreisen, siehst du den Unterschied?

Dat hie, ich stupste mit dem Finger auf den keck vorgewölbten Bauch eines Negermädchens, das, die Arme in die Hüften gestemmt, in die Kamera lachte, dat hie jefällt mer besser als dat. Auf dem zweiten preßte das Kind die vollen Lippen zusammen und schielte trübsinnig auf den Leichnam am Kreuz. Es trug eine dicke Jacke, zugeknöpft bis zum Hals, und sah aus, als müsse es sich kratzen.

Feierlich richtete der Ohm sich auf und legte die Hände neben den Teller. Kind, sagte er und hob den Blick zur Küchenlampe, es gibt nur einen Weg zur Erlösung.

Jo, sagte ich eifrig. Dat Weet* he muß de Jack ustrecke, däm es et doch vell ze wärm!

Hal ding Muul, fauchte die Großmutter und riß das Blatt an sich. Langsam bewegte der Ohm den Kopf von rechts nach links und zurück, kehrte die Handflächen neben dem Teller nach oben, Jesus beim Abendmahl. Kind, sagte er schmerzvoll und senkte den Blick von der Küchenlampe auf mich: Jesus hat noch mehr gelitten. Seine teigige Rechte griff nach der Maggiflasche, hob sie in weitem Bogen zur Brust und senkte sie in Richtung Tisch, die Öffnung gemessen auf und nieder bewegend, daß die braunen Tropfen in die Suppe platschten, wo sie beim Aufprall winzige Strudel bildeten. Demütig glauben, sagte er, während er die Suppe weihte, demütig glauben. Vor der gelben und der roten Gefahr warnte er. Wenn die Frauen in Männerkleidern laufen, ist das Ende der Welt nahe, verkündete er, und sein gepflegtes Doppelkinn bebte über dem steifen Kragen, wenn er, mit von Bissen zu Bissen sich steigerndem Donnermut, in die Zielgerade seiner Verdammnis brauste.

Nach Selbstgebackenem mit Sahne und echtem Bohnenkaffee gab er zum Abschied zuerst allen die Hand und dann den Segen. Den rechten Arm bis zum Ellenbogen fest an den Oberkörper gepreßt, streckte er nur den Unterarm vor und wedelte über den gekrümmten Rücken, den gebeugten Hälsen das Kreuzzeichen. Keine Bewegung zuviel. Demut, mein Kind, Demut, murmelte er über meinem Kopf. Demütig glauben. Ich richtete mich auf. Ich wollte lernen. Wissen.

Armen Kindern drückte der Fotograf eine mit Papier ausgestopfte Schultüte in die Hand. Ein Foto machte er von jedem Kind, ob es ihm nun abgekauft wurde oder nicht. Meine Schultüte war klein, aber echt. Keine eigene Schultüte zu haben wäre eine Blamasch gewesen. Wat sulle de Lück von us denke, hatte die Mutter gesagt und extra Heimarbeit übernommen. Ein Lastwagen der Fabrik, wo der Vater arbeitete, fuhr wöchentlich ein-

* das Mädchen

51

mal durchs Dorf, lud mit Ketten gefüllte Weidenkörbe und leere Holzkisten bei den Heimarbeitern – Frauen und Invaliden – ab und nahm die leeren Körbe und vollen Kisten, in denen die zerteilten, mit Karabinerhaken, Ösen, Schlüsselringen versehenen Ketten nun sauber aufgereiht lagen, wieder mit. In der Vorweihnachtszeit verging kein Abend, ohne daß die Mutter zur Zange griff mit ihren kleinen Händen, die ihr dann nach wenigen Tagen aufgequollen wie rote Gummitatzen an den Gelenken hingen. Im Sommer verschwanden die Kettenkörbe aus der Küche und mit ihnen der säuerlich-ranzige Geruch von Metall, Fett und nassem Holz, bis sie im Frühherbst wiederkamen wie Zugvögel gegen die Zeit.

Dennoch hätte sie das Foto beinah nicht gekauft. Ich hatte vergessen, meine Zöpfe, die mir bis in die Kniekehlen hingen, nach vorne zu legen. Dat schöne Hoor su ze verstoppe, schimpfte sie. Un och noch frisch jewäsche! stimmte die Großmutter ein. Nur alle paar Monate, wenn das Jucken unerträglich geworden war, wurden ein paar Töpfe heißes Wasser gemacht, das Haar eingeseift und mit immer neuen Güssen aus der Milchkanne gespült. Das Auskämmen besorgte die Großmutter unter Gebeten mit einem dichtgezähnten Kamm, der für ihre schütteren Strähnen ausreichte. Schrie ich, unterbrach sie ihre ›Gegrüßet seist du, Maria‹: Unser Herrjott hat noch mehr jelitten. Denk an die Dornenkron.

Aus allen Richtungen kamen Kinder zur Schule. Die Erstkläßler meist mit ihren Müttern; ich hatte durchgesetzt, allein zu gehen. Mein Tornister, von Cousine Hanni, war aus braunem Leder und hing an zwei Riemen über der Schulter. Wenn ich hüpfte, klapperte die Schiefertafel gegen den Griffelkasten, den der Großvater aus Brettchen geleimt und mit Schiffen, Fröschen und Wichtelmännchen bemalt hatte, und ein gehäkeltes Läppchen an einer gedrehten Schnur hüpfte mit.

Wer im Dorf nicht dazugehörte, war ein Müpp. Es gab eingeborene, dreckige Müppen, evangelische Müppen und die Flüchtlingsmüppen aus der kalten Heimat. Die wenigen evangelischen Volksschüler lernten mit den katholischen unter einem Dach, wenn auch in einem viel kleineren Teil des Gebäudes. Auf dem Schulhof aber war ihnen ebensoviel Platz eingeräumt wie den katholischen, so daß es bei uns im Gedränge immer drunter und drüber ging und der Aufsichtslehrer in jeder Pause einiges zu tun hatte, während der evangelische Lehrer den evangelischen Teil mühelos überblicken konnte, was die paar Müppen zu einem weitaus gediegeneren Verhalten anhielt als ihre Mitschüler auf der anderen Seite. Niemals aber wäre es jemandem in den Sinn gekommen, die unsichtbare Glaubenslinie auf dem Schulhof zu überschreiten. Nur auf der katholischen Seite konnte man in den Pausen aus vielen Wasserhähnen trinken, sein Fahrrad in überdachten Ständern abstellen, und Jungen und Mädchen hatten getrennte Klos, was einen spontanen Besuch dieser Örtlichkeiten ermöglichte, während die Müppen auf ihrer Seite schub- und geschlechtsweise hinter Verschläge kommandiert wurden. Immer fanden sich dabei ein paar katholische Schreihälse: Evanjelische Müppe drieße op de Schüppe*, brüllten sie und schütteten sich aus vor Lachen. Selbst die Gulaschkanone der Amerikaner, die samstags in der großen Pause eine dicke Suppe ausschenkte, fuhr zuerst auf die katholische Seite und wechselte dann mit dem lauwarmen Rest zu den Evangelischen. Allerdings kriegten die mitunter zweimal, bis der Bottich leer war.

Auf dem Schulhof mußten wir Zweierreihen bilden wie im Kindergarten, Jungen und Mädchen getrennt, und dann die breite Treppe hochmarschieren, Jungen zuerst, der Lehrer vorneweg.

Mohren heiße er und daß wir uns die Plätze selbst aussuchen dürften, Mädchen links, Jungen rechts, wie in der Kirche. Ich war gleich auf den Platz direkt vorm Pult gestürzt, doch Gedränge hatte es nur in den hinteren Bänken gegeben. Einzig die Langsamen, Zögerlichen, Nachgiebigen mußten schließlich nach vorn.

Alles an Lehrer Mohren war rund, Bauch, Kopf, Gesicht, rund und weich, bis auf die Nase, die wie ein Blitz aus heiterem Himmel spitz und lang aus all dem Runden und Weichen hervorzuckte, so wie sein Jähzorn, der jederzeit unverhofft aus seinem gütigen Temperament herausbrechen konnte.

Unsere Namen mußten wir ihm sagen, wo wir wohnten und was unsere Väter taten.

* scheißen auf die Schaufeln

Dä jeht op Arbeed bei Krötz und Ko., sagte ich.

Ungelernter Arbeiter, murmelte Mohren. Ungelernt? Wieso ungelernt? Der Vater konnte Bäume pfropfen und Schuhe besohlen, Fahrräder flicken und Schuppen bauen, die Nachbarn holten sich Rat bei ihm, wenn die Rosen Rost hatten oder Mehltau, und die Verwandtschaft bewunderte sein Gedächtnis. Der Vater war ein Arbeiter. Aber ungelernt? Der Lehrer hatte es in ein dickes Heft geschrieben, Klassenbuch nannte er das, neben Namen und Adresse, also mußte es stimmen. Der Vater war ungelernt. Ich würde lernen. Durch das Fenster schien kräftige Aprilsonne, auf ihren Strahlen tanzte der Kreidestaub. Lernen. Alles.

Wen hat ehr dann en dä Scholl? empfing mich die Mutter schon an der Tür.

Dä Mohren, sagte ich.

Do mußte oppasse, dat es ene jähzornije Minsch, sagte die Mutter. Seit dä die Malaria hätt. Sing Anfäll.

Wat es dat, Malaria, fragte ich. Das Wort gefiel mir.

En Krankheet, sagte die Mutter. Usm Kreesch. Aus dem Krieg.

Na Jott sei Dank, nit dä Zömperling, sagte die Tante, die immer zufällig vorbeikam, wenn es Reibekuchen gab.

Dä Mohren setz dä Kenger ken Rosine en dä Kopp, ergänzte die Großmutter. Dä weeß, wo mer hinjehürt. Nit wi dä Zömperling.

Dä Zömperling, dä es doch Kummeniß, Kommunist, sagte die Tante kauend und sah sich witternd um.

Wat es dat, kumme Mist? fragte ich. Ein freches Wort, ein Schimpfwort wie Drecksmist.

Kum me niß hesch dat, wiederholte die Tante. Doför bes de noch ze kleen.

Kummenisse sin Russe, beschied mich die Großmutter. Un Schinese. Die jelbe Jefahr. Un die rote. Düvel. Feinde Jottes. Die schaffe de Kersche aff und sperre de Kattolische en.

Ich wußte, wie Zömperling aussah: groß, dünn und blond. Sonntags ging er ins Hochamt. Eine Gefahr?

Treck desch öm, sagte die Mutter. Ich zog den dunkelblauen Faltenrock aus und den hellblauen Pullover. Er war wie alle unsere Pullover im Perlmuster gestrickt, das aufgeribbelte Wolle aussehen ließ wie neu. In meinem alten Kittel durfte ich nun auch an die Reibekuchen.

Die Tante schenkte mir zum ersten Schultag einen Bleistift mit Radiergummi; die Großmutter ein Bildchen der heiligen Hildegard, zuständig für Gelehrsamkeit. Ich schenkte dem Bruder einen Kringel aus meiner Schultüte. Abends zeigte mir der Vater das neue Stöckchen hinter der Uhr. Es war mit mir gewachsen. Mindestens doppelt so dick wie die Schilfrohrstöckchen aus der Kindergartenzeit, die alle paar Monate auf den Sonntagsspaziergängen mit den Eltern erneuert worden waren. Das neue Stöckchen war aus Holz und himmelblau bemalt.

Es et nit schön? lachte der Vater und balancierte das Stöckchen senkrecht auf der Handfläche. Doför bes de jitz alt jenuch. Er hieb ein paarmal in die Luft. Es sauste. Paß op, dat de Färv nit affjeht. Die Farbe nicht abgeht.

Kurz vorm Schlafengehen nahm mich der Großvater beiseite und drückte mir etwas in die Hand. Dabei sah er mich an wie seine älteste Tochter, die Tante aus Elberfeld, wenn die wieder wegfuhr.

Es war der schönste Buchstein. Blendend weiß mit roten Linien, Schlingen und Schleifen, Kringeln und Krähenfüßen auf der einen, goldenen auf der anderen Seite. Da drauf, sagte der Großvater, stehen wunderbare Jeschischten. Immer neue. Solang de lävs. Solange du lebst.

Der nächste Schulmorgen begann mit einem ›Vater unser‹. Im Stehen. Alle Kinder aus dem Kindergarten beteten lauthals mit, und der Lehrer machte hinter unsere Namen mit schwarzer Tinte einen Punkt. Schwarze Punkte, erklärte er, waren gute Punkte. Rote schlechte. Auch der liebe Gott, wußte ich von der Großmutter, führte Buch über gute und schlechte Taten. Als ich sie gefragt hatte, wieso er sich das aufschreiben müsse, wo er doch allwissend sei, hatte sie den Spüllappen nach mir geworfen und mich Düvelsbrode genannt. Über meinen himmlischen Punktestand war ich ständig im ungewissen. Ein Klassenbuch war eine klare Sache.

Scharrend drückten wir uns in die Bänke.

Wer von euch kann denn schon, Lehrer Mohren zog die Au-

genbrauen hoch, zwei Rundungen mehr in seinem runden Gesicht – wer von euch kann denn schon bis zehn zählen?

Kurtchen Küppers ratterte bis zwanzig und über dreißig hinaus, bis Mohren abwinkte. Kurtchen Küppers bekam einen
zweiten schwarzen Punkt.

Und wer kann – wieder ließ der Lehrer seine runden Augen
über unsere Köpfe rollen –, und wer von euch kann schon lesen?
Niemand?

Da hob ich den Finger. Den zweiten schwarzen Punkt vor
Augen.

Steh auf! sagte Mohren.

Ich zog meinen neuen Buchstein aus dem Tornister und las in
einem Zuge die Geschichte von der grünen Vase vor. Jo, rief
Kurtchen Küppers einmal aufgeregt dazwischen, dat stimmt.
Die Jeschischte von der Frau un dem Huhn hat die Schwester
jenau so verzählt!

Denn wem dat Häz schwer es, dem is alles schwer. Un wem et
leischt is, dem is alles leischt, schloß ich und sah den Lehrer erwartungsvoll an.

So, sagte Mohren. Das hast du also gelesen. Das steht alles auf
diesem Stein da?

Ja, sagte ich, dat is ene Boochsteen.

Ein Buchstein?

Ja, sagte ich. In der Klasse wurde es unruhig.

Ruhe, donnerte Mohren. Setzen. Einen schwarzen Punkt gab
es nicht.

Nach der Stunde hielt mich der Lehrer zurück, betrachtete
mich und den Stein, kopfschüttelnd, schnaufend. Viele Buchsteine habe ich noch zu Hause, am Rhein könne man sie finden,
mein Schutzengel habe sie beschrieben, und diesen besonders
schönen habe mir gestern der Großvater geschenkt.

Lehrer Mohren räusperte sich. Nun, sagte er, es gibt viele Arten zu lesen. Steine werden anders gelesen als das, was auf dem
Papier steht. In der Schule, mein Kind, wird nur gelesen, was auf
dem Papier steht. Mit dem Großvater kannst du weiter von deinen Buchsteinen lesen. Mohren gab mir den Stein des Großvaters zurück und strich mir über den Kopf. Auch dies mußte
wohl an dem herrlichen Stein liegen.

Jedes, aber auch jedes Wort der Welt könne man lesen, lockte uns der Lehrer, wenn man nur diese sechsundzwanzig Buchstaben, Alphabet genannt, kenne. Sogar neue Wörter könne man erfinden. Aber damit hätten wir noch viel Zeit. Zuerst einmal sollten wir die Buchstaben lernen. A, sagte der Lehrer und malte etwas an die Tafel: A, wiederholte er. Buchstaben kamen aus den Tönen. Wie Kompott aus frischem Obst, haltbar gemacht wie Eingewecktes.

Das A sah aus wie eine Zipfelmütz, Zipfelmütz auf Wichtelmännchens Kopf, Wichtelmännchen bei Schneewittchen, Rumpelstilzchen und Zwerg Nase, die Heinzelmännchen von Köln. B stand mit seinem blubbernden Bauch vor der Mühle und verschacherte seine schöne Tochter an den König, Stroh zu Gold spinnen könne sie, log das dicke B. Im C hing der Sichelmond am Himmel, Sterntaler regneten dem armen Mädchen ins Hemdlein. Das D roch nach Gift, giftige Apfelhälfte im Halse von Schneewittchen. Ich hatte große Mühe, die Gedanken bei den Zeichen zu halten. Ließ ich ihnen freien Lauf, nahmen sie schnurstracks den Weg in die Märchenwelt.

Jeden Buchstaben gab es in groß und klein wie Eltern und Kinder, doch die kleinen sahen den großen beileibe nicht immer ähnlich. A und a. B und b. R und r. E und e. G und g. H und h. Die Kurve vom d dem D entgegengesetzt. Einen Grund dafür gab es nicht. Sowenig wie für Engel und Teufel. Alphabet und Gebet waren Glaubenssache. Das Alphabet dem Gebet haushoch überlegen. Ohne Alphabet kein Gebet. Nicht einmal GOTT.

Tröstlich, daß sich kleine und große Buchstaben gleich anhörten, ein schrumpeliges e nicht schwächlicher klang als ein dreigestrichenes E; ein h nicht leiser gehaucht wurde als sein großer stabiler Verwandter; ein P nicht lauter knallte als ein p, auch wenn das Püppchen sein Bein mal unter die Linie streckte, mal auf ihr balancierte.

Sobald wir die Buchstaben kannten, kam es darauf an, sie so, wie sie im Lesebuch standen, in Gruppen, also in einer Reihe, richtig auszusprechen. Das war Lesen. Lesen vom Papier. Zum Lesen vom Buchstein brauchte man keine Buchstaben. Was immer dort geschrieben stand, stieg mir ohne den Umweg über die

Buchstaben vor Augen. Ich brauchte nur zu sagen, was ich sah. Daß ich dazu Wörter brauchte, daß es Wörter waren, die ich sagte, war mir nicht klar. Was ich sah, konnte ich sagen. Zwischen dem, was ich sah, und dem, was ich sagte, gab es keinen Unterschied. Das Gesehene war das Gesagte. Ich sagte nichts, was ich nicht sah. Oft konnte ich mit dem Sagen kaum nachkommen, so überreichlich drängten die Bilder aus dem Stein.

Lesen vom Papier war anders.

Hase, schrieb Mohren an die Tafel. Ha:sə, hörte ich Rainers Stimme. Ha:sə, wiederholte Mohren. Schrieb ›Kuh‹, und ›ku:‹ sagte der dicke Kurt. ›Hut‹, schrieb Mohren, ›hu:t‹ sagte ich. Aber was ich da sagte, sah ich nicht. Daß dieser Laut ›hu:t‹, daß diese drei Buchstaben ›Hut‹ etwas mit der Kopfbedeckung zu tun hatten, kam mir nicht in den Sinn. Ich blieb im Laut stecken, im Wort-Laut, im Wort-Körper, begnügte mich damit, den Laut, den mir diese unscheinbaren schwarzen Zeichen oberhalb meiner Zeigefingerkuppe abforderten, aufs genaueste hervorzubringen. Ergötzte mich an meiner Fähigkeit, die Zeichen in Laute zu überführen, Zeichen und Klang zusammenzubringen, das, was die Augen dem Gehirn signalisierten, mit Zunge, Zähnen, Zäpfchen, den Lippen zu formen. Lesen war für mich Sprechen, Aussprechen. Den Laut lesen. Laut lesen.

Es war ein herrliches Spiel. Die Spielregeln einfach. Ein A blieb ein A, ein U ein U, E E, I I. Nicht umsonst hieß diese Handvoll Schnörkel Selbstlaute; sie standen für sich selbst und beherrschten mit ihrem Klang alle übrigen Zeichen, die Mitlaute. Diese waren zwar in der Überzahl, hatten aber ohne Selbstlaute nur ein sonderbares Leben als Krächzen, Hauchen, Räuspern, Summen. Im Alphabet bedienten sie sich eines e als Krücke, um sich hörbar zu machen, ließen dieses aber sofort fahren, sobald sie ein eigenständiger Selbstlaut herausforderte. Sie ergaben sich immer, Mitlaute eben, kein Rückgrat. Andrerseits kamen die Selbstlaute ohne die Mitlaute auch nicht sehr weit. Ein langes A war ein Staunen, ein kurzes beinah ein Nein. O freute und wunderte sich. I war Ekel und Abscheu. Mit langen Us kam das Gruseln.

Ein Allerweltsbuchstabe war das E, ein Hansdampf in allen Gassen, Mädchen für alles. Ohne E ging gar nichts. E war der unumschränkte Herrscher unter den Selbstlauten, vielleicht sogar im Alphabet. Mit ungeheurer Macht ausgestattet, machte es aus einem Tisch Tische von zwei bis unendlich; aus einem A ein Ä, O zu Ö, U zu Ü.

Es gefiel mir, daß die Selbstlaute nicht ohne die Mitlaute, die Mitlaute nicht ohne die Selbstlaute auskamen, daß jeder auf jeden angewiesen war, wenn er etwas darstellen wollte. Fehlte ein Teil, brach das Wort zusammen. Stahl sich das u aus der Kuh, blieb nichts als ein Knacklaut hinten im Gaumen, ließ das K den Rest im Stich, muhte das uh dumpf hinterher.

Aus den Haushalten, wo sie putzte, brachte die Mutter alte Illustrierte mit. Die Romane darin waren das einzige lange Wörterstück ohne lästige Fotos.

Ich saß beim Hühnerstall und reihte mit lauter, ausdrucksloser Stimme die Wörter des Fortsetzungsromans aus der ›Hör zu‹ aneinander, als sich plötzlich die Stimme der Mutter durch meinen Wörterverschlag bohrte, ihn zum Einsturz brachte.

Nä, hür sesch dat ener an. Sie entriß mir die Zeitschrift, schlug erregt mit dem Handrücken auf das Papier, hielt mir das Blatt scheltend vor Augen. Die Zeichnung zeigte einen dunkelhaarigen Mann im Arztkittel und eine Frau mit wilden Locken und tief aufgeknöpfter Schwesterntracht, die resolut einen Arm um den zögerlich dreinblickenden Doktor schlang. Im Hintergrund rückte eine schlicht gekämmte Frau im Kostüm Blumen in einer Vase zurecht.

Wat fällt dir en, sujet ze läse, henger mingem Rögge*. Doför bes de doch noch vell ze kleen. Wo häs de dat nur her. Die Mutter klatschte mir die Zeitung um die Ohren. Waat, bes dä Papp no Huus kütt.

Su un jitz wolle mer sinn, ob isch Räät** han, sagte die Mutter, nachdem wir am Abend unsere Graubrotschnitten mit Blut- und Leberwurst verzehrt hatten. Papp, hol dat Hellijebooch. Das Heiligenbuch.

Isch jlöv et nit, sagte der Vater, so jet jiddet doch ja nit. Wo soll

* hinter meinem Rücken
** Recht

dat Weet dat dann her han. Doch nit us dä Scholl. Die künne doch noch ja nit so wick sin*.

Der Vater blies den Staub vom Goldschnitt des Buches und legte den schweren Band auf meine Knie. Er war noch warm vom ewigen Licht.

Jitz zesch ens, wat de kanns, brummte der Vater mißtrauisch. Der Großvater nickte mir ermutigend zu. Jelobt sei Jesus Christus, sagte die Großmutter. Loß jonn.

Ich klappte das Buch irgendwo auf. Das Bild, eine ganze Seite, zeigte einen nackten Mann auf einer Art Gitter, darunter brannte ein Feuerchen. Er hatte keine Haut mehr.

Die schwarzen Zeichen waren denen, die ich kannte, ähnlich. So, wie ein Schuppen einer barocken Kathedrale ähnlich ist. Ich hatte keine große Mühe, meine Zeichen in ihrer Verkleidung wiederzuerkennen, doch war ich von ihrem Aufputz hingerissen, wie man von einem verrückten Hut, einem prächtigen Kopfschmuck oder ähnlichem fasziniert ist, so daß ich vor jedem 𝕳, 𝕮, 𝕵 in stumme Bewunderung verfiel, was meine Lautbildung ins Stocken brachte.

Na also, lachte der Vater gequetscht. Su jut kann esch dat och. Läse! Er zog die Nase hoch, rückte den Hosengürtel zurecht.

Die Mutter war wütend, glaubte, ich stelle mein Licht mit Absicht unter den Scheffel. Der Großvater nahm mir das schwere Buch von den Knien. Wat soll dat Kenk met su nem Verzäll**? brummte er. De Huck afftrecke beim lebendige Liev und dann op däm Füer brode.*** Dat es doch nix für Kenger!

Wat kallst du, erregte sich die Großmutter. Dat es e Hellijebooch! Dat es jut für jede, dä jedöv es. Getauft es.

Der Großvater schwieg. Ich spitzte die Ohren. Was hatte ich da gelesen? Gehäutet worden war einer und dann gebraten? Also hatten diese Laute eine wirkliche Bedeutung. Derheiligeaufdemrost meinte wirklich einen Heiligen auf dem Rost. Wort und Ding mußten aufeinanderliegen, dann hatte der Wortlaut einen

---

* soweit sein
** Gefasel
*** Die Haut abziehen bei lebendigem Leib und dann auf dem Feuer braten.

Sinn. Erst das Begreifen der Einheit von Schrift, Laut und Wirklichkeit, erst das war Lesen.

Als alle in den Betten lagen, schlich ich an meinen Tornister. Kein Zweifel, die roten und goldenen Linien auf dem Buchstein des Großvaters waren Buchstabenschlaufen, waren Wörter. Hildegard, las ich die goldene, Palm, die rote Spur.

Mit dem Lesen als Laute lesen, Laute ohne Bedeutung, war es vorbei. Die Laute ließen sich von dem, was sie ausdrückten, nicht mehr trennen, Laut und Sinn durchdrangen einander für immer. Wenn ich jetzt die Bedeutung eines Wortes nicht kannte, machte mich das unglücklich, unruhig wie eine verschlossene Tür, hinter der märchenhafte Schätze der Entdeckung harrten.

Auch das Schreiben von Wörtern, die es doch alle schon gab, kam mir seit jenem Abend nicht mehr überflüssig vor. Wenn die gedruckte ›Kuh‹ gleich der gesprochenen ›ku:‹ für alle Kühe der Welt steht, alle vergangenen und zukünftigen Kühe, so geht das auch umgekehrt. Ich schreibe ›Kuh‹ und habe alle Kühe der Welt. Ich schreibe ›Mutter‹, und mir gehören die Mütter aller Länder und Zeiten. Kann mir Mütter nach Herzenslust bilden nach meinem Bilde. Aus Wörtern. Ich schreibe ›Vater‹ und stelle Josef Palm in die hinterste Reihe, wo er im Häkchen des r verschwindet.

Den Dingwörtern folgten die Tuwörter, diesen die Eigenschaftswörter. Dann kamen die Sätze. Tuwörter, besser Tätigkeitswörter, so Mohren, waren die eigentlichen Herren im Satz. Ein einziges Tuwort konnte schon für sich allein als Satz auftreten. Geh! oder Lauf! Allerdings mit einem Ausrufungszeichen als Stütze. Die Tätigkeitswörter hatten im Satz das Sagen. Beherrschten nicht nur die übrigen Wörter, sondern auch die Zeit. Von ihnen, das lernte ich in den nächsten Monaten, hing es ab, ob ich etwas Gutes esse, aß, essen werde oder nur essen würde. Und nicht nur ich, alle anderen auch. Jedes Ding der Welt konnten die Tätigkeitswörter in die Vergangenheit versenken, in die Gegenwart hereinholen, in die Zukunft spiegeln oder als bloßes Hirngespinst erscheinen lassen. Nichts, was ihrem Zugriff entging. Ich bewunderte die Schliche, Tricks, Kniffe der Tätigkeitswörter. Sie brauchten keinen großen Aufwand, um immer wieder anders dazustehen. Wurde aus einem e ein ü oder ein u, konnte man krank werden, krank gewesen sein oder mußte nur möglicherweise ins Bett. Wie erfahrene Handwerker im Haus wirtschafteten die Tätigkeitswörter im Satz, geschickt und mit sparsamsten Mitteln genau die gewünschte Wirkung erzielend. Anfangs faszinierten sie mich; aber dann wurde ich ihrer müde, so, wie man des Zaubertricks, einmal durchschaut, überdrüssig wird. Auch waren sie mir zu mächtig, alles andere versklavend.

Ich blieb den Hauptwörtern treu. Besonders denen, die Dinge bedeuteten, einfache Dinge, Tisch, Kuh, Haus. Schwierigkeiten machten mir die nichtdinglichen Dingwörter, die Begriffe. Ich traute ihnen nicht, glaubte ihnen erst, wenn ich sie sah. ›Herrlichkeit‹ war die Monstranz, die der Pastor aus dem Tabernakel zog und über den Kopf hob. Oder das Brautkleid der Cousine. ›Strafe‹ war das blaue Stöckchen hinter der Uhr und ›Hilfe‹ der Großvater, wenn er mit uns an den Rhein ging. ›Hilfe‹ und ›Freude‹ war das, aber nur, solange es dauerte. Dann war die Freude vorbei. Ich fand mich nur zögernd mit dieser Art von Wörtern ab, überwand nur langsam das Mißtrauen gegen ihren Gebrauch und ging ihnen am liebsten aus dem Weg. Mir nichts, dir nichts ließen sie sich von den Ereignissen ablösen, die mit ihnen zwar nicht verschwanden, aber doch verblichen, verwelkten, während ein Baum, ein Buch, eine Vase etwas Handfestes, nicht aus der Welt zu Schaffendes war, ein wirkliches Ding-Wort eben.

Dingwörter begannen mit einem großen Buchstaben. Das gefiel mir. Ich duldete die kleinen Zeichen, hätte aber am liebsten alles GROSS geschrieben. Stundenlang saß ich, meine Tafel auf den Knien, beim Hühnerstall und kratzte mit meinem Griffel immer neue Wörter in den Schiefer, schrieb mal alles groß, mal alles klein und fühlte mich göttlich, wenn ich mit ein paar Strichen des spuckefeuchten Schwämmchens alles wieder wegwischen konnte, auslöschen, als hätte es nie ein Haus, haus, HAUS gegeben, und ebenso großartig fühlte ich mich, wenn ich immer wieder aufs neue begann, die Tafel zu füllen wie Gott Himmel und Erde in den Schöpfungstagen. Sprache war allmächtig. Allmächtiger als der liebe Gott. Was war die wunderbare Brotvermehrung mit fünftausend Broten aus einem gegen die unendliche Wortvermehrung aus sechsundzwanzig Buchstaben? Jedes Buch ein neues Brot, jedes Wort ein Stück davon.

Sprache war gerecht. Gerechter als der liebe Gott. Es gab nicht gut und böse. Nur richtig und falsch. Man wußte, wo man dran war. Keine als Gnade getarnte Willkür. Kein: ›Die Letzten werden die Ersten sein‹. Die Letzten mit zehn Fehlern im Diktat blieben die Letzten, und basta. Gewiß, es gab Ausnahmen. Ich verachtete sie. Aber auch die konnte man lernen. Grausam, Grauen, Greueltat. Willkür dieser Art war Gesetz. Gesetz für alle. Es gab keine Heiligen und keine Sünder. Keinen Teufel. Dafür sorgte die Sprachlehre. Sie machte der Schrift Vorschriften, schrieb das rechte Schreiben vor, wie die zehn Gebote das rechte Leben. Auf die Sprachlehre war Verlaß. Weit mehr als auf die Zehn Gebote. Vater und Mutter zu ehren, einen Vater mit dem Stöckchen hinter der Uhr, eine Mutter, für die ich ein Düvelsbrode war, schien mir ziemlich fragwürdig, aber Fater und Muter zu ären war falsch, und jeder konnte wissen, warum, beide verbessern und anschließend ehren.

Als ich entdeckte, daß ein Wort zwei Bedeutungen haben kann, war das ein Schock. Es regte mich auf wie Verrat.

Die Zeit der Buchsteine war vorbei. Abends im Bett warf ich dem Bruder Wörter zu. Wir spuckten sie aus, saugten sie ein, machten sie groß und klein, dick und dünn, laut und leise. Wörter waren da, wie die Steine am Rhein, das Gras in den Wiesen, soviel und wann immer man wollte. Aus der Luft konnte man sie greifen und wieder in Luft auflösen. Mutter, Butter, Kutter – wir entdeckten den Reim. Wenn er nicht weiterwußte, stellte ich ein neues Wort.

Für das Wörterumkrempeln war der Bruder noch zu klein. Aber ich saß vor meiner Tafel und kratzte aus der ›Maus‹ einen ›Saum‹, ein ›am‹ und ein ›um‹ und ein ›aus‹, und als ich schließlich eine ›Sau‹ rauskriegte, rannte ich durch den Garten und schrie: Die Sau, die Maus, Sau in der Maus, rannte und schrie wie von Sinnen. ›Sau‹ war ein verbotenes Wort, ein schmutziges Wort, und jetzt steckte es klammheimlich in der harmlosen Maus. Nicht zu fassen, wunderbar.

Die groben Wörter taten mir leid. Pisse, Kacke, Dreck. Ich

suchte nach dem Zarten, Unantastbaren in ihnen, dem Prinzen im Frosch. Freute mich am ›Eis‹ aus der ›Pisse‹, dem ›Ei‹; dem ›Tier‹ und dem ›Teer‹ aus ›Eiter‹, nur die ›Kacke‹ blieb, was sie war.

Eine Zeitlang durchwühlte ich jedes Wort nach verborgenen Mitwörtern, kaum ein Wort ohne heimliche Mitwörter, stolz sah ich, wie sich aus meinem heiligen Taufnamen ein Adler schwang.

Welch ein Entzücken, als ich die Macht der einzelnen Selbstlaute und Mitlaute entdeckte, als ich begriff, daß es ein lumpiges i war, das aus der Tante Tinte, die Mulde milde, aus Taschen Tische machte. Wie in Trance ging ich umher, schaffte aus dem Hund eine Hand, dem Schluß ein Schloß, aus der Hülle eine Halle, eine Hölle. Täglich stöberte mich die Mutter beim Hühnerstall auf, ich solle spielen gehen. Aber während ich mit den anderen Kindern in der Gärtnerei die Komposthügel hinauf- und hinunterjagte, mich in einer umgestülpten Zinkbadewanne oder zwischen Stapeln von Blumentöpfen versteckte, murmelte es in meinem Kopf, Gut, Blut, Schnut, Tut, Hut; Klippe, Kippe, Hippe, Lippe; dumm, krumm, bumm. Und welch ein Triumph, als ich, er kam von der Arbeit und schob das Fahrrad durchs Tor, den ›Papa‹ in ›Pipi‹ ersäufte.

Kolumbus war es egal, ob auf einem neuen Kontinent Palmen, Birn- oder Tannenbäume wuchsen. Mich kümmerte nicht, was ich las. Mit Frau Peps unterm Arm, das Heiligenbuch auf beiden Händen wie ein Meßbuch balancierend, schwelgte ich hinterm Hühnerstall in Gedrucktem. Oft trug mir die Großmutter das schwere Buch sogar hinterher. Als es kälter wurde, durfte ich ihr in der Küche daraus vorlesen. Zufällig, und die Zufälle häuften sich, je flüssiger ich las, zufällig kamen dann Frauen aus dem Bonifatius- oder dem Frauenverein vorbei. Angeblich, um sich nach einer Hochzeit, Beerdigung oder Taufe zu erkundigen. Ich saß am Tisch und las; die Frauen hörten zu, und die Großmutter kriegte vor Stolz auf die fromme Enkelin rote Bäckchen, als hätte sie ein paar Gläschen von ihrem Aufgesetzten getrunken.

Was mich am Heiligenbuch fesselte, war keineswegs der vorbildliche, mit guten Werken gespickte Lebenswandel seiner Vertreter. Einzig Männer und Frauen, die eines gewaltsamen Todes ums Leben gekommen waren, lockten mich, Hauptsache, es ging dabei blutrünstig zu. Kopf ab oder im Verlies verschmachten reichte nicht. Laurentius ohne Haut auf einem zischenden Eisenrost, von Schergen mit glühenden Eisenzangen gezwickt, oder die heilige Clementia, ihre abgeschnittenen Brüste auf einem Teller vor sich hertragend, wobei das Blut aus den Wunden wie aus einem Zapfhahn schoß, das gefiel mir. War der irdische Vater, der mit den harten Händen, dem Stöckchen hinter der Uhr, dem Hosengürtel aus Leder und Stahl, diesem Gottvater im Himmel, der zusah, wie seine Kinder von Pfeilen durchlöchert, von Löwen zernagt, gerädert, geviertelt, zerfetzt wurden, nicht zum Verwechseln ähnlich?

Anfangs besprach ich diese Geschichten mit Frau Peps. Doch je beredter das Gedruckte zu mir sprach, desto weniger hatte sie zu sagen. Schließlich schwieg sie ganz. Eine Weile klemmte ich sie mir noch untern Arm, versuchte hin und wieder, mit ihr ins Gespräch zu kommen. Doch Frau Peps war zur Tasche geworden. Und die Tasche blieb eine Tasche. Eine Tasche, die nicht mehr zuging, speckig, abgetragen, zu nichts mehr zu gebrauchen. Ich verscharrte sie beim Haselnußstrauch.

Im Lauf der Jahre hatte ich das Christkind in immer engere Verbindung mit den Eltern gebracht. Zu häufig hatte es meine Bitten um einen Holländer, wie er dem Bruder, oder einem Roller, wie er Birgit beschert worden war, mißachtet und mich statt dessen mit einer Baumwollgarnitur aus Ägyptisch Makko oder einem Biber-Schlafanzug abgespeist, die ich zuvor in Zilli Botts Schaufenster zwischen nadelnden Tannenzweigen hatte verstauben sehen.

Eine Zeitlang suchte man mir die vielen Geschenke des Bruders damit zu erklären, daß das Christkind seinen Weg nach Dondorf über Rüpprich nehme, wo ihm dessen begüterte Patentante alljährlich mit Erspartem unter die Arme greife. Dann leuchtete mir das nicht mehr ein. Wenn das Christkind nicht in der Lage war, die Geschenke selbst zu bezahlen, wozu dann der ganze Aufwand mit dem Wunschzettel, den der Großvater uns jedes Jahr am Nikolaustag zu schreiben half?

In diesem Jahr hatte ich den Wunschzettel selbst geschrieben.

Neben meinem Weihnachtsteller lag ein Pullover, Perlmuster und erikafarben wie die alte Jacke der Tante, die das Christkind am ersten Advent bei ihr abgeholt hatte. Quer über die Brust lief ein blaues Band mit weißen, springenden Hirschen und Tannenbäumen. Einen solchen Pullover hatte ich mir schon lange gewünscht. Heute würdigte ich ihn kaum eines Blickes. Denn in diesem Jahr hatte das Christkind nicht bei Botts Unterwäsche haltgemacht, sondern war zwei Häuser weitergeflogen. Zwischen Socken und Lammfellsohlen, Winterstiefeln, in die ich noch hineinwachsen mußte, lag das dicke Märchenbuch aus Kaisers Schaufenster.

Föhl ens, fühl mal, sagte ich zum Bruder, zum Großvater und führte ihre Hand über den glatten, glänzenden Umschlag, wie ene Prinzessinnesteen. Ich schlug das Buch nicht auf, herrschte den Bruder an, als der mit seinen ungeschickten Händen zwischen die Seiten fahren wollte. Streichelte den Einband wie ein Schoßtier, viel fehlte nicht, ich hätte ihm Koseworte zugemurmelt.

Bis zum nächsten Tag schleppte ich das Buch mit mir herum, ohne es einmal zu öffnen. Als ginge mit dem Geöffnetwerden sein Zauber verloren, als tropfe sein Inhalt heraus wie Goldstücke aus einem geschlitzten Sack, als wäre das erste Aufblättern wie der erste Biß in ein Stück Brot, das, einmal angerührt, alsbald aufgezehrt ist. Dann, als am zweiten Weihnachtstag nach einer ausgiebigen Mahlzeit alles schlief, wusch ich mir am Spülstein die Hände und schlich mit dem Buch aus der warmen Küche vor die Speichertreppe. Stellte mich gerade hin, hielt das Buch auf beiden Handtellern, beugte mich darüber und küßte es wie der Pastor das Meßbuch am Altar. Dann schlug ich es auf. Und war verärgert. Mein Blick fiel auf einen Vierfarbdruck, goldlockig Dornröschen, rosa im rot-weißen Dornengehege, soeben erwachend, vor ihr auf den Knien der hellblaue Prinz. Ich mochte Bilder in Büchern nicht. Meine Schneewittchen, Rotkäppchen, Hexen und Feen, Zwerge und Riesen sahen alle anders aus. Bilder nahmen den Buchstaben bloß den Platz weg. Ich schlug den Band zu, fuhr mit den Fingern zwischen die Seiten wie der Katze durchs Fell, schlug ihn ganz vorn wieder auf.

An diesem Tag las ich nur das Inhaltsverzeichnis, las es wieder und wieder. Mit der gleichen ruhigen Lust, mit der ein Bauer die gefüllte Scheuer, der König seinen Schatz, die Hausfrau die Vorratskammer betrachtet, musterte ich die Versammlung der Überschriften. Berauschte mich an den Verheißungen der Titel wie der Hungrige am Duft der Speisen, über die er sich jederzeit hermachen kann. Einige Titel lockten mit Versprechungen, andere nickten mir zu wie alte Freunde oder flüchtige Bekannte, Rotkäppchen und Schneewittchen, Aschenputtel und Dornröschen, der Froschkönig, König Drosselbart, Schneeweißchen und Rosenrot, Hänsel und Gretel, das tapfere Schneiderlein, Frau Holle, Rumpelstilzchen. Ich geriet aus dem Häuschen, als ich merkte, wen alles ich hier wiederentdeckte, alle, von denen ich bislang nur gehört hatte, konnte ich nun, wann immer ich wollte, mit den Augen besuchen; konnte mir aussuchen, zu wem es mich gerade hinzog, zur armen Müllerstochter oder zur Königin, zu den Riesen oder den Zwergen, zu Menschen, Hexen oder Feen.

Erst am nächsten Tag wählte ich ein Märchen aus, nicht ohne mir vorher wieder die Hände zu waschen, als ginge es zu Besuch bei der Frau Bürgermeister. ›Brüderchen und Schwesterchen‹ schlug ich auf, eines der letzten, die uns Aniana im Kindergarten vorgelesen hatte. Ich hatte es nur dieses eine Mal gehört, aber die traurigen Verse der Märchenmutter klangen mir noch im Ohr. ›Was macht mein Kind? Was macht mein Reh? Nun komm ich noch einmal und dann nimmermehr.‹ Tagelang hatte ich diese Zeilen vor mich hin gemurmelt, besonders das Wort ›nimmermehr‹ hatte es mir angetan; jedesmal zog sich mein Herz bei dem schneidenden ›nimmer‹ scharf zusammen, um sich im ›mehr‹ dann wieder in einer vagen Hoffnung zu weiten.

Nun las ich das ganze Märchen Wort für Wort, leckte es Silbe für Silbe von den Seiten, es schmeckte süß und bitter, so wie der Hasenbraten, den wir einmal im Jahr mit Kompott aus schwarzen Johannisbeeren aßen. Mit dem Hasen wurde die Mutter vom Bauer Karrenbroich für die Pflege des Grabes seiner Eltern bezahlt. Manchmal biß man auf eine Schrotkugel, dann sagte der Vater ›Verdammisch‹, der Großvater ›Waidmannsheil‹ und die Großmutter ›Jelobt sei Jesus Christus‹.

Von den Buchsteinen hatte ich immer nur Wörter gelesen, die

ich schon kannte; hier traf ich auf Wörter, die ich noch nie gehört hatte und die mir dennoch gleich vertraut waren. Auch im Heiligenbuch hatte ich solche Wörter getroffen, aber wenig Gefallen an ihnen gefunden, ›Märtyrer‹ oder ›Verlies‹, ›Schergen‹, ›Folter‹, ›Scheiterhaufen‹. Im Märchen von Brüderchen und Schwesterchen fand ich ein ›goldenes Strumpfband‹, ein ›Hüfthorn‹, ›Jagdlist‹ und ›Badstube‹. ›Nimmermehr‹.

Abends erzählte ich das Märchen dem Bruder, und am nächsten Morgen spielten wir es; wie brach mir das Schwesterherz, wenn ich an Bertrams Bett schlich, ihm übers Gesicht strich und meine Nimmermehr-Sprüche murmelte; wie verbleuten wir das böse Stiefmutterkopfkissen, bis das Rehlein wieder ein Bruder war.

Wir spielten sie alle; waren abwechselnd wütend und traurig, grausam und milde, wir küßten und wurden geküßt, köpften und wurden geköpft, sprachen und hörten zu, starben und wurden wieder geboren.

Auf die Märchen konnte man sich verlassen wie auf die Grammatik. Dort gab es falsch und richtig, hier gab es gut und böse. Gut wurde belohnt, böse bestraft. Vorübergehend schienen die Bösen kraft ihrer Tücke zu obsiegen. Das machte die Märchen spannend. Doch am Ende zogen die Schlechten immer den kürzeren, wurden bestraft, ohne Erbarmen, aber gerecht. Besonders gefiel mir, wenn sich die Bösewichte ahnungslos ihr Urteil selbst sprachen, sich die böse Stiefmutter selbst zum Tod in einem mit Nägeln gespickten Faß verurteilte.

Heilige hingegen konnten noch so gut sein, sie wurden geköpft, verbrannt, gevierteilt, geteert und gefedert, niemand fiel den Schergen im letzten Augenblick in den Arm. Gut, sie kamen in den Himmel. Aber dorthin kam selbst noch der größte Missetäter, wenn er seine Übeltaten in letzter Sekunde bereute. Durch Gottes Gnade eben. Gerecht war das nicht. Zudem schien mir ein Leben als Königin, glücklich bis ans Lebensende, weitaus erstrebenswerter als ein ewiges Leben im Himmelreich. Dafür mußte man erst einmal sterben. Sterben aber wollte niemand. Nicht im Leben und nicht in den Märchen. Nur Heilige.

Am liebsten waren mir Geschichten, in denen das richtige oder falsche Wort Schicksale entschied. Da hatte ein Geiziger drei Wünsche frei; fluchte sein Pferd auf staubiger Landstraße zu Tode; schleppte sich alsdann mit dessen Sattel ab und wünschte seine Frau darauf; kommt nach Hause und muß sie vom Sattel hinunterwünschen. Drei Wünsche mit eins vertan. Wörter waren unauslöschlich, sie an die Luft zu setzen, mußte man vorsichtig sein.

Zauberworte mußte man wissen, damit Felsen sich öffneten, Steine zu Menschen wurden, Schwäne zu Brüdern; Schlaftränke wurden heimlich gereicht, damit das rechte Wort nicht ans rechte Ohr drang; Worte verhexten und erlösten, banden und befreiten. Welch eine Macht hatte ein einziges Wort, Macht über Leben und Tod. Besonders Namen.

Heißest du Kunz? lockte ich den Bruder. Nein, quietschte der. Heißest du Heinz? Nein. Heißest du Ziegenkacke, Misthaufen, Plumpsklo, Leberwurst? Worauf der Bruder immer empörter sein Nein, nein, nein schrie, bis ich ihn: Heißest du etwa Rumpelstilzchen? erlöste und der Bruder: Das hat dir der Teufel gesagt! brüllen und sich selbst mitten entzweireißen durfte. Dabei ruckte er sich einmal so heftig mit beiden Händen den linken Fuß vom Leib, daß Dr. Mickel seine gezerrte Leiste zu kurieren hatte.

Andere Märchen verachtete ich; etwa ›Hans im Glück‹, zu dumm, mit dem, was er hatte, etwas Vernünftiges anzufangen. Die maßlose Frau des Fischers oder den Mann, der seine drei Wünsche vertat. Unter dem Siegel der Verschwiegenheit vertraute ich dem Bruder an, daß, sollte ich jemals drei Wünsche freihaben, ich mir als erstes unendlich viele Wünsche wünschen würde.

Weihnachten war längst vorüber, als Friedel mich nach einem Besuch bei der Großmutter beiseite nahm und mir ein Buch zusteckte. Es war abgegriffen, besonders an den Ecken, nicht sehr dick, dunkelblau, und erinnerte mich an Frau Peps. ›Die kleine Meerjungfrau‹ stand in Goldbuchstaben auf dem Umschlag. Der kleingedruckte Männername interessierte mich nicht. Bücher waren wie Äpfel und Birnen. Daß sie gemacht, geschrieben wurden, kam mir nicht in den Sinn. Es gab sie einfach.

In meinem dicken Buch waren die Märchen kurz, höchstens

zwei, drei Seiten lang. ›Die kleine Meerjungfrau‹ nahm gar kein Ende. Ich grunzte vor Behagen. Auch fiel die Geschichte nicht gleich mit der Tür ins Haus wie die anderen Märchen, sondern ließ es langsam angehen, so, wie auch der Großvater weit ausholte, wenn er uns aus den Buchsteinen vorlas. Mit Pflanzen begann das Märchen von der kleinen Meerjungfrau, Pflanzen, die unter Wasser wuchsen, so biegsam, daß sie sich bei jeder Bewegung des Wassers rührten, als wären sie lebendig. Ob man hier nicht wußte, was der Großvater uns so oft gezeigt hatte, daß diese Pflanzen nichts anderes waren als der Bart des Wassermannes? Dann aber tauchte die kleine Meerjungfrau auf, schweigsam und gedankenversunken, und ich war ihr sofort verfallen, wie keiner Märchengestalt jemals zuvor. Das Reich tief in der See, das sie mit ihren fünf Schwestern teilte, bot Geborgenheit, Reichtum, Schönheit, doch sie wollte auf die Erde, ans Licht, verzehrte sich nach der Sonne, die nur als purpurnes Glühen zu ihr drang. Und sie verlangte nach Menschen, die sie von weit unten auf bunt beleuchteten Schiffen in all ihrem Glanz erahnte. Dann, als das Meermädchen, namenlos wie seine Schwestern, an seinem fünfzehnten Geburtstag zum ersten Mal aus dem Wasser auf die Erde schauen darf, rettet sie einen jungen Prinzen vorm Ertrinken. Danach hat sie nur noch einen Wunsch: Sie möchte Beine haben, um den geliebten Prinzen zu gewinnen. Daß sie auch eine unsterbliche Seele gewinnen werde, allerdings nur als Dreingabe, sobald ein irdischer Mann sie zu seiner Ehefrau machte, nahm ich hin; es erinnerte mich zu sehr an die Heiligengeschichten. Wichtig war der Prinz, war die Liebe. Waren die Beine.

Doch als Preis für die Beine verliert sie ihre Stimme, die schönste Stimme im Meer und auf Erden. Die Meerhexe schneidet ihr die Zunge ab. Derlei schreckliche Dinge war ich aus dem Heiligenbuch und meinen Märchen gewohnt. Ich genoß jede gräßliche auch als köstliche Überraschung: Wußte ich doch, daß alles zu einem guten Ende führte. Hier aber wollte sich das Schicksal seitenlang nicht zum Guten wenden. Die Meerjungfrau wird die liebste Gefährtin des Prinzen, aber sie zu seiner Königin zu machen kommt ihm nicht in den Sinn. Sie hingegen hat keine Möglichkeit, ihm zu erzählen, daß sie es war, die ihn aus dem Wrack gerettet hat. Statt dessen liebt er das Mädchen, das ihn am Strand gefunden hat und das er für seine Retterin hält. Dieses Mädchen, für immer in einen Tempel eingeschlossen, scheint keine Gefahr, das gute Ende immer noch möglich. Da erfährt die Meerjungfrau von der bevorstehenden Hochzeit mit ebendiesem Mädchen. Sie, als liebste Freundin des Prinzen, soll bei der Hochzeit zugleich mit der Braut an seiner Seite sein. Jetzt, jetzt endlich mußte das Blatt sich doch wenden! Aber kein Wassermann hob sein Haupt aus den Wellen und brachte der Meerjungfrau die Zunge, die Stimme zurück. ›Oh, wenn er nur wüßte, daß ich für immer meine Stimme weggab, um bei ihm zu sein.‹ Keine Möwe kreischte, kein Sturmwind blies dem Prinzen die wahre Geschichte ins Ohr. Ich litt. Ich faßte es nicht. Bis mich die rettende Idee von meinem Fußbänkchen hochjagte. Schreiben! schrie ich, daß die Hühner auseinanderstoben. Schreiben mußte das Meermädchen! Ja, sie mußte lesen und schreiben lernen, ihrem Prinzen einen Brief schreiben, in dem sie alles erklären, die Geschichte entwirren und für ihrer beider glückliche Zukunft sorgen konnte. Doch hatte ich in einem Märchen jemals von Lesen und Schreiben gehört? Sprechen, ja, sprechen konnten alle, Stein und Blatt, Maus und Vogel, Löwen und Drachen, Blutstropfen und Pferdekopf, Fisch und Schlange. Aber lesen und schreiben? Die Meerjungfrau war verloren. In der Tat heiratet der Prinz am andern Tag die andere, und das Meermädchen zerfällt zu Schaum auf den Wellen. Was ihr blieb, war die Aussicht auf eine unsterbliche Seele, da sie so viel gelitten hatte. Wie im Heiligenbuch. Es tröstete mich nicht. Einen Prinzen und ein Königreich konnte ich mir vorstellen. Was aber war eine unsterbliche Seele? Und vor allem: Was nützte sie ohne eine Stimme, sie auszudrücken?

Wie gut war es, lesen und schreiben zu können! Lange Zeit prüfte ich jede Geschichte, ob und wie sie sich verändert hätte, wären die Personen des Lesens und Schreibens kundig gewesen. Doch da alles sprechen konnte, hatten die Menschen diese Kunst nicht nötig. Vielleicht mußten sie lesen und schreiben lernen, als sie die Sprache des Himmels und der Erde nicht mehr verstanden. Nur Hänsel und Gretel, dachte ich, hätten ein paar Notizen sicher geholfen, den Weg zurück nach Hause zu finden. Aber dann lockte die Hexe ja heut noch Kinder in ihr Knusperhaus, um sie zu mästen und zu fressen.

Treckt ösch an, zieht euch an, befahl die Mutter meinem Bruder und mir, mer besöke dat Unkelbachs Heinzje. Ich fiel aus allen Wolken. Fremde Familien besuchten wir nie, nur Verwandtschaft. Was um aller Welt hatte ausgerechnet ich bei diesem wabbligen Kerl, den keiner leiden mochte, zu suchen? Die Mutter fackelte nicht lange. Die han us enjelade. Die jävve jedet Johr fuffzisch Mark für dä Missionsverein. Do jonn mer hin, dat jehöt sesch so. Esch breng ösch do hin un hol ösch widder aff. Un dat de desch benimms, un paß op de Jong op. Mehrmals im Jahr richteten Heinzchens Eltern prächtige Feste für ihren Einzigen aus, einen dicklichen, weißhäutigen Jungen ohne Freunde. Doch jedesmal ließen ihn die Gäste, nachdem sie sich mit Kuchen und Wurstbroten vollgestopft hatten, wieder links liegen bis zur nächsten Völlerei.

Bei Unkelbachs roch es nach fettem Kuchen und Kakao. Im Kinderzimmer drängte man sich um die elektrische Eisenbahn. Zwei Mädchen, die ich auf der evangelischen Seite vom Schulhof schon mal gesehen hatte, standen am Fenster, schielten zu mir herüber und tuschelten miteinander. Ihre dünnen Zöpfe waren zu Affenschaukeln gebogen, und sie trugen gesmokte Hahnentrittkleider, Hängerchen. Meine braunen gestopften Wollstrümpfe unterm blauen Faltenrock kratzten.

Neben dem Fenster hing ein dreistufiges, treppenförmig ansteigendes Bücherregal, drei helle Bretter, von einem schwarzen Metallgestänge gehalten, fast voll. Eine größere Ansammlung von Büchern hatte ich bislang nur bei der alten Bürgermeisterswitwe gesehen. Dort standen die Bücher in einem herrschaftlichen Schrank hinter Glastüren. Daß ein so gewöhnliches Kind wie dieses Heinzchen Unkelbach einen derartigen Schatz angehäuft hatte, den es noch dazu wegen einer läppischen Eisenbahn für nichts erachtete, empörte mich. Doch ehe ich mich dem Regal widmen konnte, wurden wir an die Kaffeetafel gerufen.

Auch hier gab es Bücherregale. Sie hingen, treppenförmig wie bei Heinzchen, fünf- und siebenstufig neben dem Wohnzimmerschrank, zeigten Bücher und Vasen mit Erika und vergoldetem Hafer, Tänzerinnen und Schäfer aus Porzellan, Fotografien von Männern in Uniform, silbergerahmt, mit schwarzen Seidenbändern. Die Buchtitel konnte ich nicht lesen. Ein Tischkärtchen hatte mich mit dem Rücken zum Regal neben den Gastgeber ge-setzt, der virtuos ein Kuchenteil nach dem anderen in seinem Mund versenkte. Unaufhaltsam stieß seine Gabel in die süßen Massen, einmal, zweimal, dreimal, und die Torte war weg. Heinz-chen merkte, daß ich vor Staunen über seine Gefräßigkeit das ei-gene Stück fast vergaß, und verdoppelte die Geschwindigkeit der Gabelhiebe, ließ die Kaubewegungen weg und schluckte die Happen hinunter wie die Schlange kleines Getier. Schweiß trat ihm auf die Stirn, helle Röte stieg in seine glatten Backen. Ich sehnte mich nach einem Schinkenbrot.

Während die Mädchen im Hängerchen der Hausfrau halfen, den Tisch abzudecken, und die anderen mit der elektrischen Eisenbahn spielten, ging ich gierig die Bestände des Regals im Kinderzimmer durch. Ganz oben standen Bilderbücher. Sie in-teressierten mich nicht. Darunter glänzten in steifen abwasch-baren Einbänden Indianer- und Abenteuergeschichten, Foto-bände über die Olympischen Spiele, den Rennfahrer Fangio, über Nurmi und Emil Zátopek. Die ›Märchen aus Tausendundeiner Nacht‹ auf dem untersten Brett gab es gleich dreimal. Ich wun-derte mich, warum man dasselbe Buch dreimal hinstellte, sah aber dann an den Bildern der Einbände, daß es sich um verschie-dene Bücher handelte. Ich hockte mich mit Sindbad dem Seefah-rer hinter das Kasperletheater und war verschwunden.

Regte ich mich auf, lief mir die Nase. Als mich der Vogel Rock am Schlafittchen packte und übers Meer trug, brauchte ich drin-gend ein Taschentuch. Mein Mantel hing im Flur, und die Wohn-zimmertür stand offen, das Bücherregal gleich daneben, ein klei-nes schwarzes Buch direkt an der Kante. Mit einem Griff ließ ich das Buch unter meinem Pullover verschwinden, stopfte es auf die nackte Haut zwischen Leibchen und Unterhose, darüber der Pullover aus wulstiger Schafswolle. Sehr aufrecht bezog ich wie-der meinen Winkel in der Kasperlebude.

Abends gab es Würstchen und Kartoffelsalat, hartgekochte Eier und Obstsalat aus Apfelsinen und Bananen. Ich wagte mich kaum zu rühren. Das Buch drückte auf den Magen. Begann, weil ich kaum etwas essen konnte, zu erzählen, was ich gerade gelesen hatte, das Märchen von ›Sindbad dem Seefahrer‹.

Ein Kind nach dem anderen verstummte. Auch Frau Unkelbach blieb mit dem Apfelsaft in der Tür stehen und hörte zu. In vollendeter Haltung saß ich auf meinem Stuhl, stürzte Sindbad von einem Unglück ins andere und gab ihm schließlich, als die ersten Mütter klingelten, den Gnadenstoß von einer Klippe ins Meer.

Un doheem deet dat Blaach de Schnüß nit op, schnitt die Mutter Frau Unkelbach das Wort ab, die nicht müde wurde, mich zu loben, so brav sei ich gewesen, so schön habe ich erzählt. Frau Unkelbach zupfte mir die Mütze ein wenig tiefer in die Stirn. Sie war aus den aufgeribbelten Fäustlingen des hasenschlachtenden Onkels gestrickt; wann immer ich sie aufsetzte, spürte ich seine blauroten, dicht behaarten Hände im Genick und roch Hänschen auf dem Teller. Steifbeinig stieg ich die beiden Stufen vom Bungalow in den Februarabend.

Es war leicht, das Buch ins Schlafzimmer und unters Kopfkissen zu bringen. Es war Winter und kalt. Von den Fenstern des nach Nordwesten gelegenen Kinderschlafzimmers tauten wochenlang die Eisblumen nicht ab. Wir schliefen in der Unterwäsche, über die ich einen Schlafanzug aus Flanell und alte Jacken oder Pullover zog. Auch die Strümpfe behielt ich an, wickelte sie mir bis zu den Waden herunter. Im Backofen schmorten tagsüber mit Sand gefüllte Steinhägerflaschen, die abends in ausrangierten Socken ans Fußende der kalten, klammen Betten geschoben wurden. Während ich sonst blitzschnell mit der schweren heißen Last durch den Flur die Treppe hinaufhuschte, nahm ich diesmal gemessen Stufe für Stufe, den sackigen Strumpf in der Rechten, die Linke auf dem Magen, eine Heilige vor ihrer Verklärung. Jitz es et övverjeschnapp, kommentierte die Mutter. Jelobt sei Jesus Christus, sagte die Großmutter und schaute mir wohlwollend hinterdrein.

Vom Bruder war schon nichts mehr zu sehen. Wir verhüllten sogar noch unsere Nasen, um die eisige Luft durch eine lose gebauschte Vorlage körperwarmen Bibers zu filtern. Bis die Mutter selbst ins Bett ging, durfte die Nachttischlampe brennen. Ich zog das Buch aus der Unterhose, schlug es irgendwo auf. Wörter sah ich, dazu Noten ohne Hälse, eckig, nicht wie im Gebetbuch, wo sie dickbäuchig auf den Linien dahinsegelten, frisch bewimpelte Boote. ›Tan tum er go sac ra men tum‹, buchstabierte ich, zit-

ternd vor Kälte und Erregung, ›Ve ne re mur cer nu i.‹ Eisig
schrieb sich mein Atem in die Luft, ballte sich zu einem Wörter-
wölkchen zusammen und entschwebte aus dem trüben Licht der
Lampe an die Zimmerdecke. Unten schlug eine Tür. Schritte auf
der Treppe. Nur noch eine Zeile. ›Ge ni to ri ge ni to que laus et ju
bi lat io sa lus ho nor. ...‹ Ich vergrub mich unter der Decke. Die
Mutter machte das Licht aus. Ich glühte. In meinen Händen
flammend das Zauberbuch. Sprüche voller Macht und Herrlichkeit. Hexensprache. Hexensinn. ›Schakamankabudibaba‹ hob
sich der fliegende Teppich, ›Mutabor‹ war der Kalif ein Storch,
›Laus et jubi latio‹. Ich mußte den Wörtern ihr Geheimnis entreißen.

Im Winter war es schwierig, im Haus allein zu sein. Selbst auf
die Speichertreppe wagte ich mich nicht. Nicht mit diesem Buch.
Tage vergingen.

Das Buch lag zwischen Sprungfedern und Matratze. War es
noch nicht vermißt? Womöglich konnte Frau Unkelbach den
Spruch zum Auffinden verlorener Gegenstände auswendig wie
ein Gebet zum heiligen Antonius.

Die Mutter saß über ihren Ketten, der Bruder spielte mit Bau-
klötzen unter dem Tisch. Ich las in meinem Märchenbuch. Die
Großmutter fuhrwerkte mit dem Feuerhaken in der Glut, bedacht, jeden Funken auszutreten, ehe er schwarze Punkte in das
Linoleum brennen konnte. Der Fußboden in der Küche hatte
verschiedene Farben und Muster, Reste, die der Vater verklebt
hatte, wie sie gerade kamen. Vor dem Herd lag ein Extrastück,
um das darunterliegende vor Funken zu schützen. Dieser Streifen wechselte häufig. Zur Zeit war er hellblau meliert, mit roten
und grünen Segelschiffen.

Es klingelte. Kurz und resolut. Die Mutter schob die Ketten-
stränge unwillig beiseite. Ja Frau Unkelbach, hörte ich sie aus
dem Flur, dat is eine Überraschung. Kommt rein. Tut mir leid,
wie et hier aussieht. Ävver von jet muß mer jo läve. Wollt ehr
ösch nit setze? Frau Unkelbach blieb stehen. Der einzige freie
Stuhl war über und über mit Ketten behängt.

Kind, sagte die Mutter, jib dä Frau Unkelbach dat schöne
Händschen und mach ene Knicks.

Ach, Frau Palm, lassen Sie Ihre Tochter doch lesen. Was liest du denn da, mein Kind? Unfähig zu jedem Wort, hielt ich das Märchenbuch hoch. Frau Unkelbach nickte, öffnete schwer atmend ein paar Knöpfe ihres Persianers und ließ sich auf den kettenstarrenden Stuhl sinken, der, wie das Panzerhemd eines Ritters von schwerem Stoß getroffen, rasselte.

Ich wollte Ihnen nur den Beitrag für den Missionsverein vorbeibringen, sagte Frau Unkelbach und nestelte ihr Portemonnaie aus der Einkaufstasche. Und noch fünf Mark extra, weil die Hildegard so schön erzählt hat neulich. So einen friedlichen Namenstag hatten wir noch nie. Und du freust dich ja sicher auch, mein Kind, wenn ein armes Heidenmädchen als eine kleine Hildegard getauft wird, nicht wahr?

Um die Ketten zu beleuchten, war die Küchenlampe weit heruntergezogen worden. Ihr Licht fiel auf Frau Unkelbachs Persianerkappe, hellgrau mit dem dunklen Fell des Mantels harmonierend, und tauchte die Dauerwelle, die an den Rändern hervorquoll, in einen milden zauberischen Glanz. Gab es etwas Schöneres als dieses gutmütig lächelnde Gesicht mit seiner von Kälte und Schnupfen geröteten Nase und den tränenden Augen?

Na, sehen Sie, wie das Kind sich freut. Frau Unkelbach schneuzte sich. Sie können stolz sein auf Ihre Tochter, Frau Palm.

Die Großmutter hatte aufgehört, mit den Herdringen zu klappern, stand lauernd im Hintergrund und ließ sich kein Wort entgehen. Frau Unkelbach erhob sich klirrend: Jetzt wird es aber Zeit für mich. Mein Mann ist in einer halben Stunde zu Hause. Da muß das Essen auf dem Tisch stehen, etwas Warmes, und drei Gänge müssen es schon sein. Die Großmutter seufzte. Drei Gänge. Werktags. Das hatte es zu ihrer Zeit nur bei Bürgermeisters gegeben.

Erst nach einer Woche wagte ich, das Buch wieder hervorzuholen. ›Schott‹ stand in flammendroten Buchstaben auf der ersten Seite. ›Meßbuch für den Laien in lateinischer Sprache‹. Erschrocken drehte ich mich um. Jesus hing in seiner Ecke überm Sofa an Großvaters Kreuz und rührte sich nicht. Nicht Teufels, sondern Gottes Wort hielt ich in meinen Händen. Latein! Die Sprache Gottes! Pastor und Kaplan, der Pater im Krankenhaus redeten Latein, wenn sie mit Gott sprachen in der heiligen

Messe. Die Sprüche des ›Schott‹ waren Sprüche zu Gott. Schneller als normale Gebete. Telegramme ins Jenseits.

Ich schlug das Buch beim grünen Seidenbändchen auf. ›In prin ci pi um‹, setzte ich Silbe für Silbe zusammen, ›er at Ver bum et Ver bum er at a pud De um et De us er at Verb um.‹ Mit fliegenden Fingern schrieb ich die Wörter in mein Schreibheft. ›Hoc e rat in princ ipio a pud De um. Om nia per ip sum fact a sunt.‹ Ich schmierte über die Seite, über Zeilen, Linien, Ränder hinweg, die Sprache Gottes ein Wirrwarr unverständlicher Zeichen, klangvoll und ohne Sinn. ›Vi ta er at lux ho min um et lux te ne bris lu cet.‹ Der Großvater stapfte heran. Ich rannte die Treppe hinauf und verbarg Gottes Wort wieder unter der Matratze.

Et es e fuul Schoof, dat sing Wull für Maidaach ustrick,* pflegte die Großmutter zu sagen. Erst im Mai durften wir die langen Wollstrümpfe samt dem Leibchen aus- und Kniestrümpfe anziehen. Erst dann gab es den großen Hausputz.

In diesem Jahr hatte die Mutter das Stichwort der Großmutter nicht abgewartet. Während mein Bruder und ich noch ahnungslos in den April hinein schwitzten, nahm die Mutter die Betten auseinander.

Dreiteilig, mit blau-weiß gestreiftem Drillich bezogen, lagen die Matratzen in den Fenstern, als ich aus der Schule kam. Meine Eins im Diktat würde mir in den nächsten Stunden nichts helfen. Im Gegenteil.

Kaum öffnete ich leise, leise das Gartentor, riß die Mutter die Haustür auf. In der Hand den ›Schott‹. Die Vorderseite des Einbands an der äußersten Ecke mit spitzen Fingern wie irgend etwas Vergiftetes, Dreckiges, Ekliges haltend, schwenkte sie den Buchkörper hin und her, daß die Seiten im Luftzug knatterten und aus dem Leim zu gehen drohten.

Mama, schrie ich, so darfs de doch keen Booch anpacke. Ich stürzte mich auf die Mutter, die das Buch hoch über ihren Kopf hielt, mich im Genick packte und uns beide schüttelte, das Buch und mich, wie von Sinnen.

---

* Es ist ein faules Schaf, das seine Wolle vor Mai auszieht.

Wat fällt dir een? Düvelsbrode. Wees de, wat de bis? Du bis ene Verbrescher. So jet wie desch jehürt henger Schloß un Riejel. Du jehürst en de Verwahranstalt. Do kanns de ens lure, wat die mit dir mache. Do kanns de em Düstere setze bei Wasser un Bruut. Un jede Owend jet op die nacke Fott*. Waat, bes dä Papp no Huus kütt.

Mama, heulte ich, dat Booch, du mähs dat Booch jo janz kapott.

Esch, schrie die Mutter, esch mach dat Booch kapott? Do häs de ding Booch!

Sie schlug mir das Buch ein paarmal um die Ohren und auf den Kopf. Mit geschlossenen Buchdeckeln. Das ging besser.

Wo du dat nur her häs, ze klaue, dat is bei us noch nit vürjekumme. Mittlerweile waren die Fenster der Nachbarschaft aufgegangen. Julchen hing ihren plumeauartigen, Klärchen ihren unsichtbaren Busen auf das Fensterbrett, Birgits Mutter stellte ihre Einkaufstasche ab, der Geselle aus der Gärtnerei gegenüber trat an den Zaun. Jo, rief Julchen mit ihrer mannstiefen Stimme, et kütt och immer met de Fenger durch usere Zong un hölt sesch de Knallääze**. Birgit, die mit mir nach Hause gekommen war, entdeckte ihre Mutter, lief zu ihr und schmiegte sich Schutz suchend zwischen ihre Knie, als sie die böse Stimme meiner Mutter hörte. Die Mutter stand vor der weit geöffneten Haustür auf der obersten Treppenstufe neben Hortensie und Fliederbusch, beide voller Knospen, in der einen Hand den ›Schott‹, hoch erhoben – so hatte Pater Leppich im Zelt die Bibel gehalten –, in der anderen Hand noch immer mich im Genick. Hinten im Flur machte sich die Großmutter zu schaffen. Oma, schrie ich, die Mama mät dat Booch kapott. Jottes Wort. Lating!

Loß ens lure, die Großmutter nahm der Mutter das Buch aus der Hand. Jo, dat es ene ›Schott‹. Un wäm jehöt dä?

Nur unvollkommen war es mir gelungen, mit einem Kieselstein den goldgeprägten Namen Eleonore Unkelbach aus dem harten Leder zu schaben.

Dä Unkelbachs, stieß die Mutter hervor.

* Hintern
** Knallerbsen

Aha, sagte die Großmutter, die han jenuch an de Fööß*. Vun dänne ene ›Schott‹ metzenämme, is nit schlimmer wie fringse**.

Es half nichts. Der Abend kam und mit ihm der Vater.

Alle waren im Wohnzimmer versammelt, bis auf den Großvater, der mir übers Haar gestrichen, seinen Sack geschnappt und sich davongemacht hatte. Auf dem Tisch der ›Schott‹. Hinterm Tisch der Vater. Vor dem Vater ich.

Dat Blaach hät dat Booch jeklaut, sagte die Mutter.

Et es eene ›Schott‹, sagte die Großmutter. Dat kütt dovun, wenn dat Weet ke Jebäätbooch hät.

Der Vater reckte sich, langte hinter die Uhr und holte das blaue Stöckchen hervor. Wog es in der rechten, das Buch in der linken Hand.

Hau drupp, sagte die Mutter, et hät et verdeent.

Kaum aber hatte der Vater zu schlagen, die Mutter die Schläge zu zählen begonnen, als ich zu brüllen anfing: Tanten, Egon, Sapper, Mentem, Vreni, Rebock, Cerberum. Alles, was ich mir eingeprägt hatte.

Um Jottes willen, Josäff, hür op! Dat kallt jo wie dä Pastur, schrie die Großmutter.

Hau drupp! schrie die Mutter, us däm kallt dä Düvel.

Krebsrot vor Trotz und Tränen, wurde ich von der Mutter, den ›Schott‹ unterm Arm, zu Unkelbachs gezerrt. Energisch preßte sie den Klingelknopf, den sie sonst nur anzutippen wagte.

Nu beseht ösch dat ens, sagte die Mutter statt einer Begrüßung und drückte Frau Unkelbach den ›Schott‹ in die Hand. Wir wurden ins Wohnzimmer gebeten.

Das ist ein ›Schott‹, sagte Frau Unkelbach. Wir haben aber schon einen. Also wenn Sie einen verkaufen wollen …

Dat he is öjer Booch. Die Mutter riß den ›Schott‹ wieder an sich und bohrte den Zeigefinger in das zerkratzte Leder.

Frau Unkelbach warf einen Blick ins Regal und begriff. Ach, wir haben das Buch noch gar nicht vermißt. Wer guckt denn schon jeden Tag in einen ›Schott‹.

* die haben genug Geld
** klauen (Mundraub). Kardinal Frings billigte 1946 öffentlich Kohlenklauen u. a.

Und dat he, die Mutter knöpfte mir, obwohl ich das selbst längst konnte, den Mantel auf. Dat he hät ösch dat Booch jeklaut. Enfach metjenomme. Ävver et hät sing verdeente Stroof ald jekritt. Op de nacke Fott. Dat künnt öhr jlöve. Die Mutter machte Anstalten, mir den Faltenrock zu heben und die Unterhose herunterzuziehen.

Mit vorgestülpten Lippen, dicke Kaugummiblasen aufwerfend, die zerplatzten, als lachten sie mich aus, stand Heinzchen, schon im himmelblauen Schlafanzug mit weißem Kragen, in der Tür.

Um Gottes willen, Frau Palm, griff Frau Unkelbach ein, lassen Sie doch das Kind in Frieden. Es hat doch wohl schon genug ausgestanden. Was hat dir denn an diesem Buch so gut gefallen, Kind?

Dat dat die Sprache Jottes is, schniefte ich.

Von der Tür kam das Plopp einer Kaugummiblase.

Heinzchen, herrschte Frau Unkelbach, wie oft habe ich dir schon gesagt, du sollst im Bett keinen Kaugummi kauen. Du putzt dir jetzt die Zähne noch einmal und verschwindest. Also Hildegard, du bist doch noch viel zu klein für einen ›Schott‹. Komm, sieh mich mal an. Sie löste mich aus dem Griff der Mutter, ließ sich in einen Sessel fallen, legte einen Arm um mich, zog mich an sich heran, unsere Augen jetzt in gleicher Höhe. Ihre Augen waren wäßrig hellblau, die Lider gerötet von der trockenen, warmen Zimmerluft. Doch als ich mich diesen Augen, wenn auch nur für den Bruchteil einer Sekunde, anvertraute, sprühte weit hinter dem verschossenen Blau im Schwarz ihrer Pupillen ein Funken der Augen Anianas. Da endlich verspürte ich einen scharfen Schmerz und heulte los. Warf mich der verdutzten Frau an den moosgrünen Angorapulli, zwängte meinen Kopf zwischen ihre Brüste und versuchte, mich zu vergraben vor der ganzen Welt.

Die Mutter riß mich zurück. Du versaust dä Frau dä jute Pullover mit dingem Jebröll. Mer jonn jitz heem.

Frau Unkelbach setzte mir die Mütze, die ihr in den Schoß gefallen war, wieder auf. Und den ›Schott‹, den kannst du behalten. Hier braucht ihn doch niemand. Und das hier kannst du auch mitnehmen. Sie lief ins Kinderzimmer und kehrte mit einem

Buch in der Hand zurück. Heinzchen hat es doppelt. Ich schluchzte immer wilder, wußte mich nicht mehr zu fassen. So mußte sich der Schächer neben Jesus am Kreuz gefühlt haben, als der ihm das Himmelreich verhieß. Gnade statt Strafe.

Erst als die Mutter ungeduldig zum Aufbruch mahnte, war ich wieder bei mir und schielte auf das Buch: Es war der zweite Band von ›Tausendundeiner Nacht‹. Ich preßte die Lippen zusammen. Die hier hatten Bücher genug.

Zu Hause nahm mir die Mutter den ›Schott‹ wieder ab: Dat künnt dir so passe. Jeklaute Bööscher behale.

Dienstags und freitags kam in seinem schwarzen, fadenscheinigen Anzug mit steifem weißem Kragen der Herr Kaplan in die Klasse, kaum älter als dreißig, dünn und groß, ein schmales Aknegesicht. Mal mit der linken, mal der rechten Hand riß er unablässig lose Hautlappen eines schuppigen Ekzems aus den Spalten zwischen den Fingern, behutsam, um einen möglichst langen Hautstreifen zu fassen, den er blitzschnell mit vorstoßender Zunge, wie ein Chamäleon das Insekt, im Mund verschwinden ließ. Beide Hände glänzten dunkelrot wie gehäutete Hasen.

Er erzählte Geschichten aus der Bibel, die ich meist von Aniana, den Messen und den Kinderlehren schon kannte. Doch hier, im Schulzimmer mit der letzten Rechenaufgabe an der Tafel, der Landkarte am Ständer, neben dem Zeigestock und im Staub zerbröckelnder Kreide, erschienen sie in einem anderen Licht. Besonders die Geschichte von Gott Vater und Sohn wollte mir nicht mehr einleuchten. Fest stand, daß der Sohn dem Vater nicht gewachsen war. Schon seine Geburt war sonderbar verlaufen. Ich wußte, wie es in einem Stall aussah, dreckig, stinkig, kalt. Seine Mutter, Maria, war Jungfrau. Jungfrauen konnten keine Kinder kriegen. Nur Frauen. Um Frauen zu werden, mußten Jungfrauen heiraten. Maria war keine Frau, aber eine Mutter. Jungfrau und Mutter. Ein Wunder, sagte der Kaplan. Doch wozu war ein solches Wunder gut? In den Märchen hatten Wunder immer einen Sinn, führten zu einem guten Ende. Hier nicht. Dieser Vater ließ nicht nur die Mutter seines Sohnes im Stich, sondern, als es hart auf hart kam, auch den Sohn selbst. Allmächtig hin oder her. Warum der Vater seinem Kind, dem einzigen, nicht geholfen habe, wollte ich wissen. Auf daß die Schrift erfüllet würde, antwortete der Kaplan und schnappte nach einem Daumenhäutchen. Ich sah ihn verständnislos an. Damit hat er uns alle erlöst, fügte er, auf seinem Daumenhäutchen kauend, hinzu. Erlösungen aller Art waren mir vertraut. Aus den Klauen von Drachen und Zauberern konnte man so gut erlöst werden wie aus denen von Verbrechern und wilden Eingeborenen. Wovon hatte Jesus uns erlöst?

Von der Sünde, sagte der Herr Kaplan. Er ist für die Sünde aller Menschen gestorben, auch für deine, Hildegard.

Wie war das möglich? Jesus war doch lange tot, saß längst zur Rechten des Vaters im Himmel und konnte mich gar nicht gekannt haben. Ebensowenig wie die anderen Menschen, die ja auch weiterhin Böses taten. Der Kreuzestod, ein einziger Fehlschlag. Wenn ein Vater zusah, wie sein Kind am Kreuz verreckte, konnte dabei nichts Gutes herauskommen. In meinen Geschichten wäre es einem solchen Vater übel ergangen, zumindest hätte er das gleiche erdulden müssen wie bei Moses: Zahn um Zahn. Aber ich schwieg. Ich wollte es mit dem Kaplan nicht verderben. Wegen der Heiligenbildchen. Und mit dem Vater Gott erst recht nicht. Mit Vätern war nicht zu spaßen. Am besten, man spurte. Daß Jesus schließlich nach drei Tagen auferstand und in den Himmel fuhr, befriedigte am Ende und versöhnte mich beinahe. Aber unheimlich blieb mir Gottvater doch. Und dann war da noch der Heilige Geist, mit dem ich erst recht nichts anzufangen wußte. In Gestalt einer Taube! Tauben kannte ich, Birgits Vater hatte einen Taubenschlag, die Vögel kackten unsere Gartenmauer voll, dafür lag von Zeit zu Zeit die eine oder andere sonntags auf dem Teller. Wozu sollte Gott eine Taube sein? Erst nachdem ich die Märchen vom Vogel Rock, vom Zaunkönig und vom kleinen Spatz mit blauer Feder gelesen hatte, begann ich zu verstehen und betrachtete den Heiligen Geist als eine Art Zaubervogel, der im Auftrag seines Züchters Wunder wirken ging.

Der Herr Kaplan erzählte die aufregendsten Geschichten mit teilnahmsloser, fast gelangweilter Stimme, als ginge ihn das alles im Grunde nichts an. Erst wenn er am Ende fragte, was uns der liebe Gott mit dieser Geschichte sagen wolle, geriet er in Fahrt. Überhäufte uns mit Ermahnungen für ein gottesfürchtiges Leben, malte den Vater im Himmel in so fürchterlichen Farben, daß Birgit einmal aus Angst vor seinem allgegenwärtigen strafenden Arm zu weinen anfing und erst mit der Vorstellung zu beruhigen war, der liebe Gott müsse so gräßlich sein, um den weitaus gräßlicheren Teufel zu besiegen.

War er milde gestimmt, kam es vor, daß der Herr Kaplan eine Geschichte begann und dann fragte, wer sie weitererzählen könne. Ich wetteiferte darin mit Rainer, der mit mir vom Kindergarten in die Schule gekommen war.

Diesmal durfte ich von Moses im Körbchen erzählen; erzählte, wie er den Nil hinuntergefahren kam, am Anleger und der Piwipp vorbei, wie er uns gewunken hatte, dem Großvater, dem Bruder und mir, als er sicher um die schwarze Kribbe herumgeschwommen, dann aber beinah von den Wellen eines Schleppkahns überschwemmt worden und schließlich in der Kurve hinter der Rhenania verschwunden war. Möwen hätten auf seinem Körbchen geschaukelt und ihre Flügel ausgebreitet, um den kleinen Moses vor der grellen Sonne zu schützen.

Nach dieser Stunde hielt mich der Herr Kaplan zurück und lud mich zu sich nach Hause ein.

Der Herr Kaplan wohnte in einem alten, efeuüberwucherten Haus hinter einer hohen Backsteinmauer mit einem kunstvoll gemauerten Torbogen. Seine Schwester, klein, füllig, wieselflink, führte ihm den Haushalt. Sie hatte einen Kuchen gebacken, dünn und trocken und mit Aprikosen belegt, so hart, daß er mir von der Gabel sprang. Tart nannte sie ihn. Wie anders schmeckte dies als die Buttercrememassen, für die Julchen Tröster in der Nachbarschaft berühmt war, oder die Napfkuchen der Mutter, mal zu bröckelig, mal zu naß. Die Tart des Herrn Kaplan schmeckte wie die feinen Teller und Tassen, die Girlandentapeten, die Stehlampe mit blaßgrünem Seidenschirm, vornehm schmeckte die Tart.

Auf dem Weg durch den Garten half ich, die Blechdose mit Kartoffelkäfern zu füllen. Wie ruhig die gepeinigten Hände des Kaplans auf dem Stamm eines jungen Pflaumenbaums lagen, wie sicher er die Schädlinge von den Stauden las. Hier eine welke Blüte abknipsend, da eine Raupe entfernend oder eine Rose, deren volle Blüte sich schwer zur Erde neigte, mit einem Bambusstock stützend, unterzog der Geistliche meinen Glauben an den lieben Gott und die heilige katholische und apostolische Kirche einer strengen Prüfung. Ich versagte ein einziges Mal. Ist Maria heilig? Ja. Ist Maria göttlich? Ich überlegte kurz. Göttlich war eine Eigenschaft, angeboren wie schwarze oder weiße Haut. War das Kind göttlich, mußte es wohl auch die Mutter sein. War sie aber nicht. Befriedigt entriß mir der Herr Kaplan die Büchse mit den Kartoffelkäfern und tauchte sie ein paarmal in die Regentonne. Maria war und blieb ein Mensch, obwohl sie einen Gott geboren hatte. Mir war's recht. Ein Frosch konnte sich in einen Prinzen verwandeln, eine fromme Frau einen Wechselbalg gebären oder ein Kind, klein wie ein Daumen; je verwunderlicher, desto besser.

An der Haustür stand die Schwester, trat von einem Fuß auf den anderen, hatte die Prüfung ungeduldig abgewartet und zog mich nun mit sich, lachte dem Bruder ins ernste lange Gesicht.

Der Raum war etwa so groß wie unser Kinderschlafzimmer. Das kleine Fenster ging zum Garten hinaus. Die drei Wände mit Büchern bedeckt. Ein Raum nur für Bücher! Die Borromäusbücherei. Ich hatte von diesem Ort schon gehört wie vom Kölner Dom oder dem Möhlerather Schloß; die Cousinen hatten sich hier hin und wieder Romane ausgeliehen.

Die Bücher sahen nicht schön aus. Sie waren alt, stumpf, glänzten nicht wie die Bücher bei Kaisers Karl. Aber sie waren da. Für mich da. Jedes einzelne. Hier durfte ich nun jeden Donnerstag der Schwester des Herrn Kaplan bei der Buchausleihe helfen und dafür soviel Bücher mit nach Hause nehmen, wie ich mochte. Die braunen Karteikarten mit Namen und Adresse der Benutzer mußten mit den Signaturen der Bücher und einem Datumsstempel versehen werden.

Die Mutter glaubte es nicht, warf die Bücher in die Einkaufstasche und rannte mit mir zur Kaplanei.

Es dat och wohr, platzte sie mit verlegenem Ärger heraus. Et kost kenne Penne? All dä Krom he? Die Mutter zählte die drei Bücher auf die Kommode in der Diele wie falsches Geld.

Ja, das ist richtig. Hat Ihnen Hildegard das denn nicht gesagt? fragte die Schwester des Kaplans erstaunt.

Die Mutter warf mir einen giftigen Blick zu: Waat, bes mer doheem sin, sagte der Blick. Die Schwester nahm die Bücher eins nach dem anderen und schob sie mir wieder untern Arm. Zu Hause verschwand ich gleich hinterm Hühnerstall. ›Waldmärchen‹ hieß das eine, ›Kleiner Spatz mit blauer Feder‹ das andere Buch. Ich schlug das dritte zuerst auf. ›Drei drehen die Erde herum und andre wundersame Geschichten‹.

Es mußten Wunder sein. Märchen. Weit weg von der Wirklichkeit. Bei Feen und Hexen, Zwergen und Riesen, Prinzen und Prinzessinnen fühlte ich mich sicher. Es gab Menschen. Sie waren Tatsachen, und man mußte so tun, als lebte man mit ihnen. Meine Seele aber lebte in den Wörtern.

Die Sommerferien waren vorüber; ich hatte Mühe, mich wieder im Alltag zurechtzufinden. Nicht in der Schule, die schien mir meinen Märchen und Geschichten verwandt, zwar ohne die Überraschung der Wunder, doch mit allen Merkmalen der Gerechtigkeit, Strafe für böse, Belohnung für gute Taten. Anders war das mit den Klassenkameraden. Je tiefer ich in meinen Geschichten versank, desto fremder wurden sie mir. Ich brauchte Zeit für meine Bücherfreunde. Das ging auf Kosten derer aus Fleisch und Blut. Ich spielte mit ihnen, weil ich Angst hatte, immer nein zu sagen. Sie legten mir das als Hochmut aus. Ich fürchtete ihre Roheit, vor allem aber ihre Unberechenbarkeit.

Rote Beeren hingen in den Zweigen der jungen Ebereschen, die entlang den neuen Bahngleisen gepflanzt worden waren. Auf dem Brachland daneben blühten Disteln, üppig, grell violett, gut einen Kopf größer als ich. Aus diesem Gestrüpp brachen sie hervor, Sigrid Gerschermann, die Tochter des Friseurs, Irmi Frenzen aus der Kolonie, wo die höheren Angestellten der Rhenania wohnten. Und Helga Fritz, deren Vater neben meinem an der Maschine in der Kettenfabrik stand; sie hatte immer Hunger und tat für ein Butterbrot alles. Birgit, mit der ich den gleichen Schulweg hatte, versetzten sie einen derben Stoß in den Rücken, und die feine, gut erzogene Stimme Irmis schrie, Hau ab, das hier geht dich nichts an. Birgit stürzte davon, ich wollte hinterher, als mich rechts und links zwei kräftige Arme unterhakten und vorwärts schleppten, während mir die dritte, Helga, etwas durch die Kniekehlen strich, was mich aufschreien und in wilden Bocksprüngen und Verrenkungen toben ließ. Ich fiel in die Knie, um dem peinigenden Kitzel zu entgehen, doch da fuhren die mit Widerhaken bewehrten Borsten erst recht unter die dünne Haut.

Das alles geschah nach meinem Aufschrei in vollkommener Stille. Sie übertrieben es nicht, doch sie ließen auch nicht von mir ab. Ich flehte, winselte, wimmerte nicht. Kam gar nicht auf die Idee, ums Aufhören zu betteln. In meinem Kopf war ich bei der kleinen Meerjungfrau, die bei jedem Schritt, den sie tat, einen Schmerz verspürte, als schnitte ein Schwert ihr tief in die Füße.

Zu Hause bemerkte man nichts; der Großvater war nicht da, die Großmutter weckte Pflaumen ein, die Mutter saß über Körben voller Ketten. Aber als ich am Nachmittag den Weg zur Borromäusbücherei zurückgelegt hatte, konnte ich mich vor Schmerzen kaum noch auf den Beinen halten. Ich taumelte der Schwester des Herrn Kaplan in die Arme. Annemarie sollte ich sie nennen, hatte sie mir gesagt.

Sie zupfte die Stacheln heraus und versorgte meine Kniekehlen mit essigsaurer Tonerde. Wie leicht ihre Hände waren, wie zuverlässig. Wenn sie sagte, gleich muß ich dir weh tun, tat es auch weh; aber viel weniger doch, als wenn die Mutter versprach, es tut gar nicht weh, und dann zupackte. Jetzt endlich, da ich mich in Sicherheit wußte, kamen die Tränen. Schluchzend erzählte ich, was passiert war.

Und du hast dich gar nicht gewehrt? fragte Annemarie entsetzt. Ich sah sie groß an. Sich wehren? In meinen Büchern wehrte man sich nicht. Man duldete wie die Heiligen, oder man zauberte. Sich wehren taten doch nur Jungen und Soldaten. Und die Bösen, bevor die Guten siegten.

So, meinst du, sagte Annemarie. Da bin ich ganz anderer Ansicht. Auch Mädchen müssen sich wehren. Du bist keine gute Fee und keine böse Hexe. Mit Abrakadabra kriegt man Bösewichter nicht aus der Welt. Hier. – Annemarie griff in das Regal ›Für Jungen‹: Jetzt liest du mal das hier. Die Märchen haben erst einmal Pause.

Der feste Einband zeigte einen Jungen mit blonden Haaren und einem pfiffigen sommersprossigen Gesicht. ›Kalle Blomquist‹, las ich. Auf dem zweiten Einband, robust wie der erste, war ein kräftiger dunkelhäutiger Junge zu sehen, mit breiter Nase, dicken Lippen und schwarzen Locken, nackt bis zur Hüfte, nur mit einem Tigerfell bekleidet: ›Bomba, der Dschungelboy‹. Ein Heidenkind! Der Großmutter durfte dieses Buch nicht vor die Augen kommen.

Ich las die Bücher widerwillig. Nicht nur wegen ihres Inhalts. Die Bücher waren heruntergekommen, speckig, eselsohrig, Flecken, wer weiß wovon, gelbe Abstreifungen wie von Ohrenschmalz zwischen den Seiten. Aber Annemarie hatte mir keine neuen Märchen oder Zaubergeschichten mitgegeben, und so blieb mir nichts anderes übrig, als mich wechselweise in die Welt eines schwedischen Jungen oder eines im Urwald lebenden Halbwilden zu versetzen. Kalle Blomquist unterstützte mit seinen Kameraden die Polizei beim Einfangen eines Räubers, Bomba kämpfte täglich um das nackte Überleben. Von sprechenden Steinen, Vögeln, Blumen; von fliegenden Teppichen, Koffern, Pantoffeln; von Kutschen, Königen, Kaiserpalästen; von Zaubersprüchen und Wunderworten keine Spur. In der rauhen Welt dieser beiden so verschiedenen Jungen wurde gerannt, geschwommen, geklettert. Geschickt und listig mußte man sein, mußte seinen Kopf gebrauchen und sich selbst tüchtig ins Zeug legen, einstehen für das, was man sagte und tat. Auf Feen und Heinzelmännchen konnte man lange warten.

Ich hatte die beiden Bücher noch nicht ganz zu Ende gelesen, als der Glasbläser kam. Schnalzend schlug der flinke kleine Mann ein graublau kariertes Leintuch auseinander und breitete es mit geschickten, schnellen Bewegungen über dem Lehrerpult aus. Seine Geräte, die er ebenso behende aus einer Koffertasche packte, erklärte er, sie vor unseren Augen herumwirbelnd, so nebenher und unverständlich, als fürchte er, die Geheimnisse seiner Kunst zu verraten. ›Bunsenbrenner‹ nannte er die Stange, einem Kerzenhalter ähnlich, in deren Flamme er Glasstäbchen schmolz, um durch ein silbernes Rohr nur mit seinem Atem aus ihnen die wunderlichsten Gebilde zu formen. Kugeln blies er wie Seifenblasen, Birnen und bauchige Vasen, und am Ende blies er einen Schwan. Einen Schwan aus hauchdünnem Glas, mit einem langen, anmutig geschwungenen Hals, die Flügel mit leichter Kerbe zu beiden Seiten gezeichnet, sogar die Schnabelhälften fein geritzt. Vom Mund des Glasbläsers schwebte der Schwan ins Licht, schwamm im Septemberlicht, glitzernd in den Farben des Regenbogens, verletzlich, schön.

Und nun, der Glasbläser setzte den Schwan vorsichtig auf das Pult, nun seid ihr an der Reihe. Wer die beste Kugel, die rundeste Kugel, blasen kann, der darf den Schwan mit nach Hause nehmen.

Lehrer Mohren wählte aus. Die Jungen zuerst. Kurtchen Küppers stieß seinen Atem in das Rohr wie in eine Trompete, seine Kugel zerplatzte mit feinem Sirren. Der nächste blies ein verzogenes Ei, der dritte eine Art Zwölffingerdarm, viel Gurken- und Birnenförmiges entstand.

Dann war die Reihe an mir. Ich atmete tief ein wie die anderen auch, doch dann, wie ich es dem Glasbläser abgeguckt hatte, ließ ich erst einmal Luft entweichen, ehe der Rest meines Atems langsam und sacht durch das Röhrchen strömte. Die Kugel war klein, kaum größer als ein Fünfmarkstück, aber eine Kugel. Der Glasbläser klatschte, wickelte den Schwan in feines, weißes Seidenpapier und verstaute ihn in einem Kästchen aus brauner Wellpappe. Da, Mama, würde ich sagen, dä is für disch. Und sie würde mich auch einmal so ansehen wie den Bruder.

Und nun, mein Kind, unterbrach der Glasbläser mein Träumen, darfst du diese wunderschöne Kugel verschenken, an den, der dir am liebsten ist.

Hannelore, meine beste Freundin, lag mit Mumps im Bett. Alle Zeigefinger streckten sich mir entgegen, alle riefen bettelnd meinen Namen. Am lautesten Sigrid, Irmi und Helga. Auch Birgit hob mit kurzen schüchternen Bewegungen ihren pummeligen Arm. Ich zögerte. Der Lärm wuchs. Heldejaad, mir, gellte Sigrids Stimme. Ruhe, donnerte Mohren. Ja, ich würde Sigrid die Kugel geben und Ruhe vor ihr haben. Birgit Iffler, hörte ich mich sagen, traute meinen eigenen Ohren nicht, hob erschrocken den Kopf meiner Stimme nach, diesem Namen nach, den es aus mir gesprochen hatte, und da richtete ich auch schon kurz, knapp und unverhofft meinen Kopf, meine ganze Gestalt auf, sah Sigrid erst in die rechte, dann in die linke Pupille, bohrte ihr meinen Blick mitten zwischen die Brauen, ganz so, wie ich es am Vortag gelesen hatte. Kalle Blomquist schaute sie an. Sigrid wich ihm nicht aus. Hielt seinem Blick aus meinen Augen stand. Mein Herz schlug, als holte der Vater gleich das blaue Stöckchen hinter der Uhr hervor. Ich hätte gerne widerrufen, da klingelte es.

Diesmal packten sie auf dem Heimweg Birgit; zogen ihr die Kniestrümpfe runter und schlugen zu.

Du jlövs wol jitz och, dat de jet Besseres bes! schrie Sigrid.

Nä, winselte Birgit. Du kanns et doch han, wenn de wellst.

Da schwollen sie in mir an, Kalle Blomquist und Bomba, der Dschungelboy, als würden sie in mir aufgeblasen, ich Kalle, ich Bomba; außen ein Mädchen, aber innen ein Doppelheld. Ich stand frei und stark, reckte und dehnte mich, schleuderte meinen Kopf nach allen Seiten, hatte alles im Blick. Kalle und Bomba paßten genau in mich hinein, hauten ohne Rücksicht auf den Schwan Sigrid meinen Tornister zwischen die Beine. Ihr wutverzerrtes Gesicht, ihre Löwenfratze, als sie ansetzte, mir ins Gesicht zu schlagen. Kalle riß den Tornister, den Schild hoch, Bomba trat nach ihr, stach mit seinem Elefantenzahn zu. Von hinten sprang Helga mich an, Puma, Tiger, Leopard, ich schwang die Keule, tobte gegen einen Urwald voller Bestien, fletschte die Zähne, kratzte, spuckte, biß, schrie Kalamah, Kalamah, den Schlachtruf Bombas, Kalamah, Kalamah! Hörte nicht, wie ein Rad scharf neben uns bremste. Sigrid warf die Distel weg und suchte mit Helga das Weite. Es war der Herr Kaplan.

Kopfschüttelnd griff er mir unters Kinn. Ich schnaubte noch immer.

So kenne ich meine kleine Leseratte ja gar nicht, sagte er. Eine wilde Katze. Kleine Mädchen prügeln sich doch nicht. Ist dir auch nichts passiert?

Ich zuckte die Achseln.

Na, wir reden noch darüber. Bis morgen.

Annemarie stand schon im Torbogen, als ich am nächsten Tag mit den Büchern zur Ausleihe kam. Sie lachte. Gut gemacht, sagte sie. Mein Bruder hat mir schon alles erzählt. Weißt du, was ein Sprichwort ist?

Ich schüttelte den Kopf.

Das ist ein Satz, der immer stimmt.

Ein Satz, der immer stimmt? Das war ja wie im Märchen.

Hilf dir selbst, so hilft dir Gott, sagte Annemarie, das ist so ein Satz. Verstehst du den?

Ich verstand. Daß ich mit dem Tornister um mich gehauen hatte und gleichzeitig der Herr Kaplan vorbeigeradelt war, sollte Gottes Fügung sein. Ich wußte es besser; geholfen hatten mir Kalle Blomquist und Bomba, der Dschungelboy.

Die beiden Bücher schenk ich dir, sagte sie augenzwinkernd, als hätte sie meine Gedanken erraten. Damit du über all dem Lesen nie vergißt, dich zu wehren.

Für fünfzehn Pfennig, heimlich aus dem Sparschwein gefischt, kaufte ich mir bei Kaisers Karl ein Schreibheft. Ist denn das erste schon voll, staunte der. Ich errötete. Kleiner Vorrat, was? scherzte der schlaksige dunkelhaarige Mann. Ich nickte.

Ja, ich wollte mir einen Vorrat anlegen. Einen Vorrat schöner Wörter, wie ›Bimsstein‹ oder ›Bambusrohr‹, ›Pfauenschweif‹ oder ›Frauenzimmer‹. Vor allem aber eine Sammlung schöner Sätze wollte ich zusammentragen, Sätze, die immer stimmten, Sprichwörter. SCHÖNE WÖRTER, SCHÖNE SÄTZE, schrieb ich aufs Deckblatt, Für HILDEGARD PALM. Großgeschriebenem traute ich mehr zu. Ich teilte das Heft in der Mitte, füllte es mit schönen Wörtern vom Ende her, ›Glasbläser‹ schrieb ich, ›Bunsenbrenner‹, ›Meerjungfrau‹. Und an den Anfang: ›Hilf dir selbst, so hilft dir Gott.‹

Wenn ich einen schönen Satz las oder hörte, war das, als hätte ich etwas Wertvolles ergattert. Ein paar kräftige Sätze aus ›Kalle Blomquist‹ und ›Bomba, der Dschungelboy‹ schrieb ich auf ein Stück Packpapier, eine alte Mehltüte. Zur Sicherheit. Ich trug den Zettel, winzig gefaltet, überall bei mir, unterm Fuß im Strumpf, verlagerte mein ganzes Gewicht auf diesen Fuß, wenn Sigrid Gerschermann mich vom Wasserhahn schubsen, Helga mir mein Pausenbrot aus der Hand reißen wollte. So auf Kalle und Bomba fußend, spürte ich, wie mich Bärenkräfte durchströmten, Blitze aus meinen Augen schossen, böse Absichten im Keime vernichtend. Freundschaften brachte mir das nicht. Aber meine Ruhe.

Der Schwan hatte die Schlägerei in seiner Wellpappe überstanden, die Mutter ihn zu den Sammeltassen gestellt. Kurz vor Weihnachten, es war am Morgen des vierten Advents, holte ich ihn aus dem Schiebeschrank unterm Fenster hervor, um ein paar Mistelzweige, die mir Johannes aus der Gärtnerei geschenkt hatte, in die Öffnung auf seinem Rücken zu stecken. Er glitt mir, als ich ihn mit Wasser füllen wollte, aus den Händen und zerbarst im Spülstein, viele kleine Splitter, ganz so wie die Kugel von Kurtchen Küppers. Esch han et doch jewoß, sagte die Mutter, dat Blaach hät zwei linke Häng. Die Ordnung war wiederhergestellt.

In den Büchern, die ich von nun an aus der Borromäusbibliothek nach Hause schleppte, konnte es nicht wüst genug zugehen. Wildwestromane und Detektivgeschichten las ich, besonders die von Edgar Wallace, Wollähs, sagte Annemarie. Mochten die Verbrecher, ein gewisser Hexer allen voran, auch noch so gerissen und rücksichtslos, blutrünstig und hinterhältig sein, Scotland Yard fing sie am Ende doch. Das Gute siegte. Das machte die Begegnung mit dem Bösen guten Gewissens zum Genuß. Was hatte ich mit den Schul-, Pensionats- oder Verlobungsgeschichten von ›Heidi‹, ›Pucki‹ oder ›Trotzkopf‹ zu schaffen, wenn es galt, mit Sherlock Holmes – Hohms mußte man sagen – einer Mörderbande den blauen Karfunkel abzujagen oder Jungfrauen aus den Händen von Mädchenhändlern zu befreien.

Doch alles wurde wieder anders, als ich mein erstes Gebet- und Gesangbuch bekam, schmiegsames schwarzes Leder, Goldschnitt, zwei Seidenbändchen, hell- und dunkelblau. Auf der Rückseite mein Name, golden wie der von Frau Unkelbach auf dem ›Schott‹.

Es waren nicht die Geschichten, die Hexer, Holmes und Märchen den Rang abliefen. Erkannte Jesus, daß die Tochter des trauernden Vaters nur schlief, lag der Fall wie bei Schneewittchen. Scheintot. Erweckte er Tote aus ihren Särgen, setzte ich ›Fitchers Vogel‹ dagegen, die die Glieder ihrer beiden Schwestern, von einem bösen Hexenmeister zerhackt, aus dem blutgefüllten Bottich herausfischte, zurechtlegte und wiederbelebte.

Jesus verwandelte Wasser in Wein, mit fünf Broten und zwei Fischen machte er fünftausend Menschen satt; ›Tischlein, deck dich‹, sagte das Schneiderlein; Sterntaler regnete es Geld ins Hemd, und die Müllerstochter spann Stroh zu Gold.

Die Geschichten waren es nicht. Es waren die Sätze. ›Ich bin das Brot der Welt‹, sagte Jesus. ›Ich bin der Weinstock, ihr seid die Reben.‹ ›Ich bin der Weg, die Wahrheit und das Leben.‹ ›Euer Leib ist ein Tempel des Heiligen Geistes.‹ Wo immer ich das Buch aufschlug, seine Wörter und Sätze waren schön und geheimnisvoll, voller Zauber und Kraft. ›Denn drei sind, die Zeugnis geben im Himmel: der Vater, das Wort, der heilige Geist. Und drei sind, die Zeugnis geben auf Erden: der Geist, das Wasser und das Blut. Und diese drei sind eins.‹ Das war schiere Magie. ›Denn von ihm und durch ihn und in ihm ist alles. Mein Fleisch ist wahrhaft eine Speise, und mein Blut ist wahrhaft ein Trank. Wer mein Fleisch ißt und mein Blut trinkt, der bleibt in mir und ich in ihm. Wer mich ißt, wird durch mich leben.‹ Es lief mir kalt den Rücken herunter, so wie damals bei der Geschichte von der bösen Stiefmutter, die den Stiefsohn zu Schwarzsauer verkocht und dem Vater als Leibgericht aufgetischt hatte. Dieses Verbrechen war bestraft und der Sohn gerettet worden, hier aber wurde alles auf den Kopf gestellt, forderte Gott selbst den Verzehr von Fleisch und Blut, Menschenfleisch und Menschenblut, heidenartig. Es war schauerlich schön, diese Sätze wieder und wieder zu lesen, bis es mir beinah den Magen umdrehte von so viel Fleisch und Blut. Später lief alles auf eine markstückgroße Oblate im Mund hinaus; die Wörter so viel wunderbarer als die Wirklichkeit.

Mein Heft füllte sich mit schönen Wörtern und Sätzen, ›süßer als Honig und tropfende Waben‹. ›Lasset uns also ablegen die Werke der Finsternis und anziehen die Waffen des Lichts.‹ ›Ich liebe, Herr, die Zierde deines Hauses, die hehre Wohnung deiner Herrlichkeit. Hosanna in der Höhe.‹ Darum singen wir mit den Engeln und Erzengeln, mit den Thronen und Herrschaften und mit der ganzen himmlischen Heerschar den Hochgesang deiner Herrlichkeit.

Dagegen kam kein ›Heute back ich / Morgen brau ich‹ an, kein ›O du Fallada, der du hangest‹, kein ›Wovon soll ich satt sein? / Ich sprang nur über Gräbelein‹, kein ›Abrakadabra‹, ›Rinkarolla Äppeldipäppel‹. Ich berauschte mich an den großen Worten, ihrer Melodie, den Bögen der Sätze, schlug sie um mich wie kostbare Gewänder, legte mir Wörter wie ›Seelenspeise‹ zu, ›Manna Himmelsbrot‹, ›Meerstern‹, ›Herzblut‹, ›Hoffnungsstern‹, ›Liebesmahl‹, ›Herzensblüten lilienweiß‹, Wörter, die sich auf mir niederließen wie Verbandsmull, weich, leicht, schmerzstillend.

Aber auch das Schaurige war schön. ›Herr, laß mich nicht zugrunde gehen mit den Sündern, mein Leben nicht verlieren mit den Menschen, voll von Blutschuld. An ihrer Hand klebt Frevel, und voll ist ihre Rechte von Geschenken.‹ Zitternd vor geheimer Lust, schrieb ich die ersten sechs Strophen eines Kirchenlieds in mein Heft: ›Tag des Zornes, Tag der Zähren wird die Welt durch Brand zerstören, wie Sybill und David lehren. Welch ein Schrecken wird entstehen, wenn wir Jesu kommen sehen, streng zu richten das Geschehen. Laut wird die Posaun erklingen, mächtig durch die Gräber dringen, alle vor den Richter zwingen. Tod und Schöpfung werden beben, wenn die Toten sich erheben, Antwort im Gericht zu geben. Und ein Buch wird aufgeschlagen, treu darin ist eingetragen jede Schuld aus Erdentagen. Sitzt der Herr dann, um zu richten, wird sich das Verborgene lichten, nichts kann vor der Strafe flüchten.‹ Das war nach meinem Herzen. Gerechtigkeit. Basta mit Gnade und Vergebung.

Das Credo lernte ich auswendig. ›Er ist aus dem Vater geboren vor aller Zeit, Gott von Gott, Licht vom Lichte, wahrer Gott vom wahren Gott, gezeugt, nicht geschaffen, eines Wesens mit dem Vater, durch ihn ist alles geschaffen.‹ Das hatte keinen Sinn. Aber Kraft, Macht. Fast gewaltsam drangen die Wörter in mich ein. ›Er wird wiederkommen in Herrlichkeit, Gericht zu halten über Lebende und Tote, und seines Reiches wird kein Ende sein.‹

In diesem Frühjahr wurde die wiederaufgebaute Kirche mit einem Pontifikalamt eingeweiht. Ich durfte mit den weißen Kindern gehen, wenn auch nur bei den kleinen, die eine Kerze trugen, aber keine Fahne. Dafür hatte ich ein Frühstück im Bauch. Zwei ältere Mädchen kippten unter Halleluja und Meßdienerläuten um und wurden samt Fahnen auf den naßkalten Kirchplatz getragen. Ich schob mir ein Vivil in die Backentasche.

Das weite, hochgewölbte Kirchenschiff war von den Stufen bis zur Empore unterm Glockenturm, auf der Honigmüller an einer Orgel und nicht mehr am Harmonium saß, erfüllt von Seiner Herrlichkeit, Herr Gott der Heerscharen, Hosanna in der Höhe. Oben jubilierte der Kirchenchor im Sturm der Orgel, die mit Pauken und Trompeten vom Schützenverein noch verstärkt wurde. ›Gloria in excelsis Deo!‹ Aniana machte ein Zeichen, wir bliesen die Kerzen aus. Im vorigen Jahr hatten sich Mädchen die Zöpfe versengt, andere ihre Kleider mit Wachs bekleckert.

Am Altar schwenkten die Diakone ihre Weihrauchfässer, Schwaden waberten um den steinernen Opfertisch, stiegen auf zum Tabernakel, zum Allerheiligsten, und als der Weihbischof die Monstranz hob, brach der goldene Zierat wie Herbstsonne durch den duftenden Nebel. In vollen Zügen sog ich den Weihrauch ein, jeder Atemzug Verheißung einer Welt, wo Milch und Honig fließen und der Wolf bei den Lämmern liegt, lauschte dem schütteren ›Agnus Dei‹ der brüchigen Altmännerstimme, das der Kirchenchor in einer gewaltigen Woge aufgriff. Die mächtigen Wörter aus dem ›Schott‹ stiegen auf wie Raubvögel aus ihren Horsten, kreisten durch den hohen Raum, vorbei an den sieben Werken der Barmherzigkeit auf den Fenstern bei den Beichtstühlen, ›Agnus Dei‹, vorbei an den Stationen des Kreuzwegs auf der anderen Seite, ›qui tollis peccata mundi‹, toste um unsere Köpfe und in unsere Köpfe hinein, ›dona nobis pacem‹. ›Pacem, pacem.‹ Immer wieder ›pacem‹. Ein Wort für mein Heft. Ich blinzelte in die Kerzen, ließ ihr flackerndes Licht verschwimmen, auf- und niedersteigen, bis zum Kreuz über dem Tabernakel, an dem der nackte, graue Jesus aus der Turnhalle hing. Ein dünner Weihrauchfaden schlängelte sich um seine durchbohrten Füße.

Wenn dat der Böhm noch erläv hätt, seufzte die Tante beim Nachmittagskaffee. Die Mutter griff zum Taschentuch. In Ewischkeit, Amen, sagte die Großmutter. Dat wor ene Hellije.

Ävver met de Pollacke hät dä et jehale, Onkel Schäng, der Hasenschlächter, streckte seinen mit Pflaster und Verbandsmull verklebten linken Daumen steil in die Luft.

Papa, wies ihn Hanni, seine Tochter, zurecht, sujar esch wees jo noch, wie se dän us dä Kersch jeholt han. Bloot em janze Jeseesch.

Dä Breef von dä Jestapo wor fröher ein Dörp als dä Böhm, begann die Großmutter. Schon in seiner alten Pfarrei sei er mehrmals vorgeladen worden. Wenn se all so wie der Böhm jewese

wöre, hätte der Böschtekopp nix zu lache jehat, sagte die Großmutter, und die Onkel und Tanten gaben ihr mit einem Nicken
zwischen Stolz und Betretenheit recht.

Se kunte jo nix als verbeede, erregte sich Onkel Hermann, der
in seiner Lehrlingszeit der katholischen Sturmschar angehört
hatte. Anfangs habe man all die Verbote nicht so ernst genommen. Anders als die St.-Georgs-Pfadfinder habe man nie Kordel
und Kluft getragen. Doch als zuerst die Schulterriemen, dann
jede Art von Uniform und zuletzt jedes geschlossene Auftreten
in der Öffentlichkeit verboten wurden, außer für die HJ, habe
man sich eines Samstagnachmittags in den Rheinwiesen getroffen. Von dort aus sei man, angetan mit dunklen Hosen und
weißen Hemden, per Fahrrad hintereinanderweg durchs Dorf
gefahren, drei-, viermal, bis es auch der letzte Braune mitgekriegt
hätte. Aber anhaben können hätte ihnen niemand was. Denn der
eine hätte eine Schlägermütze, der zweite einen Homburger, der
dritte einen Zylinder auf dem Kopf gehabt. Pudelmützen, Zip-
felmützen, Ohrenschützer seien spazierengefahren worden. Sogar einen Kaffeewärmer und so manches Blechgeschirr, vom
Kochtopf bis zum Nachttopf, habe man gesehen. Von Uniforme,
lachte der Onkel, kunt mer werklesch nit kalle. Daß der dicke
Pitter mit dem wehenden Brautschleier seiner Schwester die
Runden drehte, brachte ihm allerdings eine Vorladung nach
Möhlerath ein. Der deutsche Mann verhüllt seine Stärke nicht in
Zubehören des schwachen Geschlechts. Verhöhnt nicht die Tugend der reinen Braut und späteren Mutter, han se däm jesät,
sagte der Onkel. Un dann dorfte de Funkemariesche jo och ken
Kääls mi sin. Un de Jungfrau em Köllner Fastelovend och nit,
sagte Maria, Hannis Schwester, Befriedigung in der Stimme.

Zum Zelten und Wandern sei man im ersten Jahr noch gefahren, erzählte der Onkel weiter, wenn auch immer in Begleitung eines Geistlichen, so, wie es die Nazis vorschrieben. Aber
schließlich sei auch das verboten worden. Mer sollte nur noch
bäde, seufzte er. Reine Gebetsvereine habe man aus ihnen machen wollen, und als das gelungen sei, habe man sie schließlich
doch noch ganz verboten. Und dobei han se us alles nur jeklaut,
empörte er sich. Nit nur de Fahne. Umständlich schwärmte er
vom Christusbanner, das gerade die alten Fahnen ersetzt hatte,

einem gelben XP auf weißer Seide, von der Christusnadel, dem Liederbuch ›Das gelbe Singeschiff‹, dem Vereinsblatt ›Jungführer‹. Vor allem aber, so der Onkel, han se us unseren Jruß geklaut. Treu Heil! han mer jeroofe, un dä räte Ärm hammer och jehovve, ävver su. Der Onkel streckte den Arm aus, drei Finger der rechten Hand gespreizt. Ävver nur wenn dä Bischoff kom. Un jitz sullte mer dä Böschtekopp domet jrööße!

Die Mutter seufzte. Dat wor doch ald lang vorbei, wie dä Böhm kom, sagte sie. Mer dorfte doch noch nit ens mi de Kerschefahne rushange. Die Großmutter wurde rot wie ein junges Mädchen. Als einzige im Dorf hatte sie, das erzählte man in der Familie immer wieder, nach dem Verbot noch zweimal die Kirchenfahne rausgehängt. Prompt war Beilschlag erschienen, hatte die Fahne beschlagnahmt, den Großvater mitgenommen und in den Keller des Rathauses gesperrt. Der Bürgermeister, noch immer der, bei dem die Großmutter Dienstmädchen gewesen war, hatte am anderen Morgen seine Entlassung verfügt. Auch beim zweiten Mal konnte er ihn noch einmal laufenlassen. Dann bekam Dondorf einen neuen Bürgermeister, und der alte Vischer starb nach einer Vorladung bei der Möhlerather Gestapo an Herzversagen.

Da habe man es eben, ergriff der Onkel wieder das Wort, wie die Großmutter gemacht, die, wenn das Dorf Hakenkreuzfahnen zeigte, die leere Fahnenstange aufgesteckt habe. Leere Fahnenstangen, den ganzen Kirchberg hinauf bis zum Gotteshaus, standen da, um Böhm zu empfangen. An ihren Spitzen die Messinghaken, sonst von den schweren Fahnen gegen das Holz gepreßt, klingelten im Westwind wie Weihnachtsglöckchen am Christbaum. Die ganze Gemeinde bildete schweigend Spalier. Aber die Meßdiener schwangen Schellen und Weihrauchfäßchen, die Glocken läuteten, und durch die offene Kirchentür habe man Honigmüller an der Orgel gehört, ›Großer Gott, wir loben dich‹.

He wor jo och ene staatse Kääl*, sagte die Tante aus Großenfeld mit einem schrägen Blick auf ihren Mann.

Gleich in seiner ersten Predigt habe Böhm kein Blatt vor den

---

* ein stattlicher Kerl

Mund genommen. Nero, Karl V. und Napoleon, erinnerte sich der Onkel, habe er mit Christus verglichen und sie als Nichtse bezeichnet im Vergleich mit dem Herrn, dem alleinigen Gebieter im Himmel wie auf Erden. Alles, was andere Herrscher sich herausnähmen, sei Anmaßung und Größenwahn. Jeder habe das verstanden. Nero, den blutrünstigen Christenverfolger, kannten alle. Beilschlag, Krippel und Hucht, den drei Goldfasanen, verweigerte er die geweihte Hostie an der Kommunionbank, die erste Vorladung wurde fällig. He wor ävver schlau un leeß sesch nit enschöschtere. Als die Schlageter-Schule den Religionsunterricht verbot, richtete er für ältere Kinder und Jugendliche besondere Bibelstunden ein. Do hinzejonn wor nit schön, weeß de noch, Maria, fragte die Tante die Mutter. Auf das Kirchengelände selbst hätten sich die Schlägertrupps nicht getraut. Aber vor dem Pfarrsälchen seien sie auf und ab gezogen. Am Ende sei sogar das Beten selbst gefährlich geworden. So habe sie, erzählte die Tante, Overraths Erika gefragt, warum sie an den Gebetsstunden nicht mehr teilnehme, und Erika hätte geantwortet, sie habe Angst, Pastor Böhm könne sie wegen ihrer schönen, klaren Stimme wieder zum Vorbeten auffordern. Ihr Vater sei aber doch auf dem Amt beschäftigt, und die Mutter habe gesagt, wenn du da soviel vorbetest, kriegt der Vater am Ende die Papiere. Wovon sollen wir dann leben. Mutter und Tante waren sich einig: Ohne Herzklopfen bis in den Hals, wacklige Knie und klatschnaß unterm Arm sei man nie nach Hause gekommen.

Ävver met de Pollacke hät de et jehatt, meldete sich Onkel Schäng. Jawohl, sagte die Großmutter giftig, die wore all jut katholesch. Do kanns du dir en Schiew vun affschnigge*, und im besten Hochdeutsch: ›Wat ihr dem jeringsten meiner Brüder jetan habt, dat habt ihr mir jetan.‹

Do hät he jesesse, deutete die Großmutter auf den Sessel des Großvaters unter dem Kreuz. Un er hat och nix jejen en Täßje eschte Bunnekaffee oder ne Opjesetzte. Endlich sei wieder jemand im Dorf gewesen, der dänne do ovve die Zähne gezeigt habe. Du sollst Jott mehr gehorschen als de Menschen. Meist habe man über ganz praktische Dinge geredet. Wer die Kleider-

* eine Scheibe von abschneiden

sammlung für die Polen übernehmen, wer die Wallfahrt mit dem Bus nach Neviges organisieren sollte, sogar den Christbaumschmuck im Pfarrsälchen habe man besprechen können. Einmal aber sei er wutentbrannt in ihre Küche gestürzt, eine Postkarte in der Hand. Nun sehen Sie sich an, was da bei den Trösters am Küchenschrank steckt! Esch woß direck, wat los wor, sagte die Großmutter. Liesbeth Mauss war vor einigen Tagen durchs Dorf gezogen mit Hitlerbildern in unterschiedlichen Größen. Um die Frau schnell wieder aus dem Haus zu haben, habe auch sie ihr für fünfzehn Pfennig eine Postkarte abgekauft und geschwankt, ob sie sie gleich ins Feuer werfen oder lieber hinters Vertiko stecken sollte, um im Ernstfall etwas parat zu haben für Goldfasan und Kompanie. Hi em Herd hät dä Böhm die Kaad von dä Trösters verbrannt, triumphierte die Großmutter.

Un dann hät he dä Felix und dat Häze Lensche, Lenchen Herz, persönlesch en et Hochamt enjelade. Direkt unter der Kanzel hätten sie gesessen, als der Pastor aus der Bibel las, Johannes 4, 22: ›Denn das Heil kommt von den Juden, Abraham, dem Stammvater aller Christen.‹ Do han se en affjeholt.

Nä, widersprach die Tante. Esch wes nit mi, wat für ene Film dä gemeent hät, ävver he hät jesät, die Filme us dänne ihre Kammer wöre Schweinefoder. Do han se en affjeholt.

Dat spellt doch ken Roll, ließ sich jetzt auch der Großvater vernehmen. Et wor dä Beilschlach, dä Dreckskääl. Un drei Kääls en Leddermäntel. De Bänk han jeziddert, als die op dä Altar zojejange sin.

Mer sin opjesprunge, fiel Onkel Hermann ein, die wollte doch tatsächlisch den Altar erup. Da aber habe Böhm sich umgewandt. Sein Gesicht entstellt, die linke Wange bis unters Auge geschwollen, das Sprechen sei ihm schwergefallen. Ävver he hät se zer Räsong jebrät. Meine Herren, hät he jesät, Sie werden dieses Haus wohl respektieren, wenn Sie schon meine Person nicht respektieren. Warten Sie bitte draußen. Un dann, sagte die Großmutter, sin mer all opjestange un han jebäd: ›Ich glaube an Gott, den allmächtigen Vater‹, de Männer han anjefange, dann de Fraue: ›Schöpfer des Himmels und der Erde‹, dann all zesamme: ›Aller sichtbaren und unsichtbaren Dinge, Gott von Gott, Licht vom Lichte, wahrer Gott vom wahren Gott.‹ Do sin se jejange. ›Er wird wiederkommen in Herrlichkeit, Gericht zu halten über Lebende und Tote, und seines Reiches wird kein Ende sein.‹

Als er im Mantel, den Hut und eine Aktentasche in der Hand, aus der Sakristei gekommen sei, seien alle auf die Knie gefallen. Noch einmal habe er die Monstranz erhoben und sie gesegnet. Un sing Schoh han jequietsch wie immer, wie he rusjejange es, sagte die Tante.

Mer wollte ihn an der Dür jo noch ophale, sagte Onkel Hermann, ävver he hät sesch nur ömjedriet* un op dat Krüx jezesch.

Esch han sujar noch e Täschedooch, sagte die Großmutter, dä hät jo su jebloot, mer han däm all usere Täschedöscher jejovve.

Waröm hät dä Pastur dann jebloot? fragte ich.

Dä wor am Daach fürher beim Lahbahn, dä hät däm drei Zäng op emol jetrocke, sagte die Mutter schaudernd.

Han se dän en et Krankehuus jebräät? forschte ich weiter.

Dat möt ald esu sin,** lachte die Tante unfroh.

Un wo es dä jitz?

Em Himmel, sagte die Großmutter. Gelobt sei Jesus Christus, ließ sie diesmal weg.

Warum hatte Beilschlag, der doch im Kirchenvorstand war und bei den Prozessionen den Baldachin trug, einen Pastor beim Messefeiern gestört? Warum war der Pastor tot? Die Geschichte hatte weder Hand noch Fuß. Jut, dat se vorbei es, sagten die Erwachsenen und meinten die Zeit, in der solche Geschichten passierten, von der sie noch viele wußten.

Weßt ehr noch die Fronleichnamsprozession? sagte Onkel Schäng. Wann wor et noch? Zemlich am Anfang. Dä Böhm war noch nit em Dörp.

All sin se metjejange, sujar de Kummenisse un de Sozis. Sie gingen sogar an der Spitze des Zuges, gleich hinter dem Kirchenvorstand und den Männern des Kirchenchors, etwas ungelenk, da sie immer wieder Gefahr liefen, in ihren alten Marschtritt zu verfallen. Merkwürdig nur, daß sich die an der Spitze trotz des strahlenden Sonnenscheins mit festen Regenschirmen und soli-

* umgedreht
** Das sollte wohl so sein.

den Spazierstöcken ausgerüstet hatten, obgleich der Prozessionsweg gemächlich und bequem zurückgelegt werden konnte.

Dat Mauss Liesbeth es sujar mit Parteiabzeichen un Mutterkreuz metjejange, sagte die Tante, ävver ihr Pfefferminz hät kener vun us anjenomme.

Ze esch han mer se jehört, berichtete die Mutter. Die Kapelle der Schützenbrüder hätte Pause gemacht. Den segensreichen Rosenkranz habe man gerade begonnen. Um Regen habe man gefleht, ›Gegrüßet seist du, Maria voll der Gnaden‹, als der Westwind vom Rhein Trommelwirbel und Paukenschläge hergeweht habe, dazu helle Töne, Fanfaren, habe Friedel gesagt. Hitlerjugend und SA, die wenigsten aus dem Dorf, dafür aber aus Großenfeld und Strauberg, Hülldorf und Möhlerath. Koppel- und Stiefelträger. Fahnen auch, und die flatterten voran und hoch. Man hatte das aufsässige Dorf auserkoren, um hier ein Exempel zu statuieren, am Kristoffer Kreuz.

Beinah gleichzeitig erreichten die Züge den Altar. Der Prozession voraus trug der Küster an einem langen Stab weithin sichtbar das Kreuz. Ihm folgte unterm Baldachin aus weißer, gelb bestickter Seide, den vier Kirchenvorstandsmitglieder trugen, der Pastor, vor der Brust die Monstranz. Ihnen entgegen, mit Trommeln und Fanfaren, Fahnen und Hakenkreuz, die SA.

Se wollte su dun, als wöre mer ja nit do, sagte Onkel Schäng empört. Einfach durchmarschieren wollten sie durch Kirchenvorstand und Schützenbrüder, Jungmänner und Männer, Knaben und Mädchen, Frauen und Jungfrauen. Die mit den Schirmen und Spazierstöcken flankierten den Baldachin zum steinernen Kreuz. Auch die Kapelle, sonst in der Mitte der Prozession, war nach vorn gerückt.

Nä, nä, lachten Mutter und Großmutter, Onkel und Tanten, dat wor ene Krach. Dat höt sesch an wie am Kristoffer Krüx, sagte man seither im Dorf, wenn etwas besonders laut, schrill und mißtönend war.

Es spielten und sangen die Braunen ›Die Fahne hoch‹ und ›Es zittern die morschen Knochen‹, es spielten und sangen die Frommen ›Großer Gott‹ und ›Christus, mein König‹, bis allen der Schweiß von der Stirn troff. Unbeirrt sprach der Pastor seine Gebete und hob die Monstranz im Zeichen des Kreuzes zum Segen in den blauen Himmel, glasig vom Mittagsdunst. Die Schützenkapelle spielte nicht. Die Meßdiener schwangen die Schellen aus Leibeskräften. Die Fanfaren schrillten, die Trommeln schlugen den Takt, wer weiß, wem. Die Monstranz hoch im Sonnenlicht funkelnd über des Pastors Kopf. Da fiel der Schuß. Verfehlte das goldene Gehäuse um weniges nur und schlug ein Loch in den Stein, da, wo Jesus das Haupt auf die Schulter senkt, knapp daneben.

Der Pastor sei in die Knie gefallen, erzählte die Großmutter, die Monstranz mit beiden Händen umklammernd, und mit ihm alle anderen, die mit den Regenschirmen und Spazierstöcken bis zu den Mütterlein am Ende des Zugs. Die Fanfaren und Trommeln seien verstummt. ›Ich glaube an Gott, den allmächtigen Vater, Schöpfer des Himmels und der Erden‹, habe der Pastor zu beten angefangen. Und wieder hätten alle eingestimmt, die mit den Schirmen und Spazierstöcken nicht immer richtig, aber laut und bestimmt. Sogar welche von den Braunen seien in die Knie gegangen. Nicht alle, nein, bei weitem nicht. Aber fast alle hätten doch die Mützen abgenommen und die Köpfe gesenkt, so daß man ungehindert zur Kirche habe gehen können. Denn auch die, die sich nicht gekniet hätten, wären stehengeblieben wie vom Finger Gottes gerührt, sagte die Mutter, habe der Pastor gesagt in der Kirche, fünf Minuten später. Da seien die Braunen vom Dorf mit dabeigewesen, ganz hinten, aber doch mit allen zusammen. Und die anderen seien sang- und klanglos wieder in die Elektrische gestiegen. Nachmittags aber sei trotz des herrlichen Wetters niemand auf den Straßen gewesen. Als man, so der Großvater, mit ›Christus, mein König, dir allein schwör ich die Treue lilienrein‹ in die Kirche zurückgezogen sei, habe aus dem Turmfenster von St. Gereon zum ersten Mal die Hakenkreuzfahne gehangen.

Auf unserem nächsten Gang an den Rhein drängte ich den Großvater zum Kristoffer Kreuz. Das Loch neben der Dornenkrone war wirklich da.

Jut, sagte der Großvater und nahm den Bruder und mich an die Hand, dat ihr zwei do noch nit op dä Welt word.

Das fand ich auch. In den Büchern war das Böse gut aufgehoben.

Da zeigte der katholische Filmdienst einen Film. Von der Kanzel herab forderte Kreuzkamp die Gemeinde auf, die Vorstellung zu besuchen, im Saal neben der Turnhalle.

Die Schulkinder sahen den Film während des Unterrichts. Auch die evangelischen. So etwas hatte es noch nie gegeben. Stumm vor Aufregung rutschten wir auf unseren Stühlen, nur die Kecksten ließen Papierflieger torkeln oder schnellten spukkefeuchte Geschosse von Einmachgummis.

Der kleine, gelblich aussehende Mann vom Filmdienst kam mit allen Lehrern und dem Rektor.

Kinder, räusperte sich der Rektor, Kinder. Umständlich nestelte er an einer Jalousie, die nicht dicht schloß. Kinder, sagte er ein drittes Mal und stockte wieder. Der Rektor war ein kranker Mann. Er habe im KZ gesessen, munkelte man. Er war erst nach dem Krieg ins Dorf gekommen und lebte allein. Gelegentlich wohnte ein junger Mann bei ihm, ein Neffe. Er hatte viele Neffen.

Also, Kinder, sagte der Rektor. Diesen Film habe nicht ich, hat nicht die Schule für euch ausgewählt. Wir zeigen ihn an den Schulen auf Wunsch der Besatzung. Ich habe diesen Film auch noch nicht gesehen. Es ist wohl ein trauriger Film, aber auch ein wahrer. Was ihr in diesem Film seht, ist wirklich passiert. Wer von den Kleinen hinausgehen will, der kann nach Hause gehen. Der Rektor zog ein Taschentuch hervor, eine Parfümwolke stieg aus seiner Hose zur Stirn, als er sich den Schweiß abtupfte. Dann machte er das Licht aus.

Im langgestreckten Lichtkegel tanzten zu dem Surren der Filmrolle unzählige Stäubchen. ›Nacht und Nebel‹, sagte die zitternde Schrift. Panzer rollten durch weit geöffnete Tore an zahllosen Reihen von Baracken entlang, dazu sieghafte, dann gedämpfte Musik, als Bagger und Bulldozer auffuhren. Bulldozer, die zu Skeletten abgemagerte Menschenleiber, Gerippe, zusammenschoben, wobei diese in schlackernden Bewegungen fast zu leben schienen; hier ein Arm, der sich unter den Massen der Glieder hochwarf, als winke er Abschied, hier ein Bein, das sich streckte, als mache es sich auf den Weg; ein Kopf, der ruckte wie in Bejahung, Verneinung. Wie Puppen, wenn man sie nach dem Spielen in den Kasten warf. Ein paar Erstkläßler kicherten. Aber warum trugen diese Frauen-, Männer- und Kinderköpfe so ein schauerliches Lachen im Gesicht? Oder was war es, das ihnen die Lippen von den Zähnen zerrte, breit auseinander, die Münder aufsperrte wie zu endlosem Hohngelächter? Ein kleiner Junge unter einer viel zu großen Schlägermütze kam mit erhobenen Händen auf mich zu, die Augen weit aufgerissen. Wie er mich ansah, der kleine Junge, als könnte ich ihm helfen, als könnte ich ihm sagen, nimm die Arme herunter, komm, geh mit mir, wir wollen bei Schönenbachs spielen, Erdhäuschen bauen, nur für uns zwei, nicht für so viele. Erdhäuschen, wo uns keiner findet, hinterm Hühnerstall lesen, Grimms Märchen oder das Heiligenbuch. Aber die Körperberge waren zu hoch, der kleine Junge verschwand darin.

Im Religionsunterricht erfuhren wir, was das war: Juden. Sie waren nicht katholisch und nicht evangelisch, aber auch keine Heiden. Ihr Gott war irgendwie mit dem unseren verwandt, eine Art Großvater. Jedenfalls war er älter und strenger. ›Auge um Auge‹, sagte er, und ›Zahn um Zahn‹.

Aber warum, fragte ich den Kaplan, der an einem Hautstück riß: Warum haben die sich dann nicht gewehrt? Es waren doch so viele?

Warum, fragte ich den Kaplan, der blitzschnell mit der Zunge den Hautlappen aufnahm und darauf herumkaute: Warum haben die sie verhungern lassen? Die Amis hatten doch genug zu essen. Onkel Schäng war bei den Amerikanern für ein halbes Jahr in Kriegsgefangenschaft gewesen und nannte die Ernährung dort immer tipptopp.

Das waren nicht die Amerikaner, sagte der Kaplan.

Die Russen! platzte ich heraus.

Nää, die Chinesen! Die Näjer! Die Heiden!

Nein Kinder, sagte der Kaplan, das waren wir, die Deutschen.

Schweigen.

Aber, stieß ich hervor, Deutsche sin doch katholisch, die sin anständisch.

Der Handteller des Kaplans glänzte wie rohes Fleisch. Aus der Fuge zwischen Mittel- und Zeigefinger quoll ein Blutstropfen. Deutsche seien es gewesen, sagte der Kaplan, katholische und evangelische, die den Krieg mit den anderen Völkern angefangen hätten. Sie seien in Länder marschiert, in denen sie nichts verloren hätten. Beispiele, die wir alle verstanden, führte er an. Puppen und Dreiräder, die man nicht wegnehmen, fremde Gärten und Häuser, die man nicht betreten durfte. Das leuchtete uns ein.

Deutsche, fuhr der Kaplan fort und lenkte seinen Blick aus dem Fenster auf eine Kastanie, deren Kerzen in den nächsten Tagen aufbrechen würden. Ich konnte sein Gesicht nicht erkennen, nur sein Profil, konnte sehen, wie der dünne junge Mund unter der langen blassen Nase sich auftat und schloß, auftat und schloß, sein weit geöffnetes Auge starr nach draußen gerichtet.

Deutsche, sagte der Kaplan, hätten viele, viele Juden ermordet.

Nää, entfuhr es Kurtchen Küppers und mir fast gleichzeitig.

Ja, sagte der Kaplan und wandte den Kopf noch weiter dem Fenster zu, daß die Klasse ihn jetzt nur noch von hinten sehen konnte: Ja, Hitler hat die Juden umgebracht. Die Nazis.

Gott sei Dank. Nicht die Deutschen, die Nazis waren an allem schuld. Hitler hatte den Krieg angefangen. Hitler war Luzifer in Menschengestalt. Die Nazis alle Teufel. Nur Teufel konnten so etwas tun. Das war's: nur Teufel, keine Deutschen. So, wie Nero die Christen, hatte Hitler die Juden umgebracht. So, wie die Christen hatten sich die Juden nicht gewehrt, weil ihnen der Himmel offenstand. Sie waren, wie die Christen, für ihren Glauben gestorben. Sie hatten es so gewollt. Sie waren Märtyrer, Heilige.

Aber wie anders sahen die Heiligen in meinem Heiligenbuch aus. Der heilige Sebastian, von Pfeilen durchbohrt, vierundzwanzig hatte ich gezählt, strahlend schön. Laurentius, enthäutet schmorend, holdselig verklärt. Wie schön sie waren trotz aller körperlichen Versehrtheit. Wie sie der Heiligenschein allem irdischen Jammer enthob, wie er sie schmückte. Wie gern schaute man sie an. Zu ihnen empor. Machte sie zu Fürbittern bei Gott.

Die Bilder der heiligen Juden entsetzten mich. Sie hatten keine Körper, nur Haut und Knochen. Sie hatten keine Gesichter, nur Schädel. Sie hatten keine Namen, nur Nummern. Zu Nummern kann man nicht beten. Ich betete für sie. Wenn Messen und Andachten für die Opfer des Krieges gehalten wurden, hatte ich jetzt sie vor Augen. Und wenn ich die Gliederberge nicht mehr aushalten konnte, betete ich für den kleinen Jungen mit der Schiebermütze. Oder betete ich zu ihm? Er hatte ein Gesicht. Ich gab ihm einen Namen: Abel.

Auch die Mutter sah den Film, lief danach mit roten Augen herum und erzählte die Geschichte vom Häze Lensche, Lenchen Herz, ihrer Freundin seit Kindertagen. Lenchens Mutter, wie die Großmutter, im Frauenverein. Der Vater, Lehrer am Möhlerather Gymnasium, sogar im Kirchenvorstand. Se wore doch katholisch wie mir, empörte sie sich, un doch hät dä Beilschlach se affjeholt.

Daß die Mutter einen von diesen nackten toten Körpern gekannt haben sollte, machte sie unheimlich, ließ sie plötzlich aussehen wie eine von ihnen.

Nu hür ald op, schalt die Tante. Et es doch alles vorbei.

Aber das konnte doch nicht stimmen. Solange die Mutter weinen mußte, wenn sie an Lenchen dachte, war gar nichts vorbei.

Die Zehn Gebote kamen von Gott. Die acht Gebote vom Pastor. Wir lernten sie im Beichtunterricht. ›Erstens: Beten, zweitens: Heilige Namen, drittens: Sonn- und Feiertage, viertens: Eltern und Vorgesetzte, fünftens: Hauen und quälen, sechstens: Unkeuschheit treiben, siebtens: Stehlen, achtens: Lügen.‹ Eine Einkaufsliste für arme Sünder. ›Ich habe gelogen‹ ließ ich nie aus. Für alle Fälle. Zur Anregung gab es den Beichtspiegel, gesondert für Erwachsene und Kinder. Das Sündenangebot war beträchtlich. ›Knie ich mich, wenn der Priester mit dem Allerheiligsten kommt? Grüße ich das Kreuz an der Straße? Ziehe ich die Mütze, wenn ich an der Kirche vorbeigehe?‹ Hundertzwölf Fragen mußten beantwortet werden, um über die ›Gewissenserforschung‹ zu ›Reue‹ und ›Vorsatz‹ vorrücken zu dürfen. Erkenntnis allein nützte gar nichts. Hin und her wälzte ich den Unterschied zwischen ›unkeusch‹ und ›unschamhaft‹. Wo hörte die Unschamhaftigkeit, eine läßliche Sünde, auf, wo fing die Unkeuschheit, die Todsünde, an? Bekam eine Frau von einem Mann, mit dem sie nicht verheiratet war, ein Kind, hatte sie Unkeuschheit getrieben, und das Kind war die Strafe. Eine Schande!

Doch wie konnten Kinder unkeusch sein? War es unkeusch, wenn Fricks Gerdchen und Büchsenmachers Wolfi Mädchen ins Gebüsch lockten, die ihnen aber kreischend entkamen, wenn sie merkten, wozu sie herhalten sollten? Nur Annegret Huber mit dem dicken, großen Kopf, der immer ein wenig Speichel in den Mundwinkeln klebte und mit der sonst niemand spielen wollte, spreizte die Beine und ließ vom Knie an zwei Schnecken an den Innenseiten ihrer Oberschenkel hochkriechen. Auf der einen Seite eine rote Nacktschnecke, auf der anderen eine blaßgraue mit Häuschen, die eine von Gerdchen, die andere von Wolfi, ein Wettrennen. Wer wollte, konnte zusehen. Annegret schien es zu gefallen. Ihre ohnehin verwischten Züge lösten sich noch mehr auf, je näher die Schnecken dem Schlüpfer kamen und sich mit ihren Fühlern, einzeln oder zu zweit, an dessen Rändern entlangtasteten. Wessen Schnecke als erste den Hosengummi überstieg, durfte mit Annegret ins Gebüsch. Wie es dort weiterging, wußte niemand. Zuschauen durften wir nur beim Schneckenspiel. Zur Unkeuschheit gehörten zwei, hatte ich bislang geglaubt. ›Hast du Unkeuschheit mit dir selbst getan?‹ fragte der Beichtspiegel. Wie um Himmels willen sollte das vor sich gehen?

Pastor und Kaplan wechselten sich in unserer Unterweisung ab. Für den Kaplan waren wir alle gewissenlose Sünder, Furcht und Schrecken vor Gottes Strafgericht sollten zu Reue und Vorsatz nötigen. Der Pastor hingegen hätte uns Kindern Gottes das Himmelreich am liebsten schon auf Erden zu Füßen gelegt. Er malte uns Gottes Herzeleid aus, wenn wir die Messe versäumt, das Abendgebet vergessen hatten, und versprach uns herrliche Belohnung, wenn wir Gottes Willen erfüllten, artig und brav. Ich hätte ihm gerne geglaubt. Wäre nicht das vierte Gebot gewesen, Eltern und Vorgesetzte. Ich war ungehorsam und wollte es bleiben. Ich gab Widerworte und wollte das weiterhin tun. Ich wünschte meinen Eltern Böses. Das war nicht recht, aber gerecht. Doch ohne Reue und guten Vorsatz war jedes noch so gewissenhafte Anhäufeln von gebeichteten Sünden für die Katz. War man nur aus Angst vor Strafe zerknirscht, hieß das Furchtreue; das genügte, war aber nicht viel wert. Liebesreue sollte es sein, die Trauer, Gott gekränkt zu haben.

Jeden Samstag kniete ich, Beichtkind, im Seitenschiff der

neuen Gereonskirche, vor mir der Marienaltar, mir zur Seite die Kirchenfenster mit den sieben Werken der Barmherzigkeit und den beiden Beichtstühlen. Im flackernden Licht bußfertiger Kerzen erforschte ich mein Gewissen, erweckte Reue, flüsterte meine Sünden hinter den violetten Vorhang, hörte das ›Ego te absolvo‹, betete meine Buße und sah meine Seele, ein wolkenförmiges Gebilde hinter den Rippen im Brustkasten, weiß und glänzend sich ausbreiten. So eine Seele trug mich glühend, wärmend durch den Samstagabend, durch die Nacht, durch die Kindermesse bis in den Nachmittag, wo sie auf dem Spaziergang mit den Eltern bereits an Glanz verlor. Im Lauf der Woche verdüsterte sie sich mehr und mehr wie unter dem Einfluß eines heraufziehenden Tiefs.

In diesen Apriltagen war es ungewöhnlich warm. Ich hatte die langen Wollstrümpfe bis zu den Waden heruntergerollt. Kräftiges Nachmittagslicht fiel durch die bunten Fensterscheiben, ließ das senffarbene Brot, das eine lang aufgeschossene blaugraue Frau einem verrenkten Bettler hinabreichte, überirdisch erstrahlen, wanderte weiter auf das rosa Hemd, das eine andere Frau einer Gestalt im Bett umhängte, blitzte über ein purpurnes Stoffstück, das eine Dritte abgewandten Gesichts einem Nackten überwarf. An drei ›guten Werken‹ war die Sonne schon vorbeigezogen, und Irene Hieber rührte sich noch immer nicht vom Fleck. Kniete neben mir und hielt den Kopf in beide Hände gestützt. Sie war vor mir im Beichtstuhl gewesen, mußte also längst fertig sein mit ihrer Buße. Ich hatte ein ›Vater unser‹ und zehn ›Gegrüßet seist du, Maria‹ bekommen wie üblich. Irene Hieber kniete nun schon das Vier- und Fünffache ab. Sie wollte mich besiegen. Auf dem Weg über Heiligenbildchen konnte ihr dies nicht gelingen. Dazu lernte sie zu schlecht auswendig. Aber knien, das mußte ich ihr lassen, knien konnte sie. Ich auch. Bis ich die Kniescheiben nicht mehr spürte auf dem blanken Holz.

Die Sonne war hinter dem Sarg des letzten guten Werkes verschwunden, ›die Toten begraben‹, Fräulein Kaasen an ihrem Stock mit dem porzellanenen Entenkopf hinausgehumpelt, das dumpfe Geräusch des Gummipfropfens, das den Stock rutschfest machte, war verhallt, die Kirchentür ins Schloß gekracht. Wir knieten. Fräulein Kaasen, eine der Putzstellen der Mutter, würde meine Frömmigkeit zu rühmen wissen. Manchmal holte ich die Mutter bei ihr ab.

Nie traf ich das Fräulein ohne ein Stück Seide für ein Meßgewand, das sie mit schimmernden Fäden bestickte. Garndocken in allen Farben staken in einem Bastkörbchen wie Gold und Edelstein. ›Jeder Stich, o Herr, für dich‹, pflegte sie mit gespitzten, altersdünnen Lippen zu sagen, wenn sie die Nadel in den Stoff bohrte. Warum denn der Pastor sich so schmücken würde, hatte ich sie einmal gefragt, wo doch Jesus so bescheiden, ja ärmlich gelebt hatte.

Von Fräulein Kaasens langer Erklärung hatte ich nichts begriffen und das Stück Schokolade auch gleich wieder ausgespuckt. Das ist Ingwer, mein Kind, hatte sie gelächelt. Das Bittere unter dem Süßen. Wie im Leben.

Was mich immer wieder in dieses Zimmer lockte, war ein Jesus, der über dem Nähtischchen seine Arme ausstreckte, größer als der aus der Turnhalle. Er war aus Stoff und glich einer nackten Puppe, die man zerbrochen und notdürftig wieder geflickt hat. Die Haare des Gekreuzigten waren echt, die Dornen, die sie krönten, auch und so lang, daß sie das gestickte Gesicht fast verbargen. Der Kopf hing schwer und tief auf die Brust wie der Kopf des alten Fräuleins, und manchmal glaubte ich, ihn auch genauso zittern zu sehen.

Fräulein Kaasen, sonst immer die letzte, war fort. Wir knieten. Knieten, als sich die Tür des Beichtstuhls öffnete und der Geistliche heraustrat. Ein Fremder. Er vertrat den Kaplan, der zu seiner sterbenskranken Mutter nach Düren gerufen worden war. Der Fremde war ein kräftiger, kurzer Mann. Die Soutane spannte über der Brust, und seine Hand suchte dem Hals, da, wo der weiße Rand des Priesterhemdes tief in den fleischigen Nacken schnitt, immer wieder Erleichterung zu verschaffen.

Wartet hier, Kinder, trat er zu uns, ich bin gleich wieder da. Dann gibt es eine Belohnung für so fromme Kinder.

Meine Knie waren taub. Meine Oberschenkel verkrampft. Mein Herz voller Haß auf Irene. Und nun das. Eine Belohnung. Der Kaplan kam zurück, hatte Soutane und Kasel in der Sakristei abgelegt.

Kinder, sagte er. Wir steigen auf den Glockenturm. Überwältigt blickten wir einander an; jede wußte, daß sie dieses Wunder nur dem Trotz der anderen verdankte. Freundlich fragte der Kaplan nach unseren Namen und den Eltern, und wir folgten ihm durch den Aufgang zur Empore. Von hier sahen Kirchenschiff und Altar aus wie ein Foto in der Kirchenzeitung. Bis hierher gab es bequeme Holzstufen, dann mußte man beinah senkrecht auf einer engen Eisenleiter nach oben klettern.

Der Kaplan hieß Irene voranzusteigen. Er folgte mir. Es gab kein Ausweichen nach rechts oder links. Kein Ausweichen vor dem, was mir plötzlich in die Kniekehlen stupste. Rechts, links, rechts, links, preßte sich etwas in den Kniekehlen ein. Ich umklammerte die kantigen Holme der Leiter, versuchte, die Beine schneller zu strecken, zu beugen. Doch vor mir tat Irene vorsichtig Schritt um Schritt. Das, was da an meinen Kniekehlen stocherte, rechtes Knie, linkes Knie, rechtes Knie, linkes Knie, paßte sich meinem Tempo an. Hinter mir atmend in schweren Stößen der Aushilfskaplan. Endlich setzte Irene den Fuß auf die Plattform des Glockenturms, schon strömte Licht durch die spitzen Bögen in den dämmrigen Aufgang, als dieses Etwas in meiner Kniekehle aufzuckte, hochpeitschte, ein nasser Stoß. Dann ein Taschentuch, hastig und rauh, ich war oben, gefolgt vom Aushilfskaplan, der auf die Uhr sah und nach dem Glockenseil griff. Seine Lippen formten das ›Ave Maria‹, seine Stimme ging in den Glocken unter. Irene und ich beteten mit, drei ›Gegrüßet seist du, Maria‹.

Ich hatte Zeit, in das weite Land zu sehen, über die Kohl- und Porreefelder, über Auen und Pappeln, den Damm und die struppigen Wiesen und Weiden dahinter, über den Rhein und über den Rhein hinaus, über das Fährhaus ›Piwipp‹, über Kämpen und Felder bis an den Himmelsrand. Die Sonne, eine große, runde Scheibe, versank im Strom wie eine blutgetränkte Hostie. Am Himmel blieb noch lange eine breite Spur, eine Allee aus rotem Lehm über den Pappeln. Menschen sah ich keine, aber Schiffe, den Rhein hinunter nach Rotterdam, wo das Meer beginnt.

Zu Hause rannte ich gleich hinter den Schuppen, verrenkte mich, bis ich meine Kniekehlen sehen konnte. Vollkommen normal.

Wat küss de so spät, wo bes de jewäse, herrschte mich die Großmutter an.

Mit dem Herrn Kaplan auf dem Jlockenturm, antwortete ich.

Jelobt sei Jesus Christus, rief sie und schlug begeistert die Hände zusammen.

Später, als ich mein Kleid über den Kopf zog, fiel mir am Saum etwas Weißes auf. Es klebte dort wie die Schaumklümpchen, die sommers an den Gräsern in den Wiesen hängen und die wir Kinder Kuckucksspucke nannten.

Irene wohnte in der Siedlung. Sie war ein Müpp. In gehörigem Abstand zum Dorf hatte die Gemeinde auf freiem Feld kleine Reihenhäuser für Flüchtlinge gebaut. Irenes Mutter hatte bei meiner den ›Michaelskalender‹, das ›Bonifatiusblatt‹ und den ›Hünfelder Boten‹ bestellt und trat dem Frauenverein bei. Da hielt es meine Mutter nicht mehr aus. Ich sollte sie besuchen, spingsen*.

Zu Irene mußte man mit der Bahn fahren. Sach fünf, wann dä Schaffner desch fröt, wie alt de bes, hatte die Mutter mir jedesmal eingeschärft, wenn wir nach Großenfeld oder Rüpprich zu den Verwandten gefahren waren. Ich blieb fünf, bis ich sieben war. Wäre es auch noch länger geblieben, hätte ich nicht auf der Fahrt zum falschen Großvater lauthals die Aufschrift des Fahrscheins buchstabiert: Rheinisch-Bergische Verkehrsbetriebe, zwei Teilstrecken. Dat Kind kann ja schon lesen, der Schaffner musterte uns argwöhnisch, wie wir dasaßen in unserem Sonntagsstaat aus den Rot-Kreuz-Säcken der Honoratioren, die Mutter rot vor Scham, die Tochter rot vor Stolz. Ja, krähte ich, Rheinisch-Bergische Verkehrsbetriebe, zwei Teilstrecken. Wat is dat, Teilstrecken? Zwei henger de Löffel, knurrte der Vater. Die Mutter schaute aus dem Fenster, als ginge sie das alles nichts an. Der Vater zog das Portemonnaie noch einmal. Seit diesem Tag war ich nie wieder fünf.

Für Kinder ab sechs kosteten zwei Teilstrecken einen Gro-

---

* auskundschaften

schen. Zwanzig kupferrote runde Plättchen hatte mir die Mutter aus der Sammeltasse in die Hand gezählt. Mit zwanzig roten Pfennigen in der Jackentasche zu klappern war doch etwas ganz anderes als zwei lumpige Groschen zu befummeln. Der Schaffner warf sie in eine lederne Umhängetasche, deren Metallverschluß vor jedem Fahrgast auf- und zuschnappte. Mit der Kurbel eines trommelförmigen Geräts, die ihm, wie seine Geldtasche, an gekreuzten Riemen vor dem Bauch hing, drehte er den Fahrschein heraus: Aha, in die Siedlung willst du. Alle Köpfe wandten sich mir zu. Ich duckte mich unter den Blicken. Vor mir saß Frau Trapmann, die im grobmaschigen Netz ein Fleißiges Lieschen transportierte. Aus winzigen Ablegern zog sie die prächtigsten Pflanzen, besonders Fleißige Lieschen, und versorgte damit Freunde und Bekannte, weit über Dondorf hinaus. Ausgerechnet sie wußte nun, daß ich zu den Müppen fuhr.

Die Fahrt ging durch Getreide- und Kartoffelfelder. Gemüse wuchs besser am Rhein, wo es feuchter war. Am Horizont verschwamm das Möhnebüschelsche, ein verwildertes Gehölz. Die Haltestelle rückte näher.

Siedlung, schrie der Schaffner, das i in die Länge ziehend, bis er mit letztem Atem das ›ung‹ gerade noch hervorbrachte. Er riß die Tür auf, wandte sich in den Wagen: Frau Trapmann, wollt Ihr nit auch hier raus? Ihr habt doch nit bis Pleen bezahlt. Geniert raffte die Frau ihren Glockenrock zusammen und warf mir von der Seite einen schnellen Blick zu. Da hatte ich zu Hause etwas zu erzählen.

Irene holte mich ab. Es wäre schwer gewesen, sie zu finden. Die Häuser sahen alle gleich aus. Sie waren aus großen, grauen Steinen gemauert. Galoppsteine nannte Onkel Schäng, der auf dem Bau arbeitete, diesen zusammengebackenen Puffreis.

Die unverputzten Häuser kamen mir roh und abstoßend vor. Keine Zäune, keine Hecken trennten die Gärten, auf denen kaum zwei Bettücher hätten nebeneinanderliegen können. Dafür stand hinter jedem Haus eine Teppichstange, was dem Ganzen einen zackig-sportlichen Anstrich verlieh. Wilder Wermut und wilde Möhre, Schafgarbe und Kamille, Disteln, ganz so, wie an den Bahngleisen auf dem Weg zur Schule. Schmächtige Eichen, von Stricken gehalten, von Holzpfählen gestützt, mühten sich, Fuß zu fassen. Kein Baum, der schon hätte Schatten spenden können. Hier und da noch ein Sand- oder Kieshaufen, ein paar Planken, Schotter, gesprungene Ziegel, eine Schubkarre. Nicht ein Fetzen Papier, nicht eine zerbrochene Flasche, nicht die Spur von Unrat oder Müll. Erst in den nächsten Tagen, erklärte Irene, würden richtige Straßenschilder aufgestellt werden. Noch behalf man sich mit Pappen. Die Straßen hießen Breslauer und Posener, Kreisauer und Annaberger. Irene wohnte in der Königsberger Straße. Da sitzen jetzt die Russen, sagte sie. Königsberg. Ich wußte, daß es Königswinter gab, wo die großen, weißen Rheindampfer anlegten, die von Düsseldorf den Rhein hinauffuhren. Schiffe mit Blaskapellen und schunkelnden Menschen, deren Lieder im Vorbeifahren bis in die Dondorfer Rheinwiesen schallten. Königsberg kannte ich nur als Klopse, Hackbällchen in weißer Soße mit Kapern, zu Kartoffeln und Rote Bete. Ein Sonntagsessen.

Wie ein Zeltlager sah die Siedlung aus, provisorisch, jederzeit wieder einzureißen. Aber die Fenster leuchteten heiter und hatten Gardinen, einfach straff zwischen zwei Stangen gespannt oder Volants aus Tüll oder Spitzen. Auf den Fensterbänken wurzelten Kalla und Asparagus, buntes Blatt und Gummibaum, Geranien in allen Größen und Farben, und irgendwo siedelte sich nun auch das Fleißige Lieschen von Frau Trapmann an. Würde um die Wette gedeihen mit den Ablegern im Dorfe, würde selbst Sprößlinge abgeben für die Siedlung, fürs Dorf. Ein Netz aus Ablegern würde die Frauen aus dem Dorf mit denen in der Siedlung verknüpfen, und das unsichtbare Netz darunter würde wachsen wie die Fleißigen Lieschen.

Irenes Mutter war schlank und größer als die meisten Frauen im Dorf. In den Spitzen ihrer Lockenkringel flimmerte die Sonne. Sie trug an einem ganz gewöhnlichen Werktag weder Schürze noch Kittel, sondern ein Kleid und begrüßte mich so freundlich, als gäbe es bei mir etwas zu holen. Bes fröndlich, do jüt et jet ze holle, hieß es zu Hause, wenn man zu Leuten ging, die womöglich etwas springen ließen. Ich war doch nur ein Kind. Die zehn Pfennige brauchte ich für die Rückfahrt.

Im schmalen Flur hing ein Kreuz überm Eingang, dem dornengekrönten Haupt klemmte ein Buchsbaumzweig hinterm Kopf. Wie bei uns. Unsere Küche war groß, unser Wohnzimmer klein. Hier war es umgekehrt. Beide Fenster standen weit offen, ein leichter Windzug bauschte die Stores, die in dichten Falten bis auf den Boden fielen. Unsere Gardinen reichten gerade bis zur Fensterbank, damit es von draußen ordentlich aussah.

Das Zimmer war kahl. Kein Sofa und keine Sessel, keine Bilder an den Wänden. Ein kleiner Schrank, dessen Tür schief in den Angeln hing, ein Vertiko mit abgeplatztem Furnier. In der Mitte des Raumes stand der gedeckte Tisch, festlicher als bei uns zu Ostern oder Weihnachten. Die weiße Tischdecke reichte bis auf den Boden und war über und über mit bunten Blumen und grünen Blättern bestickt, als blühte ein Gartenbeet aus dem grauweiß gefleckten Linoleum. Im Zimmer duftete es nach Zimt und Vanille, Kirschen und Streuseln. Zu Hause hätte Irenes Mutter die Bäckerei der Eltern übernehmen sollen. Ihr Mann hatte dort gelernt, war aber kurz vor der Meisterprüfung eingezogen worden. Er war vermißt. An der Ostfront. So gut wie tot. Weder bei Rademachers Köbes noch bei Striebels Erwin hatte Beten geholfen. Ihre Frauen hatten die Männer schließlich für tot erklärt. Das sei besser für die Rente, hatte die Tante der Mutter erklärt. Auch hier lief ein schwarzes Querband über das Bild des Soldaten im Silberrahmen, das neben dem Foto zweier junger Mädchen in Trachtenkleidern stand. Es zeigte Irenes Mutter und ihre Schwester vor einem dreigeschossigen Haus mit gedrehten Säulen, einem dickbauchigen Balkon und einem großen Schaufenster im Erdgeschoß. Zwei stämmige, halbnackte steinerne Männer entrollten über dem Eingang eine Schrift: F. F. Backwaren Wentzel Dombrowski. Das Haus war größer als beide Dondorfer Bäckereien und Piepers Laden dazu. Und das war Irenes Zuhause gewesen. Dort war sie geboren. Dort würde sie jetzt wohnen, wären nicht die Russen gekommen.

Neben den beiden Fotos stand ein hölzerner Mann mit hoher, schwarzer Mütze und einem Loch als Mund. Das ist ein Bergmann, erklärte Irene. Und ein Nußknacker. Ich war entzückt. Ein Bergmann, der ein Nußknacker war, ein Nußknacker, der ein Bergmann war. Märchenhaft. Und was für sonderbar fremde Gewächse streckten sich aus dieser glitzernd geschliffenen Vase! War das möglich? Nichts als Unkraut steckte in diesem Kristall, ein bißchen Rainfarn und wilde Möhre, Schafgarbe,

Kamille, Wermut, sogar eine lila Distel, alles vom Schuttplatz da draußen. Unkraut, sonst nichts. Aber wie kostbar das aussah, wie verwandelt. Ja, Hildegard, Irenes Mutter legte mir die Hand auf die Schulter, sicher habt ihr ganz andere Blumen im Garten. Aber die hier sind doch auch schön. Was meinst du? Ich nickte ertappt. Irenes Mutter sprach beinah Hochdeutsch. Kein richtiges wie der Herr Pastor. Dafür kamen die Wörter zu knorrig und mühsam aus ihrem Mund. Aber sie sagte meinen Namen mit einem klaren G.

Ich zählte drei Gedecke. Kam kein Erwachsener mehr? Hatte sich Irenes Mutter nur für mich soviel Mühe gegeben? Später erfuhr ich, daß sie den Tisch nie anders deckte. Vor mir standen ein Kuchenteller und eine Kaffeetasse mit passender Untertasse. Untertassen gab es bei uns nur, wenn Besuch kam; passende Untertassen nur bei Familienfesten. Dann wurde das Service aus dem Schiebeschrank unter der Fensterbank geholt und gespült. Es war mit Stiefmütterchen und Alpenveilchen bemalt. Kräm nannte die Mutter die blaßgelbe Farbe. Sie hatte es von der Bürgermeisterfamilie zur Hochzeit gekriegt. Dat kris du ens zur Huzick, Hochzeit, pflegte sie mit Verschwörerblick zu mir zu sagen, wenn wir die guten Stücke nach jedem Gebrauch einzeln in Seidenpapier wickelten und vorsichtig verstauten. Auch Kuchengabeln lagen bei Irene neben den Tellern und Servietten, weiß und fein wie das Taschentuch, das die Mutter mir an Fronleichnam vor der Prozession in das Bündchen vom Kleiderärmel steckte. Ich wagte kaum zu essen. Der Kakao hieß Schokolade und die Klümpchen Bonbons, wie bei Bürgermeisters. Als ich aufs Klo mußte, wußte ich nicht mehr weiter. Mir fehlten die Worte. Esch jank ens drieße, sagte der Vater. Ich möchte austreten, paßte für die Schule, wo man dazu hinaus auf den Hof ging. Wohin sollte ich in diesem Häuschen austreten? Auch meine Bücher ließen mich im Stich. Büchermenschen mußten nie aufs Klo. Unglücklich rutschte ich auf meinem Stuhl hin und her. Komm, Hildegard, ich zeig dir das Bad, sagte Irenes Mutter. Wieso das Bad? Machten Müppen in die Badewanne? In dem kleinen blaßgrün gekachelten Raum verschlug es mir die Sprache erst recht. Unter dem ovalen Klappfenster stand die blendendweiße Wanne, daneben das Waschbecken mit zwei Hähnen. Gegenüber das Klo. Aus weißem Porzellan, darauf ein schwerer Deckel aus Holz. An der Wand ein Kasten mit einer Metallkette zum Ziehen. Ein Wasserklosett. Und das sollten Müppen sein? Ich machte gleich beides, Klein und Groß, genoß den Druck des glattpolierten Holzrandes auf Oberschenkel und Gesäß, sog die Luft ein, die nach Lavendel roch, und wusch mir die Hände, kalt und heiß, bis sie schmerzten.

Im Wohnzimmer hatte Irenes Mutter das Radio eingeschaltet. ›Machen wir's den Schwalben nach, bau'n wir uns ein Nest‹, sang eine hohe Frauenstimme verführerisch, daß man am liebsten auf der Stelle nach Federn, Blättern, Strohhalmen aufgeflogen wäre. Irenes Mutter trällerte mit. Schalt die Märl* aff, hieß es zu Hause, wenn aus dem Radio anderes kam als Nachrichten, Wetterbericht, Kirchenfunk; heilige Messen aus Domen und Kathedralen, Andachten und geistliche Ansprachen. Sonntags hatte ich eine halbe Stunde Kinderfunk durchgesetzt. Eduard Marks erzählt Märchen, ›Der kleine Prinz und die Schwalbe‹, ›Sängerkrieg der Heidehasen‹, ›Prinzessin Sara‹. ›Er fliegt nach dem Süden hin, und sie bleibt im Nest‹, sang die Frauenstimme. Irenes Mutter verbeugte sich vor ihrer Tochter, die aufstand und von ihrer Mutter um Taille und Schulter gefaßt wurde, so, wie die Männer die Frauen auf dem Schützenfest anfaßten. Irenes Mutter tanzte mit ihrer eigenen Tochter! ›Ausgerechnet Bananen‹, beschwerte sich jetzt ein singender Mann, ›Bananen verlangt sie von mir‹. Ausgelassen wie Karnevalsjecken hüpften Mutter und Tochter zwischen Tisch und Vertiko hin und her und winkten mir: Mach mit! Ich schlackerte mit Armen und Beinen und tat so, als sei ich fröhlich. Zu Hause erzählte ich vom Kuchen und vom Klo, aber gehört wurde nur eines: Die stoppe Unkruck en de Blomevas, sujar Distele. Ärme Müppe.

Jedes Vierteljahr kam am ersten Mittwoch im Monat der Wäschemann. Auch als man längst Kabinenroller und Käfer fuhr, reiste er mit Bussen und Straßenbahn aus Ronningen an. In der

* hohe, schrille Frauenstimme

warmen Jahreszeit liefen wir Kinder ihm schon von weitem entgegen: Der Wäschemann kütt! Der Wäschemann kütt! Mittelgroß, mitteldick, mittelalt, im mittelgrauen Anzug bog er von der Haltestelle in unsere Straße ein, mit schleppendem Gang und krummem Rücken, der sich jugendlich straffte, sobald am Fenster oder in der Tür eine Frau erschien. Hätte er einen Schnurrbart getragen, er hätte ihn gezwirbelt. So aber hob er nur die schweren Koffer bis zu den Hüften, als wäre es nichts, trug sie in unser Haus, federnden Schritts die drei Stufen hinauf, und lächelte. Das übernatürlich exakte Gebiß mit seiner tiefroten Plastikfassung bildete einen herausfordernden Kontrast zum blaßrosa Zahnfleisch, wenn er grinsend die Oberlippe hochzog. Was er für ein verführerisches Lächeln hielt, breitete einen Ausdruck von Falschheit über die ganze Person. Rosig konnte er sich kaum stehen, wäre er sonst mit seinen Koffern über die Dörfer gezogen, zu Mutter und Großmutter, Tanten und Nachbarinnen, die das Geld für eine ›Garnitur‹, einen Bettbezug und ein passendes Kopfkissen, monatelang groschenweise in einer abgestoßenen Sammeltasse zusammentrugen oder sich mit dem Erlös ihrer Rabattsparbücher das neue Korsett, einen neuen Kittel finanzierten. Das alles schaffte der Wäschemann in seinen Koffern herbei. Wir verreisten nie, und so glaubte ich lange, Koffer seien für den Transport von Bett-, Tisch- und Unterwäsche bestimmt.

Die Tante war schon da und die beiden Cousinen, Julchen und Klärchen, Piepers Gerda und Piepers von nebenan. Mutter und Großmutter hatten sich die Halbschürzen, die sie gewöhnlich über den Kitteln trugen, hastig abgebunden und hinter die Küchentür gehängt. Was fanden die Frauen nur an diesem Mann? War es, daß er in Schlips und Kragen kam und im Anzug, immer im Sonntagsstaat? Daß er den Hut in weitem Bogen vom Kopf nahm, und zwar für jede einzelne? Guten Tag, Frau Kringli, und Hand an den Hut und mit einer Verbeugung in weitem Bogen nach unten bis vor den Bauch und wieder hinauf auf den Kopf. Guten Tag, Frau Palm, und wieder die Hand an den Hut und im Bogen hinunter, zum Bauch und hinauf. Dabei legte er den Kopf in den Nacken und schaffte es so, aus der Verbeugung heraus, einer jeden von unten herauf tief in die Augen zu sehen. Kam die

Reihe an uns Kinder, wurde der Hut nur noch flüchtig gelüftet, als wäre ihm heiß. Dann setzte er ihn wieder auf sein schütteres gelbliches Haar und schob ihn schräg aus der Stirn. Sein Blick, seine Verbeugung machte die Frauen zu Königinnen, falsch wie sein Gebiß. Er sprach Hochdeutsch wie sonst nur Pfarrer, Bürgermeister, Nonnen. Respektspersonen. Daß er keine war, der Wäschemann, spürten auch die Frauen. Hier war jemand, der etwas von ihnen wollte, dem sie etwas gewähren konnten. Dafür wollten sie mehr haben als Bettbezug oder Korsett. Sie wollten fühlen, daß sie zählten. Sie persönlich. Der Wäschemann wußte das und verkaufte sich mit, zumindest das, was von ihm mit den Koffern unterwegs war. Mag sein, daß abends, wenn er das Gebiß ins Glas legte, ein anderer Wäschemann zum Vorschein kam, einer, der die Mundwinkel hängenlassen und endlich schweigen durfte. Hier mußte er reden. Über den Alltag hinweg, über die Sorgen hinweg, über das Einerlei, die Eintönigkeit, die Enge, die Begrenztheiten mußte er hin- und wegreden. Meine Damen, nannte er sie. Viel von Krankheiten war die Rede, von spektakulären Heilungen und hoffnungslosen Fällen, vom Burkötter Bauern, den der Eber zwischen die Beine geschnappt, ratz und weg, worauf die Frauen in ein langgezogenes Nää, sujät! ausbrachen und Gerda, die mit einem Evangelischen verheiratet war, sogar ein Kichern unterdrückte. Lange rätselten mein Bruder und ich, warum die Frauen um einen Riß in der Hose ein solches Getue machten. Man konnte ihn doch flicken.

Diesmal erzählte der Wäschemann die Geschichte von einer Frau aus dem Bergischen, die jahrelang für eine Wallfahrt gespart hatte. Sie hinkte aus der linken Hüfte heraus und hatte keinen mitgekriegt. Der Wäschemann machte eine Pause, und die Frauen nickten wissend und zufrieden. Sie hatten gesunde Beine und einen im Haus. Es kam zu der Wallfahrt, und siehe da, die Frau aus dem Bergischen hinkte hinfort nicht mehr. Damit hätte es sein Bewenden haben können, doch in den Händen des Wäschemanns spielte das Leben unerbittlich weiter. Einen lieben Mann habe die Frau daraufhin im Handumdrehen gefunden und geheiratet auch. Oh, welch doppeltes Glück und welche Erhörung seitens der heiligen Mutter Maria. Die Frauen seufzten und nickten erneut. Der Wäschemann hob seinen Koffer auf den Küchentisch. Aber da, fuhr er fort, war der eine Mann nicht mehr genug. Er war ja auch nie zu Hause, nur arbeiten, und für wen denn? Nur für sie. Doch kam, sobald der Mann auf Schicht war, der Briefträger. Und die Frau, keinen Namen, Sie verstehen, meine Damen, lag schon im Fenster. Das ging eine Weile gut. Bis eine Nachbarin den Mann von der Frau, keine Namen, meine Damen, fragte, seit wann er denn soviel Post kriegte, der Briefträger wäre jeden Tag bei ihm und müßte die Briefe wohl auch noch buchstabieren, so lange dauere das, bis der wieder herauskäme. Die Frauen warfen sich Blicke zu, Gerda flüsterte Gisela etwas ins Ohr, worauf die rot wurde und hustete. Und dann, meine Damen, kam's, wie's kommen mußte. Der Mann sagt, er geht zur Arbeit. Geht aber nicht. Paßt den Postboten ab. Wartet, bis der drin ist, im Haus, meine Damen. Schleicht selbst rein. Und, was sage ich, in flagranti. Verständnisloses Gemurmel. Im Bett. Triumphierender Rundblick des Wäschemanns.

Dat Wiev, rief die Tante; Heidewizka! Gerda. Nä sujet, die Mutter; Dä ärme Kääl, seufzte Cousine Maria. Welsche meens de dann? grinste Hanni, ihre Schwester. Heldejaad, Bertram, dat is nix für ösch, jot spille, befahl die Großmutter. Ich dachte nicht daran. Die Frau hatte womöglich Unkeuschheit getrieben. Ich mach es kurz, meine Damen, fuhr der Wäschemann, der Großmutter beruhigend zunickend, fort. Der Mann läßt sich scheiden. Die Frau ist schuldig und kriegt keinen Pfennig. Der Briefträger wird entlassen und zieht in eine andere Stadt. Zwei Wochen nach der Scheidung kommt die Geschiedene aus einem Etablissemang, wo man, wo, Sie wissen schon, Blick auf Bertram und mich, sie kommt dort also heraus und will nach Hause fahren. Und was sage ich Ihnen, die Frau tut einen falschen Tritt, die Bahn fährt an und über ihren Fuß. Hier. Der Wäschemann hob sein Bein wie ein Hund, der Männchen macht, zog das Hosenbein hoch, ließ die Frauen einen Blick auf sein wachsgelbes, dünnschwarz behaartes Schienbein tun und hieb mit der Handkante kurz oberhalb der Fesselsocke dagegen. Hier. Ab. Gerda und Erika, Agnes und Gisela, Mutter und Großmutter, Julchen und Klärchen, Tante und Cousinen schüttelten sich vor Entsetzen und Genugtuung. Dat Minsch, dat Wiev, hatte es nicht anders verdient. Dat kütt davon, wenn mer met singem Mann de Molli mät*, faßte die Großmutter zusammen.

Der Wäschemann holte Luft, ließ den Koffer aufschnappen und trat einen Schritt zurück. Ahh, machten die Frauen, und der Wäschemann rückte seinen Hut noch schräger in die Stirn, überließ seine Ware ihren Blicken und Händen, die Bettzeug, Kittel, Geschirrtücher und Tischdecken mehr liebkosten als prüften, all das Glatte, Feine, Schmiegsame, Balsam für ihre hartgearbeitete Haut. Manchmal hob eine ein Wäschestück an die Wange, roch auch daran, schnüffelnd wie auf frischer Fährte, dabei das eben Gehörte rekapitulierend, kommentierend, all das Unfaßliche aus der weiten Welt, adrett präsentiert auf krisper Baumwolle und reinem Leinen. Man kaufte sparsam und nur, was man dringend brauchte. War ein Bettlaken in der Mitte zu dünn geworden, wurde es durchgeschnitten und an den Außenrändern wieder zusammengenäht. Handtücher verschlissen kaum, da wir nur einmal wöchentlich in ein und demselben Wasser und mit einem Tuch für alle badeten. Nur die dunkelblau karierten für die Hände zerfransten mit der Zeit.

Eine Versuchung waren die Kittel. Aus gestärkter Baumwolle, wie Kleider geschnitten, mit kurzem Arm und vorne durchgeknöpft. Piepers Gerda trug sie im Sommer ohne was drunter, und wir Kinder zogen grimassierend mit wiegendem Gang hinter ihren schwabbelnden Arschbacken her. Kamelreiten nannten wir das. Es waren die Muster, an denen sich die Frauen nicht satt sehen konnten. An dieser IG Farbenpracht, all den Rosen, Nelken, Vergißmeinnicht, naturgetreu bis ins Knopfloch. Blumenkittel gab es und solche mit Tieren, Igel und Salamander, Bambis und Fliegenpilze, Schäfchen in Schwarz und Weiß auf rosa und blauen Wölkchen. Eine Weile waren alle hinter einem Bienenkittel her. Süß wie Honig, meine Damen, flötete der Wäschemann und summte: ›Mein Herz, das ist ein Bienenhaus, die Mädchen sind darin wie Bienen, sie fliegen ein, sie fliegen aus, grad wie in einem Bienenhaus‹, während die Frauen das Geld in ihren Sammeltassen zählten. Einmal kaufte die Mutter einen Kittel mit wildem Dschungelmuster, Palmen, Bananen, Lianen,

* seinem Mann auf der Nase herumtanzt

Affen, weit aufgerissenen Löwenmäulern. Wann immer er die Mutter in dieser Verkleidung sah, brüllte der Bruder los. Der Dschungel wurde gegen ein Schaukelpferd-Eisenbahn-Trommelmuster getauscht.

War das Hauptgeschäft abgeschlossen, rief Julchen: Klärchen, jib mer mein Ottekolong*, ließ das Fläschchen kreisen, und alle Frauen betupften sich die Stirn. Die Großmutter holte ihren Aufgesetzten vom Kellerbord; sie war für diesen Schnaps berühmt; schwarze Johannisbeeren mit Korn standen in Flaschen den Sommer über bis zur Hälfte eingebuddelt im Garten in der Sonne. Jetzt leerte der Wäschemann den großen Koffer ganz und zog mit einer verschwörerischen Bewegung den Boden an zwei Schlaufen zu sich heran. Unter ehebettlichen Laken und herdlichen Kitteln lag etwas, das die Wangen der Frauen rötete. Es kam mit dem Likör daher, rief aber eine Ausgelassenheit hervor, die nicht allein vom Aufgesetzten rührte. Es hatte mit dem Beichtspiegel für Erwachsene zu tun, dem sechsten Gebot, und vollzog sich doch vor aller Augen, sogar vor denen der Großmutter. Wie ein Zauberer das Kaninchen an den Ohren, schnellte der Wäschemann einen Büstenhalter an seinen Trägern aus dem Koffer, hielt ihn vor den Anzug und wackelte mit den Hüften. Die Frauen kreischten. Ich starrte jedesmal gebannt auf seine Linke, die spitz zulief wie die einer Heiligenfigur. Ringfinger und kleiner Finger fehlten. Volkssturm, meine Damen. Das letzte Aufgebot, hatte er bei einem seiner ersten Besuche erklärt. Ein Büstenhalter nach dem anderen wurde derart zappelnd vorgeführt. Dann und wann hielten sich meine Mutter oder die Cousinen eines dieser steifen zweihügeligen Gebilde unter die Brust, daß die Tüten mit der Öffnung nach unten herunterhingen, und noch seltener verschwand eine der Frauen mit dem Ding nach nebenan und kehrte kopfschüttelnd oder nickend zurück.

Einmal im Jahr probierte die Tante ein Korsett an. Dazu ging sie in Begleitung der Mutter hinaus. Kam sie wieder, mußte der Wäschemann sich umdrehen. Ächzend und rot von der Stirn bis zum Brustansatz, eine tiefe Schlucht zwischen den mächtigen

* Eau de Cologne

Erhebungen überm hochgewölbten Leib, stand die Tante da, den Rock gelockert um die Hüften schlotternd, während der Wäschemann von einem Fuß auf den anderen trat, als könne er kaum an sich halten, die Tante zu sehen in ihrem lachsfarbenen, stäbchenverstärkten Satingestell, die silbernen Häkchen im Vorderverschluß, kleine lüsterne Köder auf steifleinernem Band. Die Augen weit aufgerissen, warf er seinen Körper schließlich herum und blickte irgendwo in den Raum in Richtung Tante, aber bestimmt nicht auf die Tante selbst, das hätte ich schwören können. Drei ›Vater unser‹, dat kost drei ›Vater unser‹ und einen Schmerzensreischen, rief die Großmutter. Worauf die Frauen wieherten und die Tante in den Flur entwich.

Bevor sie das Korsett kaufte, gab es noch manchen Aufgesetzten, und der Wäschemann mußte immer deutlichere Qualen von Begierde und Verzicht an den Tag legen. Die Frauen kauften eben weit mehr als Stoff und Faden, sie kauften die Idee von sich selbst, sich selbst als einzigartiger Frau. Einmal, er sah an diesem Tag besonders schlecht und dünn aus, fiel der Wäschemann sogar vor der Tante auf die Knie. Es hatte lustig aussehen sollen, als er die Tante mit demselben verzweifelten Blick angeschaut hatte wie die Missetäter in der Schule den Lehrer, bevor der den Zeigestock von der Wandtafel holte. Die Tante aber hatte sich schroff abgewandt und nicht gekauft.

Das Gerücht, er halte sich auf seiner Tour durch Dondorf ungebührlich lange bei Specks Kätchen auf, einer betuchten Kriegerwitwe mit Ringellöckchen überm rosigen Mondgesicht, hätte den Wäschemann beinah Kopf und Kragen gekostet. Aber meine Damen, rief der arme Mann in ernsthafter Verzweiflung, wem glauben Sie das! Legte die Rechte, dann die Linke aufs Herz und machte Anstalten zu einem zweiten Kniefall, wäre die Großmutter ihm nicht beigesprungen: Su vell ›Vater unser‹ un Rosekränz kann dä ja nit bäde, wie dä für dat Specks Kätsche bruch. Als hätte die Großmutter den Wäschemann von einem Fluch erlöst, gaben die Frauen sich damit unter Gelächter zufrieden. Mir schenkte er daraufhin ein Tuch mit weißen Herzen. Rot wie die Farbe seines Plastikgaumens.

Irgendwann blieb der Wäschemann weg. War er krank, gestorben, oder hatte er endlich die Zwölferwette im Toto gewonnen?

Als die Todesanzeige kam, wußte niemand, wer das war, Karl-Friedrich Mertens. Bis man ›Ronningen‹ las und die Tante auf den Wäschemann schloß. Mit einem schmerzensreichen Rosenkranz wurde seiner armen Seele gedacht, nicht ohne leise Enttäuschung, daß dieser betörende Zugvogel mit der schnellen Zunge, dem losen Mundwerk, den lockeren Reden im wirklichen Leben auch nur ein braver Familienvater gewesen war, wie man zu Hause selbst einen hatte.

Der Großvater war nicht recht op däm Damm. Ging kaum noch aus dem Haus, die Pfeife schmeckte nicht mehr. Legte sich ins Bett und kam nur noch für ein paar Stunden am Tag in die Küche hinunter. Wenn er den Großvater untersucht hatte und sich am Spülstein die Finger wusch, machte Dr. Mickel jedesmal die gleiche Bewegung, zuckte die Achseln und kehrte beide Handflächen nach oben, als befehle er das Ganze in mächtigere Hände.

Nach dem Weihnachtsfest waren wir von Beichtkindern zu Kommunionkindern geworden. Dreimal in der Woche hörten wir nun im Kommunionunterricht von den wunderbarsten Dingen: Blinde konnten sehen, Lahme gehen, Taube hören, Tote warfen die Bahre von sich und wandelten auf und davon. Tatsachen. Keine Märchen. Nicht ohne Mühe hatte mir der Pastor den Unterschied beizubringen versucht. Die Wunder in den Märchen waren Erfindung. Die in der Bibel Tatsachen. Nicht nur Jesus konnte Wunder wirken. Im Prinzip konnte es jeder, nur heilig mußte man sein. Um heilig zu sein, durfte man nicht sündigen. Ich half der Mutter beim Abwaschen, der Großmutter beim Kartoffelschälen, gab dem Bruder den größeren Happen vom Fleisch, stopfte mir jedes Widerwort in die Kehle zurück, jeden giftigen Gedanken gegen den Vater jagte ich aus dem Gehirn. Ich wollte heilig sein. Wunder wirken. Wenigstens eines. Ich wollte den Großvater heilen. Fromme Bücher sollten mir beistehen: ›Der veruntreute Himmel‹, ›Der Kranz der Engel‹, ›Das Schweißtuch der Veronika‹, ›Die letzte am Schafott‹, das Heiligenbuch. In meinem Kopf kreisten vom Aufwachen bis zum Einschlafen Gebete. Als Kommunionkind war ich in einem besonders hohen Stand der heiligmachenden Gnade. Ein Tempel des heiligen Geistes war ich.

Dr. Mickel kehrte weiterhin Hände und Augen gen Himmel, wenn er vom Großvater kam. Ich besprach die Sache mit dem Bruder. Der half beten und stellte ebenfalls das Sündigen ein. Allein, der Großvater wollte nicht wieder auf die Beine kommen. Fast hätte ich aufgegeben und dem Bruder wieder Fleisch vom Teller geschnappt, als Frau Meuten ein Buch in die Borromäusbibliothek zurückbrachte, das ich gleich beiseite legte. Der Einband zeigte eine Muttergottes. In weißem Gewand mit blauer Schärpe und einem Krönchen. Sie kam aus Frankreich, stand auf der Rückseite, aus Lourdes. Dort war sie einem Mädchen erschienen und hatte eine Quelle sprudeln lassen. Die Quelle konnte heilen.

Ein Fingerzeig Gottes. Geweihtes Wasser brauchte ich. Damit würde ich unseren Gebeten zum Durchbruch verhelfen. An Wasser aus Lourdes war nicht zu denken. Dondorfer Weihwasser mußte genügen. Noch am gleichen Tag stahl ich mich nach der Schule in die Kirche und tauchte eine kleine Flasche – Liebesperlen von der letzten Kirmes waren darin gewesen – ins Weihwasserbecken, der Bruder füllte sein Marmeladenglas, mit dem er sonst am Rhein Kaulquappen fing.

In den nächsten Tagen gab es für den Großvater keine Brühe, kein Püree, keinen Tee ohne ein paar Tropfen Weihwasser. Weihwasser, über dem der Bruder und ich hinterm Hühnerstall zur Verstärkung ausgiebig Gebete gesprochen und Kreuzzeichen geschlagen hatten, so, wie wir es vom Pastor am Altar kannten. Der Großvater siechte weiter. Ich erhöhte die Dosis. Ohne Erfolg. Das Dondorfer Weihwasser war zu schwach. Der Bruder ging wieder Kaulquappen fangen. Ich nannte den Vater im stillen wieder ne fiese Möpp. Da brachte ich der Mutter zuliebe Resi Pihl das Monatsblatt vom Frauenverein, als letzte gute Tat. Ihre Tochter Hannelore saß in der Schule neben mir. Im Flur der Wohnung stand auf der Kommode neben Kruzifix und Öllämpchen eine Madonna in weißem Gewand mit breiter blauer Schärpe und Krönchen. Diese Muttergottes, so Frau Pihl, habe ihr dat Schmitze Billa aus Lurdäs mitgebracht. Lur ens, sagte sie, ergriff die Figur, packte den Kopf und schraubte ihn ab. Schüttelte die kopflose Heilige. Es gluckste. Jeweihtes Wasser, frohlockte sie.

Jejen mein Ekzem. Lur ens hie. Sie schraubte den Kopf wieder auf, stellte die Figur behutsam zurück, schob die Ärmel hoch und zeigte mir ihre Unterarme. Haut, dünn wie Pergament, von roten Streifen durchzogen, blutig. Dat jöck wie verröck, sagte sie und fuhr ein paarmal mit den Fingernägeln über ihre Haut, die aufstob wie feiner Sand und auf Tischtuch und Kuchen rieselte. Ävver ansteckend is et nit, sät dä Mickel. Loß et der schmecke.

Am nächsten Tag nahm ich Hannelores Rechenbuch mit nach Hause und brachte es ihr mit dem Bruder zurück. Kaum dort, fing er wie verabredet im Hof zu schreien an. Alle stürzten hinaus, ich schraubte der Figur den Kopf ab, goß das heilige Wasser in mein Liebesperlenfläschchen, füllte die Muttergottes mit Kranenwasser auf und nahm den Bruder bei der Hand.

Drei Tage lang wurde das Madonnenwasser von uns bebetet und bekreuzigt. Dann setzten wir alles auf eine Karte. Das ganze heilige Wasser auf einmal schüttete ich dem Großvater ins Glas für seine Tabletten.

Der Großvater schluckte die Tabletten hinunter, nippte an dem Glas und verzog das Gesicht.

Opa, trink aus, bettelte ich.

Trink, Opa, echote der Bruder.

Nä, Kenger, dat schmeck nit. Dat schmeck jo wie ahle Schoh. Un de Tablette sin jo och ald em Mage.

Opa, du muß dat drenke.

Jo, Opa, drenk.

Die Großmutter trat dazwischen.

Wat quäls de dann dä Opa met dem Wasser? Jank, un hol em e Jläsje Appelsaff.

Die Großmutter griff das Wasserglas vom Nachttisch und goß es im hohen Bogen aus dem Fenster in den Rhabarber.

Oma, schrie ich, dat Wasser.

Dat Wasser, schrie der Bruder.

Wat es dann jitz ald widder los, fauchte sie. Wat soll et dann sons sin wie Wasser. Joht spille. Sunne Kokolores, un dat bei nem Kummelejonskenk*!

Das ganze Jahr über ließ ich den Rhabarber nicht aus den Au-

* Kommunionskind

124

gen; er gedieh wie immer in überwältigenden Mengen. Pihls Resi schwor weiterhin auf ihr Muttergottesfläschchen. Am besten, sagte sie, wirke es mit einem Eßlöffel Klosterfrau Melissengeist oder einem Klaren.

Ich aber war untröstlich. Hatte das Wasser nicht gewirkt, weil ich es gestohlen hatte? War es von Sünde im Keim vergiftet wie wir Menschen? Hatte ich dem Großvater am Ende Erbsünde- wasser zu trinken gegeben? Konnte heiliges Wasser durch eine böse Tat in teuflische Brühe verwandelt werden? Hatte ich den Großvater am Ende dem Tod in die Klauen getrieben?

Ich beichtete ihm unter Tränen. In seinen matt gewordenen, wie von einem hauchdünnen Milchhäutchen überzogenen Au- gen blitzte es wie in alten Tagen, als er meine Hand in seine nahm, die dünn und weich geworden war.

Heldejaad, sagte er, denk doch ens an dat Fritzje. Mansche Minsche sin wies, angere schwaz. Mansche jesonk, angere krank. Dä leeve Jott wees, wat he det. Un sterve müsse mer all. Esch jlöv, dä leeve Jott well mesch bal em Himmel han.

Gut und schön. Aber warum so umständlich? Herrn Tröster hatte ein Ast erschlagen, Tante Margret im Krieg eine Bombe ge- troffen, Fräulein Höhnchen war eingeschlafen und nicht mehr aufgewacht.

Aber das hier? Diese Schmerzen, dieser Geruch, als verwese der Großvater bei lebendigem Leib?

Warum der Großvater so sehr leiden müsse, fragte ich im nächsten Kommunionunterricht und ließ mir gesagt sein, daß Jesus die Leidenden brauche, wie sonst könnte er barmherzig sein.

Aufstehen, hieß es, wenn Lehrer Mohren das Klassenzimmer be- trat. Guten Morgen, Kinder. Guten Morgen, Herr Lehrer. Wir übten, bis wir wie aus einem Munde antworten konnten. Schlu- gen das Kreuzzeichen, vierundfünfzig rechte Arme wie von un- sichtbaren Fäden gezogen, und sprachen: ›Im Namen des Vaters und des Sohnes und des Heiligen Geistes, Amen.‹ Setzen, sagte der Lehrer. Zu spät kommen, flüstern, mit den Füßen scharren, seufzen, gähnen, aus dem Fenster glotzen, herumfummeln, selbst husten und niesen waren mit Eckestehen oder einer Ohrfeige auf der Stelle gesühnt. Schwere Strafen für schwere Verbrechen wie vergessene oder fehlerhafte Hausarbeiten, Widerworte, Patzigkeiten, Lügen wurden erst kurz vor Schluß der Schulstunde verabreicht, bei besonders schlimmen Vergehen bis zum Ende des Unterrichts aufgeschoben. Die Angst vor der ausstehenden Züchtigung und die Ächtung der Mitschüler, die den Missetäter mieden wie einen Pestkranken, waren fast schlimmer zu ertragen als die Schläge selbst, wenn sie denn endlich fielen.

Kurt Küppers hatte zum Namenstag einen Füller bekommen. Man steckte die Feder in ein Tintenfaß, drehte am hinteren Ende einen Kolben rauf und runter, saugte Tinte ein und konnte dann stundenlang schreiben, ohne einzutauchen. Der Füller steckte zusammen mit einem Vierfarbstift in einem grünen Ledermäppchen. In der ersten Pause war das Mäppchen von Hand zu Hand gegangen, und Sigrid, die mit ihrer roten Schleife im glatten braunen Haar aussah wie ein Schokoladenei, durfte ihn sogar aufschrauben und ihren Namen auf die letzte Seite in Kurt Küppers Rechenheft schreiben. Nach der zweiten Pause war das Mäppchen nicht mehr da.

Verdächtigt wurde Katti Kackaller. Sie saß in der letzten Bank, allein, und war ein Müpp. Nicht wie Irene und die anderen aus der kalten Heimat, die nichts dafür konnten, sondern ein eingeborener Müpp. Ihre Familie hauste mit einer unübersichtlichen Anzahl von Kindern in einer der Baracken, die während des Krieges für polnische Zwangsarbeiter zusammengezimmert worden waren. Lehrer machten Witze über die Kackallers, egal, ob sie anwesend waren oder nicht. Die letzte Drohung vor der Ohrfeige war, man werde enden wie ein Kackaller, wenn man so weitermache.

Katti Kackaller hatte aschblondes Haar, das in unregelmäßigen Stufungen irgendwo über den Ohren abgeschnitten war und vor Schmutz, Fett, Blättern und anderen kleinen Gegenständen starrte. Ihr Kleid verfleckt, der Saum halb offen, Knöpfe fehlten. Durch die löchrigen Strümpfe stachen spitze Knie. An den Füßen trug sie viel zu große Schuhe, die mit Zeitungspapier ausgestopft waren, das an den Rändern hervorquoll, wodurch ihr

Gang etwas Schleichendes annahm. Kattis Haltung war geduckt, eine Katze vor dem Sprung. Ihr Gesicht flach und breit, ihr Körper ein Paket aus Muskeln und Knochen. Einer wie ihr war alles zuzutrauen. Sie hatte das Mäppchen nicht.

Der Reihe nach mußten wir unsere Tornister vor Mohrens Augen ausleeren. Der Füller wurde gefunden unter der Bank von Rainer Ebersold.

Rainer zählte zu den größten Jungen der Klasse und war nur Haut und Knochen. Doch seine Gesichtszüge waren noch so weich wie im Kindergarten, und seine verhaltenen Bewegungen drückten vor allem eines aus: das Bestreben, nicht aufzufallen. Er war ein mittelmäßiger Schüler, weder sonderlich beliebt noch mißachtet. Auch Rainer war ein Müpp. Aber aus der kalten Heimat. Sein Vater gehörte zu den in Rußland Verschollenen. Er kannte ihn nur bis zur Brust, in der Uniform eines Panzergrenadiers, Postkartenformat im Silberrahmen.

Seit Jahren trug Rainer Ebersold eine Lederhose, in die er allmählich hineinwuchs. Sie hatte zur großen Überraschung seiner Mutter in einem Paket gelegen, dem einzigen, das je aus der Heimat zu ihnen gelangt war, mit einem Brief seiner Großmutter: Sein Vater habe diese Hose schon getragen, und daß sie ihm Glück bringen solle.

Ebersold, Rainer. Die Vertauschung von Vor- und Nachnamen signalisierte höchste Alarmstufe. Der Lehrer klemmte sich, die Beine leicht gespreizt, beide Daumen in die Achselhöhlen unter die Ränder seiner Weste. Heute trug er den braunen Anzug, was seinem Gesicht stets einen Stich ins Safrangelbe gab.

Steh auf.

Rainer blieb sitzen. Bleich wie die Kreide an der Tafel.

Aber Herr Lehrer...

Schweig. Aufstehen, sag ich.

Rainer erhob sich. Es war Montag, und er hatte das weiße Hemd vom Sonntag noch einmal anziehen dürfen. Zwischen den Hosenträgern lief ein rotes Band, bestickt mit weißen, fliehenden Hirschen, über seine Brust.

Ich...

Schweig.

Und jetzt sagst du, wie das hier, der Lehrer fuchtelte mit dem

Fülleretui herum, als wolle er es zum Leben erwecken, in deinen Tornister gekommen ist.

Ich, ich … in meinem Tornister war es doch gar nicht. Und wie es unter meine Bank gekommen ist, weiß ich nicht.

Schweig! rief Mohren zum dritten Mal. Du lügst.

Der Junge machte eine abwehrende Bewegung. Nein, Herr Lehrer, nein, ich lüge nicht. Ich hab das Mäppchen nicht genommen, nein.

Nein?! Der Lehrer dehnte die Silbe zu einem Sirenenton. Nein? Dann erkläre mir bitte, wie es da hingekommen ist. So etwa? Er faßte die Verschlußlasche des Etuis und ließ das Ding mit Schwung auf Rainers Ohr prallen.

Kurt Küppers schrie auf in Angst um die Füllfeder. Rainer rührte sich nicht. Sein Kopf, ein wenig zu groß und zu rund für den eckigen Körper, begann kaum merklich nach rechts und links auszuschlagen wie der Zeiger einer Waage.

Küppers, rief der Lehrer, hepp, und entledigte sich des Mäppchens mit einem gezielten Wurf in Richtung des Besitzers, der sein Eigentum geschickt auffing und es eben einer nachdrücklichen Prüfung unterziehen wollte, als Mohren ihm und seinem Nachbarn befahl, die erste Bank zu räumen.

Ebersold nach vorn.

Der Junge blieb stehen. Mohren schleppte ihn am Ohr durch den Klassenraum, stieß ihn auf die Bank, den Kopf nach unten, so daß seine Beine hinten in der Luft hingen.

Der Lehrer nahm den Zeigestock aus der Ecke neben der Landkarte; der dünnere lag bei der Kreide unter der Tafel. Dann knöpfte er dem Jungen die Hosenträger ab und zerrte die Hose an beiden Beinen bis zu den Knien herunter, wobei sich Rainers Unterleib unwillkürlich von der Bank hob, wie um die Prozedur zu erleichtern.

Wir alle konnten den kleinen Hintern in der verwaschenen, graublauen Baumwollunterhose sehen, der sich vor Angst und Scham zusammenkrampfte. Sigrid Gerschermann, die mit dem Füller ihren Namen hatte schreiben dürfen, schluckte laut.

Sonst ließ der Lehrer den Stock einmal, zweimal durch die Luft pfeifen, bevor er zuschlug, schmunzelnd: Unverhofft kommt oft. Heute aber traf gleich der erste Hieb sein Ziel.

Siebentes Gebot, skandierte er, du sollst nicht stehlen. Siebentes Gebot, du sollst nicht stehlen.

Kirschrot glühten seine Wangen aus dem gelben Gesicht, die Lippen sprühten Speichel. Rainer aber nahm seine Strafe nicht, wie es sich gehörte, schweigend entgegen. Vielmehr ließ er nicht ab, seine Unschuld zu beteuern, ja, er rief sogar Gott und den heiligen Antonius um Hilfe an, daß sie seine Unschuld bezeugen möchten. Mohren schien dies alles nur noch mehr zu reizen.

Du sollst nicht stehlen, siebentes Gebot. Dir werd ich's zeigen, siebentes Gebot. Du sollst nicht stehlen, siebentes Gebot. Dieb, Dieb, Dieb.

Rainers Stimme wurde dünner, blieb aber fest bei seinem hochdeutschen Nein, das er, atemringend, keuchend, aber unerschütterlich hervorstieß. Die Schläge fielen jetzt schneller, als Mohren sprechen konnte. Stimme und Stock machten sich selbständig. Gestern noch hatte der Lehrer ein Gedicht von Wilhelm Wackernagel erklärt.

Er hielt inne. Wischte sich die Stirn. Mit einem Ruck packte er den Gezüchtigten am Hemdkragen und zog ihn hoch. Die Lederhose rutschte zu Boden. Der Junge zitterte vor Anspannung, sich auf den Beinen zu halten.

Und jetzt, zerschnitt die Stimme des Lehrers die Stille, entschuldigst du dich bei Kurt Küppers. Und damit soll es dann genug sein.

Rainer schwieg. Seine Kiefer verkrampften sich, Muskelstränge traten hervor und machten das weiche Gesicht hölzern und hart.

Bißchen dalli. Mohren stieß ihm den Zeigestock ins Kreuz. Einmal, zweimal, dreimal, so lange, bis der Junge in die Knie brach, sich zusammenkrümmte, den Kopf zwischen den Schultern auf der Brust, die Arme überm Kopf. Der Lehrer zog den Rock aus. Knöpfte die Weste auf und keuchte wie ein Tier, das schon eine große Strecke zurückgelegt hat. Er stank. Ich konnte den Schweiß auf seiner Oberlippe und unter seinen Achseln sehen. Sein Rücken im Griff einer Gewalt, größer als er. Mit einem Laut, als ginge ein lebendiger Knochen entzwei, zersplitterte der Zeigestock, Rainer nur streifend, am Fuß der Strafbank. Mohren brüllte.

Ich weiß, was dir fehlt. Einem wie dir. Ich weiß, was du brauchst. Mohren zerrte an seinem Hosenbund. Mit einem bösen Zischlaut fuhr der Lederriemen aus dem körperwarmen Stoff in die Luft. Jetzt endlich gab Rainer wieder einen Laut von sich. Er winselte. Der Lehrer ließ den Gürtel pfeifen.

Ich weiß, was dir fehlt. Dir fehlt der Vater. Der Vater. Der Vater. Nein! schrie ich. Nein! Mohren fiel der Gürtel aus der Hand. Alle starrten mich an. Da erst merkte ich, daß ich geschrien hatte. Mir war schlecht vor Angst. Das Gesicht des Lehrers dunkelviolett, die Mundwinkel weiß von Speichelblasen. Rainer, der sich unter den Schlägen von einem scheuen, gutmütigen Jungen in ein geschundenes, gescheuchtes Tier verwandelt hatte, kannte nur noch einen Instinkt, Flucht. Er kroch, gestützt auf beide Ellenbogen, die in der Lederhose gefesselten Beine hinter sich herziehend, zur Tür. Mohren stoppte ihn.

Zieh dir die Hose hoch. Setz dich, sagte er, den Gürtel ungeschickt durch die Schlaufen seiner Hose nestelnd. Knöpfte die Weste zu. Zog den Rock wieder an. Wischte sich noch einmal die Stirn.

Rainer kauerte wieder auf seinem Platz. Er sah grau aus und schien kleiner geworden, unter den Schlägen zu einem hölzernen Ding aus Haß und Verachtung geschrumpft. Auch Lehrer Mohren saß wieder hinter seinem Pult. Direkt vor mir. Er suchte meinen Blick. Ich fixierte die Füße Jesu am Kreuz, bemehlt von feinem Kreidestaub.

Und jetzt zu dir, Hildegard, sagte der Lehrer. Du weißt doch. Dazwischenreden ist verboten. Steh auf.

Seine Finger ergriffen mein Ohrläppchen, ruckten mit einem energischen Zug meinen Kopf in Richtung Schulter, so daß meine linke Wange sich seiner Rechten bequem darbot. Der Lehrer benutzte, anders als der Vater, der vornehmlich die Handballen einsetzte, die ganze Handfläche, alle fünf Finger, gestreckt und leicht gespreizt. Sichtbar für Stunden, brannte das strahlenförmige Mal auf der Haut.

Das vierte Schuljahr ging zu Ende, da sagte Mohren noch einmal Steh auf! zu mir.

Die Märzsonne machte den winterharten Boden jeden Tag ein

bißchen weicher, die Knospen der Weiden hatten hier und da schon ihre Kapseln abgeworfen und zeigten die ersten Kätzchen. In früheren Jahren waren wir um diese Zeit mit dem Großvater aufgebrochen zu unserem ersten großen Gang an den Rhein, wo das Eiswasser noch in den Wiesen stand und die dürren Binsen im Wind sich aneinanderrieben wie kalte Füße. Aber der Großvater lag jetzt die meiste Zeit des Tages im Bett, und der Doktor zuckte noch immer die Achseln und drehte die Augen zur Zimmerdecke.

Lehrer Mohren hatte uns eine Klassenarbeit zurückgegeben, eine Nacherzählung. Vater und Sohn sitzen am Tisch beim Essen. Abseits in einer Ecke löffelt der Großvater unbeholfen seinen Brei aus einem Holzschälchen. Später sieht der Vater seinen Sohn schnitzen und fragt ihn, was er da mache. Ein Schälchen für dich, wenn du einmal so alt bist wie der Großvater und nicht mehr richtig essen kannst. Da bereut der Vater, daß er seinen alten Vater vom Tisch verstoßen hat, und holt ihn zurück.

Alle Hefte bis auf das meinige waren verteilt. Mohren hatte die Gewohnheit, mal bei den guten, mal den schlechten Noten zu beginnen. Diesmal, das konnte man dem freudigen Getuschel der zuerst Aufgerufenen entnehmen, hatte er bei den guten begonnen.

Und nun zum letzten Heft. Hildegard Palm. Ich wollte aufstehen, aber Mohren bedeutete mir, sitzen zu bleiben, und las vor. Ich hatte die Geschichte richtig wiedergegeben, wie immer mit einigen Ausschmückungen. Dann aber sagte mein Kind zu seinem Vater: Vielleicht hat der Großvater auch nichts Besseres verdient. Vielleicht ist er zu dir so bös gewesen wie du zu mir, wie du noch klein warst. Der Lehrer schloß mein Heft. Die Klasse wartete. Eine Fliege, die den Winter in den warmen Räumen überstanden hatte, flog in sinnlosen Kurven immer wieder gegen die Fensterscheiben.

Was hast du dir dabei gedacht, Hildegard?

Dat dä Jroßvater seinen Sohn oft verhauen hat, wie der klein war. Und jetzt ist der jroß und der Jroßvater alt und kann sich nit wehren. Da krischt der ne Straf. Dä hät dat verdient. Der war nit lieb zu seinem Kind, wie dat klein war.

Hildegard, sagte Mohren, woher willst du das wissen?

Ein paar Kinder lachten. Mir war heiß. Das Leibchen kratzte, die Wollstrümpfe auch. Ich schluckte. Begriff nicht, warum ich es nicht wußte, wo ich doch sonst so gern Fragen und Antworten spielte. Diesmal versagte ich. Warum hatte ich diese Sätze geschrieben? Ich wußte doch, daß der Lehrer es so nicht vorgelesen hatte.

Nun, Hildegard, für diese Arbeit bekommst du keine Zensur. Das nächste Mal hältst du dich an das Vorgelesene. In einem Aufsatz kannst du ja schreiben, was dir einfällt.

Lehrer Mohren sah auf die Uhr. Der Vormittag ging zu Ende. Bald würde es klingeln. Draußen auf der Straße lärmten die I-Dötzchen, die Erstkläßler. Und nun, sagte Mohren, stehen alle auf, die nach dem Zeugnis in sechs Wochen auf eine höhere Schule gehen. Die Jungen zuerst.

Kurt Küppers stand als erster auf, dann Rainer Ebersold, Werner Kracht, andere folgten. An der Art und Weise, wie sie aus den Bänken traten, war abzulesen, welchen Platz im Leben zu beanspruchen sie bereits gelernt hatten, welchen Platz das Elternhaus ihnen fraglos reservierte. Zuletzt erhob sich in der letzten Bank, polternd und aus tiefem Magen rülpsend, Jo Kackaller. Er war ein älterer Bruder Kattis, die die dritte Klasse hatte wiederholen müssen. Da es so viele Kackallersprößlinge gab, saß in jeder der acht Volksschulklassen mindestens ein Vertreter dieser fruchtbaren Sippe, immer um einiges älter als der Klassendurchschnitt.

Mohren winkte müde ab. Dich werden wir auch los, sagte er. Aber anders. Noch eine Ehrenrunde und dann Abmarsch. Jo Kackaller war dann vierzehn und hatte die Schule acht Jahre lang besucht.

Statt einer Antwort, die auch niemand erwartete, rülpste er ein zweites Mal und lümmelte sich wieder auf seinen Platz.

Und jetzt die Mädchen, sagte Mohren. Sigrid Gerschermann stand auf und Christiane Huppert, eine blutarme Rothaarige mit Augen, die so schläfrig blickten, als wollten sie sich in der nächsten Sekunde für immer schließen. Sie war, wohl aufgrund dieser Schläfrigkeit, ein außerordentlich braves Kind, hatte aber im letzten Jahr nur mit knapper Not die Versetzung geschafft.

Christiane, du? entfuhr es Mohren, als sich ihr dicklicher Körper träge aus der Bank wand. Natürlich. Der Lehrer schlug sich an die Stirn. Christiane war die Tochter eines Kollegen.

Lieselotte Lanzen stand auf, die Nichte des Rübenkrautfabrikanten. Lieselottes Hausaufgaben waren vorzüglich, die Klassenarbeiten schlecht. Mechthild Kluck, das vierte Mädchen, war tüchtig. Ihr gönnte ich, daß sie stand. Es klingelte. Einpacken.

Ein paar Minuten noch, Kinder, sagte Mohren. Hildegard, steh auf.

Ich blieb sitzen. Sah den Lehrer an.

Steh auf, Hildegard, kannst du nicht hören.

Ich rutschte aus der Bank. An Wunder glaubte ich kaum noch, nicht einmal mehr, wenn ich von ihnen las. Seit dem Fehlschlag mit den geweihten Wassern hatte ich auch von ihnen genug. Ich bevorzugte nun wieder Detektivgeschichten mit ihrer klaren Verteilung von Gut und Böse, Recht und Gerechtigkeit, Sünde, Strafe und Sühne, eine naturgemäße Ergänzung zum Beichtspiegel. So konnte ich auf einem Namenstag bei der Patentante an deren Kaffeetisch sitzen, um mich herum das Getöse der von Likören und Schnäpsen angefeuerten Stimmen, das Kreischen der Frauen, das Gebell der Männer. Vor meinen Augen aber die Bestie von Baskerville, ein Froschmann in der Themse, eine Kutte im flackernden Kerzenschein; in meinen Ohren das Baldowern von Ganoven, der Schrei des Opfers, des Inspektors Stimme.

Hildegard, sagte der Lehrer, ich habe dich etwas gefragt.

Ich hatte nichts gehört. Die Klasse wurde unruhig. Alle wollten nach Hause. Ich schreckte zusammen.

Nä, sagte ich.

Du bleibst stehen, Hildegard, wiederholte Mohren. Ich meine, du kannst dich setzen. Jedenfalls habe ich dich aufgeschrieben. Ich werde schon dafür sorgen.

Ich blieb stehen. Neben mir saß Hannelore Pihl. Rechnen konnte sie besser als ich. Sie war die zweitbeste Schülerin unserer Klasse. Ihr Vater ungelernter Arbeiter wie der meine. An eine höhere Schule dachte bei ihr wie bei mir zu Hause keiner.

Ich setzte mich nicht, wartete, daß Mohren Hannelore aufforderte, gleichfalls aufzustehen. Er tat es nicht.

Hannelore sah zu mir hoch. Ich konnte ihren Blick, der sich in einem Tumult aus Neid, Sehnsucht und Trauer von mir verabschiedete, kaum ertragen.

Hannelore stand nicht auf. Sie wurde Verkäuferin und heiratete einen Mann, der keine Kinder haben wollte. Als sie schwanger wurde und nicht abtrieb, ließ er sich scheiden. Das Kind war eine Frühgeburt und lebte nur ein paar Tage. Hannelore übernahm, nach dem Tod des Besitzers, den Lebensmittelladen, in dem sie schon gelernt hatte, und schloß sich einer Edeka-Kette an. Später, das war das letzte, was mir die Mutter erzählte, heiratete sie einen Witwer, der ein Rewe-Geschäft betrieb.

Als der Lehrer zu uns kam, verzog der Vater keine Miene. Saß am Küchentisch und schlang sein Essen hinunter, nickte ein paarmal, sagte nichts. Un wer soll dat bezahle? fragte er endlich. Das werde die Gemeinde übernehmen, sagte der Lehrer. Man solle eine Eingabe machen, das Weitere werde er schon regeln.

Ävver nur för de Meddelscholl, sagte der Vater, et is doch nur e Weet.

Von Stüssgens Franz, der in Möhlerath bei einem Steuerberater arbeitete, ließ sich die Mutter einen Brief an den Bürgermeister aufsetzen. Das kostete fünf Mark mit Tippen und einem Durchschlag; dafür brachte mir in diesem Jahr der Osterhase nichts. Die Bewilligung kam in der Karwoche. Es war ein Wunder. Ohne Weihwasser und Magie. Ich war nicht heilig, aber auserwählt. Ich würde Gott noch einmal um den Großvater angehen. Mit einem Opfer.

Am Aschermittwoch stellte die Großmutter zwei hohe Weckgläser auf den Tisch. Fastenzeit. Von nun an wurden alle Süßigkeiten gehortet. Ich war eine fanatische Sammlerin, sah mit wollüstigem Geiz, wie das bunte Süße langsam, aber stetig anwuchs, alles zur Ehre Gottes. Kasteite ich mich nicht ebenso wie Johannes der Täufer mit seinen Heuschrecken und wildem Honig? Protzend hockte ich Karsamstag dann mit meinem Schatz vor der Haustür und schürte den Neid der Nachbarskinder.

Auch in diesem Jahr saß ich mit meinem randvollen Glas auf der Treppe, die Kinder um mich versammelt. Wir mußten warten, bis um vier die Glocken wieder läuteten, die seit Freitagnachmittag geschwiegen hatten. Beim ersten Ton hob ich das

Glas wie der Pastor die Monstranz. Wie das blinkte und lockte! Aah, machten die Kinder. Ich ließ den Deckel aufschnappen. Schnupperte. Verdrehte die Augen. Fischte ein Marzipanei und wickelte es aus. Wickelte es wieder ein. Tat es in das Glas zurück. Früher hatte ich vor den gierigen Augen der Habenichtse immer ein Stück nach dem anderen gegessen, bis ich nicht mehr konnte.

An diesem Karsamstag teilte ich alles aus. Birgit holte ihre Schwester, Gerd seinen Bruder, der Freunde aus anderen Straßen, immer mehr Kinder standen Schlange. Ich spielte Schicksal, ich, dat dolle Döppe, dä Düvelsbrode war großzügig, freigiebig und gerecht. Ein Kind nach dem anderen marschierte an mir vorbei und durfte wählen. Rechte Hand, linke Hand, gefüllt oder leer. Riet eines zu oft falsch, ließ ich hinterm Rücken Gnade vor Recht ergehen. Von den ersten Stücken hatte ich mich noch schweren Herzens getrennt, doch je mehr ich verteilte, desto größer wurde meine Freude. Ich, dat Drömdöppe, besaß etwas Anfaßbares, womit ich tun konnte, was ich wollte. Ich konnte machen, daß andere sich freuten. Opfer bringen war schön, viel schöner als selbst essen.

Julchen und Klärchen sahen kopfschüttelnd aus dem Fenster, Julchen verschwand und platzte mit der Mutter aus der Haustür. Bes de verröck jewode, fuhr die Mutter mich an. All dä Krom ze verschenke. Dä hät Jeld jekoss. Jäff dat Jlas her.

Die Kinder wichen zurück. Ich umklammerte das Glas mit beiden Händen, preßte es an die Brust. Das Opfer durfte nicht schiefgehen.

Oma, schrie ich, help mer.

Die Oma es en dä Kapell, fauchte die Mutter, un du jüs mer jitz dat Jlas her. Waat, bes dä Papp no Huus kütt.

Nä, schrie ich, die Klömpsche jehüre mir, do kann esch met mache, wat esch will.

Dat wulle mer ens sinn. Die Mutter packte mich. Ich trat ihr vors Schienbein. Sie schrie auf, ließ mich los. Ich kippte den Inhalt des Glases in hohem Bogen unter die verstörten Kinder, die sich kaum zu bücken wagten.

Maat, dat ihr fottkütt. Die Mutter wedelte mit den Armen wie nach einem Mückenschwarm. Un du hüvs dat Zeusch op. Vörrann.

Heulend klaubte ich Himbeerdrops und Schokoladeneier, Karamelbonbons und Lakritzschnecken zurück ins Glas. Sogar ein Nappo war noch nicht geopfert.

Abends gab es das blaue Stöckchen hinter der Uhr. War das Opfer fehlgeschlagen, half dem Großvater vielleicht mein Martyrium, das Martyrium eines Kommunionkindes so kurz vor Ostern.

Am Ostermorgen steckte mir die Großmutter eine Weinbrandkirsche zu. Man muß Jott mehr jehorsche als de Menschen, lobte sie. Und: Nächstenliebe is die reinste Liebe.

Nachmittags kam der Großvater die Treppe hinunter, setzte sich in seinen Sessel unters ewige Licht und spielte mit dem Bruder und mir Eierköppe. Christus is auferstanden von den Toten, sagte die Großmutter, un dä Opa vom Bett. Jelobt sei Jesus Christus.

Zur ersten heiligen Kommunion bekam ich mein erstes eigenes Kleid. Es wurde genäht von Hilde, einer hageren, hoch aufgeschossenen Blondine, noch keine alte Jungfer, aber auf dem besten Weg dahin. Wer heiratet schon eine Frau, die aussieht, als hätte sie immer den ganzen Mund voller Stecknadeln. Sie kam mit ihrer Koffernähmaschine ins Haus.

Den Stoff kaufte man bei Frau Kranz, beim Kränzjen. Sie war alleinstehend, aber nicht, wie sich's gehört. Frau Kranz war keine Kriegerwitwe. Sie war geschieden. Ihre Tochter, ein paar Jahre älter als ich, schien mir wunderschön, wenn sie im kurzen plissierten Röckchen und mit wehenden Locken Rollschuh fuhr, in halbhohen, weißen Stiefelchen Pirouetten drehte oder eine meterlange Waage perfekt durchstand. Lautlos. Ihre Rollschuhe liefen auf Gummi. Meine schraubte ich an ausgelatschten Straßenschuhen fest und ratterte auf Eisenrädern los. Karneval tanzte Kränzjens Tochter als Funkemariechen durchs Dorf, und Fischers Pitter und Böckers Willi schlugen sich ›Em Höttsche‹ ihretwegen die Köpfe ein. Natürlich ging sie aufs Lyzeum.

Kränzjen bot ihre Ware im Erdgeschoß eines neuen Einfamilienhauses an. Weich und verführerisch, voller Verheißung, voller

Beginn nahm der Geruch gefangen, wenn man die wenigen Stufen hinaufgestiegen und die Tür mit dem zirpenden Glockenspiel hinter sich geschlossen hatte. Aus den Stoffen – wirkliche Stoffe für unzählige mögliche Kleider – entfalteten sich prachtvolle Roben, die mit sanftem Rauschen die Luft erfüllten, ein vielstimmiges Geflüster, Geglitzer, Geschaukel. Vornehm und feierlich war der Geruch, und über allem ein Hauch von Veilchen, immerwährender Frühling aus Kränzjens blondiertem Gelock.

Hilde begleitete die Mutter und mich, ohne daß wir sie dafür bezahlen mußten.

Dä do. Hildes Stimme war spitz wie ihr zerstochener Zeigefinger, der auf einen der Ballen zuschoß, den dat Kränzjen mit dumpfem Knall auf den Ladentisch warf, blitzschnell ein paar Meter weit aufrollte und sich vor die Brust hielt, wie der Bettler Sankt Martins Mantelteil. Hilde strich von beiden Seiten über den Stoff, zerdrückte ihn in der Faust, als wollte sie einem Todfeind den Garaus machen, fand, daß der Stoff leicht knittere, worauf eine Lawine von Stoffballen den Ladentisch überflutete. Allen Geweben widerfuhr das gleiche Schicksal. Bei den teuren Seiden, die von schmalen Pappen nur vorsichtig abgewickelt wurden, packten Hildes Hände besonders derb zu, wobei sie immer wieder ihren Zeigefinger an der Unterlippe anfeuchtete, als blätterte sie in kostbaren Schriften. Hilde zwang Kränzjen, das Unterste zuoberst zu kehren. Endlich fiel ihre Wahl auf einen weißen und einen dunkelroten Wollgeorgette, den sie aus den Stoffmassen wieder hervorbuddelte. Hilde schaute die Mutter scharf an. Mich würdigte sie keines Blickes, Widerspruch zwecklos.

Wenn Hilde kam, wurde der dreiteilige Spiegel von der Frisierkommode abgeschraubt und im Wohnzimmer aufgestellt, ihre Nähmaschine setzte Hilde auf den Beistelltisch. An verschiedenen Punkten pikste sie mir ein Bandmaß aufs Hemd, fuhr mit Kreide über Schulter und Rücken und notierte Zahlen in ein kleines, schwarzes Wachstuchheft. Mit verblüffender Geschwindigkeit holte sie Stecknadeln aus ihrem Mund, die dort scheinbar ganz natürlich wuchsen, und stach mit ihnen zuerst auf hauchfeines Seidenpapier und Stoffstücke, später auf mich und die Stoffteile ein. Der Stoff kratzte. Stell disch nit esu an, sagte die Mutter, fuhr sich aber selbst an den Hals, wo der Stoff rote, unregelmäßige Flecken hervorrief, ruckte und zuckte mit Schultern und Schulterblättern. Sie bekam ein Kleid aus dem gleichen Stoff, ein Schnäppchen. Es war schlimmer als die Leibchen aus Lores Wolle. Damit ich mich nicht in der Kirche vor aller Augen kratzen würde, wurden Oberteil und Ärmel schließlich gefüttert und waren nun so steif, daß ich daraus hervorstak wie aus einem Pappkarton. In der Kirche trug ich ohnehin den Mantel der Cousinen. Dä es noch us dem Kreesch, sagte die Tante, die ihn vom Speicher geholt hatte. Mißtrauisch betrachtete ich den Mantel von allen Seiten, suchte nach Spuren, Blut wie von Böhm, einem Loch wie im Kristoffer Kreuz. Er war weißlich, verschossen, zu lang und war mir nicht geheuer. Kniestrümpfe mit Lochmuster bekam ich nicht. Unschamhaft, so die Großmutter, sei es, an einem Ehrentage nacktes Fleisch zu zeigen.

Zwei Wochen vor dem Weißen Sonntag begannen wir in der Kirche zu üben. Gemeinsam mit Kurtchen Küppers mußte ich aus der Bank treten, ein spitzengesäumtes Bastkörbchen von der Kommunionbank aufnehmen, die Stufen zum Altar emporschreiten, knicksen, knien, bis zehn zählen, das Körbchen abgeben, das Körbchen empfangen, später aus den Händen des Pastors, jetzt, beim Üben, aus denen des Küsters, während der Pastor mit leiser, entschiedener Stimme seine Anweisungen gab. Ein ums andere Mal stapften wir, während sich die anderen Kinder in den Bänken räkelten, zum Tabernakel hinan, mit kurzen, schnellen Schritten zuerst, dann aber immer langsamer und feierlicher, je schwerer uns die Ehre in die Glieder fuhr.

Es war ein Sonntag im späten April, eine blasse Sonne am Himmel, frischer Wind vom Rhein, alle Glocken glorreich gestimmt und der Vater mit Zylinder. Aus den Dachluken hingen die Kirchenfahnen, gelb und weiß, grün und weiß, ich trug ein Kränzchen aus weißen Organzarosen und wollte mich über die Spitzen der viel zu fest gesteckten Haarnadeln nicht empören. Mein Herz so rein und ohne Widerworte, was gleich geschehen würde, ließe mich nie wieder sein, wie ich jetzt war. Ich, Hildegard Elisabeth Maria Palm, würde mich mit Christus vermählen, ein Tempel Gottes würde ich sein, ein Gefäß seiner Liebe.

Während Eltern und Angehörige auf reservierte Bänke in der Kirche verschwanden, sammelten sich die Kommunionkinder unter der Obhut von Aniana und Bertholdis auf dem Kirchplatz. Als die Orgel anhub, hatten wir uns längst paarweise aufgestellt und zogen nun, andächtig und aufgeregt, das Mittelschiff entlang, um dann, nachdem wir unsere Kerzen hinter der Kommunionbank in Halter gesteckt hatten, Mädchen links, Jungen rechts, in die vorderen Bänke einzurücken. Weiß, o ja, weiß war ich in meinem Herzen, weiß wie eine frisch getaufte Seele, strahlend wie das Weiß meines frisch gestärkten Mäntelchens, schimmernd wie die mannshohen Kerzen neben den golddurchwirkten Kirchenfahnen. Friedfertig wie das Lamm, das mit rotem Plattstich auf die weiße Seide der Standarte gestickt war, einen Wimpel mit dem Zeichen Christi zwischen den abgeknickten Vorderläufen haltend.

›Herr, was im alten Bunde Melchisedek geweiht‹, spielte die Orgel zur Opferung, und ich schob mich aus der Bank, ›das halten wir zur Stunde als Gabe auch bereit‹. Kurtchen Küppers war schon unterwegs, nahm das Körbchen von der Kommunionbank, diesmal war es ernst, war es mit Oblaten gefüllt, genau sechsundzwanzig Stück Leib Christi für sechsundzwanzig Kommunionmädchenmünder, und, es mit beiden Händen vor mir hertragend, schritt ich zum Pastor hinauf, knickste, gab das Körbchen ab, knickste, kniete, zählte bis zehn, und wieder auf meinen Platz. Das alles aber mußte nun viel schneller gehen, als wir es geübt hatten. Das Lied hatte nur zwei Strophen, und als die Gemeinde schwor: ›Nimm unser Tun und Streben, Gedanken, Herz und Sinn, nimm unser ganzes Leben, o Gott, nimm alles hin‹, waren wir erst auf der halben Treppe, und es bedurfte eines ausgiebigen Nachspiels, bis wir wieder auf unseren Plätzen saßen. In den Bänken hatten die Menschen nachdenkliche Stellungen eingenommen und schauten verträumt vor sich hin oder in die Ferne. Die Großmutter bedeckte die Augen mit der Hand, Tante Berta spitzte die Lippen, als hätte sie etwas Süßes im Mund, Onkel Schäng zog die Stirn kraus, als täte ihm etwas weh, und die Mutter sah aus, als wollte sie gleich zu weinen anfangen.

›Halleluja‹, sang der Chor, da hörte ich noch die Stimmen der Cousinen heraus; ›Gloria in excelsis deo‹, sang der Chor, da vernahm ich nur den reinen Gesang; ›Donna nobis pacem‹, da sangen allein die Engel, allein für mich.

Ich wollte, daß dies niemals zu Ende ging, wollte ewig geborgen sein in dieser Musik, diesen schönen, vorbestimmten, bedeutungsvollen Gesten und Gebärden, diesem Knien und Stehen nach Regeln und Gesetz, diesem sich Drehen und Wenden, diesem Hände heben und senken, die Knie strecken und beugen, das Meßbuch tragen von rechts nach links, und Kuß auf das Buch, Kniebeuge vor dem Tabernakel, Buch und Kuß, Kniebeuge und Kuß, und wieder von rechts nach links. Einmal, zweimal, dreimal schwangen die Schellen: ›O Herr, ich bin nicht würdig, daß du eingehst unter mein Dach, aber sprich nur ein Wort, so wird meine Seele gesund.‹ Und der Großvater auch. Gott war gut. Er hatte mich bis hierher geleitet, in die neue Kirche. Ich würde auf die Schule gehen. Ich überschwemmte mir die Lungen mit dem Duft von Weihrauch und Kerzen, Lilien und Narzissen, als könnte ich all den Gestank aus Plumpsklo und ungeleerten Nachttöpfen in ungelüfteten Zimmern, den Geruch von Kernseife und saurem Kappes, Baldrian und Melissengeist für immer wegspülen. In diesen lichtdurchfluteten Rauchwolken öffnete der Himmel selbst seine Arme für all die Mühseligen und Beladenen. Aus diesem ›Haus voll Glorie‹ wollte ich als Gottes Kind an Gottes Hand hinaus in Gottes weite Welt gehen. Wie meine Schutzpatronin Hildegard. Der Ohm hatte mir zur Kommunion ein Buch geschickt: ›Das Leben der heiligen Hildegard von Bingen‹. Ich wollte werden wie sie: weise, wundertätig und berühmt. Ein Licht der Welt sein wollte ich, Jesus im Herzen und auf den Lippen und alles ›in Wahrheit würdig und recht‹. ›Sursum corda.‹ Weit hinaus in die Welt. Zuerst aber wieder nach Hause. Das Kleid kratzte teuflisch. Durch das Futter hindurch.

Meine erste heilige Kommunion war das erste große Familienfest nach dem Krieg. Sie waren alle gekommen. Die Rüppricher, Ploonser, Bergisch Kroller väterlicherseits. Die vornehmen Miesberger, Großenfelder, Ruppersteger mütterlicherseits. Die Rüppricher zu sechst in einem Hanomag. Ein Cousin mit Verlobter in einer Isetta. Die Ruppersteger in einem DKW. Vor unserem Haus parkten drei Autos!

Bis auf den Schrank mit dem Stöckchen hinter der Uhr war das Wohnzimmer ausgeräumt, Tische und Stühle aus der Nachbarschaft zusammengetragen worden. Dennoch konnten nie alle auf einmal in dem zwölf Quadratmeter großen Zimmer sitzen. Einige Frauen machten sich daher ständig in der Küche zu schaffen, wo die Tante kochte. Sie tat dies bei kleinen Festen auch in anderen Familien, immer die gleichen Speisen: eine Brühe aus Rind- und Hühnerfleisch mit Eierstich und Markklößchen, Schweine- und Rinderbraten mit Salzkartoffeln und Leipziger Allerlei, je nach Stand der Familie mit Spargelstücken oder Spargelköpfen. Bei uns gab es gar keinen. Man war sich einig: Spargel schmeckt nicht. Zum Nachtisch Weincreme mit Makronen.

Tage vorher war gebacken worden. Streuselkuchen mit Apfel und Kirschen, Buttercremetorten und Bienenstich, Rodong mit Rosinen und ohne. Dann verteilte sich ein Schokoladenmuster im gelben Teig. Wochenlang hatte die Großmutter Eier gesammelt und Herr Pieper den Butterklumpen besonders großzügig abgetrennt, ehe er ihn ins Pergamentpapier geschlagen hatte.

Wozu waren all die Onkel, Tanten, Cousinen und Cousins gekommen? Um zu essen, um zu trinken, um zu klagen. Herzhaft, saftig, mit Genuß und in aller Ausführlichkeit. Und nie unterließen sie es, ihre Klagen zu beenden mit der Versicherung: Ävver mer wolle nit klage. Alle klagten. Tante Lisbeth über Mäuse im Haus, Tante Anna über Knacken im Knie, Cousine Miesberg über die Straßenbahn, Onkel Anton über seinen Hahn, Tante Berta über die Hühner, die Eier, die Preise, Onkel Karl über Zähne, die er nicht mehr besaß, Onkel Alfred über den lahmen Arm, Tante Guste über den trägen Darm, Onkel Konrad, daß nichts mehr wie früher war, Tante Klara, als alles viel schöner war, und Onkel Gustav über Müppen, die in Saus und Braus und auf unsere Steuergelder.

Jetzt, nach dem Krieg, taten gutgenährte Frauen den Wohlstand einer Familie kund. Ziel eines deutschen Fräuleins war die Vermählung mit Anfang Zwanzig, um sich nach der Heirat in kürzester Zeit auf Größe vierundvierzig hinaufzufuttern. Von ihren Korsetts zusammengehalten, stellten die Frauen Bastionen ehelicher Macht und sozialen Ansehens dar. Nur die Tanten aus Rüpprich, schweinchenrosa und mit ebensolchen quiekenden

Stimmen, verzichteten auf den Akt der Nächstenliebe, sich ein Korsett anzulegen, ließen vielmehr, was da jahrzehntelang mit dem Verzehr von Würsten, Schinken, Braten, Soßen und Kartoffeln angeschwollen und gereift war, unter blumig bedruckter Kunstseide frei fließen. Bäuche, Brüste, Hintern, wabbelnd wie Panas beim Schlachtfest. Aus den kurzen Ärmeln ihrer Kleider quollen rosige Würste hervor.

Ihnen gegenüber saß Tante Gretchen aus Ruppersteg. Niemand verstand es, so schlagfertig und treffend zu beleidigen, was ihre in alle Richtungen schielenden Augen geradezu magisch vervielfältigte. Von Spray gehalten, türmten sich ihre Haare zu einer wattigen Hochfrisur. Das Kleid, aus pflaumenblauem schillerndem Taft, war unter der Brust von einer faustgroßen, mit bunten Steinen geschmückten Agraffe gerafft, an der drei weiße Fellschwänzchen pendelten. Tante Gretchen hatte einen S-Fehler und stotterte, wenn sie aufgeregt war. Und das war sie immer. Jo-jo-joschöf, sagte sie, nu scheisch dem Alfred doch mal deinen Schi-schi-schigarrenabschneider. Schowat hat der doch noch nie scho-scho-scho Jesicht jekrischt. Unwillig, aber gehorsam zog der Onkel eine monströse, mit Perlmutt verzierte Vorrichtung aus der Hosentasche und ließ sie herumgehen, derweil die Tante mich nötigte, ein Medaillon, das sie um den Hals trug, zu öffnen. Da-dat isch ein Je-jeschenk von dä Ki-ki-kinder. Mit spitzen Fingern brachte ich das hühnereigroße, ovale Gebilde auseinander. Weischt du, wer dasch ischt? fragte die Tante. Alle sahen mich erwartungsvoll an. Die Tante roch nach ›Farina gegenüber‹ und nach Achselschweiß. Statt einer Antwort nieste ich ihr ins Gesicht, einmal, zweimal, dreimal, konnte gar nicht aufhören, die Tante in ihrem Taft mit feinen Speichelpünktchen zu besprenkeln. Alle lachten. Die Tante klappte das Medaillon wieder zu, goß sich etwas Kölnisch Wasser auf ein spitzengesäumtes Batisttuch und tupfte ihr rosa Gesicht.

Schön sah die Mutter heute aus in ihrem neuen Kleid mit den angeschnittenen Ärmeln, die wie Flügel abstanden. Daß es kratzte, sah man ja nicht. Ich aber wußte, sie litt in diesem Kleid, ahnte aber auch schon, daß sie dieses Leiden brauchte. Es hielt sie im Gewohnten fest. Cousine Hanni hatte der Mutter vor einer Woche eine Dauerwelle gelegt und gestern abend die Haare aufgedreht. Vorbei die Zeit, wo die eiserne Brennschere, in der Ofenglut erhitzt, mit Lappen umwickelt, in die behandschuhten Hände genommen und durch die Haare geschlungen werden mußte, Strähne um Strähne, und bloß nicht zu nah an die Kopfhaut. Schön war die Mutter hergerichtet, hatte zur Kirche sogar ein schwarzes Hütchen zum grauen Mantel getragen und einen kurzen gepunkteten Schleier. Sie zog sich gern hübsch an. Adrett. Auf ihrem Körper versammelte sich das Abgelegte von einem halben Dutzend Frauen aus dem Dorf: der Schwester vom Pastor, der Frau vom Apotheker, der Frau vom Postvorsteher, der Tochter vom alten Bürgermeister, von Fräulein Kaasen. Manchmal, wenn man sie nur von hinten oder von weitem sah, rief man die Mutter beim Namen der Vorbesitzerin des Kleidungsstückes, das sie gerade trug.

Tante Lisa, ihre Schwester, hager, aufrecht und steif wie an ein unsichtbares Kreuz genagelt, hatte das dunkle Haar mit einem Kamm aus falschem Schildpatt hochgesteckt. Sie war die Frau von Onkel Adolf. Onkel Adolf trank. Nicht wie Onkel Schäng ein, zwei Klare, nachdem er ein Huhn auf den Klotz gelegt hatte, nicht wie die Großmutter, die jeden Nachmittag am Melissengeist nippte, oder wie Tante Henny, die immer einen Underberg im Handtäschchen hatte. Auch nicht wie Heribert Engel, Cousine Marias Verlobter, der im Kirchenchor sang und mit den Honoratioren nach dem Hochamt zum Frühschoppen ging. Nicht wie all die Onkel und Tanten, die, je mehr sie selbst vom Kröver Nacktarsch, Danziger Goldwasser, dem Aufgesetzten getrunken hatten, Adolf, dä Suffkopp, immer heftiger verurteilten, sich blähten vor Stolz und ihre Tugend herauskrähten. Onkel Adolf stand, anwesend oder nicht, stets im Mittelpunkt. Er war das schwarze Schaf der Familie. Die Person, die es der Verwandtschaft erlaubte, sich in ihrer Rechtschaffenheit zu rekeln, und all die Onkel und Tanten in einem Gefühl der Überlegenheit zusammenschmiedete.

Daß seine Frau, Tante Lisa mit den wippenden Ohrringen, nicht müde wurde zu verkünden, ›der ist mein Martyrium‹, dennoch bei ihm blieb, empörte die Verwandtschaft stets aufs neue. Insgeheim aber gefiel es ihr doch. Hinter vorgehaltener Hand tuschelten die Tanten, dat Lisa sei dem Kääl hörisch. Wat is dat, hörisch, fragte ich. Dann mußt du jehorsche, ob de wells oder nit, sagte Cousine Hanni. Gehorchen, ohne zu wollen. Das war allerdings ein Martyrium. Dann bin isch dem Papa hörisch. Hanni lachte und stopfte mir eine Weinbrandkirsche in den Mund.

Mißtrauisch wurde die Cousine aus Miesberg beäugt. Sie lackierte ihre Fingernägel und ließ dabei den Nagelmond frei, hellrosa wie die Röschen auf ihrem grünen Kleid. Aber ich sah ihre Todsünden zahlreich und deutlich durchschimmern. Ihre Strümpfe knisterten und schabten, wenn sie die Beine übereinanderschlug. Von Zeit zu Zeit trat sie ans Fenster, öffnete ihre Handtasche und klappte ein flaches Kästchen auf, tupfte den Zeigefinger hinein und rieb sich damit kreisförmig über beide Wangen, die sich unter der Hand himbeerrot färbten, als bepinsele sie eine weiße Wand. Mit ihr gab es eine Verbindung zur Welt, zur wirklichen, gefährlichen, großen Welt. Sie war Schaffnerin auf der Linie, die zum Bahnhof fuhr, und konnte mit Kindern und Kranken so gut fertig werden wie mit Betrunkenen und Hunden. Einmal habe sie einen Besoffenen, der keine Ruhe geben wollte, mit dem Hund eines Blinden zur Räson gebracht. Sogar in der Gewerkschaft sei sie, munkelte man. Aber verlobt, nein, verlobt war sie nicht. Das mußte sie eingestehen, als Cousine Maria ihr den Ring mit dem Aquamarin unter die Nase hielt. Dafür konnte sie mit weit in den Nacken geworfenem Kopf Rauchkringel aufsteigen lassen, besser als jeder Mann, und ihre Zigarettenspitze halten wie das Fräulein im Kino, wenn es flötete: ›Aus gutem Grund ist Juno rund.‹ Neben der Cousine aus Miesberg saß, schweigsam und bescheiden, die aus Lierenfeld. Sie war als Kind mit dem linken Arm in den Wringer gekommen. Der Arm hörte kurz überm Handgelenk auf, ihre Kleider und Blusenärmel fielen locker und lang über die Verstümmelung, die sie wie eine heilige Herrlichkeit verbarg. Der Bruder und ich waren versessen darauf, einmal einen Blick auf das vernarbte Gewebe zu tun. Es gelang uns nie.

Wo diese beiden Cousinen saßen, wurde getuschelt, geflüstert, gekichert, kurz, alles getan, damit wir Kinder die Ohren aufstellten.

Wat is dat, verjewaltigen? fragte Cousine Gretel, zwei Jahre älter als ich, die dieses Wort gerade aufgeschnappt hatte.

Wenn dir ener ding Böchs* kapott maat, sagte die Cousine aus Miesberg und zog an ihrer Zigarette.

Ding Düsje**, kiekste der Cousin aus Wupperfeld, dem der erste Flaum sproß, und strich sein mit Wasser straff gekämmtes Haar zurück.

Wat für en Böchs? fragte Gretel. Aber da fuhr die Großmutter dazwischen und erklärte, Büxen seien etwas für Erwachsene, und die Cousine aus Miesberg paffte und schwieg. Aber mit den Augen sprach sie weiter. Und wie. Erwachsene können mit den Augen gleichzeitig etwas ganz anderes sagen als mit dem Mund.

Während ich meine Geschenke besah, stand sie hinter mir. Et is och schon jeweiht, nickte Tante Berta nachdrücklich, so den Wert des ziselierten Silberkreuzes verdoppelnd, ja verdreifachend, als ich das Kästchen öffnete und sie mir half, das Kettchen im Nacken zu schließen. Vom Patenonkel gab es eine Armbanduhr an einem schwarzen Wildlederband, die, wie er verkündete, auf siebzehn Steinen lief, was immer dieser magische Vorgang bedeuten mochte. Sie lief auf diesen Steinen aber nur ein halbes Jahr, und nur sonntags, wenn ich sie umlegen durfte, wurde ein paarmal eingeschickt, wie der Uhrmacher versicherte, und dann hatte ich genug von einer Uhr, die auf Steinen stand und nicht lief.

Auch Bücher bekam ich geschenkt, ›Hilde tippt sich zum Erfolg‹ und ›Hildegard im Krankenhaus‹, die mir ein Fortkommen als Bürokraft oder Arztgehilfin in Aussicht stellten, bevor man den Seinen abkriegt. Ich gab sie gleich am nächsten Tag an Hannelore weiter.

Die größte Aufmerksamkeit aber zog ein geheimnisvolles Päckchen auf sich, das Fräulein Kaasen der Mutter mitgegeben hatte und das ich nun unter den Augen der Mutter, der Großmutter, der Tanten und Cousinen öffnete. Ich hob den Deckel, fühlte Seidenpapier, schob es beiseite und zog ein Etui hervor, etwa daumesdick und gut männerhandgroß, rotes, genarbtes Leder mit einem goldenen Reißverschluß. Ich führte das Etui an die Nase, sog genüßlich den Geruch des Leders ein.

* 1. Hose, 2. Büchse
** Döschen

Wat jit et dann do ze schnüffele, nu treck dat Deng ald op! sagte die Mutter und wollte mir den Gegenstand aus der Hand nehmen.

Nu loß doch dat Kenk, sagte Tante Lisa und legte einen Arm um mich. Ich zog den Reißverschluß auf, klappte die Hälften auseinander.

Nä sujet, sagte die Mutter.

Wat soll dat dann, sagte die Großmutter.

Wat ene Quatsch, sagte Tante Berta.

Auf blauem Samtbett staken in zierlichen Schlaufen zwei kleine Scheren, eine etwas breiter als die andere, staken eine Pinzette und zwei weitere Gegenstände, die ich weder zu bezeichnen noch zu verwenden wußte.

Wat es dat? fragte ich.

Dat is en Nässesähr, sagte die Cousine aus Miesberg. Schweigen. Wat Feines für die Hand. Sie streckte ihre Linke vor und bewegte die Finger mit den gelackten Nägeln, als klimpere sie auf einem Klavier.

Betreten schauten die Frauen auf ihre Hände. In jedem Haushalt gab es zwei Scheren, eine große für Blumen und Papier und eine kleine für Nähkasten und Nägel, wenn diese nicht ohnehin abbrachen, aufgeweicht von den scharfen Laugen und Putzmitteln, von der Arbeit im Garten, auf dem Feld, im Stall. Das Nässesähr ärgerte sie, das Nässesähr wor Quatsch, nix för usserens. Nur Tante Gretchen aus Ruppersteg entschied, daß dieser Gegenstand auf einer Stufe mit dem Zigarrenabschneider ihres Mannes stehe. Sie genoß es, der Cousine aus Miesberg ihre kurzen Finger zu überlassen, und so erfuhr ich am Tag, an dem ich mich mit Christus vermählte, daß jeder Mensch ein Nagelhäutchen hat, das es zu kappen galt.

Ihren Höhepunkt erreichte die Stimmung nach der Dankandacht bei Kaffee und Kuchen. Das Kommunionkind hatte seine Schuldigkeit getan, und nun konnte man endgültig zum weltlichen Teil des Tages übergehen.

Es doch sunneklor, dat dat Minsch dem Kääl de Stang hält, sagte Onkel Adolf, der seinen Kaffee nie ohne Taufe aus der Hosentasche – seinem cognacgefüllten Flachmann – trank, todernst, und alles prustete. Wie albern Erwachsene waren, wenn sie nicht arbeiteten oder in die Kirche gingen. Neben Tanten und Cousinen wirkten die Männer, bis auf Onkel Adolf, wie Stäbe in einem Staudenbeet, zu nichts anderem nütze, als all die angetraute Pracht zu stützen. Die Frauen sprachen von ihren Ehemännern nur als ›er‹, mit einer gewissen Betonung, und vermieden es, sie beim Namen zu nennen. Die Männer waren noch immer dünn und trugen heute einen Anzug, den sie mit ihren Frauen in Köln bei C & A gekauft hatten, in einer Farbe, die ›gedeckt‹ hieß. So lange nach dem Krieg sahen sie noch immer uniformiert aus. Onkel Otto hatte ein verkniffenes, langes, ergebenes Gesicht, wie Märtyrer im Heiligenbuch, die darauf warteten, daß römische Soldaten ihnen die Zunge rausschnitten. Onkel Otto brauchte seine Zunge kaum, konnte stundenlang dasitzen, ohne einmal den Mund aufzumachen. Das besorgte seine Frau für ihn mit. Tante Berta Großenfeld, so genannt, weil Tante Berta aus Dondorf den Vorrang hatte. Tante Berta Großenfeld krachte bei jeder Bewegung; das waren die Fischbeinstäbchen in ihrem Korsett. Und jedesmal, wenn es krachte, ächzte die Tante. Ihre weißblonde Dauerwelle wuchs aus dem Stehkragen des taubenblauen Jäckchenkleides wie ein krauser Blumenkohl. Sie roch auch so, denn sie hatte es seit Jahren an der Galle. Ihr schweres Gesicht, großporig und mit roten Hängebacken, erinnerte an eine Art Hund. Wo immer die Tante war, führte sie das Kommando.

Onkel Otto und Tante Berta Großenfeld hatten drei Söhne, wie de Orjelpiefe, drei, sechs und zehn Jahre alt. Karli, der Kleinste, galt als bockig. Ich wußte, was das heißt. Im letzten Jahr, so die Tante, habe der Nikolaus daher den Knecht Ruprecht mitgebracht. Hier machte sie eine Pause und flüsterte einer der Rüppricher Tanten etwas ins Ohr, worauf diese sich aufkreischend auf die Schenkel schlug und rief: Nä, dä brutale Kääl. Tante Berta Großenfeld nickte gewichtig, versicherte, Knecht Ruprecht habe alles gewußt, jedes Vergehen, jede gute Tat, von letzteren habe bei Karli allerdings nicht die Rede sein können. Hans und Peter seien vom Nikolaus belohnt worden, Karli jedoch, ein heller Kopf übrigens, der schon bis zwanzig zählen konnte, sei von Knecht Ruprecht zum Mitzählen seiner Vergehen aufgefordert worden und bis sechzehn gekommen. Er sei sogar noch stolz darauf gewesen, dä Dämlack, so die Tante, habe sich wohl gar ein Lob, wenigstens aber Vergebung erhofft. Doch dann habe Knecht Ruprecht seinen Sack aufgemacht und eine Rute herausgeholt, kaum kürzer als Karli. Ich sah noch, wie bei diesen Worten der Cousin aus Wupperfeld die Cousine aus Miesberg angrinste, bevor ich in peinvoller Ohnmacht die Augen niederschlug. Ich wußte, was kam. Sechzehnmal habe er es ihm gegeben, bis sechzehn habe Karli mitgezählt, laut und deutlich. Knecht Ruprecht habe immer gewartet, bis das Kind wieder genug Luft gekriegt hätte. Dä Jung hatt' ene Kabänes* wie en Christboomkujel, sagte die Tante, krachte in ihren Korsettstangen und stank. Danach habe Knecht Ruprecht mit der Rute das Kreuzzeichen in die Luft gezischt und ihr das Reisig zur weiteren Nutzung feierlich überreicht. Karli habe sich zu seinem Vater geflüchtet, doch Knecht Ruprecht sei noch nicht fertig gewesen. Ich sah die Tante an. Ihr Gesicht war rot-weiß gefleckt, ihre Äuglein blinzelten aus den Tiefen der Fettschichten, auf ihrem taubenblauen Busen wogte dunkelrot ein Kreuz aus geschliffenem Granat. Knecht Ruprecht habe den Jungen in den Armen des Vaters kurz verschnaufen lassen, fuhr die Tante fort, dann aber sei er mit rasselnder Kette – hier beugte sie sich wieder ans Ohr der Rüppricher Tante und flüsterte, diese riß die Augen auf und zischelte ihrerseits der Schwester etwas unter die Ondulation –, mit rasselnder Kette also sei er auf Vater und Sohn zugestapft, habe Karli am Schlafittchen gepackt und kopfüber in den Sack gestopft. Dat Jesicht von mingem Mann hätte man sehen müssen, sagte die Tante. Der habe dagesessen mit offenen Armen wie en Mutter Jottes, der mer dat Jesuskind jeklaut hät. Ich sah den Onkel an. War er überhaupt noch am Leben? So hatte Herr Tröster ausgesehen, als er im Sarg lag, gelbweiß wie ein Stück Kernseife, die Gesichtszüge auf unheimliche Weise zusammengeschnurrt, verkürzt in Länge und Breite. Das war nicht mehr Herr Tröster gewesen, so wie dieser Mann hier jetzt nur noch unvollkommen an den Onkel erinnerte, der Hütchen, Schiffchen und Teufelskappen aus Zeitungspapier zu falten verstand und Pfeifen schnitzen konnte, beinahe so gut wie der

* hier: dicker Kopf

Großvater. Einzig die Kinnladen, mit denen er auf dem Stiel seiner Pfeife mahlte, bewegten sich in dem versteinerten Gesicht. Seine Rechte hielt ein Gläschen umklammert, in dem hart und rot Großmutters Aufgesetzter funkelte. Karli aber habe aus dem Sack geschrien, als gälte es sein Leben. Die Tante schüttelte mutwillig den Kopf. Papa, Papa, piepste sie mit verstellter Stimme. Papa, Papa, habe er geschrien: Jank doch wenijstens met bes an dat Pöözje*. Die Tante japste vor Vergnügen, prustend lachten die anderen mit. Ausjerechnet dä Papa. Knecht Ruprecht habe den Sack über die Schulter geworfen und sei davongestapft aus der Tür in den Garten. Im Sack sei es plötzlich ganz still geworden, Knecht Ruprecht ins Haus zurückgekommen. Dort habe man den bewußtlosen Karli aus dem Sack geholt und ins Bett gesteckt. Die Tante seufzte und streckte sich wie ein Sportler nach einer großen Anstrengung. Papa, Papa, wiederholte sie, jank doch wenigstens met bes an dat Pöözje. Die Erwachsenen wieherten. Nur der Großvater, der das Bett zum Kaffeetrinken verlassen hatte, schüttelte mit gesenkten Augen den Kopf. In die Stille, die dem Gelächter folgte, knackte es, als träte ein schwerer Schuh einen morschen Ast entzwei. Der Onkel hatte seine Pfeife zerbissen. Er spuckte die Splitter in sein Taschentuch, stürzte den Aufgesetzten hinunter, schob mit ungewohnter Energie den Stuhl zurück und verließ das Zimmer. Die Großmutter ließ den Aufgesetzten kreisen, auch Danziger Goldwasser, Eierlikör und Kakao mit Nuß. Besonders Kakao mit Nuß.

Der Kaffeetisch war abgeräumt, die Frauen bereiteten in der Küche das Abendessen vor. Die jlöve wall och, dat se jitz jet Besseres sin, hörte ich die Stimme der Rüppricher Tante, als ich zur Tür hereinkam. E Weet op de Scholl ze schecke. Wo se doch nix an de Föß han. Ich schnitt ihr ein Gesicht, sie kniff die Lippen zusammen. Sie hatte als Kommunionsgeschenk eine Blutwurst mitgebracht. Ich war ihr nichts schuldig.

Im Wohnzimmer saßen die Männer unter sich und politisierten, wie die Frauen das nannten. Es ging um die ärm Lück in der Zone, da, wo die Kommunisten hausten und auf Arbeiter schossen. Männer mit Pelzmützen über Stacheldrahtzäune in den We-

* Geh doch wenigstens mit bis an das Törchen.

sten spingsten. Ob wir wieder Soldaten haben sollten, womöglich sogar mit Atombomben. Vor einer Woche hatte der Pastor dazu einen Hirtenbrief verlesen. Politik war etwas für Männer. Ich setzte mich in eine Ecke und vertiefte mich in Hildegard von Bingen. Bis die Stimmen der Männer allmählich leiser wurden, so leise, daß ich aufhorchte und nur noch ein paarmal Stalingrad und Stukas, Rückzug und Ostfront hörte. Onkel Mätes, der erst vor kurzem als Spätheimkehrer aus Rußland zurückgekommen war, schlug plötzlich die Hände vors Gesicht und stöhnte: Jott, wat esch do jesinn han. Jott, wat esch do jedonn han. Der Onkel grunzte. Schluchzte er? Seine Schultern zuckten. Die Standuhr tickte. Alle schwiegen. Draußen schrien die Vögel. Onkel Mätes schob den Stuhl zurück. Onkel Schäng klopfte ihm auf den Rücken, als hätte er sich verschluckt, und ließ dann den Arm auf seiner Schulter liegen, eine seltene Geste. Die Männer meiner Verwandtschaft berührten sich nie, kamen sich kaum näher als bis zum Handschlag, und den gab es auch nur, wenn es feierlich wurde, ernst. Ansonsten begnügte man sich mit einem trockenen Tach und zwei Fingern an den Mützenrand.

Jo, sagte der Großvater, jeht mal an die frische Luft. Hier drinnen is et ävver och ze wärm. Wie einen Kranken führte der Onkel den mageren Verwandten nach draußen. Was um alle Welt hatte der Onkel in Rußland gemacht, daß er an meiner ersten heiligen Kommunion in Tränen ausbrechen mußte? Er war doch wie alle anderen zur Kommunion gegangen, also auch zur Beichte, wo ihm, was immer er getan haben mochte, vergeben worden war. Von Gott selbst! Was mochte der Onkel verbrochen haben, daß seine Reue größer war als göttliche Vergebung? Wieder seine Zustände, sagte die Tante, die habe er, seit er aus dem Krieg zurück sei. Nahm ihren Mann fest untern Arm und führte ihn mit Onkel Schäng nach Hause.

Wochen später brachte ich Onkel Mätes eine Hose des Vaters zum Flicken. Ich traf ihn allein in seinem winzigen Häuschen, das er auf einer kümmerlichen Parzelle mit Hilfe von Verwandten und Bekannten hochgezogen hatte. Onkel, fragte ich, wat häst de in Rußland jedonn? Mein Herz klopfte mir bis zum Hals. Kinder hatten zu antworten, wenn sie gefragt wurden. Die Fragen stellten die Erwachsenen. Onkel Mätes, der kaum aufgeblickt hatte, als ich eingetreten war, sprang behende auf die Füße und sah auf mich hinunter. Kenk, sagte er, und sein hageres Gesicht verkniff sich, bis es alle Gutmütigkeit verlor. Wer scheck desch dann?

De Mama, sagte ich. Met dä Bochs.

Dat seh isch, sagte der Onkel. Isch mein, wo häs du Blaach dann dat met Rußland her?

Ävver Onkel, dat häs de doch sälvs verzällt, op minger Kommunion.

Kall nit, sagte der Onkel. Do han esch mesch verschluck. Daröm sin mer rusjejange. Esch brooht fresche Luff. Su, un dat es för desch. Der Onkel drückte mir einen Groschen in die Hand. Koof dir jet ze lutsche, dann muß de nit mi froge. De Bochs es am Samsdaach fädisch.

Ich vergaß die Sache bald. Sich zu verschlucken hatte wirklich nichts zu bedeuten.

War jemand krank, hieß es im Dorf, der is nit viel mi wert. Für den Großvater, so die Verwandtschaft, jov mer kenne Penne mi. Er lag schon wieder im Bett, lange bevor die letzten Onkel und Tanten abgefahren waren. Müde hatte er mir ein paarmal zugeblinzelt, auch die Hände hinter die Ohren gelegt und damit gewackelt, und ich hatte getan, als müßte ich lachen. Manchmal, das wußte ich schon, ist eine Lüge richtiger als die Wahrheit. Auf dem Weg ins Schlafzimmer hörte ich durch die Tür sein unterdrücktes Stöhnen. Er stöhnte jetzt fast jeden Tag, ächzte wie einer, der eine schwere Arbeit zu verrichten hat. E Wunder, hatte die Großmutter gesagt, dat he diese Daach noch erläv hät.

Auf meinem Kopfkissen lag ein Päckchen. Dat es sescher vom Opa, schloß der Bruder von dem roten Pergamentpapier, aus dem der Großvater unsere Drachen baute. Es war ein Großvaterkästchen.

Was auch immer wir mit dem Großvater auf unseren Spaziergängen sammelten, stets hatte er ein Extrataschentuch dabei für Porzellan- und Glasstücke, die wir von Äckern und Feldwegen lasen. Im Winter leimte er Kistchen aus Sperrholz zusammen, überzog sie mit Fensterkitt und preßte die Scherben in die weiche, graue, streng riechende Masse, die zwischen den Stücken zu unregelmäßigen Rändern aufquoll. Manchmal brachte uns Friedel eine zerbrochene Tasse mit Blumenmuster, und der Großvater klopfte vorsichtig Rosen und Vergißmeinnicht für den Deckel aus dem Porzellan. War der Kitt getrocknet, wurde er mit einem dünnen Pinsel bronziert, eine Verschwendung, gegen die selbst die Großmutter nichts einzuwenden hatte. Diesmal funkelte aus dem golden bronzierten Kitt grünes Gestein, grünes Glas mit goldenen Pünktchen, die Scherben der grünen Vase. Sind dat Edelstein? staunte der Bruder. Nä, sagte ich, wat Besseres.

Du muß ken Angst han, sagte der Großvater am anderen Morgen, wenn ens jet kapottjeht. Mestens kann mer noch jet drus mache. Un manschmol muß mer jet kapottmache, sös kütt mer nit wigger. Dat Korn muß ze Mähl jemahle wäde, sös jid et ken Bruut. Ich nickte, ohne zu begreifen.

An meinem ersten Tag als Fahrschülerin stand der Großvater zum letzten Mal auf. Schwer auf seinen Stock gestützt, sah er mir vom Gartentor aus nach, bis ich hinterm Wartehäuschen verschwand. In seinem Blick ein Schmerz, der nicht nur von der Krankheit herrührte, aber auch Zuversicht und Ermutigung.

Wer Boochsteen läse kann, hatte er mir zugezwinkert, dä kann alles verstonn.

Drei Wochen nach dem Weißen Sonntag räumte man das Wohnzimmer wieder leer. Für Großvaters Sarg. Es war heiß in diesen letzten Maitagen. Morgens und abends holten der Bruder und ich mit dem Bollerwagen Eisblöcke aus der Brauerei, die unter den Leichnam geschoben wurden. Wie oft waren wir mit diesem Wagen über die Felder gezogen, hatten Kartoffeln aufgelesen und Ähren, die die Großmutter in der Kaffeemühle mahlte, später unters Hühnerfutter mischte. Alles transportierten wir, was andere übrigließen, Steine von Baustellen oder Sand, vor allem aber alte Bretter, Bohlen und Kisten, Holz für den Ofen.

Immer wieder strich ich am Morgen der Beerdigung um den Großvater herum. Das letzte Eis tropfte in die darunterstehenden Zinkbütten, ein Geräusch wie aus einem undichten Wasserhahn. Die weißen Lilien in den hohen Vasen, die der Bestatter mitgeliefert und rechts und links zu Häupten des Großvaters aufgestellt hatte, welkten schon, und ein bißchen Blütenstaub war dem Großvater ins Gesicht gefallen. Ich zog mein Taschentuch aus dem Rockbund, spuckte kräftig hinein und wischte, so, wie früher die Mutter uns Kindern vorm Sonntagsspaziergang, dem Großvater über Stirn und Nase, um die Augen. Eines öffnete sich, und der Großvater blinzelte, kniepte mir noch einmal zu, wie er es im Leben so oft getan hatte, im stummen, machtlosen Einverständnis mit mir. Seine Hände lagen wie zum Gebet ineinander verschlungen auf seiner Brust. Um den zweiten Finger seiner Rechten lief eine tiefe, blaurote Kerbe. Die Großmutter hatte ihm den Trauring abgezogen. Sein zahnloser, lippenloser Mund bog sich fast heiter nach oben.

Der Herr Kringli hatte ausgelitten. Die Trauergemeinde war würdig und festlich gestimmt. Auf der obersten Treppenstufe stand die Großmutter in einem schwarzen Jäckchenkleid, einem Geschenk der alten Frau Bürgermeister, von dem sie am Abend zuvor das weiße, plissierte Bäffchen abgetrennt hatte. Um das linke Handgelenk hatte sie ihren Rosenkranz geschlungen, mitunter griff ihre Rechte nach einer Perle und murmelte ein ›Gegrüßet seist du, Maria‹.

Der Leichenwagen war schon vorgefahren. Gezogen von Karrenbroichs Schimmeln und nicht von den fetten Brauereipferden. Sie stänken nach Bier, hatten Leidtragende immer öfter beanstandet. Die Pferde trugen schwarze Decken und scharrten im Straßenstaub. Zwei Meßdiener vorneweg, stürmte der Pastor herbei. Die Trauergäste, die in einer dicken Traube ums Gartentor hingen, machten ehrfürchtig Platz. Dem Pastor folgten Böckers Willi, der den Sarg geliefert hatte, und sechs kräftige Burschen aus dem Kolpingverein, die Leichenträger.

Mit dem gleichen großen Schwung, mit dem er Kühe und Schweine, Fahrräder, Autos und die Christengemeinde besprengte, holte der Pastor für den toten Großvater aus, tauchte sein Aspergill ins Silbereimerchen, das ein Meßdiener hielt, bis dem Großvater das Weihwasser wie Schweißperlen auf der Stirn stand. Die Mutter schluchzte, die Tante räusperte sich, die Großmutter begann mit lauter Stimme ein ›Vater unser‹, alle fielen ein.

Amen, murmelte Böckers Willi und winkte zwei Helfern. Die holten den Sargdeckel hinterm Ofen hervor und legten ihn auf den Großvater. Jetzt war er wirklich weg. Die Hand des Bruders stahl sich in meine. Mit langen, goldblitzenden Stiften nagelte Böckers Willi Ober- und Unterteil zusammen. Ich krampfte meine Hand um die des Bruders, als schlüge jeder Schlag den Großvater ein Stück weiter in die Flucht von der Erde in den Himmel.

Mit dem Gehämmer hatte sich draußen ein Gemurmel erhoben. Ein ›Gegrüßet seist du, Maria‹ nach dem anderen betete man, bis Böckers Willi alle Nägel untergebracht hatte. Seit der Großvater hier lag, war kein Fenster, kein Fensterladen geöffnet worden. Die Luft, dick vom Geruch der Lilien, der Wacholder- und Buchsbaumtöpfe, der billigen Kerzen, war durch die vielen Menschen noch stickiger geworden. Selbst der Großmutter verschlug es allmählich den Atem zum Beten. In Jottes Namen, sagte sie. Der Pastor wandte sich zur Tür, die Meßdiener voran.

Zujleisch, gab Böckers Willi seinen Kolpingbrüdern das Kommando. Die gingen in die Knie, stemmten den Sarg von den Holzböcken auf die Schultern, kamen hoch. Die angeschmolzenen Eisstangen platschten in die Bütten, daß sie überschwappten. Die Mutter rannte raus und kam mit einem Putzlappen wieder. Maria, tadelte die Schwester, jitz doch nit.

Hie kumme mer nit erus. Die ersten beiden Kolpingbrüder standen in der Wohnzimmertür und versuchten durch den Flur zur Haustür zu kommen. Der Flur war zu eng.

Josäff, schrie die Mutter, den Putzlappen weit von dem guten Trauerstaat streckend, Josäff, dunn jet. Der Vater schob die schmale Konsole aus dem Flur in die Küche. Die ersten beiden Kolpingbrüder traten einen Schritt in den Flur, die beiden zweiten erschienen im Türrahmen. Die beiden ersten schwenkten auf die Haustür zu. Die beiden zweiten wollten folgen. Es krachte.

Der Sarg aus Eiche konnte etwas aushalten, aber an der Türfüllung splitterte der Lack bis aufs Holz. Die Frauen kreischten. Ein Meßdiener erschien, der Pastor frage, wann's weiterginge. Die Großmutter wollte sich an den Sargträgern vorbei aus der Tür zwängen. Vergeblich.

Finster op! kommandierte Böckers Willi. Hi kumme mer nit

rus. Der Vater, nicht im Leichenzimmer gefangen, machte draußen die Fensterladen auf. Drinnen flogen die Fensterflügel auseinander. Die Großmutter, außer sich vor Scham und Wut, streckte den Kopf heraus und schrie: Herr Pastur, dä Ahl* muß dursch et Finster. Jelobt sei Jesus Christus.

Inzwischen hatten die beiden letzten Kolpingbrüder, die nun die ersten waren, den Sarg auf dem Fensterbrett abgestellt. Das Gemurmel draußen war verstummt. Die Männer riefen den Trägern mehr oder weniger ernstgemeinte Ratschläge zu. Ein Pferd wieherte, stampfte, eine Staubwolke wirbelte hoch. Die beiden ersten und die mittleren Sargträger kamen nach draußen und stellten sich unter das Fenster. Die beiden drinnen schoben den Sarg – zujleisch, zujleisch – langsam ins Freie. Es polterte wie in einem schlecht gepackten Paket, als der Großvater, Kopf voran, aus dem Fenster geschoben wurde, vorsichtig zuerst, dann aber ebenso entschlossen wie Böckers Gesellen die Sarghälften schon bei der Anlieferung durch das Fenster bugsiert hatten. Doch damit die vier vor dem Haus den Sarg auf ihre Schultern hätten laden können, war der Winkel zu steil. Also ließ man den Sarg, senkrecht an der Hauswand hinunterrutschen. Großvater im Kopfstand. Krachend schlug innen etwas gegen den Deckel. Sein Knie? Die Stirn? Die Menge, die sich um Schaulustige von der Straßenbahnhaltestelle vermehrt hatte, reckte die Hälse und rangelte um die beste Sicht. Kreuzkamp fächelte sich Kühlung mit der Stola. Dunkle Schweißränder durchzogen seinen hohen weißen Kragen. Über allem das Kommando von Böckers Willi, der nicht einen Augenblick die Kontrolle verlor: Zu-jleisch, zu-jleisch. Wie eine Raupe wanden sich die sechs Kolpingbrüder unter den jetzt im spitzen Winkel an der Hauswand lehnenden Sarg und ruckten ihn wieder auf ihre Schultern. Jottverdammisch, schrie der Vater, als die beiden hinteren in seine Rosen traten, mitten in eine Gloria Dei. Der Pastor, am Ende seiner Geduld, fand nicht einmal mehr Kraft für einen strafenden Blick. Die Menge machte den Kolpingbrüdern Platz und starrte auf den Sarg, der jetzt in die Gereonskirche rumpelte, zur Totenmesse und dann zum Kirchhof, zur ewigen Ruh.

* Alte

Der Bruder und ich ließen an diesem Tag kaum einmal die Hände los. Im Blumenstrauß, den ich ins Grab warf, hatte ich meinen ersten Buchstein versteckt. Sein Poltern hätte Tote wecken können.

Für die Trauergemeinde gab es Kaffee und Streuselkuchen im Café Haase. Bezahlt von der Zusatzsterbeversicherung. Bei einer Beerdigung durfte man sich nicht lumpen lassen.

Die Männer debattierten noch eine Weile, ob man den Sarg nicht doch auf andere Art aus dem Haus hätte befördern können. Und wenn schon durchs Fenster, dann doch nit met däm Kopp ze esch. Dann machten sie sich wieder ans Politisieren. In Düsseldorf wurde bald gewählt. ›Un et Arnöldsche flööt‹, fing Onkel Schäng nach einem Klaren, seinen Kandidaten ehrend, sogar zu singen an, ein Rippenstoß der Tante brachte ihn zum Schweigen.

Tanten und Cousinen wollten vor Mitleid mit der Großmutter schier zerfließen. Sun Blamasch. Met däm Kopp ze esch us däm Finster. Klammheimlich aber lachten sie sich ins Fäustchen. Em Läve wor dä Opa doch lammfromm, hörte ich Cousine Hanni zu ihrer Schwester sagen. Do hät he de Muul nit opjemaht. Jitz hät he et dä Ahl noch ens jezeesch, ergänzte Julchen, die Nachbarin. Nä, sun Blamasch.

Du, fragte der Bruder am Abend aus dem Bett heraus mit kleiner Stimme: Is dä Opa jetzt ein Engelsche im Himmel? Oder liescht er in der Erd un schläft bis zum Jüngsten Tach?

Et kütt drop an, sagte ich wie die Erwachsenen, wenn sie nicht weiterwußten.

Engelsche jefällt mer besser, sagte der Bruder.

Mir och, sagte ich und zog mir die Decke übern Kopf. Wir schluchzten uns in den Schlaf.

Anderntags lief ich nach der Schule, strikt verboten, an den Rhein. Warf mit vollen Händen Steine ins Wasser, die alle aussahen wie Gottvater vom Bild überm Bett der Großeltern. Warf den einen Stein hoch in den Himmel, dem lieben Gott ins Gesicht. Ich warf und heulte, schrie, warf und schrie, bis der Großvater am Ende recht behielt: Es tat gut. Es löste den Stein vom Herzen. Wenigstens für den Augenblick.

Die Großmutter nahm dem Großvater seinen eigenwilligen

Auszug lange übel. Erst als Mutter und Tante, Nachbarn und Bekannte darauf drängten, ließ sie für ihn eine Messe lesen. Eine billige, stille.

Ich vergaß den Großvater nicht. Und nicht seine Musik, seine Mundharmonika. Doch ich sehnte mich nach anderem. Ich hatte davon gelesen in Büchern, wo Jungen Knaben hießen, ihre Eltern Gemahlin und Gemahl. Durch Portale schritten sie, statt durch Türen zu gehen, Kies knirschte unter ihren Schuhen, und in ihren langgliedrigen, durchsichtigen Fingern hielten sie Geigen. Eine Skizze zeigte mir den Knaben Raimund an einem Weiher im Vollmond, und was er sich unters Kinn klemmte, war, so die Unterschrift, eine Geige. Eine wirkliche Geige hatte ich noch nie gesehen.

Ich wußte, wie die Orgel in der Kirche klang und das Harmonium im Kapellchen vom Krankenhaus, kannte Schilfrohrflöten, Großvaters Mundharmonika, kannte das Wimmern der Luftpumpe vom Blinden aus Strauberg, der sich jeden zweiten Samstag im Monat durch die Straßen tastete, den klapperdürren Schäferhund an straff gespannter Leine voneweg. Granatsplitter, hieß es, hätten ihm beide Augen zerstört. Die dunkle Brille, die gelbe Binde mit den drei schwarzen Punkten, vor allem aber das Winseln der Luftpumpe ließen die Groschen reichlich aus den Sammeltassen in die Mütze fließen, die ein kleiner Junge, so anmutig wie der Blinde unheimlich, den Frauen mit einem stummen, süßen Lächeln entgegenhielt. Bis eines Tages das Gerücht aufkam, der Blinde sei in Großenfeld in einer üblen Spelunke gesichtet worden, saufend, mit Weibern und blitzend blauen Augen. Ein paar Dondorfer erwischten ihn am Ortsausgang, als er sein Moped aus den Weiden am Rhein hervorholte, den Jungen ins Körbchen setzen und ins nächste Dorf davonknattern wollte. Sie ließen seine blitzend blauen Augen Sterne sehen.

Trompeten kannte ich, Pauken und Posaunen von den Schützenbrüdern, und auf der Kirmes tauchte im Herbst ein Mann auf, der aus einem grobgezackten, etwa armlangen, dünnen Metallstreifen, den er Singende Säge nannte, Töne ähnlich denen der

Luftpumpe herausholte. Ich träumte von einer Geige. Geigen machten, daß die Menschen in Schlaf fielen und nie mehr aufwachten, daß sie tanzen mußten, ob sie wollten oder nicht, daß sie lieben mußten, wo sie vorher haßten.

Es war an einem Tag im späten September. Der Großvater kränkelte schon, und unsere Ausflüge an den Rhein waren seltener geworden. Lesen konnte ich nun besser als er, und ich wußte, daß die Großmutter das Hasenbrot schmierte. Merkwürdig still wurde er, wenn ich unter den Weiden, wo wir so viele Ritter versenkt, Prinzen gestärkt und Prinzessinnen erlöst hatten, mein Buch aufschlug und las. Er ging dann mit dem Bruder ein paar Büsche weiter.

Heute war es noch einmal wie früher. Der Sand hatte die Hitze des Sommers gesammelt und wärmte uns bis in die Knochen. Faul lagen wir auf unserer grauen Decke, faul und satt, verdauten die Brote, die ersten Kläräpfel. Ich lauschte Großvaters Mundharmonika, dann seinem Schnarchen, pfeifend, als wehte ein eisiger Wind, hörte den Möwen, dem Wellenschlag, den Atemzügen des Bruders zu und spielte das Ohrenspiel. An langen Fäden stiegen meine Ohren wieder hinauf in das brausende Schweigen des Himmels. Doch was jetzt an meine Ohren drang, kam nicht von oben herab, war nicht weit entfernt, wehte von den Pappeln beim Anleger und war doch himmlisch schön, zart und süß, wie es Honigmüller nicht einmal mit dem Zimbelstern auf seiner Orgel zusammenbrachte. Ein paar Minuten rührte ich mich nicht, dann, vorsichtig, langsam, als könnte ich dieses Wunderbare verscheuchen, setzte ich mich auf und stupste den Großvater in die Seite.

Opa, flüsterte ich, wat is dat? Obwohl es warm war, stellten sich die Härchen an meinen Armen auf. Ich hatte doch keine Angst. Und traurig war ich auch nicht. Warum stürzten mir die Tränen aus den Augen? Ich zitterte. Schluchzend wiederholte ich meine Frage.

Dat, sagte der Großvater, dat is ene Jeije. Do muß de doch nit kriesche*, Kenk. Dat is ene Zijeuner, dä do am Spielle es.

Nä Opa, ich riß meine Hand aus der seinen, dat kann nit sin.

---

* weinen

Waröm dann dat nit? Die Zijeuner künne Jeije spielle wie der Düvel. Der Großvater lachte.

Wie war das möglich? Ein Zigeuner und eine Geige? Wie paßte das zusammen? Konnte ich dem Großvater trauen? Oder war das wieder so eine Geschichte wie mit dem Hasenbrot?

Hierjeblieben! kommandierte der Großvater, der ahnte, was ich vorhatte. Auf Hochdeutsch, so ernst war es ihm. Kinder han bei de Zijeuner nix zu sööke. Mer jonn jitz hem. Die Töne waren verstummt. Hatte, wer auch immer sie hervorbrachte, uns bemerkt?

Zigeuner waren eine Art Müppen. Jedenfalls keine Dondorfer oder Großenfelder, Hölldorfer oder Strauberger. Sie kamen, ähnlich wie die Müppen aus der kalten Heimat, nirgendwoher. Ihre Bretterwagen durften sie in den Rheinwiesen abstellen, wo sich ihre Gäule, träge, stämmige Tiere, auf Gemeindekosten fettfraßen. Dann zogen sie weiter. Nirgendwohin. Zigeunern gegenüber fühlten sogar wir uns im Überfluß, wenn die Mutter Abgelegtes aus dem Abgelegten der Honoratioren aussonderte, die Großmutter im Herbst ihre Körbe mit Birnen und Äpfeln füllte, bis die Zähne in den braunen Gesichtern der Frauen blitzten. Dennoch war es uns, wie allen anständigen Kindern im Dorf, verboten, dem Lager nahe zu kommen. Zigeuner, hieß es, liebten kleine Kinder, besonders blonde mit Locken. Die nähmen sie mit sich auf Nimmerwiedersehen. Meine Haare waren braun.

Bei den Pappeln suchte ich den Geiger am nächsten Tag vergeblich. Auch am zweiten Tag war er nicht da. In der Dämmerung schlich ich zum Kreisrund der schäbigen, tannengrün oder ochsenblut gestrichenen Wagen, von denen der Lack blätterte. Einer stand ein paar Meter abseits, himmelblau, wie der Osterhasenkarren des Bruders. Ein Mann lehnte seine Wange an etwas, das ich aus der Skizze in meinem Geschichtenbuch als Geige wiedererkannte, und machte mit seinem rechten Arm, den ein Stöckchen in einen Stachel verlängerte, insektenartige, nervös unstete Auf- und Abbewegungen auf dem Instrument. Aus seinem Larvengesicht stachen zwei schwarze Glaskugeln glänzend und blind ins Leere. Seine Beine standen leicht auseinander, eine Kordel hielt die Hose um den Bauch zusammen. Aus den gebeugten Knien schwang sein Rumpf vor und zurück, als webe er die Töne mit seinem Leib zu einer Melodie zusammen. Die Melodie hatte keinen Anfang und kein Ende, sie war ruhig und rücksichtslos und traf mich tief im Herzen.

Diesem Mann wäre ich gefolgt, wohin auch immer seine Klänge mich geführt hätten. Er sah aber niemanden und nichts, war der Welt so entrückt wie ich, nur daß er ganz auf seine Geige zusammengeschnurrt schien, während ich mich öffnete, weit wurde und weiter, grenzenlos zerfließend wie meine Tränen, die mir wieder übers Gesicht liefen. Eine Frauenstimme, schrill und bestimmt, rief etwas, das ich nicht verstand. Ein Hund bellte, ein zweiter winselte, als würde er geschlagen. Die Frauenstimme näherte sich. Ich kam wieder zu mir. Die Geige brach ab. Unter dem himmelblauen Wagen hervor raste ein Hund auf mich zu. Ich stürzte davon, dahin, wo es hell war, geriet in meiner Verwirrung mitten in die Wagenburg, dürftig von Pechfackeln und ein paar Glühlampen erleuchtet. Quer durch das Lager schwang sich die Kette der Birnen, die von einem Generator der Gemeinde mit Strom versorgt wurde. Blindlings rannte ich in zwei Arme, an eine Brust, weich und weiblich, duftend nach Fett und Kartoffelfeuer. Die Gestalt umschlang mich, hob mich ein Stück in die Luft und stellte mich in armeslanger Entfernung vor sich hin auf die Füße. Eine Sturzflut von Worten ging auf mich nieder. ›Kind‹, verstand ich und ›Hause‹. Einfach ›Hause‹, ohne ›nach‹, ›zu‹ oder ›im‹. Ich schluchzte und stampfte. Immer mehr Frauen und Kinder umringten uns. Plötzlich hielt meine Fängerin inne, alles verstummte, alle Köpfe wandten sich einem Wagen zu, größer und glänzender als die übrigen. Eine hochgewachsene Frau in langen, schwarzen Gewändern, das Haar straff nach hinten gekämmt, große, goldene Ringe in den Ohren, stand in der Tür. Ihr Gesicht, viel heller als das der anderen Frauen, schwebte die Stufen hinab auf mich zu und lachte mich an. Das Gebiß der Frau war aus purem Gold, ein Goldzahn neben dem anderen, hier und da eine Lücke, ein schwarzes Loch wie die Zacken in der Krone der Mutter Maria im Kapellchen. Da fehlte auch immer ein Goldteilchen. Sie ergriff meine Hand, kehrte die Handfläche nach oben und brachte ihr Gesicht ganz nah, immer näher, ihre schweren Augenlider und die weiten Nasenlöcher zuckten wie ein Katzenschwanz. Lange, unendlich lange forschte sie in meiner Hand, als hielte sich dort eine geheime Inschrift verborgen, schleuderte meinen Arm von sich, stürzte wieder in ihren Wagen und kehrte alsbald zurück, eine zweite Person, die sich augenscheinlich sträubte, hinter sich die Stufen hinabziehend. Hanni!

Die Cousine war gut zehn Jahre älter als ich und ging op de Wäv, arbeitete in der Weberei in Erpenbach, verdiente ihr eigenes Geld so gut wie ein Mann. Sie war die lustigere und jüngere der beiden Schwestern. Maria, die ältere, war von einer sauertöpfischen Frömmigkeit, die sich mit einem fanatischen Eifer für gesundes Essen paarte. Erst vor kurzem hatte sie mich verführt, eine kalte, weiße, saure Masse zu essen. Jokurt nannte sie die, und hundert Jahre alt werden könne man damit, versicherte sie. Vor Schreck hatte ich gespuckt. Noch mehr als neunzig Jahre Joghurt.

Hanni ging im Karnevalszug bei den Möhnen mit. Kein Schlips war vor ihr sicher. Sie konnte als einzige aus der Verwandtschaft schwimmen, quer durch den Rhein bis zur Piwipp, und die weißen Flecken auf ihren Fingernägeln übertrafen die meinen. Immer wieder wollte ich die eine Geschichte von ihr hören, wie sie sich als Kind über die schlafende Tante Martha aus Bollingen hergemacht und ihr eine Perle nach der anderen zerbissen hatte, die ganze dreireihige Kette entlang. Anstatt ihren Forschergeist belohnt zu sehen, hatte sie eine Tracht Prügel bezogen. Dabei hatte ihre Mutter selbst gezweifelt, ob die Perlen echt seien, und gesagt, nur durch Reinbeißen könne man das feststellen. Drei Woche danoch, schloß Hanni jedesmal mit Genugtuung, wor de Tant duut, su kleen verkohlt. Se hät en een Zijarrekästsche jepass. Eine Phosphorbombe. Mer hät se blos noch am Jebess erkannt.

Hanni stolperte die Stufen aus dem Wagen der schwarzen Frau, sah mich, schrie meinen Namen, schnappte mich und rannte mit mir durch die Dunkelheit auf die fernen Lichter der Straßenlaternen zu, das Gelächter der Frauen und Quieken der Kinder in unseren Rücken. Kurz vor der Kirche blieben wir stehen. Erst jetzt sah ich Hannis nasse, gerötete Augen, ihr vom Weinen gedunsenes Gesicht unter den braunen Ringellocken.

Hanni, sagte ich und faßte nach ihrer Hand, die sie mir heftig entzog, dann schmerzlich lächelnd überließ, Hanni, wat hät se dir jedonn?

Nix, Heldejaad, die Frau hät mer nur de Wohrheet jesacht. Hanni schluchzte auf, schaute in ihre rechte Hand, schlug mit dem linken Handrücken schnell ein paarmal in die Handfläche, als könnte sie dort etwas auslöschen, etwas, das ihr immer wieder die Tränen in die Augen trieb. Die Wahrheit? Die kannte doch nur einer: der liebe Gott. Und der schaute den Menschen in die Seele und nicht in die Hand.

Mutter und Großmutter erwarteten mich voller Ingrimm. Der Ferdi Mäuser sei wieder hinter ihr hergewesen, beschwichtigte Hanni sie. Da habe sie mich aus der Kirche kommen sehen und sei mit mir im Pfarrsälchen verschwunden, um ihn abzuschütteln. Dort hätten wir einen ergreifenden Vortrag gehört: Die Jungfrau, ein Tempel des Heiligen Geistes. Das verstanden die beiden Frauen. Ferdi Mäuser war ein Müpp. Und evangelisch.

Die Zigeuner zogen bald weiter. Sie blieben nie über den Winter. Wenig später kaufte sich Hanni eine Musiktruhe auf Raten, und eines Nachmittags spielte sie mir etwas vor. ›Und der Himmel hängt voller Geigen‹, sang eine Frau. Sie hatte recht. Geigen hingen im Himmel, da, wo die Freiheit war und die Liebe. Geigen waren Instrumente für die Sehnsucht und die Seele, so, wie Trompeten für die Fäuste, Trommeln für die Füße, Orgeln für das ›Vater unser‹.

Ich wollte eine Geige mehr als je zuvor. Als ich im Herbst mit dem Zeugnis voller Einsen bis auf eine Zwei im Rechnen zum falschen Großvater fuhr, setzte ich alles auf eine Karte. Ihn allein zu sprechen war nicht einfach. Noch hatte er den Hof seiner Tochter nicht überschrieben, noch genoß er die Achtung eines Familienoberhaupts. Jeder beäugte mißtrauisch jeden, der sich dem falschen Großvater näherte, und gesellte sich augenblicks dazu, um fremden Vorsprung in der Gunst des alten Mannes zu verhindern.

Etwa hundert Meter vom Wohnhaus entfernt, stand die hohe Scheune, wo die Strohballen lagerten, bis hoch unter den First. Hier versteckte die Tante zu Ostern Eier und Süßigkeiten. Mein Bruder und ich fanden sie fast alle, und die anderen Neffen und

Nichten wären leer ausgegangen, hätten wir nicht Barmherzigkeit walten lassen und den Schatz beinah gerecht geteilt.

Hinter dieser Scheune war das Klo. Ein Plumpsklo, wie zu Hause, nur fehlte hier das hergerichtete Zeitungspapier. Es aufzutreiben war nicht einfach, nur das Kirchenblatt der St. Elisabeth-Gemeinde kam ins Haus. Vor Besuchen in Rüpprich schnitt die Mutter eine Portion Papier zurecht und verstaute sie in ihrer Handtasche.

Als der falsche Großvater an diesem Nachmittag erst hinterm Brotkasten, dann bei den Einmachgläsern, schließlich in den Strickmustern der Tante zu kramen begann und sich dann beutelos auf den Weg machte, folgte ich ihm. Kaum war er hinter der Scheune verschwunden, sprang ich auf ihn zu und hielt ihm ein Bündel solider Zeitungsstücke entgegen. Der alte Mann stutzte einen Augenblick, ehe er mir das Papier wortlos aus der Hand riß und hinter der Tür mit dem Dreieck verschwand.

Kaum war er draußen, hüpfte ich ihm erneut vor die Füße. Opa, sagte ich, isch hab noch viel mehr Papier. Dat kanns de alles haben. Un lauter Einsen im Zeuschnis. Opa, isch hätt' jern eine Jeije.

Überrascht ließ der falsche Großvater die restlichen Zeitungsstücke los. Ein Windstoß fegte sie über den Hof bis weit in die Stangenbohnen bei den Treibhäusern. Irritiert schaute der alte Mann den Fetzen hinterher, machte ein paar Schritte in Richtung Garten.

Opa, sagte ich und hielt ihn am Ärmel zurück, isch hab Papier jenuch. Isch hätt' so jern eine Jeije.

Der Großvater blieb stehen. Mein Herz klopfte, aber nicht da, wo es hingehörte, sondern im Magen. Klopfte auch nicht, sondern ballte eine Faust nach der anderen. Opa, sagte ich noch einmal, eine Jeije. Viel fehlte nicht, und ich wäre vor ihm auf die Knie gefallen, wie vorm König im Märchenbuch.

Der falsche Großvater stand noch immer regungslos und sah auf mich hinab. Ich ergriff seine Hand. Es war schwer, in seinen Zügen zu lesen. Jo Kenk, esch han et jehoot, sagte er, eine Jeije. Eine Jeije. Wat wills de dann mit ner Jeije?

Die Mutter rief nach mir. In einer Viertelstunde ging der letzte Bus. Et is ja bald Weihnachten, sagte der falsche Großvater und gab mir einen Klaps auf die Schulter. Fast sah es aus, als lächle er unter dem Schnurrbart.

Im November fuhr der Vater mit dem Rad nach Rüpprich und kam zurück, eine große Kiste auf dem Gepäckträger. Die Arme weit, noch weiter zu öffnen und tief Luft zu holen, befahl er mir, nickte und meinte, es könne reichen. Nach dem Hochamt am vierten Advent sah ich die Mutter mit Honigmüller, dem Organisten, sprechen. Guter falscher Großvater. Er hatte sogar an das Geld für die Musikstunden gedacht.

Heiligabend gab es Heringssalat, purpurn gefärbt vom Saft der Roten Bete, es gab Selleriesalat und Mamas Salat, kleingeschnittenes Rindfleisch mit Gurken und Zwiebeln. Gelassen betrachtete ich diesmal den Umfang der Portionen, sah gleichgültig zu, daß dem Bruder, wie üblich, die größeren Fleischstücke zukamen und der dickere Himbeersaft, half der Mutter beim Tischabdecken und lachte bereitwillig, als der Vater mehrmals die Arme vor der Brust öffnete und schloß, schnaufend wie eine Lok, die in den Bahnhof fährt. Wie leicht es war, ein gutes Kind zu sein, mit so viel Glück vor Augen. Noch einmal schlafen.

Aus so vollem Herzen wie an diesem Weihnachtsmorgen hatte ich Gott noch nie gedankt. Lernen wollte ich, schwor ich, eingehüllt in Licht und Duft der hohen Christbäume rechts und links vom Altar, meine Geige spielen lernen, die zu Hause schon für mich bereitlag. Lernen, bis ich Töne hervorbringen konnte, die die Menschen direkt ins Herz trafen, Töne, die machten, daß man weinen mußte und doch froh war. Oder machten einen die Töne so froh, daß man nicht anders konnte als weinen? Auch den Vater und die Mutter wollte ich froh machen, endlich würden sie begreifen, daß ich ihr Kind war und nicht däm Düvel us dä Kiep jesprunge. So lauthals sang ich die Weihnachtslieder, antwortete ich mit der Gemeinde den Meßgebeten des Pastors, der heute so prächtig anzusehen war mit seinem goldgrünen Gewand und der rosafarbenen Schärpe, daß die Mutter mich ansah, als führte ich Übles im Schilde.

Es war Feindschaft auf den ersten Blick. Was da aus den weihnachtlich bemalten Papptellern, beladen mit Äpfeln, Nüssen, Spekulatius, Spritzgebackenem, Süßigkeiten in buntem Stanniol, zwischen Schlafanzügen und Unterhemden, Socken und

Handschuhen in Rot, Weiß, Schwarz und Silber herausragte, war ein Quetschebüggel.

Quetschebüggel spielten schweißtriefende Männer, eingehüllt vom eigenen Speck wie in eine Steppdecke. Mit fetten, labbrigen Armen zogen sie den Gegenstand vor ihren gedunsenen, von Netzhemden umspannten Bäuchen auf und zu, quetschten die wurstigen Fingerenden auf die schwarzweißen Tasten und Knöpfe und brüllten dazu ein Lied nach dem anderen, krebsrote Biergesichter, vom Grölen und Grinsen entstellt. Am ersten Mai ging es los, wenn am Madepohl zum Hahneköppe der Maibaum aufgestellt wurde und der blutige Kopf des Tieres in die johlende Menge der Zuschauer flog. Danach konnte man sie den ganzen Sommer über antreffen, wann immer im Gasthaus ›An dr Kapell'‹ ein paar Tische und Bänke im Freien standen. Schon von weitem hörte man das Kreischen der Frauen, das Wiehern der Männer und über allem die Gemeinheit des Quetschebüggels.

Das Ding kam von der Cousine mit den vielen Puppen. Sie hatte es vor zwei Jahren zu Weihnachten bekommen und im letzten Jahr, als wir alle zum Singen unterm Christbaum versammelt waren, sich kläglich darauf abgemüht. Wie damals, als Hänschen wiedergekommen war, fiel ich in Ohnmacht. Mir schwanden, hieß das in meinen vornehmen Büchern, die Sinne. Ich wollte das, was da durch das Zimmer lärmte, nicht hören, nicht sehen, nicht anfassen müssen. Ich wollte es einfach nicht wahrhaben.

Wat hät dat Kenk? Et es de Freud. De Freud es ze jruuß. De Oprejung, die Aufregung, hörte ich die Stimme der Mutter, als ich wieder zu mir kam.

Kaum hatte ich mich aufgerappelt, griff der Vater nach dem Instrument. Do häs de dinge Quetschebüggel, sagte er, dä kütt us Röppresch. Lommer ens lure, ob de ald jruß jenuch dofür bes.

Ich preßte die Arme an den Körper und erstarrte. Um nichts in der Welt wollte ich mit diesem Ding in Berührung kommen. Ruck rechts, Ruck links, bog mir der Vater die Arme auseinander und hängte mir den Gegenstand vor den Körper. Er reichte mir bis zur Hälfte der Oberschenkel, die Riemen schnitten tief in meine Schultern, die das Gewicht vornübersacken ließ. Aufgeregt sprang der Bruder um mich herum und versuchte, die Tasten zu drücken.

Nu treck ens dran, befahl der Vater.

Ich rührte mich nicht und brach in Tränen aus.

Wat jiddet denn do ze kriesche. Du solls dran trecke. Der Vater ergriff meine Hände, steckte sie in die Schlaufen, riß mir die Arme auseinander – das Ding gab einen asthmatisch schlurfenden Laut von sich – und schob sie wieder zusammen. Der Bruder erwischte eine Taste, preßte sie aus Leibeskräften, dem Balg entfuhr ein quietschender schriller Ton, es klang wie im Sommer, als der Güterzug hinterm Haus eine Vollbremsung gemacht hatte, um den besoffenen Kackaller nicht zu überfahren.

Ich tat einen Satz nach vorn. Der Vater hielt meine Arme fest. Meine rechte Schulter knackte, Schmerz durchzuckte das Gelenk. Der Arm ließ sich nicht mehr bewegen, leicht angewinkelt und nach hinten gebogen tat er am wenigsten weh. Loß dat Kenk en Ruh, mischte sich mit schwacher zitternder Stimme der Großvater ein. Jemand nestelte mir das Ding vom Leib, dann brachte man mich, in eine Decke gehüllt, zu Mickel, der mir den Arm mit demselben burschikosen Handgriff wie für störrische Hufe wieder einrenkte.

Im Frühherbst, an seinem siebzigsten Geburtstag, wollte der falsche Großvater Resultate hören. Die Stunden bei Honigmüller waren bestellt. Am Montag nach den Heiligen Drei Königen schleppte ich das Ding in das Dachgeschoß seines Hauses unweit der Kirche.

Kind, sagte der Organist, ein langer, dünner Mensch, der, was er auch tat, den Eindruck erweckte, als drehe und wende er sich unablässig in sich und um sich selbst. Kind, sagte er und schlang die dunkelblauen Hosenbeine und Jackettärmel zu endlosen Spiralen, Kind, das ist doch viel zu schwer für dich. Das nächste Mal komme ich zu dir nach Hause. Aber das ist doch wirklich ein schönes Akkordeon. Honigmüller schnellte Arme und Beine auseinander, nahm das Instrument in seine Arme und brachte ein paar mächtige Akkorde heraus. Ich aber hörte nur eines: Akkordeon, Akkordeon. Der Quetschebüggel hieß Akkordeon. Akkordeon war der Name für Quetschebüggel.

Während ich mich mit dem Klang des neuen Wortes anfreundete, holte Honigmüller aus dem Instrument heraus, was es nur hergab, ließ es donnern und blitzen, schelten und schmeicheln, trillern und tremolieren, brummen und summen, grollen und rollen, trällern und tirilieren. Alles Menschenmögliche tat er, um mein Herz zu erobern. Aber das hielt die Geige besetzt. An Abfall, Umkehr, Untreue war nicht zu denken. Was auch immer Honigmüller spielte, die Töne drangen nur bis ins Ohr, wo sie geduldet wurden, aber nicht geliebt, nicht einmal wohlgelitten. Gewiß, Honigmüller spielte ›Stille Nacht‹ und ›Es ist ein Ros entsprungen‹, es verbanden sich die quäkenden, winselnden Töne zu Melodien, Melodien, die ich liebte. Doch so dumm klang das alles, und der Abstand zu den Männern auf den Holzbänken am Madepohl war bedrohlich klein. Auch wenn sich das Gerät Akkordeon nannte, was noch großartiger klang als Orgel: es blieb häßlich und gewöhnlich. Die großspurige Bezeichnung bewirkte das Gegenteil. Man mußte ja nur hinsehen auf dieses plumpe Ding, sein faltiges Hin und Her, seine Klobigkeit, seine dürftige Sammlung von Tasten und Knöpfen, Fülle vortäuschend und Wohlklang. Armselige Prächtigkeit für kleine Leute, eingespannt in zwei lederne Griffe wie Handschellen überm Gelenk.

Dennoch, ich lernte gern. Allein um des Lernens willen. Nicht Quetschebüggel, sondern Akkordeon. Die Cousine war gescheitert. Ich wollte es allen zeigen. Meine Abneigung gegen den Akkordeonton blieb bestehen, doch ich fand Gefallen daran, Töne hervorzubringen und zu Melodien zu verbinden. Schnell lernte ich Noten lesen, und bald spielte ich kleine Stücke, die Honigmüller eigens für mich komponierte, wie mir schien. Sobald ich die wichtigsten Griffe beherrschte, überreichte er mir unter vielfachen Verdrehungen seiner Arme einen DIN-A4-Bogen, den er eigenhändig mit Notenlinien und Noten versehen hatte, aus denen eine Melodie erklang, so prächtig und hehr, daß ich mich mit dem Akkordeon zu versöhnen begann. Ich zog, drückte und kniff das gewachste, gefalzte Papier, preßte Tasten und Knöpfe, wie es meinem Zeitmaß entsprach, je langsamer, desto lieber. Honigmüller ließ mich gewähren, saß auf dem moosgrünen, mit Häkeldeckchen übersäten Samtsofa, das die Bürgermeisterfamilie noch vor dem Krieg ausrangiert hatte, und hielt seinen Blick auf den Pflaumenbaum gerichtet, der schon dicke Knospen zeigte. Manchmal kam der Großvater, den Wintermantel überm Schlafanzug, die Treppe hinunter und hörte ein Weilchen zu.

Wieder und wieder spielte ich die eine Melodie, bis ich mich aus dem klammen Wohnzimmer, das nur für diese Stunde kurz vorher geheizt worden war, hinausgespielt hatte und hinein in das Kapellchen am Rhein vor das Bild der Muttergottes. Meine Schultern schmerzten nicht mehr, und ich hörte den keuchenden Luftzug nicht. Mir war leicht und feierlich zumute. Bis Honigmüller mir das Akkordeon von den Schultern nahm, so, wie er mir am Anfang hineingeholfen hatte, und mit einem seltsamen Glanz auf seinem dünnen, gelben Gesicht sagte: Das war nach Bach, mein Kind. Das nächste Mal geht es nach Buxtehude. Mit diesen rätselhaften Worten ließ er mich stehen und eilte in langen gewundenen Schritten aus dem Hause. Wieso nach Bach und das nächste Mal nach Buxtehude, wo der Hase immer den Wettlauf mit dem Igel verlor?

Das ging so einige Wochen, nach Bach, nach Buxtehude, mitunter nach Prätorius oder nach Riga. Dat höt sesch jo an wie bei ner Beerdijung, hieß es, wenn ich zu Hause übte. Dat es jo nit zem Anhüre. Die Ablehnung spornte mich an, ich machte Fortschritte. Es war kurz nach meiner ersten heiligen Kommunion – in den ersten Wochen auf der Realschule, der Großvater schon tot –, als die Mutter Honigmüller mit der Giftigkeit von Leuten, die ihr Geld ohnehin lieber vernünftiger nutzen würden, unumwunden zu verstehen gab, daß man für su ene Katzejammer keine Mark mehr zum Fenster hinauswerfe. Sie genoß es, die Überlegene zu sein, nicht zu nehmen, sondern zu geben. Wenn schon Verschwendung, wollte man wenigstens kriegen, was man wollte.

Aber Frau Palm, Honigmüller knäulte sich zusammen, Ihre Tochter macht beste Fortschritte. Sie spielt nach Bach, nach Buxtehude, sogar nach Prätorius. Sie können stolz sein auf Ihre Tochter. Mit diesem letzten Satz war alles verloren. Dis mol, schnitt die Mutter dem Organisten das Wort ab, dis mol und von jitz an liert* dat Kenk, wat userens sesch anhüre kann. Su jet wie die op dem Madepohl spille. Für su ne Kokolores mach esch nit jede Woch he em Wohnzemmer dat Füer an. Der Papa wünsch sesch: ›Mein Herz, dat is ein Bienenhaus‹. Ävver doför es dat Kenk noch ze kleen. Ävver mer wolle de ›Lindenwirtin‹ hüre.

* lernt

Oder et jüt ke Jeld mi. Denk an dä Jebootsdaach von dem Opa. ›Lindenwirtin, du junge‹, dat kennt Ehr doch, Herr Honischmüller. Die Mutter begann zu trällern. Sie hatte eine angenehme Altstimme und sang, wenn sie gut aufgelegt war, mitunter beim Bettenmachen zur Muttergottes, besonders im Frühjahr zur Maienkönigin, zuweilen mit den Nachbarinnen Julchen und Klärchen auch zweistimmig, ›Meerstern, ich dich grüße‹. ›Lindenwirtin, du junge‹. Für diesmal kamen wir noch davon. Es fehlten die Noten. Und so spielte ich noch einmal meine kleinen Stücke großer Musik, so langsam und langgezogen wie nur möglich. Honigmüller war's recht, schrie nicht wie sonst Fis-fis oder Cis-cis, die schwarzen, die schwarzen, wenn ich danebengriff. Wir wußten beide: Das war der Abschied vom Akkordeon. Jetzt war der Quetschebüggel dran. Bei allem, was sich nicht einzig und allein in meinem Kopf abspielte, hatten die Eltern das letzte Wort. Und das war: Quetschebüggel.

Sage nie, dat kann isch nischt, du kannst et doch, du willst et nischt, pflegte die Großmutter zu sagen, wenn ich mich beim Kirschenentkernen, Beerenpflücken oder anderen häuslichen Handreichungen ungeschickt anstellte. Sie hatte recht. So erstaunlich meine Fortschritte auf dem Akkordeon gewesen waren, so rapid ging es mit meinen Leistungen auf dem Quetschebüggel bergab. Als Honigmüller das nächste Mal kam, blieb die Mutter an der Tür stehen und ging erst, nachdem er ihr das Heft vorweisen konnte, gelblich dickes Papier, darauf ein flott skizzierter Mann in Lederhosen und Kniestrümpfen mit verwegener Haartolle und breitem Grinsen, ein Akkordeon zwischen den stämmigen Armen. Hinter ihm in mißlungener perspektivischer Verkürzung andere Lebewesen seiner Art, auch dazu passende Frauen in Dirndln, auf langen Bänken schunkelnd unter Tannen mit Zapfen. Aus den Falten des Instruments schwirrten Noten, die sich am oberen Heftrand zu Buchstaben formten: ›Horch, was kommt von draußen rein. Frohsinn im Rheinland‹, und am unteren Rand: ›Für die schönen Stunden in heiterer Runde‹.

Jenau, sagte die Mutter.

Dafür muß ich zwei Mark fünfzig in Rechnung stellen, sagte Honigmüller und wand das Heft in seinen Fingern, als wollte er es wie ein Zauberkünstler zum Verschwinden bringen.

Wat, zwei Mark fuffzisch? Jo, dann es et och jet wert, die Mutter kam mit der Sammeltasse zurück und zählte Honigmüller fünfundzwanzig Groschen in die Hand. Un dat de mer jitz och liers, sagte sie, die Sammeltasse in meine Richtung schwenkend, daß es schepperte.

Zunächst versuchte ich, was mir da aus dem Heft entgegenkam, mal eben so wegzuspielen, wegzuwischen wie lästige Fliegen, einfach so vom Blatt weg. Dafür aber war dieses ›Mädel, ruck-ruck-ruck an meine grüne Seiheite‹, dieses ›Heidewitzka, Herr Kapitän‹, diese ›Lindenwirtin, du junge‹ zu schwierig. Mir taten die Schultern weh und Honigmüller die Ohren. Vorbei war es mit meinen langgezogenen Feierlichkeiten, vorbei mit Honigmüllers Augenweide im Pflaumenbaum, obwohl er jetzt in voller Blüte stand. Cis-cis-cis, schrie er mit sich überschlagender Stimme in das röchelnde Mißgetön, als wäre durch Cis-cis-cis irgend etwas zu retten gewesen. Ich hechelte den Tönen hinterher, als könnte ich sie wieder einfangen, all dies Gekreische, Gekrächze, die quäkenden Peinlichkeiten nicht hinaus-, sondern hineinpressen, dahin zurückstauen, wo sie hergekommen waren, in dieses grobschlächtige Gemenge aus Pappe, Leder und Bakelit. Meine Bemühungen waren entsetzlich. Honigmüller hielt es nicht länger auf seinem Stuhl. Unablässig rannte er die drei Schritte zur Tür, zum Schrank, zur Tür, mit jeder Luftbewegung des Instruments fing ich einen muffigen Geruch nach ungelüfteten Kleidern auf

Dennoch! Dieses musikalische Gesocks sollte mich nicht unterkriegen. Aber der Ehrgeiz kam nur aus Trotz, nicht aus Liebe, und hielt nicht lange vor. ›Angetahan hat's mir der Wein, deiner Äugelein heller Schein, Lindenwirtin, du juungge, Lindenwirtin, du junge.‹ Der siebzigste Geburtstag des falschen Großvaters rückte näher. Ich fuhr seit beinah vier Monaten zur Realschule. Auf die Frage, wer ein Instrument spiele, hatte ich mich nicht gemeldet. Aber ich sang, da ich Noten lesen konnte, schon im Schulchor mit, Kantaten von Orff und Hindemith, wußte nun auch, was das meinte, ›nach Bach‹ und ›nach Buxtehude‹. Einmal, wir hatten die Mutter aus dem Haus gehen sehen, versuchte ich noch einmal, ein Stück von Orff vom Blatt zu spielen. Doch als hätten die Schwingungen der Luft ihr die Unbotmäßigkeiten

hintertragen, stand sie kurz darauf in der Tür, gerade als Honigmüller mir ein paar Griffe als Begleitung in den Bässen zeigen
wollte, und schrie: Dat soll de Lindenwirtin sin? In zwei Woche
hät der Opa Jebootsdaach!

Was auch immer ich nach diesem Auftritt tat, wo auch immer
ich ging und stand, ›Lindenwirtin, du juhungge‹ war dabei. Sie
fuhr in mich hinein wie der Teufel. ›Angetahan hat's mir der Wein.
Lindenwirtin, du juunge, Lindenwirtin, du junngge‹, quetsche-
büggelte es in meinem Kopf ohne Rast und Ruh. Samstag war der
Geburtstag. Freitag kam Honigmüller, und ich spielte zum ersten Mal ohne Fehler.

Die Bänke standen im Hof hinter der großen Scheune, da, wo
ich den falschen Großvater um eine Geige gebeten hatte. Aufgestellt in Hufeisenform wie am Madepohl. Man feierte schon
seit dem Hochamt, hatte gemeinsam zu Mittag gegessen, fette,
schwere Speisen und zur Verdauung Bier und Schnaps. Der
Wind kam vom Westen und wehte von Zeit zu Zeit den Geruch
des Plumpsklos herüber, das dem Ansturm nicht gewachsen war.
Mit uns trafen noch andere, entfernter wohnende Verwandte ein,
die aus Gronz und aus Ronningen, aus Erpenbach und Olberath,
sogar die Tante aus der Eifel wurde erwartet. Zum Kaffeetrinken
wurde neu gedeckt. Die Männer vom Bauernverein, die Schützenbrüder und ihre Frauen erhoben sich schwerfällig und machten uns Platz, rückten ans untere Ende der Bänke. In der Mitte
des Hufeisens unter einer ans Scheunentor genagelten, silbernen, mit Birkenlaub umkränzten ›Siebzig‹ saß der falsche Großvater, kerzengerade, die Hände, wenn er sie nicht zum Essen
oder Schütteln gebrauchte, exakt auf den Armlehnen abgelegt,
die Füße unterm Tisch korrekt nebeneinandergestellt. So ausgerichtet, herrschte er mit kaum wahrnehmbaren Bewegungen seiner enzianblauen Augen über die Schar seiner Gäste, und sobald
etwas fehlte, schnarrte er meine Cousine an – die, von der ich den
Quetschebüggel hatte –, sich um Kaffee und Kuchen zu kümmern. Gerti arbeitete seit Ostern auf dem Hof, so wie zuvor, nur
fingen ihre Tage jetzt schon morgens um fünf an und nicht erst
nach der Schule. Ich selbst saß ziemlich weit oben an einem der
schweren Tische, die man aus dem Haus und denen der Nach-

barn zusammengerückt hatte. Nur der Großvater hätte sich in seinem bequemen Sessel anlehnen können. Ich hielt mich aufrecht wie er. In meinem Rücken lauerte der Quetschebüggel.

Vertreter des Bauernvereins, Kirchenvorständler und Schützenbrüder kamen und gingen, jedesmal wurde angestoßen, was bei denen, die seit dem Hochamt dabei waren, allmählich Wirkung zeigte. Gläschen mit roten, blauen, grünen Likören blitzten, Spezialität Kakao mit Nuß, Kuchengabeln gruben sich in Buttercremetorten, zwiebelmustrige Kaffeetassen hoben und senkten sich in den Händen der Frauen, der kleine Finger vornehm abgespreizt.

Auch Onkel Männ war gekommen, mit dem Fahrrad aus Ronderskirchen. Alles an Onkel Männ war krumm. Die Beine, der Rücken, die Arme und das, was in seinem Kopf war. Jeder wußte, Onkel Männ war plemplem, aber harmlos. Nur für die Arbeit gemacht. Er hatte einen zahnlosen Mund, der in Richtung der Füße zeigte, und große, narbige Hände, geschundene Hände, gezeichnet vom Drücken und Ziehen, Heben, Stemmen und Greifen. Hatte er nichts zu tun, hingen die Arme hilflos am Körper hinab. Kein Mann aus der Verwandtschaft hatte unversehrte Hände; irgendwann war jeder einmal einer Säge, einem Hobel oder Hammer zu nahe gekommen, hatte ein Fingerglied, eine Kuppe oder einen Nagel eingebüßt. Onkel Männ jedoch hatte nur noch einen einzigen Fingernagel, Handballen und Innenflächen beider Hände waren wüst und wulstig zerklüftet, alle Finger der linken und vier der rechten Hand unterschiedlich verkürzt. Nach dem Krieg hatte er sich den linken Daumen so weit abgesägt, daß er die Bretter nicht mehr sicher führen konnte und seine Arbeit an der Kreissäge aufgeben mußte. Jetzt beschäftigte man ihn im Lager.

Onkel Männ kam, als die Gläschen immer öfter gefüllt, die Kuchenteller immer seltener herumgereicht wurden, ›angetahan hat's mir der Wein‹, die Gesichter den dösigen Ausdruck von Kühen auf der Weide annahmen, ›deiner Äugelein heller Schein‹ zusehends stumpfer wurde und die Onkel und Tanten, Nachbarn und Schützenbrüder immer häufiger versuchten, sich zurückzulehnen, um dann mit einem entsetzten Ruck für die nächsten Minuten wieder Haltung anzunehmen oder nach vorn auf die

Tische zu kippen. ›Lindenwirtin, du junge‹. Schon hatte die Mutter dem Vater und dem falschen Großvater ein Zeichen gegeben und mit dem Kopf eine Bewegung zum Quetschebüggel gemacht. ›Du juhunge‹. Die Gespräche waren fast völlig verstummt, einige Männer lagen über den Bänken und schnarchten, die Frauen verdauten mit runden Rücken und verschwimmendem Blick.

So Heldejaad, sagte die Mutter. Der Vater stand auf, griff mit einer Hand nach mir, mit der anderen nach dem Quetschebüggel und führte mich dem Großvater zu. Dat de mer keen Schand mäs, zischte mir die Mutter ins Ohr. Die Frauen stupsten die Männer in die Seite, daß sie mit gewaltigen Schnarchlauten aufschraken, sich umsahen wie erwischte Sünder und Haltung annahmen. Links saßen alle auf ihren linken, rechts auf ihren rechten Pobacken, jeder ausgerichtet zum falschen Großvater und zu mir. Auf den Bänken war es still. Nur die Hähne krähten um die Wette, ›deiner Äugelein heller Schein‹. Spielte ich zu Hause, konnte ich die Füße auf eine Fußbank stellen. Hier hingen sie ins Leere. Ich klemmte die Unterschenkel unter die Bank, krampfte die Bauchmuskeln zusammen, um die Balance halten zu können, griff einen C-Dur-Akkord, Frohsinn am Rhein. Jetzt endlich mußte heraus, was mir seit Wochen im Kopf herumspukte, einmal aus mir heraus durch diesen Verbund aus Pappe, Leder, Bakelit in den Zug meiner Arme, den Druck meiner Finger, ›Lindenwirtin, du junge‹. ›Keinen Tropfen im Becher mehr, und der Beuheutel schlaff und leer.‹ Ich spielte fehlerfrei. Siegesgewiß wiederholte ich den Refrain mit doppelter Armkraft, als die Tante aus Stipprich mir mit ihrem dröhnenden Alt in die Parade und mein sauberes Spiel fuhr, daß ich, ›Lindenwirtin, du juhunge‹, mitten im Juhungeton, zusammenschrak und dem Quetschebüggel seltsame, fast unanständige Töne entwichen, über denen unbeirrt der Alt der Tante tremolierte.

Noch ens, sagte der falsche Großvater, un jitz sid ihr all ruhisch. Widerwilliges Schweigen lag über der beduselten Gesellschaft, die wieder munter geworden war und Besseres zu tun hatte, als dem Quetschebüggel von däm Dondörper Blaach zuzuhören. Ich spürte ihre Unruhe, wollte sie von mir und mich von ihnen befreien, machte Tempo, verhaute mich, spielte weiter, verhaute mich wieder. Tat so, als wär nichts. Wieder daneben. ›Angetahan hats mir der Weiiiin.‹ Falsch. Schluß. Der Vater drückte mir die Hand auf den Kopf. Von vorn. Es gelang nicht beim dritten Mal und nicht beim vierten. Alles ruckte auf den Bänken herum, machte die Rücken gerade, reckte und streckte sich, tupfte Kuchenkrümel von der Tischdecke. Noch immer sprach niemand ein Wort.

Noch ens, sagte der falsche Großvater. Das Geburtstagskind saß in seinem bequemen Lehnstuhl, bewegungslos, die Augen irgendwo übers Scheunendach hinaus in den hohen Himmel gerichtet. Ich spielte ein fünftes Mal. Noch ens. Ein sechstes Mal. Jedesmal stauchte mir der Vater den Kopf ein Stück tiefer zwischen die Schultern. Waat, bes mer doheem sin, fauchte die Mutter. Die Tanten steckten die Köpfe zusammen, tuschelten, warfen der Mutter höhnische Blicke zu. Die Männer lagen wieder schnarchend über den Bänken oder stierten wie der falsche Großvater über die Scheunendächer. Unter den Tischen krakeelten die Kinder zwischen den Beinen der Erwachsenen herum.

Ich schüttelte die Hand des Vaters aus dem Nacken und spielte Akkordeon. Nach Bach. Das erste Stück, das mir Honigmüller beigebracht hatte. Langsam, langsam, hoch und hehr. Kaum merklich beugte sich der falsche Großvater vor, als wolle er besser hören. Einer nach dem anderen setzten die Männer sich aufrecht. Ein paar Frauen falteten die Hände im Schoß. Die Kinder krochen unter den Bänken hervor und glotzten entgeistert. Nach Buxtehude. Nach Verdi. Nach Bach. Alles, was mir einfiel. Auf den Gesichtern der Festgesellschaft lag eine Ruhe, die nicht nur von der Verdauung zu schwerer Speisen rührte. Über Onkel Männs Gesicht liefen Tränen.

Dat es jo hie wie op ner Beerdijung, platzte die Mutter in die Stille und lachte verlegen, laut, Beifall heischend.

Heldenjedenkdach, röhrte die Tante aus Stipprich. Jerti, mer han Doosch. Und mit ihrem kräftigen Alt, der bei der ›Lindenwirtin‹ nicht hatte zum Zuge kommen können, schmetterte sie: ›Bier her, Bier her, oder wir falln um, juchhe!‹ Die Männer fielen ein, hieben im Takt die Fäuste auf den Tisch, daß die Likör- und Schnapsgläschen hüpften.

Ruhe! Der falsche Großvater machte mit der Rechten eine

herrische Bewegung über die Bankgemeinde, musterte jeden einzelnen. Mich würdigte er keines Blickes. Jerti, wandte er sich an meine Cousine, hol Bier. Näm de Jupp mit. Breng dat Fäßje. Tünn, häs de de Trööt do? Tünn hatte. Während der Vater mit Gerti abzog und sich der musikalische Schützenbruder auf seiner Trompete neben dem falschen Großvater breitbeinig zu Gehör brachte, rutschte ich von der Bank und schlich, über mein Akkordeon gebeugt, das mich gewaltig nach unten zog, in den Garten, da hin, wo die Stangenbohnen ein dichtes Spalier bildeten, einen grünen, duftenden Bohnenwald. Hier wollte ich es noch einmal spielen, all das Hehre und Heilige nach Bach, nach Buxtehude, nach Verdi. Von weitem, nicht lauter als fernes Hundegebell, klang die siegreiche ›Lindenwirtin, du juhunge‹ aus Tünns Tröte. Es ging mich nichts mehr an. Doch noch einmal spielen konnte ich hier nicht. Im Stehen kippte ich, sobald ich die Arme öffnen wollte, mit der Masse des Instruments nach vorn. Setzte ich mich auf den Boden, war mein Oberkörper so kurz, daß ich es nicht aufziehen konnte. Ich preßte das Akkordeon zusammen. Nur nie wieder hinaus aus dieser dämmrigen, warmen Umschlingung der Pflanzen. Hart und fest und für sich lag das Instrument an meiner Brust, in meinem Schoß, in meinen Armen. Eine Weile hatten ihre Gesichter fast so ausgesehen wie in der Kirche. Vielleicht tat ich ihm Unrecht, und es war wirklich ein Akkordeon. Nach Bach, nach Buxtehude, nach Verdi. Aber wir paßten nicht zusammen. Jedenfalls nicht, solange es Quetschebüggel hieß.

Onkel Männ stöberte mich schließlich in den Bohnen auf. Se sööke desch övverall, sagte er, ergriff meine Hand mit Zeigefinger und Daumen und drückte sie zwischen seinen Handtellern, die sich rauh, rissig und kühl anfühlten wie die Borke alter Bäume. Wortlos schüttelte er meine Rechte und ließ ein Fünfmarkstück darin wie einen Sterntaler. Ich steckte es in den Schuh.

Bei den Bänken ging es nun hoch her. Zu der Trompete war noch eine Posaune gekommen, man sang und tanzte, nur der falsche Großvater thronte in seinem Stuhl. Nur jut, dat esch dir nit extra en Jeije jekoof han, sagte er zum Abschied. Seine Hand, die sonst immer eine Münze, manchmal auch einen Schein in die meine drückte, war leer.

Als es bemerkt wurde, saßen wir schon in der Straßenbahn. Wo häs de dann dä Quetschebüggel jeloße, fragte die Mutter und schaute zwischen ihre Beine, die des Vaters, die meinen. Er war da, wo ich ihn hatte stehenlassen: in den Stangenbohnen. Da ging es ihm besser als mir. Nach Bach, nach Buxtehude und nicht nach Hause.

An diesem Abend zog der Vater zum ersten Mal den Gürtel aus der Hose: Du jehs jo jitz op de Meddelscholl. Dann fuhr er mit dem Fahrrad zurück nach Rüpprich, wo der falsche Großvater noch immer dasaß und ein Haufen Männer grölend über den Bänken hing. Reihe für Reihe suchte der Vater die Stangenbohnen ab. Das Akkordeon war weg. Er fragte die Frauen, er fragte die Männer. Keiner hatte das Akkordeon gesehen. Auch ein abermaliges Herausziehen des Gürtels brachte das Instrument nicht wieder zum Vorschein. Jahre später erhängte sich Onkel Männ in seinem winzigen Haus im Bergischen Land am Eingang zur Kellertür. Neben seinem Fahrrad fand man, sorgfältig mit derben, dick verstaubten Baumwollhandtüchern abgedeckt, das Akkordeon. Unversehrt, wie ich es in den Stangenbohnen zurückgelassen hatte.

A pin. Is it a pin? It is a pin!

Siegessicher stach das Fräulein Funke eine Nadel in den Klassenraum. Meine Augen saugten sich an dem roten Köpfchen fest, als käme von dort die Offenbarung, die Auflösung dieses Wunders, daß ein und dasselbe Ding einmal Stecknadel hieß und einmal pin. Englisch, sagte die Englischlehrerin. Inglisch.

Pig, warf sie uns entgegen, nestelte aus ihrem Beutel, einer schwarzen Häkelmasse mit roten und grünen Pompons, einen rosa Gegenstand, pig, jubilierte sie, pig, pig, pig, und schwenkte ein Sparschwein, daß die Münzen klingelten.

Abwechselnd hielt das Fräulein die Linke mit der pin, die Rechte mit dem pig in die Höhe und taufte die Welt um.

A pin? Is it a pin? It is a pin.

Warum das Ding links pin, rechts pig, die pin nicht pig und pig nicht pin hieß, konnte mir Fräulein Funke nicht erklären. Deutsche sagten Schwein, Engländer pig, Stecknadel wir, die anderen pin. Warum nur? Warum? Palm stört den Unterricht, trug Fräulein Funke ins Klassenbuch ein.

Pater Vater, mater Mutter, lux Licht – über ›Schott‹ und Gebetbuch hatte ich herausgekriegt, daß ein und dieselbe Sache mal so und mal so belautet wurde. Warum, konnte mir auch auf der Mittelschule niemand sagen. Sprachen lernen war Glaubenssache. Pin = Stecknadel mußte man glauben wie Jesus auferstanden von den Toten. Pig = Schwein so unumstößlich wie: ›Du sollst nicht töten‹. Nur gut, daß auch die Engländer Dingwörter, Tätigkeits- und Eigenschaftswörter, Vergangenheit, Gegenwart und Zukunft hatten, genau wie wir.

A pin, a pig, a pen. Wir hielten unsere Füllfedern in die Luft und skandierten: Öh pän. Is it öh pän? It is öh pän!

Pän, sagte ich zu meiner Füllfeder, starrte sie an und wartete. Pän, pän. Füller, Füller. Nichts geschah. Der schwarze Kolbenfüllhalter blieb, was er war, zwischen Daumen, Zeige- und Mittelfinger meiner linken Hand. Nichts änderte sich, wenn ich ihn, pän in die rechte, Füller in die linke Hand nahm. Pin, pig, pen, Füller: a Pelikan is a Pelikan is a Pelikan. Das Ding behielt die Oberhand. Die Wörter prallten an ihm ab. Sie konnten ihm im geringsten nichts anhaben.

Oder doch? War ein pig nicht putziger als ein Schwein, auch wenn dies sich noch so sehr auf rein reimte? Wälzte sich ein Schwein in seinen Zisch- und Lippenlauten nicht fett und dreckig im Schlamm, leichtfüßig von pig, pig, pig umtrippelt? Schmeckte milk nicht kühler und schärfer als die deutsch-weiche Milch? Ragte ein tree nicht höher und schlanker in den Himmel als ein Baum mit seinen soliden Wurzeln, in seiner Krone raunend der Wind?

Kock öh duudel du! schrie ich unseren Hahn an. Noch als ihn Onkel Schäng auf den Hauklotz legte, blieb der bei seinem Kikeriki. Daß Menschen verschieden sprachen, entschieden sie selbst. Aber Tiere? Krähten englische Hähne wirklich anders als deutsche?

Mitunter war man sich einig. ›Bush‹, sagten die Engländer, ›haus‹ oder ›schu:‹, auch wenn ihre Rechtschreibung abenteuerlich war, Glaubenssache; Willkür zum Dogma erklärt.

Und die englische Mutter war selbst im Wort so unzuverlässig wie die deutsche in Wirklichkeit mit ihrem ›o‹ fürs Auge, das ein ›a‹ war fürs Ohr!

Die englische Verbindung zwischen Sehen und Hören gehorchte anderen Gesetzen als die der deutschen Welt. Auf die richtige Aussprache kam es an. Man mußte sie lernen, wie man den Sinn der Wörter lernen mußte. Ich fragte nicht mehr ›wai‹ und nicht ›warum‹. Why, wai, warum? Darum. Ich hörte und gehorchte.

Wochenlang war ich dem Vater aus dem Weg gegangen. Nun suchte ich ihn.

Abends, wenn er im ölverschmierten Blaumann das Gartentor aufstieß und seine Aktentasche – lappiges Leder, blinde Schlösser, die Nähte mit Pechdraht geflickt – von der Querstange seines Fahrrads nahm, fing ich ihn ab.

Pig, schrie ich ihm entgegen. A pig. Is it a pig? It is a pig. Rannte um ihn herum und lachte, ein freudloses, bösartiges, erwachsenes Lachen. A pig, a pig, a big, big pig. Ohne von mir Notiz zu nehmen, lief der Vater mit versteinertem Gesicht zu seinen Werkzeugen und schlug die Tür hinter sich zu. Warum klopfte mir das Herz bis in den Hals? Nicht nur pig, jedes neue Wort schrie ich ihm entgegen, und das Herzklopfen nahm kein Ende. Verkroch er sich im Stall, gellte ich ihm von draußen mein tägliches Pensum in die Ohren, vom ersten bis zum letzten Wort. Aber pig, big pig, schrie ich am liebsten. Bis ich atemlos, keuchend von ihm abließ, als hätte ich Steine geworfen.

Was wir werden wollten, wurden wir in den ersten Schultagen gefragt. Heilige wollte ich werden, Großes tun. Heiligsein war ein Beruf, der alles andere umfaßte. War man heilig, war man alles, was man überhaupt sein und werden konnte. Wäre ich heilig gewesen, wäre der Großvater noch am Leben.

Ich wußte, es würde nicht leicht sein. Da stand ich in meinem graublauen Turnzeug in einer Manege, wie im Zirkus, der einmal in Dondorf Station gemacht hatte, heiße Sonne, staubiges Licht, das auf mich und die Löwen fällt. Der erste springt hoch, reißt sein Maul auf und stürzt mir schwanzwedelnd zu Füßen.

Der zweite, der dritte desgleichen. Die heidnische Dondorfer Menge erbebt. Ich hätschele die Löwen, und der grausame Herrscher wird katholisch und mein Gemahl. Ich auf immer allmächtig.

Also Hildegard, wiederholte die Lehrerin.

Aufs Bürro, antwortete ich. Alle lachten, und ich kriegte einen roten Kopf. Woher wußten sie, daß ich gelogen hatte?

Aufs Büroh also, sagte die Lehrerin, das o in die Länge ziehend. Die Klasse murmelte beifällig. Mir wurde noch heißer. Ja, aufs Büroh, wiederholte ich.

Hochdeutsche Wörter kannte ich vom Sehen, kölsche vom Hören. Beim Lesen kam es auf die Sprache an, nicht auf die Aussprache. Meine Muttersprache war Kölsch. Hochdeutsch mußte ich lernen, fast so wie Englisch. Lehrer Mohren hatte schon Wert darauf gelegt, daß es Mund hieß und nicht Schnüß, Menschen und nicht Minsche, sehen und nicht lure, weinen und nicht kriesche, Mädchen und nicht Weet. Nicht: Lommer jonn, sondern: Laßt uns jehen.

Aber wir sagten dat und wat und isch und misch, Kiresche und Kääze und folschten Jottes Wort. Eine gut gebratene Gans, mit goldener Gabel gegessen, ist eine gute Gabe Gottes, sagte Mohren. Keiner hatte es nachsprechen können. Bei jedem war die Jans auf der Jabel jeblieben.

Aufs Büroh, wiederholte die Lehrerin noch einmal. Hört mal her, Kinder: Eine gut gebratene Gans, mit einer goldenen Gabel gegessen, ist eine gute Gabe Gottes. Nun, wer kann das nachsprechen? Hildegard!

Ich stand auf, die Klasse im Rücken, ihre Augen im Rücken, das Scharren ihrer Füße, vor mir das Gesicht der Lehrerin, ein flaches, breites, rotgeädertes Gesicht, aus dem eine große, leicht nach links geneigte Nase sprang, die dunklen Haare schon grau. Ihr Bräutigam war ohne Beine aus dem Krieg gekommen, und sie hatte die Verlobung gelöst. Jetzt lebte sie, wie sie gleich am ersten Tag gesagt hatte, nur noch für uns, ihre Kinder.

Ich vergrub meinen Blick in dieses Gesicht. Seine Augen waren hinter dicken Brillengläsern verborgen, in denen sich die Morgensonne brach.

Eine jut jebratene Jans ... Die Klasse wurde unruhig. ... mit joldener Jabel jejessen … Das erste Glucksen. Ist eine jute Jabe Jottes. Die Klasse johlte.

Ruhe! Setz dich, Hildegard.

Doris, jetzt du. Doris' Vater hatte zwei Schuhgeschäfte, eines in Großenfeld, das andere in Dodenrath. Sie sah wie die Schwester der Knaben in meinen Büchern aus, hoch aufgeschossen, bleich und blond und vornehm. Ihrer Art, den schmalen Kopf, den feines, fast weißes, fedrig geschnittenes Haar wie ein Helm aus Kükenflaum umgab, zu heben und zu senken, wobei ihr Hals wie der eines Schwans immer länger und dünner wurde, war ich seit dem ersten Schultag verfallen. Sie saß neben mir, und ich war selig, wenn ich ihr mit Radiergummi oder Bleistiftspitzer behilflich sein konnte. Sie bedankte sich dann mit einer unendlich langsamen Mundbewegung, die sich als ein Lächeln deuten ließ, und einem noch langsameren Hinabfallen der schweren Lider, bis die blassen, glatten Wimpern auf den durchsichtigen Wangen zur Ruhe kamen. Keinen Blick konnte ich von ihren schneeweißen Fingern lassen, dünn und lang und spitz zulaufend, wie bei einer Heiligen. Nur hielt Doris keine Lilie, Palme oder Märtyrerkrone, sondern ihren Pelikanfüller in das Tintenfaß mit königsblauer Flüssigkeit, tunkte die Feder ein, drehte den Kolben hinauf, hinunter, schraubte die Kappe wieder zu, Bewegungen, so delikat und fragil und zugleich so bestimmt und präzise, kein Zögern, keine Drehung, kein Heben und Senken zuviel, daß es mir jedesmal schien, als wüchsen Füllfeder, Tinte und Tintenfaß aus ihren Händen hervor wie durch Zauberei.

Einem solchen Geschöpf gelang es gewiß, die gut gebratene Gans als gute Gabe Gottes mit goldener Gabel und gutem Gebiß zu genießen.

Sehr schön Doris, setzen. Schlagt die Hefte auf. Fräulein Abendgold diktierte, und ich war wieder in meinem Element. Bei den stillen Wörtern. Sie allein hatten die Macht, die wirklichen Dinge zum Verschwinden zu bringen, Dinge nach meinem Bilde zu schaffen, mich vor den wirklichen Dingen zu schützen. In dieser lautlosen Welt war ich allein und doch mit anderen. Auf dem Papier gab es keinen Unterschied zwischen isch und ich, Kirche und Kiresche. Las ich, wurde ich eine von denen, die in den Büchern sprachen, hatte nichts mehr zu schaffen mit dem Mädchen aus der Altstraße zwei und erst recht nicht mit dessen Beherrschern. Aber die Wörter wollten mehr. Wollten nicht nur richtig geschrieben und gelesen werden. Sie wollten gesprochen sein, richtig gesprochen, schön gesprochen.

Ich fühlte mich im Stich gelassen. Mein Fluchtweg aus der Wirklichkeit behindert, beinah verstellt. Es gelang mir kaum noch, Sätze zu lesen, Sinn zu erfassen, so sehr biß ich mich an den Wörtern fest. Jedes ich, mich, dich, jedes das und was hielt mich beim Schlafittchen, bis ich es laut aussprach. Laut und richtig. Ich stellte das Lesen ein. Ich stellte das Sprechen ein. Verzog mich, um meine Ruhe zu haben, weiterhin mit einem Buch hintern Hühnerstall und blickte trostlos und trotzig in die Lettern. Wäre nicht Doris an meiner Seite gesessen mit Plisseerock, Hochdeutsch und Bolero, ich hätte mich mit der stummen Seite der Sprache, der Schrift, für immer begnügt.

Um mit Doris zu sprechen, wie Doris sprach, schlich ich mich, nachdem ich am Küchentisch meine Hausarbeiten erledigt hatte, statt hinter den Hühnerstall, wo man mich hätte hören können, auf den Speicher. Klemmte die ›Silberdistel‹ in den Rockbund, stemmte mit beiden Händen die Falltür zum Dachboden auf und klappte sie vorsichtig wieder hinunter. Zwischen Stühlen ohne Sitzpolster, einer abgestoßenen Truhe, randvoll mit Michaelskalendern, Gereonsblättern und Zeitschriften des Frauenvereins, zwischen ausrangierten Nachttöpfen und Pappkartons stand ein leerer Kleiderschrank, gebaut wie ein Flügelaltar. Ich hockte mich in die Mitte und las. Wort für Wort. Buchstabe für Buchstabe. Als müßte ich es noch einmal lernen. So, wie ich es von Fräulein Abendgold, von Doris, vom Radio meinen Ohren einzuprägen versuchte. Sommerhitze brannte. Die Luft unter den Dachziegeln glühte.

Annette von Droste-Hülshoff, las ich. ›Der Knabe im Moor‹. ›O schaurig‹, hier stockte ich schon. Was machte man mit einem solchen ›-ig‹? War das nun ›-ick‹ oder ›-ich‹? Egal, Hauptsache, ich sagte nicht ›schauerisch‹. ›Ist's, übers Moor zu gehen‹. Achtung: ›zu‹ und nicht ›zo‹. ›Gehen‹ nicht ›jehjen‹. Noch einmal: ›O schaurich ist's, übers Moor zu gehen‹. Weiter: ›Wenn es wimmelt vom Heiderauche.‹ ›Wimmelt‹! Das ›l‹! Vorn bei Zunge und Zähnen mußte es gesprochen werden, sollte es klingen wie ein ›l‹ von

Doris, aber meine rheinische Zunge entwischte immer wieder nach hinten, an den Gaumen, nach ›Kölln‹. Ich zwang sie nach vorn. Wieder und wieder nach vorn. ›Wimmelt‹. ›Heiderauche‹. Schnell und präzise zu sprechen, nicht ›Heijedärajuchä‹. Das ›e‹ nur angedeutet. Die richtige Mischung finden zwischen Präzision und Andeutung. ›Sich‹: ein böses Wort wie ›ich, mich, dich‹. ›Wie Phantome die Dünste‹ … Achtung: nicht ›Dünesté‹! ›drehn / Und die Ranke häkelt …‹ Achtung, ›l‹ an die Zähne, ›… am Strauche‹, schnell sprechen, nicht: ›Strauechä‹. ›Unter jedem Tritte ein Quellchen!!! springt / Wenn aus der Spalte! es zischt …‹ Achtung, hier darf, hier muß nun wirklich ›gezischt‹ werden, es ›zieht‹ nicht, es ›zischt‹! ›O schaurig! ist's, übers Moor…‹! schnell zu sprechen, nicht: ›Moojä‹ – ›… zu! gehn! / Wenn das Röhricht! knistert im Hauche‹.

Noch einmal. Schweiß färbte die hellblauen Windmühlen meines Baumwollkleides unter den Achseln dunkel. Ich las wieder so wie vor Jahren, als ich mir das Lesen beigebracht hatte, ohne Rücksicht auf die Bedeutung der einzelnen Wörter oder ihres Zusammenhangs. Und doch war es diesmal anders. Ich nahm die Wörter in den Mund wie Gegenstände. Ich betastete sie, schaffte ihnen Raum zwischen Zunge und Zäpfchen, Gaumen und Zähnen bis in den Rachen hinunter, wies den Buchstaben ihren Platz an, nahm Kiefer und Lippen in Pflicht und Kür. Nichts verstand sich mehr von selbst. Mir war der Schnabel nicht hold gewachsen. Ich bog ihn zurecht.

Je öfter ich die Strophen laut las, mit Augen, Mund und Ohren, desto inniger verschmolzen sie mit mir, bis ich sie sprach, als kämen sie nicht nur von meinen Lippen, sondern aus meinem eigenen Herzen.

Da zeigte ich bei Fräulein Abendgold wieder auf. Es war noch immer heiß, und ich trug noch immer das Kleid mit den hellblauen Windmühlen, aber diesmal war es der Knabe im Gedicht, der in Schweiß ausbrach, nicht ich. Ich ließ es rascheln und sausen, zittern und jagen, rennen, sich ducken, rieseln und knistern, genoß jede Silbe, jeden Laut, genoß, wie mir die Zunge gehorchte, der Atem und was sie miteinander hervorbrachten in diesem kreidetrockenen Klassenzimmer, das Moor, die Heide, die weite Welt, ihr Grauen und ihre Bedrohung.

Nach der Stunde rief die Lehrerin mich zu sich. Wie ich das fertiggebracht habe, wollte sie wissen. Es ging ihr wohl darum zu prüfen, ob meine Aussprache auch einer gewöhnlichen Unterhaltung standhielt. Kannst du die Schrift lesen, fragte sie und zog ein beigefarbenes Heftchen, nicht größer als das für die Rabattmarken von Piepers Laden, aus ihrer Aktentasche, Annette von Droste-Hülshoff: ›Gesammelte Gedichte‹. Reclam Verlag, las ich, ohne zu stocken. Buchstaben wie diese kannte ich längst aus dem Heiligenbuch. Das ist für dich, sagte Fräulein Abendgold. Du hast uns heute allen eine große Freude gemacht. Besonders mir. Und ganz unter uns: In der vorletzten Zeile, da heißt es nicht: Spinnenlor, sondern Spinnlenor. Und jetzt ab nach Hause.

Draußen vor der Schule wartete Doris. Sie lud mich zu ihrem Geburtstag ein.

Ich bin mit den Hausaufgaben fertig und gehe jetzt mit Birgit spielen, sagte ich an diesem Nachmittag zur Mutter.

Wie kallst du? fauchte die zurück. Wat is dann en desch jefahre?

Gar nichts Mama, ich bin jetzt fertig. Bis heute abend.

Mamm, rief die Mutter, kumm ens. Jitz es et övverjeschnapp! Waat, bes dä Papp no Hus kütt!

Abends lief die Mutter dem Vater schon am Gartentor entgegen, redete auf ihn ein, ich sah, wie er den Kopf schüttelte und beide hinterm Haus verschwanden.

In der Küche saßen sie um den Tisch wie zu Gericht. Der Bruder kaute schon verstohlen an seinem Butterbrot.

Lommer bäde, sagte die Großmutter und bekreuzigte sich. Kumm, Herr Jesus, sei unser Jast un seschne wat de uns bescheret has. Ich betete mit. In meinem reinen Hochdeutsch war Jesus unser Gast und segne, was du uns bescheret hast. Amen.

Der Vater sah mich an. Wat sull dat?

Das ist richtig, sagte ich.

Ach, nä, äffte er. Dat es reschtesch, un wie mer kalle, dat es nit reschtesch.

Nein, sagte ich.

Dat heesch: Nä! Die Stimme des Vaters begann zu zittern, Nä heesch dat! Nä! Nä! Nä!

Der Bruder lachte und machte Mäh, mäh, mäh.

Ruhe, brüllte der Vater, wat jidd et do ze lache! Nä heesch dat, han esch jesäät!

Nein, sagte ich.

Josäff, sagte die Mutter. Nu äß doch jet. Du häs doch Honger. He häs de dat Bruut un de Woosch. Der Vater griff zu. Wat denks de ejentlich, wer de bes! Denks de, dat de jet Besseres bes? Denk jo nit, dat de jet Besseres bes. Janix bes de, janix!

Erschrocken griff ich mit der linken nach der rechten Hand. Ja, ich war noch da. So mich mit mir umklammernd, mich in meinem Körper erdend, hob ich ab. Was denkst du, wer du bist, was denkst du, wo du bist? Denkst du, daß du was Besseres bist! Ah, wie das in den Ohren sauste, wenn der Achtspänner aus dem Schloßtor bog, über die Zugbrücke und den Hügel hinab ins weite Feld. Wie meine offenen Haare flatterten und die Röcke im Fahrtwind flogen. Dem ersten Hügel folgte ein zweiter, ein dritter, eine endlose Hügelwelle, aufwärts oder hinab, was denkst du eigentlich, wer du bist, was denkst du eigentlich, wo du bist, und der Himmel da oben, wie ist er so weit.

Nä, rief ich, Nä, als der Vater das Stöckchen hinter der Uhr hervorholte. Zu spät.

Nachts träumte ich, wie die Wörter zu Felde zogen: Nä, nä, nä, Minsche, Minsche, Minsche, lommer jonn, loßet jöcke, he kütt. Die kölschen Wörter, dreckig und übermächtig, gewalttätig und ordinär, schleuderten ihren ganzen Mist auf die Hochdeutschen, bis diese aussahen wie sie und alle zusammen unter einer schmutzigen Kruste erstarrten und verstummten.

Ich verstummte nicht. Aber sprechen, wie mir der Schnabel gewachsen war, konnte ich nur noch auf dem Papier. Meine Sammlung schöner Sätze und Wörter wuchs. Besonders durch Besuche bei der Frau Bürgermeister. Sie riß schon lange keine Kalenderblätter mehr ab und ließ sie büschelweise für mich hängen. Jedesmal durfte ich auf die dreistufige, breite Leiter steigen, wo ich, wie der Obstbauer seine Äpfel und Birnen, bedächtig Blatt um Blatt die Ernte prüfte. Die meisten Blätter taugten nicht viel. Zeichenwitze oder Ratschläge für die Hausfrau: ›Reiben Sie ihre Töpfe mit Essig ab, damit sie wieder glänzen.‹ ›Halten Sie beim Zwiebelschneiden eine Graubrotscheibe zwischen den

Zähnen, und Sie müssen nicht weinen‹; Sprüche aus dem ›Hundertjährigen Kalender für den Gärtner‹. Aber dann waren da Sätze, die ich kaum verstand, mich aber kostbar und einzigartig dünkten, jedes Blatt, wenn schon nicht der Stein selbst, so doch eine Verheißung des Steines der Weisen.

Loß ens lure, sagte die Großmutter anfangs ein paar Mal, Loß ens lure, wat do drop steht: Nischts is im Verstand, wat nischt vorher in den Sinnen war. Nä, wat ene Kokolores! Wat wells de dann domit?

Ich preßte die Lippen zusammen. Hielt die Großmutter etwas für Quatsch, selbst wenn es aus der Wohnung der Bürgermeisterin kam, war Widerspruch sinnlos.

Anfangs legte ich die Zettel in mein Gebetbuch. Ich liebte es, den Kopf in die Hände gestützt, als betete ich, über den Sätzen zu brüten, sie hin und her zu denken, Wort für Wort, sie im Inneren auf die alten Melodien der Kirchenlieder zu singen, sie einander gegenüberzustellen, sie zu vermischen, mit ihnen zu spielen. Bis dieses Gebetbuch, unmäßig aufgequollen, eines Sonntagnachmittags, ich hatte noch Kinderfunk gehört – Eduard Marks mit dem Märchen vom ›Kalif Storch‹ – und mich erst in der letzten Minute zur ›Christenlehre‹ um halb drei aufgerafft, bis dieses Gebetbuch, eben als die Mutter es mir in die Hand drücken wollte, auseinanderfiel und ein Schwarm von Kalenderblättern und Heiligenbildchen auf die rot-weißen Flurfliesen niederging.

Jott, schrie die Mutter, wat es dat dann? Wo kütt dann dä Papierkrom her? Mamm, damit meinte sie die Großmutter: Hät dat Blaach die von dir? Großmutter hatte sich nach dem Essen wie immer unter das Kruzifix gesetzt, den Rosenkranz hervorgeholt und war spätestens beim ›Abgestiegen zu der Hölle‹ im Credo eingenickt.

Wat es dann, Maria? Die Großmutter schaute verwirrt, schlafrot.

Ich hatte alles schon wieder in meinem Gebetbuch verstaut und wollte weg.

He jeblevve! Hät dat Blaach die Zeddel von dir? Die Mutter entriß mir das Gebetbuch, hielt es am Rücken, schüttelte es. Mama! Ich stürzte mich auf meine Zettel. Dat sind Zettel von der

Frau Bürgermeister. Die Mutter knallte das Gebetbuch auf die Kommode: Es dat wohr? herrschte sie die Großmutter an.

Ja, gestand die, ävver wer kunt dann ahne, dat dat Blaach die en et Jebäätbooch stopp. Her domit, met däm Düvelszeusch.

Zu dritt lagen wir im Flur auf den Knien und grapschten nach den Kalenderblättern. Drei konnte ich in Sicherheit bringen. Die anderen lohten noch einmal auf und waren dann in der Asche des Küchenherdes verloren.

Mit Rotstift schrieb ich die Geretteten in mein Heft: ›Ist die Wahrheit nichts wert, weil sie dir Leiden bringt?‹ – ›Nichts ist im Verstand, was nicht vorher in den Sinnen war.‹ – ›Auch aus einem bescheidenen Winkel kann man in den Himmel springen.‹ Danach trug ich jedes Blatt sofort in mein Heft ein. Die meisten lernte ich auswendig. Meine Waffenbrüder, meine Verbündeten. Manchmal wählte ich sie um ihrer Bedeutung willen, manchmal wegen des Klangs, dann wieder betörte mich allein ihr Geheimnis: ›So wie der Süßapfel rot wird ganz hoch an der Spitze des Zweiges/hoch an dem höchsten von allen – ihn haben die Pflücker vergessen/(nein doch! o nein! nicht vergessen! sie konnten ihn nur nicht erreichen!).‹ Mit ihnen wappnete ich mich gegen Rückfälle ins Kölsche, das mich immer wieder von meinen schmallippigen Zischlauten, den vorderzahnigen ›l's‹, meinen entschlossen scharfen ›s‹ zu den gewohnten, gemütlicheren Tönen verführen wollte. Ich blieb stur. Fräulein Abendgold, die beim Vortragen mit Zeige- und Mittelfinger der Rechten auf die linke Innenfläche der Hand schlug, als klopfe sie die Verse aus ihrer Handmuschel heraus, tat ich alles zuliebe. Und Doris natürlich. Seit ihrem Geburtstag, an dem ich die Ballade vom ›Knaben im Moor‹ aufgesagt hatte, worauf Doris' Mutter gemeint hatte, damit müsse ich ins Radio, waren wir unzertrennlich.

Es hatte Würstchen gegeben. Alle aßen mit Messer und Gabel, führten geschickt die mit der Rechten geschnittenen Stücke mit der Linken in den Mund, während ich das Würstchen packte, in den Senf stupste und hineinbiß, meinen Fehler bemerkte, mir hastig und verstohlen die Hand am Tischtuch abwischte, dann wie die anderen Messer und Gabel ergriff, nicht wußte, was in welche Hand, mich verhedderte, die Gabel fiel untern Tisch. Später, als die anderen draußen am Reck die große Welle übten, übte ich mit Doris' Mutter in der Küche an einem zweiten Würstchen. Zu Hause probierte ich weiter. Werktags kam ich später als der Vater nach Hause und aß allein.

Es gab Rinderbraten, Erbsen, Soße und Kartoffeln, als ich beim Sonntagsessen zeigte, was ich konnte. Es war nicht leicht, die Erbsen auf die Gabel und mit links in den Mund zu bugsieren, ohne daß die Hälfte wieder herunterkullerte. Das Fleisch in passende Stücke zu schneiden dagegen ein Kinderspiel. Niemand schien mich zu beachten. Der Vater quetschte wie immer Gemüse, Kartoffeln und Soße zu einem Brei, schnitt das Fleisch klein, belud die Gabel mit hohen Haufen und schaufelte diese, den Kopf in die linke Hand dicht über den Teller gestützt, den rechten Unterarm vom aufgesetzten Ellenbogen aus kaum hebend und senkend, in den Mund, wo sie unter Schmatz- und Schlucklauten hinuntergedrückt wurden. Niemand sprach ein Wort. Ich hatte meinen Teller halb leer gegessen, als plötzlich eine Hand meine Linke umklammerte. Ich schrie auf, ließ die Gabel fallen.

Ach nä, höhnte der Vater und ergriff meine Gabel. Met ner Javel ze ässe es der wall nit fürnähm jenuch. Dann brochs de se jo och nit.

Der Vater warf die Gabel auf den Boden, setzte den Fuß darauf. Es knirschte. Josäff, die Javvel, schrie die Mutter.

Haal de Muul, sagte der Vater. Eh dä Teller hie nit leer es, steht dat Blaach hie nit op.

Ich versuchte, Erbsen und Kartoffeln mit dem Messer zu zerdrücken, es spritzte und quatschte. Ich mußte die Kartoffeln mit den Fingern festhalten, das soßentriefende Fleischstück in die Finger nehmen und ablecken, bevor ich hineinbeißen konnte. Die Arme über der Brust verschränkt, zurückgelehnt, sah der Vater zu. Sonntags trug er ein weißes Hemd, es gab die ersten bügelfreien Nyltesthemden, und eine seiner zwei Krawatten; heute die gelbe mit den schwarzen Punkten. Er zog sie immer sehr eng zusammen und lockerte sie weder während des Essens noch wenn er sich danach auf dem Sofa zum Mittagsschlaf ausstreckte.

Jitz lurt ösch ens dat Blaach an. Un sujet will unser enem zeje, wie mer esse soll. Lurt ösch ens de Fenger an!

Ich hatte Erbsen, Kartoffeln, Soße zerquetscht, ganz wie der Vater. Hob den Teller an die Lippen, kippte ihn an und schnappte überm Tellerrand nach dem Brei, wobei die Portionen zu groß ausfielen und auf das Wachstuch platschten.

Un dat soll Benämm sin! frohlockte der Vater. Die Mutter nahm mir den Teller weg und wischte schweigend die Speisereste vom Tisch. Dä sull sesch jet schamme, knurrte die Großmutter und ließ die Herdringe klappern.

Zum Sonntagspudding knallte sie mir wie den anderen einen Löffel hin. Der Vater schob sein Schälchen zurück und ging in den Stall.

Zu Hause benutzte ich bei gemeinsamen Essen nur noch Besteckstücke, die erlaubt waren, aber wie ich sie handhabe, ließ keinen Zweifel daran, daß ich speiste und nicht aß. Nicht selten kamen dabei Kauen und Schlucken zu kurz. Ich nahm es in Kauf, stand vom Tisch auf, hungrig, aber unbesiegt.

Heute gab es, nach langem Drängen des Bruders, zum ersten Mal Buchstabennudeln. Die Mahnungen meines Gefühls für feine Manieren in den Wind schlagend, verzierte auch ich den Tellerrand mit den weichgekochten Zeichen aus der sonntäglichen Rindfleischbrühe. Gewonnen hatte, wer das längste Wort zusammenbrachte. Der Bruder hatte bereits ›Hasenst‹ zusammengefischt und durchkreuzte die Suppe nach ›a‹ und ›l‹. Ich brauchte für mein ›Engelshaar‹ nur noch ein ›r‹, dachte, wie ich an das ›Engelshaar‹ noch eine ›krone‹ würde anhängen, murmelte vergnügt: Krone, Krone, Engelshaarkrone, als mich die Hand des Vaters im Nacken traf. Das feine Kettchen mit dem Silberkreuzchen von der ersten heiligen Kommunion sprang auf und fiel in die Suppe.

Do häs de et. Do häs de et. Häs de ding Boochstabe. Seine Hand in meinem Nacken umspannt meinen Nacken, umschließt meinen Hals, ich schnappe nach Luft, die Hand drückt den Kopf nach unten, immer weiter nach unten, da ist der Tisch, da ist der Teller, da ist die Suppe, gute Rindfleischsuppe, da sind die Nudeln, da sind die Buchstaben, und da ist mein Gesicht, da ist meine Nase, meine Haut, da ist mein Gesicht in der Suppe, heiße Suppe, kräftige Suppe, Fettaugen drauf, Markbällchen drin, Eierstich.

Do häs de et! Do häs de et!

Josäff! Die Mutter.

Loß dat Kenk los! Die Großmutter.

Ein Stuhl krachte zu Boden, eine Tür schlug zu. Ich war frei.

Bloß kenne Dokter! Wat sulle mer däm saje, zeterte die Mutter. Wat sulle de Lück denke.

Mein Gesicht wurde gewaschen, in kalte Tücher gepackt, mit Butter eingeschmiert, messerrückendick mit guter Butter.

Brandblasen gab es nicht. Aber rote Flecken auf Wangen und Nase von erweiterten Gefäßen. Lebenslänglich.

Am nächsten Abend ging der Vater nach der Arbeit nicht in den Garten des Prinzipals. Er kam schon um fünf nach Hause. Er fand mich hinterm Hühnerstall mit einem Buch der Sonne nachwandernd.

Kumm, Heldejaad, sagte er. Ja, er nannte mich wirklich beim Namen. Mach dat Booch zo.

Dann brachte er mir das Fahrradfahren bei.

Heldejaad hatte der Vater gesagt. Heldejaad sagten die Mutter, die Großmutter, die Onkel und Tanten, die alten Freunde zu mir. Hildegard hatte Aniana gesagt, Hildegard sagte Fräulein Abendgold, sagten Doris und die neuen Freunde zu mir. Mit den einen sprach ich Kölsch, mit den anderen Hochdeutsch. Mit der Sprache wechselte ich auch Mimik und Gesten. Mein Verhältnis zur Welt. Wie anders klang das ›Haal de Muul‹ der Mutter als das ›Seid bitte ruhig‹ von Fräulein Abendgold. Wie anders: ›Was fehlt dir, Hildegard?‹ als das mütterliche ›Wat häs de?‹ Wie gern gehorchte ich, wenn man ›bitte‹ sagte, wie belohnte mich ein ›Dankeschön‹, Wörter, die es zu Hause nicht gab.

In diesem Jahr hatte ich durchgesetzt, einige Mädchen zum Namenstag einladen zu dürfen. Die Großmutter hatte einen Rosinenkuchen gebacken, die Mutter eine kalte Ente, ein Gebäck aus Schichten von Keksen und palmingehärteter Schokolade. Es sollte Würstchen geben und Kartoffelsalat, den die Mutter schon am Tag vorher zubereitet hatte, damit er durchziehen konnte. Ich hatte Tischkärtchen geschrieben und gemalt, so, wie ich es bei

Doris gesehen hatte, die Mutter ihre Sammeltassen aus dem Glasschrank geholt. Wir waren beide aufgeregt. Zum ersten Mal kamen nicht nur Kinder aus der Nachbarschaft in unser Haus. Sogar eine Rolle richtiges Klopapier stellte die Mutter neben den Deckel vom Plumpsklo. Wenn nur keine mußte! Meine Aussprache hatte ich aus der Welt schaffen können, das Plumpsklo nicht.

Häzlesche Jlöckwonsch zem Namensdaach, sagte Birgit, streckte ihr Bäuchlein vor und drückte mir verlegen ein Päckchen in die Hand. Herzlichen Glückwunsch zum Namenstag, liebe Hildegard, perlte es aus Doris' Mund, die außer einem kunstvoll mit Seidenschleifen verzierten Beutel einen Blumenstrauß überreichte, stark duftende, mir unbekannte Blüten, Fresien, sagte sie. Mareike, deren Vater Tierpräparator war, brachte ein in Zellophanpapier gehülltes ausgestopftes Eichhörnchen, dem ein Ohr fehlte. Alle wandten sich dem putzigen Ding zu, dessen braunschwarze Glasaugen einem in jede Richtung zu folgen schienen. Es lenkte die Mädchen von mir ab, und fürs erste mußte ich mich nicht entscheiden, ob ich mit Birgit Kölsch und mit Doris Hochdeutsch, mit beiden Kölsch oder mit beiden Hochdeutsch sprechen sollte. Freundliches Murmeln genügte. Bis wir am Tisch saßen. Sollte ich ›Kuchen‹ anbieten oder ›Kooche‹, ›Guten Appetieth‹ wünschen, wie in Doris' Familie, ›Lodd et ösch schmecke‹ sagen oder sprachlos über die Platten herfallen. Sollten wir ›Würstchen‹ essen oder ›Wöösch‹, ›Maggibrühe‹ trinken oder ›Majjibröh‹?

Ich rettete mich ins Geräusch. Täuschte einen gewaltigen Hustenanfall vor, steigerte mich in diese Krächz-, Keuch-, Kratz-, Krachlaute so sehr hinein, bis sie mich in einem Krampf übermannten. Alles Klopfen auf den Rücken, heißes Zuckerwasser in kleinen Schlucken getrunken, warmes Salzwasser auf einen Schluck, brachten keine Erleichterung, meine Panik jetzt echt, die Kinder wurden nach Hause geschickt und der Bruder zum Doktor. Als der kam, war es schon vorbei. Kaum hatten sich Doris, Mareike, die feine Mathilde auf den Weg zur Straßenbahn gemacht, ging mein Bellen in Keuchen, in Husten, in Hüsteln über. Treck dä Mantel widder us. Lommer jet esse. Un dann spille, sagte ich zu Birgit und Hannelore, zu Irene aus der Siedlung und Helmi vom Madepohl. Eine nach der anderen mußte mal. Sollten sie. Sie würden zu Hause erzählen, bei Palms gab es richtiges Klopapier von der Rolle, und dat Heldejaad hät dat Wööschje met Messer un Javvel jejesse.

Heldejaad war ich für die einen, Hildegard für die anderen. Ich brauchte einen Namen für beide. Hilde? Vor mir klappte Stecknadelhilde ihre Nähmaschine auseinander. Im Englischunterricht hatten wir von einer Hilla Hillary gelesen. Hilla klang gut. Hilla, sagte ich, Hildegard; Hilla, schrieb ich, Hildegard. Hildegard gefiel mir besser. Im Mund und auf dem Papier. Aber nur dort waren die Buchstaben vor Entstellungen sicher. Bücher und Hefte beschriftete ich weiterhin mit dem zärtlichen Dreisilber. Im Alltag genügten zwei, das forsche Lallen, Hilla.

Ich stand schon in der Haustür, dünnes Licht von der einzigen Laterne in unserer Straße schnitt einen unsteten Kreis aus der Dunkelheit an diesem kalten Novembermorgen, als die Mutter mich noch einmal zurückhielt: Dä Heldejaad ding Bruut. Hilla, sagte ich, ich heiße Hilla, steckte das Brot in die Tasche und rannte vor ihrem Waat, bes dä Papp no Huus kütt davon.

So, sagte der Vater, als die Mutter ihn aus dem Schuppen ins Wohnzimmer rief. Seine Augen stachen rotgerändert aus dem grauen Gesicht. Er ging gebückt, fast wie der Großvater in seinen letzten Monaten. So, dinge Name es der jitz och nit mieh jut jenuch. Mach, wat de wells. Du blievs doch, wat de bes, dat Kenk vun nem Prolete.

Prolete, zischte die Großmutter, mer sin ken Prolete, mer sin kattolesch!

Haal de Schnüß! Waröm soll dat Kenk nit Hilla heeße, fauchte der Vater.

Dat Huus jehürt mir, sulang esch läv, giftete die Großmutter. Un dat jeht nit an ene Vatter met nem Hilla.

Ahl Ühl*, knurrte der Vater, met ihrem Hellijekrom, und verschwand im Schuppen.

Du verlierst dä janze Säje von der hellije Heldejaad, un met de Weisheit es et och am Äng**. En hellije Hilla jiddet nit. Dat es

* alte Eule
** am Ende

ene Heidename. Doför küss de en de Höll, entsetzte sich die Großmutter.

Eine heilige Heldejaad gibt es auch nicht, Oma, sagte ich.

Die Großmutter beruhigte sich, als ich ihr meine Bücher und Hefte zeigte: die heilige Hildegard auf dem Papier.

Tage später überraschte ich die Mutter mit der Tante in der Küche. Dä schöne Name, Heldejaad, wat es dann do dran uszesätze, schluchzte sie.

Da kütt dovon, dat ehr dat Weet op de Scholl jescheck hat, stichelte die Tante. Do sätze se dänne doch nur Rosinge en der Kopp.

Die Mutter schwieg, trocknete sich die Augen.

Ich hustete.

Do es et jo, rief die Tante, wämmer vum Düvel kallt. ... Kumm, setz desch bei us, Heldejaad.

Du mußt nicht Hilla sagen, sagte ich zu der Mutter, nachdem die Tante gegangen war.

Die Mutter putzte sich die Nase und griff nach der Zange für die Ketten.

Es klingelte. Die Tante hatte den Schirm vergessen.

Holl dä Tante ens dä Scherm, Hilla, sagte die Mutter.

Maria, rief die Tante, esch ben sprachlos. Bes de jitz och ald övverjeschnapp? Nä, Heldejaad, du häs en Mamm!

Am nächsten Sonntag lag beim Mittagessen neben meiner Gabel ein Messer.

Kurz vor Weihnachten kam der Großmutter die Idee, ich solle mich beim Bürgermeister persönlich für mein Schulgeld bedanken. Mit einem Alpenveilchen.

Seit ich die Wohnungen von Doris' und Mareikes Eltern kannte, Wohnungen mit Wasserklosetts und Badewannen, gut geheizten Zimmern mit gestuften Bücherregalen, Salz- und Pfefferstreuer auf den Tischen, Servietten und Tassen mit Untertassen, hatten es mir Alpenveilchen angetan. Zwar gab es auch bei uns zu Hause Zimmerpflanzen, doch nur solche aus Ablegern. Vor allem ein Stengel Fleißiges Lieschen steckte immer im

Glas. Ableger konnte man hin- und hertauschen. Alpenveilchen mußte man kaufen. Ich war dabei, als Frau Bender aus den weißen, rosa und roten Blüten den Topf herausgriff, ein pralles Ziegelrot, strotzend vor Knospen. Doran hatt Ehr sescher Freud bes noh Ostern, sagte sie und nickte mir lächelnd zu. Peter, komm mal her, dat Heldejaad es he. Ich gefiel Peters Mutter. Meiner Mutter gefiel Peter. Beide Mütter waren sich einig: In wenigen Jahren wären wir ein schönes Paar. Durch meinen Besuch der Mittelschule sahen beide ihren Traum gefährdet, aber nicht verloren.

Nä, sagte die Mutter. Dä Pott bränk dat Kenk däm Börjermester.

Ach, su es dat, Frau Bender zögerte, wollte den Topf schon wieder wegstellen und einen schmächtigeren ergreifen, aber dann drückte sie mir die Blume in die Hand. En paar Daach häs de jo ding Freud dran. – Peter, rief sie noch einmal, et Heldejaad.

Ich war froh, daß er nicht kam. Wir ahnten die Pläne unserer Mütter.

Zu Hause wollte die Großmutter mit der Blume gleich in ihr Schlafzimmer, das jetzt, ohne das Bett des Großvaters, seltsam geräumig wirkte. Ich bestand darauf, den Topf ans Flurfenster zur Straße zu stellen. Alle sollten diese herrliche Pflanze sehen. In unserem Haus. ›Markt und Straßen stehn verlassen / Still erleuchtet jedes Haus.‹ Ich setzte mich mit dem Lesebuch auf die Treppe vor das Alpenveilchen, ›... alles sieht so festlich aus‹. Ich saugte mich in den Blüten fest, heftete meine Blicke auf den Topf in der grünen Kreppmanschette, als könne ich ihn dort festkleben.

Am zweiten Weihnachtstag legte die Mutter mein bestes Kleid heraus. Ich hatte die Cousine aus Rüpprich einmal darum beneidet, jetzt ließen sich die Ränder unter den Achseln auch mit Benzin nicht mehr entfernen. Eng hielt ich die Oberarme an den Körper gepreßt.

Kurz nach elf, jetzt war das Hochamt zu Ende, die Herrschaften würden um halb zwölf zu Hause sein, rief mich die Großmutter in die Küche, drückte mir ein Milchkännchen in die Hand und rückte einen Stuhl vor den Tisch: Dat es dä Börjermester. Da jehs de jitz dropp zo, määs ene Knix und jüss däm de

Blom. Op huhdüksch*. Der Bruder, die Mutter, die Großmutter bildeten Spalier; ich ging vom Spülstein zum Stuhl: Herr Bürgermeister, ich wünsche Ihnen und Ihrer Frau ein frohes Weihnachtsfest und ein glückliches, neues Jahr. Und ich bedanke mich. Streckte die Unterarme mit einer Bewegung aus den Ellenbogen vor und setzte das Milchkännchen auf den Tisch. Der Bruder kicherte. Die Mutter sagte: Noch ens, du häs dä Knix verjässe.

Ich lief noch einige Male vom Spülstein zum Stuhl, knickste und dankte, knickste und dankte, dann holte die Großmutter das Alpenveilchen und wickelte es wieder sorgfältig in das Seidenpapier vom Blumenladen, das sie sauber gefaltet aufgehoben hatte. Ich sah die Pflanze nicht mehr an. Leider war in diesem Winter keine meiner Cousinen aus ihrem Wintermantel herausgewachsen. Meine Röcke raffte ich mit einem Gummiband hoch, schoppen nannte man das, sollte der Saum nicht wie bei Kackallers Katti unterm Mantel hervorschaun.

Ein Mädchen mit weißen, steifen Spitzen im Haar, ähnlich den Tortendeckchen, die in Haases Schaufenster unter Buttercreme und Schwarzwälder-Kirsch hervorblitzten, öffnete mir die Haustür, fragte mich, wer ich sei, und wollte mir den Topf aus der Hand nehmen. Ich hielt ihn fest. Sie lachte: Ich will doch nur das Papier wegmachen. Das gehört sich so. Und gib mir dein Mäntelchen. Sie griff nach der Blume, ich machte die Knöpfe auf, schob das Gummi rasch nach unten über die Füße, verheddert mich, das Mädchen stand da, sah zu, sah weg, ich stopfte das Gummi in die Unterhose. Es war warm in der Diele, ganz wie bei Doris in Dodenrath. Das Mädchen öffnete eine Tür und gab mir einen Schubs.

Eine tiefe Männerstimme lud mich ein, näher, noch näher zu kommen, und ich ging, wie vorher vom Spülstein zum Stuhl, auf die Stimme zu. Der Weg war aber viel weiter und weicher, dann plötzlich klackten die Sohlen auf hartem Holz. Ich schrak zusammen. Aus dem mächtigen Sessel am anderen Ende des Raumes erhob sich ein Mann, kleiner als das Ledermöbel ihn hatte scheinen lassen. Die Frau neben ihm blieb sitzen. So nah war ich Walburga noch nie gekommen.

* hochdeutsch

Walburga hatte es mit den Nerven. Wenn es jemand im Dorf mit den Nerven hatte, konnte man damit alles meinen, vom chronischen Nägelbeißer bis zum ausgewachsenen Psychopathen. Die Fäden ihrer Seele sind verwirrt, hatte Schwester Bertholdis gesagt, als es wieder einmal schlimm um Walburga stand. Ich stellte mir ihr Inneres wie einen Wollstrang vor, der, nicht ordentlich zum Knäuel gerollt, völlig durcheinandergeraten war. Mit unendlicher Geduld mußte Walburgas Seele wieder auseinandergefisselt werden. Verfilzten sich dabei die Fäden zu sehr, mußte man sie durchschneiden. Aber Walburga hatte es nicht nur mit den Nerven. Sie bekam Zustände. So, daß sie plötzlich zu singen begann, Kirchenlieder, mit einer feinen, hohen Stimme, so süß, daß die Tante vom vornehmen Teil aus Miesberg, als sie einmal zu Besuch war und an dem Fenster vorbeiging, hinter dem Walburga sang, stehenblieb und der Engelsstimme, wie sie sich ausdrückte, mit offenem Mund und geschlossenen Augen zuhörte. Er war das letzte Lied aus dem Hochamt, das durch die Scheiben der Jugendstilvilla klang, ›Das Grab ist leer, der Held erwacht, der Heiland ist erstanden‹. Wir versuchten, die Tante weiterzuziehen. Nach ein, zwei Kirchenliedern würde Walburga Wanderlieder singen, ›Wildgänse rauschen durch die Nacht‹, ›Grüß Gott, du schöner Maien‹, später auch ›Im Wald und auf der Heide‹ oder ›Bolle reiste jüngst zu Pfingsten‹. Jetzt war es höchste Zeit, den Lauscherposten zu verlassen. Schon nahm die Stimme einen tieferen Klang an, glich nun einer Knabenstimme vor dem Stimmbruch, gleich würde sich die Stimme noch weiter verdunkeln, verschärfen und aus den vornehm geschwungenen Lippen im blassen Gesicht Walburgas ein quälender Bariton Lieder röhren, die selbst Trappmanns Heini, der zur See gefahren war und sich selbst als Freidenker bezeichnete, erschaudern und urteilen ließ, das gehe zu weit. Das ganze Dorf fragte sich, was in diese stille, schöne Frau gefahren war. Ihr Vater saß schon wieder in Düsseldorf in der Regierung. Von ihrer Mutter, einer Jüdin, hatte er sich scheiden lassen, noch bevor er eingezogen worden war. Walburga war in ein Internat gekommen. Die Mutter war tot, Ort und Datum ihres Todes unbekannt. Was da in immer kürzeren Abständen Walburgas Seele verwirrte, war wohl nichts anderes als der Teufel. Kurz nachdem ich eingeschult worden war, hatte ich ihn zum ersten Mal gehört. Ich kramte gerade in meiner bunten Tüte herum, als die Großmutter zur Mutter sagte: Hür ens, et jeht widder los, jank met dä Kenger op dä Kerschhoff. Es war schon zu spät. Schon grölte es in die grelle Aprilsonne, die sich in unzähligen Regentropfen an den kahlen Zweigen und Weidenkätzchen brach. Eine schwarze Wolke schob sich vor die Sonne, Regen, so dicht und stürmisch, als wollte er die Stimme überwältigen, setzte ein. Ein Martinshorn kam näher. Die Stimme heulte auf, röhrte. Stille. Lommer för et bäde, sagte die Großmutter.

Wir beteten immer öfter für Walburga. Dann blieb sie lange Zeit fort. Man hatte sie nach Herzogenberg gebracht. Dorthin kamen die mit den Nerven und Zuständen. War man durchgedreht oder verrückt, kam man nach Jeckes, nach Geckershausen. Ob man es mit den Nerven hatte oder bekloppt war, entschied das Portemonnaie.

Nach ihrem letzten Aufenthalt in Herzogenberg hatte Walburga zugenommen. Nichts mehr erinnerte an die Dame, die trotz allem von den Frauen des Dorfes beneidet worden war, wenn sie mit ihren schwer und lässig ums Knie spielenden Rocksäumen auf hohen Absätzen – und das an gewöhnlichen Wochentagen – ihre prächtigen Dackel Gassi geführt hatte. Aufgedunsen, schwerfällig, dick, sah sie jetzt wie ihre eigene alte Tante aus und zog sich auch so an. Täglich, munkelte man, müsse Haase eine ganze Sahnetorte ins Haus des Bürgermeisters bringen. Sonst muß et wieder singe.

Aber ihre Stimme, mit der sie mich nun näher, noch näher zu kommen bat, war silberhell und ohne Makel wie vormals beim schönsten Halleluja.

Hinter dem Bürgermeisterpaar überzog ein Blumenfenster die gesamte Wand und tauchte den Raum in eine grüne Dämmerung. Riesige gezähnte und gezackte Blätter verschlangen einander in einem Wirrwarr ohne Anfang und Ende. Die Fäden ihrer Seele sind verwirrt.

Vor dem Dickicht reichte eine Blautanne mit hellgelben Kerzen, Silberkugeln und Lametta bis an die Zimmerdecke.

Nun komm schon Kind, was gibt es denn, mein Kind, hörte ich den Mann. Frohes Fest, wünschte ich ihm wie zuvor dem

Küchenstuhl und sagte: Vielen Dank. Ich knickste tief und streckte das Alpenveilchen von mir, der Bürgermeister hielt ihm die Hand entgegen, und als er das Töpfchen fast greifen konnte, ließ ich es los. Es fiel auf seine spiegelnden schwarzen Schuhe, die, was ich sah, als ich mich bückte, geschwungene Bordüren mit gestanzten Löchern hatten. Ich ging in die Knie, viel tiefer als beim Knicks zuvor, meine Hände griffen in die Blüten und Blätter, drückten zu; die Pflanze knirschte und knackte, sie war am Morgen noch einmal gut getränkt worden, der Saft lief mir zwischen die Finger, ich trat nach dem Topf, der ganz geblieben war, jetzt mit einem dumpfen Krachen auseinandersprang und eine rötliche Schramme über Strumpf und Schuh zog.

Ach, wie ungeschickt, so laß es doch liegen, Kind, ach, du armes Kind, so weine doch nicht, rief das silberhelle Stimmchen aus der dicken Frau im Sessel. Schade, sagte der Bürgermeister und zog mich am Nacken hoch. Du hättest es ohnehin wieder mit nach Hause nehmen können.

Das Dienstmädchen kehrte Pflanzenreste, Tonscherben und Erde zusammen. Da trat ich noch einmal, und dieser Tritt hätte mich beinahe verraten. Ich traf aber nur die Schaufel, und das Mädchen legte mir für ein paar Augenblicke fest ihre Hand auf den Fuß.

Und das ist für dich, mein Kind, sagte Walburga, ergriff meine Hand und legte, weiß der Himmel, woher sie es hatte, ein Markstück hinein. Damit du nicht mehr weinst. Walburga hielt meine Hand zwischen Daumen und Zeigefinger der ihren, die wie ein aufgepumptes, bleiches Gummitier aussah, und kehrte meinen Handteller nach oben. Er war rot und grün vom Pflanzensaft. Sie starrte ihn an, starrte mir ins Gesicht mit ihren dunklen, fast schwarzen Augen, als hätte sie alles begriffen.

Fröhliche Weihnachten, mein Kind, sagte sie, ihre Stimme klang jetzt dunkel und rauh, und der Bürgermeister, der schon in der Tür stand, stutzte, kam zu uns zurück, faßte Walburga beim Arm und tätschelte sie wie ein Pferd, das man zur Ruhe bringen will. Mit einem Glöckchen, silbrig wie das Halleluja-Stimmchen seiner Frau, läutete er nach dem Dienstmädchen. Das Geldstück fühlte sich feucht und krank an. Ich hätte es am liebsten fallen lassen.

Reizend, liebes Kind, ein wunderschönes Blümchen, das du uns da gebracht hast. Nicht wahr, Walburga? Seine gepflegte Hand umspannte ihren Oberarm, drückte zu und ließ erst locker, als Walburga mit Silberstimme beipflichtete.

Und zu Ostern mußt du uns dein Zeugnis zeigen. Es ist eine Ermessenssache. Vergiß das nicht, mein Kind. Ich wußte nicht, was eine Ermessenssache ist, aber das zweimal scharf gezischte ›ss‹ machte mir angst.

In der Diele half mir das Hausmädchen in den Mantel, stellte mich zwischen ihre Knie und schloß mir die Knöpfe, einen nach dem anderen, als wäre ich noch ein ganz kleines Kind.

Besser, ich hätte das Alpenveilchen bei Walburga gelassen, dachte ich später. Es hatte ja in ihrer gezüchteten Wildnis keine einzige Blume geblüht.

Schon vor denen aus der kalten Heimat gab es Müppen im Dorf. Kackallers. Weit über die Grenzen Dondorfs hinaus berüchtigt. Vom Sehen kannte ich einige von ihnen, und Katti war mit mir in einer Klasse gewesen. Die vielköpfige Familie lebte von der Wohlfahrt. Gelegenheitsarbeiten mochte dem Oberhaupt, einem dürren Mittvierziger, längst niemand mehr anvertrauen. Kackaller trank, was er kriegen konnte. Woher er es immer wieder bekam, beschäftigte das ganze Dorf, wenn er lallend und fluchend um den Gänsemännchenbrunnen vorm Rathaus torkelte, unfähig, die Richtung nach Hause einzuschlagen, bis ihm der Dorfpolizist Beine machte. Hatte er wirklich Verbindung zu einem Schiffer von den Rheinkähnen, die Schwarzgebranntes verkauften? Und selbst wenn, woher nahm er das Geld dazu? Kackallers kam die Wohlfahrt in Naturalien zugute. Die Gemeinde ernährte und kleidete sie. Nur zu Ostern und Weihnachten gab es ein bißchen Geld in die Hand. Kackallers waren Müppen, aber sie gehörten zum Dorf, wie das schwarze Schaf in eine Sippe rechtschaffener Leute gehört. Hie süht es us wie bei de Kackallers, war das Höchstmaß an Abscheu und Verachtung gegenüber Schmutz und Unordnung. Wie aber sah es bei den Müppen aus?

Im zweiten Realschuljahr machten wir unsere erste Klassenfahrt in die Eifel. Wer etwas auf sich hielt, gehörte einer Clique an, Bund nannten wir das. Ich zählte zum ›Bund der weißen Raben‹. Nachts stiegen wir aus dem Fenster und verkrochen uns in den Büschen bei der Jugendherberge, einer mittelalterlichen Burg. Wir spielten das Wahrheitsspiel. Führten es durch mit Ernst und Aufrichtigkeit, als stünden wir vor den Thronen des Jüngsten Gerichts. Hast du schon einmal einen Toten gesehen? Wen? Hast du schon einmal einen Toten angefaßt? Hast du schon einmal etwas gestohlen? Liebst du deine Mutter? Liebst du deinen Vater? Wen könntest du umbringen? Und wir spielten das Wagemutspiel. Wollten Heldinnen sein, wollten, daß das Leben endlich begänne. Das Leben als Heldentum. Ich beteiligte mich nur halbherzig. Was war denn schon dabei, auf dem Jungenklo pinkeln zu gehen oder Salz und Zucker zu vertauschen? Was war so aufregend an Elfis, Ediths, Ingrids Brustknospen? Was der Reiz von Billas nackten Hinterbacken, die sie entblößen mußte, weil man sie beim Lügen ertappt hatte? Wozu sollte ich in einer Reihe mit den anderen an ihr vorbeimarschieren und einen Schlag auf den hingestreckten Po versetzen? Ich mochte das picklige Gänsehautfleisch kaum berühren. Verglichen mit dem, was ich aus den Büchern kannte, war alles, was sich meine Freundinnen unter dem Leben vorstellten, erbärmlich. Bis Irmgard Lückfett fragte: Und wer traut sich zu den Dondorfer Kackallers? Sich in den Jungenschlafsaal schleichen und in jedes Bett einen spitzen Stein, ja. Im Dunkeln allein am Kirchhof vorbei, wo die Totenkerze aus der Leichenhalle schimmerte, wenn einer drinlag, ja. Doch in Kackallers Bude wollte keine. Zum ersten Mal bei diesem Spiel klopfte mein Herz, als läse ich die letzten Seiten einer Mörderjagd. Durch die alten Bäume im Burghof fuhr der Wind. Noch hing das Laub in den Zweigen, herbstlich raschelnd, schon nachgiebig. Ich würde zu den Kackallers gehen.

Nachts hatte es in Strömen geregnet. Hinter dünnen Wolken hing die Sonne wie ein fahler Mond. Der Weg zu Kackallers war nicht asphaltiert. Matsch schmatzte unter den Kreppsohlen meiner guten Schuhe, gelbes Schweinsleder, das ich um Himmels willen nicht mit diesem Modder in Berührung bringen wollte. Breitbeinig stakste ich zwischen den Pfützen auf die Baracke zu, ein windschiefer Holzbau, von Teerpappe zusammengehalten. Schon von weitem trug mir der Wind in an- und abschwellenden Stößen Radiomusik entgegen. Um das Haus herum lagen Papierfetzen, alte Zeitungen, zerbrochene Schüsseln, Teller, durchlöcherte Töpfe, gesplittertes Glas, Bretter mit krummen, rostigen Nägeln, ein zerbeulter Kinderwagen ohne Räder, eine Matratze, aus der zwei Sprungfedern spießten wie die Suchrohre eines U-Boots, aufgeweichte Pappkartons, gequollene Wellpappe. ›... bin ja nur ein Troubadour‹, röhrte es aus dem Haus. Ich sog den Duft des sauer vergorenen Pappellaubs, das den Müllfleck mit schütterem Gold bedeckte, tief ein. Aus dem Haus schrillten Kinderstimmen: Jäff* her, loß los. Etwas ging polternd zu Boden. Eine Frauenstimme, ein brüllender Mann. Ruhe. Herrjottverdammesch. Ich bekreuzigte mich. Die Musik wurde lauter. ›Ich bin ja nur ein Troubadour und ziehe singend durch das Land.‹ Geigen überschlugen sich, der Gesang ging in kehliges Gelächter über. Die Haustür war nur angelehnt. Ich stieß sie auf. Kackallers verteidigten ihre vier Wände mit Gestank.

Auch bei uns zu Hause konnte man oft noch am anderen Morgen riechen, was wir am Vortag gekocht hatten, besonders im Winter, wenn es Grün-, Rot-, Weiß- und Sauerkohl in fettigen Mehlsoßen gab, die Fenster aber aus Sparsamkeit nur kurz und kaum einen Spaltbreit geöffnet wurden. Oft stanken Nachttöpfe durchs Haus. Doch waren die Gerüche zu Hause, selbst in ihren abstoßenden Mischungen, immer unterscheidbar, benennbar gewesen. Und wenn die Großmutter Pflaumenmus machte, ihren Platz buk oder das Sonntagsfleisch briet, duftete es auch lecker.

Kackallers Gestank legte ein Sperrfeuer zwischen die Bewohner des Hauses und die Außenwelt, einen Minengürtel, signalisierte Feindschaft, Tücke, schreckte ab wie Totenschädel und gekreuzte Gebeine auf einer Giftflasche oder auf den graugrünen Eisenkästen der RWE. Hochspannung, Lebensgefahr. Ich versuchte, durch den Mund zu atmen. Die Gerüche schienen sich in schlierige Absonderungen zu verfestigen, die ich schlucken mußte, wollte ich nicht ersticken. Ich würgte, sog wieder Luft

* gib

durch die Nase, als ich über einen Gegenstand stolperte und aufschrie. Niemand hörte mich. Der Lärm schwoll an, je näher ich der Tür kam. Durch einen Ritz schimmerte Licht. ›Komm doch bitte nach Tahiti, nach Tahiti mit mir. Dort am Strande von Tahiti, von Tahiti bin ich glücklich mit dir.‹ Säuglingsgeschrei setzte ein, das auch die auf volle Lautstärke gedrehte Sängerin nicht übertönen konnte. ›Nach Tahiti, nach Tahiti!‹ brüllte plötzlich eine Männerstimme. Etwas fiel zu Boden, kullerte. Dreckskääl, kreischte eine Frau. Wo häs de die ald widder her. Paß leever op, dat dat Füür nit usjeht. Do steht de Zupp dropp.

Krieg die Wette nicht gewonnen? War ich nicht bis ins Haus vorgedrungen? Ich stieß die Tür auf. ›Wenn bei Capri die rote Sonne im Meer versinkt‹, sang die Stimme, die vorhin behauptet hatte, sie sei ein Vagabund, Hahahaha. Ich stand im Türrahmen und wagte nicht, mich zu rühren. Frau Kackaller saß am Tisch, in jedem Arm ein Kind. Dort, wohin das dünne Licht der Glühbirne überm Küchentisch nicht reichte, duckten sich Jo und Katti. Vier jüngere Kinder hockten gegenüber an der Wand in einem Haufen alter Zeitungen. Aus kleinen Betten unterm Fenster wimmerte es matt. Alle Blicke waren auf den Mann gerichtet, der am Kopfende des Tisches saß. Er stierte mit blutunterlaufenen Augen zum Radioapparat, der auf übereinandergestapelten Kisten stand.

Und dann brach es los. ›Bella, bella, bella Marie‹, gab der Vater den Einsatz. Mehrstimmig, in allen Tonlagen, fiel die Sippe ein: ›Bleib mir treu, isch komm zurück morjen früh. Bella, bella, bella Marie, verjiß misch nie.‹ Der Sänger machte eine Pause, die Geigen übernahmen die Führung. Vater Kackaller nickte mir zu: Metsenge! Ohne zu stocken, sangen Katti, Jo, Vater und Mutter, zwei der Kleinen den Schlager von der ersten bis zur letzten Zeile lauthals mit. Bella, bella, bella Marie, gab mir Vater Kackaller mit einer grandiosen Bewegung seiner Rechten den Einsatz. ›Bleib mir treu, ich komm zurück morgen früh‹, schmetterte ich: ›Bella, bella, bella Marie, vergiß mich nie.‹ Aufsässig war der Gesang, der Schlager nur Vorwand, nur Funke, der ein Feuer auflodern ließ, das verzehren wollte, was im Weg war. Widerstandslos, bereitwillig, ließ ich mich ergreifen. Selbst Feuer und Flamme, spürte ich, wie blindwütiger Haß mir in die Augen schoß, Haß auf die in den pelzgefütterten Stiefeletten, den spitzengesäumten Petticoats, Wildlederjacken; Persianerkappen, Hütchen, Schühchen, Täschchen passend. Für die Dauer einer ›Bella Marie‹ machte mich dieser Haß zu einer von denen, die schon immer unterlegen, verloren, Verlierer waren. Ich teilte ihren Trotz, ihre Wut, ihre Rebellion, spürte ihre Kraft, spürte mich als Teil dieser Kraft, die zwingender wird, je weniger die zu verlieren haben, die sie besitzen. Eine ziel- und zügellose, bedenkenlose Kraft, aber eine Kraft doch. Ich stand an Deck des Schiffs mit acht Segeln und mit fünfzig Kanonen, und ich sagte Hoppla, als der Kopf des Brauereibesitzers fiel, Hoppla, als der Kopf des Bürgermeisters fiel, Hoppla, als der Kopf des Fabrikanten rollte. Alle Strophen wurden gesungen, wie in der Kirche. Vater Kackaller hatte einen kräftigen Tenor, gut für Honigmüllers Chor.

Die Wand, die mich und meine Familie von den Kackallers trennte, war dünn. Aber sie hielt. Ich hatte ›Meerstern, ich dich grüße‹ zu singen gelernt und nicht ›Bella Marie‹. Das genügte. Während wir gemeinsam sangen, schien die Luft leichter, der Raum heller und wärmer geworden zu sein. Erst als der Gesang in Grölen überging, war der Gestank wieder da, dieses undurchdringliche Gemisch aus den Ausdünstungen ungewaschener Körper und Kleider, Essensresten, die sich im Spülstein zersetzten, und einem Topf, aus dem unter klapperndem Deckel beißender Dampf quoll. Nach Fusel und Kotze roch es aus der Ecke, wo Katti und Jo sich schon wieder in den Haaren lagen, nach verkackten Windeln, die sich neben dem Säugling türmten, der in einer der Kisten lag, mit denen Gärtner Bender im Frühjahr Setzlinge transportierte.

Wat wells du dann he? Die Frau am Tisch hatte dunkles Haar, das ihr in fettigen Strähnen auf die schmuddelige Strickjacke fiel. Ihre hellen, grauen Augen stachen in die meinen. Sie sah jung aus und alt zugleich. Oben fehlten ihr die Vorderzähne, unten stand nur noch ein halber. Sie grinste, die vollen Lippen über den leeren Gaumen gespannt. Dat wor dä Kääl do, sie zeigte auf ihren Mann. Wenn dä ze vell süff. Sie warf den Kopf in den Nacken und machte eine Bewegung mit der Rechten zum Mund, Gesten, die ich von der Großmutter kannte, wenn sie vom Lumpensammler sprach. Daß Väter schlugen, war normal. Aber doch nur

Kinder. Daß ein Vater die Mutter schlug, konnte nur bei den Müppen passieren. Un dat jefällt dem och noch, dä Sau, fuhr die Frau fort, strahlend, als hätte sie ein großes Lob empfangen. Sie richtete sich auf. In jedem Arm ein schlafendes Kind, eine Art doppelte Muttergottes. He well nit, dat esch nom Zahnarz jonn. He sät, dovun krett mer wenijstens ken Kenger. Grinsend aus dem schwarzen Loch heraus, warf sie ihrem Gegenüber verliebte Blicke zu. Der saß, das Kinn auf eine fast leere Flasche Wermut gestützt, den Kopf in beide Hände vergraben und grunzte. War das der Mann, der eben noch mit starker Bella-bella-bella-Stimme seine Familie und mich singend gen Süden dirigiert hatte? Er trug einen dicken Mantel in schwarzem Fischgrätmuster, offen über der Brust. Die Brust war nackt und bis zum Halsansatz dicht und rot behaart.

Dat es doch dat Heldejaad. Katti hatte sich von ihrem Bruder befreit und kam aus der Ecke ins Licht.

Tach. Ihre rechte Hand schoß aus einer speckigen, zerschlissenen Decke, die sie sich um die Schultern gehängt hatte, auf mich zu. So hatten wir nicht gewettet. Ich hatte die Kackaller Müppen gerochen, gesehen, gehört. Von Anfassen war nicht die Rede gewesen. Katti stand da mit ausgestreckter Hand. Die Innenfläche, von einer Schmutzkruste überzogen, schimmerte schwärzlich, blank wie poliert. Tach, sagte sie noch einmal und ruckte die Hand mit einer Bewegung aus dem Schultergelenk weiter nach vorn. Ihre Züge, die ich als scharf geschnitten, beinah kühn in Erinnerung hatte, wären da nicht die engstehenden Augen und die niedere Stirn gewesen, die das Gesicht mitunter tückisch erscheinen ließen, diese Gesichtszüge hatten sich merkwürdig verändert, waren breit und weich geworden. Ihre einstmals flinke, drahtige Gestalt duckte sich unbeholfen unter dem Tuch. Diese Katti flößte niemandem mehr Angst ein. Ich ergriff die Hand als Krönung meiner Mutprobe. Sie fühlte sich wie die ledern warme Unterseite einer Katzenpfote an. Den Blick, mit dem Katti meine Augen suchte, kannte ich nur zu gut. Mit demselben Ausdruck aus Verlangen und Trotz, Haß und Verachtung schaute ich in den Park des Prinzipals. Als wollte ich sie nie wieder loslassen, schüttelte ich Kattis Hand, als könnte ich alle Verachtung, allen Haß ein für allemal herausschütteln aus meinem und ihrem

Blick. Bis warmer Schweiß durch die schmutzverstopften Poren brach und ich meine Hand gewaltsam aus der ihren riß. Beinah widerstandslos glitschte sie ins Freie.

Schluß jitz. Der Mann am Tisch erhob sich, torkelte auf uns zu. Seine nackten Beine steckten in verdreckten Straßenschuhen ohne Schnürsenkel. Er hatte den obersten Knopf nun geschlossen. Unten klafften die Mantelteile auseinander und machten ein rotblaues Gekröse sichtbar, eine furchtbare Geschwulst oder Verletzung. Ich floh.

Katti, du blievs he, hörte ich noch seine Stimme, als ich schon die Tür hinter mir zugeschlagen hatte und hinausstolperte. Die kalte Luft traf mich wie der Schlag, mit dem man Bewußtlose zu sich bringt. Es war dunkel geworden. Die nächste Laterne stand erst da, wo das wirkliche Dorf anfing. Ich rannte los, durch den Matsch, durch die Pfützen. Flüchtig schoß mir der Gedanke an meine guten, gelben Schuhe durch den Kopf. Egal. Ich wollte nach Hause. In die Küche, wo die Großmutter jetzt für den Abend das Graubrot schnitt, die Mutter den Schinken aus Rüpprich hauchdünn schnitzelte, damit wir lange etwas davon hätten, wo der Bruder am Küchentisch saß und sich an seinem Malkasten freute. Auch er ging seit kurzem op de Scholl. Seine Schwester hatte gezeigt, daß es ging, und seine Patentante zahlte das Schulgeld. För dä Jong.

Mein Besuch bei den Kackallers blieb im Dorf nicht lange verborgen. Do schecke die dat Blaach op de hühere Scholl, un dann lööf dat bei de Müppe. Kurz darauf erfuhr ich, daß Katti ein Kind kriegte. Und der Vater war der Vater, munkelte man wohlig entsetzt. In meinen Ohren klang es wie Zauberei. Und der Vater war der Vater. Gott Vater, Gott Sohn und Gott Heiliger Geist. Drei Personen in einer. Gott von Gott, Licht vom Lichte. Geboren aus Maria der Jungfrau. Und der Vater war der Vater. Später stellte sich heraus, daß es der Bruder war.

Hanni liebte Ferdi. Das wußte ich, seit sie mir bei den Zigeunern entgegengestürzt war. Auch Ferdi war ein Müpp. Das hätte man zur Not noch hingenommen. Die aus der kalten Heimat, fleißig, bescheiden und ordentlich, verwurzelten sich von Jahr zu Jahr fester in der Gemeinde. Ferdi, so Hannis Mutter, hatte sogar schon wieder jet an de Föß. Die Frau von Henkels Pitter hatte dem hübschen Burschen mit den roten Backen in ihrem Friseursalon alle Rechte des an der Ostfront vermißten Hausherrn eingeräumt.

Ferdi war auf dem Sprung vom Müpp zum Dondorfer. Aber er war evangelisch. Schlimmer als vorbestraft. Vorbestrafte konnten büßen und sühnen. Evangelisch blieb evangelisch. Du flüschs direck us dä Kersch, sagte die Tante, Hannis Mutter.

Ex ko mu ni ziert, stieß die Großmutter Silbe für Silbe hervor. Ferdi war ein Teufel, den es auszutreiben galt.

Denk an die Schand, sagte die Mutter. Nie mieh an de Kummelejonsbank. Sujar an huhe Fierdaach nit.*

Un wenn de stirvst, bes du im Stande der Todsünde, dozierte die Großmutter. Un dann jib et kein Pardong. Do küss de en de Höll un nit mieh rus.

Hanni blieb fest. Tapfere Hanni. Das war Liebe. Gerade hatte ich die Ballade von einem Türkenmädchen gelesen, das mit zwei Worten übers Meer wandert, bis sie ihren ›Gilbert‹ in ›London‹ findet. Das Rattern der Webstühle verfolge sie bis in den Schlaf, erzählte Hanni. Sie stand im Akkord, es brachte mehr Geld.

Hilla wells de heeschen, hatte sie gelacht. Hilla, dat jefällt mer. Dat es flotter als Heldejaad. So wie Hanni meinen alten Namen aussprach, reute es mich sekundenlang doch, ihn aufgegeben zu haben. Aus ihrem Mund klang das Platt des Dorfes frisch und unternehmungslustig, fast aufsässig.

Heute drehte sie, als ich aus der Schule kam, der Mutter in der Küche die Haare auf, hielt Lockenwickler in den Händen, eine Haarnadel im Mund, und hatte verweinte Augen.

Tach Hanni, sagte ich. Die Frauen verstummten. Tach Hanni, sagte ich lauter. Die Cousine stöhnte. Die Haarnadel fiel ihr aus dem Mund, der Mutter in den Kragen. Unbeholfen fummelte die unter ihrem Kittel herum. Tach Hilla, sagte Hanni, ach Kenk, du häs et joot. Du wes jo nit, wie joot du et häs, dat de op de Scholl jonn kannst.

---

* Sogar an hohen Feiertagen nicht.

Ich senkte den Kopf. Ja, ich hatte es gut. Hanni hatte nur die Wahl zwischen Weberei und Ehe.

Esch han de Wäv* bes he! Hanni strich sich mit der Handkante übern Hals.

Jo, Hanni, dat jlöv esch. Die Mutter stach mit ihrer Haarnadel ein paarmal in die Luft. En Frau jehürt en et Huus. Nit en de Fabricke. Un dann mät he sesch jo och de Fenger nit dreckisch.

Jeden Montag machte sich die Mutter stöhnend mit Wurzelbürste und grüner Seife auf dem Waschbrett über die ölverschmierten Blaumänner des Vaters her. Sie wurden sonntags in zwei Zinkbütten eingeweicht und dann in dem steinernen Kessel, dem Muurpott, gekocht, in dem die Großmutter noch das Schweinefutter zubereitet hatte. Ferdi hatte einen sauberen Beruf.

Hanni schluchzte auf. Die Tante hatte ein Machtwort gesprochen und Ferdi das Haus verboten.

Esch han et kumme sinn, die Mutter erhob sich seufzend. Jejen die küs de nit an. Esch mach däm Kenk jitz sing Esse wärm.

Hanni, sagte ich und zupfte die Cousine am Ärmel. Isch weiß wat. Ich hatte mir angewöhnt, mit Eltern, Verwandten und Nachbarn eine unbestimmte Mischung aus Kölsch und Hochdeutsch zu sprechen. Kölsch für Belangloses, Hochdeutsch fürs Wichtige. Reines Hochdeutsch für den Widerspruch.

Hanni, isch weiß wat för disch.

Och, Hilla, sagte Hanni und schluckte an ihrem Grießpudding mit Himbeersaft. Wie wells du mer dann hölpe?

Die Mutter ließ ein paar Ringe auf die Herdplatte rasseln, schüttelte den Kopf und murmelte etwas vom ›dolle Döppe‹.

Isch nit allein, sagte ich. Isch und dä Lessing.

Lessing? echote Hanni. Wer es dat dann?

Lessing ist ein Dichter, sagte ich im höchsten Hochdeutsch: Gotthold Ephraim Lessing.

Die Cousine lachte verlegen. Och Jott, ne Dischter. Un wo wohnt dä?

Der ist schon lange tot.

---

* Weberei

Och dat noch! Un wie soll dä mir dann hölpe? Dinge Lessing. Dä Lessing hät wol nix jejen dä Ferdi. Ävver de Mamm.

Hör mir doch erst einmal zu. Hör doch erst mal, was der Lessing dazu sagt.

Ich zog das Reclamheft aus der Schultasche und hielt es Hanni hin: Nathan der Weise. Ein dramatisches Jedischt in fünnef Aufzüjen. Wat es dat dann? Ein dramatisches Jedischt in fünnef Aufzüjen?

Das ist ein Schauspiel, sagte ich. Ein Theaterstück. Wie auf der Freilichtbühne.

Jedes Jahr im Sommer kam aus dem Bergischen Land das Schloßtheater Burg. In einem parkähnlichen Streifen hinter der Kirche zwischen Straße und Rheinwiesen hatten die Nazis für ihre Heldengedenkfeiern eine Bühne mauern lassen mit einem Halbrund ansteigender Holzbänke, die Anlagen. Nach dem Krieg waren die gußeisernen Hakenkreuze von den Säulen entfernt und durch Blumenschalen ersetzt worden. Die Bühne blieb eine nützliche Einrichtung.

Vor kurzem hatten Hanni und Ferdi mich zu einer Aufführung mitgenommen. Das Stück hieß ›Hamlet‹, wie Kotlett, hatten die Zuschauer gescherzt. Am Ende waren auf der Bühne fast alle tot, doch in Dondorf hieß es: Dat wor besser als Fastelovend! Eine zutrauliche Kaninchenfamilie hatte den Dänenprinzen an die Wand gespielt.

Hanni war noch immer mißtrauisch.

In Aufzüje? Wat soll dat heißen, Aufzüje?

Fünf Abschnitte, erklärte ich kurz und hochdeutsch. Das Schauspiel ist in fünf Teile geteilt.

Un dat soll hölpe?

Hilfesuchend blickte Hanni nach der Mutter. Die kehrte uns weiter den Rücken zu und machte sich am Herd zu schaffen. Aus allem, was mit Büchern zu tun hatte, hielt sie sich seit langem heraus.

Hör zu, sagte ich. Hör zu.

In der Schule lasen wir mit verteilten Rollen. Liebte ich eine Figur, gerade war es Recha aus ›Nathan der Weise‹, behielt ich mühelos jedes ihrer Worte. Vor ein paar Tagen hatte ich ihre Macht erprobt. Am Vater.

Die ersten unreifen Kläräpfel fielen in die Wiese, wo ich mit meinem Heftchen saß, als die Reifen knirschten; erst vor kurzem hatte man die lehmige Straße mit Split bestreut. Ich sprang hoch und riß mit leichter Verbeugung vor dem Vater das Gartentor auf, wie ein Schauspieler, der an die Rampe tritt: ›So seid Ihr es denn ganz und gar, mein Vater?‹ ›Mein Vater‹, sagte ich. Zum ersten Mal: ›Mein Vater‹. Zu diesem Mann, der müde, hungrig, verschwitzt, im verschmierten Drillich aus der Fabrik kam. ›So seid Ihr es denn ganz und gar, mein Vater?‹ Wegen des verkürzten Beines konnte er nur mühsam absteigen.

Zwischen Tür und Angel hielt ›mein Vater‹ inne, und ich sprach weiter. Mit meiner schönsten Aussprache und der besten Betonung, Herzklopfen wie in der Schule nie. ›Ich glaubt, Ihr hättet Eure Stimme nur vorausgeschickt. Wo bleibt Ihr? Was für Berge, für Wüsten, was für Ströme trennen uns denn noch?‹

Mit zusammengezogenen Augenbrauen, malmendem Kiefer hörte der Vater zu: ›Ihr atmet Wand an Wand mit ihr und eilt nicht, Eure Hilla zu umarmen? Die arme Hilla, die indes verbrannte! Fast, fast verbrannte. Fast nur. Schaudert nicht! Es ist ein garstiger Tod, verbrennen. Oh. Ihr müßtet übern Euphrat, Tigris, Jordan . . .‹

Josäff!

Polternd fiel der eisenbeschlagene Holzdeckel auf den Rand der Regentonne. Die Mutter. Wir schraken zusammen, zwei Ertappte. Ich hatte ›mein Vater‹ gesagt, und der Vater hatte mir zugehört, länger als jemals zuvor. Nicht nur mir, auch Recha und Lessing, aber die Worte waren doch aus meinem Mund gekommen, in seine Ohren gedrungen. ›Mein Kind. Mein liebes Kind‹, sagt Nathan zu Recha. Esch ben mööd, Kenk, sagte der Vater zu mir. Sekundenlang blickten seine Augen in meine, ehe die scharfe Falte zwischen den Brauen seinen Blick wieder vor mir verbarg. Schutzlos und wehrlos, preisgegeben, beinah hilfsbedürftig hatte dieses Esch ben mööd geklungen. Hatte dieser Vater nicht auch gesagt: ›Mein Kind. Mein liebes Kind?‹ Nur in einer anderen Sprache?

Hör zu, Hanni, sagte ich. Hör einfach zu. Ohne ein weiteres Wort der Erklärung schlug ich das Heftchen auf. Dort, wo Nathan im dritten Akt Saladin die Geschichte vom Vater, den drei

Söhnen und dem einen Ring erzählt, fiel es schon von selbst auseinander.

E Tääßje Kaffee? fragte die Mutter. Wir nickten.

Maria, bes de doheem? schallte eine Stimme aus dem Hof. Julchen, die Nachbarin, kam mit einem Küchenblech durch die offene Hintertür. Sie hatte Pflaumenkuchen gebacken und brachte eine Hälfte zu uns. Die Mutter schob Julchen eine Tasse rüber. Von Kackallers Katti, sie kriege schon wieder ein Kind, war die Rede, von Haases, bei dem die Brötchen immer teurer wurden, von Pütz Mariesche, dessen rechte Brust jetzt auch noch fällig sei.

Nu seid emal ruhisch, platzte Hanni dazwischen. Dat Hilla wollte mir jerade wat vorlesen. Wat Wischtijes.

Julchen setzte verdutzt die Kaffeetasse auf das Wachstuch, daß es schwappte. Und schwieg. Die Mutter seufzte ergeben und faltete die Hände im Schoß. Jetzt würde sich erweisen, was Lessing wert war.

›Vor grauen Jahren lebt' ein Mann im Osten‹, begann ich.

Ald widder Flüschtlingskrom, murrte Julchen und erhob sich. Esch muß heem.

›Der einen Ring von unschätzbarem Wert aus lieber Hand besaß.‹

Julchen setzte sich wieder. Die Geschichte schien spannender zu werden, als man es von einer, die op de Meddelscholl ging, erwarten konnte.

›Der Stein war ein Opal, der hundert schöne Farben spielte, und hatte die geheime Kraft, vor Gott und Menschen angenehm zu machen, wer in dieser Zuversicht ihn trug. Was Wunder, daß ihn der Mann im Osten darum nie vom Finger ließ.‹

Julchen grinste und nickte.

›Und die Verfügung traf, auf ewig ihn bei seinem Hause zu erhalten. Nämlich so.‹

Hier machte ich eine Pause, und die Mutter setzte sich gerade wie in der Kirchenbank.

›Er ließ den Ring von seinen Söhnen dem geliebtesten; und setzte fest, daß dieser wiederum den Ring von seinen Söhnen dem vermache, der ihm der liebste sei; und stets der liebste, ohn Ansehn der Geburt, in Kraft allein des Rings, das Haupt, der Fürst des Hauses werde.‹

Hanni schaute mich an, als hätte ich den Verstand verloren, sagte aber nichts. Die Mutter war wieder zusammengesunken und blickte mürrisch in ihren Schoß, Julchen hatte sich hoch aufgereckt und ruckte ihren Kopf hämisch in die Runde. Weiter, sagte Hanni.

›So kam nun dieser Ring von Sohn zu Sohn auf einen Vater endlich von drei Söhnen, die alle drei ihm gleich gehorsam waren, die alle drei er folglich gleich zu lieben sich nicht verbieten konnte.‹ ›Entbieten‹, wie es bei Lessing hieß, hatte uns Fräulein Abendgold erst erklären müssen, also ersetzte ich es besser gleich. Auch kam mir der geliebte Text, wie ich ihn jetzt vor meinen Zuhörerinnen Zeile für Zeile entrollte, viel länger als in der Schule vor. Sprach ich ihn für mich, konnte ich von seinem verläßlichen Rhythmus, dem Zusammenspiel von Sinn und Klang gar nicht genug kriegen. Vielleicht, dachte ich, hätte ich die Geschichte besser kurz und knapp auf den Punkt gebracht. Aber Hanni hörte mir gespannt zu, und als der Vater ›dann zum Sterben kam‹, war auch die Mutter wieder bei der Sache. Geschichten vom Sterben hörte sie nur zu gern. Julchen hielt die Augen geschlossen und hatte ihr Gesicht dem Kruzifix zugewandt. Ich ließ Lessing weitererzählen, vom Künstler, der die beiden Ersatzringe schmiedet, so vollkommen gleich dem Original, daß, ›da er ihm die Ringe bringt, kann selbst der Vater seinen Musterring nicht unterscheiden. Froh und freudig ruft er seine Söhne, jeden insbesondre; gibt jedem insbesondre seinen Segen und seinen Ring – und stirbt –.‹

Die Mutter seufzte, nickte und schlug ein Kreuzzeichen. Julchen war der Hinterkopf auf die Stuhllehne gesunken, ihrem weit offenen Mund entfuhr von Zeit zu Zeit ein entspanntes Schnarchen. Hanni sah mich noch immer verständnislos an. Ich aber wurde, Lessings Ziel so nah vor Augen, meiner Sache immer sicherer, überschlug das Hin und Her zwischen Nathan und Saladin, kam gleich zum Schiedsspruch des Richters und schmetterte endlich: ›Wohlan!‹

Mit einem rauhen Kehllaut fuhr Julchen hoch, die Mutter nahm wieder Haltung an.

›Es eifre jeder seiner unbestochnen, von Vorurteilen freien Liebe nach! Es strebe von euch jeder um die Wette, die Kraft des

Steins in seinem Ring an Tag zu legen! Komme dieser Kraft mit Sanftmut, mit herzlicher Verträglichkeit, mit Wohltun, mit innigster Ergebenheit in Gott zu Hülf! Und wenn sich dann der Steine Kräfte bei euren Kindes-Kindeskindern äußern: so lad ich über tausend tausend Jahre, sie wiederum vor diesen Stuhl. Da wird ein weisrer Mann auf diesem Stuhle sitzen als ich und sprechen. Geht!‹

Ich hatte das letzte Wort mit geballter Kraft hervorgestoßen. Die Nachbarin schrak hoch, ergriff ihr Backblech und machte sich, samt einem noch beachtlichen Streifen Pflaumenkuchen, davon. War dies nun Lessings Niederlage oder Sieg?

Die Mutter seufzte wieder und rekelte sich. Nä, nä, sagte sie. Noch ene Kaffee?

Nä, Tante, sagte Hanni. Sie hatte verstanden.

Esch jank ens noh de Höhner lure,* sagte die Mutter.

Dä Lessing hät rescht, sagte Hanni. Keener es besser als der andere. Op de nu katholisch bes oder evanjelisch. Mer muß ne joode Minsch sin. Nur dorop kütt et an. ›De Haupsach es, et Häz es jut, nur dorop kütt et an.‹ Jenau, sagte ich, und wir schauten uns an, sangen das Karnevalsliedchen wie aus einem Munde und lachten, bis uns die Tränen die Backen herunterliefen.

Jenau. Wiederholte ich. Und dat erzählst du jetzt dem Pastur. Du liest dem dat vor. So wie ich dir. Und dann wollen wir doch mal sehen, was der Kreuzkamp sagt.

Meens de? fragte Hanni.

Jawohl, sagte ich: ›Der rechte Ring war nicht erweislich.‹ Isch schreib et dir bis morjen ab.

Was zu sehr vom Kern der Sache ablenkte, ließ ich weg, unterstrich dafür die Zeilen, auf die es mir ankam, doppelt mit dem Lineal. Wörter wie ›Tyrannei‹ und ›Opal‹ versah ich, um dem Pastor das Verständnis der Dichtung zu erleichtern, mit Erklärungen, in Klammern gesetzt, wie es uns Fräulein Abendgold beigebracht hatte. Das letzte Wort, ›Geht!‹, das auf Julchen eine so direkte Wirkung gehabt hatte, verstärkte ich mit einem Amen. In großen Druckbuchstaben.

Als ich Hanni anderntags das Heft überreichte, zog diese,

* Ich geh mal nach den Hühnern schauen.

ohne auf meinen verschämten, halbherzigen Protest zu achten, ihr Portemonnaie. Un wenn et klappt, krieschst du noch eins! Hanni schüttelte mir die Hand wie einer erwachsenen Person und preßte mir das Markstück nicht, wie die Rüppricher Tante oder der falsche Großvater, verstohlen in die Hand, sondern legte es mit Nachdruck auf das Wachstuch vom Küchentisch, wie auf die Theke in Piepers Laden.

Noch am selben Abend ging Hanni zu Pastor Kreuzkamp. Er hät nit nä jesäät, flüsterte sie mir am Tag darauf zu. Heut abend jibt er mir Bescheid. Er sagt, er kennt den Lessing.

Mißtrauisch sah die Mutter zu uns hinüber. Hanni kam nun schon den dritten Tag, angeblich, um zu sehen, ob die frisch gelegte Frisur richtig sitze.

Bis in den späten Nachmittag trieb ich mich am nächsten Tag auf der Straße vorm Haus herum. Hanni ließ sich nicht blicken. Wir hatten schon unsere abendlichen Butterbrote gegessen, als es klingelte, ein drohend anschwellendes Schellen. Hannis Mutter. Sie rang nach Luft, riß sich die Bluse auf und konnte nur noch: Dä Pastur, dä Pastur hervorstoßen.

Berta, schrie die Mutter und schob der Tante einen Stuhl zu. Der Vater machte sich in den Werkzeugschuppen davon. Ich lauerte in der Ecke unterm Kruzifix. Der Tante hatte es die Sprache verschlagen. Das konnte nur eines bedeuten: Lessing hatte gesiegt.

Dat Hanni es bei däm Kääl. Esch kumm jrad vum Pastur. Dä hät jesäät, et künnt dänn hierode, wenn hä sesch kattolesch traue löt un de Kenger kattolesch jedöv wäde.* Nä! Nä! Nä! Die Tante riß die Bluse noch weiter auf, die lachsfarbenen Hügel des Satinkorsetts verbreiteten in der dämmrigen Küche einen milden Schein. Wat soll userens dann do noch jlöve**? Wenn kenner mieh do es, dä e Machtwort sprischt! Wat do dä Ohm ze säät! Wo es dann de Oma?

Im Kapellchen, sagte ich triumphierend. Beten.

Mitten auf dem Platz vor der Kirche zahlte mir Hanni am

---

* Er hat gesagt, sie könnte den heiraten, wenn er sich katholisch trauen läßt und die Kinder katholisch getauft werden.
** glauben

nächsten Sonntag meine zweite Mark. Morjen jehn mir Ringe kaufen. Ävver für jeden einen! flüsterte sie mir zu. De Haupsach es, et Häz es jut, sang sie laut, und ich fiel ein: Nur dorop kütt et an. Wat soll dat dann? fragte die Mutter entgeistert. Daß man mich nicht für voll nehmen konnte, war nichts Neues. Doch jetzt auch noch die Nichte? Das mußte der Brautstand sein.

Ferdi war Hanni ergeben. Er begleitete sie nicht nur bis an die Kirche, vielmehr trat er mit ihr durchs Hauptportal, trennte sich dort von ihr und ging, als hätte er nie etwas anderes getan, durchs Mittelschiff auf die rechte, die Männerseite, wo er stand, saß, kniete und Kreuzzeichen schlug wie alle anderen, aussah wie einer von ihnen, nur daß er den am schärfsten ausrasierten Nacken trug.

Nicht lange, und er schaffte sich ein Gebetbuch an, sang von Messe zu Messe lauter mit, bis, da war endlich das Aufgebot bestellt, sein kräftiger Tenor das schleppende Gebrumm der Männer sieghaft überstrahlte und anfeuerte. Ferdi ging mit Hanni zum Brautunterricht und machte, streng von ihr abgesondert, die Wallfahrt nach Kevelaer. Doch als er sich kurz vor dem fünfzigsten Geburtstag von Hannis Mutter ein Lippenbärtchen stehenließ, das er an den Enden ein wenig in die Höhe zwirbelte, was der Cousine über die Maßen gefiel, hätte er fast wieder alles verdorben. Dä süht jo us wie ne Franzus, empörte sich die Tante. Nä, sujet kütt mer nit en et Huus. Zum Geburtstagskaffee erschien Ferdi wieder mit glatter Oberlippe, die Haare in Nacken und Ohrenbereich schärfer rasiert denn je.

Es war langweilig bei den Vettern und Cousinen, die schon Geld verdienten, Geschichten von der Arbeit erzählten, von Überstunden, Akkord und Schichtarbeiterzuschlägen, und die über Witze lachten, die ich nicht verstand. Ich vertrieb mir die Zeit mit der ›Kristall‹, die die Tante aus dem Haushalt des Drogisten mitbrachte, wo sie zweimal in der Woche putzen ging. Schon ein paarmal hatte ich vergeblich versucht, mich in einen Artikel über die Bauern im Engadin zu vertiefen, als Hanni mich bei der Hand nahm und ins Wohnzimmer hinüberzog, wo man den Ausziehtisch wieder zusammengeschoben und ans Fenster gerückt hatte. Der Neckermann-Perser, pünktlich als Überraschung angeliefert, lag zusammengerollt darunter.

Die Großmutter trug noch Schwarz, alle anderen aber schon ›gedeckt‹, schwarz-weiß oder dunkles Grau, der Großvater war fast ein Jahr unger dä Ääd. Es durfte wieder getanzt werden. Wenigstens in der Familie. Sogar bei de Möhne im Fastelovendszoch war Hanni in diesem Jahr nicht mitgegangen, das hätten ihr die Dondorfer verübelt. Jetzt aber wurde die Musiktruhe aufgeklappt. Sie war Hannis persönliches Eigentum und würde das neue Heim als Teil der Aussteuer schmücken. Seit sie von der Näherei in die Weberei gewechselt war, hatte die Cousine dafür gespart und sie als eine der ersten im Dorf bei Schreiner Kranepohl bestellt. Wenn die letzte Rate bezahlt war, wollte man heiraten. Ferdis Angebot, den Rest zu übernehmen, hatte Hanni abgelehnt. Diese Truhe sollte ihr allein gehören. Im joldenen Oktober, schwärmte die Tante, versöhnt durch das Machtwort des Pastors, der Mißbilligung des Ohms zum Trotz, sollte die Hochzeit sein.

Hanni selbst besaß nur wenige Platten. Manchmal tanzten wir miteinander. Ich reichte der erwachsenen Frau bis knapp über den Busen, den ich manchmal mit der Stirn berührte. Hanni roch zu jeder Jahreszeit anders, am liebsten mochte ich ihren Geruch im Sommer, wenn sie frisch gebügelte Baumwollkleider trug und nach Hofmanns-Stärke und warmem Brot duftete.

Heute hatte der Cousin aus Wipperfeld sein Plattenalbum mitgebracht. Oh, là, là!, Paris, kicherte die Cousine aus Miesberg, deren Haar von einer Familienfeier zur anderen blonder wurde, und zupfte eine Platte aus der Hülle, die eine nackte Frau mit Sternen an drei Körperstellen zeigte. Hanni riß ihr die Platte aus der Hand. Nix Paris, rüffelte sie die Verwandte, dafür es dat Hilla noch ze kleen.

Mit Birgit und ein paar Mädchen und Jungen aus meiner alten Volksschulklasse war ich vor Wochen am Rhein herumgestrolcht. Irgendwann waren die Jungen ein Stück zurückgeblieben und dann johlend wieder aufgetaucht. In der Hand ein Schilfrohr oder Weidenstöckchen, an denen drei, vier schlaffe gelblich weiße, etwa mannsdaumengroße Gummifingerlinge baumelten, waren sie mit grotesken Sprüngen auf uns zugejagt. Hatten ihre Stöcke geschleudert, daß die Fingerlinge knallten, und dazu Pick, pick, pick geschrien wie die Großmutter beim Hühnerfüttern. Wir Mädchen rannten kreischend davon. Die Jungen blieben stehen. Helmi aber, ein Jahr älter als wir und mit Buckeln unter der Bluse, rief ihnen etwas zu wie Pick desch sälver, worauf diese sich erneut gummipeitschend in Bewegung setzten. Dieses Spiel hatte sich einige Male wiederholt, bis die Jungen auf der Höhe des Fußballplatzes schließlich abzogen. Da plötzlich sah ich diese Gummischläuche zuhauf, von den Wellen ans Ufer gespült, zwischen den Kieseln, meist in der Spitze, ähnlich einem Schnullerzipfel, mit Schleim gefüllt. Ekel, Neugier, Verbotenes hatte ich angesichts dieses Dinges gespürt, das Helmi ›Pariser‹ nannte. Man bekomme damit keine Kinder, wenn man ›es‹ tat, sagte sie. Über ›es‹ tun zu sprechen war tabu. Keine wollte zugeben, nicht zu wissen, wie ›es‹ ging. Wie in einem Rausch trugen wir an diesem Nachmittag Fingerlinge zusammen, als kämen wir so dem Geheimnis des Erwachsenseins auf die Spur. Birgit mutmaßte, man müsse die Dinger lutschen, während man ›es‹ tat, in manchen hänge ja noch die Spucke. Wir brachen in ein Gelächter aus, erlöst, befreit, als wären wir noch einmal davongekommen. Was immer mit dem Wort ›Paris‹ zu tun hatte, war mir für Jahre verleidet.

Such dir eine aus, sagte Hanni zu mir, und ich durfte die Platte selbst auflegen und auf den Knopf drücken, der die Abspielnadel in Bewegung setzte.

›Am Rio Negro, da steht ein kleines, verträumtes Haus‹, sang eine Frau. ›Da sieht am Abend ein schönes Mädchen zum Fenster raus.‹ Ferdi stand auf und ging vom Couchtisch, wo die Männer saßen und rauchten, quer durch den Raum bis ans Fenster zu den Mädchen und verbeugte sich. Vor mir. Nit esu laut, schrie die Tante und warf die Tür zu. Auf Zehenspitzen reichte ich Ferdi fast bis an den Schlipsknoten, in dem eine Perle steckte. So nah war ich einem Mann noch nie gekommen. Der Vater umarmte nicht. Onkel oder Cousins erst recht nicht. Ein süßlich scharfer Geruch ging von Ferdi aus, und seine Ohrläppchen hingen aus dem scharf rasierten Haar weich und hilflos wie zwei Babydaumen.

›Hell rauscht der Fluß vorbei‹, sang die Frau, ›und flüstert wie vor tausend Jahren verliebte Lieder, drum kehr ich immer, immer wieder zum Rio Negro im Mai, wir zwei, im Mai.‹

Kürzlich hatte ich im Kino die Bewegungen einer OP-Schwester studiert, die sich auf einer Geburtstagsfeier tanzend an ihren Chefarzt schmiegte, den sie liebte, was alle wußten, nur sie selber nicht. Meine Brust in Ferdis Magengegend, ›am Rio Negro wir zwei, im Mai‹, bis Hanni: Damenwahl! rief und mir Ferdi, der mich noch einmal herumwirbelte, aus den Armen nahm. Bisher war Ferdi für mich der Beweis des Nutzens der Bücher für das Leben gewesen, Bücher, die sich ins Leben verlängert hatten, ein Geschöpf Lessings. Jetzt, ›am Rio Negro wir zwei, im Mai‹, war das Wort Fleisch geworden. Ferdi ein Geschöpf aus Fleisch und Blut. Ein Mann. Mir gefiel, wie sein Brustkasten brummte, wenn er die Geigen des Orchesters auf der Platte untermalte, gefielen seine weißen, weichen, unversehrten Hände mit den Fingernägeln, die wie die Perlmuttknöpfe meiner besten Bluse schimmerten, gefiel, daß er Müpp und evangelisch, also etwas Besonderes war, und über seine allzusehr gestutzten Haare trösteten mich die molligen Ohrläppchen hinweg. Vor allem aber gefiel mir, daß er hochdeutsch sprach. Er sprach nicht viel. Tagsüber im Laden mußte er schon genug daherreden.

Anderntags paßte ich Ferdi an der Straßenbahnhaltestelle ab, wo er auf Hanni wartete. Aufrecht, die Arme vor der Brust gekreuzt, saß er auf der Bank des gemauerten Wartehäuschens, das die Gemeinde gerade hatte mit Fenstern versehen lassen, und schaute in die Richtung von Schönenbachs Gärtnerei. Seine Beine in den scharf gebügelten Trevirahosen standen so genau nebeneinander, als wären die spiegelnden Schuhe auf einer unsichtbaren Linie festgeleimt. Ich trug ein rosa Kleid, über der Brust gerade so eng, daß, drückte ich den Rücken kräftig durch, zwei Hügelchen die Baumwolle spannten. Gelbgraue Ränder, diesmal vom Achselschweiß der Oberpostdirektorstochter, nötigten mich, meine Arme bis zu den Ellenbogen fest an die Seiten zu pressen und sehr gemessenen Schritts auf Ferdi zuzustelzen.

Tach, sagte ich und stellte mich mit rausgestrecktem Brustkasten vor seine Schuhe.

Ja, Hilla, sagte Ferdi, was machst du denn hier?

Nix, sagte ich. Das Kleid war mir um die Brust herum wirklich zu eng, auch wenn ich sie nicht vorschob.

Setz dich doch, sagte Ferdi. Er gähnte. Ohne sich die Hand vor den Mund zu halten.

Die Rathausuhr zeigte zwanzig nach sieben, die Straßenbahn kam um halb acht.

Ferdi begann, die Spitzen seiner braunen Schuhe abwechselnd vom Boden zu lösen und wieder zu senken. Im Takt dazu brummte er ›Am Rio Negro‹ und schaute mich verschwörerisch an. Hat dir denn unser Tänzchen gestern gefallen, kleines Fräulein? Ferdi rollte das R tief in der Kehle, so wie Birgits Vater, der Friese, doch aus Ferdis Mund brach es härter, herrisch fast.

Hm, nickte ich heftig und platzte heraus: Kennst du Lessing?

Nein, sagte Ferdi und unterbrach das Auf und Ab seiner Fußsohlen. Kenn ich nicht. Wer soll das denn sein?

Ferdi, sagte ich, du kennst doch Lessing! Den Dichter.

Konnte jemand, der so feines Hochdeutsch sprach, nie etwas von Lessing gehört haben? Wenn Ferdi wüßte, was er diesem Lessing verdankte!

Ich baute mich vor ihm auf, Bauch rein, Brust raus: Gotthold Ephraim Lessing. Geboren 1729, gestorben 1781: ›Nathan der Weise‹. Die Ringparabel. Ich war kaum beim Opal angelangt, als Ferdi aufsprang – die Straßenbahn bog aus der Erpenbacher Chaussee auf die Haltestelle zu – und mich beiseite schob. Mich mit meinen Worten deutscher Dichtung einfach beiseite! Ferdi, rief ich, verzweifelt ins Kölsch zurückfallend. Dat is doch Lessing, wat esch dir he sach. Do muß de doch zohüre.

Lessing, lachte Ferdi. Was soll ich mit deinem Lessing. Da kommt Hanni.

Ja, Hilla, wat mäs du dann he? Hanni hängte sich bei Ferdi ein. Zeit, nach Haus zu jehn, et wird schon dunkel, rief sie mir über die Schulter noch zu. Tatsächlich? Das sah ich selbst! Vielleicht war Lessing nicht das richtige für Ferdi.

Kennst du Mörike? fragte ich, kaum daß ich am nächsten Abend Tach gesagt hatte. Ehe sich Ferdi, dem noch ein paar Stoppeln vom letzten Haarschnitt auf der Hemdbrust klebten, setzen konnte, begann ich: Eduard Mörike. Geboren 1804, gestorben 1875: ›Der Feuerreiter‹. Ferdi schloß die Augen. Gut. Dann spähte er nicht mehr nach dieser verflixten Straßenbahn.

Ich machte eine Pause. Weiter, sagte er träumerisch. Das geht doch bestimmt noch weiter. Ich kam sicher durch die zweite Strophe, begann die dritte, stieß gerade ›Brennt's!‹ hervor, daß ein paar Leute die Köpfe nach mir drehten, als ich die Räder rasseln hörte und ins Stocken geriet. Ferdi sprang wie am Vortag hoch und lief der Bahn entgegen. Ich knirschte vor Wut mit den Zähnen und rannte nach Hause.

Ferdi hielt schon nach mir Ausschau, als ich anderntags auf mich warten ließ. Nun, wie geht es denn jetzt weiter mit diesem Feuerreiter? fragte er, gutmütig lächelnd. Wunderbar, wie er so sicher und leicht in Reimen sprach, aufregend, wie sein Adamsapfel die Kehle auf und ab rutschte. Ich brachte die Ballade sicher zu Ende, laut Rathausuhr exakt drei Minuten vor der Straßenbahn. Ferdi saß da, Mund auf, Augen zu, mit einem Ruck sackte ihm der Kopf in den Nacken. Ja, Hilla, da bist du ja noch. Ferdi gähnte und streckte sich: Ich bin doch nicht etwa eingeschlafen? Weißt du, drei Dauerwellen an einem Nachmittag, das haut den stärksten Eskimo vom Schlitten. Hahaha. Und dazu mußt du quatschen, quatschen, quatschen. Ferdi schluckte. Ich sah ihn verständnislos an. Was redete der Mann? Hier ging es um Dichtung, nicht um Dauerwellen. Wann endlich begriff er, wo er hingehörte?

Kannst du noch eins aufsagen? Ferdi schüttelte sich. Ich nickte glücklich und wollte eben den Knaben übers Moor schicken, als die Straßenbahn um die Kurve quietschte. Bis morgen, rief Ferdi und sprang davon. Bis morgen, bis morgen, summte es in meinem Kopf, vor meinen Augen hob und senkte sich Ferdis hochdeutscher Adamsapfel. Den scharf rasierten Nacken und die Bögen über den Ohren würde ich ihm schon noch ausreden.

Am nächsten Tag goß es. Es war nicht leicht, das Haus noch einmal zu verlassen. Im Wartehäuschen, das wir an den sonnigen Tagen zuvor für uns gehabt hatten, drängten sich die Menschen. Zwischen Ferdi und mir schnatterten Frau Trappmann und Frau Meuten miteinander. Über ihren Dauerwellen trugen sie unterm Kinn zusammengebundene durchsichtige Plastikhauben, die unangenehme Erinnerungen an ähnliche Hüllen in mir wachriefen.

Ich wollte schon wieder kehrtmachen, als die Straßenbahn hielt. Hanni war nicht in der Bahn.

Ferdi setzte sich. Ich mich dicht daneben. Wir waren allein. Kein Mensch in Sicht. Draußen rauschte der Regen, mitunter peitschte eine Böe an die Fenster, dann wieder nur das Trommeln der Tropfen auf das Wellblechdach. Was wollte ich Ferdi nicht alles sagen! Ferdi, sagte ich schließlich, soll ich noch mal Lessing? Meinetwegen, Hilla, nickte er. Wo Hanni nur bleibt?

Ich tat, als hätte ich die Frage nicht gehört. Gotthold Ephraim Lessing. Geboren 1729, gestorben 1781: ›Nathan der Weise‹. Die Ringparabel. Ganz langsam sprach ich, so langsam, als könnte ich die Zeit damit überlisten, verlängern bis in alle Ewigkeit oder doch wenigstens, bis Ferdi merkte, mit wem er es zu tun hatte. Ferdi aber schlief nach den ersten Sätzen ein, seine Schulter sackte schwer auf meine, in das Rauschen des Regens, der stärker geworden war und fast gewaltsam auf das Wellblech prasselte, mischten sich schüchterne Pfeiftöne aus seiner leicht verschnupften Nase. Ich aber ließ von meinem Lessing nicht ab, murmelte die Ringparabel in den Kragen meines Anoraks und zog die klammen Füße aus den Gummistiefeln zum Aufwärmen auf die Bank unter den Rock. Wie immer, wenn ich es mit Geschriebenem zu tun hatte, das ich liebte, wurde mir die Zeit weder kurz noch lang, sie verschwand einfach, und diesmal nahm sie Ferdi mit. Als ich fertig war, zog ich meine Schulter behutsam unter Ferdis Schulter weg, sah mir den schlafenden Mann, der Gefahr lief, im nächsten Augenblick nach der Seite zu kippen und hart auf die Bank zu schlagen, noch einmal genau an und ging nach Hause.

Tage später steckte Hanni mir das Schulheft mit der Ringparabel wieder zu. Sie machte ihre Sachen für den Umzug in die elterliche Wohnung fertig und wollte nicht, daß Ferdi das Heft in die Finger fiele. Die Musiktruhe hatte man schon hinübergeschafft und vor die grünbeige genoppte Couchgarnitur gestellt. Lampen gab es, bis auf eine Stehlampe mit drei tütenförmigen Hütchen über den Glühbirnen, noch nicht. Der Dondorfer Elektroladen hatte wegen eines Blinddarmdurchbruchs vorübergehend geschlossen. Hanni zählte seit dem Aufgebot die Tage. Jetzt waren es noch zehn. Zum Blumenstreuen war ich schon zu groß, für eine Brautjungfrau noch zu klein. Hanni änderte mir ihr Kleid, das sie selbst vor Jahren als Brautjungfrau getragen hatte, und überredete die Mutter, mich mein knielanges Haar bei der Hochzeitsfeier offen tragen zu lassen.

Ferdi sah ich nach unserem letzten Abend im Wartehäuschen nur noch von weitem. In der Kirche trug er jetzt über seinem braunen Treviraanzug einen gedeckten Übergangsmantel und tauchte, da er wie alle anderen einen dunklen Hut aufsetzte, in das tarnfarbene Heer von Männern in Herbst- und Winterkleidung ein.

Die Großmutter war dabei, die Gläser mit Apfelkompott aus dem Einkochgerät zu nehmen. Aus alten Bäckertüten hatte ich Etiketten zurechtgeschnitten und malte gerade mit meinen Buntstiften ›Apfelkompott‹ und das Datum darauf, als ein Polizeiwagen vor unserem Haus hielt. Die Mutter riß die Haustür auf, die Flurtür zur Küche. Propp, der Oberwachtmeister, stieg aus, dann Hannis Mutter, zuletzt der Pastor. Die vierte, zusammengekrümmte Person auf dem Rücksitz konnte ich nicht erkennen.

Maria, schrie die Tante und warf sich der Mutter an die Brust. Dä Ferdi. Die Huhzick*. Dat ärme Hanni.

Der Pastor nahm die Großmutter beiseite. Dann verließ er mit dem Polizisten das Haus. Die Tante sank überm Tisch zusammen, die Huhzick, die Huhzick, stieß sie von Zeit zu Zeit hervor.

Ferdi war tot. Er war, so die erste Seite des Lokalteils der ›Rheinischen Post‹, in Düsseldorf-Bilkenbach beim Überqueren der Gleise von einem Güterzug erfaßt und mehr als hundert Meter mitgeschleift worden. Hanni, sie war die Person auf dem Rücksitz gewesen, hatte ihn identifizieren müssen.

Fassungslos hatte die Braut ihrer Mutter anvertraut, was nicht in der Zeitung stand. Unter dem Siegel der Verschwiegenheit flüsterte diese es meiner Mutter, die wiederum der Großmutter zu, und irgendwann schnappte ich es auf: Ferdi hatte eine Perücke getragen. Unweit von seinem zerschmetterten Körper hatte man sie gefunden und im Leichenschauhaus einfach neben seinen

* Hochzeit

kahlen Kopf gelegt, wie Hanni mir später erzählte. Esch weiß nit mehr, wat schlemmer wor, dat he duut wor oder die Pläät*. He wollt misch ja auch nie an seine Kopp lasse. Esch durft ihm nie dursch de Haar streische. Esch hab jedacht, dat lescht sich nach dä Hochzeit. Wat hatt' dä bloß in Bilkenbach ze suchen? Jede Erinnerung an Ferdi endete mit diesem verständnislosen Kopfschütteln. Die Großmutter triumphierte offen. Gott hatte gesprochen. Einer Meinung mit dem Ohm.

Es dauerte einige Tage, bis man Ferdis Leiche freigab. Man habe ihn, buchstabierte die Tante, op de ziert. Aufgeschnitten, erläuterte ich, ganz Inspektor von Wallace und Christie Gnaden. Wie die Oma die Hühner, setzte ich zum besseren Verständnis hinzu. Der Laut aus dem Rachen der Tante jagte mir eine Gänsehaut den Rücken hinunter. Die Mutter preßte ihr Taschentuch an den Mund.

Ferdis Überreste wurden aus Bilkenbach in das Leichenhäuschen der Gemeinde überführt. Es wurde selten benutzt. Familienmitglieder bahrte man im Haus auf.

Dä Kääl, hatte die Tante protestiert, kütt mer nit mieh en et Huus. Hanni hatte überlegt, den Sarg in der neuen Wohnung, dem als Kinderzimmer vorgesehenen Raum, aufzustellen. Doch wie sollte sie eine Wohnung, in der tagelang der Sarg eines Wildfremden, so die Tante, herumgestanden hatte, jemals wieder loswerden?

Für den Sarg, Modell ›Große Palme‹, hatte Hanni die Kosten übernommen. Der Schreiner rechnete den Preis gegen die Couchgarnitur auf, die er zurücknahm. Der Zinksarg, von der Polizei in Rechnung gestellt, durfte nicht mehr geöffnet werden, wurde, so wie er kam, in die ›Große Palme‹ gesenkt. Nicht einmal sein Brautsträußchen konnte Hanni dem Toten an die Brust heften.

Die beiden kniehohen Böcke unter dem Sarg hatten die Schwestern des Krankenhauses in ein schwarzes, mit einem Sterbekreuz aus Silbergarn besticktes Tuch gehüllt. An der Stirnwand des kahlen Raumes hing der Gekreuzigte. Hier, bei den Armen Dienstmägden Christi, nahm die katholische Kirche den Flüchtling aus Schlesien zum letzten Mal in ihre Obhut.

* Glatze

In der Gereonskirche, wo der lebendige Ferdi in den letzten Wochen so gern gesehen und gehört worden war, durfte der tote Mann nicht mehr sein. Auf dem katholischen Friedhof, wo er mit Hanni, wenn er sie von der Straßenbahn abgeholt hatte, gern noch ein wenig in der warmen Herbstsonne herumspaziert war, schon gar nicht. Eine evangelische Totenfeier in der evangelischen Kirche von einem evangelischen Pfarrer mußte bestellt werden. Der evangelische Müpp bekam seine letzte ewige evangelische Ruhe da, wo er hingehörte, auf einem evangelischen Friedhof.

Doch was dem Lebenden nie gelungen wäre, schaffte der Tote: Braut und Brauteltern, meine Familie und andere Verwandte, sogar die Großmutter setzten zum ersten Mal ihren Fuß in eine evangelische Kirche.

Die Tante hatte keinen Organisten bestellt. Die Trauergemeinde schlurfte zum dünnen Klang der Sterbeglocke den Gang entlang in die vorderen Bänke. Hanni hing in den Armen ihrer Mutter und meiner, als hätte man den Faden, der ihre Gliedmaßen in Spannung gehalten hatte, gekappt. Sie schien kleiner geworden und roch nach ungewaschener, kranker Haut. Dat Hanni, hörte ich eine der Frauen flüstern, süht us wie en Wittfrau. Die Großmutter warf ihren Kopf in den Nacken und schaute sich um wie ein Eroberer im unterworfenen Feindesland.

Die Kirche war weiß gekalkt. Die Fenster aus einfachem Glas, die Bänke grau gestrichen, der Fußboden mit hellen Steinplatten belegt. Keine Bilder, keine Blumen, keine Farben, kein Trost. An der Stirnseite zwischen zwei Fenstern ein mannshohes Kreuz aus schwarzen Balken. Ohne Leiche. Auf dem Steintisch darunter eine schmale weiße Decke, schmucklos wie ein Bettbezug. Sogar in der Turnhalle hatte unsere Kirche besser ausgesehen.

Vor den Stufen zum Altar stand der mit einem schlichten schwarzen Tuch bedeckte Sarg. Keine Kränze. Die mußten vor der Kirchentüre bleiben. Wenigstens brannte eine Kerze. Die hatte Böcker samt Ständer aus dem Leichenhäuschen mitgenommen, die Tante gab ihm später dafür fünf Mark extra.

Die Sterbeglocke verstummte. Im schwarzen Talar, um den Hals einen weißen Streifen, von dem zwei weiße Bänder herabhingen, trat der evangelische Pfarrer vor den Altar. Da ging die

Tür vom Hauptportal noch einmal auf, den Gang entlang schmatzten Kreppsohlen. Pastor Kreuzkamp. Durch die schütteren Reihen der katholisch Trauernden ging ein Ruck, als ihr Oberhaupt sich zu dem halben Dutzend Männern setzte. Die Großmutter nickte ermutigend.

Der Pfarrer hielt eine kurze Ansprache. Er hatte Ferdi nie gesehen. Seine evangelischen Gebete waren mir fremd. Wir saßen stumm. Lasset uns beten, sagte er schließlich. Kreuzkamp stand auf. Wir standen auf. ›Vater unser‹, begann der Pfarrer unterm kahlen Kreuz, ›der du bist im Himmel‹, betete der fremde Pfarrer, niemand sprach mit, bis die Stimme, die jeder so gut wie die Kreppsohlen kannte, die Führung übernahm und all seine Schäfchen ihr folgten. Die goldgefaßten Brillengläser des evangelischen Pfarrers beschlugen ein wenig, und um seinen feinen Mund spielte ein Lächeln, das er auch nicht verlor, als ihn die Trauergemeinde am Ende überstimmte. ›Denn dein ist die Kraft und die Macht und die Herrlichkeit in Ewigkeit‹, schloß der evangelische Pfarrer, während wir der Erlösung vom Übel unter Führung der Großmutter unbeirrt das übliche ›Gegrüßet seist du, Maria‹ folgen ließen. Wäre nicht Pastor Kreuzkamp dem bedrängten Kollegen zu Hilfe gekommen, wir hätten mindestens noch ein Gesetz aus dem schmerzensreichen Rosenkranz angehängt. ›Herr, gib ihm die ewige Ruhe‹, donnerte der Pastor. ›Und das ewige Licht leuchte ihm‹, antwortete die Großmutterschar, froh, daß am Ende der richtige liebe Gott das letzte Wort behielt.

Amen, sagten sie alle drei, der evangelische Pfarrer, der katholische Pastor und die Großmutter. Wie aus einem Munde: Amen. In diesem ›Amen‹ vermischten sich ihre Stimmen, die gebildete trockene Stimme des evangelischen Gelehrten, der rauschende Baß des fröhlichen katholischen Sünders und die tapfere Rechtschaffenheit der Dienerin. Lessing hatte recht. Ich griff nach meinen Blumen.

Beide Geistliche schritten nun gemeinsam hinter dem Sarg zum Kirchhof. Ich ging neben der Großmutter, die ihren Regenschirm jetzt friedfertig über dem Arm gehängt hatte.

Die Kränze wurden aufgeladen. Wenige nur, anders als beim Großvater, wo man die Gebinde hatte doppelt und dreifach legen müssen. Die Sterbeglocke setzte ein. Der kurze Weg zum evangelischen Kirchhof führte an herbstlichen Gärten vorbei, aus den Beeten roch es nach Porree und Kohl wie in den Feldern am Rhein, Hanni schluchzte von Zeit zu Zeit in ihr Taschentuch, dann griffen die Mütter sie fester unter die Ellenbogen. Ich hielt meinen Strauß umklammert. Ah, Stolzer Heinrich, hatte Ferdi gesagt, als er die wuchernden Stauden in unserem Garten beim Mist entdeckt hatte, Stolzer Heinrich, mit doppelt gerolltem r: wie prächtig sahen die Blumen – Mistblumen nannten wir sie – mit diesem Namen aus. Jetzt waren die mannshohen gelben Ruten fast verwelkt.

Rechts von Ferdis letzter Ruhestätte blühten noch die Begonien, links wuchs Gras, Platz für Einzelgräber bis an die Hecke, dahinter Kohl und Kartoffeln. Prüfend stupste der Vater die Schuhspitze in den Erdhaufen neben dem ausgehobenen Rechteck, guter, lockerer Boden. Kreuzkamp ließ Ferdi noch einmal, wie wir ihn alle gekannt hatten, vor uns lebendig werden. Nun stehe Ferdi vor Gott, und der sei nicht evangelisch und nicht katholisch, sondern einfach unser aller Schöpfer. Beim gemeinsamen ›Vater unser‹ ließ der evangelische Pfarrer die ›Macht und die Herrlichkeit‹ weg, und die Großmutter verzichtete auf ihr ›Gegrüßet seist du, Maria‹. Amen.

Der evangelische Pfarrer stieß die Handschaufel in den Erdhaufen, die ersten Placken polterten auf den Sarg, den die Männer während des Gebets hinabgelassen hatten.

Hanni löste sich für einen Augenblick aus den Armen von Mutter und Tante und ließ wankend einen Strauß weißer Rosen, mit Myrte bekränzt, in die Grube fallen. Niemand bemerkte, daß ich Ferdi mehr nachwarf als ein Bündel Stolzer Heinrich: mein Schulheft mit der ›Ringparabel‹.

Für die Großmutter blieb Ferdis Tod trotz der beiden Pastoren ein Gottesurteil. Daß mein Bruder bei der Beerdigung hinter der Wacholdergruppe einen Mann gesehen haben wollte, einen Mann in schwarzem Lederzeug wie ein Motorradfahrer, der sich immer wieder die Augen gerieben und die Nase geputzt hatte, glaubte ihm keiner. Dä Jong war im richtigen Alter für Räuber und Gendarm.

Die Mutter zog ihr schwarzes Kleid noch am selben Tag wieder aus, die Tante nach einer Woche, Hanni nach einem Vierteljahr. Sie lud mich nie mehr zum Schallplattenhören und Tanzen ein und ging mir aus dem Weg. Sie hatte auf der Weberei schon gekündigt und mußte nun im Personalbüro zu Kreuze kriechen. Ihre Stelle war wieder besetzt. Man stellte sie als Küchenhilfe in der Kantine ein, was so schlecht bezahlt wurde, daß es kaum das Hinfahren lohnte.

Was Wunder also, daß Hanni, als Rudi, Rudi Kürten, auftauchte, nicht lange fackelte. So jedenfalls erzählte es die Mutter, als sie kurz nach Weihnachten aufgeregt und beeindruckt aus Piepers Laden heimkehrte. Die Tante hatte die Neuigkeit dort öffentlich verkündet.

Rudi Kürten war das einzige Kind eines kleinen Bauern, der noch in den letzten Kriegstagen im Volkssturm gefallen war. Er hatte schon immer ein Auge auf Hanni geworfen, aber nicht nur auf sie. Er trieb sich auf Schützen- und Kirmesfesten herum, trank gern einen über den Durst, und wenn er ein Lokal betrat, gab es erst mal für alle ein Helles vom Faß. Sich mit Rudi blicken zu lassen konnte ein Mädchen über Nacht um seinen guten Ruf bringen. Rudi war einer von denen, die alles met dä Muul machen, ein Großmaul.

Von seinem Hof lebte er mehr schlecht als recht, bis die steinigen Felder auf dem Kiesberg als Bauland ausgewiesen wurden. Wenige Tage nach Ferdis Beerdigung. Für die Großmutter ein zweites Gottesurteil.

Denn Rudi setzte zum ersten Mal in seinem Leben einen seiner großsprecherischen Pläne in die Tat um. Er war ein passionierter Reiter, in Springturnieren mehrfach ausgezeichnet. Nun ließ er zur kopfschüttelnden Verwunderung aller Dondorfer in den Kämpen am Rhein eine, wie ihnen schien, sinnlos hohe Scheune errichten. Die Tante klärte uns auf: Rudi Kürten baue eine Reithalle, habe das Land der Gemeinde gestiftet, die sich im Gegenzug an den Baukosten beteilige. Er selbst mache in Düsseldorf eine Ausbildung zum Reitlehrer und wolle hier eine Reitschule eröffnen. Die Dondorfer schüttelten die Köpfe. Rigge liere, reiten lernen? Wer soll dann he rigge liere? De Buure? Op dänne Pääd? Rudi schaffte drei mittelgroße Traber an und setzte ein paar Wochen lang Anzeigen in die ›Rheinische Post‹, die ›Düsseldorfer Nachrichten‹ und den ›Pferdefreund‹. Mit Erfolg. Die fünf Ställe, die er zusätzlich in die Halle hatte bauen lassen, waren schnell vermietet, Dondorf lag günstig zwischen Köln und Düsseldorf, und Ende der fünfziger Jahre hatte manch einer schon Geld genug für ein eigenes Pferd.

Als die Mutter mir kurz vor Pfingsten von den neuen Heiratsplänen der Cousine erzählte, war ich entsetzt. Konnte eine Braut den Liebsten so schnell verschmerzen? Im Herbst zum Kirmesball ging Hanni mit Rudi schon Arm in Arm, das war so gut wie verlobt. Immer wieder strich sie ihm durch das dunkelblonde widerborstige Haar.

Doch war ich besser als sie? In dem Augenblick, als Gustav die Klasse betrat, hatte ich Ferdi vergessen. Gustav Geffken, der neue Deutschlehrer, dünn und durchscheinend wie ein Tagmond im Winter, aber mit rabenschwarzem Haar, das ihm süß duftende Pomade an die Schläfe klebte, und Augen, so apfelgrün, und Wimpern, so gebogen wie die von Gina Lollobrigida. Ich liebte den schönen Lehrer nicht allein. Doris, Edda, Karola, Gretel und Gisela, gelegentlich auch Christel liebten mit. Berstend vor kichernder Energie, stellten wir ihm nach, lasen ihm jeden Lehrerwunsch von den Augen ab. War ich bislang eine gute Schülerin gewesen, wurde ich nun unerträglich. Mehr als einmal färbten Geffkens blasse Wangen sich rosa, wenn es um die Grammatik ging. Konjunktive sollten wir bilden. Seit ich lesen und schreiben konnte, hatten mich grammatische Regeln erregt, diese göttliche Willkür, die fernab aller sichtbaren Dinge funktionierte wie ein ehernes Gesetz. Der Bratwurst läuft die Nase, der Bratwurst liefe die Nase, der Bratwurst würde die Nase gelaufen sein, sagte ich. Der Satz ist Unsinn, sagte Geffken. Das bestritt ich nicht, aber der Konjunktiv war richtig. Das konnte Geffken nicht bestreiten. Die Klasse wartete gespannt. Geffken räusperte sich anhaltend. Ich liebte ihn und hielt den Mund. Im stillen grübelte ich weiter. Ein Satz konnte richtig und falsch sein zugleich. Die Katze schreibt ein Kalb. Das war richtig falsch. Der Katze fing das Maus. Das war falsch richtig. Wer war mächtiger? Die Grammatik oder die Wirklichkeit? Waren die Dinge nur das, was die Sprache ihnen zugestand, oder gaben die Dinge nur das preis, was die Sprache ihnen abzuringen imstande war? Waren die Dinge nur das, was die Sprache ihnen gab? Konnten die Dinge, konnte die Sprache unabhängig voneinander existieren? Trug die Sprache die Welt in sich oder die Welt die Sprache? Wo war die Allmacht der Grammatik geblieben? War das Reich der Grammatik wie das Reich Gottes am Ende nicht von dieser Welt?

Gisela, die bei Fräulein Abendgold nicht einmal eine Strophe ohne Stottern hatte zu Ende bringen können, spielte uns den ganzen ›Handschuh‹ von Schiller auswendig vor. Schrie ihre Verachtung stampfenden Fußes in unsere ergriffenen Gesichter und schleuderte Geffken ihr Füllhaltermäppchen an die Brust. Edda machte keine Kommafehler mehr, und Gretel zog nicht mehr nach jedem Satz die Nase hoch. Doris kam in immer schickeren Kleidern zur Schule, und Karola kämmte sich in den Pausen vor Geffkens Stunden ununterbrochen ihr langes blondes Haar. Nur Christel verhielt sich wie immer. Bis wir sie in unseren Plan einweihten.

Gustav Geffken unterrichtete uns auch in Musik. Als er von seinem Vorgänger, einem dicken kleinen Mann, der mit seinen kurzen Armen in der Luft herumgefuchtelt hatte, als wollte er Fliegen fangen oder verjagen, den Schulchor übernahm, gab es plötzlich einen Überschuß an Sopran- und Altstimmen. Gott sei Dank hatten wir alle schon vorher mitgesungen. Nun klebten wir an Geffkens Kirschenlippen, wenn er mit seinem vollen roten Mund ›Bunt sind schon die Wälder‹ vor uns artikulierte, lautlos und stark übertrieben, als sollten Gehörlose sprechen lernen, ›gelb die Stoppelfelder‹ grimassierte und dabei seine langen, leicht vergilbten Zähne bleckte. Mit welcher Eleganz liebkosten seine Hände die Luft zwischen seinem Leib und unseren Körpern, lockten die hinter den Ohren zu Muscheln geformten Hände die hingebungsvollsten Töne aus uns hervor. Hände, die ich für mich nur die ›adligen Hände‹ nannte, Doris verriet mir, daß sie im stillen von Geffkens ›Schmetterlingshänden‹ sprach. Einmal faßten sie mich sogar seitlich an meine Rippen. Dorthin, wo das Zwerchfell sitzt, sollten wir atmen, nicht in die Brust, in den Bauch. Seither war mir von Zeit zu Zeit, als fühlte ich seine Hände in der Zwerchfellgegend; dann hielt ich mitten im Satz inne, schüttelte mich ein wenig, als ob ich fröre, und die Freundinnen sahen mich neidvoll an.

Doch wir wollten für ihn nicht nur singen. Wir wollten für ihn tanzen. So wie Carmen für Don José. Doris besuchte mit ihren Eltern jeden Monat die Aufführungen in der Großenfelder Stadthalle und erzählte uns davon. Singen und tanzen wollten wir für ihn, Don José Geffken. Aber was? ›Guter Mond, du gehst so stille‹, schlug die beschauliche Gisela vor. Edda war für ›Rio Negro‹, Karola für ›La Paloma‹, Doris für den ›Gefangenenchor‹, Christel wollte ›Die Tochter vom Gouverneur‹, ich auch.

Hinter den Brombeerhecken im Großenfelder Stadtpark, da, wo er in wildes Dickicht übergeht, legten wir unsere Aktentaschen auf einen Haufen und stellten uns so auf, daß unsere Körper ein Herz formten. Doris hatte sich das ausgedacht, Choreographie nenne man das. Ich als Kleinste machte die Herzspitze. Wir bogen die Arme über dem Kopf zu einem Ei. ›Sie wohnte im weißen Haus am Meer‹, begann Giselas reifer Alt – bei ›wohnte‹ fielen wir ein und beschrieben mit Parallelschwung einen Kreis, beim ›weißen Haus‹ formten wir ein Dreieck über unserem Kopf, zu ›am Meer‹ bewegten wir die Arme wellenförmig vor der Brust, bis der Ton – wir genossen einen jeden – verklungen war. ›Und war die Tochter vom Gouverneur.‹ Wir ergriffen bei ›Tochter‹ den Rocksaum, knicksten und drehten uns einmal um die eigene Achse. Schlugen beim ›Gouverneur‹ die Hacken zusammen und grüßten militärisch-zackig wie Schützenbrüder. Die Lücken zwischen unseren großen, sinnstiftenden Gesten füllten wir durch heftige Parallelschwünge aus. ›Und keine der vielen Orchideen war auf der Insel so schön‹, sangen wir, ließen die Blüten durch wildes Auf und Ab, Hin und Her, Durch- und Umeinander unserer Arme und Beine emporschießen und begrenzten die ›Insel‹ mit einem entschlossenen Armkreis vor der Brust. ›Schön‹, lächelten wir mit breitgezogenen Lippen, wodurch der Umlaut eine Färbung ins ›e‹ bekam, verdrehten die Augen und hoben die Arme wie Heilige in der Verzückung, da auch wir nun kurz vor dem Höhepunkt standen, einem innig geheulten ›Wie Rosalie, wie Rohosalie‹. Was legten wir nicht alles an Gefühlen in dieses ›Rohosalie‹ hinein. Unsere

Sehnsucht nach dem Erwachsenwerden und die Angst davor, unsere Neugier, unsere Lust am Leben. Wir öffneten unsere Arme weit und hoch, immer höher, als könnten wir uns ein Glück herausreißen aus dieser Welt hinter der Brombeerhecke.

Wir sangen und gestikulierten uns durch alle Strophen, alle Höhen und Tiefen von Liebeslust und Leid der schönen ›Tochter vom Gouverneur‹. Am Ende war Rosalie tot, und wir lagen, eines eifersüchtigen Meuchelmörders Beute, Geffken herzförmig verrenkt zu Füßen.

Bei seinen männlichen Schülern, besonders den älteren, war der Lehrer verpönt. Geffken ließ sich, so durchscheinend seine blasse Gestalt, so schwärmerisch seine Blicke, so delikat seine Gesten sein mochten, durchaus nicht auf der Nase herumtanzen, wie sie es von seinem Vorgänger gewohnt waren.

Wir wollten Generalprobe abhalten, als ein knappes Dutzend finsterer Burschen aus der sechsten Klasse die Akazienallee heraufkam, ohne Zweifel auf dem Weg zu Geffkens Haus. An Proben war nicht mehr zu denken. Wir wurden gebraucht.

Geffken weg, hat kein Zweck, rottete sich die Meute vor dem Haus des geliebten Lehrers zusammen, brüllte aus vollem Halse durch den Vorgarten mit seinen verblühten Forsythien, dem knospenden Flieder gegen die Wand des Einfamilienhauses. Immer wieder diesen einen Satz: Geffken weg, hat kein Zweck!

Geffken gut – von Schuh bis Hut! sagte ich. Wir schrien los. Die Jungen brüllten lauter. An Geffkens Haus rasselten die Rolläden runter. Die Haustür ging auf, ein Mop erschien, ein Arm, der zu einer älteren Frau im Kittel gehörte. Sie schüttelte den Kopf, den Mop, Staub in der kühlen Aprilsonne tanzte zu Boden. Den Einfall hatte Gisela, begeistert waren wir alle.

Die Jungen waren auf dem Bürgersteig stehengeblieben und wagten nicht, das Tor zum Vorgarten aufzustoßen. Wir taten es. Legten unsere Schulmappen hinter den Forsythien ab, formierten uns herzförmig, dicht vor der ersten Treppenstufe zur Haustür, hoben die Arme, gingen in Elfenstellung. Eins, zwei, drei, zählte Gisela mit ihrer vor Aufregung noch tieferen Altstimme. Schon hatte das ›Geffken weg, hat kein Zweck‹ einiges an Lautstärke und Geschlossenheit verloren, zu gespannt verfolgten die Rüpel, was wir in des Lehrers Vorgarten trieben.

Eins, zwei, drei, zählte Doris: ›Sie wohnte im weißen Haus am Meer.‹ Unsere Stimmen klangen heiser, festigten sich aber von Strophe zu Strophe, und die Gesten saßen. Es wirkte nicht sofort. Erst als wir in unsere letzten ›Rohohoosalie, Rohohoosalie‹ ausbrachen und uns dabei in todwunden Zuckungen auf den Betonplatten im Vorgarten des Lehrers wälzten, ohne Anoraks und Faltenröcke zu schonen, gaben die Schreier auf. Im ersten Stock wurden die Rolläden wieder hochgezogen, ein Fenster geöffnet. Geffken erschien mit seinem schiefen, verlegenen Lächeln, seinen verhangenen Augen, einem müden Winken seiner schmalen weißen Künstlerhand. Wir knicksten. So, wie wir es bei den Brombeerbüschen unzählige Male geübt hatten, tief in die Knie gehend, mit beiden Händen das Röckchen spreizend wie Carmen. Wir waren glücklich. Stolz. Wollten gerade noch einmal von vorn beginnen, als im Fensterrahmen ein zweiter Kopf auftauchte, ein großer, blonder Lockenkopf auf stabilem Rumpf und einem starken Busen unter der türkisfarbenen Strickjacke. In breitem rheinischem Singsang, zu dem Geffken ein paarmal langsam das Haupt hob und senkte, rief die Frau uns ins Haus. So etwas Schönes, sagte sie, müsse belohnt werden, sie habe auch eine Überraschung für uns. Die Überraschung war ihr schon gelungen. Daß Geffken eine Frau haben könnte, war uns nie in den Sinn gekommen. Eine Belohnung hatten auch wir erhofft, keine bestimmte, aber doch eine von Geffken selbst.

Im Hausflur fegte noch immer die Frau im Kittel. Joht nur eropp, rief sie und sah uns hämisch nach. Die mit abgeschabtem Teppichboden belegte Treppe knarrte lauter als unsere Kellerstufen, als wir im Gänsemarsch nach oben stiegen, wo uns Herr und Frau Geffken in einem winzigen Flur erwarteten. Mama, nu sei doch ruhisch, rief die Blondine der in der Kittelschürze zu. Eine Tür knallte. Geffken zuckte zusammen. Seine Gestalt war noch immer durchscheinend schmal, seine Haare rabenschwarz und fettig, doch was in der Schule im Lichte Schillers, Goethes, Mozarts oder Verdis vornehm, lässig, elegant erschien, wirkte hier, neben dieser strotzenden Frau, kränklich, schmächtig, lebensmatt. Der Arme, ausgeliefert diesen Frauen, ohne jedes Verständnis seiner Künstlernatur. Eine von uns war zuwenig für einen solchen Mann, aber gemeinsam könnten wir ihn auf Händen tragen. Nur müßte er hier raus. Gisela, meine stärkste Verbündete, warf mir einen langen Blick zu. Sie dachte wie ich.

Kommt doch näher, Kinder, hier herein, rief die Frau und öffnete die Tür zu einem Wohnzimmer, nicht viel größer als das unsere. Wie angewurzelt blieb ich stehen, die anderen drängten nach, staunten wie ich, was die Frau sichtlich vergnügte, während Geffken seinen Kopf so schief legte, als wolle er ihn unter einem Schulterflügel verbergen. Stand da wie ein kranker, verrenkter Marabu, während die Frau eines der Kissen zurechtrückte, eines der vielen Kissen neben all den Decken und Tischläufern, Wandbildern und Wandbehängen, Teppichen und Brücken, die Wände und Boden, jeden Gegenstand des Zimmers bedeckten. Ich rieb mir die Augen, stockte, fürchtend, verschluckt zu werden von dieser garnverhangenen Höhle und zu einem Deckchen, einer Troddel, einer Spitzenkante verdaut.

Auf beiden Fensterbänken blühten Azaleen und Alpenveilchen, abwechselnd rosa und rot. Ein polierter dunkler Schrank mit Glastüren, dahinter geraffte Häkelgardinen.

Alles selbstjemacht, sagte die Frau, zusammen mit der Mama, die macht dat Klöppeln und isch die Bilder, Petit Poäng nennt man dat, nit, Justav? Nu setzt eusch doch, Kinder. Jetzt jibbet wat.

Uns zweimal in so kurzer Zeit Kinder zu nennen war nicht klug. Dazu dieses ›Justav‹. Unser Gustav, Gustav Geffken, der die makellose Sprache Schillers liebte, den Monolog des verstoßenen Karl Moor so herzergreifend zu deklamieren wußte, hier war er Justav. Ich setzte mich auf einen Petit-Poäng-Hasen im Gras, lehnte mich an eine Plattstichente mit Spitzenüberwurf, neben mir drückte sich Edda auf ein flauschgewirktes Perlhuhn, Christel auf ein Kreuzstich-Kitz.

Geffken räusperte sich. Das war, das war, hm, hm, sehr schön, hm, hm, sehr ungewöhnlich. Wirklich, ja, sehr ungewöhnlich. Er war es, und er war es auch wieder nicht. Die vollen Lippen waren es und die warme Stimme, die blaurasierten Wangen, der verhangene Blick. Doch was immer er von nun an sagen oder tun würde, Plattstich und Petit Poäng stünden zwischen ihm und uns. Wenn wir ihn nicht erlösten. Mittlerweile hatte die Frau uns Kakao und Napfkuchen vorgesetzt. Beides schmeckte. Wir mußten uns etwas einfallen lassen.

Und jetzt, sagte die Frau, geheimnisvoll winkend, kommt mal mit. Geffken strahlte. Sachte drückte sie, Psst! die Klinke zu einem Zimmer am Ende des Ganges. Behutsam, beinah zärtlich schlich die schwere Frau in den dämmerigen Raum. Wir hinterher. Psst, sie legte ihren kurzen Finger auf den Mund. Ein Junge, flüsterte sie in das Kinderbettchen. Justav Josef heißt er, wie sein Vater. Geffkens Augen schauten nicht mehr im mindesten verhangen. Besonnen, innig und offen gingen seine Blicke zwischen Sohn und Mutter hin und her. Geffken war ein Vater.

Bei mir wirkte es sofort. Bei Gisela, als wir die Haustür hinter uns zuschlugen. Laut und höhnisch lachte sie auf, als Edda das süße Baby, das hübsche Baby zu preisen begann, als wäre es ihres. Fast hätte es Streit gegeben zwischen den beiden.

Nach diesem Besuch kam es vor, daß Geffken sich bei einem Vortrag klassischer Verse mit Spitzen, Kreuzstich, Plattstich, Petit Point, mit Troddeln, Bommeln, Quasten und Bordüren bedeckte und, gestickte Seidenpantoffeln an gekreuzten Beinen, in einem golddurchwirkten Kissen versank. Geffken, unser Deutsch- und Musiklehrer. Weiter nichts. Gisela stotterte beim Aufsagen wie eh und je, Doris kam wieder in gewöhnlichen Kleidern zur Schule, Karola kämmte sich die Haare nur noch zu Hause, ich stellte keine neunmalklugen Fragen mehr. Nur Edda machte auch nach unserem Auftritt kaum noch Kommafehler. Und ich blieb der Grammatik und den schönen Sätzen treu.

Ferdi war nun anderthalb Jahre tot. Auf dem Kiesberg, dort, wo Rudis Bauern- zu Bauland erklärt worden war, wurde ein geräumiges, doppelstöckiges Haus gebaut. Niemand kannte den Namen des Bauherrn. Alle möglichen Gerüchte liefen im Dorf um, vom Müpp, der im Lotto gewonnen hatte, bis zum reichen Düsseldorfer, der hier eine zweite, eine Landwohnung bauen wollte. Rudi, der es ja wissen mußte, schwieg zu alledem. Unter den Hochrufen der Arbeiter wurde der Birkenstrauch mit den bunten Bändern aufs Dach gepflanzt: Heinrich Hilliger, der Bauunternehmer, machte den Hausherrn, Bier und Ääzezupp gab es, auch für die, die nur vorbeischauten, um endlich den Bauherrn ausfindig zu machen.

Kaum zwei Wochen später, das Dach war schon gedeckt und Elektriker und Klempner zogen bereits Rohre und Leitungen hoch, da stürzte die Tante durch die Gartentür in die Küche. Mama, Maria! rief sie: Dä Ruddi! Nä, dä Ruddi. Sujet jiddet doch janit. Nä, nä, dat jiddet doch nit.

Der Bauherr des Hauses auf dem Kiesberg war niemand anderer als Rudi, der Schwiegersohn in spe. Die Baustelle habe man betreten, obwohl da stand ›Betreten der Baustelle verboten‹, und vor Aufregung habe sie ihrem Schäng einen Stoß in die Rippen gegeben, daß der von der Planke fast in den Schlamm gerutscht sei. Rudi habe Hanni von dem Brett weg direkt durch die Türöffnung auf den Betonfußboden gehoben, über die Schwelle jetragen, sagte die Tante so hochdeutsch wie möglich, da habe sie die Tränen nicht mehr zurückhalten können, do leefe mer de Trone de Backe eraff. Dat Beste ävver kütt noch. Man sei nämlich, nicht ganz ungefährlich, da die Treppe noch kein Geländer habe, in den ersten Stock gestiegen. Un wat jlövt ehr! Do sulle mer entrecke! Dä Schäng und esch. Die Tante schneuzte sich. Berta! riefen Mutter und Großmutter wie aus einem Munde, fielen der Weinenden um den Hals, auch die Mutter wischte ein wenig an ihren Augen herum. Dat wulle mer fiere! rief die Großmutter und holte den Aufgesetzten aus dem Keller.

Un esch weeß och ald, wo dä Höhnerstall hinkütt, die Tante fuhr sich noch einmal über die Augen und steckte das Taschentuch wieder zwischen die Brüste ins Korsett. Un de Johannisbeere. Nur der Keller werde etwas klein. Mit den neuen Maschinen, Rudi wolle nur die allerbesten, brauche man zwar nur noch eine kleine Waschküche; doch wolle er sich auch einen Partykeller einrichten. Met Barhockere und ener Theke, schwärmte die Tante. Dann bliev he em Huus! Un minge Schäng krett endlesch och ene Schuppe för singe Krom! Die Frauen stießen an. Op dat Hüsje! Op dä Jade*! Vell Jlöck! Mit jedem Gläschen bekam das Haus ein Zimmer mehr, wuchsen in dem Garten, was immer den dreien an Gemüse, Sträuchern, Bäumen und zuletzt

* Garten

auch Blumen einfiel, ein Paradies für alle Fälle. Un dat Hanni hät en de Eck von dä Kösch jezesch un jesäät: Un do kumme mer sechs Pänz* op de Bank, und da sei, was sie nicht für möglich gehalten habe, dä Ruddi rot geworden bis in den Kragen vom Sonntagshemd. Hück ovend jonn se dat Aufjebot bestelle. Prost!

Mit Fräulein Abendgold waren wir bis Lessing und in die ›Aufklärung‹ gekommen. Mit Geffken bis zu Schiller und den ›Räubern‹, und das hieß ›Sturm und Drang‹. Jedesmal wenn die Lehrer den Dichtern so ihren Platz anwiesen, war mir, als zögen sie einen Turnbeutel an seiner Kordel auf und zu, um ein Stück Dichtung hineinzustopfen oder herauszuziehen. In unserem Lesebuch ›Silberfracht‹ gab es ein Bild von Schiller, vorangestellt seinen ›Kranichen des Ibykus‹. Ein Mann im Halbprofil mit bedeutender Nase, feurigem Blick, eine dunkle Locke in der gedankenverlorenen Stirn, der reine, weiße, wellige Kragen um den schlanken Hals. Wort für Wort hatte ich mitgeschrieben, traurige Geschichten von harter Kindheit, tyrannischen Fürsten, von Krankheit und Luise, der Freundschaft zu Goethe, dem frühen Tod. Um mich bei Geffken hervorzutun, hatte ich mir bei Fräulein Abendgold ein Buch ausgeliehen, dick wie unser Heiligenbuch, Biographie nenne man das, sagte sie, der Verfasser sei ein berühmter Mann. Hatte Fragen ausgeklügelt, die ich für verfänglich hielt, Fragen, die sich von frühen Liebeserfahrungen bis zu Verdauungsproblemen des Dichters erstreckten. Wenn ich Geffken mit meiner Wichtigtuerei auf die Nerven gegangen war, hatte er es mich nicht merken lassen. Dies war nun vorbei. Mein Wissensdurst und meine Liebe galten nur noch Schiller allein. Das Buch des gelehrten Schweizer Professors wurde meine Bibel. Kein Zweifel. Schiller war ein Heiliger.

Noch immer teilte ich das Schlafzimmer mit dem Bruder, nur den Nachttopf teilten wir nicht mehr. Ich benutzte den des Großvaters. Einen eigenen Tisch oder eine Kommode, ein Schränkchen oder auch nur eine eigene Schublade für meine Sachen hatte ich nicht. Zwischen unseren Betten stand ein Nachtkästchen. Für einen Groschen Monatsmiete überließ mir der Bruder seine

* Kinder

234

Hälfte und schnitzte mir zudem aus Holzklötzchen zwei Kerzenständer. Der Großmutter schwatzte ich zwei gesprungene Einkochgläser ab.

Aus Piepers Laden besorgte ich mir einen Pappkarton, klappte seine Oberteile rechts und links auseinander wie die Flügel eines Altars und beklebte das Ganze innen wie außen silbern, und aus Nappopapier schnitt ich bunte, glitzernde Sterne.

Für den Schönen selbst bespannte ich die Pappe von einem alten Zeichenblock mit hellblauer Kunstseide, Hanni hatte mir den Fetzen – er war von ihrem Holländerkostüm übriggeblieben – einmal geschenkt. Mit dem Brotmesser trennte ich Schillers Bild aus der ›Silberfracht‹, legte es auf die Pappe und überzog das Ganze mit Zellophanpapier. Machte ihn haltbar wie die Großmutter ihre Marmeladen und Gelees. Dem ellenbogenhohen Herzjesu aus Gips setzte ich den silbernen Pappkarton vor die Nase. Rechts und links die Einmachgläser, Blumen würde ich morgen pflücken. Davor die Kerzenhalter. Kerzen fehlten mir noch. Alles überragend, mein Schiller auf schimmerndem Silber. Ein Gott.

Öm Joddeswille! schrie die Großmutter, als sie den Aufbau sah. Wo is dä Jesus?

Ehe sie zugreifen konnte, zog ich die Figur vorsichtig hinter Schiller hervor. Wortlos verschwand sie damit in ihrem Zimmer. Gottlob hatte sie nicht bemerkt, daß mein Silberpapier aus ihrer Sammlung für die Heidenkinder kam.

Die Mutter nickte beifällig. Ein Altar war etwas, das sie verstand. Verehrung war ihr nicht fremd. Schiller, sagte ich, heiße der Mann auf der blauseidenen Pappe, ein Dichter.

Och, su süht dä us, sagte die Mutter.

›Festjemauert in der Erden, steht die Form aus Lehm jebrannt, heute soll die Jlocke werden, frisch, Jesellen, seid zur Hand, von der Stirne heiß rinnen muß der Schweiß.‹

Aufrecht stand die Mutter vor dem Nachtkästchen zwischen unseren Betten und hielt die Finger vor dem Magen verschlungen wie in der Kirche. Sie formte Wort für Wort, jede Hebung und Senkung der Silben, jedes Reimwort betonend, um jedes G und Ch bemüht, überdeutlich, als spräche sie eine fremde Sprache.

Errötend wie eine ertappte Schülerin, brach die Mutter ab, beugte sich verlegen über das Abbild und murmelte: Un dä hät dat jeschrievve? Ne feine Mann. Nä, nä. Un jitz schlooft jut, Kenger.

Lange noch ging mir die Stimme der Mutter im Kopf herum; diese Stimme, die so gewöhnlich klang, wenn sie mit der Großmutter, der Tante, den Nachbarn sprach; zaghaft, unterwürfig, verstohlen, wenn sie sich dem Vater näherte; mürrisch, wenn es um mich, besorgt, wenn es um den Bruder ging; eine warme Altstimme, die Marienlieder sang; gedankenlos und mechanisch, wenn sie in den Andachten endlose ›Gegrüßet seist du, Maria‹ klapperte. Ich hätte gern noch mit dem Bruder über dieses Wunder gesprochen, das Wunder einer Mutter, unserer Mutter, die ein Gedicht aufsagen konnte. Doch der schlief schon, erschöpft von den wilden Jungenspielen am Rhein.

Wieder kaufte ich ein Schreibheft: Briefe an Schiller. Friedrich, schrieb ich, und sah ihn vor mir, einen mittelgroßen, schlanken Mann mit träumerischen Augen und feingezeichneten Brauen; in seine Nase war ich verliebt und sein Haar, das für mich, auch als ich wußte, daß es rot war, in weichen, dunklen Herzjesulocken auf die Schultern fiel. Und manchmal schimmerte durch sein ewig junges Gesicht das des Großvaters, der auch Friedrich geheißen hatte, Fritz.

Friedrich, schrieb ich, ich bin allein. Wie Du. Ich bin gerne allein, weil ich dann an Dich denken kann. Du weilst in der Ferne und blickst nach den Sternen. Ich sehe dieselben Sterne wie Du, und manchmal singe ich: Guter Mond, du gehst so stille. Dann denke ich nur an Dich, Friedrich. Ich habe Dir einen Altar gebaut – hier folgte eine ausführliche Beschreibung. Du bist so schön. Bis morgen. Deine Hildegard Palm.

Friedrich, schrieb ich. Ich habe heute meinen Aufsatz zurückgekriegt. Eine Eins. Das Thema: Warum wollte Amalie sterben? Ich schreibe Dir den Aufsatz ab und lege ihn bei. Mit tausend Grüßen. Deine Hildegard Palm.

Ich schrieb an Schiller, wie ich vor Jahren mit Frau Peps geredet hatte, rückhaltlos, offen. Und schwärmerisch. Körperteil für Körperteil besang ich seine Erscheinung, besonders seine Nase.

Meist jedoch erzählte ich von mir, bis alles, was mich verwirrte und ängstigte, nur noch Wörter waren, Papier. Wie in den Gesprächen mit Frau Peps wurde mir schon, während ich die Wirklichkeit in Wörter verwandelte, leichter. Hatte ich die Angelegenheit erst einmal zu Papier gebracht, hielt ich sie schon für erledigt. Im Guten wie im Bösen. Genüßlich malte ich Friedrich aus, was ich Gisela zum Geburtstag schenken würde, drei mit rosa, blauer und hellgrüner Spitze umhäkelte Taschentücher, wie ich sie einpacken und kunstvolle Schleifen binden würde. Keine simplen Schlaufen, nein, büschelweise wuchsen seidige Schlingen aus meinen Fingern auf die Linien meines Schreibhefts. So gründlich und ausführlich schrieb ich, bis ich das Geschenk greifbar vor Augen hatte. Am Festtag stand ich mit leeren Händen da und mußte mit einem Sträußchen aus dem Garten gratulieren gehen.

Von der Mutter schrieb ich und der Großmutter, selten vom Bruder, immer wieder vom Vater.

Um hinterm Hühnerstall zu sitzen, war es zu verregnet, ich hatte es mir im Wohnzimmer bequem gemacht, las mit erhobener Stimme aus Schillers ›Räubern‹, als die Tür aufging. Der Vater. Viel zu früh. Zu spät, mich aus dem Staube zu machen. Der Vater sah grau und trocken aus, brüchig, versteinert. Nur weg hier. Ich rutschte vom Sofa, wollte mich an ihm vorbeidrücken, als er den Gürtel schon aus der Hose gezogen hatte und auf meine Hand mit dem Reclamheftchen pfeifen ließ. Häs de nix Besseres ze dun, als hie op dä fuule Huck ze lije*, schrie er. Das Heftchen fiel mir aus der Hand, heulend drückte ich die gezeichnete Rechte mit der Linken an die Wange, duckte mich untern Tisch. Sah die Hand des Vaters das Heft ergreifen, hörte, wie er es einmal, zweimal zerriß, sah die verschmierten, mit Gummi aus Autoreifen besohlten Schuhe, die Tür knallte hinter ihnen zu.

Tage später stolperte der Vater über eine der großmütterlichen Schnapsflaschen, die, mit Beeren und Korn gefüllt, zur Hälfte aus dem Boden ragten, und fiel kopfüber ins Glas vom Mistbeet. Ein paar große und viele kleine Splitter steckten ihm im Gesicht, über die Stirn lief eine tiefe Schramme, aus der in dicken, trägen

* auf der faulen Haut liegen

Tropfen dunkles Blut quoll. Loof! schickte man mich zu Mickel. Mach flöck! Ich ließ mir Zeit. Wenn meine Füße schneller werden wollten, sah ich meine Hand an. Die aufgeplatzte Haut war noch nicht verheilt.

Friedrich verzieh mir. Er wußte von Tyrannen manches Lied zu singen. ›Der Mensch ist frei geschaffen, ist frei / Und würd' er in Ketten geboren.‹ Mein Heft für schöne Sätze und Wörter füllte sich mit Schiller. Nirgends fand ich mich so tief verstanden wie bei ihm. Der Geist ist frei! In meinem Kopf kann mir niemand dreinreden. Ich trug abgelegte Kleider, zu große oder zu kleine Schuhe, hatte keine Armbanduhr und fuhr in den Ferien nicht weg. Aber in meinem Kopf reiste ich, wohin mir niemand folgen konnte, trug ich Bleyle-Kleider von C & A und Pepitahosen aus Amerika, Lackschuhe von Salamander und Gewänder wie Carmen oder Amalie auf der Bühne der Stadthalle Großenfeld. Ich mußte am Abend um acht zu Hause sein, mußte mit zu den Verwandten nach Rüpprich, ich durfte nicht ans Baggerloch, ich kriegte keinen Badeanzug. In meinem Kopf hatte ich alles. Denken war Weg-denken, Schön-denken, Anders-denken. Denken war Flucht in den Kopf, in die Freiheit. Freiheit war im Kopf. Und nur dort. Alles, was ich mir vorstellte, war so viel herrlicher als das, was ich in Wirklichkeit kannte. Und es gehörte mir, mir allein. Keiner konnte es mir wegnehmen. Keiner konnte mir befehlen, dreinreden, dumm kommen. Das Reich der Freiheit. Daß dies auch ein Reich der Einsamkeit war, störte mich nicht. Im Gegenteil. Scheinbar allein, war ich sie alle. Das verliebte Mädchen so gut wie der junge Mann, den sie liebte, der sie liebte; die gütige Mutter, der gerechte Vater, war Gebirge und Meer, Wälder und Seen. In meinem Kopf war alles schön. Lange glaubte ich, ein wahrer Künstler sei einer, der es vermöchte, Häßliches so darzustellen, daß es schön würde, ein Plumpsklo zum Beispiel oder einen Kuhfladen. Ich versuchte es einige Male, doch je genauer ich hinsah und vor allem hinroch, desto widerwärtiger wurden mir beide. Ich war eben kein Künstler.

Als ich Friedrich schrieb, daß Hanni und Rudi bald heiraten würden, sagte er nichts dazu. Daß ich hingegen mich reinhalten würde auf ewig und immer für ihn, gefiel ihm.

Es war eine prachtvolle Hochzeit. Der Neubau fix und fertig eingerichtet, mit dem Verputzen wollte man bis zum Frühjahr warten, dann war alles noch besser ausgetrocknet. Die Möbel geflammte Birke. Und Hannis Musiktruhe.

Das ganze Dorf war auf den Beinen. Im Auto vorneweg, einem türkisfarbenen Borgward mit flatternden Tüllstreifen an der Antenne, das Brautpaar. Alle anderen gingen zu Fuß ins Kapellchen am Rhein, wo sie dicht gedrängt die Köpfe reckten nach dem Paar vorm Altar. Rudi, im schwarzen Anzug noch länger und dünner als gewöhnlich, stand neben seiner Braut, scharrenden Fußes wie ein Pferd an der Krippe. Hanni, von oben bis unten mit weißem Tüll umwunden, sah wie eine Riesenportion türkischer Honig aus. ›Einer trage des anderen Leid‹, predigte Pastor Kreuzkamp. Hanni sagte leise, Rudi laut: Ja. Über ihnen golden und schwergewichtig die Jungfrau Maria, ihr speckiges Baby im Arm.

Dat Hanni hät usjesorscht, seufzte die Mutter auf dem Weg zum Festsaal Pückler und sah mich mißtrauisch an, ob ich wohl jemals aussorgen würde.

Nach dem Mittagessen ergriff ich die Flucht. Seit meinem Versteck in den Rüppricher Stangenbohnen wußte ich allerorten einen stillen Winkel aufzuspüren.

Eine Handtasche besaß ich nicht. Aber immer trug ich ein kleines Buch bei mir, sicherheitshalber in der Unterhose. Diese Art des Transports zwang mir eine besonders aufrechte Haltung, einen gemessenen Gang ab. Dat kütt dovon, wenn mer *op* de Scholl jeht, höhnten die Verwandten, deren Kinder nur *en* de Scholl gingen.

Bei Pückler verkroch ich mich unter die Kellertreppe. Heute hatte ich nur ein dünnes Reclamheft eingesteckt: ›Der Verbrecher aus verlorener Ehre‹. Im Saal wechselte das Schützenbrüderkorps mit der Caprifischer-Band aus Möhlerath, ›Annelise, ach, Annelise, warum bist du böse auf mich‹, ›Rosamunde, schenk mir dein Herz und sei mein‹, spielten die einen, ›Rote Rosen, rote Lippen, roter Wein‹ die anderen. Dazu kam mir mein Friedrich mit Sätzen wie: ›Eine und ebendieselbe Fertigkeit oder Begierde kann in tausend Formen und Richtungen spielen, kann tausend widersprechende Phänomene bewirken, kann in tausend Charakteren anders gemischt erscheinen, und tausend ungleiche Charaktere und Handlungen können wieder aus einerlei Neigung gesponnen sein, wenn auch der Mensch, von welchem die Rede ist, nicht weniger denn eine solche Verwandtschaft ahndet.‹

Ich schnupperte. Der Geruch nach Rotkohl, Bratensoße, Suppengrün und Brühe wurde immer stärker. Ich wollte raus. Doch das Gatter ließ sich nur nach außen öffnen, und davor türmte sich nun schmutziges Geschirr. Ich war in meinem Verschlag gefangen und mußte warten, bis der Bruder mich holen kam.

Es war heiß unter der Treppe, in meinem Kopf verwickelten sich die Wörter, wollten keinen Sinn ergeben. Ich tastete mich von Wort zu Wort, bemüht, Zusammenhänge zu erfassen, Bedeutung herzustellen, Orientierung. Glaubte ich mit einem Satzanfang wie: ›Wir sehen den Unglücklichen‹ festen Boden unter die Füße zu bekommen, ging ich in den nächsten Verschachtelungen wieder unter: ›der doch in ebender Stunde, wo er die Tat beging, so wie in der, wo er dafür büßet, Mensch war wie wir, für ein Geschöpf fremder Gattung an, dessen Blut anders umläuft als das unsrige, dessen Willen andern Regeln gehorcht, als der unsrige‹.

Erst nach sieben Seiten kam Friedrich endlich in Fahrt, ließ mich Soßen, Kohl, Sellerie und Porreegerüche, das Stampfen der Füße zum Auftrumpfen der Kapellen vergessen, und das hin und wieder an meine Ohren brausende Gelächter und Gejohle machte mir meine dämmerige Einsamkeit noch willkommener. Nur eines störte mich, wie schon bei den ›Räubern‹, auch in dieser Geschichte. Hatte jemand einen Buckel, rote Haare, Narben, schielende Augen, ein hinkendes Bein, war er mit Sicherheit ein Bösewicht. Nur schöne Menschen waren gute Menschen. Ich wußte es besser. War Hillgers Otto, der sabberte, hinkte und kaum verständlich sprechen konnte, nicht ein herzensguter Mensch? Und das Fräulein Feitzen, die Mathematiklehrerin, die aussah wie die Vorführdamen aus dem Quelle-Katalog, nicht ein durch und durch bösartiges Wesen, und das mit Lust?

Dies alles würde ich Friedrich schreiben, wenn ich erst einmal wieder zu Hause war, im Holzstall. Nach dem Auftritt im Wohnzimmer hatte der Vater den Verschlag leer geräumt und einen Tisch und einen Stuhl für mich hingestellt.

Ich mußte langsam lesen, die Geschichte war kurz, das Licht schlecht. Der Bruder ließ auf sich warten. Er hatte sein Geduldsspiel mitgenommen; ein Ding, nicht größer als eine Taschenuhr; in den rotlackierten Holzboden unter einer gewölbten Plastikhaube waren blaue Hin- und Herwege eingekerbt, die in eine kleine Grube mündeten. Die Silberkugel war durch Neigen und Rucken zunächst auf einen der Wege zu bringen, dann in die Grube. Wollte man von neuem beginnen, mußte man die Kugel wieder hinausschütteln. Der Bruder wurde für sein Geduldsspiel immer und überall gelobt und beherrschte es bald so geschickt, daß es an ein Wunder grenzte, wie er das Kügelchen auf schnellstem Wege in die Grube schlüpfen ließ. Über diesem Spiel versank für ihn die Welt wie für mich über den Büchern.

Zum dritten Mal schon stand ich mit dem mörderischen Sonnenwirt am Rande des Abgrunds, als der Bruder kam, das Geschirr beiseite räumte und ich mich endlich in Pücklers Festsaal hinaustasten konnte.

Die Musik spielte. Das sah ich an den Bewegungen der Kapelle, der Tänzer. Ich hörte nichts. Unter den modischen Ondulationen und Fassonschnitten über verschwitzten Kragen und verrutschten Krawatten, aufgeknöpften Blusen und rotglühenden Ausschnitten fehlten die vertrauten Nasen, Münder, Augen, Ohren. Totenköpfe. Knöcherne Mundhöhlen, vom Auf und Ab der Kiefer lebhaft bewegt. Stumm. Der Bruder griff nach meiner Hand, wollte mich mit sich ziehen. Ich stand erstarrt.

Bertram! keuchte ich.

Er sah sich um.

Bertram! Er hatte ein Gesicht. Hatte sein liebes, gutmütiges Jungengesicht mit den treuherzigen Augen, braun wie die meinen. Nur wir beide in der Familie, der grau, grün und blau gemischten Verwandtschaft, hatten diese dunklen Augen. Bertram, ich fiel ihm um den Hals. Berti, ich muß hier raus. Das Kleid der Mutter, ihre Beine, ihre Schuhe, ihre frisch gelegten Wellen im rötlichen Haar rannten auf mich zu, ihre Hand war es, die mich packte, Knochenhand, und als der Schädel seine Mundöffnung meinem Ohr näherte, riß ich mich los, heulte auf vor Entsetzen, stürzte ins Freie. Friedrich, erzählte mir der Bruder anderntags, habe ich geschrien, der ganze Saal sei zusammengelaufen, und die

Mutter habe dagestanden wie bei der Beerdigung vom Opa, und alle hätten sie bedauert wegen ihrem dolle Döppe. Dat kütt dovon, wenn mer de Blage op de Scholl scheck, hätten sie einstimmig gesagt.

Zu Hause machte mir der Vater, der Feste gern unter einem Vorwand früher verließ, die Tür auf. Er hatte ein Gesicht. Ich hätte es fast geküßt. Auch die Mutter hatte am nächsten Tag wieder ein Gesicht. Alle hatten eines und behielten es.

Das letzte Stück vom Hochzeitskuchen war noch nicht gegessen, da brach ich zu einem meiner ausgedehnten Spaziergänge auf. Mit einem flüchtigen Streicheln über die blaue Seide verabschiedete ich mich von Friedrich, als ich eine leichte, kühle Berührung auf meiner rechten Schulter fühlte. Ich zuckte zusammen, sah mich um. Niemand. Gemurmel bedeutete mir, ich solle den Weg zum Rhein einschlagen. Das hatte ich ohnehin vor.

Bei der Großvaterweide suchte ich einen Wutstein. Kaum sah ich ihn an, sah mich ein Totenkopf an. Entsetzt ließ ich ihn fallen. Jemand war hier, spürte ich, vornehm duftend, ähnlich wie der Bürgermeister mit der Ermessenssache. Nicht Angst hielt mich ab, den Kopf zu wenden. Er könne mir mißfallen, fürchtete ich. Das tat er nicht. Er war festlich und altmodisch gekleidet, wie ein französischer Baron in ›Fels und Meer, die Illustrierte Zeitschrift für das Deutsche Haus‹ vom Dachboden der Frau Bürgermeister. Er trug einen Frack, ein fein plissiertes Hemd, Handschuhe und Zylinder. Hatte weder ein Gesicht noch kein Gesicht, schien eine Nase, einen Mund, Wangen und Stirn, sogar Augen zu haben, doch alles nur vergleichsweise, eine Nase wie eine Nase, ein Mund wie ein Mund, das Wort ›Maske‹ schon zu genau für diese gesichtsartige Masse. Die Pappeln rauschten nicht, die Schiffe tuckerten nicht, die Krähen schrien nicht mehr. Die Welt war verstummt. Er hielt sich seitlich dicht hinter mir, begleitete mich ein Stück den Rhein entlang, von weitem sah ich ein engumschlungenes Paar durch die Kiesel stolpern und in den Wiesen verschwinden, erkannte Sigrid und Heinzi aus meiner alten Volksschulklasse. Als wir uns der Rhenania näherten, spürte ich einen Windstoß im Rücken, einen Wirbel, er stand vor mir. Dünn und von unbestimmter Länge, eine unstet züngelnde, kalte Flamme im Frack. Von den glasähnlichen Knöpfen ging ein schwaches, trübes Flimmern aus. Schweigen bedeutend, hob er den schwarzledern behandschuhten Zeigefinger an die lippenartige Materie, trat wieder hinter mich und zog sich im Weitergehen langsam von mir zurück: die Geräusche des Dorfes kehrten allmählich wieder, die Sirene der Raffinerie gab das Feierabendsignal, die Straßenbahn nach Strauberg ging quietschend in die Kurve, ein Radfahrer klingelte und schrie, ich wäre ihm fast in die Räder gelaufen.

Zu Hause raste ich die Treppen ins Schlafzimmer hinauf, brach vor dem Nachttisch in die Knie. Friedrich, stammelte ich, legte meine Stirn auf das Spitzendeckchen vor sein ewiges Halbprofil, silbern und blau, und heulte, bis mir die Tränen in den Kragen liefen.

Hilla, eine Hand tupfte mir auf die Schulter. Es war der Bruder. Komm runter. Et jibt wat zu essen.

In der Schule und in der Kirche hatte ich Ruhe vor ihm. Überall sonst konnte er jederzeit auftauchen. Anwesend war er immer, wie der Wind, wenn er nicht weht, oder die Sonne hinter den Wolken. Kam er näher, zogen sich die Geräusche der Erde von mir zurück, und ich roch den süßen, ein wenig fauligen Duft einer unscheinbaren, weißen Blüte, die er im Knopfloch trug, Gardenie heiße sie. Er sprach nur selten. Mit einer Stimme, die sich kaum von der Stille abhob, selbst Teil der Stille, Grauton in einer Grisaille. Fragen stellte er nie, erriet jedoch die meinen und ließ dann ein Ja oder Nein vernehmen, als trüge mir der Wind einen fernen Glockenton zu.

Früher schon war ich gern mit der Mutter auf den Kirchhof gegangen, wo sie ein paar Grabstätten in Pflege hatte, liebte die flimmernde, summende Welt von Käfern und Schmetterlingen, Bienen und namenlosen Glanztierchen mit ihrem strengen Duft von Tagetes, Glockenheide, Wacholder und Buchsbaum, liebte das feine Konzert der Insekten, auf- und niederwogend, die Soli der Grillen, das Sirren einer blutrünstigen Bremse; liebte die Dunkelheiten der Sträucher, Jasmin und Holunder über den alten, hohen Grabmalen, und unter all dem zarten, bunten Gewebe das Schweigen der Gräber, das jeden zu andächtiger Stille zwang.

Nun war mir, als gehörte ich hierher und nirgendwohin sonst; nahm mich der Ruhestätten von Dormagens Annchen, Röttgers Paulchen, der Bäckerfamilie Stickelmann an, machte das Rechteck der Bürgermeisterfamilie Vischer zu einem Schmuckstück seiner Art, polierte die Namen zwischen Geburt und Tod mit einem abgelegten Leibchen auf Hochglanz, wühlte Löcher für neue Blumen in die Erde, riß die alten heraus und warf sie auf den Komposthaufen hinter der Leichenhalle, den Geruch der Verwesung in tiefen Zügen genießend. Hatte ich meine Hände lange genug in die feuchte Erde der Parzellen vergraben, hockte ich auf einer der steinernen Einfassungen und versenkte mich in den lebendigen Glanz aus Licht, Duft, Gesumm. Ihm nah.

Meine Leistungen in der Schule blieben gut. Mitunter war ich geistesabwesend, doch das waren jetzt alle, jede mit erstem Verliebtsein beschäftigt. Unter dem Siegel der Verschwiegenheit erzählte mir Doris von Robert, einem älteren Gymnasiasten, Unterprimaner, und nahm mich ins Gebet. Doch als sie mein Gesicht sah, schlug sie sich auf den Mund und fragte, ob mir etwas fehle.

Ich schüttelte den Kopf. Schon mit meiner Liebe zu Schiller war ich bei der Freundin nur auf bemühtes Verständnis gestoßen. Verlegen stammelte ich etwas von verlorengegangenen James-Dean-Fotos. Alle Mädchen in der Klasse sammelten Bilder von Filmschauspielern; Rock Hudson, Tony Curtis, Horst Buchholz. Ich wollte dazugehören und tat so, als interessiere ich mich für James Dean. Investierte zornigen Herzens in Glanzpostkarten und Kaugummi, dem Bilder beigegeben waren, beteiligte mich am Hin- und Hertauschen der Konterfeis – Biete dreimal Karlheinz Böhm gegen einen James Stewart – und schwatzte den Cousinen Filmprogramme ab. Ob Doris mir diesen Kummer glaubte, weiß ich nicht. Jedenfalls fragte sie nie mehr nach meinem ›Schwarm‹, erzählte mir aber auch lange nicht wieder von ihrem Robert.

Ich kannte ihn nun seit dem Sommer, stundenlang hatten wir auf den Kribben am Rhein gesessen, ins Wasser geschaut, uns der Sonne entgegengestreckt. Ihm war, so wie mir, immer kalt, es zog uns in Licht und Wärme, am liebsten in Hitze und gleißende Helligkeit. Dann kam der November, und mit dem November kamen Kälte und Dunkelheit. Es war kurz nach Allerseelen, ich hatte am Tage zuvor meine Gräber mit ewigen Lichtern versehen, es regnete, stürmte, die Blätter lagen gehäuft in den Straßen, als ich ihn hinter mir, neben mir, um mich herum spürte. Ich hatte sein Nahen nicht bemerkt, die Geräusche waren nicht wie gewöhnlich verebbt, hatten sich vielmehr verstärkt, ein gewaltiges Brausen und Prasseln von Wind und Regen drang auf mich ein, und seine Stimme klang hohl, vielstimmig, ein vielfach gebrochener Chorgesang im hohen Gewölbe, als er mir zum ersten Mal etwas befahl: Ich solle ihn ansehen. Er war, wie immer, im Frack, aber der Kopf mit dem Zylinder baumelte lose am Rückgrat, den Hals durchschnitt ein Teller, ein gewöhnlicher Suppenteller, Buchstabennudeln am Rand, fettig von Rinderbrühe. Tief in der Gurgel, sichelförmig. Mit einer Sichel hatten wir früher mit der Mutter von den Straßenrändern Grün für die Schafe geholt und für Hänschen. Regen und Wind heulte in die Ohren, drang auf meinen Körper ein, Angst und Schmerzen krümmten mich zusammen, ich keuchte davon, die dunkle, nasse Dorfstraße entlang, über Markt und Kirchplatz den Rheinwiesen entgegen. Frau Thienen fand mich bewußtlos an der Straße, unweit des Hauses von Dr. Mickel. Eine leichte Gehirnerschütterung. Ich blieb ein paar Tage zu Hause, fiebrig jedem Geräusch nachspürend, ob es auch die richtige Lautstärke habe. Begierig, aus dem Haus zu kommen, fuhr ich, sobald der Arzt es erlaubte, wieder zur Schule. Dort war ich sicher.

Doch sobald ich die Straßenbahn bestiegen und mich wie immer neben Bärbel gesetzt hatte, drohte das Kreischen der Räder, der Spektakel der Kinder mein Trommelfell zu zerreißen. Eine Stimme, seine Stimme, befahl, einen Fensterplatz einzunehmen. Ich wechselte auf den Sitz hinter Bärbel, die mich verblüfft, dann erschrocken ansah. Kaum saß ich, wurde mir eine riesige Sense in die Hand gedrückt: Aus dem Fenster halten solle ich sie und alles, was sich darbot, zerschneiden. Mein Arm auf dem schmalen Holzvorsprung am Straßenbahnfenster lag wie angeschmiedet, ich umkrampfte den Schaft und heftete den Blick auf eine rosa Pudelmütze. Die Geräusche hatten jetzt wieder ihre normale

Lautstärke. Hinsehen, warnte die Stimme, raussehen. Draußen schimmerte das Sensenblatt im milchigen Licht aus Straßenlaterne und Morgendämmerung.

Tante Berta auf dem Fahrrad, die braune Tasche an der einen, das Netz mit Äpfeln an der anderen Seite der Lenkstange, kam schnell näher. Ich wollte die Sense heben, haushoch heben, da schwoll das Kreischen der Stimmen an, die Luft selbst dröhnte und drohte über mir einzustürzen, bis ich die Sense senkte und die Tante durchschnitt, kurz über dem Lenkrad, einfach durch. Ein kurzes Rucken des Stiels in meiner Hand. Es war vollbracht.

Die Stimmen verstummten, lautlos rollten die Räder über die Schienen. Mit schwankenden Kannen am Lenker fuhr die Milchfrau der Bahn entgegen, der Sensenstiel bebte, die Frau reckte ihr Gesicht in den Regen, schien sich des Regens zu freuen, schaute mit offenen Augen nach oben, um noch mehr Nässe aufzufangen, ich kannte das runde, gutmütige Gesicht, seit ich als kleines Kind den Milchtopf vor die Tür gestellt hatte. Der Wind blies von vorn und bauschte ihren Rock, von den Reifen des Rades spritzte das Wasser in funkelnden Bögen, wieder wollte ich die Sense über das Opfer hinwegheben, überwältigendes Getöse bezwang meine Hand. Ich schnitt.

Ein Mann überquerte die Straße, den Kopf tief zwischen die Schultern gezogen, ging seinen Weg, als aus der Stille, die mich umfing, die Sense sich hob und, ein feines Zittern des Holzes in meiner Hand zeigte es an, ihm durch die Wirbelsäule fuhr. Nicht anders erging es einem kleinen Jungen. Er war gekleidet wie ein alter Segler. Sein Kleppermantel reichte bis auf die Gummistiefel, obwohl ihn ein Gürtel in der Taille hochhielt. Auf dem Kopf der Südwester verbarg sein Gesicht. Er platschte durch die Pfützen zum Gartentor hinaus, als die Mutter rief und ihm das Schulbrot brachte. Diesmal zögerte ich keine Sekunde, und Stille belohnte mich.

Dieses Eingetauchtsein in Stille, dieses Ausgefülltsein mit Stille, dieses Stille-Sein mußte ich mir immer wieder von neuem verdienen. Er ließ nicht mehr ab, war nicht länger der zurückhaltende, feine Herr in Frack und Zylinder. Er tat sich keinen Zwang mehr an, zeigte sich in seiner wahren Gestalt, nämlich keiner. Und war doch da wie nie zuvor. Machte mich süchtig nach seiner Belohnung, dieser gestillten Stille, wie man sie nirgends sonst auf Erden finden kann.

Bisweilen hielt er mich auf so besondere Art in Stille gefangen, daß ich kaum wieder aufzutauchen vermochte. Kam ich zu mir, klopfte mir jemand die Wangen oder hielt mir Kölnisch Wasser unter die Nase und rief meinen Namen. An einem kalten Januartag trennte ich einmal kurz vor der Endhaltestelle einer ansehnlichen Trauergemeinde, auf dem Weg vom Kirchhof zum Café Haase, die Köpfe ab und war darauf so sehr in seine Welt entrückt, daß ich gerade noch unser Gartentor erreichte. Wie ein großer, brauner Käfer habe ich dort gelegen, erzählte der Bruder, der mich kurz darauf fand, ein Käfer im Winterschlaf, die Beine fest unter den Bauch gepreßt. Von weither hörte ich Stimmen, mürrisch besorgt die Mutter und die Großmutter lamentierend, dat kütt alles bloß vun de hühere Scholl. Der scharfe Brombeergeruch von 4711 brachte mich zu mir, die Großmutter steckte mir ein mit Klosterfrau Melissengeist getränktes Zuckerstückchen in den Mund. De Scholl es zevill för dat Kenk, wiederholte sie ein ums andere Mal. Nä, nä, sagte die Mutter, et es bal su wick*. Ah, jo, die Großmutter schlug sich mit der Hand vor die Stirn, und die beiden Frauen nickten sich bedeutungsvoll zu.

Kurze Zeit später schwamm, als ich morgens den Nachttopf benutzte, Blut im Urin wie ein Hahnentritt im Eidotter. Ich wußte Bescheid. Doris bekam ihre Tage seit zwei Monaten und Ursula Peters schon seit einem halben Jahr. Sie war die erste, die mit einem Entschuldigungsschreiben im Turnunterricht auf der Bank bleiben durfte. Nach und nach saßen immer mehr von uns abwechselnd oder gemeinsam auf der Bank im stolzen Gefühl des Erwähltseins.

Die Mutter gab mir ein Strickstück, schmaler als ein Topflappen und doppelt so lang, das ich mir zwischen die Beine preßte und an zwei Knöpfen, der eine vorn, der andere hinten in der Taille, an einem daumenbreiten Gummiband befestigte. Sie behandelte mich wie eine Kranke, die Großmutter wie eine Besiegte.

In der Küche hatte die Mutter schon ein Lager auf der Bank

* es ist bald soweit

hergerichtet und hielt im Backofen warme Tücher bereit. Der Holzkasten war mit alten Matratzen in einem Bettlaken gepolstert. Ich nahm von dem einladenden Aufbau kaum Notiz, fragte, ob jemand krank sei, und wusch mich im eisigen Wasser am Spülstein, ohne mich um die Mutter zu kümmern. Wegen dieser einzigen Wasserstelle im Haus hatte es lange Auseinandersetzungen gegeben. In dem Buch ›Das Mädchen auf dem Weg zur Frau‹, einem Namenstagsgeschenk von Doris, hatte ich gelesen, daß der Körper unter den Armen und zwischen den Beinen ›Stoffe produziert, die nicht gut riechen‹. An eine morgendliche Wäsche unterhalb der Gürtellinie war nicht zu denken, aber das Recht auf täglich gewaschene Achselhöhlen ertrotzte ich mir schließlich doch.

Jeden Samstag gab es im alten Schweinestall eine sargförmige Zinkwanne voll für alle, der Vater zuerst, die Kinder zuletzt. Kam ich an die Reihe, war das Wasser schon von einem schlierigen Film bedeckt, auf dem dunkle Klümpchen aus Haut und Dreck schwammen. Anschließend wurden in dä Bütt die Blaumänner des Vaters eingeweicht.

Niemand glaubte, daß ich meinen ›Sauberkeitsfimmel‹ lange durchhalten würde. Spätestens im Winter, wenn am Fenster neben dem Spülstein die Eisblumen nicht von den Scheiben schmolzen, würde ich von dieser Vornehmtuerei und Verschwendung schon wieder von selbst ablassen.

Auch dem Bruder mißfiel dies Waschen mehr als alle anderen ›Manieren‹, die ich bislang schon eingeführt hatte. Eine Zeitlang wich er mir aus, bis er sicher war, daß ich meine Waschungen nicht auf seine Haut ausdehnen wollte.

Im Frühjahr hatte ich auch noch ein eigenes Handtuch durchgesetzt. Ich trug es nach jedem Gebrauch die Treppe hoch zum Trocknen über der Eisenstange meines Bettes. Vom ersten verdienten Geld kaufte ich mir ein Stück Palmolive-Seife.

An diesem Morgen aber war es noch der Klumpen Kernseife, graubraun von den ölverschmierten Händen des Vaters, mit dem ich mir unter die Arme fuhr, während ich die Eisblumen am Fenster fixierte. Die Großmutter bot mir ein weiches Hühnerei an, versprach Rotwein mit Eigelb, zwei Eigelb und Puderzucker für meine Stärkung, wenn ich nur hierblieb, hier im

Küchendunst eines Dienstagvormittags, in den Schwaden eines Mittagessens aus Kohl und Kartoffeln und einer scharf gebratenen Wurst gegen Viertel vor zwölf, bevor der Vater nach Hause kam, ›Komm, Herr Jesu, sei unser Gast und segne, was du uns bescheret hast‹.

Gar nichts fehle mir, sagte ich und hielt das Gesicht länger als sonst in den beißenden Strahl aus dem Gummischlauch, der dem Messinghahn aufgesteckt war. Ich dachte nicht daran, mich ihren Spielregeln zu unterwerfen, den Spielregeln der Frauen, von Mutter und Großmutter, Tanten, Cousinen und Nachbarinnen. Mich kriegten sie nicht.

Erst in der Straßenbahn auf meinem Platz am Fenster, den vertrauten Sensenstiel in meiner Hand, fühlte ich mich wieder sicher. Ah, dieses befriedigte Zucken, als ich einem jungen Mann mit dünnem Stock, dessen flinke Hand platt wie gelähmt auf der Brust lag, den Leib durchschnitt, dieser Abgrund von Stille, der mich belohnte! Er hatte mich nicht verlassen.

Zwei, drei Tage darauf kam ich früher als gewöhnlich nach Hause. Die letzten Stunden waren ausgefallen. Reibekuchenduft schlug mir entgegen. Die Mutter hantierte am Ofen mit der schweren Eisenpfanne. Auf dem zugeklappten Elektroherd – die alte Frau Bürgermeister hatte ihn ausrangiert, doch Strom war teuer – standen zwei Schüsseln, die eine mit dem Teig, die andere für die fertigen Kuchen. Am Küchentisch saß die Tante, aß und weinte, netzte die fettigen Plätzchen, die sie mit Rübenkraut bestrich.

Eß, Berta, eß. Du mußt dojäjen anesse, hörte ich die Großmutter am anderen Ende des Tisches.

Heldejaad, schluchzte die Tante, kumm ens bei mesch. Du bes doch jitz ald jruß. Die Großmutter knurrte, sie hatte noch nicht verziehen, daß ich mich ihr an meinen ersten Tagen entzogen hatte, aber die Mutter setzte mir einen Teller Reibekuchen vor. Loß dat Kenk doch esch ens esse, sagte sie. Däm verjeht doch sös bloß dä Appetit. Die Tante schluchzte auf und steckte einen Kuchen in den tränenfeuchten Mund. Hastig verschlang ich meine

Portion, die Plätzchen waren zu schwach gesalzen, und es fehlten die Zwiebeln. Das war der Mutter noch nie passiert.

Dat Maria..., die Tante wischte sich mit dem Handrücken Rübenkraut und Fettreste vom Mund, schob den Teller beiseite und schneuzte sich. Dat Maria war ihre ältere Tochter; die brave, die fromme, die im Kirchenchor sang, mit dem Jungfrauenverein nach Kevelaer pilgerte, Exerzitien machte und Joghurt aß.

Diese Maria, Cousine Maria, hatte Krebs. De Brust, keuchte die Tante und starrte der Mutter, der Großmutter, mir ins Gesicht, dä Knoten is schon wie eine Mandarine, sacht dä Dokter, sagte die Tante, esch konnt se schon fühlen.

Berta, schrie die Mutter und schlug die Hände vors Gesicht. Der Reibekuchen kratzte im Hals. Ich goß mir ein Glas Milch ein. Noch eins.

Et muß direck en de Städtische no Düsseldörp, sacht dä Doktor. Wenn die Tante sich bemühte, hochdeutsch zu sprechen, wurde sie mir unheimlich. Erleichtert hörte ich, als sie auf Kölsch fortfuhr, was es nun alles zu besorgen gebe, Nachthemden und Bettjäckchen, einen Morgenmantel und neue Pantoffeln, un dat alles bes moje fröh.

Wo bliev do de Gereschtischkeit, seufzte die Großmutter und verdrehte die Augen zum Kreuz in der Ecke; kramte im Vertiko und ersetzte das Tellerchen mit Öl durch eine dicke, kurze Kerze, verziert mit einem strahlenbekränzten Lamm Gottes, in der rechten Vorderpfote eine Fahne. Die es vom Ohm jeweiht, sagte sie und zündete die Kerze an. Mutter und Tante nickten ehrfürchtig, beinah getröstet.

Ein ›Vater unser‹ und drei ›Gegrüßet seist du, Maria‹ beteten wir, dann holte die Mutter ihr Bettjäckchen, das sie seit der Geburt des Bruders nicht mehr getragen hatte, und gab es der Tante. Wenn et dat Minsch us Miesbersch wör, dat hät kenne jewundert. Ävver dat Maria, nä, nä, räsonierte die Großmutter. Das Minsch us Miesbersch aber erfreute sich trotz lackierter Fingernägel und blondierter Haare, mit Zigarettenspitze und ohne Gatten bester Gesundheit.

Anders als damals, zu Hannis Kummer um Ferdi, fiel mir zu Marias Unglück nichts ein. Meinen Büchern auch nicht. Dort starben arme Frauen an Hunger, Auszehrung, Seuchen; Bessergestellte raffte das Kindbett oder hitziges Fieber hinweg; adlige Damen brachten es fertig, an gebrochenem Herzen dahinzuscheiden, schon ein mondscheinkühler Spaziergang reichte aus. An Brustkrebs erkrankten die Frauen nie.

Maria war fünfundzwanzig, ihre Verlobung mit Heribert Engel, der die Elektrohandlung seines Vaters übernehmen würde, konnte nun, kurz nach Ostern, endlich gefeiert werden. Dann war das Trauerjahr für Heriberts Mutter vorbei. Brustkrebs. Sie war nur bis ins Möhlerather Krankenhaus gekommen. An dem Ännschen – Heriberts Mutter – hät mer doch nur römjedocktert, empörte sich die Tante. Daß Maria gleich in Düsseldorf operiert wurde, erschreckte und beruhigte sie zugleich.

Vor dem dreiteiligen Spiegel der Frisierkommode im Elternschlafzimmer zog ich meinen Pullover aus, das Unterhemd und das Leibchen. Die Leibchen waren jetzt aus Baumwolle und kratzten nicht mehr; ich haßte sie dennoch. Meine Brüste, nicht viel mehr als zwei Ideen, die unter der Haut heranwuchsen, wurden durch dieses Kleidungsstück, das bis zur Taille reichte und an Gummibändern die Strümpfe halten mußte, eng an die Rippen gepreßt, beinah unsichtbar. Sie waren kleiner als der Knoten, den man Maria entfernen würde. Ich beugte mich vor, richtete die Spiegelflügel, daß ich dieses Wunder von allen Seiten bestaunen konnte, dieses wachsende, gesunde Wunder. Ich dehnte und reckte mich wie in der Turnstunde, konnte mich gar nicht satt sehen an meinen Spiegelungen, als das bekannte Brausen anhob und ich den Spiegel hastig zusammenklappte.

Am Dienstag hatte die Tante in der Küche gesessen, am Donnerstag war Maria, so die Mutter, unters Messer gekommen, am Sonntag fuhren wir nach Düsseldorf. Wir, die Tante, die Mutter, Hanni und ich. Wir, die Frauen. Von Dondorf nach Strauberg mit der Straßenbahn. Von Strauberg bis Möhlerath mit dem Bus. Von Möhlerath mit dem Zug bis Düsseldorf Hauptbahnhof. Über Bilkenbach, wo die Tante ihre Tochter in die Seite puffte und vielsagend nickte, während Hanni verlegen meinen Blicken auswich. Vom Hauptbahnhof noch einmal mit der Straßenbahn direkt vors Krankenhaus. Reiche Beute für meine Sense.

Die Blumen ließen schon die Köpfe hängen. Anstatt seine

Braut selbst zu besuchen, hatte Heribert der Tante ein wuchtiges Gebinde mitgegeben, so zwischen Braut- und Grabstrauß, das er sich etwas hatte kosten lassen. Die Mutter hatte ein Glas Pfirsiche eingepackt, Hanni ein Nachthemd, ein Hochzeitsgeschenk, noch in der Verpackung. Ich hatte für Maria ›Das Leben der Therese von Konnersreuth‹ ausgeliehen. Wegen der Wundmale.

Die Städtischen Krankenanstalten lagen in einem schwer überschaubaren Gelände hinter hohen, mit lanzenartigen Spitzen versehenen Eisengittern verstreut auf zahlreiche Gebäude aus graugelben Klinkern mit schmutzigen Stuckverzierungen. Die Frauenklinik gleich hinter dem Hauptportal war eines der ältesten und düstersten Häuser. In der Eingangshalle saßen Männer in Anzügen und Frauen in Morgenmänteln und rauchten. Die Luft zog in blauen Schwaden aus dem Fenster, noch im ersten Stock, der Chirurgie, mischte sich der Zigarettenrauch mit dem Geruch von Bohnerwachs und Karbol.

Gleich hinter der Tür in Marias Achtbettzimmer lag ein Wesen, geschrumpft und kahlköpfig, ähnlich der Mumie in meinem Geschichtsbuch. Der lippenlose Mund stand offen, wie beim Großvater, ehe man ihm eine Streichholzschachtel unters Kinn gepreßt hatte, und röchelte. Ein dicker Mann mittleren Alters in einem großkarierten, viel zu engen Anzug, beugte sich über das Bett daneben und flüsterte Unverständliches gegen einen Haufen Bettzeug und ein Büschel Dauerwelle.

In den nächsten Betten erzählten sich zwei kahle Frauen in grünen Nachthemden, die am Hals mit einem Band wie ein Sack zusammengehalten wurden, Witze von Tünnes und Schäl und lachten in vorsichtigen, abgehackten Anläufen, als müßten sie rülpsen. Mit ihren schimmernden Schädeln sahen sie aus wie Wesen von einem anderen Stern.

Maria hatte Haare. Die Frau im Bett gegenüber auch. Sie war im gleichen Alter wie die Tante, rund und rosig. Doch die Farbe war nicht echt, und das erschöpfte Gesicht glänzte vor Schweiß, was weder der Ehemann noch die beiden erwachsenen Kinder zu bemerken schienen. Sie amüsierten sich mit Geschichten aus Kegel- und Gartenbauverein. Auch Maria hatte eine merkwürdige Farbe. Kinn und Stirn von wächsernem Weiß, Hals und Wangen bis hinunter ins hellblaue Nachthemd ein dunkles Purpur. Sie saß aufrecht, gestützt von zwei aufgeplusterten Kissen. Gespannt sah sie noch zur Tür, als wir diese schon hinter uns geschlossen hatten. Sie blieb zu.

Dä es vun dem Häbäät, sagte die Tante statt einer Begrüßung. Dä hät, dä hät... Sesch verköhlt, sprang Hanni ihr bei. Sunne decke Hals un Hoste. Dä wollt desch nit anstecke. Es dann hi ken Blomevas?

All dat Jeld för de Blome, sagte Maria und versuchte zu lächeln. Hanni kam mit einem Eimer zurück. Die Vase wore ze kleen, sagte sie. He jehüre si och hin, und stellte den Eimer hinters Bett. Un schöne Jrüße vom Papa. Dä hölp dem Böckers Willi. Dä baut ene Stall.

Wollt ihr ens lure? fragte Maria und begann, ihr Nachthemd aufzuknöpfen. Ich machte einen Satz zurück, aber die Mutter hielt mich fest, und Maria sagte: Du bruchs ken Angst ze han. Do es nix ze sinn. Das stimmte.

Maria war stolz auf ihre hübsche Figur. Als Mitte der fünfziger Jahre ihre Eltern und Hanni immer fetter und süßer zu essen begannen, die gute Butter und die Stollwerk-Pralinen, Sahne und Van-Houten-Kakao, in dem der Löffel steckenblieb, griff Maria zum Joghurt. Und wenn Hanni die Muzemändelsche ze Fastelovend im Öl schwimmen ließ, strich sich Maria Schichtkäse aufs Schwarzbrot.

Noch letztes Jahr hatte ich sie im Badeanzug gesehen. Alle paar Wochen spazierten unsere beiden Familien sonntags nachmittags mit Kartoffelsalat, hartgekochten Eiern, Himbeersaft und für die Männer Bier an den Rhein. Ausflug machen, nannte man das, fast so schön wie Camping, was wir uns nicht leisten konnten. Dann saß man auf einer Decke und zog sich aus. Die Großmutter war – sunne Kokolores – zu Hause geblieben, Vater und Onkel zeigten haarige Brust unterm Netzhemd, Mutter und Tante enthüllten ihre Korsetts. Hanni trug etwas Dunkelgrünes, mit dem sie gleich ins Wasser sprang, um auf die andere Rheinseite zu schwimmen. Maria steckte in einem türkisfarbenen Etui mit groschengroßen weißen Punkten und einem wippenden Schößchen, das der Wind immer wieder von ihren Schenkeln löste. Beängstigend weiß und durchsichtig war der Busen aus den Schalen hervorgetreten, als könne er dort, wo klare, blaue Adern die straff gespannte Haut durchzogen, bei der feinsten Berührung in Stücke gehen.

Jetzt hielt Maria ihr Nachthemd mit beiden Händen auseinander, ihre Linke schien die linke Brust unter dem Hemd zu liebkosen, ihre Rechte krampfte sich um ein Stück Baumwolle. Auf das flache, weiße Quadrat aus Verbandszeug zu sehen, das mit braunen Heftpflasterstreifen auf der Haut klebte, tat weh. Ich konnte den Blick nicht lösen, starrte, bis mir die Tränen in die Augen traten. Keiner sagte ein Wort. Wir sahen Maria an, und sie sah uns an. Nu sach doch eener jet, sagte sie. Am Nebenbett verabschiedete sich mit Küßchen und Ermunterungen der Besuch, sichtlich erleichtert, das Ganze hinter sich gebracht zu haben. Die vom anderen Planeten lagen in den Kissen und dösten.

Dat he, sagte die Mutter. Dat sin Pfirsische. Hart stellte sie das Glas auf den metallenen Nachtkasten neben Marias Bett, daß alle sich uns zuwandten.

Die iß de doch jän, ergänzte die Tante mit einer Stimme, so dünn und brüchig, als könne sie mitten im Wort zerreißen. Ihre Hände umklammerten die Stuhlkante. Der Stuhl knarrte. Ich saß am Fußende des Bettes und rührte mich nicht. Hanni bückte sich nach der Tasche, hielt dann mitten in der Bewegung inne und richtete sich wieder auf. Ein harscher Blick gebot mir zu schweigen.

Esch han et em Krüx, sagte sie, sich aufrichtend. Das war das Stichwort. Die Frauen erzählten von Krankheiten, eine schauriger als die andere. Alle hörten der Tante zu, bis das Keuchen im Bett hinter der Tür immer lauter und schneller wurde. Do muß doch eener die Schwester holle, unterbrach sich die Tante, Heldejaad, jank ens lure, wo de Schwester es.

Ich stürzte zur Tür, nur raus hier, stieß mit dem Schienbein gegen das Bett der röchelnden Frau, bückte mich nach dem Bein, da schoß unter der Bettdecke eine Hand heraus, packte die meine, umklammerte sie. Hä, hä, krächzte der Mund des Wesens. Ich schrie und versuchte, die Hand aus der Knochenzange zu ziehen. Die Verwandten sprangen auf, eine Schwester stürzte herein. Loslassen, Oma, rief die dicke Person, blond mit rotfleckigem Gesicht und der geschäftigen Munterkeit ihres Berufsstandes. Aber die Oma nahm nichts mehr wahr, nur meine Hand hielt sie fest. Ich schrie. Die Schwester gab mir eine Ohrfeige. Ich hörte auf zu schreien. Dann klatschte sie den gelben Schädel, daß ich dachte, der Kopf flöge gleich wie ein Kegel an die Wand. Er schlug aber nur auf die Seite und lief dunkelblau an. Aber die Hand hielt meine fest; ich reglos wie die im Bett, fühlte das Blut aus meinen gequetschten Fingern weichen, als schliefen sie ein. Oma, schrie die Krankenschwester und schüttelte den klammernden Arm. Der fiel fast aus seinem Schultergelenk, aber die Hand ließ die meine nicht los. Bleiben Sie bei dem Kind, sagte die Schwester zu meinen Verwandten, als hätten die etwas anderes vor, ich hole einen Doktor. Das Röcheln wurde leiser, der Griff härter. Ich stöhnte. Die Mutter riß das Fenster auf. Et treck, es zieht, beschwerte sich Maria. Die Mutter machte das Fenster wieder zu. Schritte auf dem Flur, die Tür sprang auf. Herein kam der Arzt, ein kleiner, rothaariger Mann in einem viel zu langen Kittel, aus dem nur seine blankpolierten Schuhe herausschauten. Hinter dem Doktor die Krankenschwester, auf dem Tablett eine Spritze. Für einen Augenblick drang von draußen das scheppernde Geräusch von Geschirr und Besteck herein. Ich sah die Spritze und begann wieder zu zerren, ein Blick der Krankenschwester verhinderte, daß ich auch wieder zu schreien anfing.

Die Verwandten standen im Halbkreis um mich herum. Maria war vergessen. Lässig, spielerisch fast, zog der Doktor die Bettdecke herunter, drehte den ausgemergelten Körper auf den Bauch und stach die Nadel in eine Gesäßhälfte, wie ich sie von den Fotos verhungernder Heidenkinder in Afrika kannte. Die Hand gab nach, ich zog, war frei, stürzte zu Marias Bett, wo ich meinen Kopf schluchzend in die warme Höhle zwischen ihrem Arm und ihrer weichen Brust preßte. Hörte, wie jemand die Vorhänge um das Bett des Wesens zog und die Stimme des Arztes: Rausfahren! Zwei kräftige, junge Männer rollten das Bett mit wehenden Vorhängen und quietschenden Kugellagern hinaus, die Schwester einen zweistöckigen Wagen mit dem Abendessen hinein. Der gestärkte Stoff des Kittels spannte sich über ihren Brüsten.

Die Besuchszeit war zu Ende. Ich putzte mir die Nase. Wortlos umarmten wir die Kranke. Bes demnächs, würgte die Tante heraus, drehte sich an der Tür noch einmal um: Mer bäde för desch!

Maria, weiß wie das Verbandsquadrat auf ihrem rechten Oberkörper, sagte nichts mehr. Ich fühlte mich schuldig. Als hätte ich Maria etwas weggenommen. Zesch ens de Hand, sagte die Mutter, drehte und wendete meine Rechte. Bis auf einen Kratzer am Gelenk war nichts zu sehen.

In der Straßenbahn setzte ich mich neben Hanni, nicht ans Fenster. Kein Lärm, keine Stille. Alltagsgeräusche. Ich musterte meine Hand. Nichts zuckte. Nicht im Zug und nicht in der Straßenbahn. Hanni rückte immer wieder ihren Büstenhalter zurecht, Körbchen rechts und Körbchen links. Gottseidank, sagte sie, dat esch däm Maria dat Nachthemd nit jejeben hab. Der Ausschnitt... Aufschluchzend beschrieb Hanni mit der Hand einen tiefen Halbkreis vor ihrer Brust. Auch ich hatte das Buch wieder mitgenommen. Wundmale waren schlimm. Ein leerer Fleck statt einer Brust war schlimmer. Und heilig wurde Maria davon auch nicht.

Zu Hause schrubbte ich meine Rechte, die Sensenhand, die Krallenhand, mit der Wurzelbürste für die Blaumänner des Vaters bis aufs Blut. Nachts träumte ich vom Mond. Er war rund und voll, wanderte und fragte, ob ich mit ihm wandern wolle. Ja, sagte ich, ich wandre mit, da nahm er ab, da nahm ich ab, er wurde halb, ich wurde halb, dann Sichelmond, dann sichelich, dann war er weg. Für immer. Er war weg. Und mit ihm die Stille, seine Belohnung.

Im Dorf begegnete man uns, den Angehörigen Marias, neugierig und betreten, fast so, als seien wir mit von der Krankheit befallen. Ist es ernst, wurden wir gefragt, was soviel hieß wie: Muß sie sterben?, und ich schüttelte den Kopf, während die Mutter die Rippen vorschob und die Schultern an die Ohren hob.

Heribert besuchte Maria ein einziges Mal. Mit dem Versprechen, ihm ein Geduldsspiel zu schenken, größer und schwieriger als das in Kaisers Schaufenster, verlockte er den Bruder, ihn zu begleiten. Stundenlang konnte Bertram regungslos sitzen, nur die Augen umherflitzen lassen, zwei hungrige Insekten auf der Jagd nach Beute. Doch gesprächig war er nicht. Viel Zeit und zweimal einen Groschen kostete mich dann die Geschichte. Heribert sei zuerst allein in das Zimmer gegangen. Fünf Minuten solle er warten, Uhrenvergleich. Dann habe er angeklopft, was wir nie getan hatten, und sei reingegangen. Er habe auf der Uhr im Gang den Sekunden- und Minutenzeiger beobachtet. Ob ich wisse, wie lang eine Minute sei? Und gar erst fünf? Allen Ernstes wollte der Bruder seinen Bericht hier unterbrechen und fünfmal bis sechzig zählen. Ein Fünfer brachte ihn davon ab, ein weiterer, sich über Fußboden, Lampen, Gardinen, kurz, die Innenausstattung eines Krankenhausganges, auszulassen.

Maria habe im Bett gesessen wie ein Schneewittchen, ›so rot wie Blut, so weiß wie Schnee‹ ... ›so schwarz wie Ebenholz‹, ergänzte ich, meine Ungeduld mühsam unterdrückend, aber ich wußte, daß der Bruder mir damit etwas Liebes sagen wollte; wir hatten das Märchen oft gespielt.

Eine Kette mit einem goldenen Kreuzchen habe sie um den Hals getragen und ein hellblaues, gebauschtes Strickjäckchen. Genau und unbeteiligt wie eine Kamera nahm der Bruder die Welt auf, um sie scheinbar ohne Gefühl, ohne Wertung wiederzugeben.

Blank habe sie ausgesehen, blank wie die Großvaterkästchen, wenn sie neu bronziert waren. Blank war das Wort des Bruders für glücklich. Heribert habe ihre Hand gehalten, vielmehr, Maria habe Heriberts Hand gehalten, mit beiden Händen, doch als er, Bertram, hineinkam, habe Heribert seine Hand zurückgezogen, mit verzerrtem Gesicht und mühsam, so, als habe Maria nicht loslassen wollen. Maria sei weiß geworden und hätte ihn angesehen wie ein Gespenst. Da habe er sich nicht näher rangetraut, Heribert aber habe gelacht und ihn mit beiden Händen vors Bett gezogen.

Er habe ja Maria eine Überraschung versprochen, und hier sei sie nun, habe er gesagt, auf ihn, Bertram, gezeigt und laut gelacht. Maria aber sei in Tränen ausgebrochen, und die Frau im Bett neben ihr – der Bruder schob eine ausführliche Darstellung ihrer Gesichtszüge ein – habe die Zunge gegen den Gaumen geklickt und den Kopf geschüttelt! Maria, habe Heribert gesagt, wenn du weinst, muß ich gehen.

Aber ihr seid doch gerade erst gekommen, habe sie geschluchzt, und ihr Kopf sei jetzt ganz rot geworden.

Heribert habe seinen Schlips noch fester gezogen und bis zum

Zipfel nach unten gestrichen. Es sei ein breiter Schlips gewesen, beige mit grünen glänzenden Punkten, und der hätte Heribert in seinem weißen Hemd und dem braunen Anzug noch fahler aussehen lassen als gewöhnlich. Der Anzug... Ich räusperte mich. Der Bruder grinste. Alle Frauen hätten jetzt geschaut und die Köpfe geschüttelt, ein einziges Kopfschütteln sei das gewesen im ganzen Zimmer. Maria habe ihr Schluchzen unterdrücken wollen, aber das sei ihr schlecht gelungen, keine Luft habe sie mehr gekriegt und sich an den Hals gefaßt. So. Der Bruder griff sich an die Kehle, stülpte die Augen vor und ließ die Zunge aus dem Mundwinkel hängen. Bertram, schrie ich, und befriedigt fuhr er fort, daß Heribert daraufhin aufgesprungen sei, die Keuchende an den Schultern gepackt und gerüttelt habe. Maria habe aufgeheult, vor Schmerzen wahrscheinlich. Wenn der Bruder so eine Vermutung wagte, mußte es dramatisch zugegangen sein. Heribert habe sie losgelassen, als hätte er sich die Finger verbrannt. Maria sei in die hochgetürmten Kissen geplumpst, das gebauschte Strickjäckchen sei auseinandergefallen, und man habe das Nachthemd gesehen, links hoch, rechts tief. Nur sekundenlang, dann habe Maria das Jäckchen wieder zusammengerafft, die Hand in der blauen geflauschten Wolle liegen lassen und sich nicht mehr bewegt. Unheimlich habe sie ausgesehen, jetzt wieder schneeweiß, ohne jedes Rot, gespensterweiß, habe sie dagelegen, schlaff wie eine leere Luftmatratze. Heribert habe sich auf einen der knarrenden Stühle sinken lassen, ein Kind vom Besuch am Bett nebenan habe angefangen zu schreien, und da sei Heribert aufgesprungen und habe für alle hörbar gemurmelt, es gehe ja hier zu wie in einem Irrenhaus. Maria habe sich nicht mehr bewegt, nur die Augen stier auf die Tür gerichtet. Heribert habe noch am Bett gestanden, als eine Krankenschwester – Bertram konnte die ausführliche Beschreibung einer brünetten Mittdreißigerin in leicht angeschmuddelter Schwesternuniform nicht unterdrücken – mit Fieberthermometern gekommen sei und jeder Frau eines in den Mund gesteckt habe. Ganz still sei es jetzt im Zimmer gewesen, nur das Donnern einer Maschine vom Düsseldorfer Flughafen sei zu hören gewesen und dann wieder die Schritte der Schwester, die die Thermometer eingesammelt und die Zahlen in Tabellen überm Kopfende eines jeden Bettes eingetragen habe. Aber Fräulein Labkasen, habe sie mit einem Blick auf Marias Temperatur gerufen, was haben wir denn da! Neununddreißigacht! Wir waren doch seit einer Woche fieberfrei. Na, das ist sicher die Freude, daß der Herr Verlobte endlich auch wieder gesund ist und Sie besuchen kann. Dabei habe sie neidisch und gierig den Mund gekräuselt, als wollte sie eine Praline hineinschieben. Als die Schwester nicht aufgehört habe, abwechselnd sie und Heribert anzublicken, habe Maria nur gelächelt und versucht, die Nachttischschublade aufzuziehen. Heribert sei ihr aufgeregt und eifrig beigesprungen. Beide hätten dann in die Schublade gestarrt, als hätten sie dort was verloren. Maria habe ein Taschentuch herausgezogen, mit rosa Häkelborden – Bertram! rief ich –, in die Faust geknüllt, und Heribert habe zu ihm, dem Bruder, gesagt: Nun sach doch dem Maria auch mal juten Tach. Maria habe ihm übers Haar gestrichen, was sie noch nie getan hatte, und gesagt, er könne ja nichts dafür. Und er solle mich fragen, ob ich etwas zu lesen habe für sie. Aber nichts mit Liebe.

Drei Wochen lang versorgte ich Maria mit Edgar Wallace und Agatha Christie. Dann durfte sie nach Hause. Sie war krank geschrieben, aber von Woche zu Woche gab es weniger Krankengeld. Die Tante drängte sie nicht zur Arbeit, doch Mutter und Tochter fürchteten die Papiere, den blauen Brief. De Wäv hatte seit längerem immer weniger zu tun, immer mehr Arbeiter wurden entlassen. Frauen zuerst. Auf sie warteten schönere Aufgaben als Frau und als Mutter, befand die Mutter, die mich, seit wir die gleichen Strickbinden trugen, immer häufiger in alles einbezog, was der Vater verächtlich Wieverkrom, Weiberkram, nannte. Mit ihm hatte ich monatelang kein Wort mehr gesprochen. Er schlug mich nicht mehr. Begnügte sich damit, mir die Arme auf den Rücken zu drehen oder meine Hände zu quetschen und mich dabei so weit vom Leib zu halten, daß ich ihn mit den Füßen nicht erreichen konnte. So standen wir Auge in Auge, bis ich vor Schmerz in die Knie ging.

Als ich Maria zu Hause besuchte, brachte ich ihr Nachschub aus der Borromäusbibliothek und zwei Früchtejoghurts mit, die ich eigens in Großenfeld gekauft hatte. Doch Maria schob mir die Gläschen mit einem schiefen Lächeln wieder zu: Das sei vorbei. Sie esse jetzt wieder anständig, bekräftigte die Tante, heute abend gebe es Graupensuppe, ob ich mitessen möchte. Ich konnte den Blick von Maria nicht lösen. Sie aß ohne Hunger, ohne Lust, tauchte den Löffel in die Suppe, schob ihn zwischen die Lippen, zog ihn heraus, schluckte, tauchte, schob hinein, wortlos, pausenlos, weder langsam noch schnell, den Blick auf den Herd gerichtet, wo der Topf stand, Eßmaschine, Maria Olympia. Bei jeder Aufwärtsbewegung ihrer Rechten blähte sich der Stoff ihrer leeren Blusenhälfte im Luftzug und fiel beim Absenken des Löffels wieder zusammen. Die falsche Brust schnallte sie sich nur zur Kirche um. Ässe, ässe, nickte die Tante ermunternd, ässe un drinke hält Leib un Seele zesamme! Maria aß, bis der Topf auf dem Herd leer war. Nach der Suppe machte sie eine Schachtel Pralinen auf. Früher hatte sie Süßigkeiten verabscheut. Ich ließ meine Weinbrandkirsche noch andächtig im Munde schmelzen, als Maria beinah alle zerkaut hatte, wortlos, genußlos wie zuvor die Graupen.

Bes de ald widder bei de Prallinés, sagte die Tante und klaubte sich das letzte Stück aus den plissierten Pergamenttütchen, du friß mer noch de Hoor vum Kopp.

Die Mutter seufzte. Et bliev em jo nix mieh. Dä Häbäät kütt jo och nit mieh.

Meine Brüste waren jetzt, wenn ich samstags in der Zinkwanne lag, zwei Inseln im Wasser. Ich rieb sie, sanft und stolz. Doch wie schüchtern betrat ich wenige Tage später Alma Maders Laden. Als Tochter eines Regierungsbeamten zählte Alma Mader zu den Honoratioren des Dorfes. Sie hatte nie geheiratet und nach dem Tod der Eltern das Wohnzimmer des günstig gelegenen Hauses in einen Ladenraum umgewandelt. Hier verkaufte sie alles, woran auch ihr eigenes Herz hing, Hüte vor allem, die sie selbst herausputzte, Handschuhe, Mützen und Schals, Unterhemden und Schlüpfer, Büstenhalter und Korsetts der feineren Art; für gewöhnlich besorgte man seine Unterwäsche bei Botts Zilli oder dem Wäschemann. Auch Strümpfe mit Laufmaschen brachte man zu Alma, erst die aus Kunstseide, später die aus Nylon und Perlon.

Alma selbst war die beste Reklame für ihre schönen Dinge. Man ahnte den lachsfarbenen Seidendamast unter ihrer hochwogenden Bluse, das spitzenverzierte Hemd – Unterkleid nannte sie es – blitzte im Sommer aus dem dezenten Ausschnitt, die Nähte ihrer Strümpfe saßen wie mit dem Lineal gezogen. Im sonntäglichen Hochamt drehten sich die Köpfe nach ihren immer neuen Hüten um, die, wie sie ihren besseren Kundinnen anvertraute, weniger neu als nur ›frisch garniert‹ waren.

Sie sollte wissen, ich konnte zahlen. Mit Nachdruck legte ich mein Portemonnaie auf die Theke. Ein rotes Lederherz, das mir der falsche Großvater mit einem Zehnmarkschein am Weihnachtsfest nach dem verunglückten Akkordeonspiel zugesteckt hatte. Von den seidigen Schals und Nickytüchern unter der Glasplatte, den Agraffen und Spangen, den künstlichen Ansteckblumen, den romantischen langen Federn, die aus golden glänzenden Broschen wuchsen, konnte ich die Augen kaum abwenden.

Einen Büstenhalter, stieß ich hervor.

Für dich, mein Kind? fragte Alma Mader und kniff die Augen zusammen. Das Kind hätte mich fast zu einem trotzigen Aufunddavon getrieben, aber mein Wunsch war stärker. Ich nickte und legte die Hand aufs Lederherz. Dann wollen wir mal sehen. Behender, als man es ihrer gepanzerten Körperfülle zugetraut hätte, schlüpfte sie hinter der Glastheke hervor, langte mit ihrer molligen Hand unter meine rechte Brust und bewegte sie auf und ab, wie der Metzger, wenn er der Mutter ein Stück Suppenfleisch zeigte. Nicht mal Dr. Mickel hatte mich jemals so angefaßt. Alma kicherte: Ja, ich muß doch wissen, welches Körbchen das richtige ist. Und weh tut das doch auch nicht. Lachend, wie über einen guten Witz, stieg sie auf eine Trittleiter und kramte zwischen den Kartons, bis unter die Decke gestapelt. Wie eine Birne an zwei Stielen sah sie von unten aus, mit ihrem massigen Hintern, dem sich verjüngenden Rumpf und dem kaum vom Nacken getrennten, tadellos frisierten, aber zu kleinen Kopf. Sie hatte schon eine Weile in den Kästen herumgestochert, als ein Karton aus der obersten Ecke verrutschte, den Deckel verlor und sein Inhalt nach unten torkelte. Alma Mader quiekte, zog die Schultern an die Ohren, als fürchte sie weiteres Gepolter, und holperte vom Hocker. Ich wollte ihr beim Aufheben helfen, helfen, die sonderbaren Gebilde von den blankgewichsten Dielen, auf denen die Füße ungeduldiger Käuferinnen manche Spuren hinterlassen hatten, wieder in den Karton zu verstauen. Doch die Büstenhalter lagen nicht einfach da, sondern gerieten, zerrte man an einem der Träger oder einem Seitenteil, in eine merkwürdige, beinah hüpfende Bewegung, als ziehe man das Tafelschwämmchen an seiner Kordel heran.

Das ist nichts für dich, Kind! Alma Mader beeilte sich, all das Hügelige, Bucklige, uneben Gewölbte zusammenzuscharren und in den Karton zurückzustopfen, ganz entgegen der peniblen Sorgfalt, mit der sie gewöhnlich ihre intimen Artikel behandelte. Aber ich hatte schon eine dieser Schaumstoffmonturen ergriffen, hatte durch den schlüpfrigen Satinüberzug hindurch schon die Nachformung einer Brustwarze in meiner Handfläche gespürt, mein entsetztes Begreifen war von den Fingerspitzen schon ins Hirn gelangt. Ich schleuderte das Ding zu Boden, erregt sprang die Brust ein wenig hoch, eh sie liegenblieb, die leere Hälfte mit sich ziehend, schrumpelig wie ein Ballon ohne Luft.

Alma pickte die Prothese vogelschnell auf und drückte sie zu den anderen in den Karton. Ich schnappte mein rotes Lederherz und sah, eh ich die Tür hinter mir zuschlug, die seidenglitzernde Gummiwarze, keck eingeklemmt zwischen Deckel und Schachtelrand.

Marias abgelegte Pullover zog ich nie wieder an, versteckte sie unterm Brennholz und warf sie im Herbst ins Kartoffelfeuer.

Gelegentlich schrieb ich wieder an Friedrich. Über große Dinge, über Freiheit, Schönheit, Gut und Böse ließ sich ausgiebig mit ihm reden. Doch wenn ich etwas genau wissen wollte, war er mit Antworten ebenso sparsam wie der liebe Gott. Warum Heribert hatte Maria sitzenlassen, obwohl sie so krank war und ihn mehr denn je brauchte, konnte er mir nicht erklären. In meinen Büchern schmiedete Unglück die Liebenden zusammen, Krankheit vertiefte und veredelte ihre Gefühle, besonders die des Gesunden. Nichts davon bei Heribert. Keines der Bücher wußte den Grund, aber die Mutter: Sujet, sagte sie und ruckte an ihrer rechten Brust, es enem Mann nit zozemode*.

* zuzumuten

Es war Sommer und Sonntag, Dondorf in Ruhe und Wärme verklärt, ich machte mich auf den Weg an den Rhein. In den Anlagen traf ich auf Helmi, Birgit, Gretel und Sigrid aus der Volksschule, die sich hier bei den Trauerweiden gegenseitig die Lippen anmalten und einander in verrutschten Kreisen Farbe auf die Wangen rieben. Helmi war schon fertig und sah aus, als hätte sie die Schwindsucht. Lurt ens, kreischte sie, do kütt jo dat Heldejaad. Janz alleen! Wells de met jonn? und winkte mich heran. Sigrid erkannte ich kaum wieder. Ihr glattes, schwarzes Haar, zu einer Dauerwelle gekräuselt, lag ihr wie ein Mop auf dem Kopf. Sie trug ein feuerrotes Kleid mit einem gerüschten Ausschnitt, und ihre stämmigen Beine schwankten auf zierlichen Pfennigabsätzen. Auch Helmi und Gretel glänzten im Sonntagsstaat, schwangen ihre Röcke über den Petticoats und tupften mit gestreckten Handflächen behutsam an ihren vor Haarlack starrenden Frisuren herum. Gretel hatte versucht, ihr feines Blondhaar zu toupieren, doch die Decksträhnen waren zu dünn, und der Aufbau klebte ihr überm bleichen Gesicht wie ein zerrupftes Hühnernest. Birgit zog ihre weißen Söckchen aus und steckte sie rechts und links in die Bluse.

Oder bes de dir ze schad dofür? Du bes jo jitz jet Besseres, wo de op de Scholl jehs, stichelte Helmi, als ich noch immer schwieg. Mit dieser neidischen Bosheit war ich leicht zu treffen. Ich ließ mich anmalen und duldete, daß Helmi den Gürtel meines Sonntagskleides eng zog, bis ich kaum noch Luft kriegte. Den Ekel über den süßlichen Geruch und schalen Geschmack des Lippenstiftstummels würgte ich wortlos hinunter. Und ging mit.

Sie standen hinter dem Schilf, da, wo es am höchsten und dicksten wuchs, da, wo der Großvater die langen Rohre für die Flöten geschnitten hatte und der Vater die Stöckchen. Es waren keine Jungen aus dem Dorf. Es waren Männer. In ihren Anzügen und weißen Hemden hätten sie sich in jeder anständigen Dondorfer Wirtschaft sehen lassen können, wäre nicht ihre Haut eine Spur zu dunkel, Augen und Haare zu schwarz gewesen. Helmi, Birgit, Gretel und Sigrid gingen geradewegs auf die Gruppe zu, aus der sich vier Gestalten lösten, die ebenso zielstrebig eines der Mädchen ergriffen und mit ihm engumschlungen hinter den Kopfweiden verschwanden.

Ich war stehengeblieben, so, wie der fünfte Mann, der jetzt mit dem Absatz die Zigarette ausdrückte, in seine Tasche fuhr, eine Weile herumkramte, bis er, was er dort gefunden hatte, mit flacher Hand in den Mund schwang. In die Sonne blinzelnd, konnte ich nur die Umrisse seiner Statur erkennen. Jetzt, da die anderen in den Weiden beschäftigt waren, hätte ich leicht weglaufen können. Doch wie er da so dunkel und verloren im Schilf stand, spürte ich diesem Schatten gegenüber ein Gefühl aus Neugier, Mitleid und Überlegenheit. Ich stellte meinen Gürtel wieder drei Ösen weiter, zerrte mein linkes Söckchen aus dem Schuh und tat einen Schritt auf ihn zu. Der Mann machte ein, zwei Schritte mit steifen Beinen und wiegenden Hüften, als ginge er auf einem Schiff. Dann blieben wir wieder stehen. Wangen und Kinn schimmerten bis in den Hemdkragen hinunter bläulich-schwarz, schwarz wucherten dichte Augenbrauen über schwarzen Augen, schwarz war auch sein Haar und schon gelichtet über der hohen Stirn. Er summte. Summte unentwegt, Melodien, die ich nicht kannte, langgezogene Töne, die er tief in der Kehle, im Brustkorb, in seiner ganzen Gestalt zu erzeugen schien.

Guten Tag, Fräulein, schwerfällig stieß er die Silben hervor. Es war die Nase, die seine Gesichtszüge beherrschte, stattlich und schwungvoll wie die meines Friedrichs.

Guten Tag, sagte ich. Guten Tag, Friedrich, sagte ich, als könne ich den Mann damit bannen, dorthin, wo er hingehörte, in ein Buch, auf eine Postkarte, in den blauseidenen Rahmen auf meinem Altar. Komm, Fräulein, lachte er, rauchverfärbte, schiefe Zähne zeigend, doch sein Atem wehte zu mir herüber wie ein Treibhaus voller Veilchen. Komm, sagte er wieder und griff nach meiner Hand, die ich hastig hinter den Rücken schob, die andere auch. So, mit gekreuzten Armen hatte ich als kleines Kind vor dem Vater gestanden. Aus den Weiden, wo es eine Weile ganz still gewesen war, vernahm man nun Kichern und Seufzen, dann einen Schrei, wie ich ihn einmal gehört hatte, als der Großvater im letzten Stadium war und Morphium bekam. Dat Helmi, schrie ich und wollte zu ihr hin, helfen, doch mein Gegenüber packte mich bei der Schulter, rief etwas in einer fremden Sprache und lachte; ein vierfaches Echo rissiger Männerstimmen lachte aus den Weiden zurück.

Komm, Fräulein, der Mann drehte mich um wie eine Spieldosenfigur und schob mich vor sich her, von den Weiden fort, in die offenen Wiesen. Von weitem zuckte der Kirchturmhahn in der späten Nachmittagssonne. Nun wäre ich gern davongelaufen, aber die Hand umklammerte meine Schulter, und bei jedem Versuch, mich herauszuwinden, griff sie härter zu. Spaziergänger gab es hier keine. Wer nicht auf dem Damm blieb, ging zu zweit in die Weiden, nicht in die Wiesen. Der Mann hatte wieder zu brummen begonnen. Name, sagte er jetzt, Name, Name. Wie du heißen? Seine Stimme war heiser und mühsam.

Maria, log ich, als mache mich der falsche Name zu einer anderen, einer Figur in einem Spiel, das nichts mit mir zu tun hatte. Maria, schrie der Mann, Santa Maria, Mama mia, verdrehte die Augen, warf den Kopf in den Nacken und wieder auf die Brust, brach in die Knie, kniete vor mir, hielt meine Schulter, sein Kopf beinah auf gleicher Höhe mit meinem. Mariaah, sang er dicht vor meiner Nase, sein Veilchenatem so sämig und warm, als könne man ihn schlecken wie Kompott.

Er ließ meine Schulter los, sprang hoch und nahm meine Hand. Seine fühlte sich an wie die Eierkohle, die wir vor ein paar Tagen eingekellert hatten, grob und fest, nur aus Muskelwülsten zusammengesetzt. Maria, Maria, seufzte er, und ich zog ihn, besorgt, er könne vor meinem falschen Namen wieder auf die Knie fallen, schneller mit mir fort. Er summte nicht mehr. Er sang. ›Santa Maria, Madre Jesus, Halleluja.‹ Manches klang wie Latein, aber weicher, fließender, Veilchenpastillen-Latein. Und dann sang er, kein Zweifel, er sang: ›Maria zu lieben!‹ ›Ist allzeit mein Sinn‹, fiel ich leise ein. Der Mann blieb stehen, verstummte, wie vom Donner gerührt, sanft drehte er mich an den Schultern zu sich hin: Maria, sagte er und dann ein paarmal etwas, was wie ›paura‹ klang, niente paura.

Geradewegs zu den Wiesen gingen wir, ›Maria zu lieben‹, sangen wir, ›ist allzeit mein Sinn. In Freuden und Leiden ihr Diener ich bin.‹ Mit einem Mann, der Marienlieder sang, konnte ich auch in die Wiesen gehen. Wir hatten die dritte Strophe noch nicht zu Ende gesungen, da waren wir bei den ersten Büschen angekommen. Immer noch singend, zog der Mann seine Jacke aus, legte sie sorgfältig über den Sand, der hier weiß und unberührt war. Komm, Maria, sagte er. Doch bevor ich mich setzen konnte, hob er die Jacke wieder auf, kramte in ihrer Innentasche und holte etwas heraus, das er in der Handfläche verbarg. Wir setzten uns auf die Jacke. Der Mann sang nicht mehr. Der Mann summte nicht mehr. Murmelte unverständlich vor sich hin, paura hörte ich wieder, niente paura, und capelli, viele Male capelli. Ich merkte es mir gleich, weil es wie Kapelle klang. Dabei zog er an meinen Zöpfen, capelli, capelli, sachte, daß es auf der Kopfhaut kribbelte, als berühre sie dort eine Feder, ein Flaum. Sogar meine Ohren kriegten Gänsehaut.

Federico, sagte der Mann und tippte sich an die Brust. Federico und Maria. Capelli, sagte Federico und streifte meine Spange, einen markstückgroßen Marienkäfer am Gummiband, von meinem linken Zopf und nahm ihn, weiter murmelnd und summend, in den Mund. Er löste meine Zöpfe, wie mir noch niemand jemals die Zöpfe gelöst hatte. Strich mir mit seinen Eierkohlenhänden von den Schulterblättern den Nacken hinauf, fuhr mit gespreizten Fingern und leichtem Druck über die Kopfhaut, durchs Haar, die Ohren entlang bis zur Stirn, wo er den Druck ein wenig verstärkte, verharrte und das lange, lockere Haar mit einem Jauchzer der Befriedigung nach allen Seiten in die Höhe warf. Verzaubert hielt ich still. Überließ mich diesen Händen, die jetzt den Gegenstand hielten, den Federico zuvor aus der Jacke geholt hatte. Es war eine Gummischeibe, etwa so groß wie eine Untertasse, mit einem Knauf zum Anfassen auf der einen, auf der anderen Seite über und über mit Gummistoppeln besetzt. Italia, rief Federico, das Gebilde in die Höhe reißend wie eine Trophäe.

Mit kurzen, vorsichtigen Strichen – eine Hand hielt das Haar an den Kopf gepreßt, damit nichts zerrte und zog – setzte er das Ding in Bewegung und strählte in immer kühneren Schwüngen mein Haar vom Scheitel bis in die Spitze, unermüdlich glitten die Gumminoppen über die Kopfhaut. Eine schnurrende, einverstandene Ruhe breitete sich in mir aus. Eine Ruhe, als gehörte ich dazu, zu den grauen Weiden und den naßglänzenden Kieselsteinen, dem Sauerampfer und dem Schleierkraut in den Wiesen, zu Käfern, Mücken und Fröschen, dem Holunder hinter dem verlassenen Schäferkarren, den Schafen am anderen

Ufer, zu dem Strom und dem Abendwind und zum Himmel da droben auch.

Federico, während er die Bürste unverdrossen durch mein Haar zog, sang nun all die Lieder, die er auf dem Weg hierher nur gesummt hatte, aus voller Kehle. Dann, als die Sonne untergegangen war, flocht er die Haare so sanft, wie er sie gelöst hatte, wieder zu zwei Zöpfen, wir gingen rasch zurück ohne Summen, ohne Singen, stumm. Ein Frachtkahn tuckerte langsam den Rhein hinauf, höher und lauter schlug die Gischt an die Kribben, in weiten Schwüngen verliefen sich die Wellen im Sand, wo sie ihre vergänglichen Bögen zeichneten, dat malt dä Vater Rhein, hatte uns der Großvater erklärt.

Möwen kreischten dem Schiff hinterher, schwammen eine Weile auf den Wellenkämmen mit. Federico blieb noch einmal stehen, zog ein Taschentuch aus der Jacke, hielt es mir hin, zeigte auf mein Gesicht: Da, sagte er und machte eine wischende Bewegung. Beschämt rieb ich mir die Farbe vom Mund. Mit großartiger Geste führte Federico das verschmierte Tuch an die Lippen und drückte einen Kuß darauf. Vor dem Schilf, bei den Weiden, aus denen es nun wisperte wie in einem Zauberwald, trennten wir uns. Bevor ich ins Bett schlüpfte, strich ich dem Mann im Silberpapier übers Haar.

Federico, schrieb ich, den Blick auf den blauseidenen Friedrich gerichtet. Ich schmückte ihn wieder mit wilden Blumen und steckte eine Feder, schwarz mit weißen und blauen Streifen, die Federico in den Rheinwiesen aufgelesen hatte, hinter das kühn geschwungene Halbprofil. Federico, schrieb ich, nun bist du gekommen. Ich ging am Rheine so für mich hin, da bist du gekommen in meinen Sinn. Da standest du vor mir so morgenschön, da mußte ich einfach mit dir gehn.

Wir lasen in der Schule Gedichte von Goethe. Verglichen mit den Strophenbauten des Freundes hatte ich dessen Liedchen ärmlich gefunden. Beinah wäre es darüber zu einem ernsthaften Streit mit Doris gekommen. Jetzt verstand ich sie. Von menschlichen Gefühlen wußte Goethe mehr, aber ihm fehlten Dramatik und der lange Atem.

Ich kaufte mir ein dickes Heft. Auf den festen Einband schrieb ich: ›Briefe als Gedichte. An F.‹ Das ›F‹ bemalt und umkringelt, als ersticke es unter einer Geschwulst. Ich erwog, den Altar vom Nachttisch in den Holzstall zu transportieren, doch der Bruder war schon bis zum Herbst bezahlt. Aber Schillers Bild nahm ich mit, ohne sein Gesicht fiel mir nichts ein. Ich schrieb das erste Gedicht am Montag, ich schrieb Gedichte an jedem folgenden Wochentag. Je näher der Sonntag heranrückte, desto länger und verworrener wurden sie. Es ging um heimliche Liebe, Verrat und Kampf, einen Kamm und eine tote Mutter in fernem Land. Alle Bösen waren häßlich, alle Guten siegreich und schön. Wie bei meinem Friedrich. Fand ich kein Reimwort, nahm ich ein ähnliches, tauschte einfach die Vokale aus und machte, wie zu Kinderzeiten, aus der ›Tante‹ wieder ›Tinte‹.

Am Samstag strömte der Regen. Ich saß vor Friedrichs Bild im Holzschuppen, füllte ›Briefe als Gedichte‹ Strophe um Strophe, besessen von der Idee, schriebe ich nur lange genug, würde der Regen aufhören. Als das Gedichteheft voll war, schrieb ich im Deutsch-, im Englisch-, Französisch-, Erdkunde-, Geschichts-, Biologieheft weiter. Zuletzt blieb nur noch das Mathematikheft. Auf dem karierten Papier kriegte ich doppelt soviel unter wie auf Linien. Als ich kein freies Fleckchen mehr auftreiben konnte, verlegte ich mich aufs Beten. Doch in meinem Kopf randalierte die Reimmaschine. Ich brachte kaum noch ein ›Vater unser‹ zusammen. Die Reime sprangen einander nach wie Lemminge in den Abgrund.

Am nächsten Morgen schien die Sonne, aber es war unbeständig. Ich zog meine Strickjacke an, falsch herum, die Knöpfe nach hinten, modern. Blau war sie, azzurro, wie der Anzug des Freundes. Diesmal kam er später als ich, ein schmales, behendes Himmelsstück im satten Grün der Wiesen. Er überschüttete mich mit einem Wortschwall und klopfte dabei mit seinem dunkelrandigen, rissigen Zeigefingernagel auf das Zifferblatt seiner klobigen Armbanduhr. Der Wind hatte sich gelegt, die Sonne stach, die Strickjacke kratzte. Ich öffnete die oberen Knöpfe, streckte meinen Kopf den ersten Bürstenstrichen entgegen und überließ mich wieder der italienischen Erfindung. Als ich aus meinem entrückten Halbschlaf heraufdämmerte, lag die Jacke in meinem Schoß. Federico kniete vor mir wie vor einem Heiligenbild. Ich rührte mich nicht. Ein leichter Wind bewegte die Weide, ihre gelenkigen Zweige strichen mir über Haar und Haut. Ich spürte Federicos Augen wie eine Berührung. Unmerklich rutschte er auf den Knien näher, bis ich seinen Veilchenatem roch. Eine Haarsträhne verhakte sich im Weidenzweig und hüpfte auf meiner Brust wie eine Kinderpeitsche. Federico glitt auf die Fersen, sein Mund, auf der Höhe meiner rechten Brust, formte sich zu einem o wie in ›Rose‹ oder ›Wort‹. In kurzen, kühlen Stößen schlug sein duftender Atem auf meine Haut. Von einer Brust zur anderen strich sein Lufthauch, durch das Brustbein drang es in den Rücken, Wirbel für Wirbel, hinauf und hinunter, bis ich es nicht mehr aushielt, auflachte, zappelte, mir die Jacke hochzog, zuknöpfte, vorn jetzt, wie sich's gehörte, und davonlief, ohne mich noch einmal umzudrehen. Schnell hatte er mich eingeholt. Maria, gurrte er, und bella, bella, bella und daß ich niente paura, keine Angst, haben sollte.

Außer mit Bürste und Atem berührte er mich nie. Er brachte mir ein Foto von seiner Familie mit, eine düstere Gesellschaft, wie mir schien, vor einem niedrigen Haus. Und einmal schrieb ich auf eine Postkarte an seine Mama: Maria.

Ich hatte Federico schon einige Male getroffen, da fingen mich Helmi, Birgit, Sigrid und Gretel wieder in den Anlagen ab. Ich kam von Cousine Maria. Sie packte jetzt Tuben in einer Großenfelder Fabrik, hatte von dem Zink an beiden Händen juckende, rote Pusteln mit gelben Eiterköpfchen und war deswegen krank geschrieben. Sie würde wohl auch hier ihre Papiere kriegen.

Es et dann schön, eröffnete Sigrid das Verhör.

Was, fragte ich.

Stell desch nit su domm!

Mit dem Federico! half Birgit nach.

Ach der, sagte ich.

Ja, der, äffte Sigrid. Du sühst den doch jede Sonndaach! Wat maat ihr dann su? Dä Kääl verzällt jo nix.

Das, dachte ich, wäre ja auch noch schöner. Andererseits – sollten die doch ruhig neidisch werden.

Er bürstet mich, sagte ich. Stundenlang.

Birgit wich einen Schritt zurück, Sigrid kam einen auf mich

zu. Gretel riß ihre schläfrigen Augen auf und schrie: Nä! Helmi wiederholte ergriffen, jede Silbe einzeln betonend: Ston de lang!

Ja, bestätigte ich. Zwei Stunden Minimum.

Un dat es wohr?! Sigrid rückte noch näher, ihre Stimme klang ungläubig und, ja, neidisch klang sie auch.

Du löß desch böschte? fragte Birgit und beäugte mich wie eine Maus die überfahrene Katze, ob sie nun wirklich hin ist.

Ja, warum denn nicht. Es ist wunderbar.

Jo, häs de dann keen Angst? Birgit konnte es nicht fassen.

Angst, wiederholte ich. Wovor denn? Der Federico ist so vorsichtig. So zart. Er sagt auch immer, daß ich keine Angst haben muß.

Dat sagen se all, fuhr Sigrid dazwischen. Ävver dat du desch böschte lös, nä, dat hät esch nit von dir jedacht! Waat ens. Sie gab den anderen Mädchen einen Wink; die gingen zur Seite und steckten die Köpfe zusammen. Ich verstand ihre Aufregung nicht, war aber mit meiner Wirkung zufrieden. Endlich hatten sie Respekt vor mir. Zärtlich nahm ich einen Zopf in jede Hand und strich von den Ohren zu den Spitzen an den Flechten hinunter, bis es im Rückgrat kribbelte, fast so wie unter der Weide.

Hür ens, Sigrid trat wieder auf mich zu. Wenn de desch böschte löß, han mer noch jet för desch. Auf dem Levisberg gebe Jo Kakkaller eine Vorstellung. Mit einem Huhn. Genaueres wüßten sie auch nicht. Am Samstag um vier auf dem Kiesberg, bei den Birken in der Kuhle hinter dem Ginster. Wenn de desch traust!

Der Levisberg galt als verrufener Ort. Hinter einem umzäunten Rechteck – Reste eines kunstvoll geschmiedeten Eisengitters, das mit Stacheldraht mehrfach umwunden war – lag der alte Judenfriedhof. Die Nazis hatten ihn verwüstet, nur noch ein geborstener Grabstein kämpfte sich durch Gras, Brennesseln, Disteln und Gebüsch. Op dem Levisbersch es et nit jeheuer, war die einhellige Meinung des Dorfes.

Jeder, der bei Jo Kackallers Vorstellung dabeisein dürfe, müsse ihm in die Hand versprechen, zu schweigen bis in den Tod. Jo Kackallers Hand zu berühren hätte mich beinah ferngehalten. Doch ich war den vieren schon einmal gefolgt, und das hatte zu Federico geführt. Ich ging hin.

Birgit, Helmi, Sigrid, Gretel und ich waren die einzigen Mädchen. Die Jungen warfen uns bewundernde und anzügliche Blicke zu und machten halblaute Bemerkungen, die ich nicht begriff. Verlegenes Gelächter flackerte auf. Vorn, bei den Kleinsten, entdeckte ich den Bruder. Er hatte sich feingemacht, sein schwarzkariertes Flanellhemd angezogen und seine dunkelblaue Hose und blickte unbekümmert, ja stolz um sich, bis er mich sah. Ertappt, schauten wir in verschiedene Richtungen.

Jo Kackaller ließ auf sich warten. Durch das Birkengrün flirrte die Sonne, Vögel als schwarze Silhouetten zwischen den Ästen. In weiter Entfernung schlich eine braungelbe Katze durch das dürre, fahle Gras. Ich strich mir übers Haar, als könne ich so die kräftigen Bürstenstriche Federicos spüren. Der Bruder stand jetzt wieder da, wie ich ihn kannte, den Kopf zwischen die Schultern gezogen, die Beine umeinandergewickelt, die Arme vor der Brust gekreuzt. Sollte ich ihn einfach bei der Hand nehmen und gehen? Da kam Jo.

Er hatte Gesicht und Haare gewaschen. Unter den rotblonden, sprühenden Locken öffneten sich seine breiten Lippen zu einem matten Lächeln. Jo atmete immer nur durch den Mund. Er war klein, zu klein fast, aber stämmig, die Hosen eng und weißblau gestreift, von einem Ledergürtel gehalten, über und über mit Messingnieten beschlagen. Sein Oberkörper war nackt. Roter Pelz hing ihm wie ein Bäffchen vor der Brust und verschwand, dichter wachsend, in seiner Hose. Jo trug ein Huhn, ein gewöhnliches, weißes Huhn in seinen Armen, zärtlich wie ein kleines Kind oder ein Schoßhündchen. Es saß still, ruckte nur von Zeit zu Zeit, wie es Hühner tun, seinen Kopf nach vorn, als wollte es etwas aufpicken. Dann fiel ihm der prächtige rote Kamm übers Auge.

Jo Kackaller begann der Henne schönzutun, als wäre sie ein Mädchen. Er nannte sie Mariechen und fragte, ob sie schon einmal einen Hahn gehabt habe. Los mesch ens lure. Er drehte das Huhn dicht vor sein Gesicht, betrachtete es eingehend und fuhr ihm mit dem Finger hinten in die Öffnung. Das Huhn gackerte und zappelte, jetzt war es Jo Kackallers Zunge, die sich anstatt des Fingers zu schaffen machte. Das Gackern schwoll an. Die Birken, der Ginster, die Vögel, selbst der Wind schien zu versteinern wie wir, die wir dastanden und zusahen, wie Kackaller den Gürtel öffnete, die Hose. Ein dichter, roter Busch erschien, dichter und tiefer gefärbt als auf der Brust, etwas Purpurfarbenes stach aus dem Zinnober heraus, schwoll an, als Jo das Huhn von seiner Zunge löste und auf die geöffnete Hose herabsenkte. Helmi kreischte. In ihrer Stimme Bewunderung und Grauen. Lust. Keiner lief weg, und keiner griff ein. Das Huhn zuckte. Jo Kackaller schüttelte sich. Er schleuderte den Kadaver in den Ginster, ein Mückenschwarm stob auf. Was ihm da aus dem roten Busch stand und langsam in sich zusammensank, war über und über mit Blut und Kot verschmiert. Niemand sprach, niemand bewegte sich. Nicht einmal die Augen glaubte ich je wieder bewegen zu können. Sie hingen an diesem schmierigen Körperteil, als wären sie festgeklebt an Dreck und Blut.

Dat nennt mer Liebe, sagte Jo Kackaller, zog den Reißverschluß hoch und machte den Gürtel wieder zu. Seine runden, weichen Lippen waren schon wieder zu ihrem Lächeln geöffnet, seine Augen blickten leer. Noch immer rührte sich niemand, sprach keiner ein Wort. Im Ginster hörten wir die Sprünge der Kaninchen. Bes en dä Tod, platzte eine halbwüchsige Stimme heraus. Ein paar lachten. Ich konnte mich wieder bewegen. Die anderen auch. Ich griff den Bruder bei der Hand, wir rannten nach Hause. Kauerten uns hinterm Hühnerstall zusammen und weinten. Aus Scham. Aus Erleichterung, es überstanden zu haben. Aus Mitleid mit uns selbst. Das rotschwarz karierte Hemd zog der Bruder nur noch an, wenn die Mutter darauf bestand.

Tags darauf zu Federico an den Rhein zu gehen, brachte ich nicht fertig. Ich lief durch den schwülen Sommernachmittag am Levisberg vorbei, am Hohlriegel vorbei, in den Krawatter Busch, aus Furcht, mich zu verlaufen, immer geradeaus. Irgendwo, erschöpft an einen Baumstamm gelehnt, schlief ich ein. Donner weckte mich, mein Gesicht naß von Tränen. Vor meinen Augen Federico in seinem himmelfarbenen Anzug, mit seinen für mich geschrubbten Händen, seinem veilchenduftenden Mund, allein bei unserer Weide am Rhein. Ich jagte zurück. Den Waldweg, Hohlriegel, am Levisberg vorbei. Stürmte unter Blitz und Donner durch strömenden Regen, der triefende Rock schlang sich um meine Knie, die Zöpfe klatschten auf meinen Rücken. Flog durchs Dorf, durch die Felder, die Wiesen am Rhein, den Damm hinauf und hinunter, durch die Auen und warf mich unserer Weide in die Zweige. War er dagewesen? Gleichmütig hielt mir der Sand sein stachliges Regenmuster vor Augen. Es war makellos, nur der Abdruck meines Fußes zwischen den Büschen, am Ufer entlang. Drüben kletterte der Schäfer aus seinem Karren und dehnte sich in die Sonnenstrahlen zwischen den Wolkenfeldern. Pfiff seinem Hund, der kläffend aus seinem Unterstand sprang. Ich fror. Vorsichtig trat ich von einem Fuß auf den anderen, ich hatte mir in den nassen Schuhen Blasen gelaufen. Zähneklappernd hinkte ich durch die Auen bis an die Gabelung, wo Federico sich immer von mir getrennt hatte, humpelte bis zur Großvaterweide und sah nichts als unbefleckten, regenspitzen Sand.

Lange wog ich den nassen Stein in meiner Hand. Er zeigte kein Gesicht. Wahllos raffte ich einen Stein nach dem anderen und schleuderte ihn in den Strom, schleuderte Grauen und Angst vor dem, was mir noch zustoßen würde, aus mir heraus, von mir fort. Friedrich oder Federico, Leben oder Lesen, Gott oder Menschen: Ich sah keinen Ausweg. Auf und ab lief ich am Ufer des Rheins, sah immer wieder zur Großvaterweide und versenkte Stein um Stein und schrie. Tobte, raste, brüllte und schmiß, der Arm wurde schwer im Gelenk. Da wog ich den letzten Stein in der Hand und wartete, bis Jo Kackallers blöde Schönheit, seine schwachsinnige Kraft heraufstieg. Noch einmal klopfte mein Herz zum Zerspringen, dann klatschte der Stein aufs Wasser. Wut und Angst versanken in den Wellen vom Rhein.

Einen feuchtheißen Wickel um den Hals, Zwiebelringe unter den Füßen, die in zwei Paar Wollsocken steckten, lag ich am nächsten Tag in Schlafanzug und Strickjacke auf dem Sofa in der Küche. Abwechselnd mit Salz und Salbei gurgeln, heiße Milch mit Honig, nichts zu essen. Es klingelte.

Dat stenk jo he wie bei de Aape! Jibt et Schawu*? Die Tante stürzte zum Fenster. Sühs de dann nit, dat Kenk es krank. Dat Finster blev zo, herrschte die Großmutter sie an.

* Wirsing

Mit einem Blick des Abscheus ließ sich die Tante auf einen Stuhl fallen und holte die ›Rheinische Post‹ aus ihrer Einkaufstasche. Knallte den Lokalteil auseinander, daß die sauber geschichteten Kartoffelschalen durcheinandersprangen.

He, schrie die Tante. Der Großmutter fiel vor Schreck das Küchenmesser aufs Wachstuch.

Roof ens dat Maria us dä Wäschkösch.

Wat es dann los, die Mutter hatte den Spektakel schon gehört. Sie band ihr Kopftuch ab, das die Dauerwelle vor dem Dampf der kochenden Wäsche schützen sollte, und lockerte die Strähnen. Ihr Gesicht glänzte rot und verschwitzt. Ich klappte ›Soll und Haben‹ zu. Noch nie hatte die Tante eine Zeitung mitgebracht.

Lurt ösch dat ens an, sagte die Tante, jetzt in Zimmerlautstärke, und schlug ein paarmal auf das Papier. Die Großmutter brachte ihre Kartoffelschalen in Sicherheit.

Nä sujet, rief die Mutter entsetzt. Die ärme Kääls.

Ärme Kääls, wat dann ärme Kääls. Dat sin doch Makkaroni, Pimocke, Jesocks. Jitz hürt ens zo. Die Tante nestelte eine Brille aus der Tasche. Das kantige dunkle Gestell verlieh ihrem runden gemütlichen Gesicht eine Strenge, als wollte sie sich selbst auf den Arm nehmen.

Zwei ganze Spalten füllte der Bericht. Vier Fremdarbeiter in Begleitung Dondorfer Schulmädchen waren in der Eisdiele erschienen und hatten sich dort benommen wie zu Hause. Ein fünfter in himmelblauem, völlig durchnäßtem Anzug sei später dazugekommen, habe Maria, Maria gerufen, wodurch sich die gleichnamige Verlobte des Schmiedegesellen beleidigt gefühlt, was dieser mit einem Fausthieb gerächt habe. Diesem Schlag seien weitere Schläge aller Beteiligten gefolgt.

Un dat he sin se, sagte die Tante. Die drei Frauen beugten die Köpfe über das Blatt. Do steht: ›Fünf finstere Jestalten in der Milschbar. Fremdarbeiter belästijen Dondorfer Männer: Von rechts nach links: Roberto F., Carlo L., Sergio V., Costantino R. und Federico S.‹ Nä, wat för Name! Se han hie nix ze söke, räsonierte die Tante, die sin he nur henger de Wiever her.

Jo, pflichtete die Mutter bei, ihre schöne Stunde wolle se han und dann auf Nimmerwiedersehen. Ävver zesammehaue muß man se doch daröm nit. Et jenüsch doch, wenn mer se russchmiß.

Die Großmutter schwieg. In Italien wonnt dä Papst, entschied sie. Die sin all jut kattolesch.

Hunderte Male hatte ich gelesen, wie sich ein Frosch in einen Prinzen, ein Schwan in einen Jüngling, ein häßlicher, alter Zwerg in einen kräftigen, jungen Mann verwandeln kann. Jetzt ging es umgekehrt. Ich hatte die schmutzigen Fingernägel, die groben Hände, den gelben Kragenrand am Nyltesthemd, die blanken Stellen an den ungebügelten Hosen gesehen, doch diese Einzelheiten nie zu einem Bild zusammengefügt. Was mir nicht gefiel, hatte ich verdeckt mit dem, was mir gefiel. Von den Fingernägeln weg hatte ich in seine Augen, von den schlotternden Hosenbeinen auf die neuen schwarzweißen Schuhe gesehen. Von Federico auf Friedrich. Und hatte ich nicht oft genug von Grafen und Prinzen, Königen und Kaisern gelesen, die sich in schlechte Kleider werfen, Gesicht und Hände schwärzen und bettelnd vor die Tür der Liebsten ziehen, um ihr Herz zu prüfen? Immer war unter der häßlichen Schale ein Prinz zum Vorschein gekommen, hatte sich das gute Herz am Ende gelohnt. Hier lohnte sich nichts. Federico sah aus wie ein Fremdarbeiter und war auch einer.

Fremdarbeiter zählten weniger als Hilfsarbeiter, weniger als der Vater. So arm und so dumm, daß sie zu Hause keine Arbeit fanden. Fremdarbeiter waren das Letzte. Schlimmer waren nur noch die Zigeuner, die wußten nicht einmal, was eine Heimat überhaupt ist.

Kanacke. Pimocke. Jesocks. Fremdarbeiteraugen, Fremdarbeiterfüße, Fremdarbeiterhände, Fremdarbeiterstimme, Fremdarbeiteratem, Fremdarbeiterkopf. Federico war wirklich gewesen. Aber vor allem ein Friedrich in meinem Kopf. Den hatte nun die Wirklichkeit mit ein paar Wörtern verjagt: Kanacke, Pimocke, Makkaroni. Ich stöhnte. Die Frauen unterbrachen ihre Diskussion und sahen zu mir herüber.

Wat hät et dann, wandte die Tante mir nun zum ersten Mal ihre Aufmerksamkeit zu.

Halsping, sagte die Mutter.

Ich krächzte zustimmend.

Hät et Feever, fragte die Tante. Nüngedresseschfönf, 39,5, un dat hück morje fröh, erklärte die Mutter stolz.

Ich ächzte. Häs de Ping*? fragte die Tante. Ich nickte und sah sie so verzweifelt an, daß sie mir die Zeitung zuwarf. Do häs de jet ze läse, du lies doch su jän! Es war aber nur der politische Teil. Den anderen nahm sie wieder mit.

Ende der Woche war ich wieder gesund. Ich half der Mutter beim Salatpflanzen. Eine Amsel folgte uns. Sie versuchte, einen Regenwurm aus der lockeren Erde zu ziehen. Als es ihr glückte, fiel sie fast hintenüber, und der Wurm hing ihr aus dem Schnabel wie eine dreckige Nudel. Wie gut, daß Federico meinen Namen nicht kannte!

Den Altar für Schiller räumte ich ab, packte das kunstseidene blaue Portrait und die Kerzenhalter zu den Briefen im Schuhkarton. Gab die Einmachgläser der Mutter zurück. Joot, sagte die, dat de endlisch zur Vernunft jekumme bes.

Vierzehn, hatte ich gesagt, als ich im letzten Jahr bei der Maternus KG um Ferienarbeit nachgefragt hatte. Vierzehn? hatte die Frau im Büro wiederholt, dafür bist du aber noch sehr klein. Tage später hatte ich einen Brief bekommen, ich möge im nächsten Jahr erneut vorstellig werden. Das tat ich. Eine Bescheinigung der Eltern solle ich mitbringen. Hiermit erlaube ich meiner Tochter Hildegard Palm, in den Ferien zu arbeiten, schrieb ich in mein Schulheft. Die Mutter setzte ihre Unterschrift dazu. Nur unter die Zeugnisse malte der Vater seinen Namen. Eine zweite Bescheinigung verlangte die Werksleitung vom Rektor der Schule. Herr Dr. Mewes, ein hagerer Mann in den Fünfzigern, unterrichtete Englisch und Geographie. Er hatte uns gerade ein Gedicht vorgelesen: ›I wandered lonely as a cloud‹, dieses Gefühl kannte ich, allein sein, frei sein, über allem schweben, ungebunden, halt- und schwerelos. Der Rektor las mit einer singenden, warmen, einschmeichelnden Stimme, als wüchsen die Gedichte aus ihm heraus: ›And then my heart with pleasure fills / and dances with the daffodils.‹ Nach dieser Stunde bat ich ihn um die Erlaubnis, in den Ferien arbeiten zu dürfen. Er bestellte mich in

* Schmerzen, Pein

276

sein Sprechzimmer und las mir dort noch einmal das Gedicht von den tanzenden Narzissen vor und noch eines von einem Tiger, der ›burning bright‹ durch den Dschungel ›of the night‹ läuft. Hatte er vergessen, weshalb ich hier war? Also, Hildegard, er schloß das in dunkelgrünes Leder gebundene Buch und steckte es in einen Schuber gleichen Materials zurück, du willst also in den Ferien arbeiten gehen? Zu Maternus. Das ist doch diese neue Arzneimittelfabrik. Ja, was willst du denn da? Fürs Büro hast du doch gar nichts gelernt. Du willst doch nicht etwa ans Fließband! Du weißt, daß das verboten ist für Kinder, er räusperte sich, und Jugendliche unter sechzehn. Ja. Weshalb willst du denn arbeiten gehen? Von dir hätte ich das am wenigsten erwartet. Ich dachte doch, du hättest andere Interessen! Weißt du denn nichts Besseres mit deiner Zeit anzufangen? Verreist du denn gar nicht? Reisen bildet! Das kannst du mir glauben! Notfalls fährst du zu Verwandten. Hast du denn keine Großeltern, keine Patentante?

Er sah mich aufmerksam an. Nun gut, also nicht reisen. Zu Hause ist es ja auch am schönsten. Hm. Aber lesen! Kind! Ich denke, du liest so gern! Wer liest, muß nicht verreisen. Wer liest, reist sowieso. Wohin er will. Und wann er will. Mit wem er will. Und wie lange er will. Aber das verstehst du wohl noch nicht. Was sagen denn deine Eltern dazu? Du bist doch auch nicht die Kräftigste. Du solltest doch wohl besser zu Hause bleiben und dich erholen. Nein, das mit der Erlaubnis muß ich mir noch einmal überlegen, und das solltest du auch tun, Hildegard. Ans Arbeiten kommst du doch noch früh genug. Und jetzt – er zog das grüne Buch wieder aus dem Schuber – darfst du noch einmal zuhören.

Ich wagte nicht zu widersprechen. Kam es ihm wirklich nicht in den Sinn, weshalb ich es vorzog, vier Wochen acht Stunden täglich in einer Fabrik statt in einem Buch zu verschwinden? In den Rheinwiesen an die Großvaterweide gelehnt, am frühen Morgen, wenn das Gras noch feucht war, aber die Steine der Kribben schon warm von der starken Sonne eines Sommermorgens! Wenn es kühl von den Pappeln herüberwehte in die Seiten des Buches, wenn alle Stimmen schwiegen, die äußeren und die inneren auch. Hatte der Mann denn wirklich keine Ahnung, weshalb man auf all das verzichtete? Wußte er nicht, warum einer arbeiten ging? Hatte er nie eine Lohntüte gesehen? War er nie im Manko? Seit die Klassenkameraden aus der Volksschule in die Lehre gingen oder ›op de Fabrik‹, jedenfalls Geld nach Hause brachten, setzte mir die Mutter zu, in den Ferien zu arbeiten. Im Herbst sollte es eine Klassenfahrt nach Süddeutschland zu den Altären Riemenschneiders geben. Von den Eltern würde ich dafür keinen Pfennig sehen.

Und zum Schluß, der Rektor fuhr ein paarmal mit dem Handrücken über das aufgeschlagene Buch, als wollte er die Verse herauswischen: ›Spring and Fall. To a young child‹. Der Rektor machte eine Pause. Und wiederholte: ›To a young child‹. Es war ein kurzes Gedicht, halb traurig, halb froh, wie ich sie liebte. Doch jetzt wollte ich nur eines: raus hier. Noch so viele Gedichte im grünledernen Schuber konnten mir keine Klassenfahrt bezahlen, keine ›Gesammelten Gedichte‹ von Rilke, keine Perlonstrümpfe, keine Pömps. Ich brauchte Geld.

Zwei Strophen vom Gedicht mit der wandernden Wolke konnten wir schon auswendig, da lag ein dicker Briefumschlag auf meinem Pult. Die Erlaubnis des Rektors und ein Buch: ›Die Leute von Seldwyla‹. Dr. Mewes hob, als ich mich bedanken wollte, abwehrend die Hand. Geh spielen, sagte er. Die Pause ist bald zu Ende.

Doris war mit ihren Eltern nach Reit im Winkel gefahren, Gisela nach Oberstdorf, Elfi hatte eine Karte aus Mittenwald geschickt, Monika einen Enzian aus Garmisch-Partenkirchen. Mich hatte ein unleserlicher Krakel für sieben Uhr ans Hauptportal der Maternus KG bestellt.

Als ich um fünf vor sieben unter der Uhr mit dem vorwärtsrückenden Sekundenzeiger ankam, wartete schon eine Frau auf mich.

Kommen Sie, sagte sie, ohne jede Begrüßung, griff meine Hand und zog mich ins Gebäude. Hat man Ihnen denn nicht gesagt, daß Sie eine Viertelstunde eher hier sein sollen?

Hinter der Tür zu einer weiteren Tür hing ein rechteckiger, flacher Holzkasten, der mit Schlitzen versehen war, in denen nur noch wenige Karten steckten. Die Frau griff eine heraus. Palm,

Hildegard, Aushilfe, las sie und steckte die Karte in eine daneben hängende Kombination aus Standuhr und Fleischwolf. Ein Klacken. 6 Uhr 58.

Geschafft, sagte die Frau und wedelte mit der Karte. Und jetzt stecken Sie die hier rein. Auf der anderen Seite des uhrenartigen Fleischwolfs hing ein zweiter Kartenkasten, beinah voll. So, sagte die Frau. Ich bin die Mathilde. Aber alle sagen Tilli zu mir. Und du. Wir sagen hier alle du. Einverstanden? Du bist das Fräulein Palm, Hildegard, richtig? Na, das kriegst du schon hin. Aber pünktlich sein mußt du. Wenn du auch nur eine Minute nach sieben stempelst, kriegst du eine ganze Viertelstunde vom Lohn abgezogen.

Ich verdiente fünfzig Pfennig pro Stunde. Eine Viertelstunde hat fünfzehn Minuten. Nicht einmal einen Pfennig pro Minute verdiente ich. Die Frau sprach das kantige Hochdeutsch der Vertriebenen, die ich längst nicht mehr Müppen nannte, hatte rasche, energische Bewegungen und strich sich immer wieder eine Strähne aus der Stirn. Das hier ist dein Spind, sagte sie. Merk dir die Nummer. Der Raum war lang und schmal, fensterlos, der Gang zwischen den Spinden so eng, daß zwei Frauen nicht nebeneinanderstehen konnten. An der Decke flackerten Neonröhren. Hier ist dein Schlüssel. Und hier unterschreibst du, daß du einen Schlüssel hast.

Weiter. Die Frau warf einen Blick auf die Uhr über der Tür. Fünf nach sieben. Ich folgte ihr durch eine Halle, durch ohrenbetäubenden Lärm und grelles Licht, eine Treppe hinunter, einen spärlich beleuchteten Gang entlang, bis die Frau an eine der Türen klopfte. Wieder mußte ich unterschreiben, diesmal für einen blauen Kittel und eine blaue Kopfhaube. Den Kittel, ohnehin schon der kleinste, zog ich mit einer Schnur, die Tilli aus der Verpackungshalle besorgte, in der Taille so weit hoch, daß ich wenigstens gehen konnte. Die Haube war zu klein. Meine Zöpfe zogen sie immer wieder vom Kopf nach hinten.

Na, komm erst mal, sagte die Frau, mal sehen, was der Meister dazu sagt. Wir gingen zurück, denselben Weg oder einen anderen, alles sah gleich aus und fremd, nur die tellergroßen, runden Uhren über all den Türen wurden mir schnell vertraut.

Der Lärm in der Halle war noch stärker geworden. An der

hinteren Wand klebte ein Glasverschlag, in dem sich ein Mann mit Papieren und einem Telefon beschäftigte. Hinter dem Glas war es fast still. Der Mann trug einen weißen Kittel und keine Haube. Meister Melzer hatte eine Halbglatze, die er ähnlich zu verdecken suchte wie Dr. Mewes, war mittelgroß und dünn, sein Alter kaum zu schätzen. Saftlos, zerknittert und verrunzelt sah er aus, wie Dörrobst lag seine Hand in meiner.

Ja, ja, sagte er, ich solle die Haube nur so aufbehalten, aber darauf achten, daß die Zöpfe immer hinten hingen. Sauberkeit sei das höchste Gebot. Schräg gegenüber dem Glasverschlag zeigte die Hallenuhr 7.35. Ich hatte bereits mehr als fünfundzwanzig Pfennig verdient. Mit Nichtstun.

So, jetzt geht's los in die Dos in die Hos, sagte Tilli. Hier bist du in der Verpackung. Pillen, versteht sich. Also, hier kommen die Pillen oben lose rein und unten in Glasröhrchen wieder raus. Woher die Pillen kamen, erfuhr ich nie. Sie wurden in mannshoch gestapelten, silberfarbenen Blechkästen auf Handwagen in unsere Halle geschafft und in die Öffnung der Abfüllmaschine geschüttet. Pulvriger Staub stieg auf. Mer bruche ken Pille mieh ze schlucke, unkten die Frauen, mer künne us dä Dokter spare. Aus der Abfüllmaschine knallten die Röhrchen auf einen schmalen langen Tisch. Gesäumt von Frauen in blauen Kitteln und Hauben, stumm. Ich sah genau hin. Die Tischplatte war aus Gummi, der Tisch bewegte sich, der Tisch war ein Fließband. Ich erschrak. Fließbandarbeit, hatte man mir im Personalbüro versichert, käme für Jugendliche unter sechzehn nicht in Frage. Ich hatte fürchterliche Dinge über Fließbandarbeit gehört. Das Tempo, hatte es immer wieder geheißen, das Tempo sei es, was einen fertigmache.

Alles lärmte. Pillen, Röhrchen, selbst Papier wurden von dem allgemeinen Getöse angesteckt. Pillen prasselten in die Behälter, knallten aus den fauchenden Maschinen in die Glasröhrchen, die pillenklappernd auf das Band rasselten, über allem das Stampfen der Maschinen, das Scharren des Fließbandes. Eine Gruppe von Frauen steckte die Verpackung zusammen, faltete die Beipackzettel und schob sie in die Schachtel; einige hatten an der rechten Hand die Kuppen von Daumen, Zeige- und Mittelfinger mit Pflaster beklebt. Eine zweite Gruppe preßte die Pillenröhrchen in die Schachtel und kniffte sie zu. Die dritte Gruppe, am Ende des Tisches, ordnete die fertigen Packungen in Zehnerkartons ein. Sie waren, mehr als die anderen, für den Inhalt der Kartons verantwortlich.

Ich wurde der mittleren Gruppe zugeteilt. Es war jetzt 7.43. Kümmer dich ein bißchen um das Kind, sagte Tilli zu der Frau links von mir und drückte mich auf meinen Stuhl. Siehs de su, sagte die Frau, ohne mich anzusehen, schnappte mit der linken Hand eine der herangleitenden, länglichen, oben offenen Schachteln, mit der Rechten ein Pillenröhrchen und führte dann beide Hände vor ihrer Brust so zusammen, daß Röhrchen und Verpackung widerstandslos ineinanderglitten. Bis dahin vermochte ich ihr mit den Augen zu folgen, doch als sie nun die gefüllte Schachtel, die sie immer noch links in fünf Fingerspitzen locker am unteren Ende hielt, am oberen Ende mit einem gezielten Kribbeln ihrer rechten Fingerkuppen in Sekundenbruchteilen verschloß, konnte ich nur noch die Augen zusammenkneifen. Kapiert? fragte die Frau und hatte schon die dritte Schachtel versorgt, als ich verstört nach einer der Verpackungen griff, ein Röhrchen hineinnestelte und mich mit den vorgefalzten Enden abmühte.

Will alles jeliert sin, griff nun meine rechte Nachbarin ein. Lurens, so muß de dat mache. So. An diesem Ort klang mir das vertraute Platt tröstlich und ermutigend. Der Lärm schien sich ein wenig in die Gegenstände zurückzuziehen, das Licht ein bißchen sanfter.

Su mähs de dat. Mit Daumen und Mittelfingerkuppe bog die Frau erst die rechte, dann die linke Pappklappe nach innen und ruckte mit dem Zeigefingerglied die dreifach geknickte Lasche in die Schachtel.

Un fädisch. Häs de jesinn? Auch diese Frau sah mich nicht an. Nur meine Hände, die ihr jetzt, ein wenig ungelenk noch, folgten. Na also, et jeht doch. Es war jetzt 7.50. Meine linken Fingerspitzen griffen die Schachtel, die rechten das Röhrchen, einschieben, Knick rechts, Knick links, Lasche drüber. Hatte man die Schachtel geschlossen, ließ man sie wie ein Stück Dreck aus den Händen fallen. Ich saß in der mittleren Gruppe, mir folgten drei weitere Frauen, ich konnte mich wahllos vom vorüberziehenden Überfluß bedienen. Aufzublicken wagte ich nicht, stierte auf Schachteln und Röhrchen, auf meine Hände und die der Frau gegenüber. Nur ihre Hände bekam ich in den gesenkten Blick, Hände, die zitterten, wie ich es bislang nur bei Fräulein Kaasen gesehen hatte, als sie wegen ihrer Krankheit keine Sticknadel mehr halten konnte. Diese Frau aber brachte trotz allen Zitterns Schachtel und Röhrchen mit einem letzten Ruck jedesmal fehlerlos zusammen, wobei ihr Nacken hin und wieder zuckte wie ein gerade geschlachtetes Huhn. Neben ihr langte eine Frau von Zeit zu Zeit mit einer Hand untern Tisch, beugte sich in der ganzen Fülle ihres verblühenden Fetts hinab, um mit vollen Backen kauend wieder aufzutauchen.

Anfangs zählte ich. Um acht Uhr fünfzehn hatte ich zweihundertfünfzig Röhrchen verpackt, die nächste Viertelstunde vertrieb ich mir damit, auszurechnen, was mir das Einschachteln eines einzelnen Röhrchens eintrug. Ich schaffte es nicht. Holte es aber am Abend nach. Schwer war die Arbeit nicht. Warum sollte so etwas für Kinder verboten sein? Das war doch was für Idioten. Bereits eine halbe Stunde später war ich der Ansicht, daß dies n u r etwas für Idioten sei. Neun Uhr. Das Band stand still. Frühstückspause. Wir blieben sitzen. Einen Aufenthaltsraum gab es nicht. Tach, Vroni, riefen die Arbeiterinnen einer älteren Frau zu, die einen Kasten mit Milch und Kakaoflaschen vorbeischleppte. Man mußte eine Woche vorher bestellen, so wie damals auf der Volksschule. Ich hatte weder Hunger noch Durst, meine Brote lagen im Spind. Allein würde ich den Weg dorthin nicht finden. Vroni hatte eine Flasche Kakao zuviel und war froh, sie an mich loszuwerden.

Trink, sagte die Frau rechts von mir, in einer Viertelstunde jeht et weiter. Nu loß dat Kenk doch, das war meine linke Nachbarin, dat es doch alles janz neu für et. Verzäll mer leever, wat de am Sonndaach jedonn häs.

Die Frauen redeten alle durcheinander, meine Nachbarinnen über mich hinweg, als wäre ich gar nicht da. Marlies wurde die Frau zu meiner linken gerufen, eine Mittdreißigerin mit stark blondiertem Haar, das am Ansatz fingerbreit dunkelbraun nachwuchs. Selbst wenn sie lächelte, hingen ihre Mundwinkel herab. Ihr Verlobter war in Rußland verschollen, und obwohl sie alles daransetzte, einen neuen Mann und eine neue Heimat zu finden, war ihr beides noch nicht gelungen. Einen Finger nach dem anderen reckte sie hoch, wenn sie erzählte, wo sie seit ihrer Flucht aus Breslau schon überall gewohnt hatte. Hielt sie dann ihre zehn Finger bis auf einen ausgestreckt und war in Dondorf angekommen, lachten die Frauen und riefen: Un nüng* Kääls kanns de och noch dobei dun! Dann ballte Marlies ihre Finger zu Fäusten und biß sich die Lippen. Heute druckste sie herum, zuckte die Schultern und schüttelte den Kopf in meine Richtung. Och wat, sagte meine rechte Nachbarin. Du kanns ruhisch kalle. Wer ärbeede darf, darf och zohüre. Un dat Weet he jeht op de hühere Scholl!

Ich kannte Frau Frings vom Sehen. Ihr Mann hatte bei der Bahn gearbeitet. Obwohl sie stets beteuerte, daß ihr Herbert ›ne jute Kääl‹ gewesen sei, ließ sie an Männern kein gutes Haar. Dabei fehlte es ihr, wie ich später merkte, nicht an Verehrern. Frau Frings war eine der hübschesten und gepflegtesten Frauen in der Halle. Warum rackerte sie sich hier in Krach und Staub am Fließband ab, statt es sich als Ehefrau gemütlich zu machen? Ich hatte etwa anderthalb Wochen neben ihr gearbeitet, als ich ihr im Waschraum begegnete. Eine Hitzewelle ging über das Land, morgens um neun schon über fünfundzwanzig Grad. Lore Frings trug blondes Haar, Wellen bis auf die Schultern. Sie stand am Waschbecken und hielt die eine Hälfte dieses Haares in der Hand. Der vordere Teil ihres Schädels war kahl.

Ja, Heldejaad, sagte sie in mein entsetztes Gesicht. Jitz wes du et och. Meine Cousinen hatten vor Jahren von einem schrecklichen Unfall auf der Weberei erzählt. Die halbe Kopfhaut habe es der Frau weggerissen, ritsch ratsch, so die Cousinen damals halb mitleidig, halb schadenfroh; zu eitel, eine Haube zu tragen, sei sie gewesen. Hier bei Maternus sah man Lore nie ohne Haube. Kühn sah sie aus, beinah verwegen, als hielte eine enge fleischfarbene Kappe ihr Haar über der Stirn verborgen.

Och Lore, sagte ich, ich find das nicht so schlimm. Du siehst aus, ja, du siehst aus wie Sam Hawkins Schwester bei Winnetou. Lore lachte, brach kurz in ein Indianergeheul aus und setzte ihr Haarteil wieder auf. Et jöck wie tausend Möcke, sagte sie. Sach

* neun

ävver kenem, wat de jesinn häs. Die meiste Frauen wessen et. Ävver die Männer nit.

Nun war klar, warum sie sommers wie winters einen Hut aufsetzte und ›et Hötsche‹ hieß, ›das Hütchen‹. Und auch, warum sie keinen mehr ranließ, wie die Frauen sich ausdrückten.

Ob man einen ranlassen würde, unter Umständen ranlassen, jemals ranlassen, eventuell ranlassen, niemals ranlassen würde; ob einer rankommen wollte, ob er noch nicht oder schon oder beinah rangekommen sei, machte den Hauptgesprächsstoff aus. Wenn se esch ens dranjekumme sin, bes de dran, orakelten die Frauen und nickten verschwörerisch.

Immer wieder mußte Marie Posomierski ihre Geschichte erzählen. Marie Posomierski, geborene Krupp, hatte gegen den Rat von Mutter und Verwandten einen Polen geheiratet, einen Zwangsarbeiter, der nach dem Krieg geblieben war. Nicht zuletzt wegen Marie. Posomierski, so die Meinung des Dorfes, war ein ordentlicher Arbeiter, katholisch und ehrlich, aber Pole bleibt Pole. Vier Kinder, ein Junge, zwei Mädchen, dann noch ein Junge. Eines Abends war das Paar auf der Erpenbacher Chaussee noch ein wenig Luft schnappen gegangen. Plötzlisch stand esch janz allein. Noch nach Jahren wandte Marie in diesem Augenblick ihrer Erzählung erstaunt den Kopf nach allen Seiten. Janz allein. Mir war ja nix passiert, aber der Janusz, der Janusz war weg. Ein Auto hatte ihn der Frau von der Seite gerissen. Jetzt saß Janusz im Rollstuhl, besorgte, so gut es ging, den Haushalt, beaufsichtigte die Kinder, die Schwiegermutter ihn. Alle unterstanden Marie. Wenn dat nit passiert wär, hätt esch ihm E 605 in et Essen jejeben, pflegte sie ihre Erzählung zu beenden. Die Frauen blickten sie bewundernd an. Dä Kääl wor nit uszehale. Jitz frißt er mir us de Hand.

Keine Nacht, so Marie, hätte er es ohne ausgehalten. Ohne ranzukommen. Manchmal zweimal. Un jitz kütt dä nur noch dran, wenn esch will! Die Frauen nickten bekräftigend. In ihren Gesichtern Schadenfreude und Neid. Den Ehemann so selten wie möglich ranzulassen war offenbar eine Frage der Ehre.

Meine rechte hatte meiner linken Nachbarin noch nicht entlocken können, ob es auf dem Rückweg von den Möhlerather ›Rheinterrassen‹ zum Äußersten gekommen sei, da setzte das

Getöse wieder ein, gerieten die Maschinen wieder in Wallung, das Fließband ruckte an.

Neun Uhr dreißig. Packungen, Röhrchen, Beipackzettel wuchsen durch meine Hände in meine Arme, in meinen Brustkorb und meinen Rücken, den Hintern, den Bauch, die Beine hinunter. Gegen elf konnte ich vor Rückenschmerzen kaum noch sitzen. Ich reichte mit den Beinen nicht auf den Boden, auch meine Arme waren kürzer als die der Frauen, meine rechte Schulter, mein rechter Arm lösten sich langsam von mir und verschwammen in einem lauten Schmerz. Da schob mir, kurz vor der Mittagspause, jemand einen Kasten unter die Füße. Welche Wohltat, den Rücken durchzudrücken, die Beine fest aufzustellen.

In der Pause, eine halbe Stunde, hasteten wir an die Spinde. Die Mutter hatte Großvaters Blechbüchse poliert, sie glänzte wie altes Silber. Ich nahm ein Klappbrot mit Leberwurst heraus, biß im Gehen hinein und folgte den Frauen nach draußen. Die Bänke im Werkshof reichten längst nicht für alle. Ich setzte mich zu Lore auf die Treppe. Alle packten etwas aus, die meisten Brote, andere löffelten Kartoffel- oder Nudelsalat aus Marmeladengläsern oder klopften hartgekochte Eier gegen die Treppenstufen, daß die Schalen knackten. Vroni brachte Mineralwasser und Limonade, aber die meisten tranken sparsamer, aus ihren Thermoskannen. Die Frauen aßen hastig, mit gebeugten Köpfen, und wieder das einzige Thema: Männer. Ich spitzte die Ohren. Lauter Sachen, die nicht in meinen Büchern standen. Wörter, die ich nie zuvor gehört oder gelesen hatte. Wörter, die es gar nicht geben durfte, Wörter des Teufels. Wörter für Jo Kackaller am Levisberg. Sie trafen auf meine Ohren wie Dreck. Ihretwegen konnte ich auch an den Geschichten keinen rechten Gefallen finden. Nie wußte man, wann ein solches Wort wiederkommen würde.

Na, da has de ja schon einen Verehrer, Lore puffte mich in die Seite. Ich sah sie verständnislos an. Ja, wat meins de denn, wer dir dat Fußbänksche do ungerjeschove hät. Dat war doch dä Jeorsch, dä Student, dä arbeitet hier im Lager. Dat is ene komische Kääl. Ävver nett. He, Jeorsch! Lore streckte sich und winkte zur Ecke hin, wo die Männer standen, Komm mal her, dat Heldejaad well danke sagen. Ich spürte, wie mir das Blut in den Kopf stieg, und biß in mein Brot. Auch Georg fuhr fort, in den Staub zu zeichnen und zwei Arbeitern etwas zu erklären.

Am Nachmittag blieb die Zeit stehen. Die Handgriffe wurden selbstverständlicher. In meinen Kopf gelangten sie nicht. Hier war ich fast so sicher wie bei meinen Büchern im Holzschuppen oder hinter dem Hühnerstall. Ich mußte eben Leib und Seele auseinanderhalten, mein Körper eine Festung für meine Seele, für mein Denken und Fühlen. Lief das Band erst einmal in meinem Kopf, drehte es seine Runden nicht nur durch die Halle, sondern auch durch mein Gehirn, meine Nerven, jede einzelne Zelle. Das war dann zum Verrücktwerden. Nicht auszuhalten. Doch ich hatte ja meine schönen Wörter und Sätze, sie waren frei, die Gedanken, und wär ich in Ketten an dieses Band geboren. Ich ließ sie herumstreunen, spornte sie an mit kleinen Geschichten, kniffligem Unsinn, sagte Gedichte auf. Dachte, was die zittrige Frau wohl tun würde, wenn sie nach Hause käme, hatte sie einen Mann, ja, sie trug einen Ring; kochte sie ihm abends noch warmes Essen, mußte sie dabei zittern wie hier; hatte sie Kinder, warum ging sie arbeiten, wo sie doch einen Mann hatte? Manchmal lachte ich vor mich hin oder laut heraus, dann tippten die Frauen sich an die Stirn. ›Et Drömersche‹ nannten sie mich, ›Träumerlein‹. Sie akzeptierten mich, solange meine Hände das Tempo hielten, ich ihnen keine Scherereien machte. Doch nicht für den Bruchteil einer Sekunde durfte ich die Augen von Röhrchen, Schachteln, Fließband wenden. Alles konnte mich aus meiner Versunkenheit reißen: eine Geruchswolke, ein krachend zurückgeschobener Stahl, ein Sonnenkringel an der Wand.

Siebzehn Uhr. Das Band stand still. Ich rührte mich nicht. Es dauerte, bis Kopf und Körper wieder zusammenfanden. Meine Schultern schmerzten, die Beine kribbelten und krampften. Die Fingerspitzen waren taub. Heldejaad, wills de denn nit heem jonn? Lore stand als letzte an der Tür. Dat häs de joot jemaat, sagte sie, als ich meinen Kittel ins Spind hängte. Laut, so daß es alle hören konnten: Do kann sesch mansch eener en Schiev vun affschnigge.

Draußen empfing mich blauer Sommerhimmel, wie ein riesiger Lärmschutz wölbte er sich über mir, weich und schallschluckend. Und Georg. Er nestelte an seinem Schuh und richtete sich genau in dem Augenblick auf, als ich an ihm vorbeikam. Georg war schön wie Siegfried auf den Sanella-Bildern, die der Bruder sammelte. Statur, Gliedmaßen, Kopf, alles hatte das rechte Maß; blond, blaue Augen, Haut, so zart und kaum bewachsen, die Farben kräftig, ohne bunte Übertreibung. Er trug ein weißes Hemd mit kurzen Ärmeln, Nietenhosen und Mokassins, einen hellblauen Pullover über den Schultern.

Danke für die Kiste, murmelte ich schüchtern.

Ach was, sagte er, wir Akademiker müssen doch zusammenhalten. Sein Lachen entblößte ebenmäßige Zähne im Oberkiefer, unten standen sie zu dicht und unregelmäßig, wie bei mir.

Übrigens, ich heiße Georg. Georg Schöne. Er reichte mir die Hand und machte eine Verbeugung. Ich muß zur Straßenbahn. Und du? Hast du den Tag überstanden?

Nur gut, daß ich doch den Rock mit den Kreuzstichgänsen angezogen hatte, obwohl er nun vom langen Sitzen zerknittert war.

Es war aufregend, mit Georg durchs Dorf zu gehen. Die Tante fiel beinah vom Rad, als sie sich in voller Fahrt nach uns umdrehte, ihre Richtung änderte und auf unser Haus zuhielt. Georg studierte in Köln, Mathematik im dritten Semester, und wohnte in Möhlerath bei seiner Mutter. Geschwister hatte er keine, seinen Vater nie gekannt. Georg hatte eine warme, dunkle Stimme und eine Aussprache, fast so schön wie Geffken. Würde er mich zu einem Eis in Haases Café einladen? Heute war alles möglich. Ich hatte mein erstes Geld verdient und war mit einem schönen Studenten durchs Dorf gegangen. Wirklich. Nicht im Buch. Leibhaftig. Erwachsen. Aber Georg wollte seine Mutter nicht warten lassen.

Meine Mutter behandelte mich fast so unterwürfig wie den Vater, beflissen, es mir recht zu machen. Dat dolle Döppe war zu gebrauchen, brachte Geld ins Haus, ging op de Fabrik wie ein Mann. Sie rieb mir die Schultern mit Franzbranntwein ein und fragte, was ich morgen abend essen wolle. Ich bestellte mir saure Nierchen und gesellte mich hinterm Hühnerstall zu den Leuten von Seldwyla.

Der Vater und ich schlichen umeinander wie zwei Boxer, die

wissen, daß die Zeit für den entscheidenden Kampf noch nicht reif ist. Wir belauschten uns, tasteten einander nach den verletzbaren Stellen, den wunden Punkten ab. Der Großmutter widersprach ich, wo ich mich beim Vater nicht traute und es bei der Mutter nicht für wert hielt. Die alte Frau antwortete mit hilflosem Schimpfen und verteufelte mich in aller Höllen Namen. Die Drohung, nicht mehr für mich zu beten, schüchterte mich eine Zeitlang noch ein. Wer jeden Morgen um fünf in die Messe ging, hatte zum Allerhöchsten sicher den besseren Draht.

Die meisten Frauen bei Maternus waren unverheiratet. Wie ein Gefängniswärter hielt jeder ledige Mann den Schlüssel zu ihrer Freiheit. Heirat als Gnadenakt. Ehe als Befreiung, auch wenn die Verheirateten säuerlich lächelten und sagten, Waat aff! Sie waren eben an den Falschen geraten. Eine verheiratete Frau, die arbeiten gehen mußte, zählte nur halb. Ihr Ansehen war geringer als das einer Nichtverheirateten. Einer Noch-Nichtverheirateten. Am Ende der Rangordnung stand, wer keinen mitgekriegt hatte. Mer sollten et besser mache wie dat Nitribit, endeten die Frauen häufig ihre Klagen und Beschwerden. Wat dat kann, künne mer och!
   Einen mitzukriegen, den man vorher rumkriegen mußte, ohne ihn ranzulassen, war das Ziel. Ob man zum Treffen mit Hüftgürtel gehen sollte oder ohne, einen Büstenhalter mit Schaumgummieinlage anziehen sollte oder Natur, ob man mehr aufs Aussehen oder aufs Anfassen achten solle, wurde hitzig diskutiert und je nach Stand der Dinge von Fall zu Fall entschieden. Ob enge Röcke oder weite, letztere mit Petticoat oder ohne, und wenn mit, dann auf keinen Fall zu steif gestärkt – do kann mer sesch jo dran opspieße, hät dä Kääl jesäät. Hosen kamen nicht in Frage. Auch in meinen Büchern ging es um Verführung und Betrug, Suchen und Finden, Trennung, Enttäuschung und Versöhnung. Um Laufmaschen, Hüftgürtel, Petticoats ging es nie. Bücherfrauen mußten nicht arbeiten gehen. Selbst Mannequins oder Ärztinnen, Krankenschwestern oder Chefsekretärinnen tauschten glückstrahlend ihren Beruf gegen einen Ehering. In älteren Büchern waren Frauen nichts als Frauen, waren Töchter oder Schwestern oder Mündel und ersehnten den Richtigen in Land-

häusern, Villen und Sommerfrischen, auf Schaukelstühlen, Récamieren und Fauteuils, aber doch nicht auf einem Hocker am Fließband in der Fabrik. Für die Frauen hier war die Fabrik der Parkplatz zwischen Elternhaus und Ehe, den es so schnell wie möglich zu verlassen galt. Ledig sein hieß halb sein. Heirat machte das Fräulein zur Frau. Einen Mann ins Haus zu kriegen, dazu war jedes Mittel recht. Ob man es vorher zum Äußersten kommen lassen solle oder nicht, war die umstrittenste Frage. Es konnte enden wie bei Anja. Niemand hatte von ihrer Schwangerschaft gewußt. Sehr blaß, mit hektischen roten Flecken auf den Wangen und lila Schatten unter den Augen, war sie eines Morgens ans Band gewankt und hatte sich vorsichtig, minge Rögge, mein Rücken, stöhnend, auf ihren Stuhl gleiten lassen. Als sie von der Toilette nicht mehr zurückgekommen war, hatte Lore nach ihr geschaut und die Blutlache unter der Tür entdeckt.

Anja saß bei den Fertigmachern am unteren Ende des Bandes. Tagelang forschte ich nach Spuren in ihrem Gesicht. Zwischen Tod und Leben, so die Frauen, habe sie wochenlang geschwebt. Doch das spitze Mausgesicht mit dem vorspringenden Oberkiefer, der beim Lachen das graue Zahnfleisch fingerbreit entblößte, ließ nichts von all den Schmerzen und Demütigungen erkennen, die ich ihm zuschrieb. Seit kurzem hatte Anja wieder einen an der Hand. Diesmal wollte sie es schlauer anstellen.

Dunja hatte schon gekündigt, als ich anfing. Am Ende meiner ersten Arbeitswoche richteten ihr die Frauen ein kleines Abschiedsfest aus. Dunja wollte zurück in ihre Heimat, nach Jugoslawien. Und das nicht allein. Bei selbstgemachtem Paprikasalat, Frikadellen und hartgekochten Eiern, dazu Rotwein aus Literflaschen mit Schraubverschluß, erfuhr ich ihre Geschichte. Sogar Sekt gab es, für jede einen ›wönzigen Schlock‹. Wir tranken aus unseren derben, meist henkellosen Tassen oder dem Verschluß der Thermoskannen. Andächtig spürte ich dem Prickeln auf der Zunge nach, bis es schal wurde, muffig, und ich hastig mit Wasser nachspülte.

Dunja war nicht mehr jung, ein wenig zu hager, aber mit lustig funkelnden Augen im braunen, ovalen Gesicht. Konnte sie jemandem helfen, blühte sie auf. Nur ihr Häuschen habe sie im Kopf gehabt, hieß es, ein Häuschen auf dem Grundstück ihres Onkels bei Rijeka, für ihre Eltern und für sich und ihre Familie.

Dieses Haus war für Dunja ein Nistkasten. Dunja glaubte an das Miteinander von Glück, Mann, Ehe und Familie. In Deutschland gab es das für sie nicht. Aber in ihrer Heimat, in Drebozyce, war alles anders. War erst das Häuschen da, kam auch der Mann. Das Glück. Vroni, die sie am längsten kannte, beteuerte immer wieder, Dunja habe sich nichts, aber auch gar nichts aus Männern gemacht, geradezu blind sei sie auf beiden Augen gewesen. Doch dann hatte zuerst gelegentlich, zuletzt beinahe täglich ein Landsmann am Werkstor gestanden. Immer in Schlips und Kragen, obwohl er angeblich im Lager arbeitete. Dä Jong, nannten die Frauen den sehr viel jüngeren Mann, was Dunja nicht gern hörte.

Immer wieder hatte sie erzählen müssen, wie sie ihn kennengelernt hatte. Neben ihrer Arbeit in der Fabrik ging Dunja putzen und kellnern, samstags und sonntags in der ›Schäl Eck‹. Dort sei der Verehrer eines Abends mit ein paar Freunden erschienen, alles Landsleute. Zuerst habe er nur ein Bier bestellt, dann ein Bier mit einer Frikadelle und dann noch eine und noch eine, Fräulein, eine Frikadelle, habe er jedesmal laut durch den Raum gerufen, und seine Freunde hätten immer lauter gelacht. Elf Stück habe sie gezählt, und bei jeder Frikadelle habe er zärtlicher geblickt. Bis vor ihre Unterkunft habe er sie begleitet, ihr den Arm gereicht wie einer Dame. An der Tür habe er ihr mit einer Verbeugung und einem Handkuß, das sei bei ihnen zu Hause nichts Besonderes, Gute Nacht gesagt.

Auf der Abschiedsfeier zeigte mir Dunja ein Foto. In einem etwas zu engen Anzug, Standbein und Spielbein locker gekreuzt, den Daumen der linken Hand in den Westenärmel geklemmt, die rechte lässig in die Hüfte gestemmt, lehnte er unter den melancholisch herabhängenden Zweigen am Stamm einer Trauerweide. Schöne Zähne, eine kurze, etwas breite Nase, seine Augen verborgen unter einer ungewöhnlich breiten Hutkrempe. Jetzt war er vorausgefahren, um in Drebozyce Architekten und Maurer zu besorgen und das Aufgebot zu bestellen. Sobald

Dunja komme, werde man heiraten. Und feiern. Ein Fest, so wie damals bei der Hochzeit des Bürgermeisters, als das ganze Dorf tagelang gezecht und gefressen hatte. Dunja strahlte. Wir strahlten mit. Hier hatte eine beides gefunden, den Mann und das Glück, wenn auch im fernen Jugoslawien, worunter wir uns nichts Rechtes vorstellen konnten. Dunja versprach, sofort eine Postkarte zu schicken. Soviel blauer als in Italien, Spanien oder Griechenland sei der Himmel bei ihr zu Hause.

Wenn wir um neun Uhr fünf unsere Klappbrote verschlangen, malten wir uns in den nächsten Tagen aus, was Dunja in diesem Augenblick unter ihrem blauen Himmel gerade tat. Stand sie bei der Schneiderin in weißem Taft, von silbernen Nadeln umschwirrt, saß sie beim Friseur und probierte Frisuren aus, Brautfrisuren für ihr dichtes, schwarzes Haar, hochstecken wollte sie es, hatte sie uns gesagt, auch wenn sie das älter machte. Oder schritt sie mit dem Jungen den Grundriß des Neubaus ab, ihres künftigen Heims. Wie hübsch hatte Dunja ausgesehen, als sie nach der Feier, die leere, große Schüssel unterm Arm, den Beutel mit ihren Habseligkeiten über der Schulter, in ihrem gelben, mit roten Rosen bedruckten Baumwollkleid durchs Werkstor mehr getanzt als gegangen war, zur letzten Nacht in der Baracke.

Drei Tage nach Dunjas Abreise betraten zwei Männer in Anzügen die Halle. Der Meister platzte aus seinem Glasverhau und ruckte nervös am Krawattenknoten. Die in den Anzügen grüßten den dienernden Mann kurz und wechselten ein paar Worte mit ihm. Herr Melzer verzog sich in seinen Glaskasten und kramte fahrig zwischen Papieren. Ein Mann, dessen dunkles Haar in eine Welle gekniffen war wie auf der Dralle-Reklame, zog Notizblock und Stift aus der Innentasche seines Sakkos und einen Gegenstand, wie ihn die Lehrerin mitunter beim Turnunterricht in der hohlen Hand hielt. Eine Stoppuhr. Er fixierte Lore Frings, drückte den Knopf, als sie gerade ein Röhrchen in die Schachtel schob, zählte lautlos, bis Lore dies zehnmal wiederholt hatte, drückte dann wieder und schrieb etwas auf. Das wiederholte sich bei etlichen Frauen und bei allen Arbeitsgängen. Er kam immer wieder, vor der Mittagspause, vor der Kaffeepause und kurz vor Schluß. Der Mann hieß Refa-Mann. Was das bedeutete, wußten die Frauen nicht, doch was sein Kommen ankündigte, war ihnen klar: Entweder das Band wird schneller geschaltet, oder es werden Frauen entlassen, oder beides. Gekündigt wurde im Herbst. Dann mußte die Firma kein Weihnachtsgeld zahlen und konnte im Januar wieder neue Kräfte einstellen. Jut, dat dat Dunja weg es, sagten wir. Alle hatten Angst. Nur Änni trällerte drauflos, kaum daß der Refa-Mann die Türklinke in der Hand hatte. Ein paar Takte hörte er noch: ›Met us mät mer nit mieh dä Molli, met us han se lang jenuch de Aap jemaat.‹ Sie würde im Oktober heiraten und bei den Schwiegereltern unters Dach ziehen. Ein eigenes Haus hatte sie nicht, aber einen eigenen Mann. Einer, der der Meinung war: Die Frau gehört ins Haus. Änni würde bequeme Schuhe tragen, kein Korsett mehr und essen, was ihr schmeckte. Sie hatte zugegriffen, auch wenn ihr Pitter nur einen blauen Kittel trug. Blauer Kittel, grauer Kittel, weißer Kittel, kein Kittel: bis sich einer ohne Kittel, einer vom Büro, einstellte, hatte sie nicht warten wollen. So wie Therese Böhl, die jetzt auf die Dreißig zuging und schon seit Jahren als Fertigmacherin schuftete. Was half es ihr, daß sie täglich ihr Kleid mit abknöpfbarem weißem Kragen und ebensolchen Ärmelaufschlägen ins Spind hing?

Dunjas Karte kam schon am Ende meiner zweiten Arbeitswoche, eine Ansicht von Rijeka, blauer Himmel, blaues Meer, gelbe Häuser mit flachen Dächern, Palmen. Liebe Frauen, schrieb Dunja, gerade auf Bahnhof gekommen. Sofort schreiben. Dann nach Hause. Dann wieder Karte. Tausend Grüße. Deine Dunja. Die Frauen waren gerührt. Fünf Tage war die Karte unterwegs gewesen. Rechnete man – großzügig – zwei Tage von Drebozyce bis Rijeka und dann wieder fünf Tage bis Dondorf, mußte die zweite Karte gegen Ende nächster Woche eintreffen. Es kam keine am Ende dieser, keine am Anfang der nächsten Woche. Es kam gar keine. Am Morgen meines vorletzten Arbeitstages standen die Frauen vorm Werkstor in einem dichten Halbkreis um Vroni herum. Dunja war wieder da.

Auf ihrem schäbigen Pappkoffer habe sie gestern vor Vronis Tür gesessen. Mit einem Gesicht wie de Engel op däm Kerschhoff. Dä Jong war nie in dem Heimatdorf aufgetaucht. Keiner wußte von Dunjas Rückkehr, ihre Eltern waren verreist, zu Verwandten, Dunja sofort hinterhergefahren. Die Eltern hatten nie etwas von einem Sowieso, also däm Kääl, gehört. Vroni schwieg. Die Frauen redeten durcheinander, Bedauern mischte sich mit schüchterner Schadenfreude. Sie hatten recht behalten. Und jetzt mußte man an die Arbeit. Moment noch! Ruhe! schrie Vroni. Et jeht noch weiter. So hatten die Frauen ihre alte Vroni noch nicht erlebt.

Dä Kääl es mit däm janze Jeld von dem Dunja weg. Totenstille. Die Fabriksirene. Sieben Uhr. Dä Kääl kostete uns alle eine Viertelstunde Lohn. Der Meister lief uns händeringend entgegen, wir rannten ihn fast übern Haufen.

Dä Kääl hatte in Großenfeld gewohnt. Eine schöne Wohnung habe er, hatte Dunja geschwärmt. Ein Foto zeigte sie auf einer riesigen Matratze, nicht Bett, nicht Sofa, inmitten eines Wusts von Kissen und Decken. Dahinter in einem Rankenrahmen ein fast ebenso großer Spiegel, der Dunjas Körper merkwürdig verzerrt zurückwarf.

Da hat sie doch was in der Hand, beschlossen die Frauen in der Mittagspause. Da mußte sie hin. Aber nicht allein.

Gleich nach der Arbeit fuhr Lore Frings mit Dunja nach Großenfeld. Noch am nächsten Morgen schüttelte sie sich vor Abscheu und Zorn. Das Haus, wo dä Kääl gewohnt habe, sei ein dreckiger Kasten, mit zig Namen an der Tür, in einer üblen Gegend. Dä Name von däm Kääl habe nicht drangestanden, aber Kanackennamen jede Menge, keine Deutschen. Et is jo och besser, die blieve unger sesch. Sie hätten aber die zweite Klingel oben rechts gedrückt, wo dä Kääl seine Wohnung hatte. Niemand habe geöffnet, doch als sie gerade gehen wollten, sei ein Mann um die Ecke gebogen, der Dunja offenbar erkannt und auf dem Absatz kehrtgemacht habe. Dunja habe seinen Namen gerufen und sei hinter ihm her, aber nur ein paar Schritte. Zwecklos. Dann hätten sie noch einmal geklingelt, und sie, Lore, habe den Finger nicht mehr runtergenommen von dem Klingelknopf. Dunja, kalkweiß, regungslos, habe von Zeit zu Zeit gewinselt wie ein kranker Hund. Endlich seien sie gegangen. Dunja wohne jetzt bei ihr. Sie wolle in der Pause im Büro fragen, ob sie wieder bei uns anfangen könnte.

Lores Nachfrage wurde abgewiesen. Überhaupt, das habe ihr

die Dicke aus dem Vorzimmer des Personalchefs gesteckt, würde es im Herbst Entlassungen geben. Alle Frauen könne man wohl nicht mit ins neue Jahr nehmen. Etwas Genaues wisse man aber noch nicht. Wer jute Arbeit leistet, hät dat decke Minsch för mesch jesäät, dä muß och ken Angst han. Jute Arbeit! Lore lachte bitter. Dä Schwabbel möt esch ens he an dem Dösch sin. Nur för ene Daach!

Das Band ruckte an. Nach fast vier Wochen flogen mir die Röhrchen beinah wie von selbst in die Schachteln. Dä Kääl, der die Frauen in erster Linie beschäftigte, war mir gleichgültig.

Der Name war falsch, das glaubte ich auch. Dä Kääl würde man nicht finden. Aber der seine Strafe. Das war mir von der Bibel bis Zane Grey, Sherlock Holmes bis Shakespeare, von den Brüdern Grimm bis Schiller ein zuverlässiger Trost, ein Menschenrecht sozusagen. Auch wenn den Unschuldigen Unrecht geschah, siegte am Ende die Gerechtigkeit; das war für mich Naturgesetz.

Kümmern mußte man sich um Dunja! Betrogene Frauen mit gebrochenem Herzen kannte ich. Sie zogen sich auf ein Landgut zurück oder ins Haus ihrer Eltern und verzehrten das kleine, aber ausreichende Vermögen einer im rechten Augenblick verblichenen Tante. Dunja aber stand mann- und mittellos da. Hätte sie ihm doch bloß nit dat Jeld jejävve! Dat schöne Jeld, dat ville Jeld, jammerten die Frauen. In welchem Buch wurde eine Frau vom Liebsten um Liebe *und* Geld betrogen? Ich mußte es lesen.

Die gläserne Flügeltür der Fabrik war nur halb geöffnet. Zu beiden Seiten winkten Männer in grauen Kitteln, Vorarbeiter, wahllos Personen aus der sich mühsam vorwärtsschiebenden Schlange beiseite und kramten in deren Taschen. Dat machen die hier von Zeit zu Zeit, klärte Frau Stickler mich auf. Wat solle mer dann he schon mitnehme? Dat Jeftzeusch hie?

Ach, dat es doch dat Weet vun dem Kringlis Maria. Der rechte Graukittel zupfte mich am Ärmel. Wat mäs du dann he? Isch denke, du jehs op de hühere Schul.

Ja, das tue ich auch, erwiderte ich in meinem höchsten Hochdeutsch. Ich bin hier nur in den Ferien.

Schöne Ferien, der Mann ließ nicht locker. Es war Herr Kluck, dessen Sohn mit mir die Aufnahmeprüfung für die Realschule gemacht, aber nicht bestanden hatte. Häs de nix Besseres ze dunn, als Pelle ze packe? Esch denk, du häs nix angeres em Kopp als läse?

Die Leute hinter uns begannen zu murren. Der schleppende Gang der Schlange geriet ins Stocken, man wollte dabeisein, wenn Kluck mich beim Klauen erwischte. Er stocherte in meiner Schulmappe, seine gelbgrauen Hängebacken wabbelten wie die Lefzen eines Hundes. Ja, wat hammer denn da? Triumphierend schwenkte er die Beute über seinem Kopf, hielt sie dicht vor die Augen und buchstabierte mit schallender Stimme: ›Liebe – Brot der Armen‹. Hahaha. Kanns de mer ens sage, wat de he met nem Booch wellst? He werd jeärbeet, nit jeläse. Dat Booch bliev he!

Hören Sie, Georg, der hinter mir gestanden hatte, trat dicht vor den Mann: Was Fräulein Palm in ihrer Tasche hat, geht Sie gar nichts an. Sie haben kein Recht, ihr das Buch wegzunehmen. Geben Sie ihr das Buch unverzüglich zurück. Unverzüglich! Vor diesem vornehmen Wort und Georgs Siegfriedgesicht wich Herr Kluck zurück. Wortlos und als habe er sich die Finger schmutzig gemacht, ließ er das Buch in die Tasche zurückfallen und winkte die Wartenden an sich vorbei.

Georg las Fachbücher. Kaum hatte ich einen Blick hineingetan, schlug meine Geringschätzigkeit in Bewunderung um. Einen Sinn, ja eine Schönheit, wie er mir versicherte, in diesen Kombinationen aus Ziffern, Buchstaben, Kurven, Linien, Wurzeln und Unendlichkeitszeichen zu finden, mußte einem größeren Geist als dem meinen vorbehalten sein. Viel zu sagen hatten wir uns nicht. Das Gefühl des Andersseins brachte uns zusammen. Auch daß die Frauen ihn gern hänselten, nahm mich für ihn ein. Sie quälten ihn mit ihrer Koketterie, der er hilflos ausgeliefert war, zeigten ihm ihre Beine weit den Oberschenkel hinauf und fragten ihn, ob die Strumpfnähte säßen, oder preßten seine Hand auf ihre Brüste und kicherten, er solle zählen, wie schnell ihr Herz klopfe, das habe er doch studiert. Ich ahnte, daß sie ihm etwas heimzahlten, was andere seines Geschlechts ihnen angetan hatten, an denen Rache zu nehmen sie nicht wagten. Mit Argus-augen beobachteten sie, was sich zwischen Georg und mir ent-wickelte. Was er mir erzähle, wollten sie wissen. Höhere Mathe-matik, erwiderte ich. Höhere Mathematik, wieherten die Frauen schenkelklopfend, räts eröm un links eröm un verkehrt eröm. Hat er denn auch schon bis hundertfünfundsiebzig gezählt? Ich ließ die Frauen reden. Was sie nur immer wieder mit dieser Zahl hatten!

Am Freitag bekam ich meine erste Lohntüte, einen Abschlag. Tags darauf fuhr ich nach Großenfeld zu Salamander und kaufte mir meine ersten Pömps, schneeweiß, spitz, mit Riemchen über dem Knöchel und Absätzen, geschwungen wie die Henkel an den Tassen vom Blumenservice. Perlonstrümpfe, einen Strumpf-halter und meinen ersten Büstenhalter, alles Sonderangebote, Ladenhüter wegen der kleinen Größe. An der Buchhandlung lief ich vorbei.

Nachmittags gab ich acht, daß die Mutter mindestens ein hal-bes Päckchen Stärke, und zwar die mit dem Kätzchen, ins Spül-wasser für den Petticoat rührte. Hanni hatte mir aus einem alten Bettlaken einen Halbrock genäht, die drei stabilen Stufen sogar mit Spitzen gesäumt. Gestärkt und in den Falten der Rüschen glatt auseinandergebügelt, übertraf sein Wippen jeden Tüllrock.

Zu Doris nach Dodenrath wolle ich fahren, erzählte ich der Mutter. Es wurde immer einfacher, ihr irgend etwas aufzuti-schen, solange ich vor Einbruch der Dunkelheit zu Hause war.

Ich zog die Perlonstrümpfe an und wieder aus; der brettharte Unterrock würde sie zerreißen. Stöckelte auf den Pömps ein paarmal vor dem Spiegel der Frisierkommode auf und ab, streckte den Unterkörper nach hinten, die Brust raus, fiel ins Hohlkreuz, fiel in den Frauengang, den Lockgang, den Reizgang, aufrecht, erregend, erregt. Im Sack der Oberpostdirektion hatte ich gerade ein neues Kleid gefunden. Diese Säcke kamen aus Möhlerath und nahmen den Umweg über Fräulein Kaasen. Die Sachen darin hatte man noch nie auf anderen Körpern gesehen, und sie waren vornehm, kein Vergleich mit den Kleidern der Cousinen. Fast so vornehm wie Fräulein Kaasen. Diesmal war es ein Taftkleid mit Schößchentaille, angeschnittener Pelerine und einer Dreiviertelglocke, grün wie meine neue Seife, Palmolive, und ich stellte mir vor, das fremde Mädchen sei darin zur Tanz-stunde gegangen.

Mein Haar hatte ich in einem kühnen Schwung nach rechts gekämmt und zu einem Zopf geflochten. Wenn ich die Augen zu Schlitzen auseinanderzog und die Lippen aufwarf, sah ich wie Marina Vlady aus. Fahrgeld, ein Taschentuch und einen halben Kamm stopfte ich in meinen Kommunionbeutel, für eine Hand-tasche hatte der Abschlag nicht mehr gereicht. Aber der Beutel war weiß wie die Schuhe. Hut, Schuhe und Handtasche mußten unbedingt zusammenpassen, so stand es in der ›Praline‹, auf die Lore Frings abonniert war.

Georg löste sich mit einer lässigen Hüftbewegung vom Later-nenpfahl, als der Bus die Türen öffnete, und ich flog die Stufen der Kutsche hinab, die der alte Graf mir gesandt hatte, damit sein Sohn mich empfange. Georgs Anzug war auf eine merkwürdige Weise kariert, Glenscheck, erfuhr ich später. Auf der senfgelben Krawatte steckte eine Nadel, ein überlang gestreckter Fuchs, im fein modellierten Maul ein Hasenkopf.

Die Nadel ist von meinem Vater, erklärte Georg – aha, Krawat-tennadel nannte man das –, ich habe ihn nie gesehen. Er ist kurz nach meiner Geburt vor Tobruk gefallen.

Georgs Stimme war männlich und weich zugleich und ohne den Ton, der mich bei Männern, gleich welchen Alters, sofort in Habachtstellung gehen ließ. Zu Hause warte Kaffee und Ku-chen, dann wolle er mir Schloß und Park zeigen.

Müssen wir wirklich zu deiner Mutter, brachte ich mühsam hervor.

Georg sah mich erstaunt an: Doch nur auf ein paar Minuten. Die alte Frau hat ja nur mich. Er legte seine Hände auf meine Schultern. Keine Angst, meine Mutter freut sich auf dich.

Das Haus lag am Ende einer Straße, die auf einen Teich zulief. Der Platz war von alten Linden gesäumt und mit Kopfsteinen gepflastert. Nach dem grellen Licht in den Straßen tat die grüne Dämmerung den Augen wohl. Die schattigen Gärten der weni-gen Häuser waren von dem angrenzenden Park kaum zu unter-scheiden. Von ferne bellte ein Hund, rief ein Kind. So mußte Tonio Kröger gelebt haben, den ich gerade liebte, aber auch sein Freund Hansen, den ich verachtete. Auf der Terrasse eines weißen Hauses hob und senkte eine Frau in einem dunkelblauen, weißgetupften Jäckchenkleid ein paarmal die Hand, als übe sie das Winken. Ihr helles Haar umrahmte ein schmales, blasses Gesicht mit einem leuchtendroten Mund. Die Glocke ihres Rocks in einen eleganten Schwung versetzend, verschwand sie ins Hausinnere. Nicht einen Schritt kam sie uns entgegen, stand reglos im weit aufgerissenen Portal. Na endlich, sagte Georgs Mutter statt einer Begrüßung. Sekundenlang berührten ihre dünnen, kalten Finger die meinen wie einen Gegenstand, mit dem man nichts zu schaffen haben will, dann zog sie ihre Rechte zurück und steckte sie zwischen die Rockfalten, als wische sie die Hand dort ab. Von nahem sah sie aus wie eine sorgfältig bemalte Porzellanfigur mit haarfeinen Sprüngen.

Im Wohnzimmer ein Schrank voller Bücher hinter Glas, Rosen in hohen Vasen zwischen Stehlampen und bronzenen Statuetten. Georgs Mutter gab mir Kaffee zu trinken und Kuchen zu essen, als füttere sie einen zugelaufenen Hund. Ihren Sohn verwickelte sie in ein Gespräch über Lokalpolitiker, die angeblich Unterschlagungen begangen hatten. Als Georg zu fragen wagte, ob es mir schmecke, stieß sie den Stuhl zurück und rauschte hinaus. Sie ist etwas nervös, wenn Freunde kommen, sagte Georg. Komm, ich zeige dir mein Zimmer.

Nach Nordwesten gelegen und von einer ausgewachsenen Edeltanne verschattet, war dieser Raum noch düsterer als das Wohnzimmer. Georg drückte den Lichtschalter, Lampen, mit roter, grüner und lilafarbener Seide bespannt, flammten auf. Zwei Bronzeneger hielten die roten, ein Elefant balancierte die grünen Schirme, der lilafarbene saß auf einer Kokosnuß. Rechts vom Schreibtisch, einem ausladenden Möbel mit Löwentatzen und Schnitzwerk, stand ein dazu passendes Regal mit mathematischen Büchern. Links hing eine Gitarre an der Wand, daneben stierte ein ausgestopfter Wolfskopf in das bunte Dämmerlicht. Auf der Anrichte darunter zog über einen golddurchwirkten, schwarzen Läufer eine Karawane aus Zinn, turbantragende Soldaten richteten Flinten gegeneinander, Frösche saßen in winzigen Bänken vor einem Lehrerpult, dahinter ein Frosch mit Brille und Doktorhut. Eine andere Kommode war mit Vergrößerungsgläsern vollgestellt, mit Lupen, Mikroskopen, Ferngläsern. Anderswo standen Fotos und Stiche in silbergetriebenen Rahmen, rosen- und rankenverziert, Briefbeschwerer aller Art, Blüten in Glas und der Petersdom im Schnee, Kerzenleuchter und bemalte Gefäße. Ein kleines Mahagoniregal zeigte bizarre Steine, eine Ananas aus Porzellan und eine alabasterne Stutzuhr unter einer Glasglocke. Von der Decke herab hingen an dünnen Drähten Schmetterlinge und bunte Vögel, die einander umkreisten. Soweit die Wände zwischen Schränken, Vitrinen, Konsolen, Bildern und Statuen noch hervorschauten, waren sie mit dem gleichen Stoff beklebt, der in dichten, von Goldkordeln gerafften Falten auch zu Seiten der Fenster hing, die beiden Sessel und das Bett, ein verschnörkeltes Messinggestell, überzog. Schwerer Damast, purpurn in den Vorhängen, altrosa auf den Möbeln, dunkelgrün an den Wänden. Über und über von Goldfäden durchzogen, prickelte Licht aus dem Stoff in den Raum wie von Wunderkerzen. Zwei große, ovale, leicht gegeneinander verschoben aufgehängte und mit unzähligen kleinen schwarzen Flecken übersäte Spiegel, von deren Lilienblüten das Blattgold sich hier und da schon gelöst hatte, steigerten den Wirrwarr der Dinge in einen haltlosen Taumel. Nelkengespickte Apfelsinen und Zitronen, Quitten und Äpfel lagen im Raum verteilt und verströmten einen unbestimmbaren Duft. Georg griff eine Birne aus der Obstschale, beschnupperte sie und schälte mit einem winzigen Perlmuttmesser eine endlose Spirale, die sich auf den schwarzroten Flor des Teppichs schlängelte, wo er sie achtlos liegenließ. Sein Vater, erzählte er, habe das alles zusammengetragen. Seit sie untervermieten müßten, habe die Mutter die Sachen in sein Zimmer gestellt.

Auf dem Schreibtisch herrschte Ordnung. Dort lagen sauber geschichtete Papierstapel nebeneinander, eine Füllfeder steckte in goldverzierter Kappe schräg auf einem grauschwarz gemaserten Steinsockel, einige Zeichengeräte, ein offenes Buch. Und ein Strickzeug! An einer langen, geschmeidigen Rundnadel hing genopptes Gewirk aus hellblauer Wolle, Vorder- oder Rückenteil eines Pullovers, wie ihn Georg auch in der Fabrik trug.

Deins? stieß ich hervor. Kannst du stricken?

Georg nahm das Zeug vom Tisch und lächelte. Natürlich kann ich stricken, sagte er. Das hat mir meine Mutter schon beigebracht, als ich noch ganz klein war. Georg legte das Strickzeug in seinen Händen zurecht, Nägel mit Halbmonden und völlig frei von weißen Flecken, schob den Faden über den linken Zeigefinger und wirbelte die Nadeln umeinander, wie es die Cousinen nicht besser konnten. Seine Wangen röteten sich, er schob die Manschetten mit den goldenen Krokodilsköpfen über die Handgelenke, hielt die Nadeln vor die Seidenkrawatte, das fertige Gestrick lag auf seinen Oberschenkeln. Wenn du willst, strick ich dir auch einen, sagte Georg. Willst du? Hellblau ist auch eine gute Farbe für dich. Ich stricke nur hellblau. Himmelslicht. Siehst du. Ohne das Strickzeug aus der Hand zu legen, öffnete Georg eine schwarze eisenbeschlagene Truhe: hellblaue Wolle, randvoll.

Ja, sagte ich matt, danke. Hellblau steht mir sicher gut. Ich kratzte mir verstohlen den Rücken, es juckte jetzt schon. Ein Pullover, gestrickt von einem Mann! Niemals würde ich ihn anziehen. Ins Feuer würde ich ihn werfen, wie den Pullover von der Cousine mit der halben Brust. Als wir das Haus verließen, klang uns im Flur Musik entgegen. Mahler, wisperte Georg, das ist Herr Knuts, der Untermieter, von der Oper, er hört das zusammen mit meiner Mutter. Wir schlichen auf Zehenspitzen hinaus.

Mit jedem Schritt weg von diesem Hause wurde Georg wieder zu einem Mann, mit dem man sich gern sehen ließ. Schlank und aufrecht ging er neben mir durch den Park dem Schloß entgegen. Hatten diese Hände, die jetzt auf diesen Giebel, diese Säule, diesen Zierat an den Gesimsen wiesen, wirklich gerade noch Stricknadeln gehalten? Hatte diese Stimme, die mir jetzt so ruhig die Geschichte des Bauwerks erzählte, eben noch ängstlich geflüstert?

Je näher wir dem Schloß kamen, je mehr Menschen auf dem Platz zusammentrafen, desto lebhafter wurde Georg, nahm sogar meine Hand. In meinen Büchern war das immer umgekehrt, dort ergriffen die Männer die Hand der Frau, wenn niemand mehr in Sicht war. Er aber hielt meine Hand auch noch, als wir im Café auf geschwungenen, weißlackierten Stahlstühlchen saßen, hielt sie mitten auf dem Tisch neben Aschenbecher und Fruchtbechern, in denen wir einhändig ungeschickt herumfischten. Ich genoß die Blicke der Menschen, die zu uns herübersahen, zu diesem schönen, feinangezogenen Mann, diesem schönen, feinangezogenen Fräulein, diesem schönen feinangezogenen Paar. Paar sein war Erwachsensein. Frei.

Werner Heisenberg, sagte Georg, heiße der Mann, der vor wenigen Jahren eine Formel entwickelt habe, alles lasse sich damit beschreiben, die ganze Welt, alle Zustände und Eigenschaften auch des kleinsten Teilchens. Na klar, sagte ich. Das kenn ich. Georg schaute ungläubig. Hör zu, sagte ich: ›Schläft ein Lied in allen Dingen, / die da träumen fort und fort, / und die Welt fängt an zu singen / triffst du nur das Zauberwort.‹ Fast hätte Georg seine Hand zurückgezogen. Ich hielt sie fest. Das Zauberwort, sagte ich, begreifst du nicht, das Zauberwort von dem Eichendorff – das ist der Mann, der dieses Gedicht geschrieben hat, so wie dein Heisenberg seine Weltformel –, dieses Zauberwort ist die Weltformel. Sag sie mir, deine Weltformel, und wir wollen sehen, ob die Welt zu singen beginnt.

Hilla, es kommt doch nicht darauf an, ob etwas singt, sondern ob es stimmt. Heisenberg will die Welt erklären, nicht besingen. Nur Zahlen lügen nicht.

Aber Gedichte, beharrte ich, Gedichte lügen auch nicht. Heisenberg hat sicher recht. Aber Eichendorff hat auch recht.

Im Strom der Spaziergänger gingen wir durch den Park an den Rhein. Georg nahm wieder meine Hand. Was war wichtiger für die Menschheit, die Mathematik oder die Dichtung? Wir redeten hitzig, Georg ohne Ahnung von Dichtung, ich ohne Ahnung von Mathematik. Jeder verteidigte seine Fluchtburg, seinen Ort, sicher vor den Nachstellungen der Wirklichkeit. Als wir das Ende der Rheinpromenade erreichten, da, wo der gepflasterte breite Weg in einen schmalen Lehmpfad überging, der sich durch Wiesen schlängelte und in den Weiden verlor, begannen Glocken zu läuten, von einer nah gelegenen Kirche zuerst, dann von einer zweiten, einer dritten. Wir blieben stehen, bis der letzte Ton verklungen war. Paare, umarmt oder Hand in Hand, gingen an uns vorüber, ich hätte nichts dagegen gehabt, ihnen zu folgen, aber Georg machte kehrt, und wir nahmen denselben Weg zurück. Wie gut du riechst, kleines Mädchen, sagte er beim Abschied und schnüffelte in meinem Nacken. Den Druck seiner Lippen auf meinem Halswirbel spürte ich noch in der Straßenbahn.

Erzähl mal, stieß mich Lore Frings am nächsten Morgen vertraulich in die Seite. Alle Frauen wußten es. Jemand mußte uns gesehen haben. Der schöne Georg und das Schulmädchen Hand in Hand! Ob wir uns jeirrt han? spekulierten sie. Sie wollten alles wissen. Ich beschrieb das Haus und die Mutter, das Schloß und das Café, den Früchtebecher und die Rheinpromenade. Genoß es, jetzt eine von ihnen zu sein, auch etwas zum Erzählen zu haben. Sonnte mich in ihrer Neugier und begann zu begreifen, wieso sie keine Scham kannten, das Intimste von sich und ihren Männern preiszugeben. Wenn sie erzählten, waren sie wer. Du hörst mir zu, also bin ich. Solange du zuhörst, bin ich.

Sonst nix? Sonst nix? drangen sie in mich. Ja, und weiter? Schon schlug Käti Kappes die ›Bildzeitung‹ auf, schon begannen die Frauen Zweier- und Dreiergespräche. Da sagte ich: Er strickt. Ich wußte sofort: Das war Verrat. Meinem Drang dazuzugehören, ernst genommen zu werden, hatte ich Georg geopfert.

Wat deit dä? Die ›Bildzeitung‹ raschelte zusammen, alle wandten sich mir zu. Ich schlug die Hand vor den Mund, als könnte ich mir die paar Buchstaben in die Kehle zurückschlagen.

Wie, fragte Lore. Hät he dir jet fürjestrick?

Ich nickte. Hochrot. Mir war heiß, die Schulterblätter juckten.

Die Frauen johlten. He hät däm Weet jet fürjestrick! Met de Stricknadel! Wat vön Stärke hät he dann? Lang un dönn? Kooz un deck? Extra stark?

Hellblau, rief ich dazwischen, verzweifelt, schrill, als könnte ich sie dadurch zum Schweigen bringen.

Hellblau, wieherten sie, für Jungen! Nä, nä, dä Jearsch!

Jetzt gehörte ich wirklich zu ihnen.

Nach der Mittagspause brachte Georg leere Kartons. In dem Werkskittel, der den meisten Männern bis zur halben Wade, ihm nur bis ans Knie ging, sah er wirklich wie ein verkleideter Siegfried aus.

Do kütt jo dä Stricker! Wo häs de dann ding Stricknol? Häs de överhaup en Stricknol? Zesch us ens, wie de stricke kanns! Stricks de nur met Woll? Nur von de Schoof? Käti Kappes, die anfangs mit Georg geliebäugelt hatte, schrie am lautesten. Hedi Stümbsch, die mit einem blauen Auge dasaß und gehänselt wurde, warum ihr Angetrauter ihr denn immer nur Veilchen aus der Wirtschaft mitbrächte, kreischte mit sich überschlagender Stimme. Gisela Stüssgen, deren Mann sonntags in rotem, schwarzsamten gesäumtem Talar dem Küster half, die Kollekte einzusammeln, lachte bei der Frage nach der Stricknadel wie eine Verrückte.

Georg tat, als ginge ihn das Ganze nichts an. Lud wie immer die leeren Kartons am unteren Ende des Laufbands bei den Fertigmacherinnen ab und packte die vollen auf den Wagen.

Halt die Schnüss un lost dä Jong in Rauh, rief Marlene, eine Fertigmacherin. Bei ihnen türmten sich die schlecht oder gar nicht verpackten Röhrchen. Für manch ene Kääl wör et besser, he dit stricke als sös jet, sonst was!

Ich hob den Kopf nicht vom Band. Schielte, ob Georg zu mir schaute. Er tat es nicht.

Plötzlich war die Flucht in den Kopf versperrt. Ich kam aus der Wirklichkeit nicht mehr heraus. Sah die Frauen, wie sie wirklich waren, ohne sie verwandelt in Geschichten schicken zu können, armselig und roh, in Stumpfheit verpuppt, und ich war eine von ihnen. Zeit, wenn nur Hunderte Pillenröhrchen in Hunderte Schachteln geschoben werden, die Hunderte Male zu verschließen sind, diese Zeit vergeht nicht. Sie ballt sich zusammen, ein riesiger Klumpen abgetöteter Zeit. Meine Zeit geriet erst wieder in Bewegung, als das Band um fünf Uhr stillstand.

Ich wusch mir nicht die Hände, schaute nicht in den Spiegel, warf den Kittel ins Spind, hetzte aus der Fabrik. Georg war nicht am Tor. Eine Frau nach der anderen ging vorüber, manche schauten mich mitleidig oder spöttisch an, die meisten gleichgültig. Außerhalb der Fabrik gab es Wichtigeres als ein Schulmädchen und einen strickenden Werkstudenten, außerhalb der Fabrik war das wirkliche Leben, außerhalb der Fabrik war man selbst wieder wirklich. Darum trugen die Frauen ihre Ehen, ihre Männer und Kinder in die Fabrik hinein: sie wollten fühlen, daß sie auch hier, in der Verödung des Körpers, des Kopfes und des Herzens, wirklich waren, wirklich lebten. Daher: je greller, desto besser. Aus ihren Geschichten sogen sie eine Dosis Leben, um gegen das Un-Leben des Fließbands anzukommen. Und wenn die eigenen Geschichten nicht ausreichen, gab es die ›Bildzeitung‹ als Überlebenspille in hochdosierter Konzentration. Ich hatte meine

Leute von Seldwyla, sie ihre Königshäuser, Starletts und Skandale. Ein wirklicher Unterschied war das nicht.

Kurz vor der Straßenbahnhaltestelle holte ich Georg ein. Er trug seinen hellblauen Pullover wie immer über den Schultern, die Ärmel auf der Brust verschlungen, sein weißes Hemd locker über der Nietenhose. Er sah an mir vorbei. Ich vertrat ihm den Weg. Georg, ich zog ihn am Pullover, er glitt von seinen Schultern, in meine Hand. Da, sagte ich und hielt ihm den Pullover entgegen. Es tut mir so leid. Georg schaute auf mich herunter, aber er sah mich nicht an.

Kleines Mädchen, sagte er und berührte leicht meine Schulter, es ist ja schon gut. Seine Stimme klang alt, verzagt, brüchig, als hätte sie ihre tiefen Töne verloren.

Georg, begann ich wieder, ich wollte doch gar nicht, ich wußte doch nicht ... Ich stockte.

Doch, Hilla, sagte Georg. Du wolltest. Und das war falsch. Und das weißt du auch. Und weil du das weißt, wollen wir es vergessen. Schau mal, was ich hier für dich habe. Georg öffnete seine Mappe. Seine Bewegungen, sein Blick, seine Stimme wieder wie gestern. Das ist für dich. Georg legte mir ein in purpurnes Leder gebundenes, mit Goldschnitt und Goldprägung versehenes Buch in die Hände: Eichendorff: ›Sämmtliche Gedichte‹.

Georg, stammelte ich, überwältigt.

Wie war das noch? ›Schläft ein Lied in allen Dingen ...‹ ›... die da träumen fort und fort‹, half ich mit erstickter Stimme weiter, ›und die Welt fängt an zu singen, triffst du nur das‹ ... ›Zauberwort‹. Das letzte Wort sprachen wir beide. Oder die Weltformel, sagte ich und drückte ihm die Hand.

Das Buch freute mich nicht. Georg hatte Schlechtes mit Gutem vergolten. Wie in der Bibel. So unverdient beschenkt zu sein ertrug ich schwer, so wie damals, als Frau Unkelbach mir den ›Schott‹ gelassen hatte. Mit Liebe, Verständnis und Vergebung behandelt zu werden verwirrte und ängstigte mich. Es war nicht gerecht. Ich stellte das Buch in mein Regal im Holzschuppen, neben Schiller und Keller, eine rotlederne Mahnung.

Nach den Ferien verloren wir einander allmählich aus den Augen, ich holte ihn nur noch wenige Male bei Maternus ab, und Anfang Oktober war er nicht mehr da.

Lore Frings wußte noch nichts Neues von Dunja, als ich mich freitags zum letzten Mal ans Band setzte. Sie halte ihre, Lores, Wohnung tipptopp in Ordnung, stumm, knirsche nur mitunter etwas durch die Zähne, das klinge wie Paprikasalat. Daß Dunja sich in Lores Wohnung zu schaffen machte, beruhigte mich. Wer Frühstücksgeschirr spülte und einräumte, war im Gleichgewicht.

Keine der Frauen hatte Dunja wiedersehen wollen. Sie schienen ihr Unglück zu fürchten wie eine Seuche. Außerhalb der Fabrik war Dunja ohnehin nie eine von ihnen gewesen. Lore nickte erfreut, als ich ihr einen Besuch versprach.

Dunja sah aus, als sei sie jahrzehntelang durch die Wüste gezogen. Fahrig sprang sie aus Lores Polstergarnitur und preßte mich in ihre Arme. Ich hatte sie für schlank gehalten, sie war mager. Ihr Gesicht war mir rassig erschienen, jetzt sahen mich zwei glühendschwarze Augen aus einem mit gelbem Fleisch bespannten Schädel an. Ungewaschenes Haar hing ihr um den Kopf. Sie trug dasselbe Kleid, in dem sie sich von uns verabschiedet hatte, gelb mit roten Rosen. Sie hatte Kaffee gekocht. Lore aß noch ein Teilchen mit uns, ehe sie woanders Namenstag feiern ging.

Hilla, sprudelte Dunja, sobald Lore fort war, Hilla, du noch viel zu jung. Aber vielleicht doch schon wissen, was Liebe ist? Dunja krallte ihre Hand in die linke Brust und verzog das Gesicht wie im Schmerz.

Dunja, sagte ich... Aber sie erwartete keine Antwort. Sie wollte reden. Nun, auch wenn du noch nicht weißt, du sollst wissen. Du sollst zuhören. Die Geschichte von Branko und Dunja. Branko also hieß dä Jung, dä Kääl. Der Name ließ sich doch ganz leicht merken. Doch hätte dä Jung mit einem Namen für die Frauen wohl zuviel von seiner Märchenhaftigkeit verloren.

Dunja erzählte nicht, sie beichtete. Wie sie am Anfang ihr Glück nicht habe glauben können. Branko so jung und so schön und sie eine Frau ohne Kindsbauch. Er habe aber gesagt, er wolle keine Kinder, er wolle nur sie. Den Nacken habe er ihr massiert, bis sie ganz locker geworden wäre und weich in den Schultern und überall. Dunjas Züge verschmolzen mit ihrer Geschichte, ihr Gesicht ein einziger Spiegel vergangenen Glücks. Ich mußte kaum hinhören auf das, was sie aus der Erinnerung heraufholte. Nur anschaun mußte ich sie.

Es dämmerte schon, als Dunja endlich in ihrem Heimatdorf angekommen war und die Hände vors Gesicht schlug.

Dunja, sagte ich und berührte ihren Arm, Dunja, was willst du nun tun? Was hast du vor?

Daß Maternus sie nicht wieder einstellen würde, wußte sie. Sie zuckte die Achseln: Mann weg, Geld weg, Arbeit weg. Schlimm. Aber mehr schlimm: Liebe weg. Morgen weg.

Dunja, sagte ich. Du bist doch katholisch.

Dunja sah mich verständnislos an. Ja, sagte sie.

Hast du, ich stockte. Kam mein Vorschlag zu früh? Gab es nicht noch andere Möglichkeiten? Doch ein Blick auf die gequälte Gestalt in dem zerknautschten Polster ermutigte mich: Dunja war nicht mehr jung. Ihre Heiratschancen gleich null. Hast du schon einmal daran gedacht, in ein Kloster zu gehen?

Dunja verzog das Gesicht, als hätte ich sie geschlagen.

Daher du gekommen? Mir zu sagen, ich alte Frau! Ich alte Frau! Du nix verstehen. Nix, nix, nix! Dunja war aufgesprungen. Ich auch. Dunja stand vor mir, die rechte Hand zur Faust geballt, zur Zimmerdecke gestreckt. Dunja war jetzt wieder groß, größer als je in der Fabrik.

Nix, nix, nix, schrie sie in einem fort und rüttelte beide Fäuste gegen die Decke. Warf sich, mit dem Gesicht voran, in den Sessel zurück. Ich stürzte zur Tür. Ins Freie. Hintern Hühnerstall.

Bei meinen Leuten von Seldwyla füllte ich mich an mit erlesenen Männern und Frauen, Kindern und Greisen, Häusern und Gärten, Tieren und Pflanzen. Alles war sicher, das Glück so gut wie das Leid, selbst der Tod kam daher auf geraden Zeilen. Alles Leben begann mit dem ersten Satz und endete mit dem letzten. Und dazwischen ging ich, Leserin, Geschöpf, Hand in Hand mit dem Schreiber, dem Schöpfer, durch unsere Welt. Genoß die Wonne der Auflösung des engen, begrenzten Ichs in das buchstäbliche Leben; die mit nichts zu vergleichende Wollust, Schöpfer zu sein und Geschöpf zugleich. Ich war sie alle an diesem Sonntag, wählte Schicksale aus und streifte sie über wie Kleider. Kleider machen Leute. Bücher auch.

Ich war mit der Sonne um den Hühnerstall herumgewandert

bis an den Birnbaum, als die Mutter herbeilief, neben ihr Lore Frings. Dunja sei weg. Keine Nachricht, nichts mitgenommen, nicht mal die Zahnbürste. Ob ich etwas wisse. Die beiden Frauen waren aufgetaucht wie Figuren aus einer ungebetenen Geschichte. Dunjas Geschichte war falsch gelaufen. Und keiner konnte sie anders schreiben, neu schreiben, umschreiben. Schön und richtig.

Jlaubs de, et tut sich wat an? fragte Lore. Ich fühlte mich ertappt. Aus Angst vor dieser Frage hatte ich mich seit gestern in Seldwyla verkrochen.

Ja, sagte ich, ich fürchte, ja. Dunja war gestern sehr aufgeregt. Aber gesagt hat sie nichts. Wir sollten zur Polizei gehen.

Dunja blieb verschwunden. Hans Mütz, so die ›Rheinische Post‹, die um sachdienliche Hinweise gebeten hatte, wollte sie am Rhein gesehen haben. Da, wo an der Rhenania der Strom in eine breite, gemächliche Kurve schwang, pflegte Mütz an Sonn- und Feiertagen mit seiner Dauerverlobten ein Erlengebüsch aufzusuchen.

Das Wochenende verging in drückender Schwüle. Ich las die Geschichte von ›Romeo und Julia auf dem Dorfe‹ nun schon zum dritten Mal. Sprach die Dialoge laut und mit Gefühl, änderte sie auch gelegentlich und spielte mein eigenes Stück. Immer mit gutem Ende.

An den Rhein zu gehen, wagte ich nicht. Allzu wirklich war, was mir dort begegnen könnte. Hinter dem Hühnerstall führte ich mit Dunja lange Gespräche, redete mir Gewissensbisse und Angst aus dem Leib, redete in ihr versteinertes Gesicht und mußte mir doch am Ende die Ohren zuhalten und aufspringen, wenn sie mir ihr Nix! Nix! Nix! entgegengellte.

Montags fing die Schule wieder an. Um den Kasten mit der ›Bildzeitung‹ an der Straßenbahnhaltestelle drängten sich die Käufer. Es stand auf Seite drei, Lokales. Am Sonntagmorgen hatte man Dunjas Leiche an der Biegung des Stromes entdeckt. Die Taschen ihrer Popelinejacke waren mit Steinen vom Rhein vollgestopft.

Im Deutschunterricht nahmen wir das Thema ›Erlebnisbericht‹ wieder auf. Diskutierten die Art und Weise der Stoffsammlung, Gliederung, Herausarbeitung der Höhepunkte. Die meisten glühten noch von der Sonne Italiens, Reit im Winkels, der Zugspitze, des Wörthersees oder doch wenigstens der Eifel. Bis zum Ende der Woche sollten wir einen Aufsatz schreiben: Meine Sommerferien in diesem Jahr.

Ich fand die Straße und das Haus hinterm Bahnhof sofort. Es sah weit verkommener aus, als ich es mir nach Lores Bericht vorgestellt hatte. Die Grausamkeit der Geschichte schien sich in seinem bröckelnden Putz, den schmutzblinden Fenstern, dem Dreck und Abfall vor der Tür zu vervielfachen. Zwei dunkelhaarige, braunhäutige Männer bogen um die Ecke, kamen auf das Haus zu, machten, als sie mich auf der gegenüberliegenden Seite bemerkten, ein paar Fingerbewegungen, deren Bedeutung ich in diesem Sommer gelernt hatte, riefen dazu etwas in ihrer Sprache und nickten auffordernd in Richtung Tür. Dunja mußte blind gewesen sein.

Die Mutter unterschrieb eine Entschuldigung, damit ich an Dunjas Beerdigung teilnehmen konnte. Wir gaben sie als Cousine aus. Trotz Widerspruchs im Kirchenvorstand und des Kaplans wurde Dunja auf dem katholischen Friedhof begraben, an der Hecke bei den Russengräbern, neben dem Kompost. In aller Stille. Außer mir standen Lore Frings und eine ältliche Jugoslawin am Grab. Das Grauen vor einer Selbstmörderin war stärker als die rheinische Neugier. Lore war von der Werksleitung geschickt worden. Beerdigung bei vollem Stundenlohn.

Während der Kaplan unwillig ein Gebet über der Grube murmelte, hörte ich Dunjas Stimme an unserem letzten Nachmittag. Da hat sie, dachte ich, Abschied genommen. Hatte, was ihr widerfahren war, den Mann, ihr Glück, ihren Kummer, ihre Enttäuschung in eine Geschichte verwandelt. Vor allem den Mann. Aber auch sich. Seine Geschichte hatte die ihre verschlungen. Sie hatte sich zu einem Teil seiner Geschichte gemacht. Nicht ihn zu einem Teil der ihren. Nur in seiner Geschichte hatte sie noch existiert. Die Geschichte, die sie mir erzählt hatte, war von dem Mann geschrieben, von dem, was er getan und nicht getan hatte, von seiner An- oder Abwesenheit. Ihre eigene Geschichte hatte sie aufgegeben. Eine Fortsetzung ihrer Geschichte ohne die seine hatte Dunja sich nicht vorstellen können.

Was wäre geschehen, hätte ich ihr an diesem Nachmittag nicht die Möglichkeit gegeben, ihr Leben in eine Geschichte umzuwandeln? Lebte sie noch? War ich schuldig, weil ich mit einer fremden Geschichte in die ihre hatte eindringen wollen? Nix! Nix! Nix! waren womöglich die letzten Worte gewesen, die Dunja an einen Menschen gerichtet hatte. Oder waren sie schon nicht mehr an mich gerichtet? Nur noch Protest gegen das Ende, das Ende der Geschichte?

Was sie mit Dunjas Kleidern machen sollte, fragte Lore. Keine der Frauen wolle etwas haben. Dabei habe sich Dunja ganz neu eingekleidet vor ihrer Heimreise. Und ein dicker Packen weißer Seide liege auch noch zuunterst im Koffer.

Mir hatte Lore ein Kopftuch mitgebracht, aus dem gleichen Stoff wie das Kleid, das Dunja zuletzt getragen hatte, gelbe Baumwolle mit roten Rosen. Das Tuch war mir unheimlich, als hinge Unglück im Gewebe.

Beim Kaffee erzählten wir uns die Geschichte von Dunja noch einmal, ergänzten sie und schmückten sie aus. Wir waren erschüttert, aber auch erleichtert. Der Fall war abgeschlossen. Wie ein Roman. Dunjas Geschichte nun eine von denen, die den Frauen halfen, ihr eigenes, gleichförmiges Leben zu bestehen.

Kaum hielt ich ihn in der Hand, las ich Brankos Fotogesicht aus dem Stein. Zusammen mit einer Rose aus dem Garten knotete ich ihn in Dunjas Tuch und schleuderte Stoff, Stein und Rose in den Rhein, dort, wo man Dunja gefunden hatte.

Kurz nach Ostern war der neue Chefingenieur der Raffinerie in unsere Straße gezogen, in den Neubau des Holzhändlers Schneider. Nur vorübergehend, die Werkswohnung war noch nicht fertig. Er war ein schlanker, mittelgroßer Mann mit müden Bewegungen, hängenden Mundwinkeln, viel Grau im dunklen Haar, das den schmalen Kopf mit der scharf vorspringenden Nase beinah lieblich umgab. Mit sich brachte er eine kleine, spitze Person, seine Frau. Spitz waren Nase und Kinn, spitz schloß sich ihr Mund überm spitzmausig vorgebogenen Kiefer, spitz züngelten ihre Augen unter spitzen Brauenbögen. Sogar ihr schwarzes Haar, das sie kurzgeschnitten trug wie ein Junge, stand ihr in spitzen Büscheln um den Kopf. Ihr Sohn, ein Untersekundaner, ging wie mein Bruder auf das Möhlerather Gymnasium.

Die Familie fiel in unserer Straße aus dem Rahmen. Nie sah man Frau Mix im Kittel, nie mit Lockenwicklern oder Haarnetz, nie fegte sie die Straße oder stellte Müll vor die Tür. Herr Mix, Herr Dr. Mix, trug auch bei dreißig Grad im Schatten Schlips und Kragen und einen zusammengerollten Regenschirm unter dem Arm. Der Sohn war ein Knabe. Oder schon ein Jüngling? Jedenfalls war er nie ein Junge gewesen und würde auch nie ein Halbstarker sein. Klein und mager, hatte Sigismund die schwarzen Haare seiner Mutter und die blasse Farbe des Vaters, die Ohren aber, die wie Katzenaugen am Fahrrad im Dunkeln leuchteten und in einem beinah stumpfen Winkel abstanden, diese Ohren waren die seinen. Sie hatten es mir angetan.

Schon von weitem erkannte ich Sigismund auf seinem Fahrrad, grün, dünne Reifen, Fünfgangschaltung. Rannte ich schnell genug, würde ich an Piepers Laden mit ihm zusammentreffen. Zufällig. Ist Liebe auf den ersten Blick nicht beiderseitig, müssen Zufälle herbeigeführt werden, je mehr, desto besser, in jedem Zufall steckte eine Falle, die zufallen konnte. In meinen Büchern ließ man sich nach dem Kotillion ohnmächtig in die erwünschten Arme fallen oder hielt für alle Fälle zufällig ein Spitzentuch parat. Ich setzte auf meinen Hula-Hoop-Reifen! Hüftschwingend tänzelte ich Piepers Laden entgegen, schlüpfte aus dem Ring und trieb ihn mit der Hand vor mir her, und, o Gott, nun lief der Ring direkt in der Richtung von Sigismunds Fahrrad, so ein Zufall. Sigismund bremste, wich aus, traf den Bordstein, verlor die Balance, konnte sie halten. Doch wurde ihm die alte Linde vorm Laden, die ihre schwarzen, nur noch dünn belaubten Äste in den strahlenden Oktobertag hielt, zum Verhängnis. Ihre Blätter bildeten eine schmierige Schicht. Die Reifen rutschten, schlingerten. In einem eleganten Bogen, fast wie in Zeitlupe, kam Sigismund zu Fall. Mir zu Füßen, unter der Linde. Sigismund schrie auf. Ich auch. Er ächzte und versuchte aufzustehen, es ging nicht. Ich zog das Fahrrad von ihm weg und gab ihm meine Hand, er konnte nicht auftreten.

Do muß dä Doktor kommen, sagte Frau Pieper resolut, die mit ihrer hochschwangeren Tochter Veronika aus dem Laden gelaufen war, ich telefonier däm ens. Piepers hatten seit kurzem ein Telefon, das erste in unserer Straße. Heldejaad, du sagst dä Mutter von däm Sijismund Bescheid.

Betreten klaubte ich meinen Hula-Hoop-Reifen aus dem Graben an der Hecke von Schönenbachs Garten. Mit Sigismund hatte ich allein sein wollen, nicht mit seiner spitzen Mutter.

Guten Tag, Frau Mix, sagte ich. Ich hatte mir das korrekte Grüßen mühsam antrainiert. Bei uns zu Hause gab es weder Guten Morgen noch Guten Abend, Guten Tag. Kein Bitte. Kein Danke. Das alles war fürnähme Krom, so der Vater. Nix för Prolete. Guten Tag, Frau Mix! sagte ich, und wenn gleich um die Ecke die Welt unterging, ich war doch nicht dat Kenk von nem Prolete. Sigismund liegt da unten an Piepers Eck. Ich glaube, er hat sich was gebrochen.

Frau Mix band sich die Halbschürze ab und rannte mit mir aus dem Haus. Neben Frau Pieper und ihrer Tochter standen nun auch meine Mutter, die Großmutter, Julchen und Klärchen um Sigismund herum. Der saß im Rinnstein, schneeweiß um die Nase, und biß die Zähne aufeinander. Mein Bruder hatte das Fahrrad an Piepers Zaun gelehnt und mühte sich, Speichen geradezubiegen. Isch hab dem Doktor schon telefoniert, versuchte Frau Pieper Frau Mix zu beruhigen, die auf Sigismund herunterschalt. Alle machten Mickel ehrfürchtig Platz. Das linke Schienbein war gebrochen und die rechte Hand verstaucht.

Doris sagte mir meinen Zustand auf den Kopf zu. So süß, so hilflos habe er ausgesehen, erzählte ich, wie er da im Rinnstein gelegen habe, die gelben Blätter unter sich, das grüne Fahrrad über sich, der bleiche Kopf, das schwarze Haar, blutrot am Haupt die Ohren.

Doris war froh. Mit Sigismund Mix hatte ich endlich etwas Passendes vorzuweisen. Geh hin, befahl sie, als Sigismund wieder zu Hause war. Was sollte ich anziehen? Was mitbringen? Den Gänserock, entschieden wir, und den weißen Pullover. Er war am engsten. Aus der Schulbibliothek brachte ich ihm ›Die Leute von Seldwyla‹ mit.

Sigismund lag in seinem Zimmer, umgeben von allem, was er

brauchte, Essen, Trinken, ein Radio. Bücher in Fülle. Ich kam mir überflüssig vor. Sigismunds Mutter schien erfreuter, mich zu sehen, als ihr Sohn. Froh, daß sich jemand um ihn kümmerte, verließ sie eilig das Haus. Wir waren allein. Helle Vorhänge mit blauen Segelschiffen und roten Sonnenschirmen bauschten sich am Fenster, Bilder hingen an der Wand, Drucke nenne man das, erklärte mir Sigismund, Picasso und Chagall. Ein Schreibtisch, ein Kleiderschrank. Sigismund hatte einen ganzen Kleiderschrank für sich allein. Wie Doris, aber die war ein Mädchen. Ein runder Tisch und zwei Sessel auf einem abgetretenen Perserteppich. Stapel von Büchern, Obst in einem geflochtenen Körbchen, ein paar Hefte auf der schmalen Kommode an der Kopfseite. Sigismund steckte in einem Trainingsanzug und sah mir verwirrt entgegen. Ich fühlte mich sicher. Überlegen. Gesund eben.

Guten Tag, Sigismund, sagte ich.

Guten Tag, Hilla, sagte er. Setz dich doch.

Ich setzte mich in einen der schalenförmigen Sessel, abgeschabt wie der Teppich, und legte mein Buch auf den Tisch. Aber du hast ja so viele Bücher.

Laß sehen. Sigismund griff nach dem Buch, ich zog die Hand schnell zurück, das Buch fiel hin. Ich legte es ihm auf die Brust.

Ah, ›Die Leute von Seldwyla‹. Kenn ich nicht. Du?

Ich nickte heftig. Meine Sicherheit wuchs.

Geschichten. Sigismund blätterte in dem Buch. Aus der Schulbibliothek. Hast du denn keine eigenen Bücher?

Doch doch, stotterte ich, aber nur ein paar. Nicht einmal für ihn würde ich mich von einem meiner Bücher trennen.

Welche Geschichte ist denn am besten? forschte Sigismund weiter. Kannst du mir eine vorlesen?

Ich dachte an Doris und entschied mich für ›Romeo und Julia auf dem Dorfe‹. Das romantische, herzzerreißende Ende mußte wirken. Die Augen halb geschlossen, lag er da und hielt seine süßen Ohren meiner Stimme entgegen. ›Er sah fortwährend das Lächeln des nahen, schönen Gesichts‹, las ich in Sigismund träumerisch gelöste Züge, ›und erwiderte dasselbe erst jetzt, eine gute halbe Stunde nachher, indem er voll Liebe‹ – voll Liebe, wiederholte ich – ›in Nacht und Wetter hinein das liebe Gesicht anlachte, das ihm allerwegen aus dem Dunkel entgegentrat, so daß er glaubte, Vrenchen müsse auf seinen Wegen dies Lachen notwendig sehen und seiner innewerden.‹ Schritte im Flur, die Mutter stand im Zimmer. Sigismund fuhr auf, ich schrak zusammen, wie bei einer Missetat ertappt.

Du bist ja immer noch hier, sagte sie, kniff die Augen zusammen und spitzte den Mund. So viel zu erzählen?

Sigismund gähnte. Hilla hat mir vorgelesen, sagte er.

Was denn, fragte die Mutter. Zeig mal her. Aha, ›Die Leute von, von Seld ...‹ – was? Ist ja auch egal. Ist es denn wenigstens lustig?

Sigismund warf mir einen verzweifelten Blick zu. Mit Müttern dieser Art war nicht zu spaßen.

Hilla kommt jetzt jeden Tag, sagte er, Triumph und Trotz in der Stimme. Wir machen zusammen Hausaufgaben. Ihr Bruder bringt sie aus der Schule mit.

Das war nicht dumm. Ich schaute Sigismund bewundernd an.

Aha, sagte die Mutter. Nun gut. Aber jetzt gehst du wohl besser nach Hause.

Wie die Erwachsenen es verstanden, einen kleinzukriegen, einfach indem sie unsereins behandelten wie Kinder. Sigismund verzog das Gesicht und schwieg.

Auf Wiedersehen, Frau Mix, sagte ich artig und fügte mit einem Hauch von Aufsässigkeit hinzu: bis morgen.

Sigismunds Klasse las ›Michael Kohlhaas‹. Darum also hatte ihn der Anfang meiner Geschichte, der zähe Streit der beiden Bauern, der Rechtsfall, die gegenseitige Kränkung ihrer ›wunderlichen Ehre‹ so interessiert. Während Keller jedoch umgehend für klare Verhältnisse sorgte, die beiden Streithähne gleichermaßen ins Unrecht und alsdann ins Unheil stürzte, spannte Kleist den Leser auf die Folter. Ging mit ihm um wie mit Kohlhaas selbst, hielt ihn zwischen Hoffen und Verzweifeln, nahm ihn mit auf die Tronkenburg, wo Kohlhaas Unrecht erlitt und größeres verübte, nahm ihn mit auf die abschüssige Bahn, immer wieder Haltepunkte vorspiegelnd, Wendungen zum Guten, die alsbald zerrannen. Für Sigismund und mich gab es bald nur noch Michael Kohlhaas. Wir diskutierten seinen Fall, als trüge er sich vor unserer Haustür zu, kannten die Verwandten ersten und zweiten Grades, die dem sächsischen Kurfürsten anhingen, besser als unsere eigenen, kommentierten die Schritte politischer Amtsträger wie zwei ausgekochte Diplomaten, wußten anzugeben, wann Kohlhaas wo und wie lange sich aufgehalten, mit wem und zu welchem Behufe er dort verweilt habe. Wie zwei Kommissare, die einen Verbrecher zu überführen, dann wieder wie zwei Anwälte, die ihn zu verteidigen haben, zergliederten wir die Geschichte von allen Seiten. Wir verfolgten Kohlhaas, und er verfolgte uns. Nie zuvor, selbst nicht, als es um Schiller gegen Goethe ging, hatte ich ein Stück Literatur so sehr zu meiner eigenen Sache gemacht. Schiller, das war ich selbst: ›Der Mensch ist frei und würd’ er in Ketten geboren‹, ›Alle Menschen werden Brüder‹, das war meine eigene Sehnsucht. Die Verachtung des Wirklichen, den Aufschwung in Ideen und Ideale, die Freiheit im Reich der Träume lebte ich, bevor ich Schiller las.

Kohlhaas aber war Kohlhaas. Er hatte mit mir nichts zu schaffen. Er war kein Teil von mir, nicht mein Sprachrohr. Er verkörperte nichts. Er existierte. Ein Mensch aus Fleisch und Blut, den ich bis ins Innerste zu kennen glaubte.

Als hätte ich nie für Schiller gestritten, warf ich mich auf die Seite der Wirklichkeit. Kam Kohlhaas frei oder nicht?

Falsch gefragt, sagte Sigismund: Bekam er Gerechtigkeit oder nicht?

Was ist Gerechtigkeit? fragte ich. Was ist Recht? Ist Recht dasselbe wie Gerechtigkeit? Es ging doch nur um zwei Pferde. Vor allem aber: Was ist wichtiger? Gerechtigkeit oder das Leben? Wenn nicht das eigene, dann das von Frau und Kindern?

Kohlhaas war Unrecht geschehen, darin waren wir uns einig. Je weiter wir in die Geschichte eindrangen, desto hitziger wurden die Debatten, desto weiter entfernten sich unsere Standpunkte voneinander.

Sigismund pochte auf Recht und Gerechtigkeit. Was hätte er deiner Meinung nach denn machen sollen? Die Ohren des Freundes blühten aus dem Kopfkissen heraus wie zwei späte Rosen im Schnee. Diesem Kerl von der Tronkenburg die Rappen überlassen und Unrecht geschehen lassen? Klein beigeben? Nein, erwiderte ich. Aber Geduld hätte er haben müssen. Viel mehr Geduld. Er war im Recht. Aber nur für eine kurze Zeit.

Dann hat er sich selbst ins Unrecht gesetzt. Nicht erst, als er zum Mordbrenner wurde. Schon als er dem Amtmann sein Haus und Hof zum Kauf anbot, geriet er vom rechten Weg ab. Nicht umsonst schreibt Kleist – ich schlug das Heft auf und suchte die Stelle, die ich dick unterstrichen hatte –, nicht umsonst schreibt er ›Lisbeth sein Weib, erblaßte bei diesen Worten …‹ hier: sie gab ihm ›Blicke, in welche sich der Tod malte‹. Und dabei war sie vorher noch ganz auf der Seite ihres Mannes. Da hat er das, was eigentlich sein Leben ausgemacht, schon aufgegeben für eine Idee.

Was heißt hier aufgegeben? Hatte er recht oder nicht? Zudem konnte er den Handel ja rückgängig machen.

Aber Lisbeth wäre ein Einlenken doch viel lieber gewesen!

Ja, aber das konnte er nicht. Er wäre nicht mehr Kohlhaas gewesen. Er mußte für seine Gerechtigkeit kämpfen.

Was glaubst du denn, was wichtiger ist: für seine Frau und seine Kinder dazusein oder für eine Idee? Für etwas Lebendiges oder etwas, das es gar nicht gibt? Etwas, das ihn zu einem Mörder macht, zu einem viel schlimmeren Menschen als den von der Tronkenburg.

Aber der von der Tronkenburg hat den Kohlhaas zum Mörder gemacht.

Was, schrie ich, wegen zweier schlecht ernährter Pferde soll man Menschen morden und Städte in Schutt und Asche legen dürfen?

Darum geht es doch gar nicht! Sigismund hatte sich nun steil aufgerichtet. Es geht um das Prinzip! Und da hat Kohlhaas recht!

Das Prinziiip! höhnte ich, ziemlich viel Tote wegen so eines Prinziiips. Meinst du nicht?

Ich glaubte zu wissen, warum es in der Geschichte so abscheulich zuging, warum Kohlhaas lieber mit Recht tot als mit Unrecht lebendig war: Der Geschichte fehlten die Frauen. Wo es keine Frauen gab, gab es auch keine Liebe. Wo es keine Liebe gab, herrschten Mord und Totschlag.

Meine Detektivgeschichten garantierten nach begangener Untat behagliche Spannung und ein gutes Ende. Im Kohlhaas hingegen war alles in schwankender Bewegung, nirgends ein Halt. Kaum glaubte man aufatmen zu dürfen, etwa nach dem Gespräch mit Luther oder der Begegnung mit dem Oberamtmann, schon zog eine ungünstige Wendung des Schicksals den Boden unter den Füßen wieder weg.

Doch kurz bevor man von dieser andauernden Schaukelbewegung des Schicksals zu ermüden droht, greift Kleist zu einem Trick, nicht anders als Hercule Poirot oder Sherlock Holmes. Die Zigeunerin mit der Kapsel taucht auf. Sie faszinierte mich vom ersten Satz an. Wie Lisbeth hatte sie noch einmal die Macht, Kohlhaas zum Innehalten, zur Umkehr zu bewegen.

Wegen des Zettels, den die Zigeunerin Kohlhaas zusteckt, hätte ich mich beinah zum ersten Mal mit Sigismund zerstritten.

Zum Abschluß der Kohlhaas-Lektüre war Sigismund ein Aufsatzthema gestellt worden: ›Die Bedeutung der Kapsel für Michael Kohlhaas‹. Sigismund fand das Verschlingen des Zettels aus der Kapsel großartig. Ich hielt es für völlig unzureichend. Oft genug hatte ich mit dem Bruder auf der Küchenbank gehockt, wenn die Großmutter ein Huhn ausgenommen und zu unserem schaudernden Vergnügen dessen Magen aufgeschnitten hatte. Ich wußte, wie dauerhaft dort alle möglichen Dinge aufbewahrt sind, bevor die Magensäure ihr zersetzendes Werk beginnt. Hier habe man es mit Dichtung und nicht mit Hühnermägen zu tun, wurde mein Einwand zurückgewiesen. Und überhaupt, was ich mir dächte: ob der Kurfürst den Leichnam etwa hätte aufschlitzen lassen, dergestalt, daß man die Eingeweide des Verblichenen hätte durchwühlen sollen um eines schnöden Zettels willen?

Schnöde, echote ich, ganz so schnöde sei der Zettel, wie uns Kleist hinlänglich zu verstehen gegeben habe, ja wohl nicht gewesen. Nichts leichter, als durch einen Leibschnitt an den Zettel des toten Mannes zu kommen, unter der einzigen, wenngleich notwendigen Voraussetzung, daß der Zettel unzerkaut geblieben sei. Dies aber sei ziemlich sicher. Es heiße: ›und verschlang ihn‹, von Kauen keine Rede. Zu deutlich standen mir die klaren Ordnungen eines Hühnerinneren vor Augen, die übersichtlichen, sinnfälligen Gliederungen von Leber, Galle, Lunge, Herz und Magen, dem faszinierenden Darmgeschlinge. Keine Sekunde hätte ich an des Kurfürsten Stelle gezögert, Kohlhaas in der Magengegend aufzuschneiden und, wenn nötig, auch in der Speiseröhre nachzusuchen. Ich jedenfalls – schloß ich meine Ausführungen – ich hätte das bestimmt getan!

Das glaube ich, Hühnermagen! Sigismund schlug in Bauchhöhe ein paarmal mit dem Reclamheftchen auf die Bettdecke und verzog angeekelt sein Gesicht. Daß du auch nichts begreifst. Es geht auch hier um ein Prinzip. Um Rache. Aber mit dir ist ja nicht zu reden. Jetzt muß ich meinen Aufsatz schreiben. Bis heute abend.

Gegen acht holte ich das Heft ab. Längere Texte schrieb ich ihm noch einmal neu; die Schrift mit der verletzten Hand war kaum lesbar. Sehr viel von Prinzip, von Recht, Gerechtigkeit, von Rache und Strafe stand da. Mein nachmittäglicher Zorn war noch nicht verraucht. Ich ließ ihm freien Lauf. Fügte der Abschrift meine Gedanken hinzu. Mit seinen Pferden, schrieb ich, habe Kohlhaas auch seinen Verstand verloren. Verantwortungslos habe er Frau und Kinder im Stich gelassen, um seinen Dickkopf durchzusetzen. Alles mit großen Worten verbrämt. Das aber komme davon, wenn nur Männer eine Rolle spielten und die Geschichte nicht von Liebe handle. Kleist habe dies ziemlich spät bemerkt und daher die Zigeunerin ins Spiel gebracht. Richtig hätte das Aufsatzthema lauten müssen: Die Bedeutung der Zigeunerin für Michael Kohlhaas. Ohne Hilfe dieser Zigeunerin, von der man kaum wisse, ob sie ein Geist sei, der der toten Lisbeth nämlich, oder ein wirklicher Mensch, wäre die Sache für Kohlhaas kläglich ausgegangen. Zwei lebendige Pferde für einen toten Mann. Kohlhaas, schloß ich schwungvoll, kannte keine Liebe. Nicht zu seiner Frau, nicht zu seinen Kindern, nicht zu sich. Er liebte das Leben nicht. Daher hatte er auch keine Angst vor dem Tod. Der Prinz von Homburg hatte Angst. Weil er das Leben liebte.

An Sigismunds Teil hatte der Lehrer nichts auszusetzen. Hier und da hatte er sogar mit einem Ausrufungszeichen oder einem Sehr gut zugestimmt.

In meinem Teil wimmelte es von Fragezeichen. Wie verwundete Ausrufungszeichen standen sie da, manchmal in Dreiergruppen, im Gleichschritt schmerzgekrümmt. Drei Fragezeichen hintereinander verlieren den Charakter des Zweifels, verlieren ihren Sinn zugunsten der Form. Ein Fragezeichen fragt. Viele Fragezeichen schmücken. Nach zwei Seiten hatte sich der Oberstudienrat seine Meinung gebildet. ›Irrational‹, ›emotional‹ und,

als das Vornehme nicht mehr ausreichte, ›rührselig‹, ›Gefühlsduselei‹. Und am Schluß: ›Haben Sie noch Fieber?‹

Der Aufsatz war nicht benotet worden. Ich hatte Ärger be-
fürchtet, doch Sigismunds Miene heiterte sich zusehends auf, bis
er strahlend nickte und protzte: Jawohl, Gefühlsduselei! Recht
und Gesetz ist etwas für uns Männer!

Ich war im ersten Stadium der Verliebtheit und bewunderte
Sigismund für alles. Er lernte langsam und mühselig, ich nannte
das gewissenhaft. Wenn ich seine Lateinvokabeln nach zwei-,
dreimal Durchlesen herunterbeten konnte, er aber am nächsten
Tag noch immer nicht, hatte er eben anderes im Kopf. Wenn er
ein Krokodil mit einem Leguan verwechselte, lag das an seiner
Phantasie. Und wenn er im Englischen die Tempusfolge durch-
einanderbrachte, war die Grammatik eben nicht für sein Gehirn
gemacht.

Seinen Vater sah ich nur selten. Gelegentlich lehnte er in der
Tür, angelockt von unseren aufgeregten Stimmen, und hörte uns
ein paar Minuten zu. Sobald ich ihn bemerkte, fiel mir nichts
mehr ein. Sigismund dozierte genüßlich, während der Vater mit
liebevoll ironischem Lächeln auf uns hinabsah. Er zog sich dann
wieder zurück, verharrte wohl auch noch einige Augenblicke im
Flur, bis ich meine Stimme zurückgewonnen hatte. Wie beneidete ich Sigismund, wenn sein Vater dort stand, aufmerksam,
freundlich, verständnisvoll, ein Vater, wie ich ihn nur aus Büchern kannte. Die Zunge wurde mir lahm vor Neid.

Am Tag nachdem ich Sigismund das Aufsatzheft zurückge-
bracht hatte, nahm mich der Vater beiseite. Hildegard, sagte er,
ich habe gelesen, was du geschrieben hast. Laß dich nicht beirren.
Es sind deine eigenen Gedanken. Das ist das Wichtigste. Sich
immer eigene Gedanken machen. Egal, was die anderen dazu
sagen. Ich bin froh, daß du mit Sigismund Freundschaft geschlossen hast.

Wie sehr wünschte ich mir, daß diese Nachmittagsstunden,
diese verläßlichen Zeitspannen in einer anderen Wirklichkeit als
der zu Hause, aber eben doch in einer Wirklichkeit und nicht in
einem Buch, niemals enden würden. Da lag der Freund und wartete auf mich. Ich konnte kommen und gehen, in freudiger
Sicherheit, sicherer Sehnsucht, lebte in einem Mantel aus bestän-

diger Vorfreude, unterbrochen nur von den Stunden, die ich wirklich bei ihm war. Hätte ich wählen müssen zwischen unserem Zusammensein oder der Vorfreude, ich hätte mich ohne Zögern für die Vorfreude entschieden.

Streiften sich unsere Hände oder packte er mich im Eifer eines Gesprächs beim Arm, war mir das nicht unangenehm. Doch anders als in den Büchern sehnte ich es nicht herbei. Kein Schauer durchfuhr mich, kein Prickeln, keine Gänsehaut. Seine Nähe war mir genug.

Ende November humpelte Sigismund noch ein paar Tage in der Wohnung herum und fuhr dann wieder zur Schule.

Der gesunde Sigismund schüchterte mich ein. Seine körperliche Anwesenheit empfand ich als unheimlich und anziehend zugleich. So hatte ich als Kind Gespenstergeschichten gelesen, zähneklappernd, aber zu Ende doch. Schon der Händedruck des gesunden, stehenden Sigismund war kräftiger, herausfordernder als der des kranken, liegenden. War ein männlicher Händedruck, den ich noch lange spürte durch alle gelehrten Sätze hindurch. Sigismund war wieder, was er vor dem Unfall gewesen war, ein Junge zum Verlieben.

Sigismund? Der ist nicht da, beschied mich seine Mutter unfreundlich, als ich zur gewohnten Zeit klingelte. Und die Hausaufgaben mache er jetzt wieder selber. Ehe ich etwas sagen konnte, fiel die Tür ins Schloß.

Seit der Zeit bei Maternus hatte ich nichts mehr geschrieben. Jetzt kaufte ich mir wieder ein Rechenheft ohne Rand. Lieber Sigismund, schrieb ich. Im Kopf überstürzten sich die Wörter, doch den Weg durch den Arm in die Hand aufs Papier fanden sie nicht. Lieber Sigismund, schrieb ich mit einem riesigen Fragezeichen. Ich kniffte den Zettel, klebte ihn an allen vier Ecken mit Uhu zusammen und bat den Bruder, ihn Sigismund in der Schule zu geben.

Fünfzig, grinste der Bruder, hielt die Hand auf und schwenkte mit der anderen einen Zettel vor meiner Nase herum. Die Post ist teuer. – Zwanzig. – Na gut.

Liebe Hilla, las ich. Meine Mutter hat mir erzählt, daß Du da warst – Wenigstens das! – Hat sie Dir denn nicht gesagt, wo ich war? – Nein, hat sie nicht! – Ich mußte zum Doktor wegen meinem Bein. – Mei nes Bei nes! – Heute nachmittag wasche ich bei Maternus Auto! – Aha, bei Maternus. Die Familien verkehren also miteinander – So gegen vier Uhr. Kannst Du vorbeikommen?

Romantisch klang das nicht. Aber ich ging dennoch hin. Sigismund polierte beidhändig mit nahezu fachmännischen kreisenden Bewegungen den beigen Mercedes des Pillenfabrikanten, den Schwamm in der einen, den Lappen in der anderen Hand. Sah kaum auf, wandte nur, die Augen verdrehend, den Kopf in Richtung Haus. Hinter der Gardine stand Frau Maternus im violetten Mohairpullover, stemmte die Arme in die Hüften und ließ keinen Blick von Sigismund. Zerstreut nickte sie mir zu.

Tach, sagte ich. Du hast mir einen Zettel geschrieben.

Du auch.

Weißt du schon was von Mathe? Er hatte gerade eine Arbeit geschrieben. Die erste nach seinem Beinbruch. Seine Vier wackelte. Fünf, knurrte er, über den Eimer mit dampfender Lauge gebeugt. Fünf? entsetzte ich mich. Ich hatte noch nie eine Fünf geschrieben. Mangelhaft. Auch ich hielt die Zumutungen der Mathematik für schikanöse Phantasterei. Verstand nichts, hatte aber ein gutes Gedächtnis. Niemand konnte mir so ein aQuadrat + bQuadrat = cQuadrat erklären, geschweige denn zeigen. Genausogut, hatte ich Fräulein Feitzen entgegengehalten, könnte man sagen: Zwei Gabeln und zwei Löffel sind ein Besteck; eine Tasse und ein Teller ist ein Gedeck; ein Hund und eine Katze ist ein Schreck. Alles Erfindung. Sigismunds Fünf war keine. Sie war echt. Mangelhaft. Sigismund war ein Gezeichneter. Fast wie Maria mit ihrem Krebs.

Siggi, sagte ich und berührte ihn am Ärmel seines olivgrünen Parkas. Die schwache Dezembersonne schien durch seine Ohren wie durch eine Martinslaterne. Sigismund sah kaum hoch, quetschte mit beiden Händen seinen Schwamm aus. Es platschte, ich sprang zurück. Die Frau hinter dem Fenster lachte.

Schade, daß ich dir in Mathe nicht helfen kann, sagte ich, wie in Deutsch und Englisch und mit den Lateinvokabeln.

Sigismund reckte sich: Ich muß das hier noch fertigkriegen, bevor es dunkel wird, sagte er.

Wann sehen wir uns? fragte ich.

Weiß nicht. Er kehrte mir den Rücken zu und fuhr verbissen fort, das Blech zu reiben. Das Fenster ging auf. Sigismund, rief Frau Maternus in dreigestuftem Wohllaut, Sigismund, Feierabend, jetzt gibt es einen Amerikaner!

Ich ging. Grußlos. Das ›Weiß nicht‹ sauste mir in den Ohren. Als ich mich umsah, war Sigismund schon im Haus des Pillenfabrikanten verschwunden.

In den nächsten Tagen hörte ich nichts von ihm.

Die Mix trecke weg, erzählte die Mutter. Noch vor Weihnachten zögen sie um, das Haus in der Werkssiedlung sei früher fertig geworden als die neue Fabrikhalle. Ich gab dem Bruder wieder einen Zettel mit. Diesmal mit zwei Fragezeichen.

Marias Krebs hatte gestreut, sagten die Ärzte. Schemeterepie müsse sie haben, sagte die Tante. Ganz vorn zwischen die Zähne nahm sie das Wort so, wie man etwas Schmutziges, Gefährliches mit spitzen Fingern anfaßt. Eine Wallfahrt müsse sie machen, hielt die Großmutter dagegen. Kevelaer, wohin sie zeitlebens gemeinsam mit dem Großvater gepilgert war, auch in der Nazizeit, wurde verworfen. Kevelaer half gegen Rheuma, Warzen, dicke Beine, vor allem aber gegen Kinderlosigkeit. Auf dem Hin- und Rückweg verbrachte man die Nacht in Scheunen. Gegen Krebs war Kevelaer zu schwach. Die Großmutter schrieb dem Ohm und bekam es schriftlich: Hier half nur noch Lurdäs. Hundert Jahre Wundertätigkeit, rund zwei Millionen Pilger jährlich, sechzig vom Papst anerkannte Heilungen, las die Großmutter andächtig vor.

Maria wurde für die Fahrt als zu krank befunden. Die Tante fuhr. Acht Tage dauerte die Reise und kostete vierhundertzwanzig Mark. Mehr als ne Monatslohn, lamentierte die Mutter, wenn dat sesch blos rentiert. Hundert Mark hatte Hannis Mann dazugegeben, ohne Murren. Ein gutes Omen.

Das ganze katholische Dondorf nahm teil am Unternehmen Lourdes. Lourdes-Andachten wurden eingerichtet, täglich um siebzehn Uhr, wo jeder seine Bitten und Fürbitten bereits im Vorfeld der Reise festlegen konnte. Die Tante wurde überhäuft mit versiegelten Zetteln und Briefen, die sie an der Muttergottes-statue niederlegen sollte. Für die Flaschen, in denen sie geweihtes Lourdes-Wasser mitbringen sollte, mußte sie einen Extrakoffer kaufen. Jede Flasche trug ein Etikett mit Namen wie für Einge-machtes, als traue man seiner mehr als der der anderen. Frau Pihl brachte ihren Madonnenflakon, den ich vor Jahren für den Großvater geleert hatte.

Das Dorf fiel in einen Taumel wundergläubigen Betens. Jeden Tag berichtete die Mutter, die keine Lourdes-Andacht ausließ, von Personen, die sie schon jahrelang nicht mehr in der Kirche gesehen hatte. Jetzt beteten sie lauthals ihre Rosenkränze daher. Se sin immer do, wo et jet ömsös* jibt, knurrte die Großmutter.

Der Sommer war ungewöhnlich heiß in diesem Jahr. Aus der Lüneburger Heide wurden Waldbrände gemeldet, im Norden Deutschlands verdorrte das Getreide auf den Halmen. Ich ging seit drei Wochen op de Fabrik, hatte Dunja und Georg im Kopf und verbrachte den Feierabend auf Schweizer Dörfern, in Lon-dons Unterwelt oder bei Scotland Yard, in einem Lübecker Pa-trizierhaus oder auf preußischen Rittergütern. Dennoch beglei-tete ich die Mutter ein paarmal in die Kirche, das war ich Maria schuldig. Für sie hatte man zwischen den Kommunionbänken einen Extrasitz aufgebaut, einen rotsamten gepolsterten Stuhl mit passender Kniebank. Immer trug sie ihr weißes Kleid, enge Taille, weiter Glockenrock. Plisseefalten im Vorderteil versteck-ten die Brust wie unter einem Lätzchen. Eine schöne Braut, be-sonders von hinten. Nur das weiße Kränzchen und die Myrthe fehlten in ihren Haaren, ein schwarzer Schleier bis auf die Schul-tern. Maria war da, bevor die anderen Beter kamen, und ging als letzte. Der Küster schloß hinter ihr ab. Männer waren kaum anwesend. Nur in den hinteren Bänken murmelten ein paar Greisenstimmen denen der Frauen hinterher. Gebetet wurden Rosenkränze, der schmerzensreiche, der freudenreiche, der glor-reiche, reihum, jeweils einer an einem Abend. Alle der Heilung Marias geweiht. Daran schlossen sich die Fürbitten, allgemeine zuerst, für die Menschheit, das Volk, den Papst, die Bischöfe, die Priester, die Politiker, die Brüder und Schwestern in der Zone,

* umsonst

322

den Kardinal Mindszenty in Ungarn, die Eheleute, die Eltern, die Lehrer; stumme Fürbitten für persönliche Anliegen. Auch diese stillen Gebete werde die Tante, so der Kaplan, der die Andachten leitete, mit nach Lourdes nehmen und dort niederlegen. Die meisten meiner Fürbitten weihte ich Maria, andere Dunja, auf deren zweite Karte wir warteten, und schließlich bat ich Gott, er möge den Vater erweichen, mir das Geld für eine Zahnklammer vorzustrecken.

Eine Abordnung des Frauenvereins geleitete die Tante am Samstagmorgen zur Straßenbahn. Sie trug Schwarz, als führe sie zu einer Beerdigung. Schwarze Kleidung, so das Merkblatt, das man ihr mit anderem Material zur Vorbereitung zugeschickt hatte, sei zwar nicht vorgeschrieben, aber erwünscht, um ein einheitlich feierliches Bild zu präsentieren. Weiße Blusen und Hemden seien ebenfalls willkommen. Die Tante wollte ihre Blusen reinhalten und erst an geweihter Stätte anziehen. Zu den Zetteln, Briefen und Flaschen waren noch Kreuze gekommen, vom daumennagelgroßen, feinziselierten Silber- bis zum Sterbekreuz, Medaillons mit den Fotogesichtern kranker Anverwandter und natürlich Rosenkränze. All das sollte von der Tante lourdesveredelt zurücktransportiert werden. Röttgers Karl, der Glaser, brachte einen fingerdicken Unterschenkel aus Fensterkitt. Er litt an Wasser, besonders in den Beinen, und hatte solche Abbilder während seines Sommerurlaubs in bayrischen Wallfahrtskapellen gesehen. In letzter Minute ließ auch ich mich von der Wundersucht anstecken und verstärkte meine Gebete um eine Zahnklammer mit einem gereimten Vierzeiler an die Heilige von Lourdes persönlich.

Maria kniete, nachdem die Tante abgereist war, noch aufrechter und regungsloser vor dem Altar. Um die Taille hatte sie eine blaue Schärpe geschlungen wie die Dame aus der Grotte. Am Tag der Großen Fürbitte am Gnadenort fuhr Maria nach Düsseldorf zum Spezialisten. Als die Tante zurückkam, lagen die Laborergebnisse noch nicht vor. Eine Dankandacht wurde gehalten. Maria als geheilt betrachtet. Großer Gott, wir loben dich. Diesmal waren auch Männer in der Kirche. Nur der Pastor hielt sich raus. Ihn hatte man in keiner der Andachten gesehen und sah ihn auch jetzt nicht.

Maria kniete wie verklärt. Abendsonne fiel durch eines der bunten Fenster mit den Darstellungen der sieben guten Werke. ›Die Kranken besuchen‹, hieß das Bild, eine Frau reicht dem danniederliegenden Siechen einen Becher. Durch dieses Glasstück brach die Sonne und färbte das weiße Kleid Marias rot. Ah, machten die Frauen. Ich nahm es als böses Omen. Rot wie Blut.

Im Haus der Tante gaben sich die Frauen die Klinke in die Hand. Doch die mitgeschleppten Flaschen hatte die Tante alle wegwerfen müssen. Das Wasser aus Lourdes konnte an der Quelle nur in vor Ort geweihten Flaschen gezapft und gekauft werden.

Auf eigene Rechnung hatte die Tante zwei Dutzend Lourdes-Marien mitgebracht, etwa handgroß, ein paar kleiner, wenige größer, Figuren aus beigem Plastik mit blauer Schärpe, gefalteten Händen, barfuß auf einer rosenbekränzten Kugel balancierend. Alles jeweiht, bot sie auf einem Tisch im Wohnzimmer ihre Ware mit weit ausholender Gebärde an. Einigen Madonnen konnte man, wie der von Pihls Agnes, den Kopf abschrauben. Die gingen zuerst weg. Mir schenkte die Tante eine von den kleinen. Das schleierbedeckte Fräulein sah mich rätselhaft an, eine dicke, verrutschte Klebenaht teilte ihr Gesicht in zwei Hälften, die nicht ganz aufeinanderpaßten. Sie lächelte schief, beinahe verschlagen. Schön es se nit, gab die Tante zu, ävver jeweiht wie die andere och. Sich selbst hatte die Tante eine Muttergottes im Schnee mitgebracht. Sie liebte diese Glaskugeln, in denen nach kräftigem Schütteln auf Heilige, Kirchen, Schlösser, egal, weiße Flocken wirbeln.

Der Brief aus Düsseldorf kam, als die Tante fast alle Madonnen verkauft und so ein gutes Stück ihrer Reisekosten wieder herausshatte. Der Spezialist wünschte Maria sobald wie möglich zu sehen. Die Tante schob die restlichen mißratenen Marienfiguren in eine Ecke. Sie würde mit dem Preis heruntergehen müssen.

Marias Werte waren schlecht. Meta-, Meta-tassen, stotterte die Tante in unserer Küche. Metastasen, verbesserte ich. Es doch ejal, wie et heesch, giftete die Tante verzweifelt. Ich hielt den Mund. Sie hatte recht. Kein Wunder war geschehen. Im Gegenteil. Maria war nicht nur von einer unheimlichen Krankheit heimgesucht, sie war auch eine, bei der kein Wunder anschlug.

Doppelt gebrandmarkt. In der kurzen Zeit zwischen der Rückkehr der Tante und der bösen Nachricht hatte man Maria als Erwählte betrachtet, fast eine Heilige selbst. Nun wurde sie wie eine Aussätzige gemieden. An ihnen, den Frauen, ihren Gebeten, ihrem Glauben, konnte es ja wohl nicht liegen, daß das Unternehmen fehlgeschlagen war. Hatte das heilige Wasser nicht Frau Meutens Muskeln, Sehnen und Bänder gelockert und neu gestimmt? Wie in der Bibel, Steh auf und wandle!? War nicht nach einem Mal Bestreichen mit der segensreichen Flüssigkeit das Wasser aus Karl Röttgers Bein gewichen? Das Feuermal auf Theas Hals verblichen? Die Gürtelrose von Frau Schlamme weg?

Den Vogel schoß Familie Kniepkamp ab. Der Mann aß wieder alles. Wer's nicht glaubte, konnte sich davon ›Em Höttsche‹ überzeugen, wo er Hämschen*, Sauerkraut und Erbspüree verschlang und mit Bier und Klarem nachspülte. Sein Magengeschwür, seit Jahren Dorfgespräch, plagte ihn nicht mehr. So, wie wir vor Jahren dem Großvater, hatte seine Frau ihm das heilige Wasser ins Essen gemischt. Un he hät noch nit ens jet dovon jewoß, prahlte sie. Dä jlöv doch nit an so ene Wieverkrom. Ävver jitz doch! Jeden letzten Klaren versetzte Emil Kniepkamp aus seinem Flachmann mit ein paar Lurdäs-Tröpfchen zur Verdauung. Wasser aus Lourdes. Es wirkte außen und innen. Nur bei Maria nicht. Wer geheilt war, war im Stand der Gnade. Wer geheilt war, hatte den wahren Glauben. Maria war eine Sünderin. Eine schwere. Da kam kein Wunder durch. Maria Sündenbock. Maria-selber-schuld. Maria im Schnee.

Nach diesem langen, heißen Sommer waren wir alle ein wenig gebräunt, sahen noch Wochen später gesünder und fröhlicher aus als sonst. Maria war weiß wie das Kleid, das sie auf der roten Kniebank getragen hatte. Sie saß wie immer auf dem Sofa im Wohnzimmer, zwischen der Zimmerpalme und dem Gummibaum, von dessen blanken, fleischigen Blättern die Tante jede Woche einzeln den Staub abwischte. Vor der Palme stand eine Marienfigur, größer hatte keine in den Koffer gepaßt.

Schön, dat de kommst, Heldejaad, isch meine, Hilla. Esch muß

---

* Eisbein

jo nun doch wieder rein. Maria vermied jede Benennung ihres Zustandes und alles, was mit ihm zusammenhing, als könne sie durch Verschweigen der Namen die Sache selbst aus der Welt schaffen.

Seufzend zählte sie aus einer der Flaschen Lourdes-Tropfen in ein Glas Saft wie eine Arznei. Wenn et nix nötz, kann et och nix schade, sagte sie und stürzte das Gemisch hinunter.

Sollte ich ihr von meinem mißglückten Weihwasserwunder am Großvater erzählen? Von meinem Versuch, mit der ›Ringparabel‹ eine Mischehe zu stiften? Alles, was Gott zu direkt in die Pflicht nahm, schlug fehl, das stellte sich immer wieder heraus. Es stimmte: Beten schadet nichts. Doch besser als halbe-halbe stand die Chance, erhört zu werden, nie. Zitronen! Zitronen! entfuhr es mir plötzlich. Äpfel! Apfelsinen! Vitamine! Bei Piepers an der Ecke gab es seit zwei Jahren wöchentlich eine Kundenzeitschrift, gratis, das ›Nimm-mich-mit-Heftchen‹, darin die Rubrik: ›Praktisches für Haus und Gesundheit‹. Vitamin C, hatte ich gerade gelesen, stärke die Abwehrkräfte bis ins hohe Alter. Ich schnitt Maria einen Apfel in Scheiben, die sie, doppelt genäht hält besser, ins geweihte Wasser tauchte.

Erzähl mir wat, bat sie kauend, wat jibt et denn im Kinno? Maria war gern ins Kino gegangen, Samstag- oder Sonntagabend an Heriberts Arm die steilen Eisentreppen hinauf in Rösraths Saal. Heribert im Arm, wenn sie die Holzstühle immer näher zusammenrückten, ›Fox tönende Wochenschau‹, die Wunder der Tierwelt und der Reklame genossen, HB-Männchen, Knorr-Suppen, Nivea-Sonnenmilch am Ladscho Madschore. Händchen hielten und die Füße verschränkten beim ›Schwarzwaldmädel‹, der ›Lindenwirtin vom Donaustrand‹, dem ›Förster vom Silberwald‹, ›Heideschulmeister Uwe Carsten‹, der ›Trapp-Familie‹. Maria schwärmte für Ruth Leuwerik, die Schell und Rudolf Prack.

›Giganten‹, sagte ich, sei zuletzt in Großenfeld gelaufen, mit James Dean.

Och, so wat Amerikanisches, sagte Maria. Hast du nit ›Dat Wirtshaus im Spessart‹ gesehen? Oder ›Freddy, die Jitarre un dat Meer‹?

Ich schüttelte den Kopf.

Na meinetwejen, dann ›Jijanten‹. Erzähl mal. Esch hab von de Jeschischten über Wunderkuren un Wunderdokters die Nas jestrischen voll.

Ich erzählte den Film bis in die Farbe der Schleifchen an Elisabeth Taylors Kleidern, die Hochzeit aber würdigte ich kaum eines Satzes. In alle möglichen Spielarten des Mißgeschicks, des Unglücks, des Niedergangs der Hauptfigur ergoß ich meine Phantasie. An den Film hielt ich mich nur in groben Zügen, schnitt das Ganze auf Dondorfer Verhältnisse zu und mischte noch etwas ›Ostwind Westwind‹ darunter, den ich gerade in alten ›Readers Digest‹-Heften aus Fräulein Kaasens Abfall las. James Dean sei im Suff der Teufel erschienen, als Cowboy verkleidet, mit Klumpfuß, nicht unähnlich Rudolf Prack.

Marias Wangen röteten sich. Die Tante trug Kaffee und Kuchen herein. Sie behandelte die Tochter mit einer wechselnden Mischung aus Zorn, Verachtung und Mitleid. Heute überwog, wie sie Tassen und Teller hinstellte, in dem Klappern und Klirren der Zorn. Warum hatte Maria ihr das angetan? Hätte sie nicht wenigstens warten können, bis sie verheiratet und aus dem Haus war?

Noch ehe die Tante einen Schluck Kaffee getrunken hatte, begann sie schon wieder mit ihrem einzigen Thema, Krankheit und Heilung. Maria sank zusammen, dem Wortgeprassel wehrlos preisgegeben. Wie gut es war, einfach aufstehen und weggehen zu können!

Maria war wieder im Krankenhaus. Man hatte sie in Düsseldorf gleich aufgenommen. Fast wie einen Notfall, hatte die Tante gemeint. Von Sigismund hörte ich nichts. Mein dritter Zettel hatte drei Fragezeichen. Der Bruder schleppte ihn ein paar Tage mit sich herum. Bei Mix fuhr der Möbelwagen vor. Friedel kam mit einem Koffer voller Bücher. Für dich, Hildegard, sagte sie, sozusagen als Adventsgeschenk. Die Bücher waren einheitlich in dunkelgrünes genarbtes Leder gebunden, die Titel in Gold, auf der Rückseite die Initialen der Frau Bürgermeister N. V., Nora Vischer. Ihre Mutter habe diese Bücher besonders geliebt, sie jedoch finde, dieser Keyserling trage zu dick auf. Sie halte sich lieber an Leute mit Hand und Fuß. Ob ich schon einmal etwas von Gottfried Keller gelesen habe? Ja, sagte ich und zählte ein paar

Geschichten aus den ›Leuten von Seldwyla‹ auf. Friedel kniff die Augen zusammen und sah mich an. Weißt du denn schon, was du einmal werden willst? Ich schüttelte den Kopf. Na, sagte sie, du hast ja auch noch etwas Zeit. Bei Gelegenheit sagst du mir mal, wie dir die Geschichten gefallen haben! Mit ausgestrecktem Arm hielt sie eines der Bücher vor die Augen: ›Schwüle Tage‹, entzifferte sie. Ihr Gesicht, dem leichte Hängebacken einen dauerhaft traurigen Ausdruck verliehen, verzog sich zu einem schiefen Lächeln. Sie seufzte und fuhr mit der Hand durch ihr graues Kraushaar, ihre kleine, dürre Gestalt drückte Verachtung aus.

Nie mehr, seit ich mit ›Grimms Märchen‹ im kalten Flur auf der Speichertreppe gesessen hatte, war ich so von mir losgelöst, erlöst worden wie von diesen Geschichten aus den dunkelgrünen Büchern. Endlose Kreise zog meine Phantasie, ich verpuppte mich in erlesenes Leben, badete in entrückter Schönheit, höher und höher über der Wirklichkeit, die mich nur noch notdürftig mit ein paar Fäden an Alltagspflichten und Verrichtungen hielt.

Dann endlich kam ein Zettel von Sigismund. In meiner Welt der Fürstinnen, Grafen und Barone mutete das Papierchen recht bescheiden an, obwohl Sigismund in die linke obere Ecke etwas wie ein Ei gemalt hatte, das sich bei genauerem Hinsehen als eine verschleierte Frau herausstellte, die sich in einem schwungvollen Bogen über ein kleineres, ähnliches Gebilde beugt, das in ihrem Schoß lag. So wie das ›Haus vom Nikolaus‹, das man malen muß, ohne abzusetzen. Später, als ich Sigismunds Sammlung von Kunstpostkarten sah, entdeckte ich, daß er etwas Picassoartiges hatte zustande bringen wollen. Ich entschloß mich, das Gebilde zu bewundern. Liebe Hilla, schrieb er, wir sind umgezogen – wirklich große Neuigkeit –, nächste Woche fahre ich zu meinen Großeltern nach Hameln. Ich komme erst im neuen Jahr wieder. Ich wünsche Dir frohe Weihnachten und ein gutes, neues Jahr. Dein Siggi. Das Dein war von Kreuzzeichen eingerahmt, lauter Einmaleinszeichen, Kußzeichen. So hatte es bei Doris und Robert auch angefangen. Erst Kreuze, dann Küsse. Kreuze auf Papier, Küsse auf den Mund. Kreuze reichten mir. Mein Herz suchte Nahrung, keine Sättigung. Ich wollte träumen, nicht leben, ersehnen, nicht erlangen.

Mit dem Zettel von Sigismund und den Büchern in dunkelgrünem Leder hielt ich meine Welt in Balance. Ob ich zu Hause den Hühnern ihr Futter streute oder der Mutter, deren Hände, wie jedes Jahr vor Weihnachten, vom Kettenknipsen krankgeschwollen waren, Kohlen, Kartoffeln oder saure Bohnen aus dem Keller holte, ob ich in der Straßenbahn mein Deutschheft zum Abschreiben kreisen ließ: meine Herrenhäuser und Schlösser, Gärten, Parks und Pergolen standen bereit. Nur die Schulstunden klammerte ich aus und die Gespräche mit dem Bruder.

Kurz nachdem er in die Quinta versetzt worden war, hatte ich ihn beiseite genommen. Hinter dem Hühnerstall übten wir, wie ich seinerzeit auf dem Speicher: ›Eine gut gebratene Gans, mit goldener Gabel gegessen, ist eine gute Gabe Gottes.‹ Ich, mich, dich, das und was, Kirche, Kirsche, Nein, nein, nein. Es half nicht viel, der Bruder hing an seinen alten Spielkameraden, und die hätten ihn mit ›das‹ und ›was‹ einfach stehenlassen. Sprich wenigstens in der Schule so, riet ich ihm, wie Englisch oder Latein, das habe ich am Anfang auch getan. Es geht dann mit der Zeit immer leichter. Isth ghuth, hauchte der Bruder und grinste.

Von Dondorf nach Schloß Paduren war es nur ein Satz, dort war ich zu Haus, die Altstraße hinein, an Piepers Laden vorbei und die Lindenallee hinauf, durchs Eisentörchen zur Auffahrt zum weißen Herrenhaus. Ich eine schöne Frau im Pikeekleid, das Haar sehr dunkel unter dem schwarzen Spitzenschleier, meine Züge von wunderbar ruhiger Regelmäßigkeit, bräunlich, blaß, schmal. Meine kleinen Hände, schwer von Ringen, ruhten im Schoß, wartend, daß er sie küsse, wenn er denn käme mit leichten, hastigen Schritten durch die dämmrigen Zimmerfluchten, zynisch und schneidig in seiner Leutnantsuniform unter dem blaßgrünen Parka, von der die Knöpfe mit seinen Ohren um die Wette glühten wie kleine Feuer. Oder er hatte sich schon umgezogen und trug nun seinen weißen Flanellanzug. Zynisch und schneidig, gewiß, aber empfindsam auch mit seinem verhaltenen, hochmütigen Lächeln, eine stachelschalige Frucht. Die Tür zur Bibliothek stand offen, dort saß ich, die Hände im Schoß, und würde erröten, den Kopf kaum heben: Erwarten Sie mich um Mitternacht auf der Bank im Park, und eine Träne würde auf meine Hand fallen. Rannte ich in den Garten, um die Kaninchen aus den letzten Kohlköpfen zu jagen, von der Großmutter mit Topfdeckeln unterstützt, wandelte ich zwischen den Rosenrabatten, schritt die Kieswege entlang, fuhr Rosen und Georginen über die taufeuchten Köpfe, aß von den sommerheißen Johannisbeeren, stand unter den Berberitzen und atmete den feuchten Erdgeruch ein, ging zurück in den Holzschuppen, zurück in meinen Salon, ganz in Himmelblau und Weiß, setzte mich im hellgeblümten Sommerkleide an meinen Schreibtisch und machte Notizen, ein wenig Tagebuch, einen Brief an die Patin, und rückte den Stuhl an den Kamin im Salon, der sich langsam mit Mondschein füllte.

Gleichgültig, was in den Geschichten geschah, es war ihr Geruch, ihre Ruhe, die sonnendurchflutete Atmosphäre gesicherten Müßiggangs. Die Geschichten dufteten nach heißen Blättern und Früchten, dehnten sich aus der Stille, vom Flimmern der Mittagshitze bis in das Glitzern des Weihnachtsschnees. Ich liebte die Verhaltenheit, mit der man seinen Gefühlen Raum gab, wenn man sich überhaupt Rechenschaft ablegte über das, was in einem vorging; liebte die Regelmäßigkeit, ja Starre, mit der das Leben hier in seinen Bahnen lief, liebte es, in Kleidern aus heller Seide zu gehen, halbblau mit dem Major zu sprechen, an einem Tisch zu sitzen, weiß und silbern wie ein Altar. Einfach dasein, dasitzen, und wissen, daß man morgen noch dasitzen wird wie gestern und übermorgen wie heute in seiner Ruhe, seiner ganz eigenen, von nichts und niemand gestörten Ruhe. Leben wie in einem weich und warm gepolsterten Etui.

Maria durfte Weihnachten das Krankenhaus verlassen. Ich hatte Angst, sie zu besuchen. Ihre Krankheit war kein vornehmes Fieber, das in vornehmen Bädern geheilt werden konnte wie das der Prinzessin Marie. Ich besuchte sie mit der Mutter und dem Bruder am zweiten Weihnachtstag und sah Maria an, ohne sie zu sehen. Als Kind hatte ich, um mir die Zeit zu vertreiben, in der Kirche oft die Pupillen ein wenig nach oben gekippt und die Augen leicht zusammengekniffen, bis der fixierte Gegenstand sich in schillernde Regenbögen brach und verschwamm. In der Kirche war es Jesus am Kreuz gewesen. Jetzt war es Maria. Ich wollte ihr Leiden nicht wahrhaben. Als ich mich von ihr verabschiedete, sagte ich Fräulein Marie zu ihr und hätte beinah einen Knicks gemacht. Auf dem Heimweg hing ein Halbmond am Himmel, und ein paar Sterne glitzerten. Ich sprach mit dem Bruder, der Mutter, aber unter meinen Füßen in den Knöpfstiefeln aus Saffianleder spritzte der Kies auf dem Weg zum Pavillon am Teich, und ein harter Wind raschelte in den Buchsbaumhecken. Die Stimme der Mutter, Et jibt ken Hoffnung mieh, klang von weither, vermischte sich mit einem hellen Lachen, wurde davongetragen vom Knirschen der Kutschräder auf dem festgefrorenen Schnee. Der Bruder stupste mich in die Seite: Mach doch dä Schirm op, et räänt.

Den Schirm, sagte ich. Es regnet. Ach, et es doch ejal.

Maria lag nun auf einer anderen Station als vor einem Jahr. Doch war erst einmal die schwere Glastür hinter einem zugefallen, unterschieden sich die Flure kaum. Nur der Geruch war brütender hier. Damals hatten Karbol und Putzmittel alles andere übertönt, jetzt herrschte statt des stechenden ein fauliger Geruch, dessen Herkunft ich mir nicht erklären konnte, unheimlich.

Bis aufs Haar glich das Zimmer dem letzten. Der Boden beiges Linoleum, die Wände cremefarben, die Vorhänge vom gleichen verschossenen Hellblau. Neben den Betten standen Metallvorrichtungen, Kleiderständern ähnlich, nur hingen statt Bügeln Beutel an den Haken, von denen jeweils ein Schlauch in die rechte oder linke Armvene der Frauen führte. Maria war die einzige Kranke mit einer Frisur. Zwei der Frauen waren kahl, die dritte, im Bett neben Maria, sah einem Huhn in der Mauser ähnlich, kahle Stellen und graubraune Büschel. In dem Behälter neben ihrem Bett sah es weich und wollig aus. Auf ihrer Bettkante saßen, wie auf den Rändern eines Ruderboots, stramme Enkel, Söhne und Töchter, die nach Kälte und Gesundheit rochen. Auch neben Marias Nachtkästchen stand ein Behälter.

Maria sah uns an, als hätte sie Angst vor uns. Mama, sagte sie und wollte die Hand der Tante nicht mehr loslassen. Und dann tat die Tante etwas, was in unserer Familie so undenkbar war wie ein Sonntagskleid an Wochentagen, sie beugte sich zu Maria hinab und zog den Kopf der Tochter an ihren falschen Kamelhaarmantel. Maria schluchzte, zitterte. Die Tante strich ihr übers Haar. Blitzartig zog sie die Hand zurück, ihr Gesicht versteinert. Sie hielt starke, gesunde, schwarzglänzende Haare in der Hand. Hielt die Hand mit den Haaren in der Luft noch einmal an, als würde erst wirklich wahr, was hier geschah, wenn sie die Hand wieder senkte, wenn die Haare im Behälter zu liegen kämen. Ich atmete durch, nahm ihr die Haare aus der Hand und steckte sie in die Jackentasche. Die Tante ließ den Kopf der Tochter los, auch auf dem Mantelstoff klebten Haare. Sie wandte sich ab und hängte den Mantel, das Futter nach außen, an den Kleiderständer neben dem Waschbecken.

Zu Hause hatte Maria wieder Appetit bekommen. Wir brachten allerhand Leckereien, Mandelspekulatius und Zimtsterne von Hanni, die wegen ihres Asthmas bei dem naßkalten Wetter im Haus bleiben mußte, Spritzgebackenes, das eine Ende in Schokoladenguß getaucht, Lebkuchen aus Nürnberg in einer bunten Blechdose; aber auch Herzhaftes in Marmeladengläsern, Selleriesalat, Ölsardinen und Bismarckheringe, als gälte es, einen Kater zu bekämpfen. Maria wurde grün im Gesicht, als sich die Sachen auf ihrem Nachttisch türmten. Nur trockenes Brot, Reis und Nudeln kriege sie noch herunter.

Du mußt doch ässe, Kenk, eiferte sich die Tante verzweifelt, du muß doch de Kraft behale!

Wofür denn, gab Maria zurück. Doför? Sie ruckte ihr Kinn in Richtung der Frau mit den Mauserhaaren.

Ich blinzelte, kniff die Augen zusammen, klappte die Pupillen nach oben. Das Krankenzimmer war ein Krankenzimmer und blieb ein Krankenzimmer und wollte einem Salon in veilchenblauer Seide und weißem Musselin nicht weichen. Maria blieb Maria und ließ sich nicht in eine ›pauvre petite‹ im rosé Rüschenhemd verwandeln. Maria anzusehen tat weh. Nicht, weil die Krankheit sie entstellt hätte. Ihr rundes Gesicht war schmaler geworden, ihre ebenmäßigen Züge blaß und durchscheinend. Noch ringelten sich schwarze Locken um Hals und Nacken. Aber Maria war traurig. Traurig, wie ich nie einen Menschen gesehen hatte. Nicht nur ihre Blicke und ihre Bewegungen, nicht nur ihre Stimme. Die Traurigkeit kam von innen. Ihr Atem vor allem war traurig, als verwandelten ihre Lungen die Luft in Traurigkeit, eine ruhige, unheilbare Traurigkeit, die sie über uns ausatmete. Ein Geruch von Traurigkeit aus jeder Pore ihres Körpers. Eine Traurigkeit aus der Anstrengung eines gewaltigen Abschieds, eines wochen- und monatelangen Abschieds: von einer Brust, von den Haaren, vom Aufstehen- und Gehenkönnen, vom Essen und Trinken, vom Atmen.

Zuerst taten wir geschäftig, packten das Essen aus und wieder ein, trugen Stühle von den anderen Betten heran, die Tante gab den Blumen frisches Wasser, die Mutter legte die Gardinen in Falten. Dann saßen wir einfach da. Es war still. Bis auf das regelmäßige Plopp der Tropfen, die aus dem Glaszylinder in die untere Kugel fielen und dann in den Schlauch mit der Kanüle flossen. In der Ferne das Rauschen von Autos, das Tuten von Schiffen. Eine Fliege stieß sich an den Fensterscheiben wund, ihr Brummen machte die Stille dick wie Gelee. Eine der kahlen Frauen begann pfeifend zu schnarchen. Die Tante machte das Fenster auf, das Insekt entwich, draußen würde es sterben, geradeso wie hier drinnen. Das Schnarchen verebbte. Der Apparat am Bett vis à vis von Maria brach in piepsende Vogellaute aus. Die Frau fuhr auf und klingelte nach der Schwester. Die rüttelte ein wenig an der Verbindung zwischen Glaszylinder und Kugel, bis der Piepton verstummte.

Manchmol lööf et ze flöck, erklärte Maria. Im späten Winterlicht nahm ihr Gesicht eine graue Farbe an. Ich fürchtete mich vor ihren Bewegungen. Jede, nicht nur die des Kopfes, brachte Haar und Kissen irgendwie in reibende Berührung. Im Zimmer hing keine Uhr. Wir saßen und schwiegen.

Nu sach doch ens ener jet, sagte schließlich Maria. Die Tante räusperte sich. Die Mutter seufzte. Wir schwiegen. Heldejaad, wandte sich Maria an mich. Weiß du dann nix? Ken Kinno? Du bes doch immer am Läse. Ich schrak zusammen. Lesen? Ja. Aber doch nur für mich. Nicht zum Erzählen.

Ja aber, stotterte ich. Also, in der Schule nehmen wir jetzt Gedichte durch. Das war gelogen. Meine Geschichten wollte ich für mich behalten. Mit Gedichten war ich freigiebiger. Ich hatte immer ein paar im Kopf.

Ach herrje, sagte die Tante. Jedischte! Nä! Wo et sich hinten reimt. Sie lachte unlustig. Dat es jet för en dä Scholl.

Waröm dat dann? sagte Maria. Waröm kein Jedischt. Heldejaad, wat kanns de dann?

Ich stand auf. Faltete die Hände über dem Bauch und heftete
den Blick auf den Kleiderständer. ›Der Knabe im Moor‹, murmelte ich. Lauter, bat Maria. Die Mutter, die Tante rückten die
Stühle näher. ›O schaurig ist's, übers Moor zu gehen‹, schmetterte ich. Eine der kahlen Frauen schreckte hoch und drehte den
Kopf in unsere Richtung. ›Wenn das Röhricht knistert im Hauche.‹ Ich zog das ›ö‹ von ›Röhricht‹ gewaltig in die Länge. Die
zweite Kranke setzte sich auf und hörte zu. ›Sich wie Phantome
die Dünste drehn und die Ranke häkelt am Strauche.‹ Die Frau
mit den Haarlücken – ihr Besuch hatte sich schon verabschiedet –
rührte sich nicht, blieb daliegen mit dem Rücken zur Wand.
Aber sie schob die Bettdecke von den Ohren. ›Unter jedem Tritte
ein Quellchen springt‹, ich tat ein paar Hüpfer auf dem beige-
braungefleckten Linoleum, ›wenn aus der Spalte es zischt und
singt. O schaurig ist's übers Moor zu gehn / wenn es wimmelt
vom Heiderauche.‹

Ich blieb nicht ein Mal stecken. Die Tante faßte es nicht. Nit
emol steckejeblevve, nit emol! wurde sie nicht müde zu wiederholen. Sie mußte Schlimmes in der Schule erlebt haben.

Die Mutter sah voller Zweifel auf die Tante, auf mich und
nickte widerstrebend. Dat es jo noch ens joot jejange, sagte sie,
und ich wußte nicht, ob sie damit meinen Vortrag meinte oder
das Gedicht. Wie konnten sie ahnen, daß ich Zeilen vertauscht,
Reime, ja ganze Verse erfunden hatte, um mich nicht vor Aufregung zu blamieren.

Die Sonne war untergegangen. Marias Gesicht nicht mehr zu
erkennen. Sie hatte sich während des Gedichts kaum bewegt, nur
als ich, ganz die ›verdammte Margret‹, gerufen hatte: ›Hoho,
meine arme Seele!‹ hatte sie ihren Kopf ein paarmal hin- und her-
geworfen.

Wie schön du spreschen kannst, Heldejaad, sagte Maria und
streckte ihre Hand nach mir aus. Sie war heiß und trocken und
ließ die meine nicht mehr los. Ich setzte mich wieder. Kanns de
noch eins? Ich nickte. Aber nit so was Aufregendes, bat sie. Ich
sagte ihr noch den ›Panther‹ und ›In einem kühlen Grunde‹. Eine
der Frauen schluchzte laut auf. Ich hätte mich ohrfeigen können.

Diese letzten Zeilen: ›Ich möcht am liebsten sterben / da wär's ganz einfach still!‹ gehörten nicht in ein Krankenzimmer. Traurige Gedichte waren Gedichte für Gesunde. Mit ›Herr, schicke, was du willst‹ suchte ich meinen Fehler wiedergutzumachen. Doch nun räsonierte die Tante: Dat es doch e Jebet und kein Jedisch. Maria aber wiederholte versonnen die ersten Zeilen, seufzte und sprach dann die letzte noch einmal: ›Doch in der Mitten liegt holdes Bescheiden.‹ Jo, dat es wohr, sagte sie. Die Mitte is jut. Ävver mir hät he ze viel vom Schleschte jejovve*. Sie seufzte noch einmal und rutschte ein Stück tiefer. Auf dem weißen Kissen blieb ein schwarzes Gespinst zurück.

Eine Schwester riß die Tür auf. Die Besuchszeit ist zu Ende, rief sie, ihre Stimme voll schallender Zuversicht, und knipste das Licht an. Hier muß doch keiner im Düsteren sitzen. Ist doch alles bezahlt. Alles inklusive. Haha.

Maria zuckte zusammen, eine Haarsträhne hing ihr locker, nur von den anderen Haaren noch gehalten, überm Ohr, als habe sie dort ein falsches Haarteil allzu nachlässig hineingesteckt. Die Schwester, eine knochige Person mit hochtoupierter, ergrauender Krause, blieb einen Augenblick vor den Betten stehen und griff den Raum mit ihren Augen blitzschnell ab. Oh, machte sie. Oh, oh, oh, ließ sie die Luft stoßweise ihrem Mund entweichen, wobei sie die Lippen neckisch kräuselte, oh, oh, oh, was haben wir denn da? Beugte sich über Marias Kopf und zupfte die Haare vom Kissen. Oh, oh, oh. Das gespielte Bedauern machte die Genugtuung in ihrer Stimme noch greller. Mit spitzen Fingern hob sie das Büschel in die Höhe, stieß noch einmal einen ihrer zerhackten Oh-Laute aus, bis jeder im Raum ihrer Beute Beachtung zollte, und ließ dann die Haare hoch oben los. Langsam, langsam schwebten sie durch das künstliche Licht, im Raum, im Fall, eine unstete, schaukelnde Bewegung, als schüttelten die Haare den Kopf, als wollten sie noch einmal innehalten, als sei in der Luft, in der Sichtbarkeit noch nicht alles verloren und erst im Behälter am Boden alles zu Ende. Auf dem Weg aus den Fingern der Schwester in das graue Gefäß schienen die Haare zu verfallen, fielen auseinander, einzelne Haare hielten sich länger in der

* gegeben

Schwebe, aneinanderklebende sanken schneller, ein paar kamen aus der Bahn und legten sich auf die Bettdecke.

Die Tante sprang auf, als wolle sie der Schwester an den Kragen, die Mutter fiel ihr in den Arm. Nä! schrie Maria, nä, brüllte und keuchte sie. Nä! Sie ließ meine Hand los, fuhr sich mit beiden Händen in die Haare, zerrte an ihren Haaren, hielt ihre Haare in den Händen, starrte auf ihre Haare, warf die Haare nach allen Seiten, die Kanüle rutschte aus der Nadel in ihrem Arm, die Flüssigkeit lief in die Laken. In den Mund stopfte sich Maria ihre Haare, versuchte, sie hinunterzuschlingen, würgte und röchelte. Die Schwester war aus dem Zimmer gelaufen. Die Tante hielt der Tochter die Arme fest. Der Arzt kam schnell, ein großer, schöner Mann, blond und wohlgenährt, das blühende Leben und die Ruhe selbst. Sein Kittel stand offen, er trug dunkelblaue Hosen und einen gelben Pullover mit einem hellblauen Hemd, die kalte Luft des Januarabends hing noch in seinen Kleidern.

Maria hielt die Haare vor den Mund gepreßt, würgte mit vorquellenden Augen. Warten Sie bitte draußen, sagte der Arzt. Minuten später kam er zu uns: Es war der Schock, sagte er. Die Schwester kriegt was von mir zu hören.

Die Tante schluchzte und berührte den Doktor am Arm, wie im Dorf den Pastor. Herr Dokter, stammelte sie, kann mer denn jar nix für et tue?

Der Doktor tätschelte der Tante die Hand. In seinen weichen, rosigen Händen sahen ihre abgearbeiteten Hände aus, als gehörten sie einer anderen Rasse an.

Die Haare wachsen wieder, sagte er ausweichend, sobald wir die Chemotherapie absetzen! Alles andere ... Er brach ab und machte dieselbe Handbewegung, wie sie Dr. Mickel gemacht hatte – Handteller nach oben, Handteller nach unten –, als der Großvater im Sterben lag. Alles andere liege in Gottes Hand, hatte Mickel dazu gesagt. Dieser Doktor ließ alles offen. Dieser Doktor gab die Hoffnung auf Hoffnung nicht weiter an einen höheren Ort.

Sie ist jetzt ganz ruhig, sagte er. Sagen Sie ihr auf Wiedersehen und dann gehen Sie. Kommen Sie gern morgen wieder. Jeden Tag. Besser kurz und oft, als nur am Sonntag und dann zu lange.

Das regt nur unnötig auf. Der Mann hatte gut reden. Eine Fahrt nach Düsseldorf dauerte drei Stunden und kostete hin und zurück pro Person ein paar Stundenlöhne.

Maria lag in den Kissen, weiß wie Kalla bis in die Lippen. Die Augen blicklos offen. Die Kanüle wieder im Arm. Keine von uns faßte sie noch einmal an. Auch die Tante nicht. Ich konnte Maria nicht mehr erkennen. Nicht, weil ich sie mit Bildern bedeckt hätte. Meine Augen brannten von Tränen. Wirklichen Tränen.

Sobald wir zu Hause waren, suchte ich die bronzefarbenen Vorhänge meines Boudoirs herunterzulassen, mir eine Perlenschnur auf dunkellila Seide umzulegen und meinen Kopf in großen, welken Rosen zu vergraben, die aus einer Kristallschale dufteten.

Die Wörter blieben auf dem Papier. Ihre verschlingende Magie, die Wirklichkeit auslöschende Kraft, war verschwunden. Im Bett neben mir lag der Bruder und atmete ruhig und laut. Wie kalt es im Zimmer war, ich zitterte trotz der heißen Sandflasche an meinen Füßen. Nicht mehr stille und sonnige Gärten, helle und unbewegte Teiche, Karauschen und schnatternde Enten im Schilf, nicht mehr den Geruch des sonnenwarmen Wassers, der sonnenwarmen Weiden, Blüten, weich wie Menschenlippen, nahm ich mit in den Schlaf. Aber Kopfkissen ohne Zahl und mit schwarzen, verlorenen Haaren.

Sigismund war schon lange zurück. Wir sahen uns selten. Mitte Januar hatten eisige Fröste eingesetzt. Von Mandelentzündungen geplagt, verließ ich das Haus nur, wenn's unbedingt nötig war, vermummt bis unter die Augen. Wir schrieben uns. Die Tage unterschieden sich nach solchen mit und ohne Post. Neben dem Schreiber wurde der Bruder die wichtigste Person in meinem wirklichen Leben. In seiner steifen, schweinsledernen Aktentasche trug er Himmel und Hölle. Anfangs machte er sich einen Spaß daraus, sein gutmütiges Jungengesicht raffiniert zu verstellen, wenn er sah, wie es mich nach seiner Mappe zog, doch bald war er fast ebenso betrübt wie ich, wenn er, befragt von meinem angstvoll gierigen Blick, den Kopf schütteln mußte. Oh-

nehin waren es kärgliche Zettel, die da aus Latein-, Geschichts-
oder Erdkundebuch kamen.

Liebe Hilla, stand da, ›Hilla‹ von Herzen umkränzt, ›Liebe‹
mit Kreuzchen. Heute abend spiele ich wieder in der Turnhalle.
Morgen abend gehe ich zum CVJM. Die Großmutter ist abgereist. Wir lesen jetzt ›Die Judenbuche‹. Wie geht es Deinem
Hals? Bis zum letzten Rechenkästchen Kreuzchen. Unten
rechts, Siggi, fliegenbeinklein. Was zählte, waren die Kreuzchen.
Daß er an mich dachte. Was ging es mich an, ob Sigismund seine
Abende beim Christlichen Verein Junger Männer verbrachte
oder beim Badminton-Spiel? Nicht was, daß er schrieb, war
wichtig. Dies war der Funke, den meine Phantasie brauchte.

Aus der ›Hörzu‹ schnitt ich einen Halbstarken im Parka, die
Schultern hochgezogen und nach vorn zusammengeschoben.
Eines meiner Reclamheftchen zeigte Schiller im Halbprofil, den
Kopf auf den weichen Kragen und die gerüschte Hemdbrust ge-
neigt, die aus einer offenstehenden Jacke mit drei bis zu den
Schultern heraufreichenden Knöpfen hervorwellt. Die zarten
Striche des Originals waren längst nicht mehr zu erkennen, so
oft hatte ich den Kopf schon durchgepaust. In vielen Farben,
vornehmlich rot, verzierte der Schöne manches Deutschheft und
natürlich meine ›Briefe als Gedichte‹.

Diesen Paus-Kopf schnitt ich mit Fräulein Kaasens Nagel-
schere aus und setzte ihn dem Parkajüngling auf die Schultern.
Das war mein Sigismund. Ihn lehnte ich, wenn ich dem Oberse-
kundaner schrieb, an die dunkelgrünen Lederbände, an ›Schwüle
Tage, Fürstinnen‹, ›Am Südhang‹, ›Wellen‹, lehnte ihn an Rilkes
›Gedichte‹ aus der Reihe ›Die Bücher der neunzehn‹, an ›Gockel,
Hinkel und Gackeleia‹. ›Keine Puppe bin ich / nur eine schöne
Kunstfigur‹, ja, dieser Dichter verstand etwas vom Verändern
der Dinge durchs Verändern ihrer Namen! Sigismund Schiller
vor Augen, erzählte ich, wie vordem Friedrich Schiller, Federico
Schiller, Frau Peps: Mein Entsetzen über die Haare Marias und
wie die Tante alle Figuren aus Lourdes weggeworfen hatte, auf
den Misthaufen bei den Pferden. Sie dann aus Angst vor dem
Finger Gottes, der nicht helfen, wohl aber strafen konnte, wieder
ausgebuddelt und mit Kölnisch Wasser gereinigt hatte. Unter
vier Augen hatte sie dies der Großmutter gebeichtet, ich hatte es

in meinem Schuppen mit angehört. Ob sie noch geweiht seien, hatte die Tante wissen wollen. Die Großmutter hatte gewettert, ob sie nicht schon Schreckliches genug hätte, ohne Gotteslästerung, schließlich jedoch die Tochter beruhigt: Nein, ihre Segenskraft hätten die Marias nicht verloren, einmal geweiht, immer geweiht. Bei dem einen wirke es eben, bei dem anderen nicht, sage der Ohm. Die Tante war der Großmutter schluchzend um den Hals gefallen, daß es ihren massigen Körper geschüttelt hatte und den dürren Leib der Großmutter mit. Ich hatte wegsehen müssen wie von etwas Unanständigem.

Schrieb, daß der Schulzahnarzt dagewesen sei und mir eine Zahnklammer verordnet habe, die aber neunhundert Mark koste. Er wolle den Eltern eine Ratenzahlung von monatlich dreißig Mark vorschlagen. Ich wünschte mir die Klammer so sehr.

Im letzten Herbst, kurz vor Sigismunds Beinbruch, war ich in der Großenfelder Martinskirche gefirmt worden. Fünf Kirchengemeinden hatten sich zusammengetan, damit sich der Aufwand für den Weihbischof lohnte. ›Widersagt ihr dem Teufel?‹ – ›Wir widersagen.‹ ›Und all seinen Werken?‹ – ›Wir widersagen.‹ Die Zeremonien nahmen mich gefangen wie eh und je. Ich genoß es, die großen, alten Worte im Mund zu fühlen, den Worten nachzulauschen, zu hören, wie sie sich hundertfach verstärkten, wie ich, wie wir alle hier zu ihrer Stärkung beitrugen, ihrer jahrhundertealten Kraft. Doch hörte und fühlte ich sie noch in meinem Herzen? ›Widersagt ihr dem Teufel?‹ Dunja hatte sich ertränkt, Maria war krank, und meine Zähne waren so schief, daß ich nur mit geschlossenen Lippen lächelte. Gäbe mir der Teufel gerade Zähne, ich widersagte ihm nicht. Die krummen kamen schließlich von Gott. Immerhin hatte er mir nun den Schulzahnarzt geschickt. Hold wie die Fürstin Marie, rein wie Beate, berückend wie Mareille würde ich der Welt entgegenlächeln. Unwiderstehlich grinste ich meinen Pappkameraden in Parka und Schillerlocken an.

Keinen der Briefe gab ich je dem Bruder mit. Sie kamen zu ›Briefe als Gedichte‹, zur Wörter- und Sätzesammlung in die Schuhkartons.

Schön, daß ihr beim Badminton gewonnen habt, schrieb ich

dem wirklichen Sigismund. Hast Du Deine Deutscharbeit schon zurück? Wir schreiben morgen Mathe. Drück mir die Daumen. Wir lesen jetzt ›Bahnwärter Thiel‹. Was macht der Keller? Ist er bald fertig? Im Keller des neuen Hauses sollte ein Tischtennisraum eingerichtet werden. Sigismund wollte mir das Spielen beibringen.

Mit den Kreuzchen war ich weit sparsamer als Sigismund. Höchstens drei auf einmal.

Mitte Februar steckte mir Bertram wieder einen Zettel zu. Hilla, schrieb Sigismund: Ich bin heute nachmittag im Café Haase. Die Olympiade hat angefangen. Kommst Du auch? S. Das war alles. Keine Kreuzchen, keine Herzchen, kein ›Liebe‹.

Bertram, wann fangen die Olympischen Spiele an? fragte ich den Bruder, der dabei war, ein paar Sportlerbilder in sein Sammelalbum einzukleben.

Gestern, knurrte er, in Amerika.

Weiß ich doch, entgegnete ich. Und im Fernsehen?

Bertram sah mich überrascht an: Seit wann interessierst du disch denn für Sport?

Na ja, sagte ich, eigentlich immer schon. Und die Olympiade, da geht es doch um mehr als Sport. Da geht es doch auch um Deutschland.

Un du interessierst disch für Deutschland? fragte der Bruder störrisch.

Und, sagte ich. Dich. Jawohl, für Deutschland und für Sport. Also, wann fängt es an?

Um fünf, sagte der Bruder. Warum willst du dat dann so jenau wissen?

Sag mal, Bertram, was hast du denn heute vor?

Nix, brummte er, Schularbeiten.

Sag mal, ich zog die ›a's‹ in die Länge, bis ich fast keine Luft mehr kriegte, sag mal, hast du Lust, mit mir ins Café Haase zu gehen, Olympiade gucken?

Hä, antwortete er und sah mich an, als hätte ich den Verstand verloren. Und wer soll dat bezahlen?

Ich natürlich, sagte ich. Und du sagst der Mama Bescheid. Dem Bruder konnte sie nichts abschlagen.

Der Fernseher im Café Haase stand auf einem stabilen Brett, fast unter der Decke. Der kleine Raum war gesteckt voll, Jugendliche und Kinder, aber auch ein paar alte Männer, die an ihren Pfeifen zuckelten. Eine Luft zum Schneiden. Der Geselle schleppte noch einen Armvoll Klappstühle herein. Los, puffte ich den Bruder, der schüchtern an der Tür stehengeblieben war, in die Rippen. Siehst du ihn? flüsterte ich. Wen denn? fragte der verblüfft. Na, wen wohl? zischte ich verbissen. Ich sah ihn nicht. Setzen, riefen Stimmen durcheinander. Setz dich doch, sagte der Bruder und setzte sich. Schon kam Bäcker Haase selbst, die bemehlte Schürze vorm gewölbten Bauch, die weiße steife Mütze auf dem Kopf, wuchtete sich auf einen eigens dafür vorgesehenen Schemel, drückte das Knöpfchen und faßte plumpsend wieder Fuß. Es wurde still, als hätte der Meßdiener für den Pastor geklingelt. Aller Augen waren auf den Kasten gerichtet, dort flimmerte das Bild, spielte die Musik, Märsche und Hymnen, die Mannschaften der Völker der Erde zogen, begleitet von den begeisterten Kommentaren des Reporters, ins Stadion. Ich aber spähte mit verdrehtem, halb aufgerichtetem Körper nach hinten, Tisch für Tisch, Stuhl für Stuhl, in Ecken und Winkel, sogar an der Decke suchte ich ihn.

Bärbel, die Bäckerstochter, drängte sich durch und fragte nach unseren Wünschen. Zwei Coca, bitte. Eine ganze Mark zum Fenster rausgeschmissen. Die Stimme des Reporters wurde lauter, die deutsche Mannschaft marschierte ein, ich sah die fahnenschwenkenden Figürchen durch einen Schleier von Tränen der Wut. Hier mußte ich jetzt sitzen, unter die Decke stieren, viel zu süße, viel zu kalte Coca trinken und bezahlen, doppelt bezahlen, ich sah den Bruder an, der genoß das unerwartete Vergnügen und hatte für nichts anderes Augen. Ich würde die Coca trinken und gehen. Zum Südhang, zu Beate und Mareille, in den beerenduftenden, heißen Garten, zum Ginster hinter dem Park vorm Wald. Ich drückte dem Bruder eine Mark in die Hand. Da ging die Tür noch einmal auf.

Er griff einen Klappstuhl von der Wand und ruckte ihn, mir flüchtig zunickend, schräg vor meinen. Eine Ruhe überkam mich wie von schönen Sätzen, von Federicos Bürstenstrichen. Der Knasterrauch hing noch immer im Raum, kratzte in meinem entzündeten Hals, doch durch diese Schwaden hindurch schimmerte nun Sigismunds kurzgeschorenes Haar, schwarz mit einem rötlichen Unterton, warm und weich wie ein Tierfell. Ich studierte seine linke Ohrmuschel, rotglühend vom Wechsel aus der Kälte in den überheizten Raum, die Linie seines Halses, den Nacken, die Schultern in der gerippten Strickjacke. Folgte seinen Augen in die weiten Schneelandschaften, die verschneiten Berge, auf Pisten und Sprungschanzen. Ermüdete mich das Getümmel auf dem Bildschirm, stärkte ich mich mit einem Blick auf das weiche Fell, das rote Ohr, das Hautstück zwischen Haar und Kragen. Aber ich merkte mir auch, was die Reporter sagten.

Männer einzuwickeln hatte ich von Frauen in den Büchern gelernt. In deren Köpfen nisteten sie sich ein, da, wo diese sich stark und sicher fühlten. Dorthin trugen die Frauen ihre wissensdurstigen Fragen, ihre Neugier, ihr unstillbares Interesse an allem, was ihm gefiel, wie arme Witwen ihr Scherflein zum Bau einer Kathedrale. War es der Beruf, fragten sie nach dem Beruf, waren es die Briefmarken, zählten sie die Zacken an den Rändern der Raritäten, waren es Pferde, konnten sie von Stammbäumen reden wie ein Züchter. Doris hatte, nachdem sie mit Robert zum zweiten Mal in die Milchbar gegangen war, ein Buch über Edelsteine gekauft. Robert würde einmal das Juweliergeschäft seines Vaters übernehmen. Er wußte alles über Edelsteine. Doris mittlerweile auch. Hätte Robert Zierfische oder Schnecken den Edelsteinen vorgezogen, wären es eben Fische oder Schnecken gewesen.

Oh, machte ich, wenn der Deutsche ein Fähnchen riß, ah, wenn er die beste Zeit lief, zählte die Sekunden, wenn die daumengroßen, grauen Schemen die Abhänge hinuntersausten.

Guten Tag, sagte Sigismund bei der Siegerehrung und schüttelte mir die Hand, als hätte ich einen Preis gewonnen.

Tach, sagte ich kühl, um dann mit mehr Wärme hinzuzufügen: Was hältst du von Heidi Bieber? Ob sie es bei diesen Schneeverhältnissen schafft? Der pulvrig bis staubige Neuschnee ist ja wohl ihre Sache nicht. Doch sollte wohl hier das richtige Wachs Ausgleich schaffen können.

Der Bruder kriegte den Mund nicht mehr zu.

Biebl, sagte Sigismund, nicht Bieber. Ja, ich denke, sie schafft es.

Und dieser Postbote aus dem Schwarzwald, wie heißt er doch gleich?

Thoma, warf der Bruder ein, froh, mir helfen zu können, Georg Thoma.

Georg Thoma, wiederholte Sigismund gewichtig und blickte mißbilligend auf den Bruder hinunter. Nun, das wird man sehen. Du kommst doch morgen wieder.

Eine Frage war das nicht, eher ein Satz mit Ausrufungszeichen, ein Befehl.

Die meisten Zuschauer waren schon fort. Bärbel kam herein, riß alle Fenster auf und schaltete den Apparat aus.

Sigismund war kaum um die Ecke, als der Bruder aufgebracht maulte, weshalb ich ihn vorhin ins Kreuz gestoßen hätte. Er habe mir mit dem Namen Thoma doch nur helfen wollen. Ach, Bertram, seufzte ich und schwieg. Um das zu verstehen, war er wirklich noch zu klein.

In den nächsten vierzehn Tagen schwadronierte ich von Nordischer Kombination, Zweierbob und Viererbob, dreifachem Rittberger und Doppelaxel, fachsimpelte zur Übung mit dem Bruder, wo immer ich seiner habhaft werden konnte, selbst Doris verschonte ich nicht. Und was sagt dein Sigismund dazu? fragte sie grinsend, als meine Begeisterung für Kilius/Bäumler immer neue Pirouetten drehte.

Die Stunden im Café Haase versäumten wir keinen Tag. Es war leerer geworden, wir saßen bequem zu dritt an einem der Tische, tranken Coca und sprachen außer Oh verflixt! Nun mach schon! Gott sei Dank! nicht viel. Zettel schrieben wir uns in diesen beiden Wochen nicht. Es war fast so wie zu der Zeit, als er mit einem gebrochenen Bein auf mich gewartet hatte. Schloß Paduren weit weg.

Erst als die Olympiade vorbei war, fuhr ich wieder zu Maria. Diesmal kam Hanni mit. Im Wartehäuschen an der Haltestelle pumpte sie sich noch einmal mit ihrem Gummiball Luft in den Rachen. Ich hatte Schluckbeschwerden und lutschte Halstabletten.

Es war ein trüber Sonntag im März. Der Winter wollte nicht nachgeben. Eine ausgezehrte Sonne drang kaum durch den Nebel, der sich feuchtkalt auf die Haut legte. Nicht einmal die Werbesprüche über den Straßenbahnfenstern oder die Beförderungsbedingungen auf der Fahrkarte konnten heute die Welt von mir abrücken. Sie waren und blieben da: die Mutter, die Tante, die Cousine. Die Mütze der Mutter war grün, die der Tante grau, meine rot, Hannis blau, alle nach demselben Muster gestrickt, breite Rippen, oben spitz zulaufend, am Rand beliebig breit umzukrempeln, passend für jeden Kopf. Bei Hannis Gesicht hielt ich es am längsten aus. Es war voller geworden, beinah viereckig, die Augen trüb unter den Lidpolstern. Später lernte ich, daß dies vom Cortison kam, gegen ihr Asthma. Aber es war das Gesicht geblieben, mit dem ich Geheimnisse teilte.

Kurz nach ihrer Heirat war Hanni an Asthma erkrankt. Spezialisten in Düsseldorf fanden heraus, sie vertrug den Umgang mit Pferden nicht. Daß Rudi die Pferde aufgeben könnte, kam keinem in den Sinn. Er duschte und zog sich um, wenn er vom Stall ins Haus ging; es half nichts. Das Asthma saß fest. Besonders nach den Reitstunden, die Rudi in Möhlerath gab.

Hanni ließ sich nicht unterkriegen. Nicht einmal von der Tante, die seit Marias Erkrankung fast dreißig Pfund zugenommen hatte. Bei allem Geschick hatte Onkel Mätes die Nähte der Kleider nicht mehr auslassen können. Zweimal schon war sie nach Köln zu C & A gefahren. Sie aß, als wolle sie das Leben, das der Krebs aus ihrer Tochter herausfraß, wieder in sich hineinfressen. Nach dem Fehlschlag Lourdes hatte sich ihr ohnehin guter Appetit zur Gier, zur Sucht entwickelt. Die Tante mußte essen, egal was, wann und wo. Ihre herben, fast männlichen Züge waren von Fettgewebe umhüllt wie Felsen von Schnee, die Augen hatten den zupackenden Blick, der Mund sein zuversichtliches Lächeln verloren. Schwerer als alle anderen Familienmitglieder trug sie an der Schande, die das vorenthaltene Wunder nun einmal bedeutete. Sie hatte ihr Teil getan. Gott hatte sie hängenlassen. Die Raten für die Reise mußte sie jetzt, ein halbes Jahr später, noch immer abstottern. Der Tante fehlte, was der Großmutter über alle Unbill hinweghalf, das blinde Vertrauen in die Worte des Ohms, die Ergebenheit in Gottes Willen. Sie erwartete gute Wunder für gute Werke. Eine Hand wäscht die andere. Wenn man sich nicht einmal mehr auf Gott verlassen konnte, wo blieb da die Gerechtigkeit? Wozu dann all die Mühe? Sie konnte Gott seine Sturheit nicht verzeihen.

Neben der Tante saß die Mutter. Ihr ins Gesicht zu sehen, womöglich sogar in die Augen, war eine Mutprobe fast wie beim Vater. Die Mutter wäre hübsch gewesen mit ihrem welligen, rotbraunen Haar, den grasgrünen Augen, den ebenmäßigen Zügen und Zähnen, hätte nicht auf ihrem Gesicht stets ein Ausdruck gelegen, der die schönen Einzelheiten verwischte: ängstlich, verdrossen und verschreckt; geduckt, nach einem Ausweg, einem Vorteil schielend. Etwas Unfrohes, Gepreßtes ging von der Mutter aus, das auf mich übergriff, sobald ich in ihre Nähe kam.

Niemand sprach bis Strauberg ein Wort. Nicht bis Möhlerath. Bis Düsseldorf. Mit Bahn und Bus dauerte die Fahrt fast eine Stunde länger, kostete aber pro Person achtzig Pfennig weniger. Ich mußte voll bezahlen, die Tante gab der Mutter die Hälfte dazu. Von Zeit zu Zeit seufzte die Tante, dann begann Hanni zu hüsteln, und ich starrte noch gezwungener zum Fenster hinaus. Keine von uns hatte es eilig, ans Ziel zu kommen. Ich umklammerte das Papier in meiner Manteltasche.

Es war nicht leicht gewesen, das Richtige zu finden. Ich hatte in der Schülerbibliothek gesessen, bis der Hausmeister mir das Licht abgedreht hatte. Welche Gedichte passen zu einer jungen, sterbenskranken Frau? Die der Liebste wegen dieser Krankheit verlassen hat. Der Gott nicht helfen will. Jedenfalls bis jetzt nicht. Hoffen, glauben, beten bis zuletzt, sagten die Gedichte, die für die Tante Gebete waren. Das sagte der Ohm auch. Außer diesen Gebetsgedichten gab es nicht viel für Maria.

Ich hatte drei Bücher durchforscht. Eine ›Auswahl deutscher Gedichte für höhere Schulen‹ von Theodor Echtermeyer. ›Das Hausbuch deutscher Lyrik‹, gesammelt von Ferdinand Avenarius. Und ein drittes, ganz modernes, das soeben erst angeschafft worden war: ›Ewiger Vorrat deutscher Poesie‹, besorgt von Rudolf Borchardt.

Es wurde viel geklagt, gestorben, verlassen, geschieden, gemieden. Damit konnte ich Maria nicht kommen. Und das Beherzte, Kräftige, Kecke? Konnte ich an ihrem hohen Bett ›Wem Gott will rechte Gunst erweisen‹ vortragen? ›Das Wandern ist des Müllers Lust‹? ›Im Märzen der Bauer‹? ›Feiger Gedanken bängliches Schwanken‹? ›Zum Sehen geboren, zum Schauen bestellt‹? Konnte ich ihr, die Heribert so schnöde verlassen hatte, ›Ich ging im Walde so für mich hin‹ vorlesen? Oder: ›Früh, wenn die Hähne krähn‹? Das Lied vom ›Asra‹, ›welche sterben, wenn sie lieben‹? Konnte ich in das Plopp der Chemikalien sprechen: ›Wie herrlich leuchtet mir die Natur‹? In ihre traurigen Augen die herrlichen Verse: ›O Mädchen, mein Mädchen, wie lieb ich dich! Wie blickt dein Auge! Wie liebst du mich!‹? Vor dem Behälter für ausgefallene Haare: ›Himmelhoch jauchzend, zum Tode betrübt / glücklich allein ist die Seele, die liebt‹? Durfte ich an ihrem Bett das Lied vom ›Lindenbaum‹ singen, diese todessüchtige Verlockung in den Selbstmord, oder vom ›Tännlein‹, vom ›Rößlein‹ und seinen ›Hufeisen‹ lesen? Nicht einmal ›Über allen Gipfeln ist Ruh‹ traute ich mich bei Maria aufzusagen. Im Angesicht ihrer Krankheit, im Angesicht des Todes, bekamen alle Gedichte einen anderen, verkehrten Sinn. Sie trösteten nicht mehr. Ich wußte noch nicht, daß Schmerz und Trauer im Gedicht erleichtern und froh machen können.

Schließlich verzichtete ich darauf, mich mit Auswendiggelerntem in Szene zu setzen, und schrieb Maria ein langes Gedicht ab, die ›Legende vom Hufeisen‹. Jesus kam mit seinen Jüngern an einem heißen Sommertag des Weges und sah ›etwas blinken auf der Straß'/ Das ein zerbrochen Hufeisen was‹. Der Aufforderung Jesu, ›Heb doch einmal das Eisen auf!‹, nachzukommen, ist ›Sanct Peter‹ zu faul. Jesus, ›der Herr‹, hebt es selbst auf, verkauft es und erwirbt vom Erlös Kirschen. Diese Kirschen läßt er eine nach der anderen fallen, so daß Petrus, durstig, ermattet, erhitzt, sich ›gar vielmal nach den Kirschen bücken‹ muß. Worauf ›der Herr mit Heiterkeit‹ verkündet: ›Thät'st du zur rechten Zeit dich regen, / Hätt'st du's bequemer haben mögen. / Wer geringe Dinge wenig acht't / Sich um geringere Mühe macht.‹ Auch Tante und Mutter würde diese Geschichte gefallen. Aus den Brettern, die wir vor Jahren mit dem Großvater im Bollerwagen nach Hause gefahren hatten, hatte der Vater immer fluchend die Nägel entfernt. Was er geradebiegen konnte, behielt er, die krummen durfte die Großmutter vom Stallboden auflesen. Kam der Lumpensammler, band sie ihre grobe Schürze ab und lief ihm, das Kästchen mit den Nägeln schwenkend, an Piepers Eck entgegen, wo er an seinem dreirädigen Auto lehnte und die Eisenglocke schwang. Kam sie zurück, klapperte sie mit dem Kästchen wie der Küster bei der Kollekte, und der Bruder und ich wurden nicht müde, die wunderbare Verwandlung rostiger Nägel in klingende Münze zu bestaunen.

Hanni tat, je näher wir dem Krankenhaus kamen, als interessiere sie jedes Schaufenster. Heftig mit dem Zeigefinger auf die Scheibe pochend, versuchte sie die Mutter für Mixer zu erwärmen. Rudi hatte ihr einen zu Weihnachten geschenkt. Die Mutter hatte von Mixern keine Ahnung. Sie fror. Wir froren alle. Gingen aber keinen Schritt schneller. Dennoch standen wir schließlich vor dem Haupteingang. Hanni pumpte noch ein paarmal Luft aus dem roten Gummiball in ihre Kehle. Wie auf ein Kommando zogen wir unsere Mützen tiefer in die Stirn. Dann mußten wir hinein, in das Gebäude mit der Aufschrift ›Frauenleiden‹, die erste Treppe hoch, vorbei an ›Geburten‹, höher zur ›Chirurgie‹, bis zur Station ohne Aufschrift.

Heute waren alle Betten belegt. Drei der Frauen hatten schon Besuch. Ein Mann und ein Kind saßen so dicht hinter der Tür, daß wir sie hochscheuchten und das stickige Zimmer in eine künstliche Munterkeit geriet. Die Tante, hastig ans Fenster stürzend, hielt mitten in Schritt und Bewegung inne. Maria war kahl. Kahl und grau mit trüben Augen aus roten Höhlen. Wesen einer anderen Art. Verschworene einer geheimen Sekte.

Tach Mama, sagte Maria. Sie versuchte nicht mehr zu lächeln. Doch schien sie auch nicht mehr so traurig wie beim letzten Mal. Sie wirkte, als spiele sie eine Kranke; offenbar in die Rolle, die ihr nun einmal zugeteilt worden war, ergeben. Eine andere gab es für sie nicht mehr. Die Tante setzte sich auf die Bettkante, die Mutter auf den einzigen noch freien Stuhl. Hanni und ich blieben stehen. Nebenan erzählte eine alte Frau der jungen im Bett, offenbar ihrer Tochter, die Katze sei tot. Unter die Straßenbahn gekommen.

Die Tante räusperte sich. Wie auf Verabredung hatten wir unsere Mützen aufbehalten.

Hier, Maria, Hanni nestelte etwas aus ihrer Tasche. Die is för desch. Es war eine Strickmütze. Genau wie die unseren. Dottergelb.

Treck ens an, tat die Tante geschäftig und zog Maria die Mütze über den Kopf. Marias Handgelenk war geschwollen und blutunterlaufen. Da sei die Vene zu oft gestochen, erklärte sie gleichmütig.

Maria mit der Mütze sah fast wie früher aus. Sie sah so aus wie wir. War wieder eine von uns. Uns Gesunden. Wir verloren unsere Panik. Maria, die Kranke, war in den Schutz einer dottergelben Strickmütze geflüchtet, gesundgetarnt. Als habe sie sich eine Zauberkappe übergestreift, war sie nicht mehr ihre Krankheit. Nicht mehr ihre Kahlheit. Maria war Maria, die Tochter, die Schwester, die Nichte und Cousine. Eine Frau. Hanni erzählte von ihrem Mixer und von Kochrezepten. Rudi hatte einen Fernseher gekauft. Er wollte die Olympischen Spiele in Rom sehen. Maria aß am liebsten immer noch Nudeln und Reis. Doch reden übers Essen konnte sie schon wieder, besonders über verrückte Gerichte.

Hanni guckte jede Woche ›Clemens Wilmenrod‹, den Fernsehkoch, wobei die Tante meist den Kopf schüttele, lachte Hanni, und Nä sujet, nä sujet murmele, wenn Wilmenrod ein Hähnchen mit Cognac übergieße oder eine Ente zusammen mit Apfelsinen in einem Topf brate. Besser gefiel der Tante, ein Stück Weißbrot zu nehmen, Butter drauf, aber nicht zu knapp, dann gekochter Schinken und darüber eine Scheibe Käse, am besten Emmentaler. Das Ganze fünf Minuten in den Ofen. Un dann, die Tante machte eine Pause und erhob die Stimme. En Schiev* Ananas. Op dä Kies! Un dann, die Tante war jetzt so laut, daß alle ihr zuhörten, op die Ananas jehööt en Keesch! Ävver nit nur su vom Boom! Et muß en Marokkanerkirsche sin! En Marokkanerkirsche, wiederholte die Mutter andächtig. Un dat Janze, krönte die Tante ihren Leckerbissen, heesch: Toost Hawajih.

Mein Gedicht war entbehrlich. Es machte mir nichts. Geschichten und Gedichte wurden nur gebraucht, wenn die Wirklichkeit nicht ausreichte. Wenn man nicht nur sein und haben

* Scheibe

wollte, was man war und hatte. An diesem Nachmittag war uns die Wirklichkeit genug. Ich war froh, daß Maria froh war. Aus der wirklichen Welt in eine andere zu schlüpfen, eine wärmere, hellere, schwerelosere, dazu kann eine Strickmütze so gut verhelfen wie ein Gedicht.

Niemand mochte die Dämmerung verscheuchen. Zwei Frauen hatten ihre Nachttischlampen angeknipst. Vor dem blauschwarzen Himmel hinterm Fenster leuchtete Marias gelbe Mütze wie ein warmer Stern.

Der Mann an der Tür wollte sich gerade von seiner Frau verabschieden, das Kind trippelte schon in Mantel und Schal ungeduldig von einem Bein aufs andere, da ging die Tür auf. Ins schummerige Zimmer schob sich ein zottiges Wesen, ein mannshoher, blond und braun, grau und schwarz gescheckter Bär, quietschend und klirrend. Es klickte, das Deckenlicht ging an.

Schönheit, Schönheit, meine Damen, rief eine volle, klare Frauenstimme in einem Tonfall, wie man Hühner lockt, Schönheit, Schönheit. Die Frau hinter dem Bären trug einen hellblauen Kittel und kein Häubchen, stand im Rang zwischen den graukittelgen Putzfrauen und den weißbekittelten Schwestern. Sie war nicht mehr ganz jung und stark geschminkt. Unbarmherzig gab das grelle Licht jede Runzel preis, jede Furche, in der sich das falsche Braun der Wangen, das falsche Rot der Lippen gesammelt hatte, Risse im Firnis eines alten Gemäldes. Üppiges, blondes Haar fiel ihr über die Schultern. Eine stattliche, straffe Figur war sie und sehr gerade. Etwas Soldatisches ging von ihr aus. Und diese Ausstrahlung von Disziplin und Pflichterfüllung stand in einem beruhigenden Gegensatz zu dem, was sie mit sich führte. Der Bär war ein Wagen aus Metallstangen, doppelt so breit und hoch wie ein Nachttisch, Stangen mit Haken, daran Haare ohne Köpfe, Frisuren ohne Gesichter, Haare und Frisuren in allen Formen und Tönungen, lang und glatt, kurz und kraus, sanfte Wellen, forsche Strähnen. Wie abgezogene Felle hingen die Haarteile da, tote Fülle, leblose Pracht, ein Wagen voller falscher Versprechungen.

Mit der Frau und ihrer Ware hatte sich eine merkwürdige Luft verbreitet, Kampfer und Lavendel, ähnlich dem Dampf aus nassen Wintermänteln sonntags in der Kirche, darüber ein muffiger

Geruch aus verharztem Parfüm und ranzig verschwitzten Kleidern, wie er mir vor Jahren einmal aus einer Truhe der Frau Bürgermeister in die Nase gestiegen war. Auch welkende Blumen rochen manchmal so oder der Komposthaufen auf dem Friedhof nach warmen Regentagen.

Die Frau rollte ihren Wagen in die Mitte. Der Mann am Bett hinter der Tür riß das Kind zurück, das eben die Hand nach den zottigen Gebilden ausstreckte, und verließ mit einem hastigen Kopfnicken das Zimmer.

Meine Damen, begann die Frau, nennen Sie mich Gisela, obwohl ich keine Schwester bin. Sie sehen, was ich Ihnen hier bringe. Wir brauchen nicht weiter darüber zu reden. Sie werden so was brauchen. Ich lasse den Wagen erst einmal hier. Und auch einen Spiegel. Sie können sich ungestört etwas aussuchen. Die Schwester, die keine war, machte eine tiefe Verbeugung, wobei sie wie die Schauspieler einen Fuß zurücksetzte. Als sie wieder hochkam, war Schwester Gisela kahl. So jäh war die Verwandlung, daß ich mir unwillkürlich an den Kopf, den Zopf, die Mütze griff. Mutter, Tante, Hanni, alle mit derselben Bewegung. Triumphierend schwenkte die Frau das Blondgelock über ihrem Schädel, der ringsherum, wo das Gummiband gesessen hatte, von einem dünnen, dunkellila Streifen gezeichnet war. Die Kopfhaut glänzte gegen die matt gepuderte Gesichtshaut rot und naß wie ein gehäutetes Kaninchen.

Ja, meine Damen! Schwester Gisela sonnte sich im Erfolg ihrer Überraschung. Das hätten Sie nicht erwartet. Ich bin eine von Ihnen. Greifen Sie zu. Es tut nicht weh. Und alles auf Krankenschein. Mit erprobtem Griff zog sie die Haare, die ihr in der Hand hingen wie eine tote Perserkatze, auseinander und stülpte sie wieder über. Viel Spaß beim Aussuchen! Sie tippte mit dem Finger an die korrekt sitzende Frisur und verließ das Zimmer. Die Mutter sah auf die Uhr. Es war Zeit zu gehen.

Maria riß die dottergelbe Mütze vom Kopf und warf sich aufschluchzend in die Kissen. Ihre gerötete Kopfhaut glitzerte schweißig. Da nahmen auch wir unsere Mützen ab. Der Zauber war vorbei. Eine Strickmütze war wirklicher als ein Gedicht. Eine Perücke war wirklicher als eine Strickmütze. Mit einer Strickmütze konnte man spielen. Die Perücke war Ernst.

Maria, Hanni rüttelte die Schwester zärtlich an der Schulter. Maria, mir sin doch och noch do. Mir sin doch bei dir, Kenk, sagte die Tante, und ich wunderte mich, wie weich ihre Stimme klingen konnte. Kenk, nächste Woch bes de doch widder doheem!

Bei diesen Worten schluchzte Maria noch lauter, setzte sich aber auf.

Hanni hantierte in den Perücken mit den tüchtigen Griffen einer Hausfrau, als sortiere sie Handtücher, Hemden oder Strümpfe.

Hier, Hilla, dat is doch wat för desch. Hanni warf mir einen fuchsroten Puschel zu, der vom vielen Auf- und Absetzen, Zurechtrücken und -zupfen schon so verfilzt war, daß die Locken sich wie Schweineschwänzchen kringelten. Aufsetzen! Hanni winkte mir mit den Augen. Nu mach schon.

Das, was da Haare vorstellen sollte, rote Fäden durch eine Gummihaut gezogen, fühlte sich stumpf und störrisch an. Dat sin Kunsthaare, sagte Hanni und nahm mir das Ding aus der Hand. So macht man dat. Hanni zog die Gummihaut auseinander und ließ sie auf meinem Schädel zusammenschnappen. Es fühlte sich an wie eine zu enge Badekappe. Das Gummi schnitt mir in die Stirn, mein Zopf hing den Rücken hinunter.

Jitz sühst de us wie ene Jeck, sagte die Mutter. Ich machte ein paar alberne Verrenkungen und zog mit beiden Händen den Mund auseinander. Die Gesichter der Frauen hellten sich auf.

Probier die ens, sagte Hanni und reichte Maria einen Pagenkopf, schwarz wie zuvor ihr eigenes Haar. Liebevoll wischte sie mit einem Taschentuch den Schweiß von Marias Schädel und streifte ihr behutsam den Gummiskalp über.

Nä, entfuhr es der Tante. Nä sujet, der Mutter. Hanni schaute zufrieden auf die Schwester herunter wie ein Bildhauer auf sein Werk. Maria sah jung und keß aus, beinah französisch-chic.

Da, sagte Hanni und reichte ihr den Spiegel.

Maria, sagte die Mutter bewundernd. Du sühst jo us wie us däm Ei jepellt! Nun begann auch die Tante Geschmack an der freien Auswahl zu finden. Sie hatte eben ein braungelocktes Teil, einem Langhaardackel nicht unähnlich, ergriffen, als die Tür aufflog. Die Besuchszeit is zu – mitten im Satz, die Türklinke noch in der Hand, brach die Schwester ab. Ist die schon wieder am Sonntag mit ihrem Wagen unterwegs! Verboten ist das! Verstehen Sie? Verboten! Na, ich will sehen, wo die steckt. Und Sie gehen jetzt bitte. Die Besuchszeit ist zu Ende!

Die nimmst du, raunte Hanni ihrer Schwester zu, während wir gehorsam unsere Strickmützen aufsetzten. Die un ken andere.

In der Tür drehte ich mich noch einmal um. Maria saß hochaufgerichtet und starrte in den Spiegel. Auf dem Nachttisch stand die dottergelbe Mütze und warf einen spitzen, strammen Schatten bis aufs Bett. Im Gang lief uns der Doktor entgegen. Die Tante hatte schon den Mund zum Fragen geöffnet. Doch der Arzt wandte den Kopf zur Seite, tat, als erkenne er uns nicht.

Mer wös ald jän*, wie lang et noch durt, knurrte die Tante in ihren Kragen. Die Tante war für klare Verhältnisse. Im Leben und beim Sterben auch.

Auf der Rückfahrt sah ich nichts als Strickmützen. In Bahnen und Bussen, auf Männer-, Frauen-, Kinderköpfen nichts als Strickmützen. Kinder brüllten unter Strickmützen, Frauen schnatterten unter Strickmützen, alte Männer kauten unter Strickmützen auf ihren Pfeifen. Eine Welt voller Strickmützen. Mit kahlen Schädeln darunter.

Hanni, sagte ich beim Abschied. Dat mit der Mötz för dat Maria war jut. Ja, sagte Hanni, ävver et hät jo nit janz jeklappt. Ävver die Peröck war nit schlesch. Wat mens de?

Ich fühlte noch den Druck der Kappe auf dem Kopf und nickte übertrieben. Ob Ferdi auch Krebs gehabt hatte? Ob Hanni noch an ihn dachte? Ich wagte nicht zu fragen.

Und noch eines ging mir durch den Kopf: Warum hatte Jesus sich nicht gleich selbst nach dem Hufeisen gebückt, Kirschen gekauft und Petrus eine Freude gemacht? Ohne ihn mit Bücken zu quälen? War das Nächstenliebe?

* man wüßte schon gern

Im April fiel noch einmal Schnee, weiche Flocken, die nicht liegenblieben. In den Vorgärten blühten schon die Forsythien. Am Samstag fahre ich nach Düsseldorf, schrieb Sigismund, ins Theater. Wir treffen uns um fünf Uhr bei Bötsch. Fährst du mit? Dein S. Jede Menge Kreuzchen.

Familie Bötsch betrieb ein Busunternehmen. Man fuhr nach Altenberg oder Schloß Burg, in den Schwarzwald oder ins Allgäu, zur Tulpenblüte nach Amsterdam, seit zwei Jahren sogar an den Gardasee und die spanische Küste. Am beliebtesten waren Rheinfahrten, Tagestouren, nach Königswinter, St. Goar oder nach Bingen. Für meine gelehrte Schutzpatronin vom Rupertsberg interessierte sich dort allerdings niemand. Besichtigt wurde der Mäuseturm. Die Tante war auch ein paarmal gefahren, erzählte von Torten und Schnitzeln und von verdorbenem Kartoffelsalat, der die Heimreise stark beeinträchtigt hatte.

Einmal im Monat fuhr Bötsch nach Düsseldorf ins Schauspielhaus. Die Honoratioren hatten dort ein Abonnement wie für eine Zeitung. Was sollte ich zu Hause sagen? Brauchte ich Geld? Siggi, schrieb ich: Was kostet das? Nichts, schrieb er, ich habe Freikarten. Das Frei rot unterstrichen, die Seite voller Kreuze.

Der Mutter tischte ich eine Geschichte auf, die ich am Ende kaum noch selbst verstand. Doris' Vater, mit dem die Mutter einmal kurz zusammengetroffen war, als er mich in seinem burgunderfarbenen Borgward nach Hause gefahren hatte, spielte darin die Hauptrolle. Die Mutter hatte vor dem stattlichen Mann fast einen Knicks gemacht, war errötet wie ein junges Ding und hatte ihre normale Gesichtsfarbe erst wiederbekommen, nachdem er fort war. Dieser Vater würde mich zwar nicht abholen, da es um fünf noch hell sei, aber zurückbringen, da es später werden könne, denn man gehe eine kranke Klassenkameradin besuchen, die in Steinfurth wohne und heute abend ohne Beaufsichtigung sei, da die Mutter ins Theater gehe, ja, wirklich verantwortungslos, aber wir seien ja treue Freunde, Freundschaft über alles, und da brächte der Vater, wenn die Mutter, nein, nicht Doris' Mutter, die der kranken Klassenkameradin, wenn die aus dem Theater käme, brächte der Vater mich nach Hause, nein, nicht der Vater von der Klassenkameradin, die hätte gar keinen mehr, im Krieg gefallen, sie sei allein mit der Mutter, der Vater von Doris brächte mich, wenn die Mutter der kranken Klassenkameradin, die eben keinen Vater mehr habe, nach Hause käme, nach Hause. Das reichte. Nächstenliebe stand hoch im Kurs. Krankenschwester sollte ich werden, hoffte die Mutter, am liebsten eine für Kinder.

Gott sei Dank fiel ihr nicht auf, daß ich mein palmolivegrünes Taftkleid trug, um mich an ein Krankenbett zu setzen.

Der Motor lief schon. Vor der offenen Bustür stand Sigismund und winkte. Ich flog. Meine Füße in den viel zu spitzen Schuhen mit den viel zu dünnen, viel zu hohen Pfennigabsätzen, zwei himmlische Turbinen, angetrieben von einem überirdischen Brennstoff, meine Arme mächtige Flügel. Sigismunds Ohren glühten. Er war blaß. Endlich, sagte er. Ich dachte, du kommst nicht. Ich war gelandet. Mir zitterten die Knie. Sigismund ergriff meine Hand und zog mich auf die beiden letzten freien Plätze. Dunkelgrauer Anzug, ein weißes Hemd, eine Fliege, Rasierwasserduft. Er war da. Fremd und erwachsen. Die Vorfreude zu Ende.

Vorsichtig tasteten meine Augen durch den Bus. Kaum jemand, den ich kannte. Schräg vor mir das Postvorsteherehepaar Wrings. Trotz der Wärme hatte die Frau den Persianer anbehalten. Ihr dunkles Haar, mit goldschimmernden Bändern durchflochten, balancierte sie in einem unwahrscheinlich hohen Turmbau, was ihr eine steife Gemessenheit abverlangte. Honigmüller, der Organist, grüßte feierlich herüber. Drei, vier Männer aus dem Kirchenvorstand kannte ich vom Sehen. Ihre Frauen, soweit ich das vom Anblick der Hinterköpfe beurteilen konnte, waren prächtiger herausgeputzt als fürs Hochamt. Männerköpfe mit Pomade, alle mit feinster Nackenrasur, exaktestem Kammstrich. Kein Frauenkopf ohne den Versuch, mit perlendurchwobenen Haarnetzen, straßfunkelnden Diademen, Kämmen und Klammern königliche Hoheit herzustellen. Wobei die Katholischen die wenigen Evangelischen, die sich nur hier und da ein beperltes Bröschlein gegönnt hatten, weit übertrumpften. Gottes wahre Kinder zeigten, was sie hatten. Nur eine war ungeschmückt: das kleine Fräulein Bormacher aus der Poetengasse. Unweit der Borromäusbücherei betrieb sie einen winzigen Tabakwarenladen. Sie war oft vor der Tür gestanden, wenn ich Donnerstags pünktlich um vier zu meinem Dienst in der Ausleihe bei ihr vorbeigekommen war. Jedesmal hatte sie mir etwas zugesteckt, meist kleine ledrige Äpfel und Birnen. Auf dem Heimweg kaute ich sie langsam, fast andächtig, bis ich die ganze Süße des Sommers auf der Zunge spürte.

Lieschen Bormacher war verschrumpelt wie ihre Äpfelchen. Sommers wie winters trug sie dasselbe schwarze Kleid, unveränderlich wie eine Figur im Buch. Wir brachten ihr das ›Bonifatiusblatt‹, den ›Michaelskalender‹, ›Frau und Mutter‹, den ›Hünfelder Boten‹. Und nun saß sie ein paar Reihen vor mir und fuhr ins Theater. Schade, daß ich das keinem zu Hause erzählen konnte. Wo Lieschen Bormacher hinfuhr, da durfte auch ich hinfahren.

Träumst du? Sigismund stieß mich in die Rippen. Willst du nicht wissen, was sie heute spielen?

Ja, doch, natürlich.

›Nathan der Weise‹, sagte Sigismund. Lessing. Schon mal gehört?

Gotthold Ephraim, schnatterte ich. 1729 bis 1781. Bedeutender Aufklärer. Begründer der modernen Literatur. Als zentrale Aufgabe sah er die Erziehung des Menschengeschlechts durch Vernunft und Toleranz und den Abbau aller Schranken zwischen den Menschen. Sein berühmtestes Werk: ›Nathan der Weise‹. Ich holte Luft. ›Die Ringparabel: Vor grauen Jahren lebte ein Mann im Osten, der einen Ring von unschätzbarem Wert aus lieber Hand besaß. Der Stein ...‹

Der Bus bremste scharf. Wir fielen vornüber. Der Fahrer fluchte. Sigismund sah mich mißmutig an. Ich verstand. Mit Männern war es wie in der Schule: Wissen zu zeigen konnte abträglicher sein, als mit Geld zu prahlen. Der Zwiespalt war unlösbar: Ohne das kam ich nicht weiter und hatte doch das Gefühl, mich für jede Leistung entschuldigen zu müssen, bei den Klassenkameraden, den Eltern, Verwandten, den Leuten im Dorf. Das, wovon ich hoffte, es würde mir ihre Anerkennung, womöglich gar ihre Liebe eintragen, die Leistung, entfernte mich von ihnen; was mich ihnen näherbringen sollte, brachte mich immer weiter von ihnen weg.

Ich wollte Sigismund nah sein. Und behielt die ›Ringparabel‹ für mich. Ich ließ ihn reden. Im Bus war es warm. Es blieb nun schon länger hell. Wir fuhren am Rhein entlang, an den Weiden blühten die Kätzchen, fuhren in die Dämmerung, die allmählich Pappeln und Erlen, Weiden und Wiesen aufsog und den Bus ausfüllte wie draußen das Land, innen und außen miteinander verband. Sigismund erzählte von einem Badminton-Spiel, seinem CVJM, einer Ungerechtigkeit im Erdkundeunterricht. Die Wörter glitten aus meinem Kopf wie in der Schule, wenn Fräulein Feitzen ein mathematisches Problem erläuterte, womöglich ein algebraisches, der Pastor in der Kirche zu einem langen, lateinischen Gebet ansetzte oder die Großmutter mir meinen abschüssigen Lebensweg vorhielt. Doch anders als in der Kirche, der Schule oder zu Haus wollte ich nicht anderswo sein, nicht einmal in meinen Büchern. Wunschlos lauschte ich den Tönen aus seiner Kehle wie einer Glocke, einem Vogel, einer Geige. Lehnte mich an seine Stimme wie an einen Baum, legte mich in den Schatten seiner Stimme, ließ mich umhüllen, wärmen und kühlen zugleich. Jaja, sagte ich manchmal oder hm. Ich schloß die Augen, und der Bus fuhr stromabwärts, schaukelnd und schlingernd, daß sich unsere Schultern berührten.

An Sigismunds Seite schritt ich die Stufen zum Eingang des hell erleuchteten Gebäudes empor. Er half mir aus dem Mantel, einem schlottrigen hellgrauen Hänger der Rüppricher Cousine, ich zog meinen Kommunionbeutel auf, stellte mich mit meinem halben Kamm neben die anderen Frauen vor die hohen Spiegel und fuhr mir noch einmal durchs Haar. Sigismund reichte mir, wie die anderen Herren ihren Damen, ein Programmheft, wir nahmen die Stufen über den roten, mit goldenen Stangen befestigten Läufer hinauf in den ersten Rang links, fanden unsere Plätze, setzten uns auf den weinroten dickgerippten Cordsamt und waren erwachsen. Vergeblich suchte Sigismund meine Aufmerksamkeit auf das Programm zu lenken, die Schauspieler, den Regisseur. Nur so dasitzen wollte ich, einfach dasitzen und schauen, wie es sich versammelte in diesem kunstreich erdachten Halbrund, wie es sich setzte und mit geknickten Knien erhob, wenn andere auf ihre Plätze drängten, wie es murmelte, scharrte und knisterte, vornehm gedämpft, über und unter uns, neben und vor uns festlich gestimmte Erwartung, schweifende Blicke oder ins Programmheft vertieft, alle geduldig verharrend vor dem schweren blauen Samtvorhang. Rechts von mir saß ein langer, dünner Mensch, der sich unruhig in seinem Sessel krümmte und nicht wußte, wie er seine Beine verknoten sollte, vor mir ragte ein männlicher Hinterkopf, der in der Mitte kreisrund die Haare verlor, daneben Blondgespinst mit Federboa. Ich hätte sie umarmen mögen, alle. Langsam, als lösche man eine Kerze nach der anderen, wurde es dunkel. Der Vorhang ging auf. Langsam, auf daß die Seele den Augen folgen konnte, von einer Wirklichkeit in die andere.

›Er ist es! Nathan! – Gott sei ewig Dank, / Daß Ihr ja wiederkommt.‹

Ich wußte, was sie sagen würde, ehe sie den Mund auftat, diese etwas dickliche Person, in graue Gewänder gehüllt, die von einem silberblaubraun gestickten Gürtel gehalten wurden. Wußte, noch ehe der Mann, der würdevoll von links hinten die Bühne betrat, ein Wort sagte, was er sagen würde, dieser Mann, der sich mit jedem Wort in einen Nathan, den Nathan verwandelte. Die Wörter überwältigten ihn, sogen ihn auf und gaben ihn wieder heraus: Nathan. Mit weißen Locken und steifem Bart, das Käppchen auf dem Hinterkopf, in einem Gewand wie der Moses meiner Kinderbibel. ›Ja, Daja, Gott sei Dank.‹

Ich war in jeder Bewegung, jeder Silbe, jedem Hauch einer jeden Person dort auf der Bühne. Ich war sie alle und alles von allen. In jedem Körper, jedem Laut, jeder Gebärde.

›Wie seid Ihr es doch ganz und gar mein Vater / Ich glaubt' Ihr hättet Eure Stimme nur / Vorausgeschickt. Wo bleibt Ihr? ...‹

Sekundenlang tauchte der Vater im blauen Drillich auf, wie er an jenem Abend, als ich ihm die Verse entgegengerufen, sein Fahrrad durch das Tor geschoben hatte, ›Was für Berge / Für Wüsten, was für Ströme trennen uns / Denn noch? Ihr atmet Wand an Wand mit ihr / Und eilt nicht, Eure Recha zu umarmen?‹

›Mein Kind! mein liebes Kind‹, sprach Nathan, sprach der Vater, sprach ich selbst. Ich in ihren Armen, die auch meine Arme waren. Ich floß durch sie hindurch, in mich zurück und wieder hin zu ihnen, wie Atemluft, die durch die Lungen kreist.

Der Vorhang fiel. Man klatschte. Ich klatschte mit. Gehen wir etwas trinken? fragte Sigismund. Ich schüttelte den Kopf, wollte allein sein. Vor der Damentoilette stand eine lange Schlange. Hier hatte ich meine Ruhe. Glaubte ich. Eine Frau mit kupferrotem Flitterschmuck im blondgesträhnten Haar redete unablässig über meinen Kopf hinweg mit der Frau hinter mir und kritisierte Stück und Schauspieler mit einem Hagel von Fragen, deren Beantwortung sie nicht im mindesten erwartete. Ihr mißfiel alles. Im breiten Singsang der Düsseldorfer tat sie ihren Abscheu vor den Kostümen, den Kulissen, den Schauspielern kund. Un dat Stück, sagte sie gedehnt – sie hatte gemerkt, daß man ihr zuhörte, und genoß es, während die Frau hinter mir mit eingezogenem Kopf zu Boden sah –, un dat Stück, nä, was soll denn unsereins in der modernen Welt mit so ›nem alte Jüd un Tempelherrn, und dann auch noch mit nem Scheisch! Wat meinst du, Therese? Un wie die rumlaufen! Dä Schlabber! Konnt mer denen nit wenijstens wat Anständijes anziehen? Dat is doch nit zeitjemäß. Oder? Therese, sag doch auch mal wat dazu? Und dann dat Mobilijar. Wo se dat nur herhan? Einfach schäbbisch! Dabei hat der doch Jeld, der Nathan, denk isch, Jüttsche han doch immer jet an de Föß, Pinkepinke, wat Theresjen? Nä, da fahr isch doch lieber nächstes Jahr wieder nach Bad Kissingen. Da jab et dieses Jahr die ›Gräfin Marrizza‹. Die Kostüme! Ein Jedischt! Un die Stimmen! ›Jern hab ich die Fraun jeküßt‹, wat, Therese? Am liebsten jing isch hier jetz nach Hause. Wie lange dauert et dann noch? Therese?! Meinst du, isch halt dat noch aus? Dat Abbo hier, dat wird jekündischt, dat kann meine Mann morjen seiner Sekretärin sagen. Wat, Therese?

Ich floh. Draußen wartete Sigismund. Er hielt ein Glas Limonade für mich in der Hand. Neben ihm Lieschen Bormacher. Wie sie so dastanden, die beiden schwarzen, nicht sehr großen Gestalten, das zarte alte Fräulein, der junge Mann, beide befangen in der ungewohnten Umgebung, schienen sie mir sekundenlang zwei Buchstaben, Zeichen einer Sprache, die auf meine Entschlüsselung warteten, hofften, daß ich sie las und verstand.

Juten Tach, Hildejard, sagte Lieschen. Isch hab disch vorhin schon im Bus jesehen, aber du hast misch wohl nit erkannt. Schön, dat wir uns hier treffen. Sie reichte mir ihre Hand, von der ich so oft die süßen Schrumpeläpfel gegriffen hatte. Berührt hatte ich sie noch nie. Ihre Hand war nicht größer als meine. Anders als andere Erwachsenenhände zwang sie sich meiner nicht auf, preßte, spreizte, vergewaltigte sie nicht. Legte sich einfach in die meine hinein wie ein Geschenk, ein warmes, trockenes, federleichtes Stück von ihr. Anianas Augen sahen mich an. Augen, in die man sich fallenlassen konnte, ohne Angst, immer tiefer, bis man sich selbst spürte, was so wohltat, daß man beinah weinen mußte.

Erst als Sigismund mir die Limonade fast vor die Brust stieß, ließ ich Lieschens Hand los. Danke, Siggi, sagte ich. Danke. Wie leicht mir dieses ›Danke‹ fiel. Jahrelang, nachdem ich das Alpenveilchen vor des Bürgermeisters Füße hatte fallen lassen, hatte ich das Wort nicht mehr herausbringen können. Danke, sagte ich und sah in Sigismunds Augen. Glatt und glänzend gaben sie mir mein Bild zurück, den hohen Spiegel und die vielen Lichter hinter mir.

Es klingelte zum zweiten Mal. Isch muß noch eine Treppe höher, sagte Lieschen. Mit kurzen schnellen Schritten eilte sie zum Aufgang.

Sigismund hatte eine Rolle Drops gekauft. Sie klebten, und ich brauchte beide Hände, um eines abzulösen. Berührte er meine Linke mit Absicht? Zog er die Süßigkeit absichtlich ein wenig zurück, so, daß meine Hände seiner Hand folgen mußten? Das Licht erlosch. Das Gemurmel erstarb. Der Vorhang rauschte auseinander. Ich verschwand. Jemand rüttelte an meinem Ellenbogen. Ruhe, zischte man rings um mich her. Ich schlug mir die Hand vor den Mund, hörte die Stimme der Mutter, ihren Leit- und Lebenssatz: Wat solle de Lück denke? Ich hatte die ›Ringparabel‹, zunächst nur die Lippen bewegend, mitgesprochen, dann aber, ohne es zu merken, war ich lauter und lauter geworden, bis ich die Verse von der Bühne unten mit erhobener Stimme begleitete. Sigismund tätschelte meinen Arm. Auf der Bühne ging die Rede von den drei Ringen weiter. Ich kannte jede Silbe. Aber es waren nicht mehr meine Wörter. Ich war eine Zuhörerin. Ich lebte nicht mehr mit. Warum fuchtelte der Schauspieler so wild herum, warum rannte er sinnlos, planlos auf und ab, wo es doch gar nichts zu laufen gab, nur zu sprechen, diese schönen Worte zu sprechen, warum tat er so wichtig, setzte sich derart in Szene, strich den Bart und rückte den Gürtel zurecht?

Ich schloß die Augen, wollte allein die schönen Wörter und Sätze, wollte meinen Nathan zurückhaben. Er kam nicht wieder.

Als die Schauspieler sich am Ende in ihren Kostümen verbeugten, fühlte ich mich beinah verhöhnt. Als marschierten am Ende eines Romans noch einmal alle Personen auf und versicherten dem Leser, Stunden und Tage mit Phantasiegespinsten vergeudet zu haben. Wie eitel diese kleine Frau, die vorgegeben hatte, Recha zu sein, ihre Wörter zu kennen, ihre Gefühle zu fühlen, ihre Schritte zu gehen, sich jetzt zum Vorhang wandte und zum Tempelherrn, der ihr, das war doch wohl der Gipfel, die Hand küßte! Einzig Nathan behielt seine Würde, wandelte gemessenen Schrittes hinter die Kulissen und wieder zurück, allein und mit den anderen. Seine Verbeugungen paßten. Auch im Stück hatte er vor dem Tempelherrn und vor Saladin immer wieder den Rücken krumm gemacht. Die ersten Zuschauer erhoben sich, schoben sich klatschend zum Ausgang.

Draußen bot mir Sigismund wieder eines seiner klebrigen Drops an. Kannst du wirklich so viel auswendig? fragte er. Ich nickte. Beschämt, als hätte er einen Mißwuchs an mir entdeckt.

Im Bus drängte ich mich an den Körpern vorbei in meine letzte Reihe und bückte mich zu meinen Schuhen, bis alle Platz gefunden hatten. Der Fahrer schloß die Türen, das Licht ging aus. Da ließ ich meinen Tränen freien Lauf. Ich weinte um Ferdi, um Dunja, um Maria. Um den Großvater und alles, was ich mit ihm erlebt hatte. Es war vorbei, unwiederbringlich vorbei. Um das, was ich noch gar nicht hatte, weinte ich, es würde mir, wie alles Wirkliche, verlorengehen. Nur nichts besitzen, sagten die Tränen, nichts halten, nichts lieben; wer nichts besitzt, kann nichts verlieren, wer nichts hält, dem entfällt nichts, wer nicht liebt, wird nicht verlassen.

Sigismund hielt mir seine Drops hin und suchte nach meiner Hand. Ich entzog sie ihm. Diese Tränen waren meine Tränen. Ich wollte keinen Trost. Erst hinter Möhlerath putzte ich mir die Nase. Danke. Ich drückte Sigismunds Hand. Danke.

Lieschen Bormacher wartete vor dem Bus auf uns. Sie nahm meine Hand zwischen ihre Hände und sah mir forschend ins Gesicht.

War et so schön? fragte sie. War et so jut für disch? Ich nickte, glaubte in ihrem Blick etwas vom Schmerz allen Abschiednehmens zu lesen, den ich vorhin herauszuweinen begonnen hatte.

Schon von weitem riß die Mutter die Haustür auf. Sie trug ihr Sonntagskleid mit der geschliffenen Glasperlenkette und ihre Pömps. Mitten in der Nacht. Wo es denn dä Herr Jranderath? fragte sie aufgebracht, reckte sich auf die Zehenspitzen und blinzelte über meinen Kopf hinweg in die spärlich erleuchtete Straße. Der hat mich an Piepers Eck abgesetzt. Bis dahin war ich mit Sigismund gegangen. Hand in Hand. Die Mutter setzte sich an den Küchentisch, ließ die Schultern hängen, streifte die Pömps von den Füßen. 39,9, sagte ich. Wahrscheinlich Lungenentzündung. Ihre rauhen, roten Hände wischten unsichtbare Krumen auf dem Wachstuch. Und morgen ins Krankenhaus. Du leeve Jott! Die Miene der Mutter heiterte sich auf, und ich erzählte ihr noch ein Weilchen von Schweißausbrüchen, Brechreiz und scharlachroten Flecken am ganzen Körper.

Doris wartete auf meinen Bericht. Kichernd gestand sie mir, wie sehr sie sich anfangs vor der dicken Zunge Roberts geekelt habe. Ich wagte nicht zu fragen. Zungen kamen in meinen Büchern nicht vor. Beim Küssen lag man sich in den Armen. Basta. Bei unbezähmbarer Leidenschaft preßte man die Lippen aufeinander: heftig, stürmisch, ungestüm, heiß, wild, roh. Innig. Mir genügte das. Doris würde es genau wissen wollen. Mit einem Heimweg Hand in Hand und sonst nichts konnte ich ihr nicht kommen. Sie würde mir nicht glauben, daß wir es bei Tischtennis und Billard bewenden ließen. Der Raum war nun endlich eingerichtet, und wir trafen uns dort ein-, zweimal in der Woche. Sigismunds Mutter hatte ein Ohr auf uns. Wenn sie das Pingpong der Bälle eine Weile nicht hörte, kam sie hinunter und prüfte, ob einer der Tische zwischen uns stand. Mitunter schenkte Sigismund mir eine Kunstpostkarte, die er doppelt hatte. Picassos ›Akrobat mit Kugel‹ oder Chagall. Besonders Chagall: einen Fiedler, ein schwebendes Brautpaar, ein Schwein, das die Welt hinterm Trog sonderbar traurig und listig betrachtete.

Doris würde das nicht beeindrucken. Sie hatte keinen Tag gezögert, dem Beispiel Eddas zu folgen, die sich ein V in den Handrücken geritzt hatte. Mit dem Linolschneider. V für Volker. Wir waren erschüttert. Doris schnitt ein R in ihren linken Oberarm, Gisela ein N, Petra ein O, alle schnitten und schnipselten an sich herum, keine wollte zugeben, ohne Freund zu sein. Nur Karin Schmolle mit der zugenähten Hasenscharte und ich waren noch unversehrt. Eddas Handrücken begann bald anzuschwellen, Blutvergiftung, und Volker spendierte schon kurz darauf, die Wunde eiterte noch, das Eis in der Milchbar einer anderen. Die Narbe verblaßte nur langsam und verschwand nie. Auch Doris' Narbe entzündete sich. Sie war stolz darauf. Entweder, hielt sie mir vor, deinen Sigismund gibt es nicht, oder du liebst ihn nicht. Da schnitt ich auch. Nicht für Sigismund. Für Doris. Für ihre Freundschaft. Ich schnitt nicht tief, aber groß. Auf der Innenseite meines linken Oberschenkels würde man es nicht bemerken. Doris fand diese Stelle besonders raffiniert. Ob Sigismund die Wunde schon geküßt habe, wollte sie wissen, so wie ihr Robert, der ganz außer sich gewesen sei. Was blieb mir übrig! Während ich mich nach der Liebestat hinter dem Tischtennistisch herumquälte und Sigismund fand, ich sei noch lahmer als gewöhnlich, log ich für Doris die kühnsten Küsse, die heißesten Eide vom Himmel herunter. Das, worauf es ihr ankam, ließ ich im Vagen. Verlor mich statt dessen in schwülen Beschreibungen von Orten der Begegnung, in romantisch-schwülstigen Darstellungen der Witterungsbedingungen und Tageszeiten und bediente mich aus den grünen Lederbänden. Wie ein heißes Siegel habe er seine Lippen auf die meinen gedrückt, gestand ich, bleich vor Erregung sei er gewesen, und dann habe ich ihn unter meinem warmen, fiebernden Frauenleibe begraben. Jawohl. Ich erzählte von dem köstlichen Duft einer Liebesstunde, von blanken, begehrenden Blicken, wildem Blut und feinen Nerven, einer Nacht, so schwarz und lau, ein leichtes Wehen habe den Hauch nebliger Wiesen und großer tauiger Flächen herübergebracht, aus dem Schilf habe der einsame Ruf eines Wasservogels getönt. Wie der Ton meiner Seele sei das gewesen, sagte ich. Doris seufzte und drückte mir die Hand. Dumpf und duftschwer sei die Finsternis gewesen, und ich hätte meine Arme voller Verlangen in die Dunkelheit gestreckt. Der Mond sei aufgestiegen über den Pappeln und habe ihre Schatten tintenschwarz auf den Strom geworfen. Weiße Blumen hätte ich in beiden Händen gehalten und einen Kranz von Margeriten in meinem Haar. Meine Hände habe ich ihm gegeben, kühl und taufeucht, und er habe sie an seine Lippen gezogen und meinen Namen ein paarmal gerufen, in die Dunkelheit gerufen, als riefe er meine Seele. Ein weiterer Händedruck Doris' bestätigte mir, daß auch ihre Seele feiner Schwingungen fähig war.

Voller Geißblattduft und Tau sei die Nacht gewesen, fuhr ich fort, voller Lindenblüten, längst seien der Rhein, die Weiden, die Welt versunken, einmal seien wir in den See, äh Rhein, gestiegen, und das Wasser habe sich an unsere heißen Körper geschmiegt und mit kleinen, grünen Wellen nach meinen Brüsten gegriffen, als verlange es wie Sigismund nach mir. Heiß sei mir das Blut in die Schläfen gestiegen, die Kehle habe es mir zusammengeschnürt, und dann habe er mich genommen. Wie? rief Doris und zog ihre Hand aus der meinen. Ich hatte nur noch das dumpfe Verlangen, von ihm genommen zu werden, sagte ich. Doris starrte mich an. Jeder Nerv von ihm habe nach mir gehungert, habe Sigismund gesagt, und: Du bist meine Ewigkeit. Wir müssen an unsere Feste glauben, wenn wir sie feiern wollen, habe Sigismund gesagt, sagte ich, wie ich es abends zuvor gelesen hatte. Ich habe an seiner Schulter geweint, sagte ich. Rote Abendlichter hätten in den Zweigen gehangen, ich sei aufgefahren: Wir müssen heim, habe ich gesagt, und Sigismund darauf: Ja, die Eltern sind auch noch da, aber nur so ganz verschwommen. Wirklich sind eigentlich – nur du und ich.

Doris seufzte zum dritten Mal. So schön sprach ihr Robert nicht. So süß duftete nirgends die Luft für sie, so schwer und golden schien ihnen niemals ein Abendlicht.

Kunststück! Wo blühten Abendhimmel je so köstlich auf wie in meiner Sammlung schöner Wörter? Wo stieg je die Nacht so gelassen ans Land wie in meinen erlesenen Sätzen? Vom wirklichen Sigismund war mir die Berührung seiner Brust auf Schulterblatt und Oberarm schon zuviel, wenn er sich am Billardtisch über mich beugte, um die Lage des Stocks in meinen Händen zu verändern. Ich mußte an mich halten, um ihn nicht abzuschütteln, nicht auszuschlagen wie ein Pferd, das fürchtet, an die Kandare genommen zu werden. Nur wenn seine Hand die meine einmal unabsichtlich berührte, spürte ich einen Anflug, eine Ahnung jener Schauer, von denen ich so lebhaft faselte. Aber das hätte ich Doris niemals erzählt.

In der letzten Klasse der Realschule schrieb man eine sogenannte ›Jahresarbeit‹, eine merkwürdige Mischung aus Zeitungsfotos, eigenen und fremden Texten zu einem frei gewählten Thema. Muster von älteren Jahrgängen wurden ausgelegt. Die Mädchen interessierten sich für Mode, Kochen und Tiere, die Jungen für Sport, Technik und Tiere.

Fräulein Abendgold erwartete die Wahl eines Dichters von mir. Dichter interessierten mich nicht für eine Jahresarbeit. Nicht einmal Schiller. Mein Schiller ging keinen etwas an. Was kümmerte mich der 1759 in Marbach geborene Säugling, der Kadett der Militäranstalt, der Ehemann, der Vater, der Professor? Dieses Leben hatte mich nur interessiert, um mich bei Geffken hervorzutun. Ich liebte mein Bild von ihm. Las, was er schrieb, nicht um ihn zu verstehen, sondern mich. Meine Welt, nicht die der alten Dichter. Nichts für dritte.

Sigismund riet mir zu Picasso oder Chagall. Ich machte mir nichts aus Malern. Nicht einmal ihm zuliebe.

Alle sammelten und tauschten Fotos, klebten und zeichneten. Die Unruhe der Lehrerin steckte mich an. Da schenkte mir Hansjörg Schmidt seine Igelfotos. Müde der Hänseleien seiner Klassenkameraden, die ihn wegen seines Bürstenhaarschnitts nur noch ›Igel‹ riefen, hatte er sich für Elefanten entschieden. Irgendwann würde ich etwas dazu schreiben. Hauptsache, ich hatte meine Ruhe.

Was ich suchte, fand ich am Ende bei Maria. Sie war kurz vor Ostern entlassen worden. An einem der ersten strahlenden Frühlingstage ging ich zu ihr. Sie saß auf dem Sofa, als hätte sie sich von dort niemals weggerührt. Kräftige Nachmittagssonne umrandete ihren schwarzen Pagenkopf. Glänzend schmiegte sich das glatte Haar über ihre Ohren bis ans Kinn. Auch das kühn nach oben geschwungene Gestell ihrer Brille war schwarz.

Dat is et Jüppsche, sagte sie statt einer Begrüßung. Ihr Platt, um Hochdeutsch bemüht, gab ihrem städtischen Aussehen etwas rührend Falsches. Kuck mal. Maria spitzte die Lippen, streckte ihren Hals einem goldenen Bauer entgegen und brachte einen zittrigen Ton hervor. Ein Kanarienvogel schreckte hoch, schwirrte gegen die Stäbe, ließ sich endlich auf einer runden Holzstange nieder und pickte nach Körnern und Wasser. Maria pfiff, bis der Vogel aus voller Kehle zu trällern begann.

Siehst du, Hilla, dat is jetzt mein Jüppschen. Wenn du der Tante nix sachst, laß isch et jetzt mal raus. Versprochen? Ich nickte. Warum sollte ich das der Tante nicht sagen? Was war so großartig an einem im Wohnzimmer herumfliegenden Kanarienvogel? Maria schob das Türchen auf. Die wenigen Schritte, das kurze Stehen hatten sie angestrengt. Sie preßte ihre Hand auf die gerüschte Bluse und ließ sich aufs Sofa fallen. Unablässig strich sie mit der einen Hand über die andere, als seien die Hände einander dankbar für jede Berührung. Jüppschen rührte sich nicht. Saß auf seiner Stange und pfiff. Pfeif du ihm mal, Hilla, bat Maria. Ich stieß drei Töne hervor. Jüppschen, wie von einer Märchenflöte gelockt, schoß aus dem Käfig und landete auf Marias Schulter. Maria strahlte und legte einen Finger auf den Mund. Ich rührte mich nicht. Ganz leise begann Maria zu sprechen. Töne, Laute, Silben, nicht für Menschen, sondern für dieses kleine, gelbe Ding, das zutraulich in ihrer Perücke pickte. Die Cousine mit Perücke und Brille diese sinnlosen, zärtlichen Silben murmeln zu hören, sie im Duett mit Jüppschen schnalzen, schnatzen, fiepsen, piepen, girren, zirpen, zwitschern zu hören entrückte sie von ihrem Sofa zwischen Zimmerlinde und Gummibaum in eine andere Welt.

Ich war überflüssig. Vorsichtig schlich ich in die Ecke zum Radio und hockte mich neben einen Stapel alter Illustrierten. Behutsam nahm ich eine ›Kristall‹ in die Hand.

Das Foto, etwa so groß wie ein Schulheft, war schön. Über einem Stengel roter Lohe öffnete sich ein glühender Kelch, durch alle Farben des Goldes spielend, einer weit aufgeblühten Tulpe gleich, und verschwand an den unscharfen Rändern im schwarzen Hintergrund. Ich wußte, was es war: eine Atombombe. Diese Schönheit konnte mir nichts vormachen. Vor Jahren hatte ich in dieser Illustrierten ganz andre Fotos gefunden, das Heft mußte noch in meinem Schuhkarton liegen.

Raschelnd blätterte ich um. Der Vogel flatterte auf. Hilla, sagte Maria wie von weit her, da bis de ja noch. Has de jesehen, wie jern misch dat Jüppschen hat? Ja, auf so ein Tierschen is Verlaß. Komm, Jüppschen komm, trällerte sie. Doch Jüppschen flog in den Käfig zurück und pickte Körner. Ja, Heldejaad, Hilla, Maria seufzte. So is dat. Mach dat Pöözje wieder zu. Da haben wir Jlück jehabt. Meist is dat Käälsche in dä Käfisch nit widder reinzekrieje.

So, Maria klopfte mit der Hand einladend neben sich, so, und nun erzähl mal.

Was hätte ich Maria erzählen sollen, was sie nicht längst wußte? Daß Kackallers Katti schon wieder einen dicken Bauch hatte? Finkes Otto beim Säubern der Dachrinne von der Leiter gestürzt, wie durch ein Wunder aber unverletzt geblieben war? Schlinks Paulchen, der Friseur, Ditzmanns Minna ins Ohr geschnitten und diese daraufhin von dem erschrockenen Mann als Wiedergutmachung ein Jahr lang freie Dauerwelle erhalten hatte? Nein, das war Maria neu. Es befriedigte sie tief, als ich ihr in allen Einzelheiten erzählte, wie Schlinks Paulchen der Frau, kaum daß ihr Ohr ausgeheilt war, in seiner Aufregung, alles ganz besonders richtig zu machen, gleich bei der ersten Dauerwelle die Kopfhaut verbrannt habe. Maria gefiel die Geschichte so gut, daß ich mich bis zu Verbrennungen zweiten Grades steigerte. Geschult durch jahrelange Lektüre heiliger Märtyrertode, malte ich den Vorgang aufs genaueste aus. Ganze Büschel? fragte Maria mit glänzenden Augen. Ganze Büschel, nickte ich. Und es wächst nie wieder nach!

Aber bei mir! Mit einem Griff hob Maria den schwarzen Bubikopf hoch, auf gestreckten Fingerspitzen schwebte er sekundenlang durch die Luft und lag dann vor uns wie ein fremdartiges, totes Tier.

Fühl mal, sagte Maria, ergriff meine Hand und führte sie über ihren Schädel. Die Kopfhaut war feucht, der kaum tastbare Flaum zu feinen, kurzen, schwarzen Strichen schweißig zusammengeklebt. Hier, Maria zwang meine Hand in den Nacken, da fühlt es sich schon wieder ganz wie früher an. Ich zupfte vorsichtig, und Maria sagte stolz: Ja, Hilla, da kannst de sojar wieder dran ziehen! Die halten!

Wir kicherten, ohne recht zu wissen, warum. Es tat gut, an Marias Haaren im Nacken zu zupfen und dabei zu kichern. Jüppschen piepste.

Auf dem Nachhauseweg ließ ich mir Zeit. In den Vorgärten

der Einfamilienhäuser, die meisten neu oder doch wenigstens frisch gestrichen, blühten Krokusse, Schneeglöckchen, Tulpen; unter Goldregen und Forsythien wachten Zwerge mit Laternen und Schubkarren, in denen Hyazinthen wuchsen. Durch diese Ordnung und Behaglichkeit schlug jene schreckliche Schönheit des Fotos, das ich mit mir nach Hause trug. Wie konnte Schönheit so schrecklich sein? Das Schreckliche so schön?

Ich fand die alte ›Kristall‹ in einem meiner Schuhkartons. Es war ein langer Bericht, viele Zahlen und japanische Namen, ein paar Fotos, schwarzweiß. Die schreckliche Schönheit der rotweißgolden glühenden Tulpe schien damit nichts zu tun zu haben.

In dieser Nacht lag ich lange wach. Wörter schwirrten mir durch den Kopf, suchten Gedanken zu werden, Sätze. Wörter und Bilder, Silben und Farben, die Bombe der Tod, die Schönheit der Schrecken. Die Häuser, die Bäume, Straßen, der Mensch. Alte und Junge, Frauen und Männer, Kranke, Gesunde, Kinder. Kinder, immer wieder Kinder. Wo waren sie, als die Atombombe kam? Was geschah ihnen, als die Atombombe kam? Als die Atombombe kam, als die Atombombe kam. Eine Flut von Bildern stürzte auf mich ein, Märtyrer aus dem Heiligenbuch, Blutstrahl aus Brüsten, Hautfetzen in langen Bahnen vom Rücken herab, klaffende Fleischwunden; Marias kahler Kopf, Marias halbe Brust. ›Nacht und Nebel‹ war wieder da, Abel, der Junge mit der Schiebermütze, unter Gliederbergen begraben.

Mit Sigismund traf ich mich fast regelmäßig zweimal in der Woche zum Tischtennis- und Billardspielen. Manchmal tranken wir noch ein Glas Saft in seinem Zimmer, wenn er mir eine neue Kunstpostkarte zeigen wollte. Sein altes Zimmer war hell und geräumig gewesen, das neue nur so breit, daß ein schmales, mit kariertem Wolltuch bedecktes Bett, ein Schreibtisch vorm Fenster und ein Schrank hineinpaßten. Ich mußte entweder auf der Wolldecke oder am Schreibtisch sitzen, alles roch nach Sigismund. Ohne anzuklopfen, pflegte seine Mutter die Tür aufzureißen und mir argwöhnisch guten Tag zu wünschen. In Sigismunds Zimmer waren wir wieder zehn.

Der Theaterbesuch in Düsseldorf lag mehr als drei Wochen

zurück. Ich kam spät aus der Schule, wir Mädchen hatten Koch-
unterricht gehabt und schon gegessen.

Wie war et dann in Düsseldörp? fragte die Mutter und schob
mir eine Untertasse zu, in der ein paar Birnenschnitze schwammen. För desch, sagte sie.

In Düsseldorf? fragte ich zurück. Noch nie hatte mir die Mutter Nachtisch aufbewahrt.

Dä Sijismund, sagte die Mutter, es ene feine Jong. Und dann
erst dä Vater. Eine feine Familie.

Maria, fuhr die Großmutter dazwischen. Die sin doch evanjelisch!

Da mät nix, die Mutter spitzte verschwörerisch die Lippen
und blinzelte mir zu. Dann loße se sesch kattolesch traue, und die
Kenger wäde kattolesch jedöv. Dat es doch hück alles nit mi esu
streng.

Noch nie hatte sie für mich gegen die eigene Mutter Partei ergriffen.

Dat nächste Mal sachs de aber vorher Bescheid, sagte sie. Dä
Sijismund kanns de och ruhisch met heem bränge. Denk dran,
dat es ene feine Jong. Wenn dä ens Dokter es, kanns de däm sing
Krankeschwester wäde.

Als ich das nächste Mal im seifengrünen Kleid das Haus verließ,
steckte die Mutter mir eine Rolle Pfefferminz zu wie vor der
Fronleichnamsprozession. Sie stand am Tor und winkte, bis ich
hinter Schönenbachs Hecke verschwunden war.

Diesmal spiele man ein Stück, das ›Nashörner‹ heiße, hatte Sigismund bei unserem letzten Treffen im Tischtenniskeller an-
gekündigt. Von I-o-nesco. Nie gehört. Sigismund wußte, der
Mann lebe in Spanien, sei aus Rumänien und modern. Moderne
Bücher kannte ich kaum.

Im Theaterbus hatten sich die Frauen von ihren Männern getrennt und auf den mittleren Bänken gesammelt. Noch vor zwei
Monaten, so die Frau Apotheker Wirsing, die heute ihr meliertes
Haar in einem lila Netz zusammenhielt, von dem rote, grüne
und blaue Perlen tropften, habe man sie im Hochamt gesehen.

Jeder wußte sofort, wer mit sie gemeint war: das jüngste Fräulein aus der Familie von Kilgenstein vom Schloßhof, deren prächtiges Grab die Mutter pflegte. Sie war um einiges älter als meine Cousine Maria, aber von jener Eleganz, die in den Magazinen für die Dame als zeitlos beschrieben wurde. Wenn sie, in unregelmäßigen Abständen, sonntags morgens in ihrem silbrigen Mercedes bei der Kirche vorfuhr, erzählte jeder, der sie gesehen hatte, dies noch tagelang. Das Fräulein war nicht ganz von dieser, zumindest nicht der Dondorfer Welt, wenn sie sommers im fließenden Plisseerock die wenigen Stufen zum Kirchplatz nahm, tanzend, schwebend, das fedrig geschnittene, schimmernde Haar wie der Helm eines Erzengels um ihren feingemeißelten Kopf. Trug sie ihren Fellmantel, puderleicht und hell, löste sich die hochgewachsene Gestalt im Winterlicht beinahe auf. Während der Meßfeier blieb sie unterm Glockenturm stehen, zusammen mit den Männern, die, kaum daß der Priester das Ite missa est gesprochen und den Segen in die Luft geschlagen hatte, die Kirche verließen, um ihre Stumpen, deren Glut sie zuvor an den Absätzen ausgedrückt hatten, eilig wieder in Brand zu stecken.

Sie hieß Freya. Das sei der Name einer nordischen Göttin, hatte Friedel mir erklärt. Freya von Kilgenstein war verhaftet worden.

Der Hund sei es gewesen, zischelte die Apothekersfrau. Ihr scharfes Matronengesicht, das immer den Ausdruck eines unbestimmten Hungers trug, blickte in die Runde der Frauen, als wollte sie ihnen mit Zähnen und Klauen entreißen, was diese wußten und sie nicht. Der Hund? echote die Stimme einer Frau, so klein, daß ihr Kopf nicht über die Sitzlehne reichte. Ja, nickte Frau Wirsing, daß die Netzperlen klingelten. Der Hund. Sie kennen doch alle den Hund vom Schloßhof? Murmeln, Stöhnen, kleine Aufschreie. Alle kannten die Bulldogge, die mit Vorliebe an dem mannshohen Zaun des Parks entlangstrich und bei jeder Annäherung knurrend die Zähne bleckte. Einmal durch diesen Zaun zu schlüpfen war eine Mutprobe, die kein Junge im Dorf auslassen konnte. Mädchen mußten draußen bleiben und staunend das Maul aufreißen. Für den Schloßhof war der Hund, was ein Drache für die Märchenburg.

Was hatte dieser Hund mit der Verhaftung des Fräuleins zu tun? Scharren, hörte ich die ruhige Stimme von Fräulein Behrens. Die Behrens war gut über Vierzig, ihr Verlobter bei Sewastopol gefallen. Sie arbeitete in Großenfeld auf dem Katasteramt. Das klang ehrfurchtgebietend. Fräulein Behrens, obwohl alleinstehend, wurde nicht als halbe Portion betrachtet. Zwischen Witwen- und Jungfrauenstand zu schweben verlieh ihr Ansehen und Gewicht, um das sogar verheiratete Frauen sie beneideten.

Gescharrt, so Fräulein Behrens, habe der Hund, da, wo die Gärtner die Beete zurechtgemacht hätten für die Einjährigen, für Stiefmütterchen und Vergißmeinnicht und Tagetes, später im Jahr. Ohne jede Anteilnahme, kühl und gemessen, als verläse sie die Wasserstände von Rhein und Weser, erzählte Fräulein Behrens, was sie wußte. Unmöglich konnte diese Stimme falsch Zeugnis ablegen wider seinen Nächsten. Und da noch nichts gepflanzt gewesen sei, die Erde aber gut gelockert und mit Torf versetzt, habe ein kräftiges Tier wie dieser Hund nicht lange gebraucht. Wie zu Großvaters Zeiten ließ ich meine Ohren an unsichtbaren Fäden direkt über den Frauen schweben. Der Hund hatte Es ausgescharrt und im Maul durchs ganze Haus getragen; es sei um die Mittagszeit gewesen, die Zugehfrau, die auch die Küche besorge, sei in Panik davongestürzt, die Kalbskoteletten in der Hand. Der Hund aber sei mit seiner Beute im Maul unbeirrt weitergelaufen bis vor des Fräuleins Tür. Dort habe er, das könne er, mit der Pfote die Tür geöffnet und Es dem Fräulein, das noch im Morgenkleid am offenen Fenster gesessen habe, vor die Füße gelegt. Dieses habe daraufhin einen Schreikrampf gekriegt, dann einen Weinkrampf und am Ende einen Starrkrampf, aus dem es nur Dr. Mickel mit einer Spritze wieder zu sich bringen konnte. Die ganze Zeit über habe Es dagelegen, von Cato zähnefletschend wie sein Eigenes verteidigt. Erst nach einem Betäubungsschuß von der Polizei habe der Hund die Beute fahrenlassen, die in einem Blechbehälter sichergestellt worden sei. Hier machte Fräulein Behrens eine Pause, setzte die Brille ab, putzte sie und setzte sie wieder auf, als könne sie, was nun käme, um so schärfer ins Auge fassen. Keine der Frauen sprach ein Wort. Nicht eine Perle bebte im Haar der Apothekersfrau. Aus den vorderen Reihen, wo die Männer saßen, brüllte Gelächter auf.

Dann wieder nichts als das Fahrtgeräusch des Busses, des Theaterbusses.

Fräulein Behrens räusperte sich. Sie wollten das Fräulein gleich mitnehmen. Aber das ließ Dr. Mickel nicht zu. Also kamen sie am nächsten Morgen. Beamte aus Möhlerath. Zwei Tage habe sie in U-Haft gesessen, jetzt sei sie in Herzogenberg. Mehr wisse sie nicht, mehr wisse niemand. Sie habe es von der Zugehfrau, niemand anderem als der Mutter ihres verstorbenen Verlobten, Gott hab ihn selig. Auf den Gesichtern der Frauen lag ein Behagen wie nach dem ersten Stillen großen Hungers. Weit entfernt von Übersättigung. ›Baron‹ hörte ich und ›aus Düsseldorf‹, ›viel zu alt‹ und ein paarmal ›verheiratet‹. Hörte eine Frau mit grasgrünem Hut und Spitzenschleier, in dem schwarze Punkte saßen wie Fliegen: Alter schändet nicht, worauf die Apothekersfrau an ihrem Lachen fast erstickte.

Die Gesichter der Frauen schimmerten rosig, als sie sich in Düsseldorf wieder an die Arme ihrer Männer hingen, deren Mienen einen Anflug von Verdrossenheit zeigten. Es hatte sich herumgesprochen, das heutige Stück sei ›modern‹.

Auf der Bühne war es hell und weiß. Eine Frau ging von rechts nach links. Sie trug einen Korb mit Lebensmitteln in dem einen, eine Katze im anderen Arm und kam mir bekannt vor. Ehe mir einfiel, an wen sie mich erinnerte, war sie wieder weg. Ihr folgte ein schmuddeliger Mann, der aussah wie Onkel Männ. Er war aber die Hauptperson, sprach sehr schön hochdeutsch und war anders als die anderen, die Adretten, Arbeitsamen. Das sollte man auf den ersten Blick erkennen. So einen märchenhaften Unsinn, so einen phantastischen Sinn konnte man also auf die Bühne bringen. Menschen, die sich in Nashörner verwandelten, waren Kunst.

In der Pause schienen die Köpfe der Zuschauer wie an unsichtbaren Fäden in dauernder Schüttelbewegung. Eine Woge von ondulierten, hochtoupierten, nackenrasierten, pomadefixierten Häuptern bewegte sich schüttelnd durch die Gänge, die Treppe hinauf, ans Büfett. Einige verlangten empört ihre Mäntel. Andere ulkten, stampften und schnaubten. Ein Spaßvogel hielt sein Programm wie ein Horn vor den Kopf und schoß auf seine Begleiterin zu, die, an ihrem Nerzcape nestelnd, aus dem Waschraum kam und den Angriff mit einem säuerlich strengen ›Aber Hans-Werner‹ abwehrte. Andere erfanden, angeregt durch den ›Logiker‹ und den ›älteren Herren‹, absurde Wortspiele. Nahe dem Ausschank ließ ein halbes Dutzend Männer, feist und glänzend, bester Laune eine Sektflasche kreisen. Ob man ein oder zwei Nashörner habe, verhörten sie einander unter wieherndem Gelächter. Immer neue Verbindungen von Horn und Mensch wurden aufgebracht, Länge, Festigkeit und Standhaftigkeit der Auswüchse diskutiert.

Sigismund war nicht bei der Sache. Während der Busfahrt hatte er für die Klassenarbeit Lateinvokabeln gelernt. Lieschen Bormacher sah traurig aus. Ein furschtbares Stück, seufzte sie. Verblüfft sah ich sie an. O nein, kein schleschtes Stück, janz im Jejenteil. Aber traurisch. Wat meint ihr dazu?

War es nicht lustig, daß Menschen zu Nashörnern wurden, Sokrates eine Katze sein konnte und eine Katze mal sechs und mal keine Beine hatte? Komisch, erwiderte ich, sei das Stück, zum Lachen, ein Märchen. Lieschen lächelte. Komisch sind vielleischt die Wörter, die Sätze. Aber hinter den Sätzen is ein anderer Sinn. Paß mal auf, wie et jetzt weiterjeht. Die Sätze meinen mehr, als wie sie beim ersten Hören erkennen lassen.

Ich starrte die kleine, alte Frau sprachlos an. Eine feine Röte färbte ihre Wangen mädchenhaft jung. War das Lieschen Bormacher, die tagaus, tagein Stumpen und Krüllschnitt verkaufte, fromme Blättchen las, im Kirchenchor sang und im Frauenverein als Jungfrau geduldet war?

Weißt du, Hildejard, sagte sie, mit den Sätzen ist es wie mit den Menschen. Wir jlauben, sie auf den ersten Blick, aufs erste Hören zu verstehen. Aber bei jenauem Hinsehen, bei näherer Bekanntschaft entdecken wir oft einen anderen, tieferen, schöneren Sinn oder Charakter. Un manschmal is in dem jlänzendsten Apfel der Wurm. Oder kein Jeschmack. Jlaube nie, dat du einen Menschen oder ein Buch beim ersten Kennenlernen schon verstanden hast.

Es klingelte. Ich war froh, keine Antwort geben zu müssen. Ich war verwirrt. Sätze, die nicht meinten, was sie sagten, waren Lügen. Lügen gab es nur in der Wirklichkeit. Auf die Sätze in den Büchern konnte ich mich verlassen. Sie meinten, was sie sagten. Sagten, was sie meinten. Sogar in den Märchen. Der Böse sprach böse. Der Gute gut. Sprach der Böse gut, wußte jeder, daß er log. Wurde jemand in einen Frosch verzaubert, einen Storch, ein Reh, einen Schwan, so nur, damit er wieder zurückverwandelt werden konnte; damit ein tapferer Prinz, Müller- oder Jägerbursche, eine beherzte Prinzessin, Müllerstochter oder Kammerzofe Liebe beweisen konnte. So phantastisch das Geschehen in den Märchen war: den Boden unter den Füßen verlor man nie. Ich wußte jederzeit, woran ich war. In der Wirklichkeit war das anders. Mal traf eine Behauptung zu, mal nicht. Mal wurde ein Versprechen gehalten, mal nicht. Gegenüber Wörtern in der Wirklichkeit war ich mißtrauisch. Hier zählten Taten. ›In seinen Taten malt sich der Mensch.‹

Was hatte Lieschen Bormacher gemeint, wenn sie sagte, daß ein Satz etwas anderes, Tieferes meinen könne, als man beim ersten Hören annehme? Meinte sie Gleichnisse, wie ich sie aus der Bibel kannte? Im Unterschied zu diesen Gleichnissen, die ihre Auslegung – ›Wahrlich, wahrlich, ich sage euch‹ – immer schon mitlieferten, tat uns Ionesco diesen Gefallen nicht. ›Ich bin der Weinstock, ihr seid die Reben.‹ Ich bin ›der gute Hirte‹, ›Weide meine Schafe, weide meine Lämmer‹. Was aber waren die ›Nashörner‹, der Logiker, Daisy, Bérenger, wenn sie nicht das waren, was sie waren? Was waren Sätze noch wert, wenn sie nicht das meinten, was sie sagten? Unheil lag hinter diesen Sätzen und immer offener auch in den Sätzen selbst. Das Stück war ein Gleichnis. Aber wo war der Schlüssel?

In der zweiten Pause wirkten die Gesichter der Zuschauer sehr viel nachdenklicher als in der ersten. Nur die Männer konnten es nicht lassen, sich gegenseitig an die Stirn zu greifen und grinsend zu behaupten, das Horn sei noch am rechten Platze, wobei der Wortführer, ein fetter Mittvierziger, den Unterkörper vorschob und ein paarmal vor- und zurückruckte.

Nun? fragte Lieschen und lächelte. Wat denkt ihr? Darf ich Sie zu einem Getränk einladen? fragte Sigismund statt einer Antwort. Jern, sagte Lieschen. Eine Coca bitte.

Ein lieber Junge, nickte sie mir verschmitzt zu. Dat freut misch für disch, Hildejard. Wat hälst du von dem Stück?

Meine Vermutung, es könne sich um ein Gleichnis handeln, gefiel Lieschen. Aber ein Gleichnis wofür? Abwarten, lächelte sie.

Sigismund, der im Deutschunterricht mit Goethes klassischer Periode beschäftigt war, behauptete, die Nashörner seien ein Symbol. Er kannte eine Menge Symbole. Glaubte man ihm, war kaum ein Ding der Wirklichkeit davor sicher, durch Dichtung zum Symbol zu werden. Das Herz: die Liebe; der zerbrochene Ring: die Untreue; die Quelle, der Strom, das Meer: das Leben; die Nacht: der Tod. Das leuchtete ein. Und die Nashörner? unterbrach ich Sigismunds Vortrag. Es klingelte. Sigismund trug unsere Colaflaschen zurück und ließ sich dabei Zeit. Nashörner waren keine Adler, Löwen, Füchse oder Hasen, die ihren festen Platz unter den Symbolen hatten.

Waren die Nashörner wirklich ein Symbol? Was sollte ich davon halten, daß im dritten Akt alle Personen des Stücks bis auf eine, Bérenger, zu Nashörnern wurden? Warum ihr Abscheu vor den Tieren erst in Gleichgültigkeit und schließlich in Verehrung umschlug? War es nicht gleichgültig, ob diese Personen Nashörnern, Wölfen oder Ratten erlagen?

Keiner sprach auf der Rückfahrt ein Wort. In Bilkenbach trat der Fahrer an der Ampel wieder scharf auf die Bremse. Blödsinn, platzte die Frau Apotheker, ihr Haarnetz zurechtrückend, in die Stille. Sekundenlang war unklar, ob sie das Bremsen oder das Stück gemeint hatte. Höherer Blödsinn! bekräftigte eine Männerstimme. Wir hatten die Stadt mit ihren Lampen, Schaufenstern und Reklamen verlassen, es war dunkel im Bus bis auf das schimmernde Haarnetz und ein paar Straßkämme in den Frisuren der Frauen.

Da begann einer zu grunzen. Ein paar hohe Stimmen quiekten. Das Grunzen schwoll an. Mindestens fünf, sechs Männer grunzten. Friedhelm, ließ sich eine Frauenstimme tadelnd vernehmen. Ach wat, Katrinsche – grunz, grunz, grunz. Wat der Dischter grunz, grunz, grunz, darf, dürfen wir, grunz, auch.

Bravo, schrie eine Frau und grunzte mit. Nun jrunz schon, Katrinsche, jrunz, grunzte der ermahnte Friedhelm. Zaghaft, dann energischer, mischte die Gattin ihr persönliches in das allgemeine Gegrunze. Dat mer keiner aus de Kleider fällt! tönte ein gemütlicher Baß. Grunzen und Gelächter antwortete ihm.

›Jrunz mer noch e Dröpsche, jrunz mer noch e Dröpsche‹, grunzte der Baß, grunzte die Theatergemeinde, ›us dem kleene

Henkelspöttsche.‹ Die Kämme der Frauen glitzerten im Takt, die Perlen im Netz der Frau Apotheker flirrten wie Leuchtkäfer in einer Sommernacht.

Ruhe! Das war Lieschen Bormachers Stimme. Sie saß in der Reihe vor uns. Neben ihr Fräulein Behrens. Einen Augenblick war es still. Dann hörte man: Unverschämtheit! Ahl Juffer! Hal de Mungk! Metmache!

Sie bejreifen nischts! Lieschen Bormacher hatte sich auf ihren Sitz gekniet, wandte der singenden Gesellschaft den Rücken zu und sah Sigismund und mich aus erschreckt um Verständnis bittenden Augen an. Nischts bejreifen sie. Ihr weißes Gesicht warf das dünne Licht der Laternen zurück. Warum regte sich das alte Fräulein so sehr auf? Lieschen legte ihre Hand auf meine. Als könne sie Gedanken lesen, fuhr sie fort: Nein, Hildejard. Es jeht nischt um dat Stück. Als der Hitler drankam, dreiundreisisch, war dat janz jenauso.

Ich starrte Lieschen an. Sigismund räusperte sich und kramte in seiner Hosentasche. Fräulein Behrens wandte sich um, sie konnte mühelos über die Rückenlehne blicken.

Fräulein Bormacher hat rescht, sagte sie. Jenauso wie in dem Stück war es. Wenn es mehr wie Bérenger jejeben hätte, wäre mein Heinrisch noch am Leben. Verstohlen stupste ich Sigismund mit dem Ellenbogen und sah ihn von der Seite an. Jetzt kramte er in der anderen Hosentasche.

Ja, sagte Lieschen, zu Fräulein Behrens gewandt. Der Heinrisch hätt nie in den Kriesch jemußt. Und all die anderen auch nischt. Der Pastor Böhm wäre noch am Leben und viele andere auch. Verstehst du misch, Hildejard? Ich nickte und zuckte mit den Schultern. Nein, ich verstand sie nicht.

Einer nach dem anderen, Kind, einer nach dem anderen. So war dat damals. Die einen aus Überzeujung, die anderen aus Angst. Unheimlisch ist dieser Drang, dazujehören zu wollen. Mitzulaufen. Dabeizusein. Dat ist es, was die Nashörner sagen wollen. Jedenfalls in der Hauptsach. So wie dreiundreisisch und später. Und jlaubst du, die hier hätten was jelernt? Was bejriffen? Nashörner! Nashörner allesamt. Nashörner! schrie Lieschen, ihre zarte Stimme zum Zerreißen gespannt. Sie nickte mir zu und verschwand wieder in ihrem Sitz. Im Bus war es still. Man räusperte sich. Gleich war man zu Hause. An der hellerleuchteten Raffinerie schon vorbei. Gleich würde das Licht angehen. Gleich würde man einander ins Gesicht sehen. Sigismund putzte sich die Nase. Er hatte endlich sein Taschentuch gefunden. Ich hatte verstanden. Auch Sätze, die nicht sagten, was sie meinten, konnten wahre Sätze sein. Aber sie machten es einem schwer.

Die Theaterbesucher gingen schnell auseinander. Verlegen wünschte man sich gute Nacht. Lieschen Bormacher strich mir über den Kopf. Berührungen, besonders im Gesicht, wich ich sonst unwillkürlich aus. Hier hielt ich still. Sah die Hand kommen und senkte den Kopf.

Isch wußte, daß du am Ende verstehst, sagte Lieschen. Nashörner jibt es überall. Und es ist ansteckend. Immer. Jederzeit.

Mein Vorbehalt gegen Sätze, die nicht sagten, was sie meinten, blieb bestehen. Sie brachten viele zum Grunzen und nur wenige zum Nachdenken. Ich wollte Klarheit. Wegen eines einzigen Satzes hatte ich mir, schon vor dem Besuch der ›Nashörner‹, mein erstes gebundenes Buch gekauft: Gedichte von Rilke in der Reihe ›Bücher der neunzehn‹. Die Summe hätte für fünf Taschenbücher gereicht. Aber der Satz ›Du mußt dein Leben ändern‹ war es wert. Bücher sollten sich um mich kümmern. Ich wollte spüren, daß ich ihnen etwas bedeutete. Schöne Sätze wollte ich, aber auch wahre Sätze, die mir sagten, wer ich wirklich war, was ich tun und wohin es gehen sollte.

›Du mußt dein Leben ändern.‹ Das wollte ich. Mit meiner Jahresarbeit. Der Bericht über die Atombombe aus der ›Kristall‹ trieb mich um. Georg hatte mir von Protestbewegungen erzählt: ›Kampf dem Atomtod‹. Damals hatte ich Dunja im Kopf. Jetzt wollte ich die Menschen aufrütteln, aufschrecken, daß sie ›Nein!‹ riefen, ›Nie wieder!‹, so, wie Lieschen Bormacher im Bus ›Ruhe!‹ gerufen hatte. Aus ihrem innersten Wesen heraus, einem Ort vor allen Gedanken und Überlegungen. Wo sie sich eins mit allem fühlte, verantwortlich für alle, nicht nur für sich. Aller Menschen Leben wollte ich ändern. Daß dazu auch der Vater, die Mutter, die Großmutter, Tanten, Onkel und Cousinen, die Nachbarn gehörten, schob ich beiseite wie einen Stuhl, der im Weg steht.

Es war an einem Apriltag, draußen schien die Sonne, auf der

Wiese nebenan sah ich Birgit, gerade von der Arbeit gekommen, mit Piepers Kindern spielen. Ein Sprung übern Zaun, ich war bei ihnen. Die Mädchen hantierten gern mit meinen Haaren, und ich genoß die eifrigen, ungeschickten Händchen, die mir den Zopf lösten, zwischen die Flechten fuhren und die Strähnen durcheinanderwarfen. Birgit zog einen Kamm aus ihrem blau-weiß gestreiften Matchbeutel – ich beneidete sie darum, sie verdiente ihr eignes Geld –, und wir spielten Friseur. Ich schloß die Augen, um mich herum das Plappern der Kinder, Birgit summte ›Cindy, o Cindy‹. Ich dehnte mich, blinzelte, die Wiese war übersät mit Butterblumen, gelbe Punkte, gelbe Blitze, als die Atombombe kam, ich sprang auf, rannte zum Zaun, trat in den Draht, fetzte ein Dreieck in den Rock, warf die Tür vom Holzschuppen hinter mir zu. Schrieb von gelben Punkten auf einer Wiese, von gelben Blitzen, Butterblumen, vom Tod.

›Unzählige Butterblumen‹ nannte ich die Geschichte. ›Am Morgen hatte die Mutter sie mit guten Ermahnungen fortgeschickt. Und sie trollten sich in den blühenden Park. Sie spielten unbekümmert, unbeschwert, hingegeben wie alle Kinder. Die Jungen rauften sich und balgten, die Stärkeren neckten die Schwächeren. Auf der Wiese mit den unzähligen Butterblumen hockten die Mädchen und spielten zärtlich mit ihren Puppen. Sie wurden nicht müde, ihnen die langen, schwarzen Zöpfe zu flechten, sie banden ihnen Blätter und Blüten ins Haar; jede wollte die schönste besitzen. Bunte Bälle flogen mit den Schmetterlingen um die Wette, fröhliche Mädchen streckten die Hände nach ihnen aus.

Kazuo Karl auf der Wippe konnte es gar nicht hoch genug gehen; mit kräftigen Fußtritten stieß er sich höher und höher – am anderen Ende brüllte der Junge begeistert Beifall. Alles war laut, lebendig, bewegt, wie immer auf Spielplätzen überall in der Welt,

bis

die Atombombe kam,

der todesgelbe Riesenball,

der die bunten Bälle der kleinen Japaner Dondorfer in Atome zerriß. Vor wenigen Sekunden noch wurde der Ball geworfen von Menschenhand, nun schleuderte die Todeskugel brandschwarze Kinderleichen in das Sonnenlicht. Die sommerdurchtränkte Luft, die hellen Stimmen, das knospende Leben ersetzte die Bombe durch höllische Helligkeit, Getöse und grausigen Tod. Schwarze Rauchschwaden stiegen, mahnenden Geisterfingern gleich, aus dem nicht mehr blühenden, nun weißglühenden Park, der in wenigen Sekunden zur Wüste geworden war, rauchschwanger, verkohlt. Kinderleichen, unkenntlich verstümmelt, lagen verstreut, wie eben noch die gelben Butterblumen. Kein Rasen mehr, nur radioaktive Masse, Brutstätte lebensvernichtender Seuchen.

Und der Junge Kazuo Karl saß noch auf der Wippe, und seine Beine, fleischlose Kohle, schwangen langsam hin und her.‹

›Läßt für die Sterblichen größeres Leid sich je denken, als sterben zu sehen die Kinder?‹ ließ ich Euripides aus meiner ›Schöne Sätze‹-Sammlung kommentieren.

Und ich dachte an Abel, den Jungen, den ich nicht mehr in die Arme nehmen konnte.

Fast hätte ich bei Maternus nicht wieder nach Arbeit gefragt. Ich fürchtete, Georg wiederzusehen, dem ich für seinen Weihnachtsgruß und den himmelblauen Schal nie gedankt hatte.

Herrlich war der Sommer wie im Jahr zuvor. Diesmal würde er doppelt glühen. Sigismund würde um fünf vor dem Fabriktor stehen, lässig an sein grünes Sportrad gelehnt, mit seiner schmalen Sonnenbrille, wie James Dean in ›Jenseits von Eden‹.

An langen, hellen Abenden würden wir durch Porreefelder und Kohl aller Arten, durch Wiesen und Weiden an der Reithalle vorbei zum Rhein gehen. Und nicht nur a u f dem Damm. Am Kristoffer Kreuz würden wir uns umschauen nach allen Seiten. Sigismund nähme meine Hand und liefe los, ich hinterher, die Böschung, den Kiesweg hinunter, am Schilf entlang zu den Weiden am Rhein. Jauchzen und laufen, wie ich als Kind gelaufen war, weg von der Hand des Großvaters und wieder zurück an seine Knie. Da, wo der Weg in die Weiden biegt, würde ich stolpern, Sigismund mich auffangen, auffangen müssen, und ich läge an seiner Brust. Anlächeln würde ich ihn, verführerisch schön wie die weiße Beate im schattigen Park. Würde ihn küssen, nein, er würde mich küssen, ja, wir würden uns küssen, und ich könnte endlich ergründen, was es mit den Zungenverschlingungen auf sich hatte. Immer wieder hatte ich in den letzten Wochen Sigismund beiläufig nach englischen Vokabeln mit ti eitsch gefragt und dabei seine kurze, spitze Zunge studiert. Ich wollte wissen, worum es ging bei all dem Verschmelzen, Verströmen, Vergehen, das ich Doris in immer neuen Verwandlungen seit Monaten auftischte. Alles nahm sie für bare Münze. Erfindungen für Erfahrungen. Ich wollte es wissen.

Abends um fünf, wenn Sigismund mich abholen käme, wäre es noch heiß. Im Personalbüro würde ich nach der ersten Woche einen Abschlag holen und den Badeanzug kaufen, den ich mir bei Alma Mader hatte zurücklegen lassen, türkis mit weißen Aufschlägen, stäbchenverstärkt. Die graue Decke, die der Großvater bei unseren Gängen unter dem Arm getragen hatte, lag jetzt als Polster für meinen Stuhl im Holzstall. Auf dieser grauen Decke zwischen den Weiden, wo wir unsere steinernen Ritter, Knappen, Prinzessinnen und Könige hatten kreisen lassen, sollte es geschehen. Verschmelzen, verströmen, vergehen, im Laubschatten der Weiden, bei den Wellen vom Rhein.

Am letzten Schultag steckte mir der Bruder nach Monaten wieder einen Zettel zu. Ich hatte Sigismund noch tags zuvor beim Tischtennis getroffen. Wir hatten überlegt, was wir im Sommer lesen wollten. Gegen Ende der Ferien würde Sigismund einige Tage zu den Großeltern fahren. Bis dahin würde ihm das Lesen, hoffte ich, vergangen sein.

Sigismund wünschte schöne Ferien. Schon morgen fahre er mit einer Gruppe nach Spanien. Und: Ich habe mich schon lange darauf gefreut.

Punkt fünf, und keine Sekunde später, hatte er, Hand aufs Herz, die Linke mit der teuren Konfirmationsuhr emporgereckt, geschworen. Gestern. Gemeinsam hatten wir seine neue Luftmatratze aufgeblasen und waren damit auf- und abgewippt. Über seine Flossen hatte ich gelacht und prophezeit, das Wasser im Rhein sei viel zu trüb für seine Taucherbrille. ›Ich habe mich schon so lange darauf gefreut.‹ Ich sprach den Satz immer wieder, bis die Worte sich in sinnlose Silben auflösten. Aber die Schrift blieb mächtiger als das Gesprochene. Drei Zeilen gegen so viel

Gesprochenes, Versprochenes, Schall und Rauch, verlogene Luftzüge. Der Verfasser ließ sich nirgends blicken. Ich klingelte bei ihm, niemand öffnete. Ich rannte durchs Dorf zur evangelischen Kirche, zum Gemeindehaus, zur Villa des Fabrikanten. Vor der Garage verdampfte eine Wasserlache. Sigismund hatte den Wagen gewaschen. Aber sein Fahrrad war schon weg. Am nächsten Morgen strich ich stundenlang um die Haltestelle. Auch nach Spanien mußte man zuerst mit der Bahn bis Großenfeld. Nachmittags machte ich mich mit der Mutter auf den Weg zum Kirchhof, gießen, jäten, die Ränder harken.

Viele Male war ich an der Tafel schon vorbeigegangen, die Bötsch aus ein paar Brettern zusammengehauen und in seinem Vorgarten aufgestellt hatte. Das verblichene Plakat lud zu Fahrten nach Spanien ein. Loret de Mar, San Sebastian. Gruppen und Jugendliche zu ermäßigten Preisen.

Die janze evangelische Jugend is do metjefahre, sagte die Mutter. Dat hät dir der Sijismund doch sischer verzällt. Un dat Beate Maternus och.

Der Friedhof lag menschenleer, von Sonne überströmt, die Schatten der Steintafeln und Kreuze, der Lebensbäume und Buchsbaumkegel zeichneten schwarze Muster auf Gräber und Wege. Stechend herbe Tagetes, faulende Lilien auf dem Kompost. Über allem das Surren der Bienen und Fliegen. In dem grellen Licht der trockenen Hitze schien der Kirchhof zu schrumpfen, eine gestochen scharfe Miniatur in gleißender Buntheit, die den Augen weh tat. Ich hätte immer so knien mögen, mit brennendem Nacken, meine Hände in die Erde vergraben zwischen den gelben und blauen Stiefmütterchen, vergraben in die Erde über Großvaters Sarg.

Hu-hu, Maria! Wir fuhren zusammen. Ein schwarzes, rundes Figürchen fuchtelte wild mit den Armen. Frau Bender. Zu ihren Füßen im Kotoneaster auf dem Familiengrab des Großbauern Karrenbroich ihr Sohn. Er hackte in der trockenen Erde zwischen den Steinplatten, daß der Staub aufwirbelte, und hielt auch nicht inne, als wir stehenblieben. Peter, sagte seine Mutter, hier is et Heldejaad. Meinen Blick vermeidend, sah sie die Mutter vielsagend an. Vor meinen Augen stand das hellblaue Plakat.

Guten Tag, Peter, flötete ich. Ist das eine Hitze, was? Die Bienen summten, die Grillen zirpten, von der Weide nebenan muhte unwirsch eine Kuh. Peter richtete sich in Zeitlupe auf. Besser, er wäre hocken geblieben in seiner speckigen Lederhose, die ihn sperrig umstand, von Hosenträgern in der Schwebe gehalten. Aus dem engen Netzhemd brannten Hals, Nacken, Schultern und Arme feuerrot. Tach, sagte er lässig, fast aufsässig, wischte sich die rechte Hand an der rechten Hinterbacke ab und streckte sie mir gekrümmt entgegen. Mit zwei Fingern schüttelte ich sein Handgelenk, daß die Erde rieselte. Die beiden Mütter nickten sich bedeutungsvoll zu. Meine Mutter hatte es plötzlich eilig, behauptete, einen Kuchen im Herd zu haben, und drückte mir die Gießkanne in die Hand. Machte aber nach ein paar hastigen Schritten kehrt und tuschelte Peters Mutter etwas ins Ohr. Auf dem Heimweg schaute sie mich verschwörerisch an. ›Wenn alle Brünnlein fließen, so muß man trinken, wenn ich mein Schatz nicht rufen darf, tu ich ihm winken. Wenn ich mein Schatz nicht rufen darf, ju-ja rufen darf, tu ich ihm wihinken‹, sang die Mutter vor sich hin. Sie ging aufrecht, mit schwingenden Armen, als hätte sie eine Last von sich geworfen und liefe einer Hoffnung entgegen.

In der Borromäusbücherei sah ich unter Spanien nach und nahm den ›Don Quichotte‹ mit nach Hause. Ich brauchte Gesellschaft.

Georg arbeitete in diesem Jahr nicht bei Maternus. Seine Stelle hatte ein stämmiger, untersetzter junger Mann. Er studiere Maschinenbau, erzählte er mir gleich in der ersten Mittagspause zwischen zwei Happen, die er aus einem Schinkenbrot herausriß, wobei er den Belag mit den Fingern auseinanderzerrte. Er wurde Tag für Tag von einem pummeligen Mädchen abgeholt mit langem, Marina-Vlady-strähnigem Haar. In den ersten zwei Wochen trug sie unter ihren weiten Röcken gestärkte Petticoats. Ab der dritten Woche verzichtete sie auf diese sperrige Zutat und machte sich ohne Zwischenstopp im Café Haase mit dem Studenten direkt auf den Weg an den Rhein.

Die meisten Arbeiterinnen in der Verpackungshalle kannte ich aus dem Vorjahr. Es hatte sich wenig geändert. Der Meister thronte in seinem Glasverhau, die blaubekittelten Frauen saßen mit gesenkten Köpfen rechts und links vom Fließband. Mehr Frauen an einem längeren Band.

Nicht zu hoch, nicht zu tief, nicht zu weit nach rechts, nicht zu weit nach links, nicht zu weit nach hinten, nicht zu weit nach vorn bewegten sie ihre Hände. Im Takt. Exakt. Ich hatte Mühe mitzuhalten, schob es auf einen Mangel an Übung, ungelenke Finger, und brachte die Frauen rechts von mir mit dem, was ich liegenlassen mußte, immer wieder in Bedrängnis. An einen Ausritt mit Sancho Pansa, wie ich ihn mir abends zurechtgelegt hatte, war nicht zu denken. Es gelang mir weder eine Flucht in den Kopf noch in diese Grauzone zwischen Kopf und Körper, die man abschalten, wegtreten, dösen nennt. Dämmerzustand. Keine der Frauen sprach ein Wort, richtete sich nicht einmal auf, um den schmerzenden Rücken zu reiben, oder duckte sich unters Band nach einem Bissen. Als es zur Frühstückspause klingelte, ließen wir, was wir gerade hielten, fallen, als hätte man auch unseren Händen den Strom abgedreht.

Na, Hilla, begrüßte mich Lore Frings erst jetzt und ließ sich schwerfällig von ihrem Stuhl gleiten. Is dir wat aufjefallen? Wie komms de denn diesmal mit dem Band zuresch?

Gar nicht, sagte ich, und preßte beide Hände ins Kreuz.

Ja, nickte Lore, dat kommt alles von dem Refa-Mann. Du weißt doch, letztes Jahr. Dä mit dä Stoppuhr. Dat Band läuft jetzt zwanzisch Prozent schneller. Dat merkt mer. Ävver weeß de wat, Lore rückte näher. Mir Frauen haben auch unsere Tricks. Mir falten die Zettel nur noch zweimal, und dann rin domit. Notfalls quetschs de dat Röhrschen fest drauf, zu und ab. Hauptsache schnell. Wie et da drin aussieht, jeht keinen wat an. Lore kicherte.

Das Tempo blieb mörderisch. Nach der Mittagspause schien das Band noch schneller zu laufen, zuckten und ruckten unsere Finger noch hastiger hin und her. Kein Flattern der Hände, keine kurze Kraftlosigkeit, kein Aufrichten konnte man sich leisten, ohne die eigene Arbeit der Nachbarin aufzubürden. Einmal warf ich einen Blick auf die Frau gegenüber. Bruchteile von Sekunden nur, schon gerieten meine Hände aus dem Takt, und ich grapschte den Röhrchen und Schachteln, die sich vor mir auftürmten und durcheinanderfielen, hinterher. Ich spürte einen

Rippenstoß von rechts und traute meinen Augen nicht. Blitzartig fegte die Nachbarin den ganzen Haufen vom Band unter den Tisch. Dat machs de in der Pause fertig, zischte sie mir zu, ohne mich eines Blickes zu würdigen. Weiter jetzt.

Ich war nicht die einzige, die nacharbeiten mußte. Auch Tilli und Frau Hilgers, deren Zittern mir schon im Vorjahr aufgefallen war, kramten nach Röhrchen unter dem Tisch. Ich half ihr. Sie dankte, widerstrebend und mißtrauisch. Ungeduldig wartete Lore, bis der letzte Handgriff getan war. Sie mußte mir noch mein Spind zeigen. Die Polizei hatte es in der letzten Woche aufgebrochen, erst heute morgen war ein neues Schloß angebracht worden. Das Spind von Röschen Fietz. Sie hatte ein zurückgezogenes Leben im Haus ihrer Mutter geführt, ging arbeiten, weil ihr zu Hause die Decke auf den Kopf fiele. Nötig habe sie es nicht. Jetzt war sie mit einem Itacker durchgebrannt, wie es hieß. Was Röschen bewogen hatte, Mutter, Haus und Rente im Stich zu lassen, war allen ein Rätsel. Das Dorf spekulierte, ob die Witwenrente auch in Italien ausgezahlt würde. Wenn nicht, sei et flöck widder he. Als ich Kittel und Haube in das verlassene Spind hing, schien dem dunklen Schlitz ein Geruch von Sünde und Liederlichkeit zu entweichen. Sekundenlang sah ich das verlegen lächelnde Gesicht Sigismunds vor mir. Ich knallte die Tür zu, rannte an dem verdutzten Pförtner vorbei ins Freie und mußte noch einmal umkehren. Stechkarte vergessen.

Er stand da, wo Sigismund hätte stehen sollen. Er trug seinen Sonntagsanzug am Montag. Ein grüner Schlips mit blauen Streifen würgte seinen sonnenverbrannten Hals. Unschlüssig trat er von einem Bein aufs andere, unter der Bügelfalte zeichneten sich kernige Oberschenkel ab. Trotz seiner Verkleidung sah er den Marmorstatuen aus dem Geschichtsbuch ähnlich, Augustus oder Apollo mit Lorbeer im Haar. Die gerade Linie von Stirn und Nasenrücken, der Mund mit kurzen, vollen Lippen. Augen von einem Grün wie die Wiesen am Rhein nach einem warmen Mairegen. Aber es war doch Peter Bender.

Tach, Heldejaad, sagte er, isch han auf disch jewartet. Er brach ab. Seine rechte Fußspitze in soliden braunen Lederschuhen scharrte im Staub. Ich schwieg und genoß seine Verlegenheit. Immerhin. Besser der Falsche als niemand.

Die Mutter hat jemeint, isch sollte mal nach dir kucken, brach es aus Peter heraus.

Nett von dir, erlöste ich ihn und gab ihm die Hand. Er wagte sie kaum zu drücken.

Has du en bißjen Zeit?

Ich nickte.

Vielleischt für en Eis?

Genauso fängt Normales normalerweise an. Ich wollte es haben. Prima, sagte ich.

Peter schwitzte. Immer wieder fuhr er mit zwei Fingern in den Nacken, um den Hemdkragen zu lockern.

Mach dir doch den Schlips ab, schlug ich vor.

Meins de wirklisch? Die Mama meint …

Ja sicher. Peter sah mich dankbar an. Er knüllte die Krawatte in seine Hosentasche; die breite Spitze hing ein Stück heraus.

Peters weitem Schritt konnte ich kaum folgen. Nicht so schnell, sagte ich. Mein Begleiter fuhr zusammen, hielt den rechten Fuß sekundenlang in der Schwebe, ehe er ihn sachte, als fürchte er, etwas zu zertreten, wieder aufsetzte. Dann, wie zur Entschuldigung, sagte er: Fuffzehn, fuffzehn Jräber waren et heute. Isch bin seit fünf op dem Kerschhof. Deshalb konnt isch so früh aufhören. Peter sprach mit mir wie mit einer Respektsperson, wie die Großmutter mit dem Pastor. Nur wenn ich fragte, redete er. Das jedoch ausführlich. Wie jedes männliche Wesen brauchte man auch Peter Bender nur nach dem zu fragen, was ihn interessierte. Bis wir an Süß' Eisdiele angekommen waren, hatte er die ersten sechs Gräber bepflanzt. Was im Schatten, was in der Sonne gedieh, in schwerer oder leichter Erde, wie teuer ein halbes, ein ganzes, zwei Dutzend Stiefmütterchen kämen, ein Büschel Erika, Wacholder, halbhoch, erfuhr ich vor meinem Fürst-Pückler-Eisbecher, den ich während der Gräber sieben bis neun auslöffelte. Auf dem Heimweg wurden die restlichen Ruhestätten gestaltet. Mitten unter dem Bogen des Schinderturms blieb er stehen, um mit weit ausholenden Bewegungen die Schwierigkeiten beim Aufbringen von Blumenerde zwischen Kiesel und Buchsbaum zu demonstrieren. Peter war in Fahrt geraten und unversehens wieder ins Platt verfallen. Hi e Pöngelsche* un do e Pöngelsche, eiferte es aus seinen klassisch geformten Lippen. Un jenau muß et sin, janz jenau. Er ergriff mein Handgelenk. Ein wildes Fahrradklingeln ließ uns zusammenfahren. Zeternd beschwerte sich die Tante, daß wir den Verkehr op de janze Schollstroß lahmlegen würden. Spätestens morgen würde jeder wissen, daß ich mit Peter Bender im Sonntagsanzug montags mitten durchs Dorf gegangen war.

Er trug wieder seinen Sonntagsanzug und das Hemd von gestern, weißes Nyltest, am Kragen gelblich durchgeschwitzt, die Hosentasche schon vom Schlips gebeult. Wie genoß ich die Blicke von Therese Böhl, die noch immer vergeblich adrette weiße Kragen und Ärmelaufschläge an Kleider und Blusen knöpfte, von Friedchen Drutt, die morgens und abends ihre Füße in enge, hochhackige Pumps zwängte und damit von der Bahn zur Fabrik und zurückstöckelte, ihren wohlgefüllten engen Rock nach rechts und links schwenkend wie der Fischer sein Netz. Niemand war bisher hängengeblieben. Und ich, noch op de Scholl, wurde erwartet von einem im Anzug. Morgen würde er den Schlips so lange tragen, bis ihn alle an seinem Hals gesehen hätten. Wortlos schleuderte ich Peters rechten Arm auf seine Brust, hängte mich ein und stolzierte mit ihm davon. Ich spürte die Blicke der Frauen im Rücken, krampfte meine Finger in den Anzugstoff auf Peter Benders Oberarm, klopfte ihm fürsorglich-fraulich ein unsichtbares Staubkorn vom Revers. An der nächsten Ecke ließ ich ihn fahren.

Wir aßen wieder Eis. Von Gräberpflege hatte ich genug. Ich fragte nichts. Peter sagte nichts. Den Weg nach Haus nahmen wir durch die Anlagen. Vor dem Untergestrüpp einer Hecke ging mein Begleiter wie vom Donner gerührt in die Knie.

Was ist los? Ist dir nicht gut? fragte ich auf seine Schultern herab.

Nä, nä, hörte ich sein entzücktes Gemurmel. Nä, nä. Seine Hand ergriff mein Gelenk, zog mich nach unten. ›Agrimonia eupatoria!‹ stieß Peter Bender hervor. ›Agrimonia eupatoria‹, dialektfrei. Wie bitte? fragte ich entgeistert. Dat is der Odermen-

* Bündelchen

nisch, und zwar der wohlriechende Odermennisch, wenn isch rischtisch bin. Vor unseren Schuhen wuchsen ein paar dürftige Pflanzen, winzige Blüten, ährenförmig, an einem fußhohen Stengel. Peter schnüffelte. ›Agrimonia odorata‹, präzisierte er. Hier, riesch mal. Vorsichtig zupfte er ein Blättchen ab, zerrieb es zwischen den Fingern und hielt es mir unter die Nase. Die unscheinbaren Blüten dufteten honigsüß. Ich hielt seine Hand fest, atmete tief. Agri, Agri, stammelte ich.

›Agrimonia odorata‹, wiederholte Peter Bender stolz, als hätte er Pflanze und Duft soeben erfunden. Der Großvater fiel mir ein und wie wir den Blumen Namen gegeben hatten, de Börjermeisterbloom, de Marienkäferbloom, de Pasturebloom. Peter Bender gab keine Namen. Er wiederholte, was er gelernt hatte. Er taufte nicht, er musterte. ›Der Odermennig.‹ Peter hatte sich aufgerichtet und hielt einen Blütenstengel in der Hand. ›Der Odermennig‹, dozierte er hochdeutsch, fast ohne Singsang, ›wird zu den Klettenarten gerechnet, weil sein holzartig werdender glockenförmiger Fruchtkelch sich mit steifen, gekrümmten Haken an der Mündung bedeckt. Derselbe schließt nur zwei Früchtchen ein‹ – Peter hielt inne und zerteilte den Fruchtkelch mit seinem Daumennagel: Siehs de, hier un hier –, ›während die Rosenblütler, eine Rose oder eine Brombeere, zahlreiche Früchtchen in ihren Kelchen zu reifen pflegen. Deshalb steht der Odermennig auf der Grenze zwischen den eigentlichen Rosenblütlern und einer sich anschließenden kleinen Familie, der Familie der San-gu-i-sor-be-en.‹ Peter sprach, als läse er von dem Blütenstengel ab.

Und warum, fragte ich, heißt der Odermennig Odermennig? Peter zögerte. Wells de dat werklesch wesse, fragte er.

Wirklich.

Peters Gesicht verlor seine Starrheit, als bräche ein zweiter, der wirkliche Peter, aus seiner Verpuppung. Das kommt aus dem Lateinischen, erklärte er glückstrahlend. ›Agrimonia nannten sie die Alten, dann, im Mittelalter, wurde Agramünia, Agramennik, Akamennik, Akamünz, Odermennig daraus.‹

Noch mal!

›Agrimonia nannten sie die Alten, dann, im Mittelalter, wurde Agramünia, Agramennik, Akamennik, Akamünz und Odermennig daraus‹, wiederholte Peter, als rassele er Fischers Fritze herunter.

Kannst du mir das aufschreiben?

Opschrieve? fragte er gedehnt.

Ja, sagte ich, ich meine es ernst.

Peter drückte meine Hand so fest, daß ich aufschrie. Versprochen, sagte er.

Sein Großvater, erzählte er auf dem Heimweg, habe ihm drei alte Pflanzenbücher vererbt. Anfangs sei die Schrift ungewohnt gewesen, aber jetzt kein Hindernis mehr. Ob ich noch mehr vom Odermennig wissen wolle.

Wir standen noch gut fünf Minuten an Piepers Eck, bevor mein Begleiter die herrlichen Eigenschaften dieser unscheinbaren Pflanze bis zum Ende aufgezählt hatte. Gegen den Biß wilder Tiere, Tiere mit Teha, sagte Peter, und als Heilmittel, selbst bei krebsartigen Geschwüren wirke es Wunder, weshalb es im Deutschen auch den Beinamen ›Heil aller Welt‹ trüge. Ein gewisser Plinius, es müsse ein Römer sein, ob ich Näheres wisse. Ich senkte beschämt den Kopf, bat ihn, den Namen ebenfalls zu notieren. Dieser Plinius erzähle von einer Pflanze, die man ohne Anwendung eiserner Werkzeuge, am besten aber mit bloßen Händen ausgraben mußte, wenn sie gegen Krebs und Tierkrankheiten wirksam sein sollte. Zudem müsse der Grabende dabei sprechen: ›Dies ist das Kraut Argemon, welches Minerva für die Schweine, die davon fressen, erschaffen hat.‹ Ob ich wisse, wer Minerva sei. Ich senkte zum zweiten Mal den Kopf und bat, auch diesen Namen aufzuschreiben.

Nachts träumte ich von Fruchtkelchen, Klettenhaken, fruchtigen Samenkügelchen, die sich mit klingenden Silben vermischten, verbanden, durcheinanderwirbelten, ein Chaos von Blüten und Lettern. Buchstaben wuchsen aus leierförmig gefiederten Wurzelblättern, Silben trieben süß duftende Rispen kleiner Sternblümchen hervor, die ihrerseits lampionförmig A und O herausflockten. An Komma-Fallschirmchen glitten sie zwischen die Zeilen, die wie sauber geharkte Beete schimmerten. Staubgefäße reckten sich nach wortgenauer Befruchtung, Fruchtknoten streckten die rundlichen Köpfchen dem nächstbesten Verbum ins Maul. Trichterförmig öffneten Wörter ihre Kelche bis zum

Griffel im Grunde, aus welken Silben strömte berauschend der Duft des Kumarin. Namen und Dinge durchdrangen einander, schufen einander neu und auf nie dagewesene Art, das Geschaffene und das Gemachte, die Dinge besprangen die Wörter, die Wörter die Dinge, Wörter, Dinge, Dingwörter bildeten wilde Hexenringe, aus denen es kein Entrinnen gab, Schlingen, die sich immer enger zusammenzogen um nichts, bis es kein Nichts mehr gab, nur noch Namen und Leben. Dinge und Wörter schufen sich neu im Paradies, Dingwörter, Wortdinge schufen sich ihr Paradies, träumten mit mir den Traum vom vereinigten Feld.

Vom Vorschuß holte ich mir keinen Badeanzug. Ich fuhr nach Großenfeld, dorthin, wo ich mir mein erstes Buch, die Gedichte Rilkes gekauft hatte. Anders als in Büchereien, wo ich mich geborgen, unter Freunden fühlte, bereiteten mir Buchhandlungen Unbehagen. Zwischen mir und meiner Begierde nach neuen Freundschaften stand das Geld. Je prachtvoller das Buch, desto höher die Hürde. Ich flüchtete in die Verachtung. Spargel schmeckt nicht.

Bisweilen begleitete ich Doris und deren Mutter in diese Buchhandlung. Wenn die Mutter einen der bunten, hochglänzenden Romane nach dem anderen bei der Kasse stapelte, stand ich in der Ecke bei den Reclamheftchen und knirschte vor Wut mit den Zähnen. Diesem Bohei aus Ärzten, Krankenschwestern, verarmtem Adel und habgierigen Erben, nichtsnutzigen Kindern und hartherzigen Eltern, diesem Tingeltangel um Liebe und Geld, Macht und Ruhm, diesen Hallodris die Ehre anzutun, sie aus den Regalen freizukaufen, schien mir angesichts meiner unscheinbaren Freunde in bescheidenem Pappumschlag, reclambeige, ein Verbrechen. Äußere Unscheinbarkeit und innere Größe war ein Begriffspaar, das ich aus Märchen- und Bibelzeiten kannte. Die Letzten werden die Ersten sein. Manchmal, wenn ich mir ein Heftchen aussuchen durfte, erlöste mich Doris' Mutter aus meinem Trotz. Meist hielt ich mich an die Klassiker. Hin und wieder verführte mich ein Titel. ›Mimili‹ oder ›Erdbeeri Mareili‹.

Legte ich meinen Lessing, Goethe, Schiller, Mörike, Eichendorff, Brentano auf die Theke, nickte mir der Buchhändler anerkennend zu. Eine Auszeichnung! Buchhändler waren für mich eine Instanz. Bibliothekare verwalteten ihren Schatz. Buchhändler besaßen ihn. Kannten ihre Bestände wie der Bauer sein Vieh. Brachte ich stotternd den Titel eines Buches hervor, fühlte ich mich durchschaut, als hätte ich ein Geständnis abgelegt. Wie froh war ich, wenn ich einen meiner stillen Freunde der öffentlichen Zurschaustellung entrissen und in meine Obhut gebracht hatte. Jedesmal ein Fest, im Schuppen oder hinterm Hühnerstall gefeiert, innigste Vereinigung, Kommunion. Ausgeliehenen Büchern war ich dankbar wie Freunden auf Besuch. Ihre schönen Wörter und Sätze bewahrte ich in meinen Heften auf wie Schnappschüsse aus gemeinsamen Tagen. Doch vertraut werden konnte ich nur mit Büchern, die ich nicht nach drei Wochen wieder wegbringen mußte, zurückstoßen in das Heer der Wartenden, der Nichtgewählten.

Ein Lexikon suche ich, ließ ich Herrn Maier wissen, der durch seine randlose Brille allwissend auf mich herabblickte. Gleich würde er mir, ohne hinzuschauen, sagen, wieviel weiße Flecken ich gerade auf meinen Fingernägeln hatte.

Ein Lexikon, wozu? fragte der Buchhändler. Allein oder mit anderen. Bei schweren Sünden die Zahl angeben.

Zum Nachgucken, antwortete ich verwirrt, zum Lernen, zum Wissen. Ja, natürlich, junges Fräulein, lächelte der Buchhändler breit, einen Goldzahn entblößend wie vor Jahren die Wahrsagerin im Zigeunerlager, allerdings weiter hinten im Backenzahnbereich. Zum Wissen, natürlich, aber was wollen wir denn wissen? Musik, Architektur, Botanik, Zoologie, Astrologie, Literatur?

Ein Lexikon, wiederholte ich stur. Eines, in dem alles steht. Odermennig und Minerva, Goethe und Schiller, Plinius und Algebra. Letzteres, damit nicht der Verdacht aufkam, es gehe mir nur um meine Vorlieben. Und wer weiß, vielleicht half mir ein Lexikon wirklich zu verstehen, was es in der Algebra mit den Buchstaben auf sich hatte.

Alles willst du wissen, was? Dann komm mal mit. Er stieg von der Trittleiter. Seine Brillengläser blitzten nun nicht mehr ganz so von oben herab. Er seufzte und lächelte wieder. Alles wissen. Wer möchte das nicht, junges Fräulein. Hier. Er ging ein paar Schritte nach rechts, neben die Ecke meiner beigen Freunde. Hier. Mit einer weit ausholenden, liebkosenden Armbewegung schwang Herr Maier seine dünne Hand die Regale entlang. Hier, junges Fräulein, hast du alles. ›Brockhaus‹, entzifferte ich. ›Meyers großes Konversationslexikon‹. Für jeden Buchstaben ein ganzes Buch, mitunter zwei. Siebenundzwanzig Bücher in Uniform, dunkelblaues Leinen, rote und goldene Buchstaben, strammgestanden in Reih und Glied. Genau diese Sammlung hatte ich im Lehrerzimmer gesehen, als ich Fräulein Abendgold das Notizbuch nachgetragen hatte. Verschlossen hinter Glas. Das Geheimnis der Lehrergelehrsamkeit.

›Minerva‹ soll es sein, richtig, sagte Herr Maier und schob die vier Finger seiner rechten Hand flach in den schmalen Spalt zwischen die obere Kante des ›Brockhaus‹-Bandes acht, ›Mik bis Par‹, und die Unterkante des Regalbretts, preßte das Buch aus der Gemeinschaft, bis er es mit dem Handteller der Linken auffangen konnte. In diesem behutsamen Zugriff spürte ich die gleiche Fürsorge, dasselbe Gefühl, eine Wohltat zu tun, wie es mich überkam, wenn ich ein Reclamheft aus dem Regal zog. Befreiung. Das Buch war nur wenig kleiner als unser Heiligenbuch. Da, nimm, sagte der Buchhändler, und legte das Buch in meine nach oben gekehrten Handteller, als übergebe der Pastor seinem Meßdiener das geöffnete Meßbuch.

Das Lexikon war geschlossen. Es hatte auch keine bunten Bänder, wie sie aus dem Meßbuch herausflossen und nach Regeln, unerforschlich wie die Pfade der Meßdiener, zwischen den Seiten bewegt wurden. Ich stand da und rührte mich nicht. Es war herrlich, das Gewicht dieses Buches zu fühlen. Als könnte ich es mir buchstäblich einverleiben, Blatt für Blatt, mit Leinen und Pappe, Druckerschwärze und goldener Prägung, drückte ich meinen Bauch gegen seine Kante. Ich preßte das Buch nicht an mich, ich warf mich ihm entgegen. Das Buch wollte nichts von mir, ich alles von ihm.

O du wunderbare Zeit vor dem ersten Aufschlagen eines Buches. Wie vor Jahren, als ich mit dem ersten eigenen Buch auf die Speichertreppe geflohen war, kostete ich hier in der Maierschen

Buchhandlung wieder einmal die Wonnen der Verzögerung, des Unentschiedenen aus, die Spanne zwischen Verharren und Handeln, zwischen Noch und Schon, in der Bald und Jetzt zusammenfallen, Dauer voller Verheißung und Augenblick. Bis mich jemand an der Schulter rüttelte, sanft, wie man einen glückseligen Träumer weckt. Herr Maier war vor mir in die Knie gegangen. Ich konnte direkt in seine Augen sehen, Anianas Augen.

Maier durchschaute mich. Wir wußten uns eins. Hier über dem Lexikon, Band acht, ›Mik bis Par‹, erkannte der Buchhändler in dem halbwüchsigen Mädchen eine aus dem geheimen Orden der Leser. Für die Lesen mehr ist als ein Vergnügen, mehr als ein Laster, einfach das Leben. Ich hatte nun auch gar keine Angst mehr vor Herrn Maier, fühlte mich bei ihm in meinem Element. Ganz selbstverständlich handhabte ich ›Mik bis Par‹, legte das Buch auf ein eigens für schwere Bücher vorgesehenes Pult, dem Meßbuchständer nicht unähnlich. Und zögerte noch einmal. Sah mich nach Herrn Maier um. Der nickte. Lächelnd. Wie hatte mich dieses Lächeln jemals einschüchtern können! Soviel Verständnis las ich in diesem Blick. Und Wehmut. Der Buchhändler wußte um den Augenblick der Vorfreude als höchstem Genuß und daß wir nicht in ihm verharren können. Er nickte noch einmal, hob die Schultern und öffnete die leicht angewinkelten Arme nach außen, die Handflächen nach oben gekehrt, Mickels Geste, wenn er vom Großvater kam, bedauerlich, sagten die Hände, nichts zu machen.

Ich legte Mittel- und Ringfinger der rechten Hand auf die Längsseite des Buches, den Daumen auf seine Unterkante und zog einen Teil der Seiten irgendwo nach oben. Es schlug sich bei ›Mo‹ auf. ›Monat‹ war das erste Wort, auf das mein Auge fiel. Was hatte ein ›Monat‹ in einem Lexikon zu suchen? Was ein Monat war, wußte doch jeder. Ein Monat waren dreißig Tage oder einunddreißig, der Februar hatte achtundzwanzig und alle vier Jahre einen Tag mehr. Und zwölf Monate waren ein Jahr. Also, was war ein Monat?

›Im allgemeinen‹, las ich, ›die Umlaufzeit des Mondes (s. d.) um die Erde. Man unterscheidet mehrere Arten der Monate. Betrachtet man nämlich die Zeit, binnen welcher der Mond wieder vor demselben Fixstern erscheint, so ist dies sein siderischer Umlauf, und die Periode desselben wird der siderische M. genannt. Die Umlaufzeit des Mondes aber, vom Frühlingspunkt an gerechnet bis wieder zu dem nämlichen Punkt bildet den tropischen oder periodischen M., der wegen des Vorrückens der Nachtgleichen kürzer als der siderische ist. Die Zeit, binnen welcher der Mondwechsel erfolgt, von einem Neumonde bis zum anderen, heißt der sinodische M., der wegen des Vorrückens der Erde in ihrer Bahn der längste sein muß; der Umlauf von dem aufsteigenden Knoten (s. d.) bis wieder zu demselben, der Drachen- oder Knotenmonat und endlich der Umlauf von der Erdnähe bis wieder dahin, der anomalistische M. Keiner dieser verschiedenen M. bleibt sich gleich, sondern jeder datiert wegen gewisser Störungen bald länger, bald kürzer. Die Länge eines jeden läßt sich daher nur von einer mittleren Zeitdauer oder im Durchschnitt aus allen wirklich vorkommenden Längen angeben. Da zwölf Mondenwechsel fast ein Sonnenjahr ausmachen, so nennt man wohl auch den zwölften Teil eines solchen (dreißig Tage, zehn Stunden, neunundzwanzig Minuten, vier Sekunden) einen Sonnenmonat. Über die Namen der M. s. Kalender und die betreffenden Sonderartikel.‹

Verstört sah ich mich um. Herr Maier bediente eine ältere Dame, die, in jeder Hand ein Buch, diese unschlüssig gegeneinander abwog, als könne ihr das Gewicht etwas über den Inhalt sagen. Ich war erschüttert. Da nahm ein jeder das Wort ›Monat‹ mir nichts, dir nichts in den Mund, setzte es arglos aufs Papier und wußte kaum, wovon er sprach. Wußte nichts von ›Drachen‹, ›Knoten‹, ›sinodischen Monaten‹, nichts über ihre Dauer, ihren Anfang, ihr Ende, wußte selbst im Besitz des Bandes acht nichts über ›Knoten‹, konnte auch nichts darüber in Erfahrung bringen, außer daß dieser Knoten kaum etwas gemein hatte mit dem guten, alten Knoten, den das Wort Knoten doch wohl meint. Aber was ist ein Knoten? Ein Knoten ist das Ergebnis eines Vorgangs, bei dem das eine Ende eines Seils, Fadens, Stricks zu einer Öse gekrümmt wird, durch die das andere Ende des Seils, Fadens, Stricks hindurchgeführt und dann angezogen wird. Aber was ist ein Seil, ein Faden, ein Strick? Was ist eine Öse? Was ist ein Ende? Wo etwas aufhört? Was ist aufhören? Was ist was ist? Ich mußte mich setzen. Wörter und Dinge hatten plötzlich auf teuflische Art nichts mehr miteinander zu tun. Die Wörter fielen von den Dingen wie Parasiten aus den Fellen von Hunden und Katzen. Hier stand etwas, das ›Tisch‹ hieß, ich saß auf etwas, das ›Stuhl‹ hieß, und ich war etwas, das ›Ich‹ hieß. Doch was war dieser Tisch, dieser Stuhl, dieses Ich? Der Tisch, des Tisches, dem Tisch, den Tisch. Das Ich, des Iches, dem Ich, das Ich. Ich klammerte mich an die Grammatik. Herr Maier war noch immer mit Käufern beschäftigt. Ein Mann gestikulierte wild und entschlossen mit einer Zeitung und schlug immer wieder seinen Handrücken auf einen bestimmten Artikel. Ich rollte die Trittleiter von M zu I und schob nun selbst die flache, linke Hand oben zwischen Buch und Regal, suchte Mittel- und Ringfinger der Rechten zwischen Regal und Unterkante zu klemmen, um, gleichzeitig ziehend und schiebend, das Buch aus der gemeinschaftlichen Zucht zu befreien. ›Ich‹ stand zwischen ›Icecream‹ und ›Ichdin‹.

›Ich‹, stand da, ›ist der Inbegriff aller Eigenschaften, Verhaltensweisen und psychologischen Akte, die ein Individuum sich zurechnet. Etwa bei Beginn des dritten Jahres bezeichnet sich das Kind mit dem Wort Ich, gleichzeitig mit der Herausbildung des Wollens und Handelns aus der vorhergehenden spontan unreflektierten Aktivität. Im engeren Sinne bezeichnet Ich diejenige Instanz, die auf Umweltereignisse und auf die eigene Spontaneität reagiert. Diese Instanz wird als etwas Rückbezügliches und in sich Abgeschlossenes erlebt, ist im eigentlichen Sinne eigenschaftsarm, außer in dem Erlebnis der Initiative (des Impulsbewußtseins der Freiheit). Dieses eigentliche Ich ist die mir zum Teil bewußte Integrationsstelle zwischen den Ansprüchen der Außenwelt, der Gesellschaft (des Du) und der eigenen Impulsivität und Triebhaftigkeit.‹

Es folgten kleingedruckt eine Reihe von Buchtiteln, bevor es weiterging, und ich erfuhr, daß es ein transzendentales Ich gebe, ein fiktives und ein selbstgesetztes. Ich gab auf. Wegen ›Minerva‹ und ›Odermennig‹ war ich hergekommen. Zurück zu Band acht, ›Mik bis Par‹.

Herr Maier schaute mir über die Schulter. Na, kommst du zurecht? Da hast du ja schon deine Minerva. Interessant, was? Ich nickte pflichtschuldigst, wenigstens hatte diese Minerva Hand und Fuß. Für Wörter, unter denen man sich nichts vorstellen konnte, war ein Lexikon nützlich. Waren einem die Wörter aus alltäglichem Gebrauch vertraut, stiftete es Verwirrung wie im Märchen, trennte die Wörter von den Dingen und Vorgängen, warf die Schöpfung in ihren Anfang vor allen Anfang zurück, vor ihrem Anfang im Wort. Chaos. Gebrabbel.

Was kostet denn so ein Buch? fragte ich.

Einzeln werden die Bände nicht verkauft, erwiderte Herr Maier. Das Lexikon kostet bei Barzahlung fünfhundertsiebzig, bei Ratenzahlung siebenundvierzig Mark im Monat, sechshundertdreißig Mark zusammen.

Fünfhundertsiebzig Mark! Beinah tausend Reclamhefte. Mehr als vier Monate Arbeit bei Maternus!

Aber hier, Herr Maier bewegte sich von den uniformierten Bänden weg in Richtung der zusammengewürfelten, bunten und machte zwei knappe Striche mit der Hand durch die Luft, an zwei Regalbrettern entlang. Hier stehen die einbändigen. Das hier gibt es schon für fünfzig Mark. Das Buch war etwa so groß und dick wie ein Lexikonband. ›Ich sag dir was‹, verkündete es anbiedernd und großmäulig. Mir nicht, dachte ich und schüttelte den Kopf, als Herr Maier mir das Buch in die Hände legen wollte. Ich mochte es nicht einmal anfassen. Auch die anderen einbändigen – ›Die ganze Welt von A bis Z‹. ›Unser Wissen‹. ›Das Wissen der Menschheit‹ – ließen mich kalt. Ich war dem wahren, großen Wissen begegnet und verschmähte kümmerlichen Ersatz. Herrn Maier zuliebe, der sich alle Mühe gab, den überwältigenden Eindruck der mächtigen Truppen zu verwischen, tat ich, als zöge ich den ›Brockhaus für alle‹ in Betracht. Weder ›Minerva‹ noch ›Odermennig‹ fand ich darin, ein guter Vorwand, Abstand zu nehmen. Sicher hatte der Buchhändler mich durchschaut, als er mir vorschlug, wann immer ich Lust hätte, ihn zu besuchen und, was ich wissen wolle, aus dem großen Brockhaus abzuschreiben. Worauf ich gleich im Laden nebenan ein dickes Rechenheft kaufte: WISSEN draufmalte und mit ›Minerva‹, ›Ich‹ und ›Odermennig‹ begann.

Am nächsten Tag paßte Peter mich nach dem Hochamt ab. Bei den Männern, die schon wieder ihre Stumpen und Zigarrenstummel schmauchten und auf ihre Frauen warteten. Spitzer noch als die Blicke der Arbeiterinnen am Fabriktor fühlte ich die

Augen der Kirchgängerinnen in meinem Rücken, als ich mit Peter Seite an Seite, wenn auch nicht Arm in Arm, den Kirchhang hinunterbalancierte, Schritt für Schritt auf halbhohen Pfennigabsätzen, Peter zu meiner Linken, das weiße Handtäschchen aus echtem Leder, das ich mir statt des Lexikons gekauft hatte, unterm rechten Arm. Jeden Ellenbogenstoß glaubte ich zu spüren, jedes Tuscheln zu hören: Do jeht dat Weet vom Kringlis Maria met dem Benders Pitter. Dä hät jet an de Föß. Dä kööf jitz och noch der janze Kiesbersch. Das mit dem Kiesberg hatte Peters Mutter der meinen erzählt. Die beiden trafen sich nun fast täglich. Zufällig, wie die Mutter betonte, die mir nachher jedesmal Peters Loblied sang. Wer dä Peter mal krischt, der krischt dat jroße Los. Dat muß sisch de Häng nit mi dräckisch mache. Dabei drehte sie ihre kleinen, verarbeiteten Hände wie ein Fähnchen hin und her und nickte mir aufmunternd zu.

Das große Los trug heute einen beigen Popelinanzug, mindestens eine Nummer zu klein, aber wie neu. Die Hosenbeine so kurz, daß die Haut überm Sockenrand bei jeder Bewegung aufschien. So schnell es meine Absätze erlaubten, trippelte ich den Rheinwiesen zu. Nur nicht neben diesen Hosen durchs Dorf.

Kaum im Grünen, wandte sich Peter einem Pflänzlein zu, und ich vergaß seine Anzugbeine, sah nicht mehr auf den Knopf, der beim nächsten Atemzug abzuplatzen drohte. Folgte seinen rotgebürsteten, braunen Fingern, wie sie die Pflanze hielten, drehten und wendeten, sie auskundschafteten.

Von seinen Augen geführt, ergründete ich den Feldmohn, die Klatschrose, den schwarzen Fleck am Grunde der scharlachroten Blütenblätter, ihren zweiblättrigen Kelch und die vierblättrige Blumenkrone, entdeckte Staubgefäße und Fruchtknoten und leckte vom Milchsaft an meiner Fingerspitze. Auch von dieser Blume wußte Peter Geschichten, wie sie der Großvater nicht schöner hätte erfinden können. Blutströpfchen werde die Blume auch genannt, weil Adonis, dies sei der Name des Lieblings der Aphrodite, nein, wer das sei, wisse er nicht, das stehe nicht im Buch, dieser Adonis also sei eines Tages von einem Eber verwundet worden, und aus den Blutstropfen, die er verloren habe, seien Blumen gewachsen. Dies jedenfalls habe ein gewisser Ovid, so sein Buch, geschrieben. Nein, er wisse nicht, wer Ovid sei.

Es war schön, Peter zuzuhören, wenn er von Pflanzen sprach, die er kannte. Was über eine Blume im Buch seines Großvaters stand, konnte er Wort für Wort wiederholen. Auf Hochdeutsch mit einem kaum wahrnehmbaren Anflug von Dialekt. Doch er hatte, was er aufsagte, auch begriffen. Fragte ich nach, so erklärte er mir alles noch einmal mit eigenen Worten. Mischte dabei Wendungen aus dem Großvaterbuch und botanische Fachausdrücke im reinsten Hochdeutsch in seine Mundart, als spräche er zwei verschiedene Sprachen.

Lange nach dem Mittagessen kam ich nach Hause. Die Mutter verlor kein Wort. Sie hatte mir ein Stück Fleisch, Soße und Kartoffeln warm gehalten.

Na, sagte sie, erzähl.

Wußtest du, sagte ich, daß Erbsen und Linsen den Toten und Unterirdischen, zum Beispiel den Zwergen, geweihte Speisen sind? Daß einer der Vorfahren Ciceros ein erbsenähnliches Gewächs auf der Nase hatte und Cicero zum Andenken daran auf einem silbernen Becher, den er den Göttern weihte, nur seine Vornamen Marcus Tullius eingravieren, statt des Familiennamens aber eine Erbse darauf abbilden ließ?

Die Mutter schaute mich an, als sei ich nun reif für Jeckes. Es dat alles? stieß sie ärgerlich hervor. Wat soll dä Verzäll, wovon habt ihr jesprochen? Mit Hochdeutsch versuchte die Mutter stets, mich gesprächig zu stimmen.

Über Erbsen, sagte ich wahrheitsgemäß. Die Erbse gehört zu den Schmetterlingsblütlern oder...

Verzäll! schnitt die Mutter mir das Wort ab. Övver Ääze! Et is doch nit ze jlöve!

Ja, sagte ich, über Erbsen, und morgen über Bohnen.

Tatsächlich hatte Peter versprochen, am nächsten Tag mit mir in die Bohnen zu gehen, hatte mich dazu eingeladen wie zu einem Theater- oder Kinobesuch, sich einen Weg ausgedacht, der durch die großen Gemüsegärten am Kristoffer Kreuz mit ihren Schnitt-, Schwert- und Stangenbohnen über die Saubohnenfelder bis an den Rheindamm führte. Wie immer hatte er seine braune Aktentasche bei sich, die tagsüber mit Thermoskanne und Butterbrotpaketen hinter einem Grabstein verstaubte. Meist hielt er sie am Griff und versetzte sie beim Gehen in achtlose Schlenker.

Diesmal trug er sie anders. Als seien seine Arme, seine Hände, sein ganzer Körper nur zum Schutz dieser Tasche da. Er preßte sie an die Brust, den Oberkörper vornübergebeugt, und löste seine Rechte nur, um die meine kurz zu drücken.

Es war einer dieser späten Julinachmittage im Rheinland, drückende Schwüle, wenig Westwind vom Strom, der Himmel von der Farbe entrahmter Milch, so durchscheinend weißlichblau. Kränklich. Staub dämpfte das Grün der Pflanzen, die Blüten der Blumen in den Vorgärten und Gemüsegärten, die wir bald erreichten. Hier wuchsen an den Zäunen flammendroter und lilaweißer Phlox, blühte Calendula von Blaßgelb bis Grellorange, büschelweise standen Glockenblumen und Lupinen, alle krönte der Rittersporn, blau wie der Himmel auf Heiligenbildern.

Vor einem der Gärten, einem grünen Dschungel, blieben wir stehen. Schweigend waren wir bis hierher nebeneinander hergetrottet. Peter hatte seine Tasche kein einziges Mal aus der Umklammerung genommen.

Weißt du, was das ist? fragte Peter und löste zum zweiten Mal an diesem Tag seine Rechte von der Tasche, um in einer weit ausholenden Geste einen Bogen in Richtung des Dickichts zu beschreiben.

Natürlich, sagte ich, Bohnen.

Bohnen, natürlisch, erwiderte Peter. Un weißt du, wat Bohnen sind?

Gemüse, sagte ich.

Hmm, brummte Peter, löste die Aktentasche von der Brust, wischte sich die Rechte am Hosenbein ab, wo sie im beigen Popeline deutliche Spuren hinterließ, drückte die Schnappschnallen auf und fuhr mit der Hand vorsichtig, als gelte es, Kostbares oder Gefährliches zu bergen, ins Innere der Tasche. Heraus brachte er einen Gegenstand, etwa so groß wie ein Zigarrenkästchen, in braunes Packpapier gebunden. Das wickelte er ab, und hervor kam ein Buch, noch einmal in Packpapier gehüllt.

Das, sagte Peter, und sein Hochdeutsch war beinah vollkommen, das ist das Buch des Jroßvaters. Das Buch überm Kopf wie Moses die Gesetzestafeln, die Aktentasche zwischen die Knie geklemmt, schaute Peter mich an.

Zeig, sagte ich.

Doch Peter, der sich zweifellos ohne Zögern ein unübersehbares H in die Haut geschnitten hätte, war nicht willens, das Buch auch nur für Sekunden in meine Hand zu legen, als fürchte er den Verlust eines geheimen Zaubers. Hineinsehen durfte ich. Da, wo Peter das Buch aufschlug. Weder den Verfasser noch den Titel wollte er preisgeben. Dafür erfuhr ich an diesem Nachmittag bis zum Einbruch der Dämmerung alles über Bohnen. Phaseolus vulgaris.

›Sämtliche Sorten‹, so das Buch im braunen Packpapier, verkündet aus dem Munde Peter Benders, ›erscheinen in zwei Formen. Erstens die Busch- oder Kruppbohne, Staudenbohne von niederem Wuchse mit aufrechtem Stengel. Beliebte Sorten sind: frühe Adlerbohne, blauschotige Butterbohne, Schwertbohne, Schlachtschwertbohne, Ilsenburger Früheste, Kaiser-Wilhelm-Allerfrüheste, Allergrößte Weiße, Hundert für Eine. Klaviolettbohne, schwarze Wachsbohne, algerische Buschbohne, Schwanecks Zuckerbrechbohne. Non plus ultra, früh und reich, schwarze Negerbohne, früh und hart.‹

Peter holte Luft. Er hatte die Namen bar jeder Betonung so hervorgestoßen, daß die Silben ihren Zusammenhang und die Wörter ihre Bedeutung verloren hatten. Bohnenbeschwörung wie Teufelsaustreibung.

Weiter, sagte ich.

›Die zweite Form ist die Stangenbohne, Schmink- oder Veitsbohne mit windendem Stengel.‹ Hier empfahl das Großvaterbuch die Schlachtschwertbohne, rheinische Zuckerbrechstangenbohne, Algierriesenwachsschwertbohne. Russische weiße Riesen, früheste Zuckerbrechbohne, violettschotige Speckbohne, Spatensproßbohnen...

Es rauschte im Bohnenlaub. Heraus aus den Stangenbohnen trat eine alte Frau. Sie ging gebückt und hielt mit der Linken die Schürze zu einem Beutel gerafft, die Rechte knipste Bohnen von den Stangen, soweit sie reichen konnte. Als sie uns sah, grinste sie blöde und drohte neckisch mit dem Finger. Peter fuhr unbeirrt fort und brachte noch einiges über das beste Gedeihen, die früheste Aussaat, den geeignetsten Standort, über das Lockern des Bodens, das Behäufeln der Pflanzen zu Gehör.

Die Alte beäugte uns offenen Munds, Peter fuchtelte erklärend mit der Hand in Richtung der Stangenbohnen, ja, sie ringelten sich nach oben, wie das Großvaterbuch es befahl. Anweisungen zum Grünkochen und zum Weißkochen von Bohnen folgten. Die Alte merkte auf, trat näher an den Zaun und nickte zustimmend. Dann begann das Buch zu erzählen, schrieb der Pflanze einen Namen und die Geschichte ihres Namens zu.

Kopfschüttelnd war das Mütterlein wieder zwischen Stangen-, Schlacht- und Schwertbohnen, bei den ›Russischen weißen Riesen‹ verschwunden. ›Nach altem Glauben‹, so Peter mit fester Stimme, ist die Zeit der Bohnenblüte zugleich diejenige, in welcher unter den Menschen die Tollheit blüht und herrscht. Schon ein alter leoninischer Vers besagt: cum faba florescit stultorum copia crescit.‹

Peter ließ das Buch sinken und sah mich an.

Latein, sagte ich, kann ich auch nicht. Wir lernen nur Englisch und Französisch.

›Solang die Bohnen blühen, blüht auch die Narretei‹, übersetzte Peter aus dem Buch. ›So heißt es auch im Sprichwort, wenn jemandem durch die Blume Narrheit vorgeworfen werden soll: Na, die Bohnen blühen.‹

Ja, fiel ich ihm ins Wort. Du bes ald widder en de Bunne, sagt die Großmutter, wenn sie mich ärgern will.

Peter sah mich unwirsch an und blätterte um: ›Der Glaube ist alt, denn schon Simeon Sethi untersucht ihn in seinem um das Jahr 1070 geschriebenen Buche über die Nahrungsmittel und meint, diejenigen, welche sich viel an Orten aufhielten, wo Bohnen in Menge blühen, würden durch eine auf das Gehirn wirkende Ausdünstung derselben betört, wobei es sich aber ursprünglich vielleicht um eine Verwechslung von Saubohne, Vicia faba, griechisch Kyamos, und Schweinebohne, Hyoscyamus, gehandelt haben mag‹.

Wir standen in der Julisonne, durstig, verschwitzt, und doch ließ ich mir nicht ein Wort dieser seltsamen Wahrheiten entgehen, die sich auf so merkwürdige Weise von der Wirklichkeit entfernten und doch mit ihr so eng verknüpft waren. Ohne Bohnen keine Geschichten über Bohnen. Und was wären Bohnen ohne Namen, ohne Geschichten? Grünes Gemüse.

Wir entfernten uns vom Zaun und gingen ein paar Schritte weiter, hockten uns auf die Stufen am steinernen Altar des Kristoffer Kreuzes, der letzten Station der drei großen Prozessionen, Christi Himmelfahrt, Gottestracht und Fronleichnam, streckten die Beine von uns, ruhten die Rücken am Sockel des Kreuzes im Schatten der alten Linde aus und blieben in den Bohnen. ›Weiße und schwarze Bohnen sind frühzeitig anstelle unserer weißen und schwarzen Kugeln bei Wahlen und Abstimmungen gebraucht worden, und bei den Griechen hieß darnach das Abstimmen mit Bohnen Kyameno.‹

Peter seufzte, blätterte um und seufzte noch einmal, erleichtert. Ich hatte schon bei früheren Vorträgen bemerkt, daß er sich beeilte, von den Geschichten mit ihren schwierigen Namen und zweifelhaften Geschehnissen schnell wegzukommen, hin zu dem Sicht- und Faßbaren, zu Staubgefäßen, großen und kleinen Blütenblättern, Stengeln, Stempeln, Kelchen und Narben. Wenn er, wie jetzt, mit einem Schnitt seines Taschenmessers eine Bohnenschote teilte, mitten durch die Bohnenkerne, um mir den Querschnitt eines Samens zu erklären, war er in seinem Element. Seine Neigung galt dem, was sich beweisen ließ. Die Geschichten gefielen ihm nur, weil sie mir gefielen.

Auf der Bank unterhalb des Rheindamms, die Blicke über Kappes und Kyamos schweifend, hub Peter an wie ein Rhapsode, der von gewaltigen Taten kündet: ›Uralten, wie es scheint, aus Ägypten hergekommenen rituellen Anschauungen gemäß, galt die Bohne den klassischen Völkern wie das Schwein den Hebräern als eine unreine Nahrung, deren sich priesterliche und alle solche Personen, die sich einer besonderen Reinheit befleißigen wollten, gänzlich zu enthalten hätten. Nach einigen sollte der Traumwahrsager Amphiaraus‹ – ich notierte den Namen – ›den Bohnengenuß verboten haben, weil er böse Träume mache, nach Pythagoras‹ – ob das derselbe war wie in Geometrie? –, ›weil auf der Blüte traurige Zeichen, die schwarzen Flecke, stünden. Ein alter orphischer Vers‹ – Orpheus hatte ich inzwischen schon nachgeschlagen und kannte seine schaurige Geschichte – ›lautete: Unglückliche, rührt keine Buffbohnen an! Und die Pythagoräer hielten sich sogar an das Sprichwort: Bohnen essen ist schlimmer als Mord- und Todtschlag.‹ Tot, unterbrach sich Peter kopfschüttelnd, mit dt. ›Die Gründe für diese Ächtung hat man in den blähenden und reizenden Wirkungen der Bohnennahrung, die aber allen Hülsenfrüchten gemein sind, zu suchen, obwohl andere Gründe dafür angegeben wurden, wie zum Beispiel, daß Bohnenmus dumm mache oder daß sich Bohnenbrei, einige Nächte dem Mond ausgesetzt, in Blut verwandle. Lucian‹, notierte ich, ›sage gar, daß die menschliche Seele bei ihrer Wanderung in Bohnen übergehe. Darum habe auch die umherirrende Ceres‹ – notiert – ›ihren Wirten allerlei Hülsenfrüchte, aber keine Bohnen zum Dank für ihre Gastfreundschaft geschenkt. Gleich der Linse und Erbse galt somit auch die Bohne als Totenspeise, weshalb man bei dem großen Toten- und Gespenster-, dem Lemurenfeste zu Rom die Toten durch reichliche Opfer mit schwarzen Bohnen zu versöhnen und von den Häusern, die sie früher bewohnt hatten, zu bannen suchte. Mitten in der Nacht erhob sich der Altgläubige, nach Ovids ausführlicher Schilderung im Festkalender, aus seinem Bette, ging mit nackten Füßen zum Brunnen und füllte nach vollzogener Waschung den Mund mit schwarzen Bohnen.‹

Peter stand auf, stellte sich vor mich, schloß das Buch, schloß die Augen und sprach:

Hinter sich wirft er sie dann, und ›ich lasse sie frei aus den Händen‹,
Spricht er, ›und kaufe damit mich und die Meinigen los‹.
Neunmal sagt er's und schaut nicht um; jetzt liest sie der Schatten,
Neunmal rufet er erst: ›zieht aus, ihr Manen der Väten‹,
Dann schaut er um, und rein glaubt er vollbracht den Gebrauch.

Noch mal, sagte ich. Großartig.

Wirklich? sagte Peter beglückt. Die Überraschung war ihm gelungen. Seine Mühe belohnt. So hatte der Bruder seine Gebete als Meßdiener aufsagen können, allein den Wortschällen folgend.

Lau strich der Wind vom Rhein über uns hin. Peter hatte sich wieder neben mich gesetzt. Schauspieler verwandeln sich durch fremde Wörter in einen anderen. Peter brachten diese Sätze über Blumen und Pflanzen zu sich selbst. Aus dem linkischen Gärtnerburschen machten sie einen vor Begeisterung leuchtenden Menschen. Sobald er schwieg oder von anderem redete, fiel dieser Glanz von ihm ab wie die Rolle von einem Schauspieler, wenn er zum Applaus an die Rampe tritt.

Schweigend gingen wir durchs Dorf zurück, Peter die Tasche fest vor der Brust. Wir sagten uns kaum gute Nacht.

Für die Frauen bei Maternus ging ich op de Scholl, doch vor allem ging ich mit Peter Bender, einem echten Dondörper Jong, der jet an de Föß hatte, und das mit seiner Hände Arbeit. Peter Bender, das große Los. Abend für Abend sehe man uns in den Feldern und Wiesen am Rhein, drangen die Frauen in mich. Was wir denn da täten? Solang mer se noch süht, jüt et nix ze verzälle, versetzte Lore und zwinkerte mir vertraulich zu. Sie wartete auf ein Geständnis unter vier Augen, das sie unter dem Siegel der Verschwiegenheit Tilli Heinzen stecken würde, die wiederum der Resi und so fort, stille Post, bis ich schwanger sein und in vier Wochen niederkommen würde.

In den Bohnen waren wir, sagte ich. Stangenbohnen, Schattenbohnen, Schlachtschwertbohnen, weiße Riesen, Wilhelms Liebling, schwarze Neger, dick und hart. Die Frauen, Lore vor allem, fühlten sich auf den Arm genommen. Im Grunde hielten sie von der Wirklichkeit nicht mehr als ich. Sie wollten Geschichten, die sie darüber hinaustrugen. Georg hatte ich mit seinem hellblauen Pullover verraten. Peter wollte ich weder opfern noch in eine Geschichte verwandeln. Ich blieb bei der Wahrheit. Die Frauen glaubten kein Wort.

Einmal hatte es eine von ihnen genau wissen wollen und war uns heimlich gefolgt. Ich belauschte ihren Bericht, versteckt zwischen den Spinden. Daß wir eine Bank auf dem Damm und nicht fünfzig Meter weiter unterhalb in den Weiden gewählt hatten, rief bei den Frauen ungläubiges Kopfschütteln hervor. Dann han mer dem Heldejaad doch Unrät jedonn un se jonn werklesch en de Bunne, faßte Lore zusammen, und die Frauen, noch immer kopfschüttelnd, gingen auseinander.

Peter hatte mir an jenem Abend vom Klee erzählt. Zuletzt vom vierblättrigen, mit dessen Hilfe man Zauberer entlarven konnte. ›Auf die Rache des entlarvten Zauberers kommen wir beim Flachsfelde zurück‹, hatte Peter gelesen.

Also, unterbrach ich ihn, was ist mit dem Zauberer? Auf, zum Flachsfeld. Peter sah mich stirnrunzelnd an. Flachsfeld, echote er, wo ist denn hier ein Flachsfeld?

Hier doch nicht, sagte ich. Im Buch. Da, wo das von des Zauberers Rache steht. Doch Peter war nicht zu bewegen, der Wirklichkeit vorzugreifen. Beharrte darauf, angesichts des Klees vom Klee und des Flachses vom Flachs zu lesen, niemals aber vorm Klee vom Flachs. Vergeblich meine Versuche, ihn davon zu überzeugen, daß der Klee im Buch ein anderer sei als der vor unserer Nase. Der Klee im Buch den Klee aller Felder und Jahrhunderte umfasse, das bißchen Klee hier inbegriffen, so nebenher, ein Kinkerlitz. Peter aber blieb bei seiner Ansicht, ohne diesen Klee, das heißt, wenn wir nie einen bestimmten Klee gesehen hätten, wüßten wir gar nicht, was mit Klee gemeint wäre, wenn wir von ihm läsen.

Hast du denn als Kind nie von einer Königskutsche gelesen?

Doch, sagte er.

Aber gesehen hast du einen König oder eine Königskutsche noch nie?

Nä.

Aber vorstellen kannst du dir einen König und eine Kutsche?

Peter blickte mich mit der Tragik einer griechischen Statue an. Was hatte ein König, was eine Kutsche mit Klee zu tun? Er nickte.

Also, trumpfte ich auf, wenn du dir einen König und eine Kutsche vorstellen kannst, ohne je eine gesehen zu haben, dann geht das auch mit Flachs. Ich kann mir also ein Flachsfeld vorstellen. Nein, ich hatte keine Ahnung, wie Flachs aussah. Und während wir es uns vorstellen – der Sprung vom Ich zum Wir war ein unfeiner Trick –, liest du die Geschichte vom Zauberer vor. Sich ein Flachsfeld vorzustellen ist so gut, wie eines zu sehen. Ich log. Ein Flachsfeld vorstellen konnte ich mir nicht, wohl aber einen König und eine Kutsche. Im Unterschied zu einem Flachsfeld hatte ich König und Kutsche, Feen, Zwerge, Elfen auf Bildern gesehen. Meine Vorstellungen von König und Kutsche waren eben Vorstellungen von Bildern von König und Kutsche. Dennoch glaubte ich sicher zu wissen, wie sie aussahen.

Peter stupste mich mit dem Ellenbogen. Nä, sagte er, dat is Betruch. Vor Empörung war er wieder ins Kölsch verfallen. Em Booch stonn Wööd un hie steht Klee un kenne Flachs.

Ich nickte ergeben. Meine eigenen Spitzfindigkeiten hatten mich verwirrt. Peter hatte das Problem mit einem Satz getroffen. Gelöst hatte er es nicht. Und während er fortfuhr, den botanischen Ursprung des Klees anhand des Großvaterbuchs auseinanderzufalten, gemeiner Klee, Bitterklee, Steinklee, Klee in den Sümpfen, versuchte ich, durch inständiges Wiederholen des Wortes ›Flachsfeld‹ ein Flachsfeld heraufzubeschwören, wobei das Wort sich am Ende in bloße Laute auflöste. Hatte Peter recht? Funktionierten die Bücher nur, weil sie aus der Wirklichkeit kamen? Konnten sie aus der Wirklichkeit nur fortführen, weil sie die Wirklichkeit kannten? Waren die Dinge den Wörtern so sehr überlegen, daß alles immer wieder auf sie zurückführte?

Regungslos hatten wir auf der Bank gesessen. Kein Wunder, daß die Spionin von Maternus es schließlich aufgegeben hatte, uns zu beobachten.

Den ›Don Quichotte‹ brachte ich nach anderthalb Wochen wieder in die Bibliothek zurück. Spanien konnte mir gestohlen bleiben. Und diese verrückten Hirngespinste auch. Was sollte ich mit einem Mann anfangen, der zu viele Ritterbücher gelesen hatte und sich nun selbst für einen Ritter hielt? Eine Schweinemagd für ein Ritterfräulein, einen Klepper für ein herrliches Roß, Windmühlen für feindliche Truppen?

Das Wetter blieb heiß und trocken. In der Fabrikhalle stand die Luft. Nur die Oberlichter offen. Durchzug hätte die Beipackzettel vom Fließband gewirbelt. Wir schmorten. Als der Meister auf Kosten des Hauses zwei Kisten Sprudel verteilte, gab es nur dünnen, erschöpften Beifall. Ein großer Auftrag aus Indien mußte bis zum Monatsende erledigt werden. Frau Hings kippte am Montag um, Emmi Pütz am Dienstag. Die Abfüllmaschine lief wie immer, das Band auch, die beiden Frauen fehlten, wir schafften es nicht. Immer mehr Röhrchen, Faltpackungen, Zettel blieben bei den Fertigmacherinnen hängen und wurden dort in einen Korb gewischt, dann in zwei Körbe, in drei, in vier. Die Frauen schoben die Körbe hinter einen Wall von Pappkartons, wo sie nicht zu sehen waren.

Am Mittwoch kam die hochschwangere Minna Kabbes nicht zur Arbeit. Am Donnerstag beschlossen wir in der Mittagspause, Tilli Heinzen und Nora Bott, erstere mit Haaren auf den Zähnen, letztere mit einer anschaulichen Bluse, zum Meister zu schicken: Das Band muß langsamer laufen! Das war die Wirklichkeit. Ich mittendrin. Achselzuckend, verständnisvoll, aber unnachgiebig lehnte der Meister unsere Bitte ab. Befehl von oben. Da legten die Frauen ihre Hände in den Schoß. So, wie die Maschine sie aufs Band spuckte, ließen wir die Röhrchen an uns vorbeiziehen, rührten keinen Stöpsel, keine Faltschachtel, keinen Zettel an. Durch das Stampfen der Abfüllmaschine hindurch hörte ich die Pillen aus dem Glas und mit dem Glas in die Körbe am Ende des Bandes prasseln und fühlte eine zügellose Freude der Auflehnung, der Widersetzlichkeit, des Zorns, ›Bella, bella, bella Marie‹ in Kackallers Küche.

Schon nach einer halben Stunde waren keine Körbe mehr zum Auffangen da. Sie liefen über. Das Band stand still. Die Abfüllmaschine auch. Stille wie Feierabend. Das Glashaus war leer. Der Meister holte Verstärkung. Herr Vetten aus dem Personalbüro war Mitglied des Kirchenvorstandes und der Schützenbrüderschaft. An einem völlig verregneten Pfingsten war er sogar einmal Schützenkönig gewesen. Er war nicht sehr groß und hielt sich, auf jeden Zentimeter bedacht, aufrecht, Kopf hoch, Brust raus, Bauch rein, was ihm, wohl dank Toast Hawaii und guter Butter, mit den Jahren immer schwerer fiel.

Das Murmeln der Frauen verstummte. Herr Vetten stierte auf das Durcheinander in den Körben und um die Körbe herum. Das ist doch … das ist doch, stieß er hervor, wobei seine Lippen Speichel sprühten, was irgendwie erquickend wirkte in der pil-

lenstaubigen Schwüle. Es erinnerte an Gischt und Meer, Springbrunnen und Fontänen. Hitzig, wie er hereingeplatzt war,
stürzte er wieder hinaus und ließ den verdutzten Meister mit den
aufgebrachten Frauen allein. Bis auf ein Höschen trugen wir
nichts unter unseren Kitteln, auch die Büstenhalter der meisten
hingen im Spind. Die Ausdünstungen unserer Körper fluteten
durch die heiße, gestaute Luft dem Meister entgegen. Wir waren
viele, der Mann, dieses wenig überzeugende Exemplar seiner
Gattung, in unserer Hand. Woher hatte er die Macht? Von oben,
wie er sich ausdrückte, wenn er nicht weiterwußte. Die da oben.
Da oben: Das begann mit Herrn Vetten, einem der unteren von
denen da oben, jetzt wohl auf der Suche nach Verstärkung bei
Nächsthöheren. Mit bösen Zurufen gingen die Frauen den Meister an, bis auch diesem der Schweiß von Stirn und Nacken troff.
Bei jedem neuen Anwurf zog er den Kopf tiefer in den Kragen,
riß den obersten Knopf auf, den Schlips auseinander. Doch keine
fünf Minuten waren vergangen, da wuchs er schon wieder, tat
einen Schuß, wie die Tante aus Rüpprich sagte, wenn sie alljährlich die Zentimeter ihres Patenkindes begutachtete, dä Jong hät
ene Schoß jedonn.

Herr Vetten vom Personalbüro kam zurück. Mit dem Prokuristen Dr. Luchs. Von ihm sprachen die Frauen wie vom Sohne
Gottes, über dem nur noch der Vater selbst thront, Dr. Dr. Maternus persönlich, der Prinzipal. Dr. Luchs oder Lux – ich hatte
seinen Namen nie gelesen – sah aus wie der Mann auf der Dop-
pelseite im ›Quelle-Katalog‹: Anzüge ›Für den Herren‹ und Krawatten aus ›echt Seide‹. Graumeliert, eine Andeutung von Tolle
in der Stirn, eine silberne Brille an schwarzen Bügeln, unter
dem kurzgestutzten Schnurrbart ein Lächeln wie festgeschraubt.
Mit ihm war ein anderer Geruch in die Halle gekommen, herber
als die Parmaveilchen, die ich von Federico kannte, milder als
die Mischung von Juchten und Leder beim Bürgermeister mit
dem Blumentopf. Der Duft drang Dr. Luchs aus jeder Pore, jeder Faser seines trotz der Hitze korrekt geknöpften Zweireihers
aus sommerlich grauem Gabardine, brach durch das blüten-
weiße Hemd und die mattschimmernde, gelb-blaue Krawatte.
Anders als Herr Vetten stürzte Dr. Luchs keineswegs durch die
Tür. Er schritt. Schritt zum oberen Ende der Halle und öffnete

die Tür zum Flur. Der Luftzug tat gut. Die Frauen murmelten beifällig. Dr. Luchs machte kehrt und begab sich ans untere Ende des Bandes. Wo das Drunter und Drüber am größten war, blieb er stehen. Stand. Winkte Meister und Vetten heran und verteilte die beiden Männer, beide mindestens einen Kopf kleiner als er, rechts und links neben sich, eine Dreiergruppe mit sakralem Anstrich, trauernde Frauen ums Jesuskreuz, Himmelfahrt eines Heiligen. Dr. Luchs die Spitze, das herausragende Element. Während die kleinen Männer ihre Hände etwa in Höhe des Geschlechtsteils gefaltet vor Kittel und Hose hielten, hatte Dr. Luchs die Arme vor der Brust verschränkt, die sich natürlich und stattlich, ohne die geringste Anstrengung unter seinem schneeige Frische verströmenden Hemd wölbte, und blickte aus seiner mühelos aufrechten Höhe, nein, nicht auf das Fließband, die Abfüllmaschine oder gar auf uns Frauen. Dr. Luchs blickte ins Ungefähre und über alles hinweg. Er schwieg. Aber er war da. So da, daß seine Anwesenheit in der Halle Platz griff, als hätte er ein unsichtbares Gas versprüht. Die Frauen, eine nach der anderen, wurden still. Die am hinteren Ende, ihm zunächst sitzend, zuerst, bis auch die lautesten bei der Abfüllmaschine verstummten.

Meine Damen, begann Dr. Luchs und räusperte sich wie der Pfarrer, nachdem er die Gemeinde ›Meine Kinder‹ genannt hatte. Nutzte dieses Räuspern zu einem schnellen Blick über unsere Gesichter, spürte an einer kaum wahrnehmbaren Entspannung die Wirkung der Anrede und legte nach: Meine verehrten Damen. Er wechselte die Arme in der Verschränkung vor der Brust und nickte begütigend.

Meine Damen. Der Meister nahm die Hände vom Hosenschlitz vor die Brust wie zum Gebet. Sie denken, das Werk braucht Sie. Ohne Sie geht nichts.

Das hatte ich nie gedacht. Aber wenn Dr. Luchs es sagte, mußte etwas daran sein.

Das ist richtig. Seine Stimme war gepflegt wie die ganze Erscheinung. Sie erweckte Vertrauen und das Verlangen, ihrem Besitzer zu Willen zu sein. Aber was ist dieses Werk, diese Fabrik, die Sie braucht? Das ist doch nicht Herr Dr. Dr. Maternus, der uns, ich sage uns, meine Damen, Ihnen und mir, Lohn und Brot gibt. Es sind doch die vielen Menschen, kranke Menschen, Männer und Frauen und Kinder, Kinder, meine Damen, die diese Medikamente, die wir alle für sie bereitstellen, brauchen.

Der Satz, das merkte der Redner an der nachlassenden Aufmerksamkeit, war zu lang gewesen. Luchs wiederholte ihn, stückweise. Männer, Frauen und Kinder brauchen diese Medikamente. Kinder, meine Damen. Kranke Menschen brauchen Sie, meine Damen. Jede von Ihnen. Sie haben von unserem Auftrag für Indien gehört. Stellen Sie sich vor, Ihr Kind ist krank. Da liegt es, mit hohem Fieber, die Lippen gesprungen, der Bauch vor Hunger gebläht. Und Sie haben nichts, ihm zu helfen. Kein Mittel. Weil das Mittel nicht geliefert worden ist. Und warum ist das Mittel nicht geliefert worden? Ist es nicht produziert, äh, gemacht worden? Doch. Aber es ist nicht verpackt worden! Hier! Dr. Luchs riß seine Arme aus der Brustverschränkung und streckte seine Rechte anklagend Pillen und Röhrchen entgegen. Einige waren gesplittert, Pillen verstreut. Hier liegt der Grund, weshalb in Indien die Kinder sterben. Seine Stimme zitterte. Er machte eine Pause.

Die Frauen sahen in den Schoß. Frau Söhlgen, Mutter dreier Kinder, der Älteste ging gerade zur Schule, putzte sich die Nase und seufzte. Zwei, drei weitere Frauen seufzten auch. Ich konnte meinen Blick von Dr. Luchs nicht abwenden, von seiner gedrechselten Haartolle, dem Schimmer seiner Krawatte, dem fallenden Silberbogen seiner Uhrkette. Konnte nicht umhin zu bewundern, wie die Sätze mühe- und makellos aus ihm herausflossen, wie er den Prokuristen, der er ohnehin war, noch einmal vorstellte und sich so selbst zu verdoppeln schien. Mit jeder Silbe zwang er uns in die Unterwerfung.

Hier, meine Damen, wiederholte er, nachdem eine bedrükkende Stille eingetreten war, hier, hier liegt der Grund, warum in Indien die Kinder sterben. Tod-ge-weiht! Sein Zeigefinger ruckte Richtung Hallenboden, als wollte er die Pillen einzeln aufspießen. Sie persönlich, meine Damen, sind schuld. Die Stimme wurde dünner, schneidender, verlor ihre Wärme, ihr teilnehmendes Tremolo. Jeder Ton ein Stoß in die verdiente Verdammnis. Schuldig. Die Frauen schreckten zusammen und schauten Dr. Luchs an wie gescholtene Schulmädchen. Der Meister und Herr Vetten trugen den Kopf wieder im Nacken, schauten forsch das Band hinauf und hinunter.

Da öffnete der Prokurist ein Fenster. Durch dieses Fenster flog eine Wespe, oder war es eine Hornisse, geradenwegs auf Dr. Luchs' gepflegt gestutztes Barthaar. Dies nötigte ihn, die Arme zum zweiten Mal aus der Brustverschränkung zu lösen, diesmal unfreiwillig und kaum sehr eindrucksvoll. Dr. Luchs begann vor seinem Gesicht herumzuwedeln, erst mit einer Hand, dann mit beiden Händen, was die statuarische Eleganz seiner Erscheinung und die von ihr ausstrahlende Autorität nicht wenig beeinträchtigte. Mag sein, er hätte diesen einen Abwehrkampf noch gewinnen können. Doch durch das weit geöffnete Fenster nahmen eine zweite, eine dritte, viele Wespen, oder waren es Hornissen, Kurs auf den Prokuristenkopf. Nach den Händen gerieten nun auch die Beine des höheren Angestellten in Bewegung. Alle Wespen, oder waren es Hornissen, wandten sich ohne Umschweife an Dr. Luchs. Verschmähten den Meister und Vetten, die ohnehin von dem Prokuristen Abstand nahmen, wodurch auch die Dreierpyramide gesprengt wurde. Nur den Vertreter des Firmeninhabers umschwärmten die Wespen, oder waren es Hornissen, als hätten sie erkannt, wer hier das Sagen hatte. Der aber mußte den Mund halten, wollte er nicht Gefahr laufen, einen der tollwütigen Brummer zu schlucken. Weg, weg, stieß er noch ein paarmal hervor, bis sich eine Wespe, oder war es eine Hornisse, beinah über die Schnurrbartkante in das vom ä im ›wäck, wäck‹ aufgesperrte Mundloch gestürzt hätte, was nur ein heftiges Zurseitereißen des Kopfes gerade noch verhindern konnte. Allerdings um den Preis einer schmerzhaften Verschiebung zweier Nackenwirbel, was Dr. Luchs ein Ächzen und einen weiteren unkontrollierten Griff zum Hinterkopf abzwang, worauf sich die Wespen, oder waren es Hornissen, erst recht angestachelt fühlten.

Dat es jo ne janz Söße, flötete Lore in die Stille. Lurens, wie se däm öm dä Bart jonn.

Jo, jo, lurens, riefen die Frauen wie aus einem Bann erlöst.

Frau Söhlgen, ärgerlich, daß sie sich von einem da oben so hatte einseifen lassen, schneuzte sich ein letztes Mal und knurrte aufmüpfig ins Taschentuch: Dä kann us vell verzälle, dat Band löf ze flöck.

Jo, jo, ze flöck, griff ihre Nachbarin die beiden letzten Worte auf, und die Frauen fielen ein, ze flöck, ze flöck, eine nach der anderen, in normaler Lautstärke zuerst, dann lauter und zuletzt schreiend, ze flöck, ze flöck. Lore gab mir einen Rippenstoß. Da schrie ich mit. Heiß vor aufsässiger Freude. Das Band lief ze flöck, ze flöck. Wir hatten recht, und wir waren viele, ze flöck, ze flöck, achtzehn gegen einen, und ich war dat Kenk von nem Prolete.

Lööf dat Band ze flöck, wäde mer verröck, schmetterte ich. Die Frauen stutzten, dann schrien sie auch, den Takt mit der flachen Hand aufs Fließband klatschend. Der Prokurist brüllte etwas, keiner verstand ihn. Wir waren lauter, wir waren stärker, wild geworden wie die Wespen, oder waren es Hornissen, und genauso giftig.

Das ist Streik! kreischte Luchs mit sich überschlagender Stimme. Streik, gellte er, seine Hände vor dem Mund zum Trichter geformt. Doch Hauptplage waren noch immer die Insekten, die, durch sein Fuchteln herausgefordert, ihre Angriffe verstärkten.

So tun Sie doch etwas, donnerte Luchs den Meister an. Der stand in respektvollem Abstand vor seinem Vorgesetzten und wiederholte, etwas abgemildert, dessen wildes Gestikulieren, sei es aus Solidarität oder aus Verlegenheit, egal, die Wespen, oder waren es Hornissen, hatten in Dr. Luchs den Chef erkannt und ließen sich von ihm nicht abbringen.

Dat Band muß langsam loofe, schrie Lore, als Antwort auf Luchs' Aufforderung zum Handeln. Ihr Haarteil hatte sich in der Erregung verschoben und drohte vom schweißigen Vorderkopf aufs rechte Ohr zu rutschen.

Dat Band muß langsam loofe, gellte sie in den Chor des Ze-flöck-verröck, ze-flöck-verröck.

Mir losse us nit för domm verkoofe, brüllte ich.

Der Chor geriet aus dem Takt, ins Stocken. Ein Fehler, den der Prokurist mit einem Aufschrei: Meine Damen! zu nutzen suchte. Zu spät.

Dat Band muß langsam loofe, mir losse us nit för domm verkoofe! schrien Lore und ich wie aus einem Munde, wobei wir ›laangsam‹ nachdrücklich in die Länge zogen, um dann loszurattern: Mir losse us nit för domm verkoofe.

Und jetzt alle, schrie Lore wie der Präsident auf der Fastelovendssitzung: Dat Band muß langsam loofe, mir losse us nit för domm verkoofe! Schwer zu sagen, was wir mehr genossen, den von Wespen, oder waren es Hornissen, umschwärmten, schachmatt gesetzten Dr. Luchs oder uns selbst, unser Gefühl der Stärke, unser Gefühl zu wachsen, mit jeder Silbe, die wir hinausschrien, über uns selbst hinaus und zusammen, ›ein feste Burg‹.

Eine der Frauen am oberen Ende des Bandes und die Frau an der Abfüllmaschine standen auf. Wir standen alle auf. Ze flöck! Ze flöck! schrien wir und stampften mit den Füßen. Wir standen wie ein Mann. Noch standen wir. Frau Söhlgen, die schüchterne, scheue Frau Söhlgen, jetzt eine der hemmungslosesten schreienden und stampfenden Arbeiterinnen, schob ihren Stuhl zurück und machte den ersten Schritt in Richtung Prokurist. Da gab der auf. Verließ die Halle in einem holprig hüpfenden Lauf, einem zielgerichteten Veitstanz, umwirbelt von Wespen, oder waren es Hornissen, der Meister und Herr Vetten hinterher.

Eine nach der anderen ließen wir uns auf unsere Stühle fallen wie nach einem schweren Stück Arbeit. Die Hitze in der Halle setzte uns wieder zu. Lore stand auf und schloß das Fenster. Noch mieh Wespe bruche mer nit, sagte sie, jitz wolle mir ens wade. Heldejaad, weiß de nit noch en Jedischt? Lööf dat Band ze flöck, wäde mer verröck. Weß de nit noch eins?

Noch lag auf den Gesichtern der Frauen der Abglanz der Freude an der gemeinsamen Widerborstigkeit. Oder war es das Gegenlicht, das ihre Gesichter vergoldete? Sie hatten es einem von denen da oben gezeigt, ihn in die Flucht geschlagen. Doch machte sich auch schon Besorgnis breit. Streik, hatte der Prokurist gerufen. Das konnte die Papiere geben, und der Fernseher und die Couchgarnitur waren noch längst nicht abbezahlt. Hünfelds Änni machte eine halbblaute Bemerkung, die ich nicht verstand, und kicherte, keine lachte mit. Frau Söhlgen schaute schon wieder betreten in ihren Schoß. In meinen Büchern gab es Stenotypistinnen, Kinderfräulein, Arzthelferinnen und Krankenschwestern, Modistinnen, Schneiderinnen, Kellnerinnen, Bardamen, Schauspielerinnen und Sängerinnen, Ärztinnen und Bäuerinnen, Töchter, Gattinnen und Witwen. Frauen, die Pillen packten, gab es nicht. Las ich nicht die richtigen Bücher, oder wurde in den

Büchern nicht das Richtige geschrieben? Warum war in den Büchern immer Feierabend? Warum gab es weder Maurer, Metzger, Bäcker in den Büchern, ganz zu schweigen von Fabrikarbeitern, Straßenfegern, Müllmännern. Aber würde ich denn gern von ihnen lesen? Lieber als von Beate und Mareille? Heldejaad, riß mich Lore aus meinem Sinnieren, wo bliev dat Jedischt?

Die Tür sprang auf. Wortlos, ohne uns eines Blickes zu würdigen, verschwand der Meister im Glaskasten. Gab der Frau an der Abfüllmaschine ein Zeichen. Das Band ruckte an. Es lief langsamer. Die Kinder in Indien konnten aufatmen.

Keine von uns hatte es an diesem Tag eilig, aus der Fabrik herauszukommen. Immer wieder verfiel eine der Frauen feixend in Zuckungen und Verrenkungen. Jede wollte einmal Dr. Luchs in Kampf und Niederlage sein. Am besten gelang es der dürren Frau Kluck, Arme und Beine herumzuschleudern, wie von Stromstößen geschüttelt. Häs de dat jesinn, häs de dat jesinn, fragte die eine die andere, vor Lachen die Beine zusammenpressend, eine Hand im Schoß. Häs de jesinn, wie dä Kääl Scheß hatt! Wie däm die Uhrkett op däm Bauch jehöpp is! Wie däm die Diersche en et Hoor jefloje sin! Wie däm dä Schweeß jekumme es! Häs de jesinn! Häs de jesinn!

Gar nicht genug kriegen konnten wir von der Verwandlung des Ereignisses in eine Geschichte, in der jede von uns und wir alle zusammen die Hauptrolle gespielt hatten. Als der Meister uns schließlich fast hinauswarf, sah ich mich in der Tür noch einmal um. Hohes Nachmittagslicht schillerte im Pillenstaub, lag auf Abfüllmaschine, Fließband, Kartons. Die Halle war schön. Für kurze Zeit war der Arbeitsplatz ein Kampfplatz gewesen. Der Platz unseres Sieges. In dem Gang zu den Spinden brummte noch eine Wespe, oder war es doch eine Hornisse. Wir geleiteten sie an den Stechkartenkästen, am Pförtner vorbei, im Triumphzug ins Freie.

Draußen wartete Peter schon seit über einer halben Stunde. Peter war geduldig. Das hatte ihn der Umgang mit den Pflanzen gelehrt. Aber er kannte, ging es nicht um Pflanzen, auch keine Begeisterung. Als ich ihm von diesem Nachmittag erzählte, brachte das sein antikes Profil kaum in Bewegung. Langsam und mit

Nachdruck, so, wie er sprach, wenn er eine Pflanze bestimmte, sagte er: Hildegard, er sprach meinen Namen nun stets mit äußerster Korrektheit aus, als sei ich eine Pflanze, Hildegard, dat war nit rescht. Dat war fresch. Der arme Dr. Luchs. Wespen sin jefährlich. Un keine von eusch hat dem jeholfen. Ich seufzte und schaute Peter von der Seite an. Er hielt die Mappe vor die Brust gepreßt, und seine Lippen waren das einzige, was sich in seinem Gesicht bewegte.

Zu Hause saß die Mutter mit rotgeschwollenen Händen, beide Gelenke fest umwickelt, über Körben mit Ketten. Die Fabrik hatte einen Sonderauftrag schnell zu erledigen. Der Vater arbeitete noch im Garten des Prinzipals. Die Großmutter schnippelte Bohnen. Der Bruder bastelte an seinem Fahrrad. Meine Bücher im Holzschuppen kehrten mir ihre Rücken zu. Ich zog das Heft ›Schöne Sätze‹ hervor und blätterte darin. ›Es gibt Taten, die sich keinem Menschenurteil mehr unterwerfen – nur den Himmel als Schiedsmann anerkennen.‹ – ›Und käm die Hölle selber in die Schranken, mir soll der Mut nicht weichen und nicht wanken.‹ – ›Hohl ist der Boden unter den Tyrannen, die Tage ihrer Herrschaft sind gezählt, und bald ist ihre Spur nicht mehr zu finden.‹ – ›In deiner Brust sind deines Schicksals Sterne.‹ – ›In seinen Taten malt sich der Mensch.‹ Friedrich verstand mich.

Tagelang sprach das Dorf von nichts anderem als von die Wiever beim Maternus, die et denne do ovve gezeigt hatten. Aus den Wespen wurden dabei endgültig Hornissen. Auch bestand man darauf, daß sie gestochen hätten. Die Stiche schwankten zwischen zwei und zehn. Und daß ich Jedischte jemacht hätte, fresche. Lööf dat Band ze flöck, wäde mer verröck, wurde eine Zeitlang zum geflügelten Wort zwischen Dondorf und Strauberg. Die Mutter schämte sich. Für so was schickte man dat Kenk nit op de Scholl. Ob der Vater von der Geschichte hörte, erfuhr ich nie. Die Großmutter, die von ihren Heiligen und nicht zuletzt von Jesus einiges an Rebellion gewohnt war, nickte mir billigend zu. ›Du sollst Jott mehr jehorschen als den Menschen‹, gab sie mir mit auf den Weg. Und: ›Eher jeht ein Kamel durchs Nadelöhr als ein Reischer in das Himmelreisch.‹ In bestem Hochdeutsch.

Tage später fand ich hinter meiner Stechkarte einen Brief von der Geschäftsleitung, unterschrieben vom Prokuristen persönlich. Nun wußte ich endlich, daß er sich Luchs schrieb. Gut so. Ein x hätte ich ihm nicht gegönnt. Ich sollte mich im Personalbüro einfinden. Dat Heldejaad is einbestellt, orakelten die Frauen.

Herr Vetten, geistig und körperlich wieder auf Zehenspitzen, das ungesunde Fett poliert und gestrafft, teilte mir mit, daß man mich nur behalte, weil man Arbeitskräfte brauche. Die Kinder in Indien, ich hätte es ja gehört. Aber es sei das letzte Mal. Im nächsten Jahr wolle man mich hier nicht mehr sehen. Und jetzt hätte Herr Dr. Luchs noch ein Wort mit mir zu reden.

Ich mußte, nachdem die Tür schmatzend hinter mir zugefallen war, eine Weile gehen, bis ich vor dem aufgewölbten Schreibtisch des Prokuristen stand. Dastand und warten mußte, bis der Mann es an der Zeit fand, einen Augenblick nicht mehr in den Papieren zu rascheln und ungefähr in meine Richtung zu sehen, ehe er den Kopf wieder senkte und zu kramen fortfuhr. Minutenlang ließ er mich so stehen. Bot mir auch keinen Platz an, als er zu reden begann, hochaufgereckt aus seinem sesselartigen Stuhl auf mich herabsprach von seiner Enttäuschung, der Enttäuschung des Dr. Dr. Maternus und seiner Familie. Niemand verstünde, daß ich mich mit diesen Frauen gemein gemacht habe. Jeder wisse doch, daß die Gemeinde das Schulgeld für mich bezahle.

Wissen Sie denn nicht, wo Sie hingehören? Da gehören Sie doch einfach nicht dazu! Beide Handflächen nach oben gekehrt, streckte mir der Prokurist seine Arme entgegen, als wolle er mich ergreifen und über den Tisch ziehen.

Ich wich zurück.

Der Prokurist verschränkte die Arme wieder vor der Brust. Überlegen Sie sich, wo Sie hingehören! Beizeiten! Einem Wink seiner Hand entnahm ich meinen Abschied. Auch mochte er einen Knopf gedrückt haben, denn die Tür sprang auf, noch ehe ich sie erreicht hatte, flog mir entgegen und wieder hinter mir zu.

Wat hät he jewollt? wollten die Frauen wissen.

Dat weeß dä sälver nit, erwiderte ich in breitestem Kölsch. Dä Drisskääl.

In diesem Jahr bekam ich keine Einladung zum Kindergeburtstag bei dem Fabrikanten. Der Bruder auch nicht. Wir kriegten nie wieder eine.

Meinen Rücken an die Wand des Hühnerstalls gelehnt, die seit Wochen die Sommerhitze gespeichert hatte, teilte ich mir mit Pankraz, dem Schmoller, Dietigen und dem feinen Gretli einen Teller dunkelsüßer Kirschen und die Abendsonne bis zum Untergehen. Von Grafen und Baronen und ihrem dazugehörigen Hausstand mochte ich heute nichts wissen. Nichts von Levkojen und Reseden, Rosen- und Lilienbeeten, von Entenjagden und Teichen im Mondschein, Kieswegen und Kutschen. Nichts von Männern, die zum Zeitvertreib auf die Pirsch gingen, über die Felder ritten oder Madame zu erlesenen Soupers führten. Nichts von Damen, die in zarten Händen noch zartere Stickereien hielten, ins Musselintüchlein schnupften, allweil von Lungensucht und Liebeskummer bedroht.

An diesem Abend wollte ich es mit Menschen zu tun haben, die ihren Lebensunterhalt selbst verdienten mit ihrer Hände Arbeit. Ob es nun Tuchscherer, Knopfmacher, Kupferschmiede, Schuster, Schneider oder Kammacher waren. Ich wollte bei den Frauen sein, die sich und ihre Kinder mühsam und redlich durchbrachten, Witwen mit kleinen Äckern, auf denen Kartoffeln wuchsen, Kohl und Bohnen, die sich mit dem Spinnrad Brot und Butter verdienten, in herrschaftlichen Häusern die Wäsche wuschen, Beeren und Reisig sammelten und in reinlichen Körbchen und Bündeln wohlfeil verkauften. Ich hatte seit dem letzten Sommer nichts mehr von ihnen gehört. Es war ein großes Familientreffen. Da stießen John Kabis und Herr Adam Litumlei aufeinander, Vicki Störteler traf auf den Schulmeister Wilhelm und nahm die Ketta zur Braut, Jukundus und Justine verloren ihr Lachen und fanden es wieder, und zum Schluß legte Spiegel, das Kätzchen, den Stadthexenmeister Pineis herein. Ja, wir Frauen hatten Herrn Dr. Luchs den Schmer abgekauft, und sonnig und wonnig waren uns die Wespen, oder waren es Hornissen, zu Hilfe geeilt. Zauberei? Wir hatten sie zu nutzen gewußt. ›In deiner Brust sind deines Schicksals Sterne.‹

Mit Peter von etwas anderem als von Pflanzen zu reden, machte ich nie wieder den Versuch. Sprachen wir nicht über Pflanzen, sprach ich mit ihnen. Peter langweilte mich nie. Ich vergaß ihn einfach. Das Buch sank ihm in den Schoß, die Lippen standen leicht geöffnet, über der geraden Nase schaute sein Auge unbeirrt auf die andere Rheinseite. Ich neben ihm, so nah, so weit, daß wir einander nicht berührten, in den Anblick unserer Pflanze versunken oder des Himmels, bis ihrer beider Schönheit durch mich hindurchfloß, ziellos, zwecklos, aufgesogen von der Weichheit einer Osterluzei, verwoben in ihren Kurven und Beugen, verloren im Gewirr der Rispen vom Scharbockskraut, weit gestreckt in die Krümmungen der Schlingen einer Ackerwinde, die sich um meinen Daumenballen schmiegte.

Nur einmal hatte er meine Hand ergriffen. Versunken in einen Kartoffelacker, gefangen vom Aufbau dieses Nachtschattengewächses von der Blüte bis zur Knolle, hatten wir das Gewitter nicht herankommen hören, bis uns ein kalter Windstoß traf, der schon feuchte Luft vor sich hertrieb. Wie oft hatte ich mir ein Gewitter mit Sigismund ausgemalt, sogar den Ort dafür schon ausgesucht, Karrenbroichs Heuschober zwischen Notstein und Kapellchen. Im ›Almanach für die Dame‹ – das Buch hatte mir die alte Frau Bürgermeister für einen Eimer Brombeeren geschenkt – hatte ich die Geschichte von einer Liebesstunde im Heu gelesen, und obwohl die Beteiligten und deren Verwandte Namen hatten, die man kaum auseinanderhalten, ja ein und dieselbe Person fünf verschiedene Namen haben konnte, fühlte ich mich von der unter dem heißen Himmel Weißrußlands spielenden Geschichte zur Nachahmung angespornt. Hand in Hand hätten wir im Eingang des Schobers gestanden, das süße Rieseln des Regens draußen, wo Wiesen und Büsche unter der Erquickung bebten. Das anfangs zögernde, später herrische Trommeln der Tropfen aufs Wellblechdach, wenn wir rücklings mit ineinander verschränkten Händen und weit offenen Augen in der weichen, duftenden Fülle nebeneinanderliegen und nichts mehr hören würden, nicht das Rauschen von draußen, nicht das Prasseln aufs Dach, nur noch unseren Atem. Daß am Ende ein Iwan mit einer wechselweise hastigen, zärtlichen, zögernden, groben Bewegung einer Lisaweta den Rock hochschob, ließ ich weg. Ich wollte es mir nicht vorstellen, geschweige denn erleben. Mit keinem.

Als die ersten Tropfen fielen, waren wir auf einer Höhe mit dem Heustall meiner Träume. Peter ergriff meine Hand und rannte in seine Richtung. Ich riß mich los, stürzte geradeaus. Naß bis auf die Haut, kam ich zu Hause an. Eine Postkarte aus Spanien lag für mich da. Unter einem blauen Himmel ein blaues Meer, darin ein blondes Mädchen im Bikini. Auf der Rückseite außer der Adresse ein Wort: Siggi. Winzig wie Fliegenschiß. Siggi. Die Großmutter fegte die Kräuterasche in den Herd. Die Mutter riß die Fenster auf. Das Gewitter war vorbei.

Am nächsten Morgen war der Himmel klar, die Luft erfrischend abgekühlt. Alle Frauen saßen wieder am Band. Es lief so schnell wie vor unserem Aufstand. Oder schneller? Keine von uns mochte es eingestehen.

Nachmittags goß es wieder in Strömen. Vor dem Fabriktor stand Peter mit einem Schirm. Das Wasser stürzte durch den Rinnstein auf die Gullys zu, wo es sich staute und Strudel bildete. Nach Gewittern hatte der Großvater aus Papier, das zu nichts, aber auch gar nichts Vernünftigem mehr zu gebrauchen war, Schiffchen gefaltet. In der Schulstraße, die nach dem Krieg als eine der ersten mit Kanalisation versehen und asphaltiert worden war, hatten wir sie, dort, wo die Straße leicht abfiel, behutsam auf das Wasser gesetzt und frohlockend zugesehen, wie die Schiffchen abwärts schossen in ihr sicheres Verderben, vor dem sie der Großvater jedesmal mit ein paar großen Schritten gerettet hatte. Erst wenn den aufgeweichten Bezwingern der Rinnsteine der Zerfall auf hoher See drohte, durften sie ihrem Ende im Abgrund der Gullys entgegenrasen.

Es war kühl geworden. Peter hatte einen seiner Pullover mitgebracht, einen Nicki aus dunkelblauem Samt, wie ich ihn schon immer haben wollte. Er reichte mir bis ans Knie. Kommst du mit nach Hause? fragte er, und, als ich zögerte, die Mutter hat extra Kuchen gebacken. Ich machte mir nichts aus Kuchen. Ich zeige dir auch die Treibhäuser.

Zur Gärtnerei fuhr man eine Station mit der Straßenbahn. Peter bezahlte meinen Fahrschein. Bis auf einmal Fürst Pückler hatte er noch nie etwas für mich bezahlt. Ich hatte dem Schaffner den Groschen schon hingestreckt, doch Peters Arm war ein Stück länger: Zweimal Bromberg. Ich kam mir sehr erwachsen vor. Wenn Männer für Frauen bezahlen, war es ihnen ernst. Zugleich aber fühlte ich mich bevormundet, unfrei, überrumpelt, weniger beschützt als eingeengt, zu einer Zugehörigkeit gezwungen, die ich lästig, beinah demütigend fand. Ich rückte näher ans Fenster.

Die Körper der Leute dampften von feuchter Wärme, die Fenster waren beschlagen. Ich wischte mit dem Ellenbogen ein Guckloch. Der Regen ließ nach, unter den Wolken formten Sonnenstrahlen einen Fächer.

Schau mal, sagte ich zu Peter, ein Auge Gottes.

Hä, machte der verständnislos und erhob sich. Mir sin do.

Es duftete nach Apfelkuchen, nach Zimt, Vanille und Rosinen, nach frisch gebrühtem Kaffee und frisch geschnittenem Phlox. Peters Mutter hätte in Seldwyla zu Hause sein können mit ihrem warm geröteten Gesicht, den flinken mausgrauen Augen, dem braunen, straff gescheitelten Haar, der drallen Figur, die immer in kreiselnder Bewegung zu sein schien. Aber Peters Mutter wußte, was sie wollte, und ging auf Ziele geradewegs los. Wer sie genauer ansah, stutzte beim Anblick ihres Mundes, stutzte zuerst und fühlte sich dann fast abgestoßen. Sie trug einen Schnitt zwischen Nase und Kinn. Ein Messer. Durch diesen Schnitt gerieten ihre Gesichtszüge in einen merkwürdigen Widerspruch zwischen Lebenslust und Lebensverachtung. Was immer sie sagte, stets strafte der Mund die blanken Augen Lügen.

Peter handhabte die Kuchengabel geschickt, als zerteile er eine Pflanze, kaute gut und schluckte bedächtig, spülte mit Kaffee nach. Seine Mutter pries derweil ihren Hausstand, ihre Gärtnerei und natürlich ihren Peter. Viel fehlte nicht, und sie hätte mir ihre Sparbücher zur Einsicht vorgelegt. Vor Verlegenheit fast im Befehlston, forderte Peter mich auf, mit ihm in die Treibhäuser zu gehen.

Der Weg dorthin führte durch die Baumschule. Die tropfnassen Bäume und Büsche flirrten im Abendlicht. Peter nannte sie alle beim Namen, kannte die Sorten und Eigenarten, blieb hier stehen und dort. Die Luft war frisch und kühl. Ich drängte weiter.

Im Inneren des Treibhauses staute sich die Wärme vieler Jahre. Peters Großvater hatte dieses erste Haus gebaut, der Vater ein zweites, Peter würde weitere bauen. War es das Licht, der Geruch, die Luft? Luft, die sich an uns schmiegte wie ein lebenswarmes, pulsierendes Fell, Duft nach geheimen Moosen, erdigen Spalten, strengen Träumen, feuchtem Laub und wilden Kräutern, fernen Welten, Geahntem, Unbekanntem, Verbotenem. Und das Licht, dieses grüne Gold, dieser glimmernde Dämmerschein, dieser weltvergessene, abgeschiedene Glanz, seine müde, matte Verlockung, Glanz und Farbe alter Heiligenbilder, verdunkelt vom Rauch unzähliger gnadenflehender Kerzen. Über allem ein Murmeln, Rauschen, Flüstern, Rieseln wie aus uralten Zeiten. Ich tat ein paar Schritte vorwärts, schlafwandlerisch, träge, willenlos, widerstandslos gab ich mich hin, dem Duft, dem Licht, der Luft, den Lauten. Hier wollte ich sein.

Peter stand neben mir. Ohne sein Großvaterbuch schien er mir fremder und näher zugleich. Er war kein Sprachrohr mehr, er war einfach da. So wie das schillernde Licht, der berückende Duft, das betörende Rauschen. Hier, ja, hier und jetzt sollte es geschehen. Ich faßte Peter beim Oberarm kurz unterhalb der Schulter, schloß die Augen und begann: ›Singet leise, leise, leise, singt ein flüsternd Wiegenlied ...‹ Sprach eindringlich und mit immerfort emporgerecktem Gesicht und geschlossenen Augen, ›von dem Monde lernt die Weise‹, während ich auf Peters Lippen wartete, ›Summen, Murmeln, Flüstern, Rieseln‹.

Dat is dä Sprenger, sagte Peter. Automatisch, janz modern.

›Der so still am Himmel zieht‹, sagte ich.

Nä, dä Sprenger.

Hätte er geschwiegen, wer weiß, was aus mir geworden wäre.

Dat is dä Sprenger, sagte er noch einmal. Und der erste Kuß und Frau Peter Bender, geborene Palm, versickerten umgehend und für alle Zeiten in der vollautomatischen Rieselanlage von Bumke & Sohn KG. Peter führte mir alle Feinheiten der Berieselung vor, ließ die Anlage in hohen, harten und weichen, flachen Bögen kommen, versuchte auch ein paarmal, mich anzuspritzen, was er für einen großen Spaß hielt.

Ich kriegte keine Luft mehr. An der Türe prallte ich mit Peters Mutter zusammen. Seid ihr schon soweit? fragte sie, die Augen ganz und gar von der lauernden Bitterkeit ihres Mundschnitts verdunkelt. Ich müsse nach Hause, log ich. Die Mutter mache sich Sorgen. Da mußte Frau Bender nicken. Peter begleitete mich nicht. Ich bezahlte für mich selbst.

Hervorragend, sagte ich, als die Mutter fragte, wie der Kuchen bei Benders geschmeckt habe. Nein, das Rezept für die gedeckte Apfeltorte habe ich mir nicht geben lassen. Ein Versäumnis, das die Mutter aus der Fassung brachte.

Im Holzstall zerfetzte ich die Karte aus Spanien und ließ die Schnipsel ins Plumpsklo rieseln. Vertiefte mich in ›Der Spinnerin Nachtlied‹, bis ich sie schlagen hörte, die Nachtigallen, und die Spinnräder schnurrten und Sang und Schall mein Herz zur Ruhe brachten. Ich war in Sicherheit. Um ein Haar hätte ich ein Treibhaus geküßt.

Peter brachte mir am nächsten Tag das Rezept mit. Ich hätte es wohl vergessen, habe seine Mutter gesagt. Ich gab es meiner Mutter, die das für ein gutes Zeichen nahm, eine halbe Verlobung.

Über die große Familie der Lippen- und Rachenblütler, über Löwenmaul und Johanniskraut kamen wir bis zu den Dosten. Am Tag, den wir für die kleine Familie der Wurzelwürger vorgesehen hatten, stand meine Mutter neben Peter am Fabriktor.

Tschö, Peter, sagte sie kurz, packte meine Hand und zog mich fort, einen Brief mit einer bunten fremdländischen Marke schwenkend.

Du küss jitz heem, fuhr sie mich an. Ich fühlte die Blicke der Frauen im Rücken, wie ich hier abgeholt wurde, als wäre ich ein Kindergartenkind. Peter machte noch ein paar Schritte neben mir her, bis die Mutter auch ihn anherrschte: Et – damit war ich gemeint – kann dir jo morje verzälle, wat en däm Breef steht. Ens lure, ob de dann noch Spaß an däm häs.

Peter blieb zurück. Die Mutter umklammerte mein Handgelenk. Was konnte Sigismund nur geschrieben haben, das die Mutter so aufbrachte? Hatte ihm die schnöde Karte leid getan? Ihn endlich trunkene Sehnsucht gepackt wie Werther, als er seinen Brief an Lotte schrieb? Ohne Bedauern nahm ich Abschied von den Ausflügen mit Peter, von Peter selbst. Wie hatte ich Sigismund je über Pestwurz und Vogelmiere vergessen können!

Setz desch, giftete die Mutter. Sie mußte sich ihrer Sache sehr sicher sein, sonst hätte sie nicht so unverfroren Kölsch mit mir gesprochen.

Gib her den Brief, sagte ich, der ist doch an mich, man darf keine fremden Briefe öffnen, Briefgeheimnis.

Briefjeheimnis, äffte die Mutter, un wat is dat he? Sie hielt mir den Umschlag vor Augen. ›Maria Palm‹ stand da in ungelenker Handschrift. Die von Sigismund war es nicht. Auf der Briefmarke las ich ›Italia‹.

Un jitz hürs de mer ens zo und dann säs de mer, wat dat ze bedügge* hät. Hilfesuchend sah ich mich um. Die Großmutter pflückte im Garten Stangenbohnen. Die Mutter knallte den Handrücken auf das Papier und richtete sich auf. ›Verehrte Fräulein, Maria liebe, ein Jahr vorbei und ich nix kann vergessen. Du und ich am Rhein in Wiese. Ich dich bürsten male viele. So schön, so lang. Ich nix vergesse. Molto bello. Hier mein Adresse. Du schreiben. Du kommen, wenn Schule aus. Dein Federico.‹ Un dann noch sun Zeusch op Italiänisch. So, un jitz bes du dran! Die Mutter schäumte.

Met nem Italjäner, nem Itacker, rief die Mutter ein ums andere Mal. Un för sujet schecke mer desch op de Scholl. Wat hät dä Kääl met dir jemaht?

Nix, antwortete ich und spürte, wie mir das Blut ins Gesicht stieg.

Jo, jitz wüs de ruut! Jitz es et ze spät, sesch ze schamme, zischte die Mutter.

Sie hatte recht. Ich schämte mich. Aber nicht wegen des Briefes. Ich schämte mich, daß ich mich damals für Federico geschämt hatte. Daß ein paar Wörter genügt hatten, ihn zu vernichten. Hatte ich nicht einmal mit Hanni mitten auf dem Kirchplatz gesungen: ›De Haupsach es, et Häz es jut! Nur dorop kütt et an.‹?

Gib her, ich versuchte, der Mutter den Brief zu entreißen.

* bedeuten

Das war Liebe. Ich eine Verräterin. Diese Adresse mußte ich haben.

Dä Breef bliev bei mir, fauchte die Mutter, un du solls sinn, wat de dovon häs. Met nem Itacker am Rhing! Dat jiddet doch janit! Wat jlövs de, wat dä Breeträjer dä Lück verzällt!

Maria, suchte die Großmutter die Tochter zu beruhigen. Dä Breef kütt doch us Italijen. Un in Italijen wohnt dä Papst! Lurens, wat för schöne Bunne!

Bunne? schnaubte die Mutter. Waat, bes dä Papp no Huus kütt!

Wieverkrom, brummte der Vater am Abend und ließ die Mutter mit dem Brief stehen. Im Garten des Prinzipals waren die gesamten Rosen von Rost und Rüsselkäfer befallen. Bis in die Nacht hörte ich ihn im Schuppen kramen.

Der Brief war an einem Freitag gekommen. Am Samstag ging die Mutter auf den Kirchhof. Ohne mich. Am Sonntag war Peter nicht im Hochamt. Viel früher als gewöhnlich kam ich nach Hause. Die Mutter fragte nichts. Ich sagte nichts.

Friedel schenkte mir wieder einen Roman. Mit ihren wäßrigen Augen schaute sie mich an, beredt, verständnisvoll, ein Blick zwischen zwei Erwachsenen. Ich heilte mich mit größerem Unheil, Liebe, Leid und Tod in schönem Deutsch. Wie verliebte ich mich in diese Effi, dieses Geschöpf voller Mut und Übermut, wie verachtete ich ihre Mutter, der die Meinung der Leute mehr galt als das Glück einer Tochter, die gefehlt hatte, ja, aber doch vor so langer Zeit, und alles bereut und vergessen. Und wie haßte ich diesen Instetten für die Abrichtung seiner Tochter: ›O gewiß, wenn ich darf.‹

Peter hatte nicht vor der Kirchentür gestanden. Er stand auch nicht am Fabriktor. Die Frauen rannten an mir vorbei, warfen mir mitleidige Blicke und aufmunternde Worte zu. Endlich ging ich auch. Nahm den Weg über die Vischerstraße zum Kapellchen, an den Rhein.

Er saß auf der Bank nahe der Rhenania und schrak zusammen, als ich ihn anrief. Sonne, die in den Pappeln pulste, der gleißende Rhein, alles war wie immer. Wieder saßen wir gemeinsam auf dem rohen Holz der Bank im Licht und Schatten der Bäume.

Meine Mutter, begann Peter, ohne mich anzusehen, ohne mich

zu begrüßen. Meine Mutter hat deine Mutter am Samstach auf dem Kerschhof jetroffen. An Küsters Jrab. Er machte eine Pause. Als ob das eine Rolle spielte, dachte ich. An Küsters Jrab, wiederholte er, wo wir die violetten Stiefmütterschen jepflanzt haben. Und Tajetis. Aber die haben die Schnecken fast janz jefressen.

Peter beschrieb das Grab in allen Einzelheiten, sogar den Sprung der Steintafel in der linken Ecke oben ließ er nicht aus. Und mußte doch weiter. Weiterreden. Isch weiß nit jenau, wat deine Mutter meiner Mutter erzählt hat. Sie haben misch weggeschickt zum Komposthaufen, du weißt ja, janz am anderen Ende, mit der schweren Schubkarre. Peter machte erneut eine Pause. Ich sah ihn an. Wir schwiegen. Aber es war nicht länger das gemeinsame Schweigen unserer guten Tage.

Ich streckte die Beine von mir. Die Absätze scharrten durch die Schlacke, mit der die Gemeinde die Wege am Rhein von Zeit zu Zeit aufschütten ließ. Peter setzte sich gerade. Er habe, so Peter, gewartet, bis meine Mutter weg war. Seine Mutter habe ihre Hacke weggeschmissen, einfach von sich geschleudert, so etwas tue sie sonst nie, und gesagt: Lommer heemjonn, und so hätten sie schon am hellichten Tag die Sachen zusammengepackt. Zu Hause habe die Mutter ihn zum Torfen in die Treibhäuser geschickt und erst nach Stunden wieder ins Haus gerufen. Kirschpfannekuchen habe sie ihm gebacken, obwohl es die sonst nur sonntags gebe, mit Puderzucker, und dann habe sie ihm klipp und klar verboten, sich mit mir noch einmal blicken zu lassen. Warum, habe er gefragt, warum, aber da habe sie nur den Kopf geschüttelt, nä sujet, nä sujet geseufzt, Hochmut kommt vor dem Fall, und: Dat kütt hi nit mieh en et Huus. So, wie die Mutter mich in den Himmel gehoben habe, mache sie mich jetzt herunter. Ich sei seiner nicht wert. Er sei zu schade für mich. Nicht einmal mehr beim Namen nenne mich seine Mutter. Nur noch dat Minsch, und meine Mutter: Dat-ärme-Maria. Dat hät et nit verdeent. Warum, das wolle sie ihm aber um keinen Preis sagen. Aber du, Peter wandte sich zu mir, du mußt et doch wissen. Sein Gesicht war ruhig und unbewegt wie die Dinge, mit denen er zu tun hatte, Pflanzen, Erde, Gräber.

Nein, sagte ich. Ich weiß es auch nicht. Die Mutter hat einen Brief aus Italien gekriegt.

Aus Italien, echote Peter.

Ja, sagte ich.

Mit einem langgezogenen Tuten ging ein Schleppkahn in die Kurve stromabwärts. Er ragte hoch aus dem Wasser, kaum beladen. Auf Deck holte eine Frau Wäsche von der Leine. Noch lange rollten die Wellen ans Ufer, kreischten im Kielwasser ein paar Möwen hinterher.

Seinen Anzug trug Peter heute nicht. Er saß da in seiner speckig steifen Lederhose und einem karierten, kurzärmligen Hemd, die er bei der Arbeit trug. Aber seine Aktentasche hielt er auch jetzt an die Brust gepreßt.

Wenn du disch schickst, Hildejard, sagt die Mutter, kann noch alles jut werden, sagte Peter. Aber ein Jahr lang darf isch disch jetzt nit treffen. Aber im nächsten Jahr jenau an diesem Tach sitz isch hier und warte auf disch. Wie die Cichorium intybus, die gemeine Wegwarte, weißt du noch?

›Die Wegwarte, eine verzauberte Jungfrau, wartet auf ihren Geliebten, der sie verlassen hat. Steht am Wege und späht nach ihm in alle Himmelsgegenden aus. Die Cichorium intybus von Albertus Magnus, auch Sponsa solis, Sonnenbraut genannt, weil ihre Blüten der Sonne getreulich auf ihrem Weg durch den Himmel folgen und von alters her, schon seit Ovids Zeiten, das Symbol der treuen Liebe sind‹, dozierte ich, meine Verwirrung nur mühsam verbergend, als Peter aufstand und mir eine dieser Blüten, die er wer weiß woher hatte, hier jedenfalls wuchsen keine, mit einer feierlichen Verbeugung entgegenstreckte. Ich nahm die Blume. Peters Züge entspannten sich. Später begriff ich, daß er meinen Reflex, etwas anzunehmen, einfach weil es mir entgegengehalten wurde, als Gelöbnis gedeutet hatte.

Und das, das ist für dich. Peter ließ die Schlösser seiner Aktentasche schnappen, das Blech blitzte auf in den schrägen Sonnenstrahlen, drückte mir ein braunes Packpapierpaket in die Hand und ging.

Ich blieb sitzen, drehte die Blüte zwischen den Fingern. In meinem Schoß das, was ich nie hatte berühren dürfen: das Großvaterbuch. Und noch mehr. Peter hatte versprochen, mir an einem der nächsten Regentage sein Herbarium zu zeigen. Ich konnte mir darunter nichts Rechtes vorstellen. Nun hielt ich drei

Blätter seiner Sammlung in der Hand. Klatschrose, Platterbse, Wegwarte. Die sorgfältig gepreßten Pflanzen klebten auf dünner grauer Pappe und waren von so anrührend zerbrechlich-zarter Schönheit wie nie in der Natur. Diese seidige Rosette mit dem immer noch tiefschwarzen Flecken am Kelchrand war keine Klatschrose mehr, sondern ihre Idee, nicht länger Natur, sondern Kunst. Die Pflanze hatte die Welten gewechselt. Nicht als Peter aufgestanden war, jetzt, beim Anblick dieser verblichenen Schönheit kamen die Tränen. Es tat gut zu weinen, wenn etwas zu Ende war, etwas in einen anderen Zustand gewechselt hatte; nie mehr so dasein wird, wie wir es einmal gekannt hatten, aber anders und auf eigene Weise schön.

Links unten hatte Peter den Namen der Pflanze auf Lateinisch und Deutsch, den Fundort und das Datum geschrieben. Unsere Wege, unsere Tage. In Druckbuchstaben, ebenmäßig und ausdruckslos wie sein Gesicht.

In den nächsten Tagen saß ich nach der Arbeit mit dem Großvaterbuch hinterm Hühnerstall. Jetzt wußte ich auch, wer das Buch geschrieben hatte, Carus Sterne, vor fast hundert Jahren. Ich schwelgte in Pflanzen, ihren Namen und Geschichten und in ihren Abbildungen, farbigen Holzstichen, natürlicher als jede Natur.

Von Sigismund kam eine zweite Karte, wieder mit viel Himmel und Meer, einem Boot, diesmal ohne Mädchen. Zwei kleine Gestalten waren in die Fotografie gemalt. Ein Wesen im Rock am Ufer, das einem Hosenzwerg im Boot zuwinkte. Ich bin bald wieder da, hurra, vermerkte die Rückseite. Die Unterschrift war mit zwei Herzen verziert, als küsse sich der Unterzeichnende selbst.

Am Sonntag nach dem Hochamt, ich war schon bei den Schlußtakten des ›Ite missa est‹ durch den Nebenausgang ins Freie geschlüpft, wartete Hanni auf mich. Über ihrer kranken Schwester hatte ich sie fast aus den Augen verloren. Hanni war dick geworden. Aufgeblüht nannte man das im Dorf, als sei die Heirat für eine Frau eine Art natürliches Düngemittel, wie Mist fürs Gemüse. Doch ihr kurzgeschnittenes schwarzes Haar kringelte sich noch immer widerspenstig um das gerundete Gesicht, und ihre Stupsnase suchte wie eh und je Himmel und Erde nach Abenteuern ab. Sie ergriff meine Hand und drückte sie lange und fest mit beiden Händen, als sei ich von einer weiten, gefährlichen Reise zurückgekehrt.

Hilla, sagte sie ohne alle Umschweife, wenn dir der Italiener jefallen hat, war dat doch in Ordnung. Wo Liebe is, is keine Sünde. Auch wenn du noch wat jung dafür bist.

Aber Hanni, sagte ich, es war ja ganz anders. Es ist doch nichts gewesen. Oder doch nicht, was du denkst.

Hilla, fiel mir Hanni ins Wort, mir brauchst de doch nix vorzumachen. Bürsten, nä. Dat is kein schönes Wort. Aber et macht doch Spaß. Sie knuffte mich vertraulich in die Rippen, hakte mich unter und zog mich fort. Mir kanns de doch alles verzälle. Isch halt discht. Weißt du noch, die Zijeunerin?

Daß Hanni mir, wie anscheinend alle anderen auch, ›et‹ und ›dat‹ zutrauten, bestürzte mich, schmeichelte aber auch. Hanni bedrängte mich mit Fragen und übernahm das Antworten gleich mit. Sie benutzte meinen Namen und erzählte doch nur von sich, erzählte die Geschichte einer verbotenen Leidenschaft, von heimlichen Treffen voller Liebkosungen. Ihre Sehnsucht, ihre Erfahrungen? Ich kam aus meinem verlegenen Kichern gar nicht mehr heraus und schrie lauter als nötig, als Hanni ein paarmal erregt meinen Oberarm preßte. Am Schinderturm trennten sich unsere Wege. Auf misch kanns de disch verlassen, sagte Hanni. Isch sach kein Wort weiter. Is doch jut, dat de dir mal alles von der Seele jeredet has.

Zu Hause verkroch ich mich mit Schiller hinterm Hühnerstall. ›Je mehr du fühlst ein Mensch zu sein, desto ähnlicher bist du den Göttern.‹ ›Von der Menschheit – du kannst von ihr nie groß genug denken; wie du im Busen sie trägst, prägst du in Taten sie aus.‹ Das war der Mensch, so war die Menschheit. Ich ertränkte Hanni und die Mutter, Peter und Sigismund in einem Ozean hehrer Menschenliebe: ›Wenn jeder Mensch alle Menschen liebte, so besäße jeder einzelne die Welt.‹ Den nächsten Besuch beim Buchhändler würde ich zu einer umfassenden Information über ›et‹ und ›dat‹ nutzen.

Erst Tage später, auf dem Weg in die Wiesen am Rhein, das Großvaterbuch im Matchbeutel, begann ich Peter zu vermissen. Ohne ihn konnte ich nur die Blumen in dem Buch wiederfinden, die ich schon kannte. Ich vertiefte mich in einen Wiesensalbei. Die Grillen krakeelten, das Gras bog sich weich, fast seidig, die Blätter der Pappeln spielten grün-weiß. Die Sonne blendete rot. Blühend, atmend standen die Pflanzen da, protzten mit Leben. Ich verstand sie nicht mehr. Peter war der Dolmetscher gewesen zwischen dem Buch und den Pflanzen. Die Pflanzen sprachen nur von sich. Wie fremd sie aussahen ohne Namen, ohne Herkunft, ohne Geschichte. Aber ich kannte die Möglichkeit, sie in meiner Sprache zum Reden zu bringen. Im Herbarium konnte ich sie mir unterwerfen, jede einzelne. Schon wenn ich eine einzige auswählte, sie aus der Mitte der anderen trennte, fühlte ich mich allen überlegen.

Nahm ich eine einzelne von ihnen in die Hand, entfernte ich sie aus ihrer Welt und entführte sie in meine. Ein gewaltsamer Akt, der sich fortsetzte und steigerte, wenn ich der Pflanze zwischen den Blättern des Heiligenbuches den letzten Saft auspreßte. Wenn der Wiesensalbei sein blaues Leben auf den Brüsten der heiligen Clementia aushauchte. Wenn die Akelei den Rumpf des Laurentius auf dem Rost in mattes Rosa tauchte, Klatschmohn den Schoß der heiligen Ursula mit Karmesin überzog.

Ich beschloß, eine dritte Jahresarbeit zu verfassen: ›Sommerpflanzen in Dondorf am Rhein‹. Die Großmutter freute sich über mein wiedererwachtes Interesse an ihrem Heiligenbuch. Die Mutter, daß sie mich unter Kontrolle hatte. Dem Bruder, der als einziger um den Verwendungszweck des Heiligenbuchs wußte, gefielen die gepreßten Blumen so gut, daß er mich häufig auf der Pirsch begleitete. Er entwickelte selbst ein genaues Auge und schleppte unermüdlich sonderbare Gewächse herbei, die wir im nachhinein anhand des Großvaterbuches zu erkunden suchten. Während ich den Weg vom Bild zur Pflanze bevorzugte, brannte er darauf, eine Pflanze zu finden, die im Buch nicht aufzutreiben wäre.

Gewissenhaft vermerkten wir die Fundorte in einem Vokabelheft: ›Ackerlöwenmaul. Hinterm Kristoffer Kreuz. Zwischen Rotkohl und Blumenkohl auf dem Weg zum Notstein.‹ ›Kamille. Boden sandig trocken. Auf Hings Wiese beim Ziegenstall.‹

Ob es sich um echte oder falsche Kamille handelte, hatten wir noch vom Großvater gelernt. War das gelbe Polster, das die weißen Zungenblüten umkrallte, gefüllt, war sie unecht. Echt, wenn es hohl war.

Bald ging es mir nur noch um eines: Namen geben. Woher sollten wir wissen, daß diese hohe, zarte, berauschend duftende, vielkleinblütige Doldenpflanze ›Baldrian‹ hieß und nicht, wie sie aussah und roch, ›Duftbräutchen‹ nämlich. ›Leiterblume‹ tauften wir eine Pflanze nach den rechts und links vom Stengel abstehenden Fiederblättern, die wie Stufen zu den himmelblauen Blütenbüscheln führten. ›Himmelsleiter‹ lasen wir im Buch. Wir sammelten den ›Beinwell‹, die ›Bürgermeisterblume‹ des Großvaters, ich setzte seinen Namen an die erste Stelle.

Wir griffen zu, wo wir gingen und standen. Den ›Wegerich‹ nannten wir ›Rattenschwanz‹, das ›Fünffingerkraut‹ ›Handschlag‹, die ›Taubenkopfsilene‹ ›Polsterbauch‹.

Und einmal fanden wir weit draußen, noch über den Notstein hinaus, fast schon in der Pleener Kurve, Zittergras.

Zittergras hatten wir schon einmal gefunden, vor langen Jahren, als der Bruder und ich noch im Selbstgestrickten sonntags an den Händen der Eltern auf stundenlangen Spaziergängen mitgehalten hatten. Dä, hatte der Vater gesagt und die Stengel der Mutter in die Hand gedrückt. Die unscheinbaren Halme hatten bei der Mutter ein Entzücken ausgelöst, so stark und unverhofft, daß ich mich zwischen ihre Beine geflüchtet hatte. Gejuchzt hatte die Mutter, wie ich es nur von Kindern kannte, blutübergossen hatte sie dagestanden, und als sie mich aus ihrem geblümten Baumwollrock wieder hervorgezogen hatte, war sie ihrer jüngeren Schwester, die mir bei gelegentlichen Besuchen schön und vornehm schien, sehr ähnlich, sogar noch schöner gewesen. Die Mutter hatte gestrahlt. Auch der Bruder erinnerte sich.

Sorgfältig wählten wir einige Halme aus und gingen gleich nach Hause. Würde es uns gelingen, die Mutter zum Strahlen zu bringen wie damals? Nie war das Zittergras in einer Vase aufgetaucht. Was hatte die Mutter mit dem Zittergras gemacht? Im ganzen Haus gab es keinen Ort, der ihr allein gehörte, mit Ausnahme der Schublade des Nachtkästchens. Aber dort lagen nur ein ausrangiertes Gebetbuch, ein Rosenkranzbüchschen und

Wattestöpsel, mit denen sie dem Schnarchen des Vaters zu entkommen suchte; ein Vierfarbdruck von der heiligen Familie mit einem Gebet der Mutter für ihre Kinder.

Da, sagte ich und hielt der Mutter das Sträußchen entgegen. För mesch? Sie nahm es mir ab und zog den Bruder an sich. Du leeve Jong! So wat Schönes!

Dat Hilla hat die jefunden, sagte Bertram. Mäht nix, sagte die Mutter und legte den anderen Arm auch um mich. Ich war jetzt fast so groß wie sie und spürte ihre Brust an meiner. Wir ließen einander schnell wieder los und strichen mit ein und derselben Bewegung unsere Röcke glatt. Diese Halme steckten jahrelang in einer Vase. Zuerst auf dem Radio, später auf dem Fernseher. Jeder mußte sie bewundern, wenn die Mutter erzählte, daß de Kenger sie gefunden hätten, als sei das eine Heldentat.

Im Großvaterbuch las ich, daß das Zittergras zu den sogenannten ›Rupfblumen‹ zählt. Pflanzen, die man, als man noch keine Knöpfe zum Abzählen hatte, durch Rupfen des Samens oder der Blütenblätter fragte, was man tun sollte oder was es zu hoffen gab. Schon Tacitus kannte das alte Orakel, und Walter von der Vogelweide sang: ›Mich hat ein Halm gemachet froh.‹ Ob auch die Mutter einmal über dem Zittergras gesessen und gefragt hatte: Von Herzen, mit Schmerzen, ein wenig, gar nicht?

Als die nächste Karte von Sigismund kam, blauer Himmel, blaues Meer und ein Mann auf einem Esel, wortlos, aber mit unzähligen Kreuzchen, schlich ich ans Zittergras und nahm einen Halm heraus. Ich sammelte die Kapseln im Schoß. Mit Schmerzen. Ich warf die Körner den Hühnern vor. Die stürzten sich darauf, als gäbe es was zu gewinnen. Ich hatte tagelang schlechte Laune. Halme lügen nicht. Die Ferien waren in wenigen Tagen zu Ende.

Darf ich kommen? fragte der erste Zettel von Sigismund. Wohin? gab ich zurück.

Zu dir. Mit zahllosen Kreuzchen und ganz klein: Es tut mir leid. ›Liebende leben von der Vergebung‹, hieß einer meiner schönen Sätze.

Sigismund kam zurück mit spanischen Augen. Ich las in seinen Augen nichts als vergangene Zeit, Ferienzeit, eine Zeit ohne mich in einem fernen Land, einem Land ohne mich, eine Zeit mit Bikinimädchen am Meer, Palmen, Sandstrand, Luftmatratzen, Beate Maternus. Auch sein Geruch war fremd und griff mich an wie die Luft in Benders Treibhaus. Nur wenn er glaubte, ich merke es nicht, blickte Sigismund mich an, als suche er etwas, was er verloren hatte. Bei mir, in Spanien, allein oder mit anderen. Bei schweren Sünden die Zahl angeben. Wir umkreisten uns mit Blicken, mit Gesten, mit unseren Gerüchen. Vor allem aber mit Worten tasteten wir uns ab, um das Alte, Vertraute wiederzufinden, und gerieten nur immer tiefer in unvertraute, verwirrende Bereiche. Ich erzählte Sigismund nichts von den Frauen bei Maternus, nichts von meinem Herbarium und von Peter schon gar nicht. Und ich erfuhr von San Sebastian nicht mehr, als ich in jedem Reiseprospekt hätte lesen können. Wir fragten einander auch nicht danach. Versuchten, die vergangenen Wochen aus unserem gemeinsamen Leben zu zwängen, wie man einen unliebsamen Menschen aus einer Reihe drängt, mit kaum sichtbarer Gewalt und ohne daß auch nur für Sekunden eine Lücke entstünde. Von Alltäglichem sprachen wir kaum. In den ersten Tagen am Tischtennistisch oder beim Billard fragten wir noch beiläufig nach den Noten der letzten Klassenarbeit, dem Pflaster am Daumen, der dicken Lippe von einem Wespenstich. Strikter noch als zuvor wich ich seinen Berührungen aus, mochten sie zufällig oder absichtsvoll sein, riß mich beim Tischtennisspielen zusammen, spielte ernst, ja verbissen, schnippelte und schnitt die Bälle, schmetterte ihm all die Unruhe, all die Spannung, in die er mich versetzte, entgegen. Es war ein Kräftemessen, dieses Spiel, eine Darstellung unserer Sinnlichkeit, Körperlichkeit, ein Ausprobieren unserer Anziehungskraft auf neutralem Boden. Ping-pong. In der Regel war ich die Unterlegene. Doch wenn wir uns in den Pausen schwitzend und außer Atem gegenübersaßen, zwischen uns die ganze Breite des Tisches, und uns nun Sätze statt Bälle zuschlugen, behielt ich die Oberhand. Worüber wir sprachen, war Nebensache. Wir kamen vom Wetter auf Kant, von dessen gestirntem Himmel ich gerade etwas aufgeschnappt hatte, von Kant auf Kleist, von Kleist auf Nietzsche, von Nietzsche auf Krähen, von Krähen über Schwarz nach Afrika.

Bisweilen ließ ich ihm den Vortritt, gönnte ihm die Illusion der Überlegenheit. Dazu muß man den Mund halten und so tun, als höre man gebannt zu. Was nicht dasselbe ist wie Zuhören. Auf das echte Zuhören zu verzichten ist sogar besser. Es nimmt zuviel von der Energie, die man braucht, um den Anschein ehrlichen Zuhörens aufrechtzuerhalten. Oft, wenn ich mich tatsächlich auf den Sinn der Sätze meines Gegenübers konzentrierte und nicht nur hinter der Maske äußerster Aufmerksamkeit ihren Klang an mir vorbeiströmen ließ, bekam ich zu hören, du hörst ja gar nicht zu. Ich hatte vergessen, während ich hörte, hörend auszusehen. Wahres Zuhören reizt zum Widerspruch. Und Widerspruch wirkt auf Männer wie Weihwasser auf Teufel: Es schlägt sie in die Flucht. Es sei denn, man läßt durchschimmern, daß es sich bei dem Wagnis des Widerspruchs um einen bloßen Scheinwiderspruch handelt, einen Hundswiderspruch, wie die Hundskamille der echten zum Verwechseln ähnlich. Dann wirkt Widerspruch als verkappter Ansporn, der jeden Mann erst recht zu ausführlichen Darlegungen ermutigt. Allerdings empfiehlt sich diese Art des Servierens von Zustimmung nur im Gespräch mit intellektuellen Feinschmeckern, die hin und wieder sogar echten Widerspruch vertragen.

Sigismund bevorzugte Hausmannskost. Wie Peter Bender fühlte auch er sich bei den Fakten wohl. In einem Spiel um Satz und Gegensatz, Wort und Widerwort mußte er unterliegen. Vor Fakten hatte ich nicht den mindesten Respekt. Ich liebte Sätze. Also verdrehte ich Sigismunds Behauptungen, Verkündungen, Verlautbarungen in Spitzfindigkeiten, Verrücktheiten, Haarspaltereien, daß es dem Freund den Atem verschlug.

Anfangs wußte er nicht, wie ihm geschah. Abgekämpft saßen wir uns gegenüber, jeder auf seiner Bank. Sigismund streckte die Beine von sich.

Ich denke, gähnte er, das gute Wetter hält noch eine Weile an. Ich denke, äffte ich, was heißt denken. Kannst du dir denken, was denken heißt? Du denkst, weil du ein Mensch bist, kannst du denken. Das denkst du dir wohl so. Und der Pitters Tünn, der nicht von hier bis da denken kann, ist der kein Mensch?

Sigismund sah mich verblüfft an. Ich denke, stotterte er, ich denke, ich denke, also bin ich. Rundheraus und mit fester Stimme sagte er das und setzte sich gerade. Ich denke, also bin ich. Ich kannte den Spruch vom Kalenderblatt, sogar auf Lateinisch. Sigismund schmetterte den Nachnamen des Verfassers zurück. René, sagte ich. Das Spiel kam in Fahrt. Wortklaubereien. Mummenschanz. Übermütig maßen wir Kraft und Geschmeidigkeit unserer Gehirne, Fülle und Biegsamkeit unserer Phantasie. Balztänze, Tanzduelle, miteinander, gegeneinander, Figuren der Paarung.

Von Doris waren in diesem Sommer sechs Postkarten gekommen, Karten voller Unsinnigkeiten und Sehnsuchtsbeteuerungen. Die Sätze galten Robert, nicht mir. Öde sei es in Reit im Winkel gewesen, erzählte sie nun. Robert habe nicht wie versprochen im Nachbarort Quartier gemacht. Statt dessen einen reichen Onkel besuchen müssen, in Kappeln, weit oben in Norddeutschland. Anfangs hätten sie sich noch beinahe täglich geschrieben. Bis ins kleinste kenne sie nun das Anwesen des Onkels, ein Gut von sage und schreibe einhundert Hektar, gemischte Landwirtschaft, Kühe, schwarz-weiß, und Getreide, vorwiegend Weizen, das Haus, ein HERRENHAUS mit Teich, Park, Gemüse- und Blumengarten. Und mit Personal, seufzte ich. Natürlich, nickte Doris. Obwohl es immer schwerer wird, welches zu bekommen, sage der Onkel. Die Leute wollen in die Stadt und in die Fabriken. Und Fremdarbeiter, sage der Onkel, schrieb Robert, kämen ihm nicht ins Haus. Itacker womöglich. Doris zwirbelte einen unsichtbaren Schnurrbart unter ihrer feingeschnittenen Nase, wiegte sich in den Hüften und schüttelte sich.

Italiener, sagte ich, Gastarbeiter. Die sind nicht schlechter als wir. Ich wurde rot. Manche sogar besser. Ich biß mir auf die Lippen. Das war ich Federico schuldig.

Ja, sagte Doris, aber doch nicht in ein Herrenhaus. Also hör zu. Itacker, also Italiener, nimmt der Onkel, der Erbonkel, keine. Auch keine Jugos.

Jugoslawen, sagte ich und dachte an Dunja.

Also Jugoslawen, die auch nicht. Es gibt in der Gegend noch

genug Deutsche, denen der Onkel in der schlechten Zeit einen Gefallen getan hat, und jetzt sind die dran, sage er, schrieb Robert.

Während Doris das herrliche Kappelner Anwesen schilderte, überzog sich der dünne Robert samt seinen roten, knochigen Händen, seinen unleugbaren X-Beinen und dem gefährlich auf und ab sausenden Adamsapfel mit Rosenbeeten und Levkojenrabatten, Kieswegen, Geißblatt- und Bohnenlauben, mit Entenjagden und Kutschfahrten, wuchsen ihm lindenbeschattete Auffahrten und Buchenhecken von den Knöcheln empor, Reseden und Lilien über die Knie und darüber hinaus, Weizen erblühte aus seinen dünnen Haaren, Wildbret, Fasane und Kapaune, silberne Leuchter und schweres Besteck, Damasttücher legten sich über Kinn und Stirn. Von wegen Robert, dachte ich. Und daß es Doris mit ihm erging, wie es mir beinah mit Peter und dem Treibhaus ergangen wäre.

In Doris verband sich für mich die Wirklichkeit mit meiner erlesenen Welt. Der Welt der schönen Menschen, der Wohlhabenden, deren Sorgen Seelensorgen waren. Sie mußten nicht donnerstags die Pfandflaschen zusammensuchen, um Geld für ein Stück Edamer zu haben, weil der Vater erst freitags der Mutter den Lohn aus der beigegelben Packpapiertüte hinzählte. Kannten nicht den Klang des Wortes Manko, wenn die Mutter sagte: Mir sin ald widder im Manko. Doris trug plissierte Organzaröcke im Sommer und Trevirabröcke mit Dauerfalten im Winter. Doris trug Latz- und Keilhosen, Pullover aus Nickiplüsch und Angora. Sie besaß eine Korallenkette und dazu passende Ohrringe. Eine Kette aus Türkisen und einen Anhänger aus Bernstein mit eingeschlossener Fliege. Ein dünnes Silberkettchen für das Handgelenk, an dem dicht an dicht Städtewappen baumelten. Ein Granatkreuz am schwarzen Samtband.

Ehrfürchtig sah ich auf alles, was Doris besaß. Stunden konnten wir vor dem dreiteiligen Spiegel verbringen, dem Spiegel des Schminktisches, den sie nebst geheimnisvollen Flaschen und Tiegeln, Cremes für morgens, Cremes für abends, Milch zum Waschen wie die Königin Kleopatra zum Geburtstag bekommen hatte. Wir malten uns die Lippen rot, wischten kreisrunde

Flecken auf die Backenknochen, ich drehte Doris' feines Haar auf Lockenwickler und kämmte es, bis sie aussah wie Hildegard Knef in der ›Sünderin‹. Doris löste meine Zöpfe und flocht mir eine Krone mit bunten Seidenbändern wie ›Piroschka‹. Bei Doris durften wir in die Küche an den Elektroherd mit Blitzplatte. Auf Stufe drei schmolzen und bräunten wir Butter und Zucker zu einer blubbernden Masse, schütteten Haferflocken hinein, und einmal sogar Kokosraspel, und aßen das Ganze mit Eßlöffeln direkt aus der duftenden Pfanne.

Mich besuchte Doris auch. Viel seltener als ich sie und nur im Sommer. Wo hätte sie schlafen sollen, wo sich waschen? Wenn Doris kam, kaufte die Mutter ein Schnitzel. Sie zerschnitt es in der Pfanne und schob der Freundin den größeren Teil über den Rand auf den Teller. Doris war empört. Glaubte man etwa, sie hätte zu Hause nicht genug zu essen? Meine Mutter würde so was nie tun! Und tauschte die Stücke.

Nach dem Essen machten wir lange Spaziergänge durch die Felder an den Rhein, am Ufer entlang. Wir erzählten einander all unsere Krankheiten und Unfälle. Sie hatte sich einen Arm gebrochen, da war sie drei, im gleichen Jahr, als mich der Kettenhund ins Bein gebissen hatte. Wir erzählten uns, wovor wir uns fürchteten. Kapuzenmänner, Skelette, Monster und Bestien log ich. Vom Vater kein Wort. Was unsere liebsten Farben waren, unser Lieblingsessen, unser Lieblingseis. Glücklich waren wir, wenn wir beide blau sagten oder Schokolade und hörten, daß die Rose unser beider Lieblingsblume war. Noch eine Lüge, der Gemeinsamkeit zuliebe. Dafür schmeckte nun samstags die Linsensuppe, weil auch Doris sie gerne aß.

Wir zupften die Wolle der Schafe von den stachligen Drähten der Zäune und strichen damit liebkosend über unsere Wangen, die nackten Arme, erzählten uns von unseren künftigen Ehemännern, wieviel Kinder wir haben und wie wir sie nennen würden. Doris natürlich das erste. Sogar die Farbe der Haare und Augen unserer Zukünftigen legten wir fest. Und vor allem ihre Berufe. Robert als Herr auf dem Kappelner Gut. Ich hielt an meinem Prinzen fest. Zumindest eine Freifrau wie die vom Schloßhof wollte ich werden, mit Garten, Park und einer unerschöpflichen Bibliothek.

Es war an einem der letzten Septembertage, als ich Doris zum ersten Mal nach den Sommerferien wieder besuchte. Das sonnenweiß geblichene Haar umgab ihr gebräuntes Gesicht wie eine Kappe aus Schnee. Arme und Beine entlang glitzerten silberne Härchen auf goldener Haut. Sie war noch größer geworden, überragte mich nun um einen Kopf. Wir hatten Wichtiges zu besprechen.

Robert hatte Doris nach den Ferien zwar noch einige Male von der Schule abgeholt, doch zu ihr nach Hause war er nicht mehr gekommen, und was schwerer wog, in die ›Bäume‹ hatte er sie auch nicht mehr bestellt. In Dodenrath, bekannt durch Obstanbau, Most und Marmelade, geschah in den ›Bäumen‹, ausgedehnten Apfel-, Birnen-, Kirschbaumfeldern mit Bänken hinter Himbeer- und Brombeerhecken, das, was in Dondorf ›Hinterm Damm‹ passierte. Das Verschwiegene, Heimliche, den Augen der Dorfbewohner zu Verbergende, Liebeshändel zumeist. Keine Zeit, sage er, klagte Doris. Das Abitur stehe bevor, und der Onkel erwarte ein ex-zel-len-tes Zeugnis. Es gebe nämlich noch einen Vetter, ein Jahr jünger, Unterprima, und, wer weiß, was dem Onkel in den Kopf kommen könnte, wenn der ein noch ex-zel-len-te-res Abitur hinlege. Soweit verstehe sie ihn, sagte Doris. Aber Karola habe am Samstag gesehen, wie er mit Monika Schwamm den Weg in die ›Bäume‹ eingeschlagen habe. Ausgerechnet mit dieser dummen und faulen Person, die im Schuhladen ihres, Doris', Vaters arbeite. Als Lehrmädchen. Und noch dazu eine aus den Häusern beim Wällchen, wo Familien wie die Dondorfer Kackallers wohnten. Und das in aller Öffentlichkeit, wütete Doris. Sie hatte Robert dort immer nur heimlich getroffen. Ein Lehrmädchen! Pah!

Mit dir geht er in die Eisdiele, sagte ich. Mit der Monika in die ›Bäume‹. Was die Leute von ihr denken, ist ihm egal. Wäre es dir lieber gewesen, alle Welt wüßte, daß du mit Robert in den ›Bäumen‹ warst? In ihrem schmalen Gesicht, das gelernt hatte, Gefühle zu verbergen, kämpften Sehnsucht, Verlangen, Zweifel und Stolz. Der Stolz siegte.

Du hast recht, sagte sie, mit der Schwamm kann ich es aufnehmen. Ich werde mit Pappi sprechen. Schließlich ist er ihr Chef. Doris warf den Kopf in den Nacken. Das war ja wie im

›Hörzu‹-Roman. Die reiche Arzttochter räumt mit Hilfe väterlichen Einflusses die tüchtige Stationsschwester aus dem Weg, auf daß ihr die Zuneigung des Oberarztes erhalten bleibe. Doch sollte ich deswegen mit Doris streiten? Was ging mich Monika Schwamm an?

Doris' Eltern hatten sich schon vor einem Jahr einen Fernseher gekauft. Wenn ich die Freundin besuchte, saßen wir abends davor, fast so gut wie Kino. Nur fehlte die Straßenecke, wo man Jungen und Mädchen treffen, tuscheln und frotzeln konnte.

An diesem Abend fragte Robert Lembke: ›Was bin ich?‹ Wir beide liebten Guido, sein schlaues Fuchsgesicht, schauten weg, wenn der Beruf eingeblendet wurde, und rieten mit. Meist saßen Doris' Eltern dabei. Ihre Mutter, gepflegt wie aus einer der Frauenzeitungen, die neben dem Rauchtisch in einem geflochtenen Ständer lagen, war unablässig bemüht, uns und ihren Mann mit Salzgebäck, Erdnüssen und Getränken zu versorgen. Doris' Vater war ein korpulenter Endvierziger mit aschblondem, straff und strähnig zurückgekämmtem Haar. Seine große viereckige Brille erinnerte mit ihren dicken schwarzen Rändern an zwei Todesanzeigen und verlieh seinem Gesicht einen Ausdruck herrischen Ernstes, gegen den auch sein stets bereites Lachen nicht ankommen konnte. Gelächter überfiel ihn wie Hagelschauer, platzte aus ihm heraus wie ein Furz oder ein Schluckauf und hatte mit Fröhlichkeit wenig zu tun. Lächeln konnte Herr Granderath nicht.

Kaum zu Hause, stürzte er ins Schlafzimmer und vertauschte im Sommer Anzug, Schlips und Kragen mit einem kurzärmligen Unterhemd, worüber er im Winter eine weinrote Wolljacke zog; seinen braungrau melierten Hosen war vorn, wie eine lange Biese, eine Naht aufgesteppt. Was fand meine Mutter nur an diesem Mann? Sie hielt wohl sein Lachen für echte Heiterkeit. Wie von einer unsichtbaren Hand gekitzelt, lachte sie jedesmal mit, wenn er Doris bei uns abholen kam.

In der Regel schlief Herr Granderath vor dem Fernseher ein, schreckte jedoch, ungeachtet der wechselnden Länge der Sendungen, einige Minuten vor deren Ende auf und folgte den letzten Minuten mit manchem ›Donnerkeil‹ und ›Kruzitürken‹. Sein dröhnendes Gelächter bildete jedesmal den Abschluß des

Abends. Zeit, an der Matratze zu horchen, ha-ha-ha. Zu meinem Erstaunen umarmte und küßte Doris ihre Mutter und ihren Vater jedesmal. Ja, natürlich tue sie das jeden Abend und beinah jeden Morgen, falls sie die Eltern beim Frühstück antreffe.

Ein paarmal drang Herrn Granderaths Gelächter noch bis zu uns hinauf, dann war es still im Haus.

Doris' Zimmer hätte einer Doris aus ihren Jungmädchenbüchern gehören können. Die Möbel mattweiß lackiert, geschwungene Beine und geschwungene Leisten rosa und gold. Auf dem Weg zum Bett versanken die Füße in einem wollweißen Teppich, Flokati, so Doris' Mutter, aus Griechenland. Das Bett war am Tag als Sofa verkleidet mit einer Decke, weicher als Haut, Kaschmir, sagte Doris. Nie konnte ich der Verlockung des Stoffes widerstehen, hüllte mich, während ich tat, als bereite ich das Bett für die Nacht, von Kopf bis Fuß in die Decke, ließ sie an meinen bloßen Armen und Beinen auf und ab gleiten, mich von ihrer Gefügigkeit verführen, liebkoste das Tuch mit Wangen und Hals, gab mich der flaumigen Umarmung hin. Die ersten Male hatte ich vorgegeben, mein Schlafzeug vergessen zu haben. Dann verstand Doris, daß ich mich meiner Nachtkleidung schämte, und legte mir eines ihrer Hemden heraus, deren Zartheit und kühle Frische ich genoß wie das glatte Laken, den schimmernden Überzug von Kissen und Daunenbett. Und die rauhe Seide der altrosa Stofftapete zu streicheln, bevor ich einschlief, versäumte ich nie.

Doris ging als erste ins Bad. Ihr eigenes Bad. Ein Bad für sich allein. Folgte ich ihr, hatte sie schon alles für mich herausgelegt, meine Zahnbürste, die neben der ihren im Schränkchen stand, einem Hängeschrank mit Spiegeln, aufgeklappt noch ein dreiteiliger, in dem sich die rotbraun geäderten Marmorfliesen verwirrten. Kam ich zurück, saß Doris am Frisiertisch, kämmte ihr Haar oder cremte sich oder hatte sich hingelegt und folgte mir mit den Augen, wenn ich meinen Zopf löste, bürstete und aufs neue flocht.

Heute lag die Freundin schon im Bett. Lag im Bett mit angezogenen Knien und blickte an die Decke. Komm, schnell, sagte sie und klopfte neben sich. Mach die Vorhänge zu. Sie wußte, daß ich es liebte, die goldenen Ringe vom Hals der Löwenköpfe zu lösen, die Schlaufen zu halten und zu sehen, wie die schweren Bahnen zusammenrauschten, aus ihren Falten brachen und neue warfen, Licht und Schatten in den Wellen des Stoffes. Auf den kleinen Tischen neben dem Bett brannte Licht, blaßrosa Lampenschirme über hellgrünen Porzellanstengeln. Doris' bleiches Haar verschmolz mit dem weißen Kissen, ihr braunes Gesicht eine mattglänzende dunkle Maske, fremd und schön. Als sie die Lippen etwas öffnete, schien das rosa Licht der Lampen sich in ihrer Zungenspitze zu sammeln und die Farbe des nassen, dahinhuschenden Streifens zu vervielfachen.

Komm, sagte Doris wieder. Wir hatten viel Platz in diesem aufgeklappten Doppelbett, wenn wir, jede Berührung vermeidend, die Gesichter einander zugekehrt, unter den Bettdecken zusammengekringelt, uns Geheimnisse anvertrauten, flüsternd, als könnte jemand lauschen. Heute blieb Doris auf dem Rücken liegen, drehte nur den Kopf in meine Richtung. Sie sah mich nicht an. Ergriff meine Hand, eine ruckartige Bewegung, eine Klammer, mit der sie meine Rechte unter ihre Bettdecke entführte. Ich spürte Haut und zuckte zurück. Doris' Hand hielt die meine fest. Hielt die meine mit der ihren bedeckt und lenkte die Doppelhand an ihrem Körper entlang. Doris war nackt.

Es ging alles gut, solange ich Worte hatte für das, was sich mir in die Handfläche drängte. In den Büchern machten Hände im Nacken, an den Schultern, im äußersten Falle bei den Schlüsselbeinen halt. Dann tasteten nur noch die Augen über eine volle Büste, eine Wespentaille, einen zarten Knöchel, ein schlankes Bein, eine Wade. Und die Füße. Wie verlockend war ein Frauenfuß, als der Rocksaum noch die Fesseln umspielte!

Verweilen mußte ich, solange es Doris' Hand, die die meine führte, gefiel. Schulter, dachte ich, Schlüsselbein, wollte dort anhalten, wollte nicht weiter, dorthin, wo das Verbotene anfing, das Unschamhafte, die Brüste. Brüste, dachte ich, Brust, Herz und Herzschlag, Herz und Herz, Schlag auf Schlag, Herz schlag. Herzschlag, dachte ich. Doris' Hand preßte die meine auf ihr Drüsengewebe, das ich nicht wahrhaben wollte, auf und ab pochend, Herzschlag, Herzschlag. Ich klammerte mich an diese Silben, neutrale Silben, sündlose Silben, Herzschlag, Herzschlag. Doris vollführte kreisende Bewegungen mit meiner Hand auf ihrer Brust, und ich spürte, wie meine Barrikade aus Silben, Herzschlag, Herzschlag, zu bröckeln begann, wie die Poren meines Handinnern den Sieg über die Silben davontrugen, wie die Haut die Wörter überrannte, die weiche Spitze sich aufrichtete, hart in meiner Hand. Brustspitze, dachte ich, griff nach dem Wort wie nach einem Strohhalm. Nie, wenn Federicos Atem mich berührte, hatte ich auch nur sekundenlang gedacht, nicht an Wörter und nicht mit ihnen. Zitze, dachte ich jetzt, und versuchte, an Schweine zu denken, an Kühe, an Lore, unser Schaf. Aber es war doch Brustwarze. Brustwarze war das Wort, und ich stöhnte und preßte die Hand freiwillig fester auf Doris' Herz, bis sie mein Stöhnen erwiderte. Schnell ging es dann über Hüfte, Magen und Bauchdecke. Als könne ich Doris' Hand zum Stillstand bringen, buchstabierte ich die Wörter in meinem Innern. Bauchdecke, Bauchdecke, Oberbauch, Unterbauch. Aber Doris' Hand glitt weiter, die meine umschließend, meine Hand war ihr ausgeliefert, sie bediente sich ihrer wie eines Gegenstandes. Meine Finger stießen auf Haare. Haare, Haare, Haare. Ich umklammerte das Wort, Planke im Meer. Es war das letzte Wort vorm Ertrinken. Für das, was jetzt kam, hatte ich keine Worte mehr.

Robert, stöhnte Doris, Robert, röchelte sie. Na schön, dachte ich erbost, meinetwegen Robert, dann habe ich mit der Geschichte hier nichts zu tun. Robert hatte keine Angst vor dieser schrumpeligen Rosine, der mein Zeigefinger jetzt entgegengestreckt wurde, dieser aufgeweichten Korinthe, die unter Doris' kreiselndem Unterleib prall wurde wie eine frische Weinbeere, prall und glatt in einer Handbreit Fleisch, naß und schlüpfrig weich wie grüne Seife. Doris hielt meine Hand in ihrem Griff, hart wie die Hand des Vaters, wenn er mich ins Zimmer schleppte zum blauen Stöckchen hinter der Uhr. Die Kuppe meines Zeigefingers polierte die Kuppe ihrer Weinbeere, aus der es unablässig heraussickerte. Anfangs hatte sie sich rauh angefühlt, bröckelig wie trockener, starrer Honig, der sich dann mehr und mehr erwärmte, sämig verflüssigte. Doris roch wie das feuchte Zeitungspapier, das Herr Pieper um die Fischstücke schlug, die die Mutter freitags briet.

Doris, rief ich und riß meine Hand aus der ihren. Doris! Stöhnend preßte die Freundin die eigene Hand zwischen die Beine, Robert, Robert, bäumte sich auf und streckte sich. Ihr Gesicht, ihr Hals, ihre Brüste – Brüste, Brüste konnte ich jetzt, ohne zu stocken, sagen, sogar hinsehen konnte ich, hinsehen und gleichzeitig das richtige Wort dazu sagen ohne Angst, ohne Scham, bis zum Bauchnabel jedenfalls –, ihr Gesicht, ihr Hals, ihre Brüste glänzten rot. Der Mund stand offen, verzerrt. Doris, rief ich noch einmal und schüttelte sie. Der Blick, mit dem sie zurückkehrte, kam von weit her. Als er in meinen Augen anlangte, meinte er weder Robert noch mich.

Doris glitt unter meine Bettdecke und bedeckte meinen Oberkörper mit ihrem. Meine Mundhöhle fühlte sich ausgetrocknet und schorfig an. Gaumen und Zunge miteinander verklebt, pappig verschlossen, unmöglich, ein Wort hervorzubringen. Ihr Mund auf dem meinen, ich konnte nur durch die Nase atmen, ihr Gesicht ganz nah, der Geruch von kochender Milch auf ihrer Wangenhaut, Milch mit viel Zucker, angebranntem Zucker. Das Innere meines Mundes wurde feuchter, ich konnte die Zunge wieder bewegen, spürte etwas Weiches meine Lippen berühren. Züngeln, Engelszunge, Katzenzunge, Doriszunge schlüpfte in meinen Mund hinein, spielte mit meiner Zunge Fangen, Verstecken, Nachlaufen, jagte die Gaumenwand, Wangenhöhlen hinauf und hinunter, die meine hinter sich herziehend, Hündchen an der Leine, braves Tier, Zunge um Zunge, wo war meine Zunge, hielt Doris die meine, ich die ihre, anzüngeln, umzüngeln, speichelschwer. Aber das Spiel mit dem Zeigefinger ließ ich nicht zu. Dafür fehlten mir die Worte. Ich mußte zum Buchhändler. Dringend.

Am nächsten Morgen taten wir, als sei nichts geschehen, trödelten herum und hätten beinah den Bus verpaßt. Dann bestellte Robert Doris wieder in die ›Bäume‹. Von Monika Schwamm war nur noch einmal, Monate später, die Rede. Sie sei bei der Prüfung durchgefallen, im Praktischen, erzählte Doris beiläufig.

Vor der nächsten Beichte studierte ich den Beichtspiegel besonders sorgfältig. Daß Frauen sich wie Erwachsene küssen, stand in keinem meiner Bücher geschrieben. Auch im Beichtspiegel nicht. War das Sünde? Nein. Zu einer Sünde gehörte ein Mann. Konnte eine Frau mit einer Frau Unschamhaftigkeit treiben, Unkeuschheit gar? Gab es ein Gebot, das verbot, was Doris' Hand mit der meinen tat? Wo kein Kläjer is, is kein Rischter, pflegte die Tante zu sagen. Gott klagte nicht, jedenfalls nicht im Beichtspiegel. Der Pfarrer mußte nicht richten.

Sigismund schmetterte ich nach dieser Nacht die Tischtennisbälle entgegen, als gäbe ich ihm die Kugel ins Herz. Wir schlugen Pfauenräder aus Wörtern und Sätzen, die kaum noch die Wirklichkeit streiften. Belauerten uns um jeden Fehler, wer gibt wem den Gnadenstoß. Seine Nähe verwirrte mich. Wahre Liebe war hoch, war hehr, war herrlich. Was ich empfand, war kläglich und unklar, beklemmend. Es machte mich klein statt groß, traurig statt froh, war eher lästig als willkommen. Ein klangvoller Vers konnte mich treffen mit physischer Wucht, mir Tränen in die Augen treiben wie der Anblick einer Sommerwiese, durch die der Wind in langen Zügen strich. Ich erwartete ständig etwas, und es bangte mir davor zugleich.

So schob ich den Besuch beim Buchhändler immer wieder auf. Ich hatte Angst vor den Wörtern, den eindeutigen Wörtern, die Empfindungen zu Fakten machen, die Angst fortnahmen, aber auch diese sehnsuchtsvolle Unbestimmtheit, den Schwebezustand, den Schleier des Traums. Mit der Benennung geht die Entzauberung einher, mit der Klarheit verliert sich die Magie. Ich hatte Angst vor den Wörtern, wie sie die Frauen bei Maternus gebrauchten, wenn sie montags vom Wochenende erzählten. Wörter, die etwas meinten, was in den Büchern Liebe hieß, Hingabe höchstens, allenfalls Verschmelzung. Sie taten ›es‹ ja alle, und sie taten alle dasselbe. Ich wollte ›es‹ auch tun, aber mit schönen Wörtern. Gäbe es diese schönen Wörter, stünden sie doch in den Büchern, ich hätte sie längst gefunden. Es gab sie nicht, diese schönen Wörter für ›es‹, fürchtete ich. Alle Welt war hinter dieser Sache her. Kaum ein Buch kam ohne sie aus. Immer, ohne die Sache zur Sprache zu bringen.

Zweimal fuhr ich nach Großenfeld. Jedesmal war die Buchhandlung ohne Kundschaft und Herr Sebastian Maier mit all seiner beflissenen Liebenswürdigkeit mir allein zugewandt. Beim ersten Versuch schrieb ich sieben Heftseiten über ›Geranien‹ voll, hoffend, meine Hartnäckigkeit würde den freundlichen Mann endlich vertreiben, damit ich einen Blick auf ›Geschlechtsorgan‹ werfen könnte. Es sollte nicht sein. Beim zweitenmal hielt ich mich bei ›Zeus‹ auf, von dort war der Sprung zur ›Zeugung‹ nicht weit. Doch diesmal nahm sich Herr Maier sogar die Zeit, mir Wort für Wort zu diktieren. Zeus, und er blitzte mich durch die goldumrandeten Gläser an, Zeus sei schließlich für die Griechen das, was der liebe Gott heute für uns sei. Weitere Besuche an gewöhnlichen Wochentagen waren sinnlos. Samstags vormittags aber, wenn der Laden voll war, saß ich in der Schule.

Ich war auf dem Weg vom Tischtennis nach Hause, als Friedel mir entgegenradelte. Kurz bevor sie mich fast angefahren hätte, trat sie in den Rücktritt, sprang ab, griff meinen Ellenbogen und beugte sich über ihr Lenkrad so weit zu mir herüber, daß ihr krauses Haar mich kitzelte. Hilla, sagte sie, bitte komm morgen nachmittag zu mir. Ich habe etwas für dich. Schwang sich auf und holperte den Fußweg an den Gleisen entlang. Ich hatte auch etwas für sie.

Aus einem der dunkelgrünen Lederbände war ein Foto herausgefallen. Eine Frau in einem Park, die Hand in den Strahl einer Fontäne gestreckt. Die Frau trug ein Kleid, das im Gegenlicht ihre schlanke Gestalt mehr entblößte als verhüllte, ein gewebter Hauch, von einem Gürtel gehalten, in dem Blumen steckten. Ihr Gesicht war dem Betrachter zugewandt, obwohl die Hand in den Wasserstrahl griff, eine anmutige Drehung. Verträumt und verloren schaute sie durch den Betrachter hindurch in eine Zeit jenseits des Augenblicks, da der Fotograf den Auslöser gedrückt hatte. Sie war jung und von jener vornehmen Schönheit der Frauen in den dunkelgrünen Büchern, die eher aus ihrer sicheren Stellung im Leben herrührt denn aus körperlichen Vorzügen. Allein das Haar widersprach der wohlerzogenen Gelassenheit, ordnete sich Spangen und Haarbändern nur trotzig unter und flirrte um das ergeben lächelnde Gesicht in nicht zu bändigendem Protest. Die Frau war Friedel. Daher hatte sie von diesen Büchern mit einer solchen Herablassung gesprochen. Um ihr jetziges Leben an der Seite eines Sparkassenangestellten nicht herabsetzen zu müssen, verachtete sie das alte. Friedel wohnte mit Mann und Sohn in einer Mansardenwohnung, unterm Dach, wie die Mutter verächtlich sagte. Mit sicherem Instinkt für alles, was schwächer war als sie selbst, schaute sie auf Friedel herab. Von unten konnte man aufsteigen. Friedel war gesunken. Für sie riefen die Bücher Verlorenes wach, für mich Verheißungen. Ich würde ihr das Foto nicht mitbringen.

Anders als die Villa ihrer Mutter, die von alten Möbeln, Bildern, Statuen, Vasen, Teppichen, Zierat aller Art überquoll, war das Wohnzimmer Friedels mit modernen, hellen Möbeln sparsam, beinah karg ausgestattet. An den Wänden hingen Drucke, ich erkannte Picasso und Feininger. Keine Blumen, weder in Vasen noch in Töpfen. Einzig ein alter Bücherschrank aus Mahagoni, das Gegenstück zu dem ihrer Mutter, erinnerte an vergangene Zeiten. Der Kaffeetisch war für zwei Personen gedeckt. Mit Tassen, Tellern und Kuchen. Und mit Büchern. Ich hatte diese Bücher vor ein paar Wochen hinter dem Glas des Bücherschranks bei der alten Frau Bürgermeister gesehen. Gebundene schwere Bücher. Nimm dir eines, Hildegard, hatte Frau Vischer gesagt, such dir eins aus. Ich stand und las. Aber die Bücher begannen zu atmen, eine einzige große Bewegung; ein pulsierendes, vielrückiges Wesen atmete feuchte Wärme. Ein Geruch stieg mir entgegen wie aus alten Truhen, deren Inhalte man nicht mehr zu berühren wagt, vermischt mit den Ausdünstungen der mürben Lederrücken, Modergeruch wie aus den Sägespänen einer Manege. Ich rührte ein jedes der Bücher an. Liebkoste ein jedes Gesicht. Fühlte ihren Puls in meinen Fingerspitzen schlagen. Ich umfing sie alle und entfernte keines. Die Gemeinschaft der Bücher war mächtiger. Mächtiger als die Aufforderung der Frau Bürgermeister. Mächtiger als meine Begierde.

Als ich den Glaskäfig wieder schloß, tat sich der Spiegel wieder zusammen und warf das Leben des Zimmers zurück wie die dunkle Haut eines ruhig schimmernden Flusses.

Jetzt glaubte ich, sie wiederzuerkennen, diese Bücher, aus dem Fluß gestiegen auf Friedels Kaffeetisch. Es war eine prächtige Reihe, die mir ihre braunen Rücken zukehrte, über und über mit goldgeprägten Ornamenten versehen, die mit Quer- und Längslinien von der Schrift getrennt waren, von der Schrift: ›Brockhaus Konversationslexikon. Band 1 bis 17. Gedruckt bei F. A. Brockhaus in Leipzig, Berlin und Wien. 1893.‹ Siebzehn war ein ›Supplementband‹. Ergänzung heiße das, sagte Friedel.

Ich las wie im Taumel. ›A bis Astrabad‹ – ›Astrachan bis Bilk‹ – ›Bill bis Catulus‹ – ›Caub bis Deutsche Kunst‹ – ›Turkestan bis Zz‹. Las laut, eine Magierin, die die Welt aufruft, beschwört, sich zu Diensten macht, unterwirft. Ich legte die Linke auf die Brust, sah Friedel fragend an, Friedel nickte, ihr Gesicht ein Widerschein meines Glücks, meiner Begeisterung, meines Außermirseins.

Greif zu, sagte sie, goß mir Kaffee ein und schob mir ein Stück Kirschstreusel zu. Ich schlug den ersten Band auf und sah Friedel an. Die nickte wieder, wehmütig und mit einem Anflug von Spott.

A begann mit A. Wieder schwindelte mir. Weiß nicht jeder, was ein A ist? Der erste Buchstabe des Alphabets und ein Vokal, genügte das nicht? ›A, der erste Buchstabe des Alphabets‹, stand da, ›läßt sich vielleicht bis zur hieratischen Schrift der Ägypter, sicher bis zum Phönizischen zurückverfolgen.‹ Was war ›hieratisch‹, was ›phönizisch‹? Triumph und Jubel. Ich würde jedes Wort in aller Ruhe nachschlagen können. ›Die älteste Form auf Inschriften erinnert an einen Ochsenkopf, wurde von den Semiten daher Alef, Ochs genannt, woraus griechisch Alpha wurde, erste Schrift. Bei allen Völkern, die den Buchstaben einen Zahlenwert beilegen, ist A gleich 1. Als Laut gehört A zu den Vokalen. (S. d. und Laut.)‹

Es war so wie bei Monat. Solange man die Geschichte aus dem Spiel ließ, war alles einfach. Geschichte machte alles Einfache vielfach, alles Eindeutige vieldeutig.

Hilla, Friedel legte ihre von blauen, aufgeworfenen Adersträngen durchzogene Hand auf die Buchseite, und der Blick ihrer grauen Aniana-Augen senkte sich in meine: Hilla, die Bücher gehören dir. Und du hast alle Zeit deines Lebens. Den Kuchen habe ich selbst gebacken.

Ich mußte fünfmal hin- und herlaufen, und zuletzt half mir der Bruder tragen, bis ich alle Bücher im Holzschuppen untergebracht hatte. Wissen können, was man will, wann immer man will, soviel man will, auf jede Frage eine Antwort finden. Was konnte mir noch Böses geschehen. Es fehlte der fünfzehnte Band. Die Welt zwischen ›Sokus und Turkistan‹ würde sich weiterhin in ihre Geheimnisse hüllen.

Im blakenden Licht der Petroleumlampe, die eines Tages wie von Zauberhand auf dem Tisch gestanden hatte – der Vater habe sie aus dem Sperrmüll des Prinzipals mitgebracht –, saßen mein Bruder und ich an diesem Abend noch lange und schwelgten in den Abbildungen fremder Völker und Kulturen, der Ägypter und Afrikaner, der Amerikaner und Asiaten. Wir entdeckten die Vielfalt der Algen, der Ameisen, der Adler, der Antilopen, der Arazeen, durchzogen auf vielfarbigen Tafeln die Alpen, erforschten ein Meerwasseraquarium. Und dat hat se dir wirklich geschenkt? fragte der Bruder ein ums andere Mal, mißtrauisch, als könnte sich der Schatz vor unseren begierigen Augen in eine faule Knolle, eine schrumplige Wurzel auflösen wie die Gaben, mit denen böse Zwerge vertrauensselige Kinder in ihre Gewalt bringen. Das, sagte ich, das, ja, einfach so. Ich warf die Großvaterdecke über die Bände, und wir gingen ins Haus.

Wo häs de die dann her? fuhr mich die Mutter am nächsten Abend an. Daß Friedel selbst Kuchen gebacken hatte, tauchte das Geschenk in ein noch unwirklicheres Licht. Friedel und Backen. Das war für die Mutter viel wunderlicher, als sechzehn Lexikonbände zu verschenken. Jitz mäht et dä Jong och noch verröck met de Bööscher, schimpfte sie, Bärtram, jank spille! Schimpfend und voller Argwohn und Angst, der Sohn könne ihr so fremd werden wie die Tochter, zog sie die Tür hinter sich zu.

Zum Tischtennisspielen hatte ich in den nächsten Tagen keine Zeit. Ich wollte ›es‹ endlich wissen.

Es war an einem der blau-grün-goldenen Tage im Oktober. An einem Tag wie diesem war Ferdi begraben worden. Warum mußte ich ausgerechnet jetzt an Ferdi denken, jetzt, wo ich Band sieben aufschlug, ›Foskari bis Gilboa‹, und ein kräftiger Sonnenstrahl durch die Luke des Holzschuppens auf ›Geschlecht‹ fiel, ›Geschlecht‹ gleich unter ›Geschlagenes Feingold siehe Blattgold‹.

Wie damals, als Doris meine Hand auf ihrem Körper entlanggeführt hatte, klopfte mein Herz, als ich das Wort gedruckt sah, ›Geschlecht‹, in zweispaltiger Verheißung. ›Genus‹, begann der Artikel. Wie in der Grammatik. Das Geschlecht der Wörter hatte ich vor den anderen kennengelernt. Was verbarg sich hinter weiblich und männlich in der Wirklichkeit?

›Geschlecht, Genus, ist im weiteren Sinne gleichbedeutend mit dem systematischen Begriff der Gattung (s. d.), im engeren aber bezeichnet man durch das männliche und weibliche G. Sexus masculinus und Sexus femininus, zwei verschiedene, immer im Bau der Geschlechtsdrüsen, häufig aber auch und in sehr bedeutendem Grade in der äußeren Gestalt, Stimme usw. voneinander abweichende Formen (geschlechtlicher Dimorphismus), in welchen bei den meisten Tieren und zahlreichen Pflanzen behufs einer eigenthümlichen, auf die Fortpflanzung sich beziehenden Arbeitsteilung die Individuen der einzelnen Tier- und Pflanzengattungen vorkommen. Durch die Verschiedenheit der G. wird die geschlechtliche Zeugung (s. d.) der neuen organischen Wesen vermittelt, welche mit denen, von welchen sie gezeugt wurden, von gleicher Art sind. Nur bei auf niederer Stufe stehenden Organismen bis zu den Insekten herauf, aber nie bei Wirbelthieren finden andere Fortpflanzungsweisen statt, die theils neben der geschlechtlichen Zeugung hergehen, theils mit derselben in Wechselbeziehung stehen. (Siehe Ammenzeugung, Generationswechsel, Parthenogenesis.)‹

Mein Herz klopfte noch immer. Vor Wut. Das hier war schlimmer als Algebra. Wörter bildeten Schlingen, Verkettungen, Labyrinthe, und ich tappte wie eine Blinde hinterher. Ich fühlte mich gefoppt. Weiterlesend erfuhr ich, daß ›der Grundcharakter der verschiedenen G. sich durchgehend derart bemerkbar macht, daß das männliche sich als zeugendes, schaffendes, das weibliche als empfangendes, fortbildendes bewährt. Dieser Unterschied erstreckt sich auch auf die geistigen Unvollkommenheiten, auf die Fehler des Charakters, die Leidenschaften und die wirklichen Geisteskrankheiten. Der Mann ist mehr dem Zorn, der Wuth und der Raserei, das Weib mehr der List, der Eifersucht und Melancholie unterworfen.‹ Ich dachte an die Tante, wie sie den Onkel heruntermachen konnte, die Großmutter, wenn sie die Herdringe durcheinanderwarf.

Dann endlich schien das Buch zur Sache zu kommen. ›Die Organe, welche den Hauptunterschied der G. begründen, nennt man G e s c h l e c h t s t e i l e oder G e n i t a l i e n (s. Geschlechtsorgane).‹ Das tat ich. Ich überschlug den restlichen Teil dieses Artikels, wo noch viel von Staubgefäßen, Pollen, Stempeln, von geschlechtlicher Arbeitsteilung bei männlichen und weiblichen Tieren die Rede war, und las: ›Geschlechtsorgane, auch Geschlechtsteile, Genitalien, Sexual- oder Zeugungsorgane (Organa Sexualis s. Genitalia).‹

Gleich würde ich die Wörter lesen, Wörter, die, wenn schon nicht schön, so doch richtig waren. Erst aber mußte ich durch die Tierwelt, durch diverse Formen von ›Zeugungsstoffen‹, von ›Samen‹, ›Eizellen‹ und ›Leibeswand‹, ›Keimdrüsen‹, ›Eierstöcken‹ und ›Hoden‹. Dieses letzte Wort brachte mein Herz ins Stolpern, es hing eng mit dem Geheimnis zusammen. Vorstellen konnte ich mir nichts darunter, bis ich auf ›Hodensack‹ stieß und mir der schaukelnde Zwillingsball zwischen den Beinen von Paul, dem alten Gaul auf dem Hof des falschen Großvaters, einfiel. Kugeln, die in einem schlabbrigen Hautsack bei jeder Bewegung trübselig zitterten.

Wenige Zeilen weiter wurde ›es‹ endlich eindeutig. Zuerst kam der Mann an die Reihe. ›Das männliche Glied oder die Rute (Penis, Membrum, Birele) ist ein walzenförmiger, aus drei sehr gefäßreichen Schwamm- oder Schwellkörpern zusammengesetzter und dadurch anschwellbarer Körper, der vorn am Becken zwischen den Schenkeln angeheftet ist, von der männlichen Harnröhre (Urethra virilis) durchbohrt wird und an seinem vorderen nervenreichen Ende, der Eichel (Penis), welche die Harnröhrenmündung enthält, von der leicht verschiebbaren Vorhaut (Präputium) mehr oder weniger bedeckt ist. Über die physiologischen Funktionen des männlichen Gliedes siehe Erektion.‹

Und ob ich das tat. Das war der richtige Weg. Zwar konnte ich mir unter einem ›gefäßreichen Schwamm- und Schwellkörper, der von der Harnröhre durchbohrt wird‹, nichts vorstellen. Auch daß er ›zwischen den Schenkeln angeheftet‹ war, ließ vieles im unklaren. Nur ›Eicheln‹ kannte ich. Auf dem Hof des falschen Großvaters wurden sie im Winter unters Schweinefutter gemischt.

Zwischen ›Elektrodynamik und Forum‹ fand ich die ›Erektion‹ und erfuhr, daß diese durch wollüstige Gedanken oder durch mechanische Berührung der ›Genitalien‹ zustande komme, und zwar bei den männlichen und weiblichen ›Geschlechtsorganen‹. Das stimmte. Doris' ›Eichel‹ war in der Tat etwas angeschwollen, prall und faltenlos geworden. Von einer ›strotzenden Blutfülle‹, einer ›beträchtlichen Vergrößerung‹ und einem ›hohen Grad von Härte und Starrheit‹ aber hatte ich nichts verspürt.

Und Jo Kackaller? Was hatte ich damals gesehen? Ein purpurfarbenes Würstchen, blut- und kotverschmiert. Nichts für ein Lexikon. Nichts für mich.

Zurück zu den ›Geschlechtsorganen‹. Weiblich. Daß ich Eierstöcke und eine Gebärmutter hatte, wußte ich seit meiner ersten Regel. Was ich zwischen den Schenkeln hatte, hieß ›Untenrum‹.

›Die Mutterscheide oder Scheide (Vagina) verläuft als häutiger, plattgedrückter Kanal in der Mitte des kleinen Beckens zwischen Blase und Mastdarm vom Gebärmutterhals nach abwärts, um an der unteren Beckenöffnung zwischen den Schenkeln in die weibliche Scham (Vulva, siehe Cunus) zu münden, die aus den beiden großen und kleinen Schamlippen nebst dem Kitzler oder Klitoris besteht und nach oben an den weiblichen Schamberg grenzt.‹

›Scheide‹, ›Schamlippen‹, ›Kitzler‹, schön waren die Worte nicht, aber brauchbar und mitnichten so verheerend wie die der Frauen bei Maternus. ›Klitoris‹ gefiel mir gut. Es kam stolz und mit daktylischem Wohlklang daher, Fülle des Wohllauts, Wiesengrund, Morgenrot, Abendlicht. Eine griechische Göttin, sieghaft und sicher. Doris Klitoris, kicherte ich.

Fröhliche Erregung ergriff mich. Der Weg in die Welt der Erwachsenen stand offen. Ich hatte die Wörter, den Schlüssel, das Mittel gegen die Angst. Wie aber gingen männliche und weibliche Geschlechtsorgane nun miteinander um?

Aufschluß darüber erwartete ich von der ›Zeugung‹. Sie stand unter ›Zeugoffizier‹. Das Lexikon ließ mich im Stich. Obwohl es sich vier Spalten lang damit beschäftigte, erfuhr ich nicht mehr als im Biologieunterricht: daß ein ›männlicher Same ein weibliches Ei befruchtet (s. d.), worauf der Keim, das befruchtete Ei, die Fähigkeit erhält, sich zu einem neuen Individuum zu entwickeln‹. Ich versuchte mein Glück bei der ›Befruchtung‹, wo ich in ›Richtungskörperchen‹, ›Polzellen‹, ›Befruchtungskern‹, ›Keimbläschen‹, ›Dottersubstanz‹ endgültig unterging.

Ich mußte mich begnügen. Mehr gaben diese Bücher nicht preis. Doch ich brauchte nicht nur die Substantive, Wörter für die Dinge. Wie hieß das Verb, das Tu-, das Tätigkeitswort, wenn man sich nicht der Sprache der Frauen bei Maternus überantworten wollte? Ich kannte zwei Wörter für ›es‹. Zum ersten Mal hatte ich ›es‹ gelesen. Die Buchstaben, mennigerote Druckbuchstaben, hatten mich von der Rückwand einer Scheune angesprungen, die in friedvoller Redlichkeit zwischen Feldern und Rheinwiesen stand. Daß es kein gewöhnliches Wort war, hatte ich bei seinem bloßen Anblick gespürt. Meine Augen waren zurückgezuckt wie vor einer möglichen Verletzung, und doch hatte ich mich immer wieder umdrehn, meinen Blick in lustvollem Schrecken von den ruhigen Wogen des Getreides den sechs Buchstaben auf der Scheunenwand zuwenden müssen. Kurz darauf hörte ich das Wort in der Fabrik und begriff. Wochen später riefen es mir in den Anlagen ein paar Jungen meines Alters hinterher, als würfen sie mit Schlammbatzen. Ich rannte davon und hatte das Wort und ihr gellendes Gelächter noch in den Ohren, als ich es längst nicht mehr hörte.

Das andere Wort klang kölsch, klang gemütlich, so, als ziehe man den Korken aus dem Glashals einer Flasche. Es hatte nicht den bösen Stachel des Wortes von der Scheunenwand. Ich hätte es sogar in den Mund nehmen, wie einen Kaugummi aufblasen und aus den Lippen herausplatzen lassen können. Das Wort von der Scheunenwand wagte ich nicht einmal zu denken. Das andere Wort roch nach Röggelsche und halvem Hahn, nach Kölsch und Köbes, Fastelovend und Spaß an der Freud. Es machte die Sache zu einer Gemütlichkeit für kleine Leute. Effi Briest und Crampas, Anna Karenina und Graf Wronski, Faust und Gretchen hatten ›es‹ mit diesem Wort getan? Undenkbar!

Nachts lösten sich walzenförmige Schwellkörper, gefäßreiche Schwammkörper von ihren Becken, marschierten in endloser Reihe in festem Schritt und Tritt, Hodensäcke schwingend wie Knecht Ruprecht und Ruten, die sie aus frei beweglichen, muskelreichen Hauttaschen zogen, drohend die einen, neckisch die anderen, marschierten im Stechschritt durch gleichschenklig gespreizte Bögen, bis sie fern am Horizont im Fettpolster eines Schambergs verschwanden, in Haarwuchs, Unterholz, Bodengestrüpp. Ich stand am Rande und schaute zu, wie als Kind bei der Schützenparade, und als einer der Schwammkörper auf mich zusprang, schrie ich, daß der Bruder mich weckte.

Lange lag ich wach. Gab es kein besseres Wort als ›Rute‹? Dann war der Ausdruck der Frauen bei Maternus ja noch besser. ›Rute‹, das war Strafe und Gewalt, Überwältigung, Schmerz. ›Schwanz‹ klang wenigstens nur nach Tier.

Von den Abbildungen der männlichen Unterhosen in den ›Quelle‹- und ›Neckermann‹-Katalogen ahnte ich, was sich hinter den Wörtern verbarg. Die daumendicken, wurmartigen Wülste, die sich durch ägyptisch Mako, Doppelripp und gekämmte Baumwolle hervordrängten, faszinierten und ängstigten mich, und wenn ich an Jo Kackaller dachte, wurde die Angst überwältigend. Beide Wörter verstärkten mein Gefühl, etwas Dreckiges abwehren zu müssen, erweckten alles andere als Sehnsucht, diesem Wort in der Wirklichkeit nahe zu kommen, gar mit ihm zu verschmelzen, wie es in den Büchern hieß. Da lag man sich in den Armen. Keine Spur von Beinen oder Becken, Ruten gar, angeheftet zwischen Schenkeln. Was ich aus dem Lexikon erfahren hatte, machte mich, lagen zwei erst einmal Brust an Brust, auf das, was sich in deren Beinbereich abspielte, nicht erpicht. Es machte mich schaudern. Wenn die Scheide ein ›häutiger, plattgedrückter Kanal zwischen Blase und Mastdarm‹, also zwischen den Schenkeln, war, wo der ›anschwellbare Körperteil‹ des Mannes namens ›Rute‹ ebenfalls ›angeheftet war‹, mußte der männliche Same dem weiblichen Ei, das ja in der Bauchhöhle lag, so nah wie möglich gebracht werden. Hereingebracht. Etwa so wie den Finger in die Nase. Etwa so wie Kackaller in das Huhn? Für diesen abscheulichen Vorgang konnte es keine schönen Wörter geben. Und doch waren alle hinter ihm her, wurden Vermögen verschleudert und Königreiche verspielt; betrogen und gemordet wurde um dieses Vorgangs willen, der zwischen Menschen und Tieren keinen Unterschied machte und für den die größten Dichter keine Worte fanden. Allein ließen sie einen mit den

Lexikonwörtern, der unbekannten Wirklichkeit wortschutzlos ausgeliefert. Hörten mit Sehnsucht, Verlangen, in den Armen liegen einfach auf. Dabei fing dann doch offenbar alles erst an!

In den nächsten Wochen las ich, was immer ich las, um mein Lexikonwissen zu ergänzen. Doch die großen Dichter rückten nicht mit der Sprache heraus.

Da fragte ich Sigismund, ob er mit mir auf die Kirmes gehen wolle. Ich traf ihn so unvermittelt, daß für Ausflüchte keine Zeit blieb. Ich hatte ihn überrumpeln wollen. Es war mir gelungen. Mit einem verlegenen oder ironischen Lachen hatte ich gerechnet, mit einem ›warum nicht, na klar‹ oder einem langgezogenen ›nein‹, wie es seine Art war, wenn er sich herauswinden wollte. Doch diesmal gab er keinen Laut von sich, zog nur die Augenbrauen hoch auf eine Art, wie ich es niemals lernen würde. Ich wurde rot.

Du glaubst doch nicht im Ernst, ich wollte auf die Kirmes gehen. Hätte auf die Kirmes gehen wollen, würde auf die Kirmes gehen wollen, würde auf die Kirmes gegangen worden sein, allein oder mit anderen. Hier brach ich ab. Allein oder mit anderen, davon verstand ein Evangelischer nichts.

Mich aber hielt es in diesem Jahr nicht im Holzstall. Am Samstagnachmittag stand ich hinter den Gardinen und spähte nach Birgit, um wie von ungefähr aus dem Haus zu schlendern und mich ihr anzuschließen, wenn sie die Straße hinunterkam. Ich wartete über eine Stunde. Balancierte in meinem palmolivegrünen Besten auf meinen Pfennigabsätzen, die Haare zur Hochfrisur getürmt, höher als Audrey Hepburn in ›Ein Herz und eine Krone‹. In meiner Handtasche ein Reclamheft und fünf Mark. Ich wollte schon aufgeben, mich umziehen und hinterm Hühnerstall verkriechen, da sah ich Inge Drescher – wie Birgit Lehrling in einem Lebensmittelladen – die Straße hinaufgehen. Ein Griff zum Kopf, mein Haarturm stand. Da kamen sie, Arm in Arm. Ich warf das Gartentor ins Schloß: Geht ihr auch auf die Kirmes? So ein Zufall! Ich auch.

Meine Gesellschaft war den beiden nicht recht. Sie hatten ihre

Geheimnisse. Ich störte. Das mußte ich in Kauf nehmen. Allein auf die Kirmes zu gehen, war undenkbar. Geradesogut hätte ich mir sonntags auf dem Kirchplatz den Rock ausziehen können. Nur mannsdolle Wiever gingen allein auf die Kirmes. Ich stolperte neben den Freundinnen her. Die tuschelten, als wäre ich gar nicht da. Schon nach wenigen Minuten sehnte ich mich nach meinem Schuppen.

Wie jeht et dir? fragte Birgit schließlich mitleidig. Ich zuckte die Achseln und begann, mit echter, wenn auch übertriebener Bewunderung, Birgits und Inges Kleider zu preisen, ging dabei in immer neuen Vergleichen so ins Detail, daß ich die Freundinnen aus ihrem traulichen Arm-in-Arm herausredete und zu mir hin. Meine Wörter machten ihre Fähnchen zu Gewändern, Baumwolle zu Samt und Seide, Glasperlen zu Geschmeide, Bronze zu Gold. Ich sah die beiden wachsen, sich aufrichten unter meinen Wörtern, bis wir selbdritt den Schinderturm durchschritten, schön, stolz, in Vorfreude leuchtend.

Hinter dem Schinderturm hörte man schon die Musik. Kirmesmusik. Ein unentwirrbares Melodienknäuel, das wuchs, ohne sich zu ordnen, je näher wir dem Platz zwischen Anlagen und Rheinwiesen kamen. Brachland, zweimal im Jahr für Schützenfest und Kirmes genutzt, früher auch von Zigeunern und Kesselflickern, einem ärmlichen Zirkus bisweilen.

Seit Jahren war ich nicht mehr auf der Kirmes gewesen. Hier ging es zügelloser her als auf dem Schützenfest. Der Kirmes fehlte die pfingstliche Schirmherrschaft des Heiligen Geistes und Sankt Sebastianus' feierlicher Ernst. Seit der Großvater tot war, machte ich mir auch aus Schützenfesten nichts mehr. Im letzten Jahr war Johann Pieper Schützenkönig geworden und hatte mich als Ehrenjungfrau eingeladen. Wie hatte ich mich früher nach einem Platz in dieser Kutsche mit den goldenen Zierleisten, Eichenlaub und Eicheln gesehnt, wie die Mädchen beneidet, die in duftigen Kleidern dem König zur Seite saßen, wenn die Rosse trabten und die Kutsche gen Kirche oder Pücklers Sälchen rollte. Was kümmerte es mich, daß der König bis zu diesem Tag ein Metzger gewesen war, seine Königin hinter der Theke Wurst, dicke Rippen und anderes königlich geschlachtetes Vieh stückweise verhökert hatte. Die grünen Uniformen mit silbernen Knöpfen, der grün-weiß gefiederte Helmbusch, die gold-durchwirkten dunkelsamtenen Schulterstücke verliehen über Nacht jedem Dondorfer genug Majestät für drei Tage. Sogar Karrenbroichs Ackergäule setzten die Hufe selbstbewußt und stolz. Hinter der Kutsche marschierten die Schützenbruderschaften aus Dondorf und Umgebung, die Kapellen zuerst, die Kutsche umbraust von Pauken und Trompeten. Der Großvater hätte mich sehen sollen, mich in der Kutsche mit aufgelösten Zöpfen, Blumen im Haar und in den Händen. Alle hätte ich ihm zugeworfen, weiße Margeriten, ihm, dem Großvater, an dessen Hand ich den Umzügen entgegengelaufen war. Der Großvater war tot.

Noch immer zog das Schützenpaar mit den Ehrenjungfrauen unter Orgelbrausen ›Großer Gott, wir loben dich‹ in die Kirche ein, fuhr die Kutsche die Kirchstraße, Marktstraße, Schulstraße entlang, durch den Schinderturm zum Rathaus, spielte die Kapelle ›Mit dem Pfeil, dem Bogen‹ und ›Am Brunnen vor dem Tore‹ vor den Häusern der Honoratioren. Doch am Abend würde ich mitgehen müssen in Pücklers Sälchen zum Schützenball. Samstags, sonntags und montags würde ich mit Schützenbrüdern essen und trinken und reihum tanzen müssen. Dondorfer Männer, sonst nichts. Der Zauber war mit dem Großvater gestorben. Ich wollte keine Ehrenjungfrau sein.

Auch die Kirmes hatte mir ohne den Großvater nie mehr das alte Vergnügen bereitet. Er allein hatte es verstanden, einen Groschen zum unermeßlichen Schatz zu machen. Ohne ihn hätte ich mein Kapital an der erstbesten Losbude verschleudert, in einen der Plastikeimer gegriffen und einen streichholzlangen Strohhalm herausgefischt. Natürlich das große Los. Eine Stehlampe hätte ich nach Hause gebracht, eine Standuhr oder eine Rauchverzehrer-Eule, und die Mutter hätte überall ihre tüchtige Tochter gelobt. Großvater aber erzählte vor jeder der verlockenden Buden eine andere Geschichte. Ich kaufte nichts und bekam alles.

Welche Reichtümer schanzte mir der Großvater für meinen einen einzigen Groschen zu! Ich schmeckte den Türkischen Honig, das Fischbrötchen, die gebrannten Mandeln, den Schnitz von der Kokosnuß, alles auf einmal. Alles umsonst. Einmal konnte der Bruder nicht widerstehen, kaufte für seinen Groschen Lakritze und stand dann mit leeren Händen vor der Schiffschaukel.

Wie hätte er ohne Geld mit mir über den Kirchturm, die Wiesen und Felder, über den Rhein bis nach Gronz fliegen können? Aber nur das eine Mal, warnte der Großvater und zauberte ihm seinen Groschen wieder in die Hosentasche.

Ohne Groschen ging nichts. Aber mit dem Groschen in der fest geschlossenen Faust, welch eine Fahrt auf dem Kettenkarussell, welch eine Lust, den Lukas in märchenhafte Höhen zu hauen, auf der Achterbahn, die es nur selten gab, in die Kurven zu gehen. Wie bewunderten wir den Großvater, wenn er an einer Bude die Kugel in dem milchweiß getönten Glaskasten, der in Rechtecke mit aufgemalten Spielkarten geteilt war, genau dort zum Stehen brachte, wo es aufleuchtete. Pik As, Herz Bube, Karo Dame. Mit ein paar Groschen holte er sich eine Uhr, eine Vase, eine große bunte Schüssel, einen Dackel aus Porzellan. Einmal gewann er drei Kochtöpfe, alle mit demselben Muster bemalt. Die Großmutter geriet vor Freude aus dem Häuschen.

Hatte der Großvater seine Groschen genutzt, näherten wir uns dem Höhepunkt. Mit wirklichen Gewinnen beladen, bauten wir uns vor dem Karussellche vom Karusselle-Jottfried auf. Kordeln, Quasten, Troddeln, goldene und silberne Glühbirnen schwangen im Kreise mit Schneeweißchen und Rosenrot, Dornröschen, Schneewittchen, Froschkönig, Rotkäppchen, den sieben Schwänen in einem Himmel, blau und watteweiß bewölkt, von Vögeln, Schmetterlingen und pausbackigen Engeln mit Trompeten und Geigen dichtbesiedelt. Schon die Mutter hatte auf diesen weichgesattelten Schimmeln, den wiegenden Gondeln, den wackelnden Tönnchen, den wippenden Hähnen gesessen. Ich verzichtete auf alles Wirbelige, Kreiselnde, Strudelnde und erkor für meinen Groschen am Ende eine Reise auf dem stillen Schwan, der für mich sein Gefieder öffnete. Ich umarmte seinen vornehm geschwungenen Hals mit dem glitzernden Krönchen, ehe wir abhoben unter den schmetternden Melodien einer Polka und unsere Kreise zogen ins Morgenland und zurück, vorbei am Großvater, hinter mir, vom Schwan gezogen, im schaukelnden Nachen der Bruder. Dem Rat des Großvaters folgend, hielt ich die Augen nur so weit offen, daß mir die Welt in bunte Fontänen zerstob, bis die Drehung langsamer wurde, die Töne verwischter. An leisen Stellen hörte man die Faltenbälge im

Orgelkasten schnaufen. Kam der Schwan mit einem Ruck zum Stehen, war der Großvater stets an der richtigen Stelle und lockte den Bruder und mich mit einem Kokosschnitz ins nächste Vergnügen.

Nie waren wir mit dem Großvater zur Raupe gegangen, dafür, hatte er gesagt, sei das Geld zu schade. Er hatte recht. Eng zusammenquetschen mußte man sich in den schmalen Wägelchen und saß zudem die meiste Zeit im Dunkeln, wenn sich unter langgezogenem Sirenengeheul eine schmuddelig grüne Plane über die Coupés, wie die Wägelchen hießen, herabsenkte, worauf der sich träge auf und ab bewegende Schlauch tatsächlich einer Raupe ähnlich sah.

Birgit und Inge steuerten direkt auf die Raupe zu. Von hier kam die schrillste Musik. Neueste Schlager in voller Lautstärke – ›Marina, Marina, Marina, du bist ja die Schönste der Welt‹, der ›Cowboy‹, der ›besser doch in Düsseldorf geblieben‹, eine ›Sonne, die bei Capri im Meer‹ versank – spülten die ›Schöne blaue Donau‹ des Kettenkarussells und die ›Holzauktion im Grunewald‹ vom Karusselle-Jottfried hinweg.

Auf der Plattform, wo man seinen Fahrschein kaufte, die Wagen zum Ein- und Aussteigen anhielten, lehnten Jungen und Mädchen am Gestänge des äußeren Kreises, lässig wie Peter Kraus und Conny, halbstark vom Scheitel bis zur Sohle. Vom Scheitel, bei den Jungen eine hohe pomadige Stirnlocke, bei den Mädchen Ponyfransen oder Haartürme. Bis zur Sohle der zweifarbigen Halbschuhe oder Pfennigabsätze. Im Rasseln der Wagen, im Aufheulen der Sirenen, im Anprall der Musik war an Reden nicht mehr zu denken. Sobald mir der Lärm das Wort abschnitt, ließen Birgit und Inge mich links liegen, wurden Teil der Raupe, des Rummels, der Kirmes, gehörten fußwippend und den Kopf in den Nacken werfend, die Haare aus der Stirn streichend, die Hüften rechts oder links herausdrückend, dazu. Bei meinem Versuch einer anmutigen Kopfbewegung knackte mein Nackenwirbel, das Gewicht mit einem Hüftschwung aufs linke Bein verlagernd, verknickte ich mir den Fuß. ›Marina, Marina, Marina‹, klopfte ich ein paarmal mit dem Absatz auf die Raupenbretter und sehnte mich nach den Leuten von Seldwyla.

Da sah ich auf der anderen Seite der Plattform Peter Bender.

Er war nicht allein. Das robuste Mädchen daneben gehörte zu ihm. Später erfuhr ich, daß sie aus Strauberg kam, wo ihr Vater ebenfalls eine Gärtnerei betrieb. Sie hatte aschblondes Haar, treppenförmig gestuft bis auf die Schultern, runde Lippen zu einem Oh geöffnet, als versetze die Welt sie in ein beständiges Staunen. Ihre kräftige sonnenverbrannte Hand zupfte an Peters Oberarm. Peter tat, als merke er nichts. ›Wenn bei Capri die rote Sonne im Meer versinkt‹, stiegen sie kaum zwei Meter von mir entfernt in einen Raupenwagen. So, wie mich Peter noch immer nicht sah, war klar, daß er mich längst gesehen hatte. Linkisch, die ebenmäßigen Züge regloser noch als sonst, schob er sich neben seine Begleiterin. ›Rote Rosen, rote Lippen, roter Wein‹ jaulten die Lautsprecher, der Wagen ruckte an.

Der kleine Kerl neben mir rückte noch ein Stück näher. Ich war ihm schon ein paarmal ausgewichen. Diesmal blieb ich stehen. Er gefiel mir mitnichten. Aber er war da. Birgit und Inge hatten anfangs mit wechselnden, dann stetigen Begleitern schon eine Runde nach der anderen gedreht, waren mit immer stärker geröteten Gesichtern unter dem Verdeck der Raupe wieder aufgetaucht, die Hände im Schoß, die Blicke verschwommen. Merkwürdig steifbeinig waren sie mit verrutschten Röcken und Frisuren aus den Coupés gestiegen, manchmal erst nach drei oder vier Runden hintereinander.

Die Sirene heulte auf, das Verdeck setzte sich in Bewegung. Im Augenblick, als Peter mit dem aschblond gestuften Mädchen an mir vorüberfuhr, klappte es zu. Der Kleine rückte wieder näher. Fährs de mit, nächste Runde? schrie er mir ins Ohr und preßte seine Schulter an meine. Ich rührte mich nicht. Grinsend löste er sich vom Geländer und stapfte zur Kasse. Er war kurz, aber kraftvoll gewachsen, ein Kerl wie ein Schränkchen; hatte ein ebenso eckiges, fast quadratisches Gesicht, in dem das pralle Lippenpaar wie ein Knauf zum Aufziehen saß. Wir reihten uns ein, wortlos. Als wir einstiegen, sah ich, ohne hinzusehen, daß hinter uns Peter und das Mädchen gerade ausstiegen. Beide Gesichter hatten eine ganz normale Farbe, und weder Kleid noch Frisur der Aschblonden waren zerknittert.

Zum ersten Mal saß ich nun in der Raupe, nichts für Kinder, ›Cindy, o Cindy‹.

Esch kumm us Hölldörp, sagte der kräftige Kleine. Sein Atem stank nach Bier. Peter lehnte am selben Platz wie zuvor, eine Hand in der Hosentasche, der andere Arm verschwand hinter dem Rücken des Mädchens. In jeder Kurve ließ sich der Vierkantige schwer auf meine Schulter fallen und schrie ›ah‹, ›wau‹, ›uh‹, bierdunstige Urlaute. Dann kam die Sirene und dann das Verdeck. So gut es ging, kehrte ich meinem Begleiter den Rücken zu und umklammerte meine weiße Handtasche, die ich mir, passend zu den weißen Schuhen vom vorigen Jahr, in diesem gekauft hatte. Sie war an den Ecken mit Metallkanten versehen.

Leichtfüßig hüpfte ich aus der Gondel, sah, als sähe ich nicht, daß Peter zu mir sah, als sähe er nicht. Hold lächelte ich meinen Hölldorfer an.

Jonn mer Feschbrütsche* esse? fragte der, und ich nickte beseligt. Fest schaute ich an Peters linkem Ohr vorbei, fühlte mich schön und stark, verführerisch und böse, hätte mir von Herodes Johannes' Kopf gewünscht wie weiland Salome. Ich ging Fischbrötchen essen. Mit dem Hölldorfer.

Wo jehs de op Arbeed? fragte der mich jetzt und faßte mich schärfer ins Auge.

Beim Maternus. Pelle packe.

Dat is jut, sagte der Hölldorfer, dat is saubere Arbeed.

Jo, dat es wohr. Un wat deis du?

Esch ben op däm Bau. Beim Bräuers Will em Jrußeveil.

Dat is jut. Do jütt et jet hi. Ich rieb Daumen und Zeigefinger gegeneinander. Un hi, ich winkelte den rechten Arm an und drückte mit der Linken spielerisch zu.

Jo, sagte der Hölldorfer, dat is wohr, fletschte seine starken Zähne, riß sich das Sakko vom Leib, rollte den Hemdsärmel hoch und ließ seine Muskeln hüpfen wie junge Mäuse. Kanns de och ens anpacke, sagte er stolz.

Ohne zu sehen, sah ich, daß Peter uns mit seiner Aschblonden in Richtung Fischbude gefolgt war. In den Geruch tagealten Öls, in dem panierte Rotbarsch- und Seelachsfilets brutzelten, bis sie qualmten, in den Geruch nach Zwiebelringen, gebraten und roh, nach Rollmops, Brat- und Bismarckhering. Peter lehnte an der

* Fischbrötchen

Schießbude. Da griff ich zu und stöhnte ein so lautes, bewunderndes ›Oh‹, daß Peters Schuß nach oben losging, als er sich umdrehte. Schimpfend stürmte die Frau, in Westerntracht und Cowboystiefeln, hinter der Theke hervor, entriß Peter die Flinte und verschwand wieder in ihrem Kasten. Die ganze Zeit über hielt ich die zuckenden Muskeln des Hölldorfers fest umspannt und fixierte Peter, bis ich seine in meine Augen zwang. Da ließ ich den Hölldorfer Oberarm los und kehrte Peter den Rücken.

Der Hölldorfer kaufte ein Bratfischbrötchen mit Mayonnaise für mich und ein Heringsbrötchen mit Zwiebelringen für sich. Nebenan kramte Peter in den Lebkuchen und kaute gebrannte Mandeln. Das Mädchen kicherte, als es die süße Aufschrift las, und drehte das Herz auf die falsche Seite. Vermutlich ›Ewig Dein‹. Mit vollen Backen lächelte ich meinem Hölldorfer zu, Peter, der sich bedächtig eine Mandel nach der anderen zwischen die Lippen steckte, keine Sekunde aus den Augen lassend. Der Hölldorfer kaufte sich ein zweites Fischbrötchen, mit doppelter Zwiebelportion. Peter und das Mädchen gingen in Richtung Raupe. Ich zupfte den Hölldorfer am Muskelarm. Er knurrte. Fast wäre ihm sein Brötchen aus der Hand gefallen. Als wir zur Raupe kamen, sah ich Peter und das Mädchen den Kirmesplatz verlassen und zwischen den Wohnwagen verschwinden. Die Hand des Hölldorfers fühlte sich glitschig an, als ich ihn hinter mir herzog.

Do wills de met mer hin, grinste er geschmeichelt. Ich nickte aufgeregt. Wo war Peter geblieben? ›Junge Menschen brauchen Liiiebe‹, quiekte die Frauenstimme von der Raupe bis hinter die Spielbuden, wo der Hölldorfer meine Arme umklammerte, so wie der Vater, wenn ich als Kind nicht parieren wollte. Unter dem Anprall seines essig- und ölverschmierten, heringsdurchfeuchteten Mundes platzten meine Lippen auseinander, seine Zwiebelzunge fuhrwerkte in meiner Mundhöhle herum. Sein Schrei ließ in den Wohnwagen alle Lichter aufflammen, ein paar Türen flogen auseinander. Wie alle Schuhe der Familie hatte der Vater auch meine ersten Pömps – gegen meinen Protest – haltbarer gemacht und Eisenwinkel auf Absätze und Spitzen geklopft. Ich erwischte den Hölldorfer zweimal.

Zuerst vors Schienbein, eisenhart, dann ein Stück höher, mitten ins Weiche. All meine Wut auf die ekligen Wörter, Rute, Schwanz, Hoden, das Wort von der Scheunenwand und das mit dem Bierflaschenknall legte ich in diesen Tritt, der mir die steif gestärkten Unterröcke aufrauschen ließ, Ballerina im luftigen Spagat. So schnell, wie er zugepackt hatte, ließ der Hölldorfer los. Ich raste davon, obwohl er, schmerzgekrümmt, keine Anstalten machte, mich zu verfolgen.

Ich putzte mir die Zähne, bis das Zahnfleisch wund war. Sobald ich an Küssen dachte, von Küssen hörte oder las, stellte sich ein Geschmack von rohen Zwiebeln und Rollmops ein und das Gefühl des Fußtritts ins Weiche. Die Angst vor den ekligen Wörtern war kleiner geworden. Ich hatte eine große Wut auf den Ingenieurssohn. Und Sehnsucht nach Sigismund.

Als ich am Sonntag nach dem Hochamt aus dem Nebeneingang drängte, spürte ich eine rauhe, trockene Hand, die mir die Finger aufbog und wieder zusammendrückte. Peters Rücken schob sich schräg durch die Tür nach draußen. Vor mir der dicke Fenger, neben mir an zwei Krücken ein Knecht vom Bauer Karrenbroich. Peter war weg. In meiner Hand hielt ich ein auf Streichholzschachtelgröße zusammengeknifftes Blatt Papier. ›Ich hätte nie geglaubt, daß du auf die Kirmes gehst‹, stand da in steif gemalten Buchstaben. Wütend knautschte ich den Zettel zusammen. Was sollte das heißen? Warf er mir vor, auf die Kirmes zu gehen? Hätte er mir das nicht zugetraut? Weshalb nicht? Hielt er es meiner für unwürdig, auf die Kirmes zu gehen? Sie müssen sich entscheiden, hatte der Prokurist gesagt. Hornissenluchs, wie er jetzt allgemein genannt wurde. Sie müssen sich entscheiden, wo Sie hingehören. Zu Hause faltete ich den Zettel auseinander und strich ihn glatt, drehte ihn um und sah eine mit zweierlei Rotstift sorgfältig ausgemalte Rose. Die Ränder vom Pauspapier waren gut zu erkennen. Dein Peter, stand darunter, ganz in Blau, der Farbe der Wegwarte, der Farbe der Treue. Wenigstens hätte er nach gebrannten Mandeln geschmeckt.

Nach den Sommerferien hatte der Rektor eine Liste umgehen lassen, wer einen Austauschschüler in der Familie aufnehmen wollte. Mädchen zu Mädchen, Jungen zu Jungen. Ich gab das Papier gleich weiter. Plumpsklo und Waschen im Ausguß machten jeden Gedanken an Gastfreundschaft zunichte.

Zu Doris kam Agneta. Sie war klein und zierlich, bleich wie das Nordlicht ihrer Heimat. Ihr spitzes Gesicht mit kleinen, seidigen Ohren, Elfenohren, weiß wie Nivea-Creme, verschwand unter einer Fülle eisblonden Haares. Ihre kühlen blauen Augen waren ein wenig geschlitzt, die Lider leicht gerötet, die Lippen unter der etwas zu breiten Nase ein schwungvoller, blaßroter Bogen. In einem langen blau-weißen Gewand, das ihr vom Hals hinab glatt auf die Füße fiel, sah sie wie die Schneeprinzessin aus, die ich wegen ihrer Grausamkeit als Kind so sehr gefürchtet hatte. Agneta sprach, als kollerten ihr köstliche, süße Sachen im Munde herum.

Und was für Sachen sie erzählte. Wenige Tage nach ihrer Ankunft durfte Doris für das Mädchen aus Schweden eine Party geben. Eine Einladung zu Kaffee und Kuchen und zu einer Bowle, Pfirsich oder Ananas, die tatsächlich ein paar Spritzer Wein enthielt, daher Party. Es gehörte dazu, nach ein, zwei Gläsern so zu tun, als sei uns das Getränk gewaltig zu Kopf gestiegen. Was wir genausogut hätten laut sagen können, prusteten wir uns in die Ohren, lachten übertrieben laut und kreischten ausgelassen. Jungen waren dabei. Auch das gehörte zu einer Party.

Horcht auf, sagte Agneta nach zwei Gläsern Ananasbowle, horcht auf, ihr Jungens und Mädchens. Sie hob den rechten Arm, daß ihr der weite Ärmel bis über den Ellenbogen zurückfiel und den Unterarm frei machte, schön geschwungen, mit einem Flaum weicher weißer Haare, was mich an Doris' Sonnenhaut im September erinnerte. Ihr Kleid aus blauem Samt fiel auf rote Knopfstiefelchen. Von diesen Stiefelchen konnte ich die Augen kaum lösen. War Agneta am Ende Karen, das hoffärtige Mädchen mit den roten Schuhen, das tanzen mußte, tanzen, tanzen, bis ihm der Henker aus Mitleid die sündigen Schuhe mitsamt den Füßen abhieb? Die alsdann allein, körperlos, nur Füße und Schuhe, über die Erde tanzten bis ans Ende der Welt, während die einst so stolze Karen auf Krücken Buße tat bis zu ihrer Erlösung?

Agneta begann zu singen. Niemand hätte eine so gewaltige Stimme in dieser zierlichen Person vermutet. Diesem schmächtigen Brustkorb, diesen kaum geöffneten Lippen, dieser leicht nach hinten gelehnten Kehle entwichen Töne, so warm und voll, so schwerelos schwebend, als sängen die Töne selbst und hätten sich diesen Mädchenkörper aus Schweden nur geliehen.

Die einzelnen Laute bestrickten uns; die Melodie klang sonderbar verdreht, als seien die Noten von ihren Linien gefallen und rettungslos durcheinandergeraten. Wir klatschten zögernd, verlegen. Agneta machte das Licht wieder an und verbeugte sich, die Hände vor der Brust gekreuzt, feierlich, ernst.

Ob wir wüßten, was sie gesungen habe. Kopfschütteln, verneinendes Gemurmel. Das will ich wohl meinen, daß ihr das nicht wißt, kullerte es. Ihr habt auf ›Großer Gott, wir loben dich‹ gehorchet!

Ungläubiges Gemurmel. Die Melodie dieses Liedes kannten wir doch alle. Sollte sie auf schwedisch so anders klingen? Agneta nickte heftig. Jawohl, ›Großer Gott, wir loben dich‹. Aber von hinten!

Eine blasse Röte war Agneta in die Wangen gestiegen. Ihre blauen Augen funkelten.

Von hinten! platzte Doris heraus.

Ja, von hinten, bestätigte Agneta. Das Melodie ...

Die Melodie, fiel Doris' Mutter ein.

Die Melodie, wiederholte Agneta gehorsam, die Melodie und die Wörter, alles von hinten, alles verkehrt herum. So treibt man den Teufel aus. Aus jedem Kind, aus jedem Mann, aus jeder Frau, aus jedem Haus, den Teufel heraus. Das hat mich mein Onkel Jan beigebracht. In dieses Haus kommt nun nie mehr der Teufel. Agneta sprudelte noch ein paar Sätze in einem verdrehten Schwedisch, oder war es Deutsch, hervor, gleichsam zur Bekräftigung ihrer guten Tat. Wartet hier, sagte sie. Ich zeig euch was.

Wir verteilten uns wieder auf unsere Stühle und nippten an unseren Gläsern. Hatte der Kaplan den Alkohol nicht ein Einfahrtstor des Teufels genannt? Hatten wir nicht gerade miterlebt, wie der Leibhaftige aus diesem Haus und aus uns allen herausgefahren war wie aus hundert Säuen? Sogar der freche Detlev schien kleinlaut seiner reinen Seele nachzuforschen. Wir warteten auf Agneta. Mit einem Fotoalbum und bunt beklebten Schachteln kam sie zurück.

Habe ich euch verzählt, begann sie gewichtig, daß mein Onkel mich das von hinten Singen beigebracht hat gegen die Teufel. Aber er hat mich auch noch mehr gemacht. Mich und andere kleine Mädchen aus Lundlö. Er hat uns zu Heilige gemacht. Eine Gemeinschaft der Heiligen sind wir, sagt Onkel Jan. Ich bemerkte ihren raschen Rundblick, nicht unähnlich dem des Prokuristen bei Maternus, bevor ihn die Wespen, oder waren es doch Hornissen, angegriffen hatten. Der Blick einer Person, die sich verstohlen ihrer Wirkung versichert, ihrer Macht.

Wollt ihr wissen, wie? fragte Agneta und reckte das Fotoalbum empor. Doris' Mutter schüttelte den Kopf und lächelte nachsichtig. Ich aber brannte darauf. Las dieselbe Begierde in den Augen der katholischen Mädchen, besonders in Klara Müllers Blick. Ihre Mutter hatte für Wochen die Familie verlassen und war als Beterin mit dem wortgewaltigen Pater Leppich und seiner Zeltmission durch Deutschland gezogen.

Einmal in der Woche, begann Agneta, besuchen wir den Onkel. Da singen wir Lieder gegen die Teufel und werden sauber. Dann gibt uns der Onkel schöne Kleider. Und dazu Palmenzweige und ein dickes großes Buch oder eine Lilie und noch so andere heilige Sachen gibt er uns vor die Brust. Und dann sagt er, stell dich hierhin und dahin und so und so. Agneta reckte sich auf Zehenspitzen, warf die Arme verzückt gen Himmel, verharrte so sekundenlang, legte eine Hand auf die Brust, streckte die andere nach oben, warf den Kopf mit weit aufgerissenen Augen in den Nacken und schaute uns beifallheischend an. Ich suchte Klaras Blick, wir schüttelten verstohlen die Köpfe.

Das ist ja sehr schön, sagte Doris' Mutter. Aber heilig ist doch wohl etwas anderes, mein Kind.

Agneta antwortete nicht, stand auf, legte Frau Granderath das Album in den Schoß und reichte die bunte Schachtel mit vorwurfsvollem, gespanntem Blick herum: Postkarten. Fotos mit immer demselben Motiv: Agneta. Ein Schulmädchen zwischen zwölf und vierzehn Jahren in einem Gespinst aus schleierfeinem Gewebe mit scharf sich im Gegenlicht abzeichnendem Leib, kaum gewölbten Schenkeln und Hüften, knospender Brust.

Siehst du, Hilla, Agneta schaute mir über die Schulter, was du da siehst, ist die heilige Hildegard. Sie tippte ein paarmal auf den unteren Bildrand. ›Den heliga Hildegaad‹, stand da, ›skadade upp mot himlen.‹

Und das hier ist die heilige Elisabeth. Diesmal hielt Agneta, ähnlich dünn bekleidet, ein Körbchen vor ihrem Unterleib. Zwischen zwei hoch aufgewölbten Brotkugeln stak ein Flaschenhals. Heilig?

Doris' Mutter blätterte das Album flüchtig durch: Kennen deine Eltern diese Fotos, Agneta? fragte sie, bemüht, ihre Stimme beiläufig klingen zu lassen.

Ja, ja, erwiderte Agneta stolz. Das ist Kunst, sagt der Papa. Aber der Onkel sagt, es sind heilige Bilder. Er verkauft sie in die Kirche und Kloster. Jeden Monat kriegt der Papa Geld vom Onkel. Dann fahre ich mit dem Papa in die Stadt und kriege ein neues Kleid.

Aha, Kunst, sagte Doris' Mutter trocken und klappte das Album zu. Ich denke, wir haben jetzt genug gesehen, Agneta. Es ist ja auch Zeit, nach Hause zu gehen.

Auch ich mußte gehen. Mein Platz bei Doris war besetzt, von Agneta. Ich mochte sie nicht und mußte sie doch bewundern. Sie schlief jetzt bei Doris jede Nacht, und ich wurde gepeinigt von Mutmaßungen. Zwei Blonde, zwei Schöne in schönen Kleidern, die sie sich gegenseitig von den Schultern streiften. War ich eifersüchtig? Konnte ein Mädchen auf ein Mädchen bei einem Mädchen eifersüchtig sein? Auf ein Mädchen bei einem Mann gewiß, das hatte ich immer wieder gelesen. Gelesen und gehört, etwa wenn die Mutter von Hanni und Rudi erzählte. Rudi, so die Mutter, könne von seinen Reitschülerinnen nicht lassen, und die arme Hanni kriege davon Asthma. Sie schnappe schon nach Luft, wenn sie den Reitanzug ihres Mannes sähe und röche, selbst wenn der gar nicht drinstecke. Das kam mir doch sehr übertrieben vor. Wie Eifersucht auszusehen habe, war mir bekannt, so wie das Wüten Quasimodos, das Leiden Anna Kareninas oder König Markes, die Verzweiflung Emma Bovarys, Morels Selbstmord: Verzweiflung, ja, aber Asthma? Asthma aus Eifersucht? Davon hatte ich noch nie gelesen. Ebensowenig wie von der Eifersucht auf eine Frau bei einer Frau.

Wieder fehlte mir für das, was ich fühlte, das erlösende Wort. Ich war ja auch nicht nur auf Agneta eifersüchtig, sondern auf beide. Ich fühlte mich ihnen unterlegen, den Blonden, Gepflegten, die mit ihren Vätern in die Stadt zum Kleiderkaufen fuhren. Ich war eifersüchtig auf beide.

Am Tag vor Agnetas Abreise meinte Gisela nach der Turnstunde, wir sollten uns aufstellen und unsere Beine vergleichen. Prüfen, ob sie sich an Wade, Knie und Oberschenkel gleichzeitig berührten. Gisela war von uns allen am kräftigsten entwickelt. Sie trug Büstenhalter ohne Schaumgummieinlage und hatte einen Freund, der schon Referendar beim Oberlandesgericht war, las Frauenzeitschriften und war in Fragen moderner Lebensart allen voraus.

Also stellten wir uns vor den großen Spiegel neben der Sprossenwand und kontrollierten. Die Beine von Agneta trafen bei den drei kritischen Punkten mühelos aufeinander. Alle bewunderten sie, so, wie sie in all den vergangenen Tagen bewundert worden war. Auch Doris' Beine waren makellos. Agneta bewunderte Doris und Doris Agneta. Bei mir doch auch, rief ich und preßte die Beine zusammen. Doris sah gar nicht hin.

Abends schlich ich vor den Spiegel der Frisierkommode im Elternschlafzimmer und hob den Rock hoch, verdrehte die Beine und knirschte mit den Zähnen.

Am nächsten Morgen war der Platz neben Doris wieder frei. Ich blieb bei Elfriede in der ersten Bank. Ich könne dort besser sehen. Einige Male besuchte ich Doris noch, bevor unsere Schulzeit zu Ende ging. Abends fuhr ich nach Hause.

Später vertraute mir der Religionslehrer an, Agneta sei nicht getauft, für die arme Seele beten solle ich. Agneta ein Heidenkind. Kein Wunder, daß sie und ihre Sippe so sonderbare Vorstellungen vom Heiligen hatten. Nicht einen Fitzel Silberpapier war sie mir wert. Ich sah sie in der Hölle braten. Sollte sie selbst zusehen, wie sie da mit ›Großer Gott, wir loben dich‹ von hinten wieder rauskam.

Über der rheinischen Tiefebene hing der November, naßkalter Totenmonat, der Himmel anthrazit und porös wie Braunkohle, die schwelt und nicht brennt, Wiesen, auf denen sich im Nebel und Regen die Herbstzeitlosen auflösten, Pilze in Hexenringen, lilaschwarz auf hohen, wässrigen Stielen.

Sigismund bekam einen Blauen Brief, mangelhaft in Latein und Mathematik, die Versetzung gefährdet. Seine Mutter sagte der meinen, ich sei kein Umgang für ihren Sohn. Meiner Mutter war das Wasser auf die Mühle. Erst Peter Bender, jetzt Sigismund Mix. Es würde böse enden mit mir. Sitzenbleiben werde ich, nicht in der Schule, aber im Leben. Tage später hatte sich ihre Meinung ins Gegenteil verkehrt. Wat dat herjeloofene Wiev, Sigismunds Mutter, sich bloß einbilde. Von wegen ich sei kein Umgang für ihren Sohn. Bei diesen Worten habe dat Wiev hocherhobenen Hauptes die Küche ausgespäht, als suche sie nach Spinnen, Wanzen, Kakerlaken. Ävver nit bei us, so die Mutter, mir sin sauber. Und wer hier sitzenbleibe, sei ja auch klar. Nicht ich, sondern der feine Pinkel. Das war nun Sigismund. Aber, fügte sie dann und in höchstem Hochdeutsch hinzu, mir flüchtig die Schulter streifend, wenn du den Sijismund treffen willst, hab isch nix dajejen. Ejal, ob der evanjelisch es. Die Ahl muß davon nix wissen. Nur paß auf! Die Mutter faßte meinen Arm mit beiden Händen und sah mich mit verzweifeltem Verschwörerblick an: ›Et‹ is en Sekund, mi nit. ›Et‹ is en Sekund, denk dran. Dat met däm Italjäner es jo noch ens jut jejange. Errötend bis unter die Haarwurzeln, ließ sie mich los, klapperte mit den Ringen, wie es sonst nur die Großmutter tat, und fragte, ob ich einen Bratapfel essen möchte.

Schon wieder ›et‹. Sogar aus dem Mund der Mutter. Doch wieso eine Sekunde? Dauerte ›et‹ nicht länger als eine Sekunde? Dann täten die großen Dichter am Ende recht daran, diese Sekundenkleinigkeit nicht zur Sprache zu bringen. Wörter konnten bei diesem Tempo kaum mithalten. War ›et‹ wirklich nur en Sekund, erklärte das die Zurückhaltung der Dichter. Doch wozu dann die unzähligen Anläufe, um im ›et‹ ans Ziel zu kommen? Für en Sekund? Es wäre ja noch zu begreifen, wenn einige Spezialisten sich um ›Et-is-en-Sekund‹ bemühen würden, wie Sprinter, die hundert Meter unter zehn Sekunden schaffen wollen. Sollte das, worauf die ganze Menschheit aus war, wirklich nur eine Sekunde dauern? Die Mutter mußte sich verzählt haben. Doch sie hatte mit einem solchen Ernst und solcher Überwindung gesprochen, daß ich nicht zweifelte, zumindest sie selbst habe ›et‹ nie länger als eine Sekunde erlebt.

Wieder machte der Bruder den Briefträger. Sigismund und ich setzten unsere Gespräche auf dem Papier fort, füllten die Seiten mit schönen Sätzen, großen Gefühlen, erhabenen Visionen. Kußkreuzchen kamen uns nun kindisch vor. Wir trafen uns hinterm Damm bei den Weiden am Rhein. Heimlich. Die Treffen waren kurz. Meist war ich vor Sigismund da. Stand bei der Großvaterweide und fror, schöne Sätze im Kopf, schöne Zeilen, Strophen. Goethe hatte Schiller längst den Rang abgelaufen. Es ging um einen einzigen Menschen, nicht um die ganze Menschheit. Ich fühlte für einen, nicht für alle. Ob alle Menschen Brüder würden, war mir egal. Wenn nur der Freude schöner Götterfunken Sigismunds Herz für mich entzündete. Der Wind sauste durch die Pappeln, die letzten Blätter hinwegfegend, ließ das dürre Schilf zusammenklappern, preßte die Gischt um die Kribben und über die Kiesel am Ufer. Doch kaum tauchte in der Ferne ein schwankendes Lichtlein auf, Sigismunds Fahrradlampe, wie herrlich leuchtete mir die Natur. Nichts mehr von feuchtem Nebel und sensensausendem Wind, kahlen Bäumen und Schilfrohrgeklirr, Zimbeln und Cembalo, Psalter und Harfe wachten auf. Es lachte das Auge, es lachte die Flur, das Fahrrad kam näher, Sigismund sprang ab.

Tach, na endlich, murmelte ich.

Schon da? drückte Sigismund zwischen den Zähnen hervor. Die Freude sprang uns aus den Augen. Hier, unter freiem Himmel, in der schnell einbrechenden Dämmerung später Novembernachmittage, verging uns die alberne Aufschneiderei unserer Gespräche und Briefe. Einsilbig tasteten wir uns ein Stück weit am Ufer entlang, das der grauglänzende Strom schwach erleuchtete, durch das Fahrrad getrennt wie durch Siegfrieds Schwert. Wir gingen und schwiegen. Jedes Wort konnte die Fassung, die uns das Fahrrad verlieh, zerstören, jeder Satz dazu führen, daß das Fahrrad fiel, uns einfach aus den Händen fiel, aus unseren Händen, die es gemeinsam führten, Sigismund links, ich rechts.

Ließe einer los, würde der andere es nicht halten können, nicht halten wollen, das Fahrrad würde ins Trudeln geraten, außer Kontrolle. Fallen. Wir umklammerten die Lenkstange, jeder auf seiner Seite. Stolperte einer, mußte ich kichern, als hätte man mich gekitzelt. Von der Großvaterweide bis zum Ende des Schilfs schoben wir das Rad gemeinsam.

Ich muß fort, sagte ich. Sigismund nickte. Ich zog die Hand vom Lenker, bevor er sie streifen konnte.

Bis dann, sagte Sigismund, seine Hand griff dahin, wo meine gelegen hatte.

In den Bäumen hing die Nacht, und es standen die Pappeln wie aufgetürmte Riesen da, Sigismund schwang sich in den Sattel, ich sah ihm nach mit nassem Blick, seinem Katzenauge am Hinterrad, wie es den Damm hinaufzuckelte, aufblitzte und jäh verschwand, wenn der Freund die Böschung hinabsauste.

Im Holzstall schrieb ich ihm, was ich ihm gern gesagt hätte, schrieb seitenlang von großen Büchergefühlen, bis ich leicht war und frei, einen Zettel zu kritzeln, den der Bruder mit nach Möhlerath nehmen konnte.

Seit dem Dreikönigstag war der Himmel klar, und die Temperaturen fielen noch weiter. Nach Wochen weichen Westwinds, nach Stürmen und Schneefall waren die Tage strahlend kalt und hart, Bäche, Tümpel und Teiche gefroren, Eisschollen auf dem Rhein. Nur die Großmutter erinnerte sich an einen noch kälteren Januar. Dick zugefroren sei der Rhein damals gewesen, erzählte sie, der Pastor habe das Eis gesegnet, Zelte habe man aufgeschlagen und zur Musik der Schützenkapelle mitten auf dem Rhein getanzt.

Die Weihnachtsferien waren zu Ende. Wie in jedem Jahr hatte Sigismund seine Großeltern besucht. Ich würde ihn heute wiedersehen. Um Punkt acht Uhr, rief die Mutter mir nach, als ich, vermummt bis unter die Augen, das Haus verließ. Der Punkt war ihr heilig. Sie stand mit dem Wecker in der Tür, wenn ich nach Hause kam. Eine Minute Verspätung konnte den nächsten Ausgang zunichte machen. Die Mutter genoß ihre Macht. Und daß ich ihr dankbar sein mußte. Punkt acht.

Mit jedem Schritt von zu Hause weg ging ich vorwärts in meiner Lebenszeit, wurde älter und unabhängiger, bis ich, nicht alt, nicht jung, von nirgendwo kommend, Sigismund gegenüberstand. Ging ich zurück, verlief dies umgekehrt, und wenn ich um Punkt acht klingelte, war ich wieder das halbwüchsige Mädchen, aufsässig und geduckt. Dazwischen lag eine Zeit fast wie die in den Büchern oder am Fließband. Die Zeit verschwand. Nur noch Sigismund war da und seine Stimme. Immer war es schon dunkel, wenn wir uns trafen, und wir flüsterten wie Menschen, die sich im Dunkeln fürchten. Nur daß wir einander hörten, war wichtig, wir hätten ebensogut gurren können wie die Tauben.

Meine eisenbeschlagenen Stiefel hallten auf dem Asphalt durch die Schulstraße, den Schinderturm, die Marktstraße, den Kirchplatz hinunter. Nur ein paar Frauen, verhüllt mit Schals, Tüchern und Mützen, huschten aus Metzger- und Bäckerläden und eilig wieder nach Hause. Über Feldern und Wiesen lag dünngestäubter Schnee, feine glitzernde Flocken, auf der eisharten Erdkruste, die mich trug. Zu ihm trug, ohne zu brechen. Ein Schimmer war um Pappeln und Weiden, nicht wie die Hülle, die ein Rauhreif an Ästen und kleinen Zweigen hinterläßt, vielmehr als hätte sich das Holz in der Kälte selbst gewandelt und angefangen zu glühen. In diesem Glühen schwarzer Schemen stand Sigismund vor der Großvaterweide mit schmalgefrorenem Gesicht. Der Schlamm am Ufer war im Frost geborsten, auf dem Wasser trieben dicke Schollen schlurrend und ächzend stromabwärts. Schiffe konnten längst nicht mehr fahren. Wind strich durch Bäume und Büsche, die froststarren Zweige sirrten zusammen wie die Saiten riesiger Harfen. Meine Wangen, meine Nase, die Stirn: ein einziger eisiger Schmerz. Die Lippen fühllos. An meinem Wollschal, dem von Georg, hingen kleine Eiszapfen. Es konnte gar nichts anderes geschehen. Sigismund zog den Reißverschluß seines Parkas auseinander, und ich floh in den warmen Dunst zwischen Schurwollpullover und Webpelzfutter, das er mir sorgsam über die Schultern zog. Zwei Eisschollen krachten aufeinander. Was anderes hätte ich tun sollen, als mich fester an Sigismund zu pressen, in echter, in gespielter Furcht, in süßer, willkommener Furcht. Nur was sich berührte, erstarb nicht. Sigismunds Atem taute meine Wangen auf, unsere Lippen tauten sich auf, taten sich auf, unseren Zungen Zuflucht in warme

Mundhöhlen gewährend. Es war ja so kalt, so kalt, und seine lebendige, eifrige Zunge betörend warm. Wir froren uns zusammen. Unsere Lippen hielten den Kopf am Leben, belebten den Körper bis zum Magen. Ab dort war ich bemüht, Berührung zu vermeiden. Ich wußte zuviel. Und zuwenig. Was ich wußte, gefiel mir nicht. Was ich nicht wußte, ängstigte mich. Frostklar spannte sich der Himmel über uns. Mondlicht, das Licht dieser weiten Lampe, machte die Landschaft zum Zimmer, legte sich zum Schlafen nieder, auf den Strom und sein Ufer, die Weiden, die Pappeln, das Schilf, auf uns und auf unseren Schatten, zum Schlafen und Träumen, ein schlafendes, träumendes Licht, das Sigismunds Gesicht in bleichen Glanz tauchte. Doch sah ich kaum einmal in sein Gesicht. Ich legte den Kopf in den Nacken und schaute in die tausend und tausend Sterne. Ihr Funkeln zog mich in ihre Ewigkeit, ich fühlte ihr Flimmern bis in die Fingerspitzen. Einen einzigen grünlichen Schatten warfen wir auf den harten Sand, bis Sigismund seinen linken Arm von meinem Rücken zog und den Rand seines Fäustlings zurückstreifte. Die Armbanduhr blitzte auf. Da war der Zauber vorbei. Wir lösten uns voneinander.

Hatte die Kälte uns zusammengetrieben, nahm sie beim Abschied erbarmungslos Rache. Es tat weh. Zuerst die Hände. Sie waren schon eisig gewesen, bevor wir uns trafen. Wir hatten sie nicht aus den Fäustlingen genommen. Dann die erstorbenen Füße. Wie Klötze hingen sie bei den ersten Schritten an den Beinen. Als am Damm unsere Wege sich trennten, ich allein über den Kirchplatz, den Marktplatz, am Rathaus vorbei nach Hause laufen mußte, gefroren mir die Tränen auf den Wangen. An unseren Schatten dachte ich, unseren vereinigten Schatten, und wie er aufgeflogen war zu den Sternen, unser Sternbild, das Sternbild des Schattens. Dachte an das Licht, aus dem wir fortgegangen waren und das jetzt ohne uns träumte und schlief.

Nur allmählich taute ich im Bett wieder auf. Seit Tagen waren die Eisblumen auf den Fensterscheiben immer dicker geworden. Ich rieb die Füße an der Steinhägerflasche. Das Zimmer war schwarz vor Kälte, ich aber fühlte mich geborgen in Sigismunds Armen und schmeckte seine Zunge, lebendiges Pfefferminz. Alles hatte sich im Bereich der schönen, anständigen Wörter abgespielt, Lippen, Zunge, Speichel, Sigismunds Zähne, sein leichter

Unterbiß. Am besten aber war die Wärme gewesen, dachte ich, mit den Zehen an der heißen Sandflasche spielend. Die Wärme inmitten all der Kälte und daß ich hatte träumen können mit offenen Augen in den Sternenhimmel hinein. Träumen, als wäre ich einfach nur da. Wie ein Stern, ein Stein, eine Weide am Rhein. Noch im Schlaf hörte ich das Krachen der Schollen, das Ächzen des leblosen Eises, als liefe der Frost ihm durch die Adern und bräche es in seinem Herzen entzwei.

Am nächsten Tag schickte mir Sigismund eine seiner Kunstpostkarten, Kurven und Linien zu einem geknäulten Paar geformt, der ›Kuß‹ von Picasso. Er habe Bronchitis und müsse nach der Schule ins Bett.

Ich hatte Sigismund geküßt. Das reichte. Seit dem wirklichen Kuß von Sigismund küßte ich Heinrich und Friedrich, Harras, Botho, Caspar, Etzel, Tonio, Hans; Junge und Alte, Kluge und Dumme, Böse und Gute, ›Edelmann, Bedelmann, Doctor, Major‹. Ich küßte sie alle. Männer. Frauen nie. Doris' Kuß zählte nicht mehr. Ich kostete meine Gefühle aus, ohne den lästigen Umweg über den Körper, ohne daß mir ein wirklicher Arm, ein wirkliches Bein, eine Hand, eine Zunge im Weg war. Ohne Wirklichkeit stirbt die Phantasie. Aber ein Händedruck, ein Lächeln, ein Streicheln, ein Zettel reichen aus, sie in Bewegung zu halten.

Vergeblich wartete ich auf ein Wort von Sigismund. Das Träumen wurde schal. Da brachte der Bruder die Nachricht: Sigismund hatte Lungenentzündung.

Als käme ich ihm damit näher, besuchte ich Maria. Jetzt, Anfang Februar, war die Kälte noch immer ungebrochen, die vereisten Straßen leer. Die Fenster der Tante standen dunkel, ich klingelte bei Hanni.

›Was kann der Sijismund dafür, daß er so schön ist?‹ sang sie statt eines Grußes. Schnell rein, komm!

Ich nestelte an meinem Schal, den Handschuhen, der Mütze.

Tu nit so, sagte Hanni, isch weiß alles! Nu erzähl mal! Wills de ein Stück Streusel?

Ich wollte. Aber von mir und Sigismund erzählen wollte ich nicht. Und auch nicht wieder Hannis Beichten hören, so wie damals, als sie von Federico erfahren hatte.

Der Sigismund ist doch krank, sagte ich. Ich hab den schon wochenlang nicht mehr gesehen. Lungenentzündung.

De Lungen? entsetzte sich Hanni und griff nach ihrem Atemballon in der Kitteltasche. Un sehen könnt ihr eusch auch nit. Deine Mama hat mir erzählt, du wärs für die nit jut genuch! Dat is ja schlimmer wie damals mit dem Ferdi. Dat is ja ne Trajödie!

Maßlos übertrieben, fand ich. Da kannte ich ganz andere Geschichten.

Hast du schon von der Tragödie in Ronningen gehört? Was der Frau vom Apotheker passiert ist? Es steht ja auch schon gedruckt.

Ich machte eine Pause. Hanni räumte Tassen und Teller ab, breitete die Wolldecke und ein altes Bettuch wieder über eine Hälfte des Tisches.

Nä, Hilla, sagte Hanni, dat hat die Mama noch nit erzählt. Isch hab sie auch seit ein paar Tagen immer nur janz kurz jesehen. Du weiß ja, die un der Rudi sin schlimmer wie Honk un Katz. Aber nu erzähl mal.

Hanni dehnte sich behaglich in den Schultern, nahm ein Wäschestück nach dem anderen aus einem Weidenkorb, knallte es ein paar Mal in die Luft, führte das Bügeleisen millimeternah an die Wange, strich mit sicheren Bewegungen über Handtücher, Kopfkissen, Unterhosen, legte die Stücke säuberlich getrennt aufeinander, und ich ließ mir den Duft frisch gebügelter Wäsche in die Nase steigen. Von Zeit zu Zeit, besonders bei den steif gestärkten Blusen, Schürzen und Hemden tunkte Hanni die Fingerspitzen in eine Emailleschüssel und schwenkte die Hand über dem knitterigen Stoffstück. Alles, ohne genau hinzusehen, ohne Konzentration auf das, was sie tat, so, wie ich am Fließband die Pillen gepackt hatte. Hanni hatte ihre Hände zum Bügeln geschickt und mußte sich nun nicht weiter um sie kümmern.

Ich weiß nicht, begann ich, ob du die Sankt-Annen-Apotheke in Ronningen kennst.

Hanni verneinte und schüttelte die Tropfen sprühende Hand über ein kariertes Oberhemd.

Also, die Sankt-Annen-Apotheke, nicht weit vom Markt, ich hatte keine Ahnung, ob Ronningen einen Markt hatte, aber eine genaue Ortsangabe erhöht die Glaubwürdigkeit jeder Geschichte. Die Sankt-Annen-Apotheke direkt beim Rathaus. Ein Rathaus hatte schließlich jedes Dorf. In dieser Apotheke geschah es.

Ich sah Hanni an. Sie hatte ihre Augen auf die Wand geheftet und war schon auf dem Weg in die Apotheke.

Emma, die Apothekerfrau, kam aus Michelrath.

Däm Kaff, fuhr Hanni dazwischen.

Ja, wirklich, aus dem Kaff, bestätigte ich. Da hat der Bavarius, so heißt, hieß, verbesserte ich mich, der arme Mann, sie kennengelernt. Er hatte einen Platten und der Vater von der Emma ein Fahrradgeschäft. Der Vater von dem Bavarius war schon tot. Und der junge Bavarius hatte die Apotheke nach dem Studium übernommen. Seine Mutter, die lebt ja noch, stand mit im Geschäft. Bavarius, der junge Bavarius, er heißt, hieß, glaube ich, Karl, hatte es eigentlich gar nicht nötig, Fahrrad zu fahren. Aber er war ein gesunder Mann, ernährte sich von Gemüse und Joghurt, Hanni verdrehte die Augen, trank nicht, rauchte nicht und fuhr eben Fahrrad statt Auto. Man sah ihn auf keiner Kirmes und bei keinem Schützenfest, und so war es kein Wunder, daß er, obwohl doch eine gute Partie, mit über Dreißig weder Frau noch Braut hatte.

Hm-hm. Hanni wiegte zweifelnd den Kopf. Un wie sah dä aus? fragte sie. Weiß de dat zufällisch, un wat dä für ene Charakter hatte, weiß de dat? Doröp kütt et an, Hanni nickte bekräftigend, op dä Charakter. Zufällig wußte ich. Nein, schön sei er nicht gewesen, der junge Bavarius, ganz im Gegensatz zu seinem verstorbenen Vater, einem schönen Mann, was leider auch anderen Frauen nicht entgangen sei. Geradezu aufgeblüht sei die Mutter, als der Vater gestorben und sie der ständigen Sorgen um Treue oder Untreue, was schließlich keinen Unterschied mache, ledig gewesen sei. Trotz seiner gesunden Lebensführung sei der junge Bavarius ein dicklich untersetzter Mann gewesen, mit rotem, gutmütigem Gesicht, wäßrigblauen Augen und blaßbraunen Haaren, hilfsbereit, zuverlässig, freundlich, aber ohne jede Spur von Humor. Lächeln sehen habe man ihn zwischen seinen

Tuben, Tiegeln, Fläschchen und Gläschen von morgens bis abends, lachen hören niemals.

Hanni ließ das Bügeleisen über eine eingesprengte Unterhose zischen. Jetzt hatte sie Karl den Jüngeren vor Augen.

Also, fuhr ich fort, drei Tage nach dem ersten Platten hatte Bavarius den zweiten, zufällig wieder genau vor dem Michelrather Fahrradladen. Emma wieder hinter der Theke. Den Tag darauf brauchte er eine Luftpumpe, dann Flickzeug für die Reifen, und am nächsten Sonntag ging er mit Emma in Rüpprich zum Schützenfest.

Karl Bavarius tanzte schlecht, und er hatte nichts dagegen, daß Emma von einem Arm in den anderen flog, wenn sie nur in den Pausen zu ihm zurückkehrte und ihn vor allen anderen bevorzugte. Das tat sie. Gewissenhaft und erfolgreich. Vier Wochen später hielt er um ihre Hand an, übrigens gegen den Willen seiner Mutter, wie nach der Tragödie bekannt wurde. Emmas Eltern stimmten mit Freuden zu. Der Ruf ihrer Tochter war nicht der beste. Sie ging auf die Fünfundzwanzig zu. Die Apotheke lief gut, das Fahrradgeschäft schlecht.

Von der Hochzeit sprach man noch mit Bewunderung, als der Haussegen schon schief hing. Die Mutter ließ ja auch keine Gelegenheit aus, sich einzumischen.

Hanni ächzte und preßte das Bügeleisen auf eine Schürze.

Die Mutter, so resolut und tatkräftig wie ihr Sohn weich und nachgiebig, trug also ihren Teil bei. Die Hauptschuld aber lag bei Emma. Ihr Mann hatte sie als schmuckes Persönchen kennengelernt, nach der neuesten Mode gekleidet und frisiert, dazu von Felgen, Mänteln, Naben schwatzend, als verstünde sie etwas davon. In seinen Träumen hatte er sie im gestärkten Kittel hinterm Apothekentisch gesehen, kleine Wehwehchen allein durch ihren appetitlichen Anblick vertreibend. Abends würde seine Emma dann wieder das weiße Popelinekleid mit den roten Mohnblumen anziehen, in dem er sie zum ersten Mal gesehen hatte, nur für ihn.

Hilla, unterbrach mich Hanni bewundernd, mer könnt denke, du wärst dabeijewesen. Dat Kleid kenn ich, dat is aus dem Quellekatalog von vor zwei Jahren. Mir war dat zu teuer und auch zu tief ausjeschnitten. Aber mit so enem Tellerrock. Hanni wickelte einen Bettbezug um die mollige Taille und wirbelte durch die Wohnküche. Wie sah dat Emma denn aus? Weiß de dat zufällisch?

Zufällig wußte ich auch das. Schwarze Locken um ein ebenmäßiges Gesicht mit dunklen Augen, einer etwas aufgeworfenen Nase und einem vollen, kirschrot gemalten Mund. Eine Figur so um die 36, vielleicht um die Hüften eine Nummer größer. Biegsam und quirlig. Jedenfalls vor der Heirat. Schon von der Hochzeitsreise nach Venedig und an die Riviera, wo es den ersten Krach gegeben haben soll, kam Karl ernüchtert zurück. Ein Italiener hatte Emma schöne Augen gemacht und war auf so viel Entgegenkommen gestoßen, daß Karl die seinen nicht länger hatte zumachen können. Sie brachen die Reise vorzeitig ab. Im soliden Ronningen in der reputierlichen Stellung einer Apothekersgattin würden der jungen Frau die Flausen vergehen. Die Hoffnung schien sich zu erfüllen, solange Emma das Haus auf den Kopf stellen konnte. Gegen den, wie man sich denken kann, beträchtlichen Widerstand von Karls Mutter warf sie alle alten Möbel aus dem Haus, schwere handgemachte Tische, Schränke, die Betten, die Betten zuerst, und kaufte neu. Fuhr dazu nach Düsseldorf, ließ Inneneinrichter und Dekorateure anreisen, die Tapeten und Stoffmuster aus ihren Kombis anschleppten, Teppiche wurden aus- und wieder eingerollt, das Kachelbad mit Marmor ausgeschlagen. Als das Schlafzimmer angeliefert wurde, stand die Nachbarschaft Spalier. Die Schränke waren weiß lackiert, mit ovalen goldenen Spiegeln und Ranken verziert, die Frisierkommode ein Schnitzwerk auf goldenen Klauen. Als dem Packer eines der Nachtkästchen aus den Händen fiel, sahen alle, daß die ganze Pracht nur aus dicken Span- und dünnen Sperrholzplatten bestand, von denen beim geringsten Stoß der Lack abblätterte. Karl hatte seiner Frau freie Hand gegeben, sie konnte sogar über Einkünfte und Ersparnisse auf der Ronninger Sparkasse verfügen.

Hanni stellte das Bügeleisen hochkant und setzte sich. Wat jlaubs du, Hilla, wat Möbel koste. Un dann och noch alles neue Tapete. Un de Jardinen, waren die och neu? Un de Kösch?

Ja, die Gardinen waren neu, Stores und Übergardinen. Wieder seufzte Hanni. In der Weberei hatte sie an kostbaren Stoffen gearbeitet. Lindgrün, altrosa, ocker und pfirsich malte ich Küche und Küchenmöbel, schaffte Kühlschrank und Truhe, Elektroherd mit Blitzplatte, Mixer, eine Spüle aus Nirosta, einen Toaster an. Sogar eine Küchenmaschine.

Wie isch, sagte Hanni stolz und nickte ihrer Spüle zu, wo ihr eigenes Knet-, Rühr- und Mixgerät stand. Nä, nä, Hanni rekelte sich. Wat dat all kost. Dat Emma driev dä Mann jo in Null Komma nix in de Ruin. Dat is werklesch en Katastroph.

Abwarten Hanni, sagte ich. Das ist noch gar nichts. Es kam nämlich, die letzten Möbel waren gerade geliefert, ein Brief von der Sparkasse. Emma hatte den Kredit von zehntausend Mark...

Zehntausend Mark! Hanni schlug verzweifelt die Hände über dem Kopf zusammen. Mir han nur fünftausend und dat nur wejen dem Land. Die Mama hat nur zweitausend. Zehntausend Mark!

Jawohl, zehntausend Mark! bestätigte ich. Das war der Kredit. Sie hatte ihn aber um fast fünftausend Mark überzogen. Fünfzehntausend Mark Schulden! Zu allem Unglück war der Brief auch noch Karls Mutter in die Hände gefallen, die jeden Brief, gleich, an wen er gerichtet war, öffnete und jetzt, ohne Rücksicht auf etwaige Kunden, den Brief schwenkend in den Laden stürzte, dergestalt, daß eine ältere Frau so erschrak, daß sie die soeben erworbene Flasche Franzbranntwein fallen ließ, was ihr der Apotheker ersetzen mußte.

Hilla, unterbrach Hanni, mach doch nit so lange Sätze, mir wird et janz schwindelisch, isch weiß am Ende nit mehr, wat de am Anfang jesacht hast. Un dat met dem Franzbranntwein es doch och nit su wischtisch. Also, die Mutter hatte dä Brief un war auf hundert. Dä arme Karl. Hanni sah mich erwartungsvoll an.

Ja, fuhr ich fort, der arme Karl. Der hatte wochenlang zu allem ja und amen gesagt, wenn seine Emma ihm nur schöne Augen gemacht hatte. Solange sie das Geld mit vollen Händen ausgeben konnte und alles nach ihrem Kopf ging, war sie zufrieden gewesen. Jetzt aber wurde Karl zum zweiten Mal aus seinem Traum vom Glück gerissen. Die Mutter keifte, Emma greinte und fiel in Krämpfe, sobald der Apotheker sich ihr näherte. Die Möbel, alle auf Raten gekauft, wurden in der Reihenfolge ihrer

Anschaffung wieder abgeholt. Die Betten zuerst, zuletzt das Teakholzbüffet.

Wat en Blamasch, stöhnte Hanni wohlig.

Ja, nickte ich, die Nachbarn sahen jetzt schadenfroh zu, wie ein Teil nach dem anderen wieder fortgeschafft wurde. Nur die maßgeschneiderte Küche ließ man stehen, man konnte sie ja auch sonst nirgends gebrauchen.

Einziger Gegenstand aus der Zeit vor Emmas Kauflust war das Klavier. Ein alter schwarzer Kasten aus dem vorigen Jahrhundert. Weißt du, ein Klavier, schmeichelte ich Hanni, war damals so etwas wie eine Musiktruhe heute. Eine Musiktruhe hatte Emma natürlich auch angeschafft, aber die war abgeholt worden wie die anderen Möbel.

Hanni schaute stolz auf die Küchenwand, hinter der im Wohnzimmer ihre Musiktruhe stand.

Emma war verzweifelt. Untröstlich. Doch eines Nachmittags, als Karl unverhofft ins Wohnzimmer kam, saß sie am Klavier. In einem dünnen schwarzen Kleid, das ihr um die Hüften ein bißchen zu eng war, saß in dem großen, leeren Raum mit den glänzenden Tapeten in Altrosa mit grünen Ranken und blauen Rosen.

Blaue Rosen, unterbrach mich Hanni, wat du nit alles weiß, Hilla. Häs de Mäusje jespielt?

Ich wurde rot.

Mach weiter, Hilla, drängte Hanni und sah auf die Uhr, wer weiß, wann die Mama un dat Maria nach Haus kommen.

So verloren saß Emma am Klavier, daß Karl gleich ja sagte, als sie ihn fragte, ob sie Klavierstunden nehmen dürfte. Sie wüßte auch schon eine Adresse in Düsseldorf, hätte das alte Fräulein in einem Antiquitätenladen getroffen, da, wo sie das Nähtischchen gekauft hatte. Das Nähtischchen war auch weg. Karls Einwand, man könne doch den Musiklehrer vom Gymnasium fragen und das Fahrgeld sparen, begegnete Emma mit Seufzen und Schweigen. Sie fuhr also nach Düsseldorf. Und blühte auf. Sie wurde regelrecht schön. Auch schien ihr die böse Erfahrung mit der Sparkasse allen Leichtsinn ausgetrieben zu haben. Sie drängte Karl weder zu Kirmesbällen noch Schützenfesten, ging ihn nicht einmal mehr um Geld an für ein neues Kleid, obwohl sie, bekam man sie denn einmal zu Gesicht, zumeist nur noch im sonntäglichen Hochamt, eleganter und geschmackvoller gekleidet war als je zuvor.

Die Sätze, Hilla, die Sätze, warf Hanni ein.

Ich nickte begütigend. Zu Hause traf man sie nur selten am Klavier. Sie kümmerte sich zum ersten Mal um den Haushalt, half sogar im Laden und bemühte sich, mit Karls Mutter auszukommen. Das ging wohl so ein halbes Jahr. Im Oktober war Emma zum ersten Mal zum Klavierunterricht gefahren, im Mai des darauffolgenden Jahres kam sie ungewöhnlich früh aus Düsseldorf zurück. Das Fräulein sei krank gewesen, erklärte sie und legte sich ins Bett.

Emma war in den nächsten Tagen unruhig, rastlos. Von der nächsten Fahrt nach Düsseldorf kehrte sie wieder ausgeglichen zurück. Doch die Krankheiten der Klavierlehrerin und die vorzeitigen Heimkünfte häuften sich. Als Karl vorschlug, den Unterricht auszusetzen, bis die Gesundheit des Fräuleins wiederhergestellt sei, erlitt Emma einen Weinkrampf. Sie überließ den Haushalt wieder ganz der alten Frau, kam auch nicht mehr in den Laden, begann ihr Äußeres zu vernachlässigen. Nur mittwochs, wenn sie nach Düsseldorf fuhr, machte sich sorgfältig zurecht. Riß sich, wenn sie vergeblich gefahren war, nach ihrer Rückkehr die Kleider vom Leibe, als stünde sie in Flammen. Dann, Ende August, schien das Düsseldorfer Fräulein genesen, Emma in einem fiebrigen Glückszustand. Tagelang kramte sie in Kleidern und Wäsche, ordnete ihren Schmuck, legte Schals und Tücher zurecht, als gelte es, Vorbereitungen für eine große Reise zu treffen. Obwohl sie nun von den Klavierstunden immer später zurückkehrte, einmal sogar erst am anderen Morgen, nahm ihre Nervosität zu. Ganze Nächte habe sie, so die Mutter des Apothekers später, am Fenster gestanden und auf die Straße gestarrt.

Im Oktober wurde die Klavierlehrerin wieder krank. Emmas Unrast ergriff das ganze Haus. Jeder fühlte sich von ihrer ziellosen Energie bedrängt.

Da kam der Brief, genauer, der Brief kam zurück, an den Absender, und der war Emma. Winzig klein hatte sie Namen und Adresse auf die Rückseite gekritzelt. Auf der Vorderseite stand in ungelenken Buchstaben, zweifellos der Handschrift Emmas, eine Düsseldorfer Adresse, und zwar die eines Rudolf Schürmann. Auch das wäre noch kein Verhängnis gewesen, hätte nicht, wie gesagt, Karls Mutter jeden Brief geöffnet.

Ich trank einen Schluck kalten Kaffee, hielt die linke Hand wie einen Brief vor die Augen und bewegte den Kopf die imaginären Zeilen entlang. Liebster Rudolf, las ich, warum läßt du mich so leiden? So quält man keine Katze. Wo bist du? Geht es dir gut oder schlecht? Im Laden sagte man mir, du habest gekündigt. Ich muß dich sehen und mit dir sprechen. Du weißt doch, daß ich dein Kind unter dem Herzen trage. Wie freudig bist du errötet, als ich dir bei unserem letzten Treffen mein Geheimnis gestand. Unser süßes Geheimnis. Und seither nichts mehr von dir. Rudolf, ich werde weiterhin auf dich warten, Nacht für Nacht, ich gehe mit dir, wohin du willst. Nur stoße mich nicht von dir. Ewig die Deine. Emma. Ich ließ die Briefhand sinken.

Hannis Wangen flammten, ihre Augen sprühten. Hilla, sagte sie und schluckte, dat jiddet doch janit. Esch han mer ald jedäät, dat dat Emma en Düsseldörp janz jet anderes jeliert hät wie Klavier. Ävver sujet, nä, nä. Hanni war vor Aufregung wieder ganz ins Platt verfallen und sah mich mit einer Mischung aus kindlicher Neugier und lustvoller Verschlagenheit an.

Die Haustür wurde aufgesperrt, Frauenstimmen im Flur.

Do häs de et, fauchte Hanni, weil de nit flöcker verzällt häs. Do sin se, wo et jrad am beste es. Nu sach doch nur noch, wie es ausjeht.

Die Tante platzte herein, riß das Küchenfenster auf, sah sich nach einem Stuhl um, alle waren mit Wäschehäufchen belegt. Schnaufend zerrte sie die Mütze vom Kopf und fingerte an den Knöpfen ihres Wintermantels.

Lurens, wen isch metjebraat hab! Kumm rin, Marjot! Maria, mach de Düür zo! Et trick. Hanni, lommer doch en et Wonnzemmer jonn.

Noch an den Kleiderhaken im Flur verströmten die Mäntel der Frauen eisige Kälte. Nä, do is och dat Heldejaad, sagte die Tante, als wir alle einen Platz gefunden hatten. Margot und Maria auf dem Sofa, die Tante und ich in einem der drei Sessel, um den nierenförmigen Tisch mit bunter Mosaikplatte. Tisch-, Sessel- und Sofabeine nach unten spitz, die Polstermöbel beige, mit noppigem Stoff bezogen, auf dem schwarze Linien mit taubeneigroßen roten und grünen Noten eingewebt waren, von lila Violin- und Baßschlüsseln zusammengehalten. Auf dem Couchtisch ein Obstkörbchen aus gebleichtem Weidengeflecht. An der Wand gegenüber der Sitzgruppe die Musiktruhe, darauf ein Kranich aus Teakholz, den Schnabel zur Decke gereckt. Daneben die langgestreckte Anrichte mit allerlei Figuren aus Bast, Pferde zumeist, in der Mitte eine Gondel aus perlmuttgeschliffenen Muscheln und einem Bastgondoliere in den Farben Italiens. Darüber ein Bord mit Glasschiebetür, dahinter, creme wie Polstermöbel und Tapete, das gute Service. Durch die Stores vor den Fenstern schimmerten immergrüne Topfpflanzen, Azaleen und Alpenveilchen. In der Ecke neben der Anrichte wucherte der Gummibaum, den Maria mit Heribert, damals noch ihr Verlobter, der Schwester zur Hochzeit geschenkt hatte.

Wenn du us ä Täßje Kaffe mache diz, Hanni, wör dat joot. Mir han och jet metjebrät. Vier Nußecken und vier Rosinenschnecken packte die Tante aus, vier Nußecken auf fünf Personen, das hieß zugreifen. Hanni holte eine Flasche aus dem Keller, die aussah wie Großmutters Aufgesetzter. Auch in ihrem Garten standen jetzt im Sommer, eingebuddelt bis zur Ernte im Herbst, die Flaschen mit schwarzen Johannisbeeren auf klarem Schnaps. Hanni entkorkte die Flasche und füllte unsere Gläser.

Worauf trinken wir? fragte Margot feierlich. Und die Tante antwortete, ohne nachzudenken: Op us all.

Margot hatte ihre auf Nerz gefärbte Kaninchenpelzjacke anbehalten und eng um sich gezogen, obwohl Hanni die Heizung hochdrehte und die Scheiben beschlugen. Sie arbeitete in einer Kürschnerei, liebte den Umgang mit Fellen und trug sogar im Sommer immer irgendwo ein Pelzteil an sich, und wenn es nur eine Nerzrosette war. Margot war unverheiratet. Böse Zungen spotteten, sie hätte wohl Angst vor allem, was hart sei.

Hanni blickte, als sei sie noch nicht ganz aus der Ronninger Apotheke zurück.

Nä, wat dat Hilla verzällt hät. Verzäll doch ens dat End, sagte sie. Hürt ösch dat ens an.

Nä, fuhr die Tante dazwischen, dat Heldejaad met singe Kamelle*. Hür leever ens, wat dat Alma us verzällt hätt. En Röppresch hät sesch de Frau vom Dokter ömjebrät**. Met Jeff. Mit Gift. Vürher hät dat Minsch dä ärme Kääl, dä Dokter, noh Strisch un Fade bedrore***, und dobei noch Schulde jemaat, in de Zischtausende. Dann han se däm de janze Bud leerjerömp. Met däm Jerischtsvollzieher. Övverall dä Kuckuck drop. Un dann ab dursch de Mitte. Die Tante lachte behaglich und leckte Schokolade von den Fingern.

Hanni sah mich verwirrt an. Die Geschichten gerieten ihr durcheinander. Mir auch. Sie kippte ihren Aufgesetzten in einem Zug hinunter. Hieß, fragte sie, die Frau Emma?

Dat weeß esch nit, erwiderte die Tante verstimmt, ävver wat spellt dat för en Roll. Dat Minsch wor schläät. Jut, dat et duut es. Un se han et och noch nit ens rischtisch bejrave. Et litt bei de Evanjelische in dä Eck für de Jlaubenslosen.

Ja, dat is bitter, sagte Margot. Wenn sie den Kopf bewegte, schwangen ihre Löckchen wie Glöckchen ohne Klöppel.

Aber das stimmt doch gar nicht, platzte ich dazwischen. Man hat sie kirchlich begraben. Sie hat die letzte Ölung empfangen, der Pfarrer hat das Misereatur und das Indulgentiam gesprochen, er hat ihr Augen und Nasenflügel, den Mund, die Hände und die Sohlen der Füße gesalbt. Nur die geweihte Kerze, die er ihr endlich in die Hand zu drücken versuchte, konnte die Sterbende nicht mehr halten. Der Pfarrer hat das Sterbezimmer mit Weihwasser besprengt und das Grab. Schließlich hatte die arme Frau ja nur aus Versehen Arsen statt Zucker genommen, als sie Vanillepudding zubereiten wollte.

Hal de Muul, fuhr mich die Tante an, woher wells de dat dann all wesse? Du bes doch nit dobei jewäse!

Margot nickte löckchenklingelnd, kaute mit vollen Backen und ließ den Rest einer Mohnschnecke auf und ab wippen.

Aber dat Hilla kann doch so schön erzählen, ergriff Hanni meine Partei. Woher wills du dann wesse, ob dat wohr is, wat du hie verzällst? Du worst doch och nit dobei.

* seinen Geschichten
** umgebracht
*** betrogen

Statt zu antworten, prustete die Tante eingespeichelte Krümel, als habe sie sich verschluckt. Lommer us verdraje,* lenkte sie ein. Et sin doch bloß Verzällsche. Wat jonn us de Verzällsche an. Papier is jeduldisch, wat, Heldejaad. Nimm dir noch en Nußeck.

Schade, daß die Großmutter nicht dabei war. Sie hätte meine Geschichte vorgezogen. Eine Geschichte mit letzter Ölung und katholischer Beerdigung. Und gedruckt.

Maria hatte währenddessen teilnahmslos in den Schoß gesehen und ein Sofakissen gestreichelt, das auf ihren Knien lag. Ihre Fingerspitzen schauten kaum aus den Ärmeln ihres Pullovers hervor. Maria fror immer. Sie hatte geschwiegen, am Kaffee nur genippt, das Gebäck nicht angerührt. Anderntags erfuhr ich es von der Mutter. Alma Mader hatte, während Maria in der Kabine eine Brustprothese probierte, noch eine andere Geschichte erzählt. Zwar in wenigen Sätzen nur und leise der Tante ins Ohr, doch durch den dünnen Vorhang hatte Maria alles gehört. Heribert, ihr Heribert, stand wieder vor einer Verlobung. Mit einer aus Kirberg, nicht mehr ganz jung und flach wie ein Brett. Das hatte Alma besonders betont. Was gingen Maria fremde Tragödien an, ob wirklich oder erfunden. Sie mußte ihre eigene leben.

Geduckt saß sie da, als wolle sie in der Welt der Gesunden nicht stören. Blaß bis in die Augen, die weder traurig noch froh durch die Dinge hindurchzuschauen schienen. Sie schreckte auf, als die Mutter sie zum Essen mahnte, und schaute deren Hand, die ihr die Mohnschnecke vom Teller schnappte, gleichgültig nach.

Margot schlug die Beine übereinander und wippte mit den Absätzen der pelzgefütterten Stiefeletten, in denen eine straff gespannte, blauschwarz melierte Lastexhose verschwand. Jibt et denn nit e bißjen Musick? fragte sie, das Kinn in Richtung Musiktruhe ruckend.

Ja, Hanni, sprang die Tante ihr bei, Musick is jut für die Verdauung un für et Jemöt. Sachte stupste sie Maria in die Seite, die zusammenfuhr und sich aufrecht setzte, Bauch rein, Brust raus, wie in der Schule, sekundenlang, ehe sie wieder zusammensackte.

Hanni stand auf. Ihre Brüste schaukelten sanft unter der mit

* vertragen

481

Tannenzapfen und Eichhörnchen bedruckten Kittelschürze. Flink fuhr sie mit ihrer Zungenspitze über die Lippen, ehe sie fragte, ob jemand einen besonderen Wunsch habe. ›Marina, Marina‹, rief Margot. ›Ein Häuschen mit Garten‹, die Tante. Maria sagte noch immer nichts. Hanni wählte das Ave Maria. ›Wir schlafen sicher bis zum Morgen‹, sang die Knabenstimme, Maria liefen die Tränen übers Gesicht, die Tante mußte die Nase putzen, Margot stellte die Füße zusammen wie in der Kirche.

Die Haustür fiel ins Schloß. Männerschritte im Flur: Hanni, esch ben et, Rudi. Esch treck mesch esch ens em Keller öm. Dunn dat, rief Hanni und stellte die Musik ab. Esch muß flöck mache, sagte sie, dä Rudi will jitz sing Esse. Hanni hielt ihre Fröhlichkeit nur mühsam aufrecht, wie ein Schauspieler, den mitten in einer Komödie eine ernste Nachricht überrascht. Aber laßt eusch nit störe, trinkt in aller Ruhe dä Kaffe aus.

Kutt Lück, kommt Leute, sagte die Tante und wollte sich gerade erheben, als Rudi eintrat. Er glänzte frisch gewaschen und roch nach Talkumpuder. Es nutzte nichts. Hanni mußte in ihrer Kitteltasche nach dem Fläschchen mit dem Gummiballon greifen und sich Luft in den Rachen, die Lungen pumpen. Rudi tat, als merke er nichts.

Sitzen bleiben, sitzen bleiben, drückte er die Tante wieder in den Sessel, sah weg, als Maria sich verstohlen die Tränen abwischte, und fragte munter: Na, wie fühlen wir uns denn heute? Lässisch, locker, sischer, souverän. Rudi stieß die Wörter wohlgelaunt hervor, bei jeder Silbe an einem anderen Finger ziehend, bis es knackte. Wir saßen stumm.

Rudi fuhr sich durchs Haar. Nun, wo waren die Damen denn stehengeblieben? Wat soll isch heute kochen? Oder wat soll isch heute anziehen? Ha-ha-ha. Rudi hatte sich während seiner Arbeit als Reitlehrer, die ihn, wie die Tante es ausdrückte, in höhere Kreise führte, ein Hochdeutsch mit Knubbele, so ebenfalls die Tante, angewöhnt. Er trug ein blaues Hemd mit weißen Punkten und eine weinrote gerippte Strickjacke über braunen Manchesterhosen. Der Kragen stand offen, darunter dunkles Haargekräusel. Rudi sah anders aus als meine Onkel und Cousins, doch auch nicht wie die vom Büro bei Maternus oder meine Lehrer. Weder wie ein Arbeiter oder Bauer noch wie etwas Besseres sah er aus, ähnelte vielmehr einem Schauspieler, bereit, in jede Rolle zu schlüpfen. Wir verlangten ihm keine ab. Maria, Margot, die Tante und ich machten einfach die Tür hinter uns zu, wie ein Buch. Die Geschichte von Hanni und Rudi ging ohne uns weiter.

Maria umklammerte beim Abschied meine Hand, wie damals die sterbende Alte meine Hand umklammert hatte. Ich mußte die Zähne zusammenbeißen, um nicht aufzuschreien und meine Hand aus der ihren zu reißen. Wo wirklich gelebt wurde, da wurde auch wirklich gestorben. Nur Bücher starben nicht, machten sich nicht einfach aus der Welt, wie der Großvater, wie die Alte und nun Maria.

Meine drei Jahresarbeiten hatte ich abgegeben. Nur die über Igel war benotet worden, gut. Aber auch die beiden anderen Mappen lagen in dem Flur beim Lehrerzimmer aus. Rosenbaum, Biologielehrer der Parallelklasse, hatte mich beiseite genommen, vor allem für mein Herbarium gelobt und gefragt, was ich denn werden wolle. Der letzte Schultag rückte näher. Ins Leben treten würden wir. Fräulein Abendgold verteilte ein Papier. Wir sollten es zu Hause unterschreiben lassen: erstmals hatten Realschüler die Möglichkeit, auf einem Aufbaugymnasium das Abitur zu machen. Sogar das große Latinum. Ich las den Brief den Eltern vor, ich konnte die Wörter kaum herauswürgen, aufschluchzend rannte ich aus der Küche, die Stimme der Mutter im Ohr: Heejeblevve! Wat jiddet do ze kriesche! Et weed Zick, dat de jet Vernünftijes liers*! Du küss noch no Jeckes** met dinge Bööscher!

Ich floh in den Holzschuppen und heulte. Daß ich op et Bürro ging und nicht op Arbeed wie meine Vettern und Cousinen, die Kinder aus der Nachbarschaft: Besseres konnten sich die Eltern nicht vorstellen.

Hilla, kumm russ, holte mich die Mutter am Abend aus meinem Verschlag. Hie häs de dat Papier. Isch han et ungerschrivve. Wat wells de dann met däm Abitur, du hierods jo doch!

* lernst
** Geckershausen, Nervenheilanstalt

Zwei Tage später stellte Fräulein Abendgold die Frage. Doris stand auf und Anita Käpp, die Klasse murrte, als sie sich erhob, eine mittelmäßig begabte, sauertöpfische Person, drei Jungen standen auf. Eine eisige Flutwelle ging durch meinen Körper. Durch den Eispanzer schlug mein Herz, als wollte es ihn sprengen. Ich glaubte zu ersticken. Die Lehrerin sah an mir vorbei und nickte den drei Jungen zu, die sich umständlich wieder hinsetzten. Der Eiswelle folgte ein Hitzestrom. Es klingelte. Da stand ich auf. Alle standen auf. Niemand hatte gesagt: Steh auf. Die Lehrerin ging hinaus. Alle gingen hinaus. Die Lehrerin rief meinen Namen. Fast hätte ich es vergessen, Hildegard, sagte sie, als Klassenbeste hältst du natürlich die Abschlußrede. Laß dir etwas Schönes einfallen. Ich heulte mir im Klo die Augen aus dem Kopf.

Ein Mittel blieb, das Schicksal umzustimmen. Klara und Elfriede, die frommsten Mädchen der Klasse, hatten es ausprobiert. Elfriede, plump und faul, fiel nicht mehr von jedem Sportgerät herunter. Klaras Pickel waren verschwunden. Retav Resnu red ud tsib mi lemmih, Tessürgeg tsies ud, Ariam, betete ich. Tag und Nacht, mit Kerzen und ohne. Da gewann der Vater im Lotto. Fünf Richtige mit Zusatzzahl. Zu teilen mit acht Arbeitskollegen. Alle waren aus dem Häuschen. Die Großmutter bestellte ein halbes Dutzend Seelenmessen für den Großvater, die Mutter legte sich ein Sparbuch zum Prämiensparen an und kaufte zwei halbe Lose und ein ganzes, der Bruder durfte sich beim Dondorfer Fußballverein einen echten Leder-Turnier-Fußball bestellen.

Mit mir fuhr der Vater nach Köln. Mit mir allein. Nur der Vater und ich. Es war sein Einfall. Tagelang suchte die Mutter, ihn davon abzubringen. Sie wollte mit, konnte sich nicht erklären, was plötzlich in ›dä Josäff‹, ›minge Josäff‹ gefahren war. Ich auch nicht. Seit mich der Vater nicht mehr schlug, war ich mit ihm nie mehr allein gewesen. Wir gingen einander aus dem Weg. Ich freute mich und hatte Angst. Wie sollte ich mit dem Vater sprechen? Hochdeutsch? Plattdeutsch? Huhdüksch met Knubbele? Wovon sollten wir reden? Worüber? Mit der Mutter redete ich, um nichts von mir zu sagen. Sprach nach außen und innen zugleich. Stellte Mutmaßungen über Trudchens neue Erdbeersorte an, wägte Geschmack, Ertrag, Anfälligkeit gegen Schnekken und Pilz gegeneinander ab und spann im Kopf an meinen Geschichten weiter. Manchmal erzählte ich auch der Mutter eine. Seit sie mein Geheimnis mit Sigismund beschützte, hatten wir ein Thema: Männer und Frauen. Wer mit wem? Glück oder Unglück; Treue, Betrug, Krankheit, Gesundheit; Leben und Tod. Tränen vor Mitleid und Wut hatte die Mutter in den Augen, als Effis Tochter diese nach der Scheidung zum ersten Mal besuchen darf, abgerichtet wie ein Terrier. Dä Kääl hät ken Häz! knirschte die Mutter. Däm hät esch E 605 en de Ääzezupp jedonn. Lene Nimbsch dagegen fand ihren Beifall nicht. Schuster, bleib bei deinem Leisten, war ihre Meinung, und daß die Lene sich nicht hätte wegwerfen dürfen. Über Werthers Leiden konnte sie nur lachen. Was hatte dä Kääl sich in eine Verlobung zu drängen? Und sein Selbstmord? Wäjen sujet erscheeß mer sesch doch nit, befand sie mit einer Entschiedenheit, die sie im wirklichen Leben selten aufbrachte.

Doch dem Vater konnte ich mit Geschichten nicht kommen. Was interessierte ihn überhaupt? Nie sah man ihn mit einem Buch, einer Zeitung oder Zeitschrift, während die Mutter, wenn sie diese irgendwo mitnehmen durfte, Seite für Seite studierte, um sich in Einzelheiten von Liebesdingen der Königshäuser und Filmstarehen zu verlieren. Der Vater hörte Nachrichten, bevor er zur Arbeit ging. Sobald die Tür hinter ihm ins Schloß fiel, schaltete die Mutter das Radio wieder aus. Auch in seinem Schuppen hatte der Vater ein Radio, einen kleinen, beinah quadratischen Holzkasten, der wie unser großer Apparat beim Prinzipal ausrangiert worden war.

Zum ersten Mal machte der Vater frei. Eine ganze Woche. Die Jahre zuvor hatte er die Zeit stets genutzt, um den Nachtwächter in dessen Urlaub zu vertreten. Morgens sank der völlig erschöpfte Mann dann in einen totenähnlichen Schlaf, wachte aber nach kurzer Zeit beim geringsten Geräusch auf. Wie vermeidet man in einem Haus, wenn mittags zwei Kinder heimkommen, jedes Knacken, Klappern, Scheppern, Rascheln, Knistern? Die Klingel wurde abgestellt, die Fensterläden geschlossen. Wir befanden uns in einem Belagerungszustand, nur lag der Feind im Inneren der Burg und konnte jederzeit explodieren.

Einmal hatte der Vater den Nachttopf nach der Großmutter

geworfen, als ihr, aus Versehen, aus Absicht, das wußte man nie genau, die Kellertür zugeknallt war. Die alte Frau duckte sich, der Inhalt des Topfes floß über die Treppe in den Flur, und die Mutter mußte schluchzend ›Wat en Bescherung, wat en Bescherung‹, alles aufwischen. So gut es ging. Im Filzbelag der Treppenstufen blieb der Geruch trotz scharfer Putzmittel und Kölnisch Wasser, das die Großmutter widerwillig beigesteuert hatte, lange hängen.

Diesmal hatte der Vater richtigen Urlaub. Und ich einen freien Tag. Familienangelegenheiten, diktierte ich der Mutter für meine Entschuldigung.

Am Abend vor unserer Reise reichte der Vater hoch oben in den Kleiderschrank und kam mit einem knisternden Paket zurück. Sorgfältig schob die Mutter das rosenholzfarbene Hemd aus der Zellophanhülle, vorsichtig zog sie eine Stecknadel nach der anderen aus den Falten und Kniffen des Stoffes, die das Hemd um eine Pappe spießten. Wir alle saßen am Küchentisch und sahen zu. Jojo, maulte die Großmutter, nobel jeht die Welt zujrunde. Sie verzieh dem Vater nicht, daß er keinen Pfennig für die Heidenkinder des Ohm herausrückte.

Das frische Hemd legte die Mutter dem Vater zurecht, hängte den Sonntagsanzug raus, bürstete seinen Hut, stellte die guten Schuhe unter den Mantel. Ich hatte meine Haare seitlich zu einem Zopf geflochten, den strafferen der beiden Büstenhalter angezogen, mein zweitbestes Kleid und Strümpfe ohne Maschen. Als wir uns am Morgen in der Küche trafen, wußten wir beide nicht, wo wir hinschauen sollten.

Bis zur Straßenbahnhaltestelle zu gehen war noch beinah alltäglich; der Bruder, seine Mappe unterm Arm, begleitete uns. Die Mutter stand am Gartentor und winkte, bis wir um die Ecke bogen. Bevor der Bruder in seine Bahn stieg, drückte er mir noch einen Groschen in die Hand, wortlos, ich wußte Bescheid.

Zwei Erwachsene, bis Endstation, sagte der Vater und drückte meinen Arm nach unten, als ich die Schülerkarte aus der Tasche nehmen wollte. Ich saß wie gewöhnlich am Fenster mit Blick in die Felder, bis an den Horizont. Tauwetter hatte eingesetzt, auf dem nassen Boden stand das Wasser in riesigen, dunkel schimmernden Pfützen. Über das Land schwangen Stromdrähte von Mast zu Mast. Es wurde rasch heller.

Dä Wetterberischt, ließ sich der Vater vernehmen, ohne mich anzusehen, sacht jutes Wetter an.

Für heute? fragte ich zurück.

Für heute, erwiderte er mit schwerer Zunge. Immer sprach der Vater wie einer, der die Worte von weither holen muß, dem sie nicht auf der Zunge liegen. Mit jedem Wort mußte er durch sein Schweigen brechen, durch seinen eigenen Widerstand.

Für heute, hatte der Vater erwidert, und nicht ›för hück‹. Hochdeutsche Wörter heraufzuholen, um sie auf dem Weg vom Hirn auf die Zunge aus dem Kölschen umzuwandeln, mußte ihm noch schwerer fallen. Mir hatte er damit die Last der Verstellung abgenommen.

Und morgen? fragte ich.

Morjen? Isch jlaub, dat dat Wetter hält. Kuck mal, dä Himmel. Wann hatte der Vater mich zuletzt direkt angesprochen?

Kuck mal, dä Himmel, sagte er, und ich folgte seiner Hand, die in viel zu engen schweinsledernen Handschuhen steckte – Handschuhen, die er aus seiner Junggesellenzeit über den Krieg gerettet hatte –, und suchte den Himmel ab, dünne, rasch aufreißende Wolken im blassen Licht der heraufziehenden Vorfrühlingssonne.

Ja, nickte ich bereitwillig, das Wetter hält.

Un woran siehs de dat? fragte der Vater zurück. Wann hatte mich der Vater zuletzt etwas gefragt? Häs de dat jedonn? Woos du et? Wie kanns de sujet dunn? Fragen, die meine Schuld voraussetzten und die Antwort mit dem blauen Stöckchen hinter der Uhr schon bereithielten. Erklärungen unerlaubt. Wenn der Vater mich frug, war sicher, daß er auch schlug. Fragen und Schlagen gehörten zusammen. Jetzt aber hatte der Vater wie ein Lehrer gefragt.

An den Wolken, sagte ich aufs Geratewohl. An den Wolken, das hatten wir von der Großmutter gelernt, konnte man schon Stunden vorher herannahende Gewitter erkennen. Warum dann nicht auch gutes Wetter.

Jo, sagte der Vater, an dä Wolken. Un waröm?

Warum, wäre es mir fast entschlüpft. Weil die am frühen Morgen schon so dünn sind? gab ich in fragendem Tonfall zurück.

Rischtisch, sagte der Vater, zog die engen Handschuhe aus und verstaute sie umständlich in den Manteltaschen. Er sah mich nicht an, ich sah ihn nicht an, wir sahen beide aus dem Fenster in die Felder, in den Himmel. Von Wolken und Wind, von Regen und Sonnenschein, von gutem und schlechtem Wetter sprach der Vater wie von alten Freunden, die man so gut kennt, daß sie einem nichts mehr vormachen können. Immer leichter kamen ihm die Wörter, immer geschickter wußte er sie zu setzen wie ein Jongleur, der Tempo und Anzahl der Bälle allmählich steigert. Noch nie hatte ich den Vater so lange sprechen hören.

Was immer man en Kölle zu tun hatte, begann im Dom. Als ich heute mit dem Vater eintrat, dröhnte die Orgel, Labial- und Zungenstimmen, vox humana und vox angelica, der Zimbelstern. Honigmüller hatte mich einmal mit auf die Empore genommen und das Instrument erklärt.

Die Orgel hörte zu spielen auf. In der Kirche war es sekundenlang still, nur das Tappen der Gummipropfen unter den Stöcken der Kirchenschweizer war zu hören und ein Murmeln, ein fernes Brausen, leises Brummen wie von einer größeren, weit entfernten Orgel, dem Verkehr um die Mauern des Doms. Ein zartes, leicht durchsonntes Weihrauchwölkchen vor dem Altar der heiligen Anna zeigte, daß die Morgenmesse gerade vorüber war.

Ich stand mit dem Vater vor der Schmuckmadonna, meine Hand umklammerte die Münzen, ich spürte meinen Puls in der Handfläche schlagen und das Rattern einer Straßenbaumaschine, die auf dem Domplatz den Boden ebnete. Ihr Stampfen ließ die alten Mauern beben und ging durch mich hindurch wie mein vom Pulsschlag kreiselndes Blut. Innen und außen, meine Kinderjahre und die Kinderjahre des Vaters flossen ineinander, die des Jesuskindes auf den Armen der Muttergottes und die der Madonna selbst, Kinder wir alle, die ganze Menschheit ein einziges Kind aus einem einzigen Mutterschoß, Kinder, die Gott reden hören, weit weg, wie man als Kind die Erwachsenen reden hört, weit weg und von oben herab und nicht zu verstehen.

Nu mach ald, riß mich der Vater aus meinen Träumen. Sein Rippenstoß war sanft, fast zärtlich. Einen Groschen in den Opferstock werfen, eine Kerze herausnehmen, anzünden, beten, für jeden einzelnen Groschen ein ›Gegrüßet seist du, Maria‹ und die besondere Bitte. Ich hatte Groschen dabei für Maria und ihren Krebs, für Hanni und ihr Asthma, für Mutter und Großmutter, weil sich das so gehörte. Eine Kerze für den Vater mit der Bitte, er solle so bleiben, wie er jetzt war. Kerzen opfern konnte man in jeder Kirche; aber die im Kölner Dom wirkten am besten. Mit dem Groschen des Bruders flehte ich für ihn um eine Drei in Mathematik; hier war er schwach wie ich.

Der Vater kratzte sich am Kopf und klopfte den Hut auf den Bauch. Als ich schließlich knickste und mich zum Gehen anschickte, blieb er stehen; mich umwendend, sah ich, wie er eine der großen weißen Kerzen, die für eine Mark, aufstellte und anzündete. Ich schaute hinauf zum heiligen Antonius, Schutzpatron aller, die da suchen, was verlorenging, vom Portemonnaie bis zum gesunden Magen, vom Schlüsselbund bis zur veruntreuten Liebe. Hilflos lächelnd, als hätte er seine Brille verloren, streckte der Heilige dem Betrachter sein Spendenkästlein entgegen.

Fuhr ich mit der Mutter und dem Bruder, der Tante oder den Cousinen nach Köln, hatten wir, aus dem Dom kommend, nur ein Ziel: die Schildergasse mit C & A. Die Geschäfte auf der Hohen Straße wurden keiner Betrachtung wert gefunden. Sie waren zu teuer. Anders heute mit dem Vater. Gemeinsam schüttelten wir die Köpfe über einen Anzug für fünfhundert Mark, der auf einer Schaufensterpuppe saß, die keine Schuhe trug. Die standen daneben. Kalbsleder, las ich, genarbt, handgefertigt, achtundneunzig Mark. Nä, entfuhr es mir, nä, dafür kriegt man im Kaufhof mindestens sechs Paar. Den Gipfel erreichte unsere Empörung beim Anblick einer Krawatte aus mittelblauer Seide, bedruckt mit dunkel- und hellblauen ineinandergreifenden Kreisen. Hermes, las ich, Krawatte, achtunddreißig Mark. Es mußte Leute geben, für die achtunddreißig Mark soviel waren wie sechs Mark fünfzig für unsereinen. So viel kostete ein Schlips bei Hamacher in Dondorf, bei C & A waren sie noch billiger. Ob es daran lag, daß Hermes ein Götterbote war? Etwa sechs Anzüge, Schuhe und Krawatten könnte sich der Vater für sein Lottogeld kaufen.

Im nächsten Schaufenster gab es Abend- und Brautkleider, grell und aufdringlich, als wollten sie einem durchs Glas hindurch auf den Leib springen, lauthals versprechend: ich mach dich schön, ich mach dich reich, begehrenswert. Eines kostete sechshundert, das andere eintausendfünfhundert Mark, einem dritten, über und über mit Perlen und, wie ich annahm, Diamanten bestickt, weiß und glitzernd wie das Gewand der Schneekönigin, war ein Schildchen beigegeben: Preis auf Anfrage.

Ein dreizehnbändiges Lexikon konnte man für das billigste dieser Kleider kaufen! Ich stampfte auf. Der Vater ging ein paar Schritte weiter und blieb vor einem Schmuckladen stehen. Ich kannte Kronen und Diademe, Geschmeide, Rubine, Smaragde und Karfunkel, war mit Aladin und seiner Wunderlampe in die Schatzhöhle hinabgestiegen, hatte auf dem Rücken des Vogel Rock die herrlichsten Steine, festgeklebt am Fleisch frisch geschlachteter Schafe, von der Diamanteninsel geflogen, Schiffe mit Kleinodien und Spezereien aus dem Morgenlande über das Meer gesegelt. An Geld hatte ich dabei nie gedacht. Daß man diese Kostbarkeiten wirklich besitzen konnte, war mir niemals in den Sinn gekommen.

Ich dachte an meine Pflanzen im Herbarium, in den Wiesen am Rhein, im Großvaterbuch. Was war diese Brosche, ein goldenes Körbchen mit Veilchen, die Blüten lila, die Blätter grüne Steinchen, Stengel aus Gold, gegen wirkliche Veilchenblüten? Das hier war keine märchenhafte Schönheit. Diese Ketten, Armbänder, Ringe und Broschen waren einfach nur teuer. Gleichmütig kehrte ich den Sächelchen den Rücken, ein Snob der Armut. Spargel schmeckt nicht.

Bei C & A fuhren wir gleich in die Kinderabteilung, Jungmädchenkleider, Größe hundertzweiundfünfzig bis hundertsechsundfünfzig. Sieben Kleider nahm ich in die Kabine mit; der Vater wartete und hatte keine Eile, die Verkäuferin rückte ihm sogar einen Stuhl zurecht. Sie war eine kleine Frau, rund und weich, mit der Stimme eines Menschen, der sich über gutes Essen freut.

Wollt Ihr wat lesen? fragte sie den Vater, im gemütlichen Singsang der Stadt, und hielt ihm eine Zeitung hin.

Nä, sagte der Vater schroff und wandte den Kopf zur Seite, als hätte man ihm ein schmutziges Angebot gemacht.

Na, dann nit, gleichmütig ließ sie das Blatt hinter der Theke verschwinden. Un jetz wolle mir mal kucken, wat dat kleine

Frollein sisch ausjesucht hat! Die Verkäuferin half mir, liebevoll und ernst, als berate sie eine Tochter.

Dat is nix, nä, dat is nix und dat och nit, streifte sie mir vier der sieben Kleider wieder vom Leib. Aber eins von die drei, die müßt Ihr nehme! Die sin alle drei schön. Ich stolzierte in einem blauen Hemdblusenkleid, einem grün-rot gemusterten Kleid und einem türkisfarbenen Pikeestaat mit drei weißen Lederschleifen zum großen Spiegel am Vater vorbei, der beifällig knurrte, wie ich ihn als Kind hatte knurren hören, wenn ihm das Pfropfen einer guten Obstsorte gelungen war. Langsam drehte ich mich vor dem hohen, dreiteiligen Spiegel einmal um mich selbst, warf den Zopf von der Brust nach hinten, stemmte die Arme in die Hüften, schob ein Bein nach vorn. Vergeblich versuchte ich auf dem Rückweg in die Kabine mit einem Lächeln den Blick des Vaters einzufangen; doch der sah nur auf einen Fleck irgendwo zwischen Gürtel und Halsausschnitt.

Ich zog mein weinrotes Cordsamtkleid wieder an – der Rock war in drei Stufen gelegt, das Mädchen aus der Oberpostdirektion wuchs schneller als ich –, hängte die Kleider auf ihre Bügel zurück, hielt mir eines vor, das nächste, legte sie beiseite. Glaubte ich, mich entschieden zu haben, gefielen mir die verschmähten besser.

Wofür ich das Kleid denn brauche, fragte die Verkäuferin, für Sonntag oder Werktag? Ich verstand die Frage nicht. Konnte man ein Kleid kaufen und dann anderntags damit in die Schule gehen, einfach so? Ohne die Weihen jahrelanger Sonntage, ohne deutliche Spuren feiertäglichen Verschleißes?

Der Vater stand auf, schüttelte die Hosenbeine glatt. Seid ihr soweit?

Sind die nit schön? gurrte die Verkäuferin statt einer Antwort. Da fällt de Entscheidung schwer. Welsches jefällt Ihnen denn am besten?

Die Kleider sind jut, sagte der Vater. Alle drei. Mir nehme die. Alle drei.

Nä, rief ich. Retav resnu, betete ich stumm, Ariam, ud tsies teßürgeg. Kein Teufel sollte diese Worte zurückholen. Stumm stand ich und verklärt, daß die Verkäuferin eine Kollegin herbeirief: Nu lurens, wie dat Kenk sesch freue kann.

Auf dem Weg zur Kasse blieb der Vater stehen. Fast wäre mir

ein lautes Nema Tiekgiwe ni dnu entfahren. Mir wurde dunkel vor Augen, etwas hing dicht vor meinem Gesicht. Dat wolls de doch immer schon haben, hörte ich den Vater. Ich mußte niesen.

Treck ens an! Es war ein Ledermantel. Und er paßte. Woher kannte der Vater meine Größe? Während ich den Mantel auf- und zuknöpfte, war meine Verkäuferin noch einmal zurückgekommen, mit drei Kolleginnen. Auch ein paar Frauen unterbrachen ihre Einkäufe und sahen zu, wie der Vater einer Puppe die rote Lederkappe abnahm und mir auf den Kopf setzte, einer anderen das bunte Tuch abknöpfte und mir um den Hals schlang. Die han woll em Lotto jewonne, hörte ich eine Frau der anderen ins Ohr zischen.

Die Puppe trug eine Pepitahose. Dreiviertellang.

Un die och noch, wies der Vater unsere Verkäuferin an, die sich sogleich an der Puppe zu schaffen machte. Wenn de Fraue en Männerkleider jehen, is dat Ende der Welt nahe, hatte die Großmutter lamentiert, als ich mir vor Jahren aus dem Sack der Oberpostdirektion eine Hose nehmen wollte, und Flicklappen daraus gemacht. Im kalten Winter dieses Jahres hatte ich eine Skihose tragen dürfen, mit dem Rock darüber. Als der Ohm zu Besuch gekommen war, hatte ich die Hose ausziehen müssen.

Die dreiviertellange reichte mir bis auf die Knöchel und saß perfekt.

Die Bochs tricks de an, wenn dä Ohm kütt, grinste der Vater voller Vorfreude auf das Gesicht der Großmutter.

Un dä Pullover noch, forderte der Vater mit fester Stimme. Jetzt war die Puppe nackt.

Ich aber spulte in meinem Kopf rückwärts gedrehte Gebete ab, bis wir die Kasse – wo ich wegschaute, als der Vater bezahlte – hinter uns gelassen hatten und ich die Tüten mit meinen alten Sachen und den drei neuen Kleidern in der Hand hielt. Ich neben dem Vater in Hosen. In Ledermantel, Lederkappe, Seidenschal, steif und stumm vor Stolz und Neuheit. Dösig vor Glück.

Has de Hunger? fragte der Vater. Ich nickte und drückte seinen Arm, fühlte nichts als den rauhen Stoff und noch einmal Stoff darunter. Er tat, als habe er nichts gespürt. Dat wor früher dä Tietz, sagte der Vater, als wir den Kaufhof betraten. Vor däm Kreesch.

Aha, sagte ich. War das wichtig?

Der wor Jud, sagte der Vater. Habt ihr dat nit in dä Scholl?

Nä, sagte ich und dachte an Abel und Lenchen. In Geschichte sind wir bei Napoleon.

Do wird et aber Zeit, sagte der Vater, dat ihr lernt, wat bei däm Hitler los wor.

Ich schwieg. Vor dem Krieg Tietz und jetzt Kaufhof. Was ging mich das an? War doch egal, wie der Laden hieß.

Wir fuhren ins oberste Stockwerk, gingen durch Lampen-, Bett- und Teppichabteilung ins Restaurant. Eine Speisekarte brauchten wir nicht. Wir bestellten immer Russisch Ei. Eine Portion. Davon aß zuerst die Mutter, dann der Bruder, dann ich. Diesmal, zum ersten Mal, hatte ich ein ganzes Russisch Ei für mich allein, dazu noch Bier, ein helles für den Vater, Malzbier für mich. Wir prosteten uns zu. Schwankte der Boden, wogten die Wände, schlug die Decke leise Wellen, waren der Vater und ich auf einem Schiff, auf hoher See, Übersee, zweimal weg von Dondorf und nie wieder zurück? Die tiefen Linien im Gesicht des Vaters waren weicher geworden, sein Blick entschlossener. Energisch hantierte er mit Messer und Gabel an Ei und Kartoffelsalat herum.

Dafür brauchst du kein Messer, sagte ich. Da gibt et ja nix zem Schneiden.

Nä, sagte der Vater. Und dann: Ach so.

Ja, sagte ich. Ein Ei ist kein Kotelett.

Nä, nickte der Vater, und dann mit schallender Stimme, Ober, zweimal Kottlett.

Bitte, sagte ich. Kotelett bitte.

Bitte, donnerte der Vater. Kottlett bitte!

Eine Weile trieben wir uns noch in der Elektroabteilung herum, kauften für die Mutter ein Heizkissen mit dreistufiger Schaltung, der Bezug blau mit weißen schlafenden Schäfchen, und ließen uns von einem Verkäufer die Vorzüge verschiedener Fernsehgeräte erläutern.

Fast hatten wir den Bahnhof erreicht, da wagte ich es. Ich zupfte den Vater beim Ärmel vor das Schaufenster der Buchhandlung, die ich schon am Morgen mit einem Seitenblick gemustert hatte.

Da, sagte ich, das ist der neue Brockhaus. In zwölf Bänden.

Das Wissen der Welt. Und alles auf Raten. Ich sah den Vater von der Seite an. Von einer Sekunde auf die andere war er wieder der alte. Ich hörte seine Zähne knirschen, und seine Backenmuskeln spannten sich so hart, daß ich glaubte, Wasser in seine Augen treten zu sehen.

Bööscher? Nä, sagte er in seinem üblichen mißtrauisch-feindseligen Ton und schubste mich weiter. Kanns de dann ding Bööscher nit emol verjesse?

An einer der Buden, die an den Mauern des Doms klebten wie Schwalbennester an alten Scheunen, kaufte er mir ein silbernes Armband mit einem kleinen funkelnd bunten Dom und versuchte, das Kettchen um mein Handgelenk zu schließen. Seine Finger waren zu steif und ungelenk. Du has doch jern en Andenken. Diesmal drückte ich seinen Arm so fest, daß ich den Widerstand seines Fleisches spürte.

Ja, Papa, sagte ich und dachte, aber das ist lange vorbei, da war ich noch klein. Ich übertrieb meine Freude so lange, bis die Züge des Vaters sich wieder lösten.

Auf dem Weg vom Zug zur Straßenbahn nach Dondorf wagte ich endlich, den Vater zu küssen, streifte seine stoppelige Haut, hielt sekundenlang inne für einen leichten Druck meiner Lippen zwischen Schläfe und Ohr. Er roch nach Tabak, fühlte sich trocken und dürr an wie abgestorbenes Holz und hob die Arme, die an seinem Körper herabhingen, nicht. Ich ließ ihn gleich wieder los. Mein Herz raste. So viel wilder klopfte mein Herz als bei meinem ersten Kuß mit Sigismund. Mein erster Kuß für den Vater.

Vorbei war die Reise erst, als wir bei Kniepkamp den Fernsehapparat bestellt hatten. Er wurde zwei Wochen später geliefert und erhielt seinen Platz in der Küche, wo immer geheizt war. Das Vertiko der Großmutter mußte dafür auf den Speicher. Jetzt besaßen wir den ersten Fernseher in unserer Straße, und oft war es nun in unserer Küche abends so voll, daß die Nachbarn Klappstühle mitbringen mußten.

Der Vater hatte den Schlüssel. Meist schloß er den Kasten zur ›Tagesschau‹ auf. Vom griechischen Götterhimmel wußte ich mehr als von Politik. Götter waren schön, unterhaltsam und beflügelnd. Politiker sahen alle gleich aus, sprachen wie Lehrer und langweilten. Nur Adenauer gefiel mir. Der, dachte ich, macht es wie ich, spricht nicht richtig hochdeutsch und nicht richtig kölsch, so verstehen ihn die huhe Diere un de kleine Lück. Was immer er sagte, klang harmlos und gemütlich. Ich saß zum ersten Mal vor der ›Tagesschau‹, als er meinte, ein Mann namens Eichmann solle mit aller Härte bestraft, seine Verbreschen unnachsischtisch aufjedeckt werden.

Die Gestalt eines hageren Mannes wurde gezeigt, die Kamera fuhr nah auf sein Gesicht, in dem kaum die Augenlider hinter den Brillengläsern zuckten. Dieser Mann sollte an der Ermordung unzähliger Juden schuldig sein, sagte die Stimme der Nachrichtensprecherin, eine angenehme, unbeteiligte Stimme. Zusammen mit dem nichtssagenden Gesicht des Beschuldigten erschien die ungeheuerliche Anklage fast als Lüge, zumindest aber maßlos übertrieben. Schreckliche Bilder folgten. ›Nacht und Nebel‹ fiel mir ein, Abel und Lenchen Herz, Tietz fiel mir ein, und wie wir in seinem Laden Russisch Ei gegessen hatten und Kotelett. Ich sah den Vater an. Der nickte mir flüchtig zu und schaute weg. Ich hatte verstanden.

Auf Leichenberge folgte das amerikanische Präsidentenpaar. Die schöne Jackie trug einen runden flachen Hut und hielt einen Pudel im Arm. Ihr Mann stieg aus einem Flugzeug. Erschöpft und unsicher lächelten Flüchtlinge aus der Zone an der Kamera vorbei. Zum Schluß ein Autorennen. Dann kamen die Nachbarn zur Sendung ›Wünsch dir was!‹, und ich zog mich in den Holzschuppen zurück.

Ostern wurde die Küche zu klein. Neben Verwandten und Nachbarn hatte sich noch ein knappes Dutzend Mitglieder des Frauenvereins bei uns versammelt. Die Tür zum Flur stand offen, Schulter an Schulter lagen wir auf den Knien, mit angewinkelten Armen das Kreuzeichen schlagend, als der Papst aus dem Fernseher heraus den österlichen Segen spendete, urbi et orbi, Stadt und Land, dem ganzen Erdball von Rom bis in Palms Küche, Dondorf, Altstraße zwei.

Bööscher? Nä, hatte der Vater gesagt. Aber ich bekam eine Zahnspange. Schon vor einem Jahr hatte der Schulzahnarzt den Eltern einen Brief geschrieben. Wortlos hatte der Vater ihn der

Mutter zum Vorlesen gegeben. Neunhundert Mark, hatte sie gejapst und, als traue sie ihren Augen nicht, das Papier dicht vor die Nase gehalten. Neunhundert Mark waren, was der Vater in drei Monaten verdiente, und obwohl die Mutter mit dem Pfennig rechnete, Putzen ging, Heimarbeit machte und der Garten uns beinah ernährte, waren wir, bevor der Vater am Wochenende der Mutter die Lohntüte auf den Tisch zählte, im Manko. Neunhundert Mark! Ebensogut hätte der Schulzahnarzt vorschlagen können, die Mutter solle Stroh zu Gold spinnen.

Die Zahnspange bestand aus zwei, dem Unter- und dem Oberkiefer angepaßten Plastikplatten, die weit in den Gaumen hineinreichten. Gebißplatten mit Drähten wie Gitterzäune sollten die Zähne in die richtige Richtung drehen und den Kiefer dehnen. Sprach ich, klang das, als wäre ich mit einem Mund voll heißer Kartoffeln kurz vorm Ersticken. Jeder Zisch- und Zahnlaut löste von s über sch bis z, von t bis d mehr oder weniger heftiges Speichelsprühen aus. Ich war glücklich. Ohne Abitur.

Geld war das Zaubermittel, mit dem man sich die Erde untertan machen konnte. Mag sein: Im Anfang war das Wort: der Geist. Jetzt war das Geld an der Reihe. Weder Wörter noch Geist konnten Berge versetzen. Geld konnte es. Wörter hatten den Vater nicht verwandeln können. Aber Geld. Geld war eine wunderbare Sache. Es machte, daß der Vater mit mir sprach wie ein Vater. Es machte, daß der Vater aus mir eine Tochter machte. Seine Tochter. Geld machte aus dem Vater einen Vater. Geld machte, daß Köppers Fritz, der unser Dach neu decken, und Schreinermeister Kranepohl, der Treppe und Türen erneuern sollte, auf der Straße Hut und Kappe vor dem Vater zogen. Als erste und in hohem Bogen. Ein Bogen, der sich bei Kranepohl kurze Zeit später sichtbar verkürzte, als der Vater das Birkenfurnier wieder abbestellte und der Geselle nur noch mit der Schablone eine Maserung auf die Sperrholzverkleidung malte.

Allein die Großmutter ließ Geld kalt. Geld war Mammon. Mammon, schnöde und Babylon. Es sei denn, man schickte es dem Ohm für seine Mission in Afrika. Aber da hatte der Vater nur bissig geknurrt.

›Nach Golde drängt, am Golde hängt doch alles‹, hatte ich gerade gelesen. Ich wollte es allen zeigen. Konnte es nicht das große

Latinum sein, dann das große Geld. Als Industriekaufmanns-gehilfenlehrling op dr Papp, der Pappenfabrik. Als Auslands-korrespondentin in der weiten Welt. Der große Brockhaus auf Raten.

Zu Hause nannte man mich vernünftig. Der Vater hob Geld vom Sparbuch ab, vom Notgroschen aus dem Lottogewinn. Ich durfte mir ein Fahrrad aussuchen. Das brauche ich für den Weg zur Pappenfabrik, sagte er der Mutter. Es war grün und hatte eine Dreigangschaltung. Als ich das Rad nach Hause schob, klin-gelte es über dem Pflaster wie die Silberlinge in Judas' Verräter-hand. ›Ach, wir Armen!‹

Dann stand das Fahrrad im Stall. Hinter dem des Vaters und des Bruders. Ich durfte noch nicht mit ihm fahren. Nicht zur Schule und nicht zum Vergnügen. Eingeweiht werden sollte es erst auf dem Weg op de Papp.

Vor dem ersten Wiedersehen mit Sigismund nahm ich die Klam-mern kurz hinterm Schilf heraus und setzte sie in eine runde Pla-stikschale, wie für Gebisse. Wochen waren vergangen, seitdem uns die Kälte zu einem Kuß zusammengefroren hatte. Es war nicht kalt und nicht warm an diesem Abend Anfang April, nicht mehr hell und noch nicht dunkel, als ich Sigismund zum zweiten Mal küßte. Und so war auch der Kuß. Wir küßten uns ohne Not. Sigismund schmeckte kränklich, nach Menthol und Nasentrop-fen, seine Lippen waren kalt und ungeschickt. Verbiegungen sei-nes Unterleibs wich ich aus. Eine Stunde später erschauerte ich im Holzschuppen unter den Küssen Heinrich Fausts. Sigismund würde nicht versetzt werden. Ein Schuljunge. Ich kurz vor dem Tritt ins Leben.

Zur Abschlußfeier der mittleren Reife brachte die Tante einen Ballen dunkelgrünen Samt. Den hätte sie mir schon zur Firmung schenken wollen, da sei ich aber noch su in de Bunne gewesen; jetzt, Jott sei Dank zur Vernunft gekommen, wisse ich wieder, wo ich hinjehöre. Sie habe auch schon et Flimms Hilde mit dä Nähmaschin bestellt, für ein rischtijes Jewand. Jewand, sagte die Tante und warf die Arme in die Höhe, gebauschte Kaskaden, Puffärmel, Rüschen, Fülle und Fall. Hilde nähte das Kleid nach meinen Vorstellungen, so schlicht, daß die Tante es nur murrend bezahlte, sich aber erheiterte, als sie die Hälfte des Stoffes wieder mit nach Hause nehmen konnte. Hanni brachte mir eine goldene Brosche, nur geliehen, für meinen Auftritt, und Maria gab mir ihre Ohrringe, Aquamarine, die durfte ich behalten.

Die Mutter, der Vater und die Tante fuhren zur Abschlußfeier mit. Auf unserem Weg zur Straßenbahn gratulierten die Nachbarn aus Fenster und Türen. Auch die Großmutter hatte mir am Morgen Glück gewünscht und ein Päckchen in die Hand gedrückt, ein uraltes Gebetbuch, die Ecken silberbeschlagen und mit einem Kettchen verschlossen. Ihre Mutter, so die Großmutter, habe das Buch schon von ihrer Großmutter bekommen. Dann hatte sie ihren Daumen geleckt und mir ein Kreuz auf die Stirn gedrückt.

Die Kraft von fünf Generationen. Ich hatte das Buch in die Tasche gesteckt zu meiner Abschlußrede. Der Schulchor sang: ›Mich brennt's in meinen Reiseschuhen / fort mit der Zeit zu schreiten / was sollen wir agieren nun / vor so viel klugen Leuten.‹ Sie sangen alle Strophen. Dann spielten die Blockflöten Hindemith. Nacheinander priesen Fräulein Abendgold, der Direktor, der Elternsprecher die Vorteile des Erwachsenendaseins und bejauchzten die Tatsache, daß wir jetzt ins Leben träten. Wie in einen Hundehaufen, flüsterte ich Doris zu. Oder wie in eine blöde Fresse.

Meine Abschlußrede war schwunglos und steif. Die in der ersten Reihe wurden einer nach dem andern immer größer, allen voran Fräulein Abendgold, die nicht gesagt hatte: Steh auf. Lehrer und Schüler, Mütter und Väter wuchsen auf mich zu, drohten mich zu verschlingen. Dabei wollte ich es ihnen allen doch zeigen. Ohne das große Latinum.

Und plötzlich drängten sich mir Wörter und Sätze auf die Zunge, die mit meinem Papier nichts zu tun hatten. Ich mußte sie nur noch hinauslassen. Faselte nichts mehr von Klassenfahrten, Schülerstreichen und Dankbarkeit. Von einem kurzgewachsenen, schmächtigen Jungen erzählte ich, nicht größer als ein Meter zweiundvierzig sei er gewesen, aber mit einem mächtigen, schönen Kopf. Von seinem wortkargen Wesen erzählte ich und wie er abseits gestanden habe vom Haufen der Gleichaltrigen und doch kein Spielverderber war. Im grünen Röcklein mit breit überschlagenem Hemdkragen, mit buntem Halstuch und verwegenem Barett ließ ich ihn malen und dichten. Ganze wunderliche Mal- und Schreibbücher habe er von Kind an gefüllt. Dann aber sei er, dem der Vater früh gestorben, zu Unrecht schon mit sechzehn von der Schule gewiesen worden. Genauso alt wie wir sei er gewesen, als er ins Leben getreten wurde.

Ein Raunen ging durch die erste Reihe, die wieder ihr normales Maß erreicht hatte, kleiner wurde, je länger ich redete. Jawohl, ins Leben sei er getreten worden, wiederholte ich, aber dadurch sei ein machtvoller Drang in ihm erwacht, sich selbst zu bilden. Wie aber bildete man sich selbst? Etwa dadurch, daß man ins Leben trat? Einen Beruf ergriff? Etwas leistete? Mitnichten. Ich sang das Lob des Lesens. Erzählte in einem Knäuel von Sätzen und Namen von dem kleinen Kerl und mir, was er gelesen, was ich, warum ich las und wie und wo, erzählte, wie gerne wir beide lasen und aßen zur selben Zeit, das Buch und das Essen vor sich auf dem Tisch, wie das nährte und stärkte, eines das andere erhöhte. ›Buddenbrooks‹ mit Schinkenbrot, ›Effi Briest‹ mit einem Windbeutel, ›Schach von Wuthenow‹ mit einem kleinen, harten, braunschwarz gebratenen Kotelett. ›Im Kranz der Engel‹ mit Johannisbrot. Weincreme zum ›Südhang‹. Sogar, daß ich jedesmal eine Portion dieser Süßspeise vom Kellerbrett klaute, nicht leicht bei einer makronenverzierten Oberfläche, erzählte ich, die Zuhörer auf ihren Stühlen kaum noch daumengroß. Nur Fräulein Abendgold, in normaler Größe, hatte es von ihrem Sitz gerissen, sie hielt die Hände in Brusthöhe und schob sie in Richtung Rednerpult, als wollte sie mich von dort entfernen.

Ich stieg von dem Bänkchen hinunter – man hatte es hinter das Pult gestellt, damit ich drübergucken konnte – und tat ein paar Schritte bis zur Mitte der Bühne.

Er hat es aber dann doch allen gezeigt, der kleine Kerl, den man so früh von der Schule geschickt hat, sagte ich. Er ist ein großer Dichter geworden. Dann wartete ich, bis es ganz ruhig war. Gottfried Keller, sagte ich:

Die Zeit geht nicht, sie stehet still
Wir ziehen durch sie hin;
Sie ist ein' Karawanserei
Wir sind die Pilger drin.

Ein Etwas, form- und farbenlos,
Das nur Gestalt gewinnt,
Wo ihr drin auf- und niedertaucht,
Bis wieder ihr zerrinnt.

Es blitzt ein Tropfen Morgentau
Im Strahl des Sonnenlichts;
Ein Tag kann eine Perle sein
Und ein Jahrhundert nichts.

An dich, du wunderbare Welt,
Du Schönheit ohne End',
Auch ich schreib' meinen Liebesbrief
Auf dieses Pergament.

Froh bin ich, daß ich aufgeblüht
In deinem runden Kranz;
Zum Dank trüb ich die Quelle nicht
Und lobe deinen Glanz.

Unter spärlichem, kopfschüttelndem Beifall kletterte ich von der Bühne. Schulchor und Blockflöten trappelten zum Schlußlied auf die Bretter, alle hatten es eilig, nach Hause zu kommen.

Im Hinausgehen nahm mich Lehrer Rosenbaum beiseite: Bist du sicher, daß du nicht weiter zur Schule gehen willst?

Ich zuckte die Achseln, spürte die Tränen schon hinter den Augen, die Wörter schon in der Kehle.

Joot, hörte ich in diesem Augenblick hinter mir die Tante zu der Mutter sagen, joot, dat dat von dä Scholl kütt. Wat hät dat sesch hie bloß zesammejeschwaad. Joot, dat dat kenner us Dondörp jehürt hät. Dat blamiert jo de janze Sippschaff. Joot, dat dat fürbei es. Op dr Papp weed däm dat Schwaade ald verjonn.

Ich ließ den Lehrer stehen und stürzte hinaus. Ins Leben.

Ins Leben trat ich, trat in die Pedale meines neuen Fahrrads. Die Mutter hatte mir vom Gartentor aus nachgewinkt, mich mit einem hinterhältigen Lächeln verabschiedet: Jetzt war Schluß met de Bööscher, jetzt würde ich zur Räsong jebracht werden. Der größte Teil meines Weges lief neben der Straßenbahn her, die mir kreischend entgegenkam, in Richtung Großenfeld, in Richtung Schule. Der Tag war blendend schön, ein richtiger Ferientag, alle Schüler noch in den Betten, der Himmel strahlender Azur, ein kleiner Wind blies feine weiße Wölkchen vom Westen über den Rhein, der sich der Landstraße näherte und schließlich neben ihr herfloß, durch eine steil abfallende Böschung getrennt. Mit jeder Radumdrehung entfernte ich mich weiter von der Großvaterweide. Den Jauchewagen wagte ich nicht zu überholen. Immer mehr Radfahrer sammelten sich hinter dem dickbauchigen Gefährt. Die erste Gruppe, auch ich, bog bei der Papp nach links ab, die anderen fuhren weiter, op de Müll, wo Mehl und Haferflocken hergestellt wurden.

Am Werktor zeigte jeder flüchtig einen Ausweis, der Pförtner winkte durch, ohne hinzusehen. Ich schlüpfte mit, folgte den anderen, stellte mein Fahrrad unter und wußte nicht weiter. Bei Maternus gab es nur ein Gebäude und einen Eingang, hier gab es deren zwei große und, soweit ich sehen konnte, mindestens drei kleine, dazu eine Fabrikhalle, aus der das Stampfen der Maschinen drang, dumpfer und langsamer, als ich es von Maternus oder Krötz kannte, wo das Klirren der Ketten die Maschinengeräusche übertönte. Ein paar Jungen und Mädchen meines Alters verschwanden in einer mit Efeu bewachsenen Villa. Das Haus gefiel mir. Ich nahm die Zahnklammer, die ich nur trug, wenn ich sicher war, nicht sprechen zu müssen, aus dem Mund, legte sie in die runde rosa Plastikdose und folgte den anderen. Im Vorraum des Hauses schaute von der Treppe eine untersetzte, weniger elegante Ausgabe des Dr. Luchs auf das Häuflein junger Leute herab, dem ich mich zugesellte, ein gutes Dutzend, meist Jungen. Mechthild, die mit mir mittlere Reife gemacht hatte, winkte herüber. Sie hatte eine Stelle im Labor. Wetten, flüsterte ich ihr zu, der sagt gleich, daß wir jetzt ins Leben treten? Jawohl, ins Leben treten würden wir, sagte der Mann, mit einem strafenden Blick in meine Richtung. Jetzt komme alles auf uns an, auf jeden einzelnen: jeder an seinem Platz, alle für einen, einer für alle. Das Werk sei eine große Familie, und was eine Familie sei, das wüßten wir ja.

Mit drei anderen Mädchen wurde ich in das Gebäude neben der Direktion geschickt.

Zwei Frauen lehnten am Geländer im ersten Stock. Die jüngere, klein und mollig, kam uns ein paar Schritte entgegen. Von ihren Füßen, die schon am frühen Morgen aus viel zu kleinen Schuhen quollen, konnte ich meinen Blick kaum lösen. Sie hielt Personalbögen mit Lichtbild und Bewerbung in der Hand, schaute abwechselnd auf die Fotos und auf uns, hieß uns alle drei willkommen, winkte die beiden anderen Mädchen zu sich und verschwand mit ihnen hinter einer der Türen. Die zweite Frau war regungslos oben an der Treppe stehengeblieben. Sie wuchs aus dem Boden wie ein Tannenbaum. Über den massiven Beinen saß ein dunkelgrüner ausgestellter Rock, darüber eine Jacke aus gleicher Farbe, darauf ein dunkler zapfenähnlicher Kopf.

Guten Tag, sagte ich, als mein Kopf etwa in Bauchhöhe der grünen Pyramide war, nahm die letzten Stufen, und als keine Antwort kam: Ich soll mich hier melden.

Wachtel, entfuhr es der Frau, als räusperte sie sich, schnellte eine Hand aus dem Ärmel ihrer Jacke und preßte die meine schmerzhaft.

Angenehm, Palm, brachte ich hervor.

Das werden wir ja sehen, sagte die Frau.

Frau Wachtel hatte dunkel gefärbtes strohiges Haar, ein gelbes, großporiges Gesicht und auf der Oberlippe einen schwarzen Flaum, der an den Mundwinkeln in krause Borsten überging. Ihre Augen, kleine, nackte, zudringliche Augen, sprangen mir wie zwei Kröten ins Gesicht. Vor diesen Augen hatte ich sofort Angst. Sie wollten zubeißen! Und was die Augen nicht schafften, würden Mund und Kinn vollenden. Dieses in der Mitte gebuchtete Kinn, breiter als die spitz zulaufende Stirn, gab kein Pardon. Fingerbreit unter der scharfen Nase der Mund, ein Schnitt, Messermund, wie der von Peters Mutter.

Frau Wachtel hatte ihre Gangart so eingerichtet, daß ich hinter ihr herhasten mußte, wie sehr ich mich auch mühte, Schritt zu halten. Vor der Tür mit der Aufschrift ›Sekretariat Herr Dr. A.

Viehkötter‹ stoppte sie so abrupt, daß ich ihr in den Rücken stieß. Sie sprang zur Seite und schaute mich mit offenem Abscheu an. Tschuldigung, stotterte ich. Sie schnaufte. Riß die Tür auf. Da sind wir, sagte sie und knallte die Tür mit dem Außenrist zu.

Der Raum, etwa so groß wie unser Wohnzimmer, hatte nur ein Fenster. Zwei Schreibtische, an den Längsseiten zusammengerückt, füllten ihn fast aus. Eine helle, moderne Schreibmaschine stand auf dem Tisch unterhalb des schmalen Fensters, eine alte, schwarze auf der Platte vor der fensterlosen Wand. Es roch, als hätten hier Vater, Großvater und die Onkel aus Großenfeld, Rüpprich und Strauberg tagelang, ohne zu lüften, Burger Stumpen und Krüllschnitt geraucht.

Setz dich, sagte Frau Wachtel, nestelte ein Päckchen Zigaretten, rot mit schwarzem Aufdruck, aus der Tasche unterm Schreibtisch, ein goldfarbenes Feuerzeug klickte, Frau Wachtel stieß den Rauch gleichzeitig durch die langen, gelben Zähne und die Nasenlöcher. Ließ sich auf einen Holzstuhl mit Lederpolster und Armlehnen fallen.

Das ist dein Schreibtisch. Das ist dein Platz.

Mein Stuhl hatte weder Polster noch Armlehnen. Zwischen mir und Frau Wachtel etwa soviel Abstand wie in einem Abteil dritter Klasse. Meine Beine konnte ich einziehen. Aber meine Augen? Ich mußte den Kopf weit nach links verrenken, um ein Stück rußverfärbter Backsteinwand zu sehen, vor der sich träge ein paar Birkenzweige bewegten, die schon Laub und Kätzchen trugen. Schaute ich geradeaus, rückte ich mich hinter diesem Schreibtisch, der jetzt meiner sein sollte, zurecht, fiel mein Blick unweigerlich auf Frau Wachtel. Frau Wachtel hinter ihrem Verhau aus Rauch, der sich schnell vom ersten zarten, durchbrochenen Grau zu dunklen Schwaden verfärbte. Doch wie dicht auch immer der Schleier zwischen uns waberte, Frau Wachtels Blick drang durch. Sie betrachtete mich wie der Titelinhaber seinen Herausforderer kurz vorm K.-o.-Schlag. Mir brach der Schweiß aus. Ich schnappte nach Luft. Ich wollte zur Tür.

So geht das nicht! donnerte Frau Wachtel. Wer aufs Klosett will, muß fragen. Willst du aufs Klosett?

Nach Jahren hatte ich mir am Morgen wieder einen Zettel in

den Schuh gesteckt. Auf der Kloschüssel saß ich und las: ›Feiger Gedanken bängliches Schwanken, weibisches Zagen, ängstliches Klagen wendet kein Elend, macht dich nicht frei. Allen Gewalten zum Trutz sich erhalten, nimmer sich beugen, kräftig sich zeigen, rufet die Arme der Götter herbei!‹

Frau Wachtel sah kaum auf, als ich zurückkam. Saß vor ihrer Schreibmaschine und qualmte. Halb gerauchte Zigaretten schwelten in den Aschenbechern. Ich vertiefte mich in die Rippen des Holzrollos vom Aktenschrank hinter ihrem Schreibtisch, Rippen, Rollo, Götterarme.

Da liegt Arbeit. Dafür bist du doch hier. Oder?

Der Mann von der Direktion hatte uns heute morgen mit Sie angeredet. Hier zu widersprechen, wagte ich nicht. Wer weiß, wie weit die Arme der Götter reichten.

Da sind Briefe. Sie knallte eine Mappe auf den Tisch. Da sind Aktenordner. Sie packte mich im Nacken und drehte meinen Kopf nach hinten. Und darauf steht das Alphabet. Das Alphabet kennst du doch? Hahaha. Sollst ja so ein Bücherwurm sein, haha. Leseratte. Ha. Papier gibt es hier genug. Und jetzt siehst du dir an, wer die Briefe geschrieben hat, und heftest sie da ab, wo die anderen Briefe von dem auch schon sind, Ablage nennt man das. Verstanden?

Ablage, wiederholte ich. Nach dem Alphabet.

Immer wieder fuhr sich Frau Wachtel bei ihren Erklärungen mit zwei Fingern zwischen Hals und Blusenkragen, der die Haut rot aufgescheuert hatte.

Ich ordnete Briefe. ›Die Zeit geht nicht, sie stehet still.‹ Das Klappern der Schreibmaschine wurde holpriger, Frau Wachtel schaute immer wieder auf die Uhr. Die Angestellten bekamen ihr Essen eine Stunde nach den Arbeitern. Arbeiter aßen. Angestellte gingen zu Tisch. Mahlzeit sagten beide.

Um fünf vor eins riß Frau Wachtel das Fenster auf.

Weg damit, herrschte sie mich an, drückte mir einen Aschenbecher in die Hand und zeigte auf die andern. Alle ins Klo! Angeekelt spülte ich die Kippenberge hinunter.

Fröhlich plaudernd kamen uns – ich wieder einen Schritt hinter Frau Wachtel – die beiden anderen Lehrlinge mit der quadratischen Dicken entgegen. Ich folgte Frau Wachtel zu den

Tabletts, dem Besteck, zu Suppe, Hauptspeise, zu Nachtisch und Getränk.

Daß es op dr Papp eine Kantine gab, hatte den Ausschlag für diese Lehrstelle gegeben. För fönfedressesch Penne kanns de doheem nit koche, war die Mutter der Tante in die Parade gefahren, als diese ihr die Straßenbahn vorrechnete. Un et nimmt em Sommer et Rad.

Von einem der Nebentische hörte ich Mechthild lachen. Sie saß mit zwei Männern in weißen Kitteln zusammen, die sich offenbar einen Spaß daraus machten, den neuen Lehrling zu erheitern.

Ich kaute jeden Bissen zu Suppe, kaute am längsten auf dem Pudding herum, ich kaute die Minuten zu Sekunden. Frau Wachtel drückte die Zigarette aus, scharrte das Besteck zusammen und sah mich auffordernd an. Ich tat, als merkte ich nichts. Sie klopfte auf den Tisch, ich löffelte weiter. Da griff sie mein Puddingschälchen, stellte es auf ihr Tablett und ließ mich mit dem Löffel sitzen. Ich lief hinter ihr her, Mechthild rief meinen Namen, ich tat, als hörte ich nicht.

Ich machte Ablage, bis das Klappern ihrer Schreibmaschine wieder aufhörte und Frau Wachtel Kaffeepause brummte, mir fünfzig Pfennig in die Hand drückte und sagte: mit Milch und Zucker.

Verständnislos sah ich sie an.

In der Kantine. Kaffee. Mit Milch und Zucker. Dalli.

Ich ließ mir Zeit. Genoß meine Freiheit. Sklavenfreiheit. Gestohlene Zeit. Es war ein wunderbar milder Maitag. In der Birke, deren einen Ast ich von Frau Wachtels Fenster ein Stück weit sehen konnte, gurrte hoch oben ein Taubenpaar. Der Baum wuchs dicht an der roten Backsteinwand der Fabrikhalle hoch, ein Samen mochte hier vor Jahren Fuß gefaßt haben. Ich lehnte meine Wange an ihren Stamm, ohne an die Augen zu denken, die mich aus den Bürofenstern hier erspähen könnten, rieb meine Wange an der silberschwarzen Borke; Kühe schaben ihre Köpfe an Bäumen, um Fliegen und Bremsen loszuwerden, ich wollte den Tabakgestank, das Parfüm und Schweißgemisch aus dem Sekretariat Dr. Viehkötter abstreifen, mich vom Gift der Blicke aus Frau Wachtels Augen befreien. Du bist nichts wert, sagte das Gift. Du kannst nichts, sagte das Gift. Du gehörst mir, sagte es. Und du entwischst mir nicht.

Meine Zehen krampften sich um das Gedicht, ich preßte mein Gesicht an die Birkenrinde, bis es schmerzte.

Kein Dankeschön. Frau Wachtel stürzte den Kaffee hinunter, warf einen giftigen Blick auf die Uhr, begann in ihrer Tasche zu kramen, färbte ihre Mundränder, tupfte Parfüm in ihr verqualmtes Haar und unter die Achseln und verließ mit Stenoblock und Bleistift das Zimmer. Ich riß das Fenster auf, atmete durch und nahm mir Zeit, um von den Papieren endlich mehr zu lesen als Adressaten oder Absender, mit deren Anfangsbuchstaben ich nun seit sieben Stunden alphabetische Ordnung schaffte. Doch die Briefe waren so eintönig, daß ich bald aufgab.

Kurz vor fünf kam Frau Wachtel zurück. Sie sah mitgenommen und befriedigt zugleich aus, wie ein frisch gestriegeltes Pferd nach einem Galopp. Feierabend. Sie zündete sich eine Zigarette an. Ich nahm meinen Matchbeutel und wollte gehen.

Hiergeblieben, kommandierte mich Frau Wachtel wieder, und wir warteten, die Taschen unterm Arm, hinter unseren Tischen, bis der große Zeiger über der Tür auf zwölf rückte, worauf Frau Wachtel die eben angerauchte Zigarette in den Aschenbecher warf, noch einmal Feierabend rief und den Gang hinunterschoß.

Na, wie war der erste Tag? fragte mich die Dicke freundlich, die mir mit den beiden anderen Lehrlingen entgegenkam. Ihre Füße waren jetzt so aufgeschwemmt, daß von den Rändern der Schuhe fast nichts mehr zu sehen war. Wie wohl mir der Klang ihrer Stimme tat!

Isch bin Elli Zipf, und das sind Erika Haber und Karin Büttefür aus Strauberg. Ihr werdet eusch ja noch kennenlernen. Wir haben hier eine Schulung für unsere Lehrlinge. Jeden Dienstag. Aber das hat Ihnen Frau Wachtel sischer schon gesagt. Nichts hatte sie mir gesagt. Doch als stünde ich noch unter ihrem Bann, murmelte ich jaja und machte mich davon.

Ich verließ das Fabrikgelände mit dem Gefühl, versagt zu haben. Ein Gefühl, das stärker wurde mit jedem Schritt und jedem Blick auf die Menschen, die guter Laune nach Hause in den Feierabend strebten. Sie wußten, warum sie hier acht Stunden des Tages verbrachten. Von meinen monatlichen fünfundsiebzig

Mark hatte ich zwanzig der Mutter versprochen. Sehr überlegen hatte ich mich gefühlt, dem Vater zugesellt, dem Teil der Menschheit, der morgens das Haus verläßt und abends Geld hereinbringt, Haushaltsgeld, Kostgeld. Wer Geld hatte, konnte mit den Menschen in der Wirklichkeit umspringen wie ein Dichter mit den Seinen auf dem Papier. Geld verlieh ein Gefühl von Macht, wie Wörter ein Gefühl von Macht verliehen. Mit Wörtern war alles möglich. Mit Geld, schien mir, auch. Für die Mutter war ich nicht mehr dat dolle Döppe. Ich war eine Respektsperson. Nicht Kinderschwester wolle ich werden, sondern Aus-lands-kor-res-pon-den-tin. Jedesmal zelebrierte die Mutter das Wort und schaute ihr Gegenüber dabei an, als habe sie ein Kaninchen aus dem Hut gezaubert. Ich freute mich an ihrer Freude, der Grund ihrer Freude freute mich nicht.

Ich trat in die Pedale und dachte an Tonio Kröger. So verwandt hatte ich mich ihm gefühlt, sein blonder Hans, meine blonde Doris. Wie leicht, dachte ich, während ich vom zweiten in den dritten Gang schaltete und von der Landstraße in einen Feldweg bog, der mich an den Rhein führte, dorthin, wo ich noch nie gewesen war, wie leicht hatte es dieser Tonio Kröger, der tun und lassen konnte, was er wollte, Tun und Wollen zur Übereinstimmung bringen konnte. Was hätte er an meiner Stelle getan? Der feine Knabe im Büro, Frau Wachtel vis à vis?

Die Schlaglöcher des Feldwegs waren notdürftig mit groben Steinen gefüllt. Ich stieg ab. Alles war da: Kopfweiden und Weißdorn, Holunder und Haselgesträuch, Erlen und Pappeln am Horizont, Kohl, Rüben und Bohnen, ein paar Schafe im Pferch, der Schäfer im Karren oder auf seinen Stock gestützt. Der Rhein. In den Wiesen blühten schon ein paar der Blumen, die ich im letzten Sommer mit Peter und dem Bruder bestimmt und zusammengetragen hatte. Wie lange war das her. Ein anderes Leben. Ich holte den Zettel unter meinen Zehen hervor, die Tinte war ein wenig zerlaufen, legte mein Rad ins Gras, setzte mich daneben, saugte die Wörter ein, ihren Rhythmus, den Klang, wusch mich mit den stolzen hochgemuten Zeilen, schrubbte mir den Dreck der Wachtelschen Blicke aus den Augen, ihre Stimme aus den Ohren, den Geruch der Intimität eines Achtstundentages von der Haut mit schönen Wörtern und schönen Anblicken auf

›veiel unde gruenen klê‹. Morgen würde ich mir ein Gedicht von Walther von der Vogelweide in den Schuh stecken. Heute taten die klassischen Zeilen ihre Wirkung. Ich sprach sie in allen Tonlagen, aus dem Flüstern der Wiesen in das Rauschen des Rheins, in das Rauschen der Pappeln, der Weiden, das Kreischen der Möwen, bis nichts mehr auf Erden war – ›Wozu sind wir auf Erden? Um Gott zu dienen, ihn zu lieben und dadurch in den Himmel zu kommen‹ – als dieses Flüstern und Rauschen, Kreischen und Zeilenlauten, bis die Zeit sich auflöste, in die Ewigkeit dehnte, bis am Ende die Wörter selbst sich auflösten, sie hatten ihre Schuldigkeit getan, sie konnten gehen, zurück in die Dinge, die Formen, die Laute, das Ungeformte, die Stille, bis ich das Gras wachsen hörte: ein beharrliches Trommeln unter der Erde, ein Zischen millionenfacher grüner Zungen, Gasflämmchen, und dazwischen das vorsichtige Pochen der Margariten, die ihre weißen Strahlen noch eng und winzig in grünen Knöpfen verbargen.

Es gab ein Leben ohne Papp und ohne Frau Wachtel. Die Bücher lebten und die Wiesen, und sie waren mächtiger als Fabriken und Geld.

Wo wors de su lang, fragte die Mutter, Ungeduld und Unwillen mühsam unterdrückend. Mer wade ald all op desch.

Die Großmutter kochte Kaffee, die Tante – sie war eigens wegen der Neuigkeiten vorbeigekommen – packte ein Stück Streuselkuchen vom Sonntag aus. Die Mutter räumte für mich das ›Bonifatiusblatt‹ vom Stuhl. Ich wurde empfangen wie Besuch.

Was es zu essen gegeben habe, wollte die Mutter wissen.

Hühnersuppe, Klopse, Erbsen und Möhren.

Ken Ääpel? fiel mir die Großmutter ins Wort.

Doch, sagte ich, Kartoffeln auch und Soße mit Kapern. Und als Nachtisch Schokoladenpudding.

Die Tante sah mit unverhohlener Gier auf meinen Mund, als könnte sie sich vom bloßen Klang der Gerichte sättigen, und hieb in ihr Stück Streuselkuchen. Schokoladenpudding! Die Mutter schlug die Hände über dem Kopf zusammen, die Großmutter nickte befriedigt. En Essen wie bei Bürjermeesters, sagte sie. Zupp, Fleesch, Jemöös und Pudding. Oder Kompott. Und die Mutter fügte hinzu: Un du bruchs kenne Fenger doför krumm ze mache.

Un met wäm setz de zesamme, fragte die Tante lauernd, als forsche sie nach einem Knastbruder.

Mit Frau Wachtel, antwortete ich.

Die ahl Schachtel? Die Tante verschluckte sich. Dat Minsch es doch ald zweimol jeschieden. Dat es doch kenne Ömjang för e jong Weet.

Jesses Maria, schrie die Großmutter und bekreuzigte sich. Scholdisch?

Dat weeß esch nit, erwiderte die Tante. Ävver dat Wiev es henger jedem her. Et kütt jo us Hölldörp, ävver et wollt ens hie in Dondörp en dä Kerschechor. Nur wejen de Kääls. Dobei kunnt et kenne Ton rischtisch treffe.

Die Großmutter war nicht zu beruhigen. Scholdisch oder nicht, das mußte sie rauskriegen. Daß ihre Enkelin bei einer schuldig Geschiedenen in die Lehre ging, würde sie nicht zulassen. Die Tante versprach, Erkundigungen einzuziehen, wie sie mit hochdeutsch gespitzten Lippen formulierte. Was dat Minsch gesagt und getan habe, wie es angezogen sei, welche Haarfarbe es jetzt trage. Ob wieder ein Mann im Spiel sei, wollte sie wissen. Daß sie rauche wie ein Schlot, entlockte der Großmutter ein weiteres Jesses Maria. Die Tante nickte wie ein Kommissar, der seinen Verdacht bestätigt sieht: Schuldig Geschiedene rauchen Kette.

Beim Abschied gab sie mir noch einen Klaps zwischen die Schulterblätter. Loß desch nit ungerkrieje, sagte sie. Dat Wiev hät dä Düvel em Liev.

Der Bruder drückte mir einen Zettel in die Hand: Nach fünf im Möhnebusch. S.

Mit Walther von der Vogelweide unterm Fuß machte ich mich am nächsten Morgen auf den Weg. Das Wetter war umgeschlagen. Gestern hatte der Westwind weiße Maienwölkchen über den Rhein geweht, heute trieb er dunkelnasse Fetzen vor sich her.

Der Pförtner hielt meinen Werksausweis bereit und händigte mir einen Brief aus. Damit Sie auch janz dazujehören, Frollein Palm, sagte er und tippte jovial an den Rand seiner Mütze. Die ersten Tropfen fielen. Vor mir wurde der letzte Platz im Unterstand für Fahrräder besetzt.

Ich überflog den Brief, ein Rundschreiben an alle Lehrlinge, das uns über unsere Rechte und Pflichten aufklärte.

Frau Wachtel platzte ins Zimmer, kniff grußlos die Augen zusammen, verstaute ihre Handtasche, riß ein Päckchen Zigaretten auf, das Klicken des Feuerzeugs, erster Rauch, erster Gestank, Dunst.

Guten Morgen, sagte ich betont freundlich.

Was bist du hier schon so früh? Vor mir hat in diesem Zimmer keiner was zu suchen. Merk dir das.

Sie, sagte ich. Merken Sie sich das. Nach Vollendung des sechzehnten Lebensjahrs ist der Lehrling mit Sie anzureden. Das gilt auch, wenn er mit weniger als sechzehn Jahren in das Werk eingetreten ist, aber erst nach Vollendung des sechzehnten Lebensjahres die Lehre beenden wird.

Frau Wachtel schnaubte graue, stinkende Schwaden. Die hat den Teufel im Leib, fiel mir die Tante ein, und jetzt brach aus ihr die Hölle. Ich sah Frau Wachtel an, doch in meiner Seele schaute ich viel ›veil unde gruenen klê‹, hörte Nachtigall und Pirol und lächelte. Frau Wachtel tat ein paar aufgebrachte Schritte um die Tische, rüttelte mich an den Schultern und schrie wie von Sinnen: Ich verbitte mir diese Grimassen. Ich verbitte mir jede Belehrung. Jäh, wie sie mich angefaßt hatte, ließ sie mich wieder los, verschanzte sich hinter ihrem Schreibtisch, riß eine neue Zigarette aus der Packung, die erste schwelte noch im Aschenbecher, ruckte den Stuhl an die Schreibmaschine und ratterte los. Sie hatte dünne, spitze Finger mit starken Knöcheln an jedem Gelenkabschnitt, Knoten, rot wie verhärtete Frostbeulen. Mit diesen Fingern bewegte sie sich über die Maschine, hämmerte die fächerförmig gespreizten Gebeine in die Tastatur, gegen das Alphabet, die wächsernen, Wachtelschen Fingerkuppen schufen das Wort, und das Wort war bei Debet und Kredit, brutto gegen netto, einer gegen alle und alle für einen und in Taras Namen. Kontokorrent.

Auf meinem Tisch häuften sich die Geschäftsbriefe. Frau Wachtel mußte seit Wochen keine Ablage mehr gemacht haben. Ich schob die Zahnklammer in den Mund.

Ich lochte die Bögen mit den öden Wörtern, ließ sie durch die Löcher auf die passenden Stahlklammern der Aktenordner fallen, die öden Bögen mit den löchrigen Wörtern. Hätte ich, wie beim Pillenpacken, meine Hände dem Stumpfsinn, der Routine überantworten und meinen Kopf wie ein Vogel so frei in alle Himmelsrichtungen loslassen können, wäre das nicht weiter schlimm, sogar besser als Fließband gewesen. Doch zwischen mir und der Gedankenfreiheit stand das Alphabet, und das ließ nicht mit sich spaßen. Auermann zu Auermann, Auermann vor Awerzahn, Awerzahn nach Ankerbahn, Ahnemann, geh du voran. War das Alphabet befriedigt, forderte das Datum sein Recht. Briefe von Monaten türmten sich, und mir schien, als habe Frau Wachtel die Schreiben, wie die böse Fee im Märchen Weizen und Spreu, ordentlich durcheinandergemischt, bevor ich kam.

Wie in den Lexika machten sich auch hier die Buchstaben unterschiedlich breit. Viele Briefe gingen nach Finnland, und dort – das war das einzige Wissen, das mir nach meinem anderthalbtägigen Schritt ins Leben zugewachsen war – begannen die meisten Nachnamen mit H. Sie füllten drei Ordner. Vokale traten meist doppelt auf, Huusarii, Haanakkii, Huuparuu, die Namen heulten wie Käuzchen. Doch sobald ich meinem Kopf nur die geringste Freiheit gestattete, nur sekundenlang Herrn Dipl.-Ing. Eeroo Huusarii auf weichen Schwingen hinausschickte in die Finsternis nächtlicher Tannen- und Fichtenwälder, über die finnischen Seen unterm Sternenhimmel, der uns alle überspannte, den unbekannten Dipl.-Ing. mit dem dunkel rauschenden Namen, Herrn Dr. Viehkötter, den Unterzeichner, mich und Frau Wachtel, war es um die Ordnung geschehen. Nicht für Sekunden konnte ich mich von den Wohllauten aus Gestank und Geklapper dieses Zimmers tragen lassen. Verließ der Kopf die Hände, wußten diese nicht weiter, wußten nichts vom Alphabet, von Monaten und Tagen, sie brauchten Befehle von oben. Die Arbeit erforderte das perfekte Zusammenspiel von Hand und Kopf, erforderte Konzentration auf meine geliebten Buchstaben. Und obwohl Frau Wachtel in Tippen und Qualmen aufgegangen zu sein schien, bewegte sie, sobald das Klicken meines Lochers, das Rascheln der Blätter und Schurren der Ordner aussetzte, knarrend die Schraube ihres Sessels und ruckte ihr Gesicht aus dem

Profil in die Vorderansicht, wortlos dampfend, die stumme Zurechtweisung allenfalls mit einem Räuspern unterstreichend.

Ein paarmal klingelte das Telefon, dann kramte sie, den Hörer zwischen Schulter und Ohr geklemmt, in ihren Papieren, sagte ja und nein, nannte Namen und Zahlen. Um eins spuckte ich verstohlen meine Klammerhälften in die Plastikdose.

Wollen Sie nicht mit uns essen? fragte auf dem Gang die freundliche Dicke. Frau Wachtel rannte vorwärts, als hätte sie nichts gehört.

Kunze, Auermann, Kacks, hätte ich fast geantwortet, so sehr hatten sich die Namen in meinem Kopf festgetreten.

Gern, sagte ich, aber Frau Wachtel ...

Ach, die Wachtel, sagte Frau Zipf in vertraulichem, ein wenig wegwerfendem Ton, die lernen Sie schon noch früh genug kennen. Daß man der überhaupt wieder einen Lehrling gegeben hat!

Wieder war da dieses Gefühl, das mich verwirrte. Warum mochte ich es nicht, wenn jemand schlecht von Frau Wachtel sprach? Warum ging ich nicht mit der freundlichen Frau und den beiden anderen Lehrlingen? Ich wäre ja viel lieber bei ihnen gewesen, hätte gern in ihre heiteren Gesichter gesehen, ihren kleinen Geschichten zugehört. Statt dessen rannte ich wieder hinter Frau Wachtel her, die tat, als wäre ich Luft. Luft, die sie brauchte. Verlangsamte ich meine Schritte, tat sie das auch, und an der Essensausgabe achtete sie darauf, daß sich niemand zwischen uns drängte. An dem gleichen Zweiertisch wie gestern machte sie halt, sich mit Blicken aus den Augenwinkeln vergewissernd, daß ich ihr gefolgt war. Noch immer sprach sie kein Wort. Als ich fragte, ob es ihr schmecke, blies sie mir statt einer Antwort Rauch ins Gesicht und sagte: Nein. Überhaupt nicht. In jeder Silbe eine Dampfwolke der Verachtung.

Die Kantine war überfüllt. An den Tischen saßen meist Frauen, plauderten, lachten, strichen sich übers Haar, zufrieden, einverstanden, an ihrem Platz. Es schien sie zu belustigen, Briefe zu tippen, zu korrigieren, zu frankieren, die Herren Kaaskarii und Co. KG zu mahnen und zu bitten, Stenogramme aufzunehmen, über die Flure zu huschen mit Papieren in der Hand, Post von A bis Z zu ordnen, das alles schienen sie zu genießen – und die Pause davon. Frau Wachtel ragte in diese flackernde Bürozufriedenheit als ein finsteres Verhängnis. Wo hatte sie gesessen, bevor ich da war? Allein an diesem Tisch? Er war gestern leer gewesen, er war heute leer, obwohl sich die Frauen um die Tische drängten und die Bedienung zusätzlich noch Stühle angeschleppt hatte. Warum war ausgerechnet ich Frau Wachtel zugeteilt worden?

Quälend wie der Morgen schlich der Nachmittag dahin. Ab und zu suchte ich, von meinen Briefen, den Ordnern, dem Locher aufschauend, den immer dichter werdenden Qualm zu durchdringen und durch das regenblinde Fenster einen Blick auf die rote Backsteinwand mit den Birkenzweigen zu werfen, die im Anprall der Tropfen übermütig wippten.

Fünf vor fünf zog Frau Wachtel die Haube über ihre Schreibmaschine. Seit dem Morgen war das Fenster nicht geöffnet worden, mein Kopf vergiftet von Rauch, Namen und mißbrauchten Buchstaben. Buchstaben, abgerichtet, erniedrigt, vergewaltigt, und ich mit ihnen. Ich fühlte mich krank. Ich stank nach Qualm und Ordnung. Es regnete noch immer. Würde Sigismund bei diesem Wetter kommen?

Hätte ich nicht die beiden Mädchen beim Hinausgehen getroffen, wäre ich eine halbe Stunde später im Möhnebusch und bei ihm gewesen. So saß ich kurz darauf mit den anderen Lehrlingen in einem Raum neben der Kantine und erhielt den angekündigten Werkunterricht. Wir mußten unsere Namen sagen und unsere Noten in Steno und Schreibmaschine. Beide Fächer hatte ich verabscheut. Meine Buchstaben in Schlingen und Spitzen, Haken und Ösen zusammenzuschnurren! Das aufdringliche Klappern der Tasten, Fingerkuppen trommelnd auf Metall, die lärmende Belästigung des Apparates – alles war mir zuwider. Nicht weniger als drei Maschinen hatte ich reparaturreif gehämmert, die buchstabenbeschuhten, stählernen Beinchen derart durcheinanderspringen lassen, daß sie sich verhakten wie die Beine eines verrückten Tausendfüßlers. Meine ganze Verachtung für dieses kalte Handwerk trieb ich mir aus den Fingerspitzen, weidete mich an den Bocksprüngen der Buchstaben. Während die anderen in der Beherrschung des Fortschritts fortschritten, brachte ich es zu immer besser getarnten Rückschritten. Selbst die mißtrauische Lehrkraft mußte schließlich glauben, es liege wohl an den Geräten.

Seit ich schreiben konnte, liebte ich das lautlose Gleiten meiner Hand über den offen und frei vor mir liegenden Bogen, nichts zwischen der Verwandlung der Schwingungen meiner Nervenzellen in Schwünge auf dem Papier. Ich liebte den Anblick meiner Hand, meiner schreibenden Hand, die Haltung von Daumen, Zeige- und Mittelfinger, die Willfährigkeit des Schreibgeräts. Die Kinderfaust mit dem Griffel auf der Schiefertafel verschwand in der älter werdenden Hand mit dem buntmelierten Federhalter, verschwand in der mit dem Kolbenfüller, Pelikan-Tinte königsblau, Bleistifte lagen in meiner Hand, Kugelschreiber, egal. Von Anbeginn war es mir gleichgültig, womit ich schrieb, allein die Bewegung zählte, das Aufspapierbringen der Buchstaben, Wörter und Sätze. Den Körper verlängern in der Schrift; sein Innerstes nach außen kehren. Gedanken sichtbar machen. Mich sichtbar machen. Mich schreiben, mich befestigen. Ding-fest machen. Meine Hand auf dem Papier sagte mir: Du mußt ja nicht weinen. Fürchte dich nicht! Nicht die Hand des Vaters, nicht die Augen der Mutter tun dir weh. Du bist richtig, sagte die Hand. Solange du schreibst, bist du nicht allein. Auf dem Papier bist du nie allein. Papier war geduldig, drängelte, nörgelte nicht. Papier war still. Ich liebte den Ton des Stiftes auf dem Papier, seine feine Musik, Musik, nach Worten gegliedert, dem Fluß der Gedanken, Gedanken in Worte gegliedert, Punkt und Komma, die Verschwendung des Semikolons, seine Unentschiedenheit, das Offenhalten der Möglichkeiten, beides anbietend, Innehalten und Fluß; Pause und Vorwärtsdrängen. Das sachte Pochen, wenn der Stift zu einem Punkt ansetzt, zur Ruhe. Danach das Heben des Stifts in eine Waagerechte, weitereilen und im Weitereilen zweimal zum i-Punkt wieder zurück, wie im Leben, immer vorwärts und zum Innehalten noch einmal zurück. Die Maschine brachte ein i mit Punkt aufs Papier, als käme ein Kind gleich mit Zähnen auf die Welt. Welch ein Verlust von Rhythmus und Melodie. Auch den u-Strich führte ich wieder ein, Schutzstrich, Schutzhülle, Flügelschlag, munterer Überfluß.

Von Anbeginn war die Schreibmaschine nur ein Ärgernis, Hindernis zwischen mir und der Schrift. Es nicht zu überwinden eine Frage der Ehre. Nichts außer meiner Hand sollte meine geliebten Buchstaben hervorbringen. Ich wollte sie nicht an eine

Maschine verraten. ›Ich möchte lieber nicht, sagte Bartleby.‹ Er war mein Bruder.

Einem Lehrer zuliebe hätte ich diese Abneigung vielleicht gedämpft. Doch meinen Widerwillen verstärkte bereits die Erscheinung seiner Person. Er war lang, gelb und mager, ein Komma in schlechtgebügelten Hosen und enganliegenden Rollkragenpullis aus dünnem Lycra, unter dem sich die Rundungen seines Unterhemds abzeichneten. Speichel sammelte sich in seinen Mundwinkeln und bewegte sich von dort im Laufe einer Unterrichtsstunde als schlierige Spur in Richtung Kinn, ohne jedoch jemals auf den Kragen zu tropfen. Wie Hagel auf zarte Pflänzchen im Mai eiferten seine Spottgewitter auf uns nieder, nie wußte man, wann und warum. Selbst Doris, die zu Hause täglich auf ihrer Reiseschreibmaschine übte und nahezu perfekt war, entging den Unwettern nicht. Meine Mißachtung seines Lehrstoffes muß er mit dem Spürsinn des altgedienten Paukers gleich gewittert haben. Stellte mich als unbegabte Idiotin dar und enthob mich damit moralisch jeder Anstrengung, ihn vom Gegenteil zu überzeugen. Das Ausreichend in Stenographie und Maschineschreiben war ein Gnadenakt, gewährt auf Drängen der Lehrerkonferenz. Meine Leistungen waren ungenügend.

Noch Fragen, schloß Herr Busche seinen Vortrag über Firmengründer und harte Zeiten. Ich griff nach meinem Matchbeutel, Busche warf mir einen stechenden Blick zu. Alle hatten Fragen, ihnen konnte gleich sein, ob Sigismund seit Stunden im Regen stand, durch den Regen fuhr, mir entgegen oder schon wieder nach Hause.

Es war fast sieben. Es regnet, es regnet, Gott segnet die Welt, neben mir preschte Busche in einem verdreckten gelben Käfer vom Werksgelände, gegen alle Vorschrift mindestens fünfzig, schoß durch eine Pfütze, das bräunlichrote Wasser spritzte mir bis zu den Hüften.

Der Regen zog einen Schleier vor die Landschaft, verwischte selbst die Telegrafenstangen, an denen ich vorüberholperte, ein paar Schafe, graue geduldige Schemen, standen da wie zusammengeleimt. Die Feldwege waren aufgeweicht, glitschig, die Schlaglöcher gefährliche Mulden. Immer wieder mußte ich abspringen, regenblind, durchnäßt, nasser Stoff an nasser Haut.

Erregung, Erwartung, Hoffnung, vorweggenommene Enttäuschung.

Ehe ich ihn sah, hörte ich eine Fahrradklingel, seine Fahrradklingel, klingelnd fuhr ich dem Klingeln entgegen, nie klangen Fahrradklingeln übermütiger, zärtlicher, verliebter. Erst ließen wir die Klingeln los, dann die Räder, rannten aufeinander zu. So, wie uns damals die Kälte zusammengetrieben hatte, vernähte uns nun der Regen wie Himmel und Erde. Ich war da, wie ich sonst nur in den Büchern war, und doch außer mir, in dieser leibhaftigen Umarmung, diesem wirklichen Kuß. Es gab keine Welt mehr außerhalb meines Körpers, der die Signale des anderen Körpers empfing, und dieser Körper war Sigismunds Körper, und er war es auch wieder nicht, ich erlebte ihn gleichsam doppelt, als wirklich und als gelesen, ich hob den wirklichen Sigismund in ein Buch, mein Buch, mein wirkliches Buch, das ich nun mit ihm gemeinsam las. – Später schoben wir unsere Fahrräder nebeneinanderher. Wie belanglos Frau Wachtel mir nun erschien, diese tägliche Zeitverschwendung in verpesteter Luft. Ich fühlte mich frei und schön, klug und gewollt, und der Junge mit dem Fahrrad neben mir, der Junge namens Sigismund, schien mir gewöhnlich und verklärt zugleich.

Der Zauber umgab mich noch, als ich am Gartentor mit dem Vater zusammenstieß, der, triefnaß wie ich, aus dem Garten des Prinzipals kam. Wo küss du dann her? Wie sühs du dann us? herrschte er mich an. Immerhin nahm er mich wahr. Seit der Reise nach Köln waren wir uns bald wieder aus dem Weg gegangen. Wir hatten noch Werkunterricht, sagte ich. Der Vater knurrte. Doför, er griff in den Rock meines Kleides, der mir regenschwer um die Beine klatschte, doför hann esch dat Kleed nit jekoof. Er drückte das Tor zu und verschwand im Schuppen. Das Kleid von den Händen des Vaters mit Erde verschmiert. Es machte nichts. Der Zauber hielt an.

Berufsschule, knurrte ich, als die Mutter am nächsten Morgen unwirsch mein türkisfarbenes Kleid mit den weißen Lederschleifen beäugte.

Auch die Schüler der Gymnasien fuhren im Bus von Riesdorf nach Langenhusen. Sie trugen weiße, hellblaue oder rosenholzfarbene Hemden und Krawatten, einige sogar Fliegen; Lehrlinge gingen in Manchesterhosen und losen großkarierten Hemden. Einige Oberschüler hatten ihre Pullover lässig über die Schultern gelegt. Verstohlen berührte ich einen Ärmel, weicher als Doris' Bettdecke.

Außer mir gab es nur noch drei Mädchen im Bus, feingemacht wie ich. Eine Primanergruppe musterte uns wie der Bauer das Vieh, ob es reif ist zum Melken. Sie schwadronierten und lachten wegwerfend mit herabgezogenen Mundwinkeln. Die Lehrlinge dösten zum Fenster hinaus. Ich fühlte mich in meinem Aufputz unwohl und vertiefte mich in das Buch von Sigismund. Ich versank in Oran. Weder die Leidenden, die Opfer, noch die Tapferen, Heldenmütigen nahmen mich gefangen. Der Angestellte Grand prägte sich mir ein, der jede Minute seiner freien Zeit nutzte, den ersten Satz seines Werkes vollendet zu formen, ihn immer wieder abänderte, seinen Rhythmus verlangsamte, beschleunigte, beschwerte oder beflügelte. Seine Versessenheit war die meine. In meinem Kopf ›ritt die elegante Amazone an einem schönen Morgen des Monats Mai auf einer wunderbaren Fuchsstute durch die blühenden Alleen im Bois de Boulogne‹ bis Langenhusen-Riesdorf. Alles aussteigen!

Wie beim Jüngsten Gericht strömten die Guten, die Klugen, die Schönen nach rechts, machten ihren Weg zu Latein und Logarithmen, den alten Griechen und Römern, zu Goethe und Camus, Böll und Schiller, Shakespeare und Oscar Wilde, zu Oden und Sonetten, Jamben und Trochäen, während man links Brutto, Tara, Netto, Kürzeln und Wurzeln entgegenstrebte. An diesem Morgen trug ich ein Stück ›Faust‹ unterm Fuß: ›Nach Golde drängt, am Golde hängt doch alles. Ach, wir Armen!‹

›Üb immer Treu und Redlichkeit‹, wandte ich mich dem Mädchen zu, das beharrlich neben mir herlief, seit wir aus dem Bus gestiegen waren, ›bis an dein kühles Grab und weiche keinen Fingerbreit von Gottes Wegen ab.‹ Die Verse waren mit gelbem Backstein in die roten Ziegel des Portals der Berufsschule gemauert. Die Zeit hatte die hellen Steine so mit Schmutz überzogen, daß man sie kaum entziffern konnte. Ich deutete auf den Buchstabenbogen. Kennst du das?

Das Mädchen schaute mich an, als hätte ich geblökt. Ihr kugeliger Kopf, blaß, mit runden, schwarzen Augen, stumpfer Nase und herzigem Mündchen, saß fast ohne Hals auf einem tonnenförmigen Körper, den zwei kurze, kräftige Beine trugen. Sie war gebaut wie ein Schneemann und so weiß und weich, daß man fürchten konnte, in der Sonne werde sie schmelzen.

Isch? Nä! Ein Jedischt is dat. Rischtisch? Isch bin et Trudi.

Sie ging in die Klasse für Verkäuferinnen und sah mir sehnsüchtig nach, als ich ein Stockwerk höher gewiesen wurde.

Der Raum war überfüllt. Drei Bänke mußten zusätzlich herangeschafft werden. Derweil saß ein Mensch, offenbar der Lehrer, hinter dem Pult und las Zeitung. ›Bildzeitung‹. Außer sehnigen Händen und braunen, abgestoßenen hohen Schuhen war nichts von ihm zu sehen.

›Wohlan, die Zeit ist kommen!‹ tönte plötzlich eine sonore Stimme hinter der Zeitung hervor, die langsam, als enthüllte der Dahintersitzende sich selbst wie ein Bildnis, hinabsank. Mit spitzen Fingern ließ der Mann die Zeitung in den Papierkorb neben dem Pult fallen und wischte sich die Hände mit dem Taschentuch. Dreck, sagte er, und noch einmal: Dreck. Für Hand und Kopf. Dreck. Den will ich hier zum ersten und letzten Mal gesehen haben.

Der Mann erhob sich. Zender, schnarrte er. Artur Zender. Angenehm. Viel fehlte nicht, er hätte die Hacken zusammengeschlagen und die Hände an die Hosennaht gelegt, die Naht einer Pfadfinderhose oder eines Wandervogels, von denen ich in einem alten Kalender ›Für den frischen Knaben‹ gelesen hatte. Artur Zender, drahtig, sportlich, tief gebräunt, machte einen wetterfesten Eindruck, was weniger von den saloppen, in Berufsschulkreisen wohl unvermeidlichen Manchesterhosen als von seiner braunen, mit Edelweiß und Enzian bestickten Lederweste ausging.

Ich hatte versucht, in einer der mittleren Bänke Deckung zu finden, doch Herr Zender hatte mich schon im Blick, wohl weil ich meine Augen nicht von seinen Schuhen lassen konnte.

Da staunen Sie wohl, Fräulein, wie war noch gleich der werte Name?

Palm, sagte ich krebsrot.

Fräulein Palm, da staunen Sie. Und mit Recht. Herr Zender stapfte auf meine Bankreihe zu, als hätte er Sumpf, Moor oder Schnee unter den Sohlen. Ja, das ist also dem Fräulein Palm gleich aufgefallen. Stalingrad. Schon mal was von Stalingrad gehört? Herr Zender ruckte seinen schmalen, kurzgeschorenen Vogelkopf in die vier Ecken des Klassenraums. Dacht' ich mir doch! Kommen hierher, um zu lernen, wie man Geschäfte macht, aber haben keine Ahnung vom Leben.

Ich meldete mich.

Ja, Fräulein Palm.

Bei Stalingrad sind viele deutsche Soldaten in Kriegsgefangenschaft geraten. Und gestorben.

In der Schule waren wir, obwohl es nach Napoleon sehr schnell ging, nur bis zum Versailler Vertrag gekommen. Doch vom Besuch bei Irene in der Müppensiedlung hatte sich mir das Foto ihres Vaters mit einem schwarzen Gazestreifen über der Uniform eingeprägt; und die Stimme ihrer Mutter, die so traurig ›Stalingrad‹ gesagt hatte.

So, aha, und das ist alles, hattet ihr denn keinen Geschichtsunterricht? Nicht einer von uns, stellte sich heraus, war über die Weimarer Republik hinausgekommen. Daß es einen Verbrecher namens Hitler gegeben hatte, wußten wir natürlich alle. Er hieß mit Vornamen Adolf, hatte den Krieg verloren und Juden umgebracht. Abel und Lenchen.

Der Lehrer schaute auf seine Schuhe. Stalingrad. Ich hatte Glück. Nur die Zehen futsch. Und deshalb hat mir Fräulein Palm auf die Schuhe gekuckt.

Herr Zender stapfte zurück zum Pult. Es war ein gewaltiges Pult, auf einem Podest, eine Kommandobrücke, mit breiten Schrankteilen rechts und links. Herr Zender bückte sich, eine Tür knarrte, mit einem breiten Grinsen tauchte er wieder auf.

Was, fragte er, haltet ihr davon, wenn wir erst einmal alle zusammen etwas singen? Schweigen. Ein Mädchen kicherte. La la la, lümmelte einer aus den zusätzlichen Bänken, die so weit am Rand standen, daß sie der Lehrer schwer im Blick behalten konnte.

Jawohl. La, la, la. Wer hat denn das so vortrefflich erkannt? Schweigen. Aha, aha. Es schweigen die Feigen. Doch nun – Herr

Zender beugte sich nach rechts, das Geräusch eines Reißverschlusses war zu hören, mit einer Behendigkeit, die ich ihm kaum zugetraut hätte, hopste er aufs Pult, saß da mit schlenkernden Beinen, eine Gitarre im Arm. Herr Zender ließ die Fingerkuppen über die Saiten gleiten und griff einen Akkord, fuhr in seine Westentasche, steckte sich Metallplättchen auf die Finger und schrammte los.

Also, was soll's sein, meine Damen und Herren, aber bitte dran denken, alle gemeinsam.

›Die Gitarre und das Meer‹! ›Tutti Frutti‹! ›Mine Mine Haha‹! ›Sugar Baby‹! ›Ein Schiff wird kommen‹! ›Seemann‹! ›Wir wollen niemals auseinandergehn‹! ›Cindy, o Cindy‹!

Schließlich sangen wir ›Im Frühtau zu Berge‹. Den Text konnten alle. Wir sangen ›Wildgänse rauschen durch die Nacht‹ und ›Jenseits des Tales standen ihre Zelte‹. Dann schwang Herr Zender die Gitarre überm Kopf, und wir verstummten. Er steckte sich andere Metallplättchen auf, rutschte von seinem Pult herunter, ging in eine leichte Grätsche, schob das Becken vor und ratschte über die Seiten. Selbst die Hartgesottenen schraken zusammen. ›Rock Rock Rock around the clock‹, brüllte der Berufsschullehrer und Spätheimkehrer Zender, stampfte mit seinen orthopädischen Schuhen auf der Stelle und winkte gebieterisch ab, als ein paar Kecke aufsprangen und mitbrüllen und -stampfen wollten. ›Wenn die bunten Fahnen wehen‹ durften wir wieder gemeinsam singen, ›Mein Vater war ein Wandersmann‹, ›Muß ich denn zum Städtele hinaus‹ und ›Es dunkelt schon in der Heide‹. Wir sangen und sangen. Mit einem ›Tutti Frutti‹-Solo wurden wir in die Mittagspause entlassen.

Draußen wartete Trudi. Ich brachte es nicht übers Herz, sie stehenzulassen, obwohl ich lieber mit den Pappenfabrik-Lehrlingen gegangen wäre.

Wie war's denn? fragte ich.

Förschterlisch, sagte Trudi. Isch han so jut wie nix verstanden.

Zweimal sei sie sitzengeblieben, erzählte sie, während wir auf einer Bank im nahe gelegenen Park unsere Brote aßen und dazu Cola tranken. Zum letzten Mal in der siebten Klasse. Die habe sie wiederholt und sei dann entlassen worden. Der Lehrer habe ihr ein Schreiben mitgegeben, weil sie so gerne Verkäuferin werden wollte. Freundlich und willig sei sie, stand da. Sie komme aus Hölldorf und habe dort eine Stelle. Beim Dreschers Jupp, der sich jetzt sogar der Edeka angeschlossen habe. Krisenfest.

Auf dem Rückweg zur Schule wurde Trudis Stimme immer dünner. Sie hatte Angst, wieder in die Klasse zu gehen.

Hör zu, Trudi, sagte ich. Wenn du merkst, daß es sich in deinem Kopf zu drehen beginnt, sagst du, innerlich natürlich, nur in Gedanken: ›Üb immer Treu und Redlichkeit bis an dein kühles Grab und weiche keinen Fingerbreit von Gottes Wegen ab.‹ Verstanden? Das ist der Spruch, der über der Schule steht. Kannst du ihn dir merken? Ich wiederholte die Zeilen, bis Trudi sie im Kopf hatte. Gesammelten Blicks winkte sie mir noch einmal zu, als ich die Treppe hinaufging.

Wieder griff Zender unters Pult. Diesmal kam keine Gitarre hervor, sondern ein Buch in einer braunen, gelbbestickten Stoffhülle. Dazu ein dicker Packen Papier, jeder mußte sich fünf linierte Bögen abholen.

Aufsatz, sagte Zender. Thema: Warum ich den Beruf des Industriekaufmannsgehilfen gewählt habe. Länge mindestens zweieinhalb Seiten. Rechts oben Name und Firma. Wer fertig ist, kann gehen. Blätter bei mir abgeben.

Schade, daß ich meine Hefte mit den schönen Sätzen nicht zur Hand hatte, all die Weisheiten über die Schnödigkeit des Mammons, den Dämon Gold, den armen Reichen. Ich schickte das Kamel durchs Nadelöhr, ließ den Geist über das Geld triumphieren, schlug alsdann den Haken zum Golde, nach dem wir drängen, an dem wir hängen wie am Galgen, schrieb ich. Ich ließ sie baumeln, die vom Schloßhof und die von Maternus, die von der Direktionsetage in der Pappenfabrik. Zum Schluß hängte ich mich daneben. Mit demselben Eifer, mit dem ich das Geld dem Geist unterworfen hatte, verfocht ich alsdann das Gegenteil, kapitulierte bedingungslos. Für fünfundsiebzig Mark im Monat. Ach, wir Armen!

Als ich das Papier wegschob, war die Klasse zur Hälfte leer. Herr Zender las und sah nicht auf. Die anderen brüteten über weißen Blättern, wenigen Zeilen. Ich hatte keine Eile. Trudi wartete nach Schulschluß auf mich. Das Mädchen neben mir, ein graues, schütteres Ding, biß unablässig an seinen Fingernägeln, die Stummel bedeckten kaum noch das rohe Fleisch des Nagelbetts. Gierig sahen ihre farblosen Augen auf meine Blätter. Als unsere Blicke sich trafen, machte sie mir ein Zeichen, kramte in ihrer Tasche, schob die geschlossene Hand über unseren gemeinsamen Tisch bis vor meine Brust und öffnete sie. Zwei Markstücke lagen darin. Die mit Geld gefüllte Hand bettelte mich an. Und erlöse uns von dem Übel. Amen. Dem Übel der weißen, wortlosen Seiten, warum ich Industriekaufmannsgehilfe werden will, nach Golde drängt, am Golde hängt doch alles. Ich nahm das Geld und schrieb. Ich, Anita Pütz, schrieb ich, schreibe für mein Leben gerne Schreibmaschine. Kaum etwas Schöneres gebe es, als von morgens bis abends mit flinken Fingern über die stählernen Tasten zu huschen – sekundenlang tauchten die abgekauten Stummel der Mauspfoten vor mir auf – und die kleinen schwarzen Zeichen auf dem Papier sich niederschlagen zu sehen. Von der Stenographie schrieb ich, diesem Segen der Menschheit, schrieb von Schnelligkeit und Eleganz und vor allem natürlich von der Wirtschaftlichkeit dieser Methode. Papier spare man und Bleistifte, unschwer könne man sich die Ersparnisse in Zentimetern, ja Metern, in Pfennig und Mark ausrechnen. Draht und Nägel wurden in Anitas Firma hergestellt. Ohne diese herrlichen Erfindungen, so mein Schlußsatz, säße die Menschheit noch in Höhlen oder Bretterbuden, die jederzeit zusammenfallen könnten. Anita sah mich mit vor Dankbarkeit schwimmenden Augen an, raffte die Blätter zusammen, schrieb sie ab, legte sie aufs Lehrerpult und huschte hinaus.

Ein leises Schulterklopfen ließ mich zusammenzucken. Hinter mir duckte sich ein Junge aus der Nebenbank, seine leeren Blätter in der Hand. Mein Handel mit Anita war nicht unbemerkt geblieben. Wieviel, flüsterte er. Ich schielte nach hinten. Er gefiel mir nicht. Vier, flüsterte ich. Zwei jetzt, zwei später, versuchte der Unsympathische zu handeln. Ich beugte mich über mein Buch, bis erneut an meine Schulter gepocht wurde, diesmal mit dem nötigen Silber. Rolf Monzel, las ich. Gondelmann und Söhne. Hausschuhe und Gummistiefel, wisperte er.

Für ihn schrieb ich von der Verantwortung eines jungen Mannes, der einmal eine Familie gründen und ernähren will. Ohne den krisenfesten Beruf des Industriekaufmannsgehilfen war nicht daran zu denken, ins Leben zu treten. Und, schloß ich elegant, wer ins Leben tritt, braucht Schuhe. In schweren Zeiten Gummischuhe. Und für die schönen Stunden an Heim und Herd darf der Mann aus dem Leben in den Hausschuh treten. Einfach hineinschlüpfen und sich wohl fühlen.

Am Ende wurde die Zeit knapp. Punkt fünf schaute Herr Zender von seinem Buch auf, klappte es zu: Feierabend. Ich legte meinen Aufsatz auf den Haufen und ging. Sechs Mark in drei Stunden. Dafür hätte ich bei Maternus viermal so lange gebraucht. Ach, wir Armen.

Draußen wartete Trudi. Strahlend. Einen Aufsatz habe sie schreiben sollen: Warum ich Verkäuferin werden will? Sie habe sich aber auf nichts besinnen können, weil sie Angst gehabt hätte, dann das Gedicht zu vergessen. Schließlich habe sie das Gedicht einfach hingeschrieben. Da sei ihr wieder eingefallen, wie gerne sie den Leuten etwas verkaufe, Mehl und Zucker abwiege und in Tüten fülle, Wurst und Käse schneide, in Pergament verpacke, über die Theke reiche. Einfach alles. Ob das an dem Gedicht gelegen habe? Bestimmt, sagte ich.

Anderntags ging ich mit der Mutter auf den Friedhof. Wir führten mein Fahrrad zwischen uns, mit einer Hand balancierten wir eine Kiste Begonien auf dem Sattel, mit der anderen hielten wir den Lenker fest.

Die Mutter trug ihren Kittel. Auf der Kittelschürze banden und wanden sich Rosen und Vergißmeinnicht zu Sträußen und Kränzen, von Herzen verknüpft, Doppelherzen, in stetiger Folge über den Rumpf der Mutter bis zu den Knien und Ellenbogen, himmelblaue Baumwolle mit Blumen und Herzen. Sie hatte Kartoffeln gepflanzt und sich die erdigen Hände an den Hüften abgewischt, hatte die Böden mit grüner Seife geputzt, aus dem Drillich des Vaters auf dem Waschbrett die ölige Schmiere in beißend heißer Lauge geschrubbt; Rotkohl gekocht und saure Bohnen, Rippchen geschmort und Pflaumenkuchen gebacken, Apfelpfannekuchen mit Zucker und Zimt. Das alles konnte ich auf dem Kittel der Mutter lesen. Ihre Sehnsucht nach Schönheit, nach Gleichklang und Harmonie und die Spuren der Arbeit, die

Spuren des Lebens einer Arbeitswoche. Erst wenn wir später am Nachmittag einer nach dem anderen in der Zinkwanne gebadet hatten, wurde der Kittel mit der Unterwäsche gewechselt.

Gern hätte ich, wie aus Versehen, ihre Hand gestreift. Ich traute mich nicht. Die kleinste, falsche Bewegung konnte das Gleichgewicht zerstören, die Kiste, das Rad und wer weiß, was sonst noch ins Rutschen bringen.

Die Mutter ging gern auf den Friedhof. Es war für sie eine als Pflicht getarnte Gelegenheit, unter freiem Himmel zu sein und weg von zu Hause. Wenn die Mutter sich wohl fühlte, erzählte sie gern, was sie im Laufe der Woche Merkwürdiges erfahren hatte, und reihte dabei große und kleine Ereignisse unterschiedslos aneinander. Daß der Hund vom Bauer Karrenbroich beim Rückwärtsfahren aus dem Scheunentor unter den Traktor gekommen sei, die Mutter packte den Lenker fester, daß Fischers Minchen seit dem letzten Frühjahr noch mehr verspielt habe, wie man im Dorf das allmähliche Verkümmern eines Menschen nannte, nur noch Haut und Knochen war; Stribbes Katze hatte Junge gekriegt, zwei waren am Rücken zusammengewachsen, die habe der Stribbe nach Düsseldorf in die Klinische gebracht und noch Geld dafür gekriegt. Bei Mickels seien jetzt auch Flüchtlinge eingezogen, mit nix als einem Koffer seien die aus der Zone gekommen, rübergemacht, betonte die Mutter, die Mutter der Frau vom Mickel sei selbst ja auch von drüben, und jetzt hätten sie die Verwandtschaft am Hals. Tausende, sagte die Mutter, ungläubig den Kopf schüttelnd, kämen ohne jeden Pfennig über die Grenze, nur mit dem, was sie am Leib hätten. Tausende. Täglich. Die ›Tagesschau‹ zeige es jeden Abend. Junkers Heinzchen, das dritte Kind von Junkers Minchen, noch keine vier, sei mit dem Bein in die Speichen vom Fahrrad gekommen. Die Mutter blieb stehen. Durch den jähen Widerstand der Kinderwade in den Radspeichen sei der Vater gestrauchelt und gestürzt, das dreijährige Heinzchen koppheister und der Vater obendrauf auf das Kind und das in den Speichen verschlungene Beinchen. Zerquetscht.

Nä, sagte ich, um Jotteswillen.

Jo, Kenk, su kann et kumme.

Peter und seine Mutter kauerten über einem Grab nahe der

Leichenhalle. Wir taten, als sähen wir sie nicht. Schnitten die letzten Tulpen und verteilten sie in der Steckvase. Rund um die Stiefmütterchen setzten wir Begonien, die Mutter schaufelte Löcher, ich klopfte die Pflanzen aus den Töpfen, vorsichtig, jeder Topf zehn Pfennig Pfand. Wir arbeiteten zügig und schweigsam, die Mutter mochte dem Kinderbeinchen nachhängen. Was hätte der Großvater mit Frau Wachtel gemacht? Sie als Wutstein im Rhein versenkt, gewiß. Nach einem häßlichen Stein hatte ich am Morgen in den Kieseln gesucht; sie waren mir alle zu schön erschienen. Irgendeinen hatte ich am Ende wahllos herausgegriffen und so lange angestarrt, bis mich der böse Wachtelblick durch mein tränensalziges Blinzeln wie ein Stromstoß getroffen hatte. Allen Speichel hatte ich gesammelt, dem Stein mitten zwischen die Augen gespuckt und das Steingesicht von mir geschleudert. Das satte Klatschen hatte meinen Ohren wohlgetan. Noch jetzt schmerzte der Arm im Schultergelenk.

Hilla, die Mutter ergriff meine Hand. Wat mäs de dann met de Bejonije? Die Mutter hielt meine Hand, die eine Begonienpflanze umkrallte. Ihr Saft lief zwischen den Fingern hinunter wie vor Jahren der des Alpenveilchens beim Bürgermeister.

Die ärme Blöömsche. Loß doch los! Wo bes de dann met dinge Jedanke. Dann, sich vor die Stirn schlagend: Jo, jo, dat ärme Jöngelsche. Dat Beensche muß woll affjenomme wäde.

Ich ließ die Pflanze fallen. Sie war nicht mehr zu retten.

Jitz bliev do en Loch, seufzte die Mutter.

Für die Wachtel, dachte ich und verscharrte die Begonie in der Erde.

Am Montag legte ich mir den ›Panther‹ in den Schuh.

Der Panther

Sein Blick ist vom Vorübergehn der Stäbe
so müd geworden, daß er nichts mehr hält.
Ihm ist, als ob es tausend Stäbe gäbe
und hinter tausend Stäben keine Welt.

Der weiche Gang geschmeidig starker Schritte,
der sich im allerkleinsten Kreise dreht,
ist wie ein Tanz von Kraft um eine Mitte,
in der betäubt ein großer Wille steht.

Nur manchmal schiebt der Vorhang der Pupille
sich lautlos auf –. Dann geht ein Bild hinein,
geht durch der Glieder angespannte Stille –
und hört im Herzen auf zu sein.

Frau Wachtel knallte die Briefe der letzten Woche auf den Tisch, Ablegen. Wieder machte ich mich an die Vergewaltigung des Alphabets, Ahrens zu A, Behrens zu B, Buchstaben, Gitterstäbe, Buchstabengitter, Buchgitterstäbe, Buchgitter, Stabenstäbe, ›ihm ist, als ob es tausend Stäbe gäbe und hinter tausend Stäben keine Welt‹. Das Blatt in die Stahlschiene schieben, den Hebel senken, den Hebel drücken, den Hebel lösen, das Blatt entfernen. Schieben, senken, drücken, lösen. Lösen, drücken, senken, schieben. ›Ihm ist, als ob es keine Stäbe gäbe und hinter keinen Stäben seine Welt‹. ›Keine Stäbe‹, ›seine Welt‹! Das war gut! Die Geschäftswelt geriet mir aus den Fugen. Herr Florens kam auf Herrn Klösgen zu liegen, der trieb sich auf Perels und Söhne herum, die wiederum auf Schwindling GmbH, und das an allen beliebigen Tagen der ersten Woche im Wonnemonat Mai. Ich wollte den Panther befreien. Sein Blick war wach, nicht müde. Er wollte raus. In seine Welt.

In der zweiten Strophe erlöste ich das Tier aus seiner Betäubung, indem ich ebendiese durch ›erwacht‹ ersetzte. ›Erwacht‹, nicht ›betäubt‹. Nun war der Panther schon ganz anders anzusehen. Ein geschmeidig schönes, kraftvolles Geschöpf, eben erwacht, willensstark. Schieben, senken, drücken, lösen, Huusarii auf Peenemäkki, Mayer auf Kanostipos.

Die dritte Strophe hatte es in sich. Wie kriegte ich den Panther aus dem Käfig heraus? ›Nur manchmal schiebt der Vorhang der Pupille sich lautlos auf.‹ Nur manchmal? Nein. ›Auf einmal‹, mußte es heißen. Lösen, schieben, drücken, senken. Nicht nachlassen in Rascheln und Klicken, Rascheln und Klicken. ›Auf einmal hebt der Vorhang der Pupille / sich lautlos auf –. Dann geht ein Bild hinein.‹ Auf die beiden letzten Zeilen kam es an: ›Geht durch der Glieder angespannte Stille – / und hört im Herzen auf zu sein.‹ Die Ablagemappe war leer. Ich hob das gesamte M aus dem Ordner heraus, mischte die Briefe neu und lochte alle noch einmal. ›Fährt in das Tier‹, fuhr es mir durch den Kopf. Das war gut! ›Dann geht ein Bild hinein / fährt in das Tier‹. Dann: ›Wille‹ statt ›Stille‹. ›Fährt in das Tier. Sein angespannter Wille.‹ Nun brauchte ich noch einen Reim auf ›ein‹. Ein Schwein beim Wein am Rhein allein. Ich kicherte. Frau Wachtel räusperte sich. Schieben, senken, drücken, lösen, Mauser, Maarparii, Mahner, Mertuurii, Meier, Meyer, Müller in Hülle und Fülle, die kreuz und die quer. Verstohlen kritzelte ich mir die von Verzagtheit befreite Strophe auf ein Blatt: ›Auf einmal hebt der Vorhang der Pupille / sich lautlos auf –. Dann geht ein Bild hinein, / fährt in das Tier. Sein angespannter Wille …‹

Viertel vor eins. Das Klappern der Wachtelschen Maschine wurde brüchig. ›Bricht aus dem Käfig in sein wahres Sein.‹ Zweimal ›Sein‹, mal groß, mal klein, war nicht sehr elegant. Was schwerer wog: genügte es, wenn nur der Wille aus dem Käfig brach? War das nicht Schiller und sein Mensch, frei und würd’ er in Ketten geboren? War Willensfreiheit nur Gedankenfreiheit?

Mahlzeit, rief Frau Wachtel.

Ich tauchte unter den Schreibtisch und spuckte meine Zahnklammer in die Plastikdose.

An der Essensausgabe wurden heute die einzelnen Speisen portionsweise auf silbrige Schüsseln und Platten verteilt, mit Deckeln verschlossen und weggetragen. Für die Herren aus der Direktion, flüsterte mir die Frau hinterm Tresen zu. Immer wenn es eine Beschwerde gab, ließen sie sich ein Kantinenessen kommen, um die Klage zu prüfen, natürlich in der Villa und anständig serviert. Aber das Essen bleibe doch dasselbe, feixte sie.

Wirklich? grübelte ich, während ich meinen Teller, auf dem die Soße von Gulasch und Erbsen grünbraun verschwamm, hinter Frau Wachtels Rücken an unseren Tisch trug. Zwischen drei halbgepafften Zigaretten schlangen wir Suppe und Hauptgericht herunter. Von einem der Nebentische machte Mechthild mir Zeichen; ich schaute auf meinen Teller, wo der Panther mit geschmeidig starken Schritten seine Schlieren durch das Gulasch zog, sein starker Wille fährt ihm in die Glieder, die Gabel, ich spießte nach den Erbsen, daß es spritzte, quetschte die Kartoffeln in die Soße, ›lever duut as Slav‹.

Der Panther harrte meiner. Otto zu Niemeyer, Nöstel zu Pekooni, Peters zu Ottersberg: Ich verwüstete noch einen Aktenordner: ›Auf einmal hebt der Vorhang der Pupille / sich lautlos auf –. Dann geht ein Bild hinein / fährt in das Tier. Sein angespannter Wille / bricht freie Bahn sich in die Welt hinein.‹ Das Essen hatte mir gutgetan. Zufrieden war ich nicht. Zweimal ›hinein‹. Aber der Panther war draußen. Immer noch drei Stunden bis fünf. Ich stellte die Ordner ins Regal zurück, exakt, schnurgerade, millimetergenau, nicht zu weit nach hinten, nicht zu weit nach vorn, Ordnung muß sein.

Ein Stenoblock flog auf meinen Schreibtisch. Bleistift, kommandierte Frau Wachtel. Auf geht's! Diktat bei Dr. Viehkötter!

Der Bleistift fiel mir aus der Hand, rollte unter den Tisch. Ich krabbelte hinterher, hätte mich am liebsten im Papierkorb verkrochen und losgejault.

Frau Wachtel war fertig. Ihr Mundstrich glänzte in frischem Blut, ihr schwarzes Stroh hatte sie zu einer kunstvollen Banane toupiert, so empfahl es ›Praline‹, zwei Strähnen mit Spucke auf den Schläfen zu Kringeln gedreht, ein Königspudel mit angelegten Ohren.

Aus Dr. Viehkötters Zimmer drang eine Stimme, offensichtlich telefonierte er. Frau Wachtel zögerte. Wir warteten. Die Stimme setzte aus. Frau Wachtel straffte sich, beugte den Zeigefinger, Anklopffinger, die Stimme setzte wieder ein, der Finger zuckte zurück. Es klickte, ein Telefonhörer fiel auf die Gabel. Frau Wachtel schrak zusammen. Klopfte. Klopfte, als prüfte sie feinstes Porzellan auf einen Sprung. Ihre zitternde Banane auf dem Hinterkopf wies nun wirklich jene leichte Krümmung auf, die diesen Früchten eigentümlich ist.

Dr. Viehkötter war etwa Ende Fünfzig, hatte ein fülliges, blasses Gesicht und eine hohe, blasse Stirn. Sein Bauch hing über den tiefgeschnürten Gürtel. Die schnarrende Habtachtstimme steckte in der rundlichen Hülle des Dr. Viehkötter als ein ungemütliches Gegenteil.

Das ist also unser neuer Lehrling, Fräulein, hm, der Mann warf einen Blick auf einen Aktendeckel. Fräulein Palm. Fräulein Hildegard Palm. Willkommen bei der ›Papier und Pappe GmbH‹.

Zu spät. Was tun? Ich war ins Zimmer des Vorgesetzten meiner Vorgesetzten, des Herrn meiner Herrin, getreten und hatte vergessen, die Zahnklammer herauszunehmen.

Guthschen Thschag, sagte ich durch meinen Draht- und Plastikverhau hindurch. Dr. Viehkötter schaute irritiert. Frau Wachtel nicht minder.

Setzen Sie sich, bitte. Dr. Viehkötter deutete auf zwei lindgrüne Plastiksitze.

Tschanke, sagte ich.

Nun, und wie hat die erste Woche geschmeckt, Fräulein Palm?

Guthsch, antwortete ich.

Auf Viehkötters Schreibtisch standen zwei Fotos. Das kleine zeigte eine mütterlich wirkende dickliche Frau und zwei pummelige Kinder, das größere Dr. Viehkötter in einer Phantasieuniform, eine breite, gestreifte Schärpe über der Brust, die Kappe mit einem schmalen, gleichfalls gestreiften Band verziert. Auf der linken Wange des jungen Dr. Viehkötter klebte ein Mullverband. Im Gesicht des Originals war die Narbe gut zu erkennen.

Und was haben wir so getrieben die liebe, lange Woche lang? forschte er weiter.

Abschlage gemaschtsch und Bschriefe geschriebschen.

Wie bitte? Dr. Viehkötter sprang auf. Frau Wachtel desgleichen.

Abschlage gemaschtsch und Bschriefe geschriebschen.

Was ist denn mit der los? wandte sich Dr. Viehkötter, alle höflichen Floskeln vergessend, an Frau Wachtel. So was von Sprachfehler. Das ist doch eine schwere Behinderung. Wie kommt so was hierher?

Die Narbe auf Dr. Viehkötters Wange glühte. Frau Wachtel auch. Ich ebenfalls. ›Rote Rosen, rote Lippen, roter Wein, laden dich ein, glücklich zu sein.‹

Ich hatte keine Ahnung, stammelte Frau Wachtel. Ich meine, sie spricht sonst nicht so, ich meine, sie spricht überhaupt nicht viel.

Itsch tschrage eine Tschkahnkschjammer, sagte ich und lächelte breit, Draht und Plastik auf meinem Gebiß bereitwillig entblößend, bei vollem Geständnis Strafmilderung.

Na, Gott sei Dank. Die Farbe zog sich aus Dr. Viehkötters Narbe zurück. Wieso haben Sie das nicht gewußt, Frau Wachtel? Sie sind doch für Ihren Lehrling verantwortlich. Frau Wachtel tastete nach ihrem Taschentuch, fingerte am Stenoblock. Ich, ich ... begann sie.

Itsch kschann die Kschjammer herautschnehmen, sagte ich.

So, und warum haben Sie das nicht getan, wenn Sie zu Ihrem Vorgesetzten gerufen werden? Die Farbe stieg in die Narbe zurück, wie Quecksilber im Thermometer.

Vjergetschten, ich schaute schuldbewußt in den Schoß. Schvjor Aufschreschung!

Das gefiel Dr. Viehkötter. Er steckte beide Daumen in die Armausschnitte seiner Weste und beglückwünschte mich zum Eintritt ins Leben. Im Einkauf arbeite ich, erklärte er. Ein Wir-Gefühl müsse ich entwickeln, sagte Dr. Viehkötter, sah mich an, sah Frau Wachtel an, die nickte, als wollte sie ihre Banane vom Kopf schleudern. Wir beide. Wir alle. Du und ich und er und sie. Wir alle. Miteinander, füreinander. Rädchen und Schräubchen. Alle in einem Getriebe, in einer Familie, in einem Boot. Einmal hatte ich mit dem Cousin aus Rittersbusch, dem mit den teuflischen Haaren, am Rhein ein Boot losgeklinkt. Wir waren schon ein Stück hinausgerudert, als Wasser ins Boot drang. Wasser hat keine Balken, sagt die Oma, hatte ich geschluchzt, gebetet und mancherlei Gelübde getan, vor allem, dem Cousin nie wieder für fünfzig Pfennig in die Hosentasche zu greifen, wo immer das Futter kaputt war, und dort Nüsse zu suchen, die aber nie zu finden waren.

Von heute an, schloß Dr. Viehkötter, gibt es neben Ihrem Interesse an den schönen Dingen des Lebens ein Interesse, das alles übergreift. Na, Fräulein Palm?

Ich schrak zusammen. Hatte mich in die Füße des Redners vertieft, kleine Füße in eleganten Herrenschuhen, den elegantesten, die ich je gesehen hatte, braunes Krokodilleder, am liebsten hätte ich an seinen Schuhen gerochen, Wildnis und Luxus, hätte die Schuhe gestreichelt, mit und gegen den Strich.

Verständnislos sah ich ihm ins Gesicht. Welches Interesse sollte größer sein als das an den schönen Dingen des Lebens?

Bjschütscher, sagte ich.

Wie meinen?

Bücher, wiederholte Frau Wachtel eilfertig und hämisch. Ich hatte danebengeraten.

Neiheihein, offenbarte Dr. Viehkötter mit herablassender Leutseligkeit eine weitere seiner Lachmöglichkeiten. Es ist das Betriebsinteresse. Das Betriebsinteresse ist unser Interesse. Unser größtes Interesse. Non scholae sed vitae discimus. Verstehen Sie? Vergeblich suchte Dr. Viehkötter sein einstmals kantiges Kinn aus dem Fett zu rücken.

Der Spruch stand in einem meiner ersten Hefte für Schöne Sätze, aus der Zeit, als ich Latein noch für die Sprache des lieben Gottes gehalten hatte. Ich übersetzte ihn und fügte hinzu: Kschjarpsche dschiem. Nuschtsche schdschen Schdschag.

So ist es recht, sagte Dr. Viehkötter. Nutze den Tag. Hier und jetzt. Er reichte mir ein daumendickes DIN-A4-Heft. Das ist Ihr persönliches Exemplar. Ihr Berichtsheft. Jeder Lehrling in diesem Betrieb führt ein solches Heft. Zum Eingewöhnen in die Betriebsfamilie. Sie schreiben jede Woche einen Wochenbericht, den Frau Wachtel unterschreibt und mir vorlegt. Carpe diem. Haha. Und damit wir uns besser kennenlernen, kommen Sie ab morgen jeden Tag in mein Zimmer, um das hier – er winkte mich zu sich und deutete auf eine koffergroße Vorrichtung nahe am Heizkörper – mit Wasser aufzufüllen. Ein Luftbefeuchter. Hier gießen Sie das Wasser ein, Dr. Viehkötters behaarte, gut gepolsterte Hand packte meine und drückte sie auf die Öffnung eines Rohrs, das wie ein Schnorchel aus dem Koffer stak. Und dann, er schleuderte meine und seine Hand in die Luft: Pfffhhh. Verstehen Sie?

Ich nickte und wischte meine Hand verstohlen hinterm Rücken ab. Dr. Viehkötter tat desgleichen, unverhohlen, mit einem weißen Taschentuch, biesenverziert wie das Tüchlein, in dem ich meine Kommunionskerze getragen hatte.

Nun aber, meine Damen, rief er. Der Sätze sind genug gewechselt, laßt mich auch endlich Taten sehen, was Fräulein Palm?

Worschtsche, sagte ich, Worschtsche, nischtsch Dschätschte. Goethsche. Fauscht. Dscher Tschragödschie erschtscher Tscheil.

Das reicht, knurrte Dr. Viehkötter. Frau Wachtel, Fräulein Palm zum Diktat.

Das Telefon klingelte, als hätte jemand die Notbremse gezogen.

Keine Anrufe zwischen vier und fünf, wie oft soll ich Ihnen das noch sagen, Fräulein Schuster. Wie? Das Labor braucht die genauen Angaben zu den Holzqualitäten? Aber bitte nicht jetzt. Dr. Viehkötter ließ den Hörer auf die Gabel fallen, spreizte die Finger, als hätte er sich verbrannt, kramte in seiner Schreibtischschublade, zog eine Pfeife heraus, einen ledernen Tabakbeutel, einstmals beige, jetzt braunschwarz, und pfropfte etwas von seinem Inhalt in den Pfeifenkopf. Ich hatte oft gesehen, wie der Großvater seine Pfeife stopfte, drei Lagen, nach oben immer lockerer werdend, sorgfältig und umsichtig jede Schicht auf Dichte und Durchlässigkeit prüfend. Nie hatte er mehr als ein Streichholz verbraucht, auch nicht im windigsten Wetter, bevor der erste Zug seine Miene genüßlich verklärte. Dr. Viehkötters Bewegungen waren achtlos, fahrig, heftig. Als presse er Dreck in einem Müllsack zusammen, bohrte sich die Kuppe des Zeigefingers in den Kopf seiner eleganten Pfeife, die auf ihrem Stiel einen weißen Punkt trug. Er riß ein Streichholz an und noch eines, drei, der Tabak schwelte, der Qualm reizte ihm Augen und Nase, Husten und Wasser in den Augen, die Schachtel war leer, Frau Wachtel lief raus, kam wieder, ließ ihr Feuerzeug klicken. Dr. Viehkötter packte ihre Hand, bog und verdrehte ihren Arm, die Hand, die das Flämmchen am goldfarbenen Rechteck hielt, so lange, bis sein Stopfwerk endlich durchzog. Wischte sich die Finger wieder ab, hüstelte, lehnte sich zurück. Frau Wachtel ging in Habtachtstellung. Dr. Viehkötter paffte, legte die Pfeife in den Aschenbecher, führte die Fingerspitzen beider Hände zu einer gespreizten Kuppel zusammen und begann, sich bei sehr geehrten Herren für deren Lieferungen zu bedanken, ihre Lieferungen anzumahnen, ihre Lieferungen zu bemängeln. Danksagung, Mahnung, Bemängelung, die Briefe schienen sich kaum zu unterscheiden.

Anfangs glückte es mir leidlich, Dr. Viehkötters Schnarren zu folgen – hin und wieder suchte er nach Worten, Formulierungen –, dann aber, wie ein Motor, der allmählich auf Touren kommt, lief sich seine Stimme warm, Buchstaben verschleifend, Silben verschluckend, ein ratternder, schnatternder Sturzbach von Lauten, aus denen hin und wieder ein ›Sehr geehrter Herr‹, ein ›Kubikmeter‹ oder ›Liefertermin‹ herausragte wie eine rettende Insel, die sich alsbald als glitschiger Fels entpuppte, an dem sich nichts festmachen ließ, der keinerlei Halt bot.

Kurz vor halb fünf hielt die Stimme inne. In immer breiteren Rinnsalen war mir der Schweiß den Rücken hinabgelaufen, ich spürte die warme Feuchtigkeit in dem dünnen Stoff meines Baumwollrocks, im zerknitterten Ärmel der Bluse unter den Achselhöhlen. Als ich aufstand, löste sich der klebrige Stoff von dem lindgrünen Plastiksitz mit einem feinen, sirrenden Geräusch. Dr. Viehkötter starrte auf den Platz, wo ich gesessen hatte. Er glänzte naß.

Der letzte Brief muß heute noch raus. Ich warte, meine Damen.

Ich ging rückwärts zur Tür, die dunklen Flecken auf meinem Rock, dem blauen Rock mit dem roten Kreuzstichsaum, verbergend. Ins Leben treten. Ich fühlte mich alt. Legte, während sich Frau Wachtel eine Zigarette ansteckte, Stenoblock und den Bleistift, der kaum noch eine Spitze hatte, kopfschüttelnd auf den Schreibtisch, der sich als meiner ausgab, nahm meinen Beutel aus dem Rollschrank, sagte, unhörbar für das vom Klappern der Schreibmaschine taube Ohr der Frau Wachtel auf Wiederschehn und machte die Tür zu, als käme ich aus einem Sterbezimmer.

Es war noch nicht fünf, die Gänge leer, das Werksgelände leer, nur zwei Invaliden – der eine hatte ein steifes Bein, dem anderen fehlte der rechte Arm – drehten ihre Runden mit Kehrbesen und Abfalleimern. Ich riß mein Fahrrad aus der Halterung und fuhr zum Tor hinaus. Dat is verboten, rief der Pförtner mir nach. Doch da war ich schon auf der Straße, da, wo mir niemand mehr etwas zu sagen hatte, jedenfalls keiner von Papier und Pappe GmbH. Oder doch? Meine freie Zeit, hatte Dr. Viehkötter gesagt, sei dazu da, meine Arbeitskraft wiederherzustellen, und die gehöre der Firma. Was war meine Arbeitskraft? Maternus hatte meine Hände gebraucht und meine Augen. Meinen Kopf hatte ich behalten können. Op dr Papp wollte man alles.

Ich bog in einen Feldweg, tiefe, sandige Schlaglöcher wechselten mit gewaltigen Steinen, die der Bauer vom Acker geworfen hatte. Ich stieg ab, schob mein Rad mit einer Hand, als führte ein zweiter auf der anderen Seite den Lenker mit mir gemeinsam. Leib- und kopfeigen war ich in den acht Stunden unter dem Dach der Papp. Was blieb mir? Der Rest der Zeit, Rückstand, Schrott, fünfundsiebzig Mark im ersten Lehrjahr, hundert im dritten. Aufstiegschancen. Auslandskorrespondentin. Der große Brockhaus auf Raten.

Bald würden in den Kämpen die Obstbäume blühen. Die schwarzen, krummen Äste waren dicht und knollig mit weißen und rosa Knospen besetzt, und in der Ferne glühte es golden vom spitzen Turm der Hölldorfer Kirche. Ein paar Kühe standen in der frühen Abendsonne, dicht zusammengedrängt, magere Tiere, standen und fraßen, frische Nahrung nach einem langen, strengen Winter. Ich lehnte das Fahrrad an einen Telegrafenmast, legte mein Ohr an sein Holz, hörte sein Summen in allen Sprachen und keiner. Auslandskorrespondentin. Sehr geehrte Herren, Dear Sir, Monsieur, Egregio signor, Les saluda atentamente, ihm ist, als ob es tausend Stäbe gäbe, wo war die Welt?

Von Sigismund kein Zettel, kein Zeichen. Ich schlang mein Essen hinunter und fuhr mit dem Fahrrad durchs Dorf, ziellos, planlos, kopflos ins Leben tretend, tretend, tretend. In Sigismunds Zimmer brannte Licht. Die Vorhänge waren zugezogen, die Rolläden halb heruntergelassen, ›und hinter tausend Stäben keine Welt‹.

Nachts saß Dr. Viehkötter hinter meiner Zahnklammer, Frau Wachtel versuchte, ihn zu füttern, ich zermalmte beide mit ein paar gewaltigen Bewegungen meiner Kiefer. Auf dem Brett der Regentonne flog ich über Dondorf, Großenfeld, Hölldorf und Pleen und spuckte das Viehkötter-Wachtel-Gemisch wieder von mir, ein stinkender Sprühregen über Gerechte und Ungerechte, Ungerächte und Gerächte.

Nun, wie hatten wir es gestern mit der Stenographie? Frau Wachtel sah frisch und unternehmungslustig aus. Zwei rote Plastikkirschen hingen an ihren Ohren.

Na ja, sagte ich.

Na, dann wollen wir mal sehen, sagte sie, streckte mir den Arm entgegen und zappelte mit den Fingern. Hergeben.

Ich holte den Block aus der Schublade. Ich fühlte nach dem Gedicht unter meinem Fuß. ›Die linden Lüfte sind erwacht‹, ›die linden Lüfte sind erwacht, sie säuseln und weben Tag und Nacht‹, ›Tag und Nacht‹, ich versuchte, mich aufzuspalten in Körper und Kopf, ›nun armes Herze sei nicht bang‹, Kopfinnen und Kopfaußen, wie damals, als der Vater mich hatte zwingen wollen, ›ich bin klein, mein Herz ist rein‹, die abscheuliche Heidenfratze anzusehen, ›mach de Ooje op‹, ›mein Herz ist rein, soll niemand drin wohnen‹. Diesmal war kein Großvater da, der den Stenoblock einfach in die Westentasche hätte stecken können wie damals die Glasscheibe.

Dreck! Frau Wachtel paffte verächtlich, stieß die Zigarette in den überquellenden Aschenbecher, packte den Block mit spitzen Fingern und ließ ihn von hoch oben auf meinen Schreibtisch flattern. Dreck, wiederholte sie. Was hat man in den sechs Jahren auf der Mittelschule – sie betonte jede Silbe – wohl gelernt?

Realschule, sagte ich.

Auch noch frech werden, fauchte sie, eine neue Zigarette anzündend. Das ist ein Fall für Dr. Viehkötter. Das Personalbüro. Wie konnte man so etwas bloß einstellen.

Kopfinnen, Kopfaußen, die ›linden Lüfte‹ standen still, nichts wendete sich, das ›arme Herze‹ war bang und schlug mir bis zum Halse. Ich mußte dringend ›Für Damen‹.

In Frau Wachtels Augen trat ein lauernder Zug. Die Maus war ihr sicher. Nun begann das Spiel.

Ich hätte da eine Idee. Frau Wachtel lehnte sich zurück, die Katze zog die Krallen ein, allein die Augen reichten aus, die Maus zu bannen. Man erlebt doch so allerhand nach Feierabend, was? Hat doch einen an der Hand, wie? Was fürs Herz, oder?

Regungslos starrte ich Frau Wachtel an, meine Zehen in das Gedicht gekrallt.

Nun, da möchte man doch sicher hin und wieder was erzählen, wie? Was man nach Feierabend so treibt, was? Natürlich ganz unter uns. Frau Wachtel verzog die Lippen zu etwas, was ein

Lächeln sein sollte, der Messerschnitt krümmte sich zu einem lebendigen Säbel.

Durch ein fernes, immer stärker werdendes Brausen drang ihre Stimme zu mir. So hatte die Muschel gerauscht, die der Vater mir vor Jahren ans Ohr gehalten hatte, ehe er mich würgte.

Nun, wie denkt man darüber, eine gewaltige Woge spülte die Stimme in meine Ohren. Du erzählst, und ich halte den Mund.

Nein, nein, nein, empörte sich Kopfinnen. Ja, sagte Kopfaußen und senkte das Kinn auf die Brust. Schuldig.

Na, dann wollen wir mal wieder. Frau Wachtel stemmte ihren Oberkörper von der Gummimatte und rückte ihren Stuhl vor die Schreibmaschine.

Und du, Frau Wachtel stieß in dieses Du wie in ein Jagdhorn, du schreibst die Briefe von gestern noch einmal ab.

Also, fragte Frau Wachtel am nächsten Morgen, schlürfte ihren Kaffee, paffte, ihre Augen gläsern wie von einem ausgestopften Tier.

Ich machte den Mund auf, fuhr mir mit beiden Zeigefingern rechts und links zwischen Oberkiefer und Wangeninneres und klaubte eine Zahnklammerhälfte heraus, legte das Plastikgebilde in die rosa Dose und wiederholte die Prozedur mit äußerster Sorgfalt am Unterkiefer. Speichelfäden schlierten auf den Aktenordner: Eilt.

Angeekelt verzog Frau Wachtel das Gesicht. Morgen ist die vorher raus, verstanden? Nun?

Mit dem Bruder gesprochen, sagte ich. Einen Brief geschrieben. Dann geschlafen.

So! Gesprochen, geschrieben, geschlafen. Was hast du mit dem Bruder gesprochen? Wem hast du den Brief geschrieben? Was stand drin?

Frau Wachtel preßte wieder ihren Oberkörper auf den Tisch. Durch die weiße Bluse sah ich, wie sich ihre Brüste in dem Büstenhalter hochschoben.

Über Fußball, sagte ich. An meine Tante, sagte ich. Zu Abend habe ich Schwarzbrot mit Holländerkäse gegessen.

An deine Tante?

Herzliche Grüße zum Namenstag, sagte ich. Und gute Gesundheit.

So, sagte sie. Wenn das alles ist ... Sie ließ den Satz eine Weile in der Schwebe, als hielte sie einen abgeschnellten Pfeil noch einmal auf. ... gehen wir wohl doch am besten zu Dr. Viehkötter.

Frau Wachtel sah auf die Uhr. Also, an wen war der Brief, was stand drin?

Ich, ich weiß es nicht, würgte ich. Ich begann zu ahnen, daß es nicht möglich ist zu erfinden, zu erzählen für einen, den wir fliehen möchten; zu einem zu sprechen, der uns angst macht, kleinmacht, zusammenstaucht. Geschichten kann man nicht erpressen, abpressen. Zum Erzählen gehört Liebe. Zu dem, der zuhört, und zu dem, wovon die Rede ist.

Ein Huhn, brach es aus mir heraus. Ein Huhn. Der Onkel hat gestern ein Huhn geschlachtet. Die Wörter hatten sich buchstäblich aus der Luft gegriffen, das Huhn sich mir wortwörtlich in den Mund gelegt.

Ein Huhn geschlachtet, wiederholte Frau Wachtel entgeistert. Der Onkel. Sie sah mich mißtrauisch an. Sie war angeschlagen. Ich nahm meinen Vorteil wahr.

Ja, fabulierte ich. Und das habe ich der Tante geschrieben. Sie ist in Kur. – Das war sie vor zwei Jahren wirklich gewesen. – In Bad Meinberg. Im Haus Sonnenwinkel.

Wäre Frau Wachtel auch nur mittelmäßigen Verstandes gewesen, hätte sie sogleich erkannt, daß ich log. Nie und nimmer schlachten kleine Leute mitten in der Woche ein Huhn. Statt dessen erkundigte sie sich nach der Gesundheit der Tante, die sie gar nicht kannte, nach deren Gebrechen und Wohlergehen. Allgemeine Schwäche, sagte ich, schon besser.

Ja, seufzte Frau Wachtel. Manche ziehen eben das große Los.

In der Berufsschule winkte mich Herr Zender in der ersten Pause zu sich. ›Dergestalt‹, sagte er und sah mich an.

Ich zog die Augenbrauen hoch.

›Dergestalt‹, wiederholte Herr Zender. Zuviel ›dergestalt‹. In, warten Sie, drei Aufsätzen, davon nur einer von Ihnen, siebzehnmal ›dergestalt‹. Wie erklären Sie sich das?

Kleist, stotterte ich, rot bis über die Stirn. Heinrich von Kleist. ›Michael Kohlhaas‹. Ich ... mir gefällt dieses Wort.

Hm, brummte der Lehrer. Aber gleich siebzehnmal in drei Aufsätzen. Hat es Ihnen denn wenigstens was eingebracht?

Mir trat der Schweiß auf die Stirn. Da, sagte Herr Zender und reichte mir sein Taschentuch. Keine Angst. ›Nach Golde drängt, am Golde hängt doch alles. Ach, wir Armen!‹ Aber in Zukunft etwas mehr Abwechslung, bitte. Der Stil macht die Musik.

Ich war schon an der Tür, als er mich noch einmal zurückrief: Sind Sie sicher, daß Sie hier am richtigen Platz sind? Hier, er gab mir das Buch, das er in der vorigen Stunde gelesen hatte. Ich habe gemerkt, daß Sie sich dafür interessieren. Fjodor Dostojewski. Schon einmal gehört? Ich nickte. Danke, sagte ich. Danke.

Am liebsten hätte ich mich mit Buch und Butterbrot auf eine Bank im Park verkrochen, aber Trudi wartete auf mich. Ihr weißes Schneemanngesicht sah zerlaufen aus, als habe ihr eine Naturgewalt zugesetzt. Der Lehrer hatte sie aufgefordert, das schöne Gedicht aus ihrem Aufsatz noch einmal aufzusagen, als Auszeichnung und Ansporn. Trudi aber hatte die Strophe vergessen, wußte nicht einmal mehr, worum es ging. Der Lehrer habe die Verse dann selbst vorgetragen und gefragt, was das heiße, Treu und Redlichkeit. Keiner habe zu antworten verstanden, worauf der Lehrer ihnen einen Vortrag gehalten habe, hinter dem sich der Pfarrer verstecken könne. Zehnmal hätten alle in ihr Heft schreiben müssen: Ich muß meinem Lehrherrn treu sein. Und: Du sollst deinen Lehrherrn nicht betrügen. Was redlich sei, wisse sie aber immer noch nicht.

Na hör mal, sagte ich. Du hast es doch schon aufgeschrieben. Redlich meint, du betrügst nicht.

Warum, fragte Trudi beleidigt, sacht der Dischter dann nischt jleisch, du sollst nischt betrüjen, wie in den Zehn Jeboten. Warum sacht er redlisch, ein Wort, dat keiner kennt?

Die Woche verstrich, und noch eine ohne Nachricht von Sigismund. Seit unserem Regenkuß hatte auch der Bruder ihn nicht mehr gesehen.

Tag für Tag fragte mich Frau Wachtel nach meinen freien Stunden aus. Ihr jedesmal eine Geschichte zu erzählen, daran hätte ich mich, zähneknirschend, gewöhnen können. Hätte irgend etwas erfunden oder aus ›Hör zu‹, ›Lukullus‹, ›Bäckerpost‹,

›Nimm-mich-mit‹-Heftchen, ›Wahre Geschichten unserer Leser‹ aufgetischt. Niemals eine aus meinen Büchern. Perlen vor die Säue: niemals. Doch Frau Wachtel wollte mich.

Nützlich erwies sich die Fernsehtruhe. Die ›Tagesschau‹ sah ich hin und wieder, doch Frau Wachtel war an einer Sonderkonferenz der drei Westmächte in Oslo, in der es um die Selbstbestimmung Deutschlands ging, am Besuch des Bundespräsidenten in Togo oder des französischen Präsidenten in Bonn ebensowenig interessiert wie an Chruschtschows Begegnung mit dem amerikanischen Präsidenten in Wien. Wissen wollte sie hingegen, ob ich die nackte Brust von Romy Schneider gesehen hätte, in einem Theaterstück, so was Griechischem auf modern gemacht. Ich hatte sie gesehen. Nein, sagte ich. Ein paarmal gab sie mir direkte Aufträge: ›Sing mit mir – spiel mit mir‹, Onkel Lou sollte ich mir ansehen und sagen, wer gewonnen hatte. Wer bei Peter Frankenfeld in der Sendung ›Toi Toi Toi‹ aufgetreten oder was in der ›Rudi-Carrell-Show‹ losgewesen sei; bei Vivi Bach und Dietmar Schönherrs ›Wünsch dir was‹ sollte ich zusehen, wo man mit verbundenen Augen das Geld aus einem Glaskasten holen mußte. Im Kasten lag eine Python-Schlange. Nach einmal Onkel Lou, der mit einem zappeligen, hochtoupiert blondierten Mädchen auftrat, das er als seine Nichte ausgab, ließ ich unseren Fernsehapparat kaputtgehen, ja leider, versicherte ich Frau Wachtel, die Truhe mußte abgeholt werden, und bediente sie wieder mit Nachrichten aus Heim und Garten.

Meine Hoffnung, sie würde dieser Belanglosigkeiten bald überdrüssig werden, erfüllte sich nicht. Erzählte ich ihr zum x-ten Male, daß ich Socken gestopft hatte, was ich nie tat, wollte sie Sockenfarbe und Qualität wissen, Wolle oder Baumwolle, kurze Socken, lange Socken, mittellang; ob ich mit Stopfei stopfe oder ohne, mit einem Fingerhut oder keinem, ob ich im Gittermuster stopfe oder Strickverfahren, so daß ich mich am Ende wirklich zum Sockenstopfen bequemte, um Rede und Antwort stehen zu können.

War der Arbeitstag zu Ende, floh ich das Büro wie verseuchtes Gelände. Immer unvollkommener vermochte ich mich abends wieder zusammenzusetzen, über den Büchern die Wortgeräusche des Büros zum Verstummen zu bringen, mich mit kräftigen

Rhythmen der Klassik, schwelgerischen Melodien der Romantik zu entgiften. Es wurde schwieriger von Tag zu Tag. Frau Wachtel wucherte in meine freien Stunden hinein.

Ich mußte mich ihrer Macht entziehen. Stenographieren lernen. Maschineschreiben. Zehnfingersystem. Anstatt mich abends in ein Buch zu verkriechen, brütete ich im Holzstall über Schreibmaschine und Stenographie. Ich hatte im Büro die Tastatur abgezeichnet und maßstabgetreu auf Packpapier gemalt. Um dennoch mit meinen Büchern zu sein, schrieb ich außer den Fingerübungen des Lehrbuchs auch aus Büchern ab, am liebsten aus den ›Zürcher Novellen‹. Von arbeitenden Menschen zu schreiben würde mir meine Fron erleichtern, hoffte ich. Aber die Bücher ließen sich nicht mißbrauchen. Bald sah ich, schlug ich eines auf, nur noch Kürzel, Lexel, Aufstrich, Schlaufen, Schlingen, spitze Kehren.

Meine eigenen Wörter, die guten, schönen und wahren Wörter verwandelten sich in die Wörter der Fabrik. Ein ›Herr‹ war nicht länger ein schöner, vornehmer, männlicher Mensch, sondern ein Geschäftsmann, Holzlieferant, stiller Teilhaber. Aus Fichten und rauschenden Wäldern wurden Kubikmeter Holz, aus dem Holz Papier. In der Fabrik wand sich das Papier auf riesigen Rollen, Papier für meine Bücher, Papier für die ›Sehr geehrten Herren‹, Papier für Buchstaben und Wörter jeder Art. Ich begann sie zu fürchten. Sie waren nicht mehr selbstverständlich wie die Haut am Leib, die Jahreszeiten. Die Steine am Rhein. Die Fabrikwörter bekamen die Überhand. Soviel schlimmer waren sie als das Platt der Eltern, der Leute im Dorf. Sie waren fehlerlos, sachlich, nützlich und begannen, mich von meinen Büchern abzudrängen. Bürowörter und Frau-Wachtel-Sätze, die wandhohen Reihen von Aktenordnern in der unwandelbaren Ordnung des geliebten Alphabets fraßen sich in meine Sätze, überzogen sie mit Schimmel und Rost bis sie verrotteten, erstickten wie ein Garten in immerwährendem Schatten. Mein Schiller, mein Nathan, mein Kleist, mein Faust, meine Zettel im Schuh. Es kam vor, daß ich nicht mehr an mich halten konnte, aufs Klo rannte, zitternd auf der Kloschüssel saß und den Zettel anstarrte, seine scharf geknickten, vom Fuß zerknitterten Rechtecke. ›Füllest wieder Busch und Tal still mit Nebelglanz, lösest endlich auch einmal meine Seele ganz.‹ Mühsam nur drangen die Worte in meinen Kopf. In mein Herz drangen sie nicht mehr. In meiner Seele löste sich nichts.

Zuerst lebten die Geschichten nicht mehr. Zuletzt starben die Gedichte. Bücher waren Zeilen voller Zeichen, Fäden unterschiedlicher Länge, Wörter genannt. Zeilenhaufen, Buchstabenschnüre. Und das blieben sie auch.

Zuletzt, es war an einem späten Juninachmittag, Sommeranfang nicht weit, ich hatte es noch einmal mit der ›Ringparabel‹, dem ›Prolog im Himmel‹, einigen Balladen versucht – vergeblich. Meine Wörter, sonst Luft zum Atmen, staken mir wie ein Knebel im Mund. Zuletzt griff ich zur Bibel. Die Heilige Schrift. Gottes Wort contra Wachtels Wort. ›Im Anfang war das Wort‹, schrie ich. ›Das Wort! Das Wort!‹ Schrie so laut, daß der Vater im Schuppen sein Hämmern unterbrach und an meine Stalltür klopfte.

Wat es dann he los?

Nix, rief ich, ohne die Tür zu öffnen, reglos, bis ich den Vater wieder hämmern hörte.

Das Wort war nicht bei Gott. Es war in der Fabrik. In den Aktenordnern. Auf dem Briefpapier. Bei brutto und netto, Kredit und Debet, Devisen und Bilanz.

Die Wörter schwiegen und grinsten mich mit zusammengekniffenen Wachtellippen an. Einmal, ich hatte begonnen, Englisch und Hochdeutsch zu lernen, hatten mir nachts im Traum die kölschen Wörter den Krieg erklärt und die feinen, hochdeutschen aus dem Felde geschlagen.

Meine Bücherwörter kämpften nicht. Sie entzogen sich. Vornehm, resigniert. Wer nicht für sie war, der war gegen sie. Ich war eine Abtrünnige. Ich diente der Gegenmacht, der Gegenwelt, Geschäftswelt. Dem Geld. ›Nach Golde drängt, am Golde hängt doch alles.‹ Ich diente mit Wörtern, Nutzwörtern. Die den schönen, den immer Unterlegenen, manchmal sogar zum Verwechseln ähnlich sahen. Bei mir blieben die Bürowörter: herrisch, allmächtig, allgegenwärtig, in Nadelstreifen und tannengrünen Kostümen, Schlips und Kragen, mit Luftbefeuchter und Kantine, Hochachtungsvoll.

Dem Bruder war es endlich gelungen, Sigismund heimlich zu

besuchen. Er habe wieder eine Lungenentzündung und lese Gedichte von einem Gottfried Benn. Eines habe Sigismund mir abgeschrieben. Er müsse wohl ins Krankenhaus.

Mit der ›Krebsbaracke‹ unterm Fuß machte ich Ablage, füllte regelmäßig Dr. Viehkötters Luftbefeuchter auf, holte Kaffee, befriedigte Frau Wachtels boshafte Neugier, machte meine Fingerübungen, alles wie gewöhnlich. Äußerlich. In mir fühlte ich nichts mehr. Keine Auflehnung. Keine Verzweiflung. ›Glut gibt sich fort. Saft schickt sich an zu rinnen. Erde ruft.‹ Ich war einverstanden. Schwarz, kalt, gleichgültig. Frau Wachtel war mir egal, Dr. Viehkötter, die Fabrik, ich selbst war mir egal. Ein Rädchen und Schräubchen. ›Du siehst die Fliegen.‹ ›Wie man Bänke wäscht.‹

Am Samstag wartete ich, bis alle aus dem Haus waren. Mutter und Großmutter saßen mit dem Frauenverein in Bötschs Bus auf der Wallfahrt nach Neviges, der Vater arbeitete im Garten des Prinzipals, der Bruder übte Rollstil am Rhein.

Nach dem Tod des Großvaters hatte die Mutter einige Röcke und Blusen schwarz gefärbt; als Tochter mußte sie ein Jahr lang Trauer tragen. Etwa die Hälfte des Färbemittels war übriggeblieben. Ich machte Feuer, hängte den Schlauch in den Murpott, ließ ihn beinah vollaufen, tat die Färbekörner dazu, rührte gut um und warf meine Kleider hinein, Strümpfe, Schlüpfer, Hemden, Röcke, Blusen, Hosen. Alles schwamm locker in der schwarzen Brühe. Ich ließ es auf kleiner Flamme brodeln und drei Stunden stehen, zog die Teile heraus und spülte in zwei Zinkwannen mit kaltem Wasser nach. Heraus kamen pechschwarze Kleidungsstücke, die ich zum Trocknen aufhängte oder auf der Wiese ausbreitete, schwarze Gespenster, kopf- und beinlose Wiedergänger, die in der Sonne nach und nach ihre wahre Fratze bekannten, Schwarz in allen Schattierungen, je nach Stoffart. Baumwolle und Wolle hatten die Farbe aufgesogen wie ein Schwamm, blieben tief und fleckenlos schwarz, doch das hellgrüne Taftkleid, mein Theaterkleid, und das dunkelgrüne Samtkleid entwickelten ein schmuddeliges Grau mit dunklen Flecken und Streifen, der Samt war zu einer borstigen Oberfläche geklumpt.

Au weia, war alles, was der Bruder sagte, als er am Abend die sonnensteif getrockneten Kleider sah. Au weia. Riet mir, die Sachen schleunigst von der Leine zu nehmen und in Schränken und Schubladen zu verstauen. Eimer für Eimer schleppten wir die schwarze Brühe ins Plumpsklo, die letzten Spuren wurden mit dem Schlauch aus der Tür gespritzt. Sogar das Gras auf der Wiese sprengten wir wieder grün.

Drei Kleider hatte ich verschont. Die Kleider aus Köln, die Kleider vom Vater. Anderntags zog ich das schönste an, das türkisfarbene mit den weißen Lederstreifen, und stöckelte nach dem Hochamt an den Rhein. Nahm den erstbesten Stein in die Hand und versenkte mich in ihn, versank in ihm und versenkte mich in hohem Bogen im Rhein. Ich war leer. Eine Hülle. Eine sich bewegende, sprechende, menschliche Hülle. Unauffällig, anpassungsfähig, willig, dienlich, schwarz. Leer und schwarz.

Ich stenographierte den ganzen Sonntag hindurch. Bat den Bruder, mir zu diktieren, einfach so, was ihm in den Kopf komme. Es ging nicht schlecht.

Jesses Maria, schrie die Mutter am nächsten Morgen, als ich in die Küche kam. Sie erkannte die blaue Hose, den gelben Pullover auch in der schwarzen Verwandlung. Waat, bes dä Papp heem kütt!

All? fragte der Vater, als er, es war schon dunkel, am Küchentisch saß und sich mit dem Taschenmesser Öldreck und Erde unter den Fingernägeln hervorholte. Nä, sagte ich. Unsere nit. Nit die aus Köln.

Der Vater nickte, schob die Dreckklümpchen auf der alten Zeitung zu einem Häufchen, knüllte das Papier zusammen und warf es in den Herd.

Ob ich zu den Existentialisten übergelaufen sei, feixte im Bus zur Berufsschule einer der älteren Gymnasiasten und weidete sich mit seinen Kumpanen an meiner verständnislosen, verlegenen Miene. Ich schaute das Wort sogleich im Lexikon nach: ›Existenz‹ fand ich und ›Existenzminimum‹. Bei ›Existenz‹ den Verweis auf ›Dasein‹, bei ›Dasein‹ den auf ›Wirklichkeit‹, bei ›Wirklichkeit‹ den auf ›Realität‹. ›Realität‹ las ich, ›die Eigenschaft, real (s.d.) zu sein‹ (von lat. res, Sache), bezeichnet das Sachliche oder Inhaltliche im Unterschied zum Formalen, bes. Sprachlichen;

d. h. Sachkenntnisse im Gegensatz zu sprachlichen. Daher auch Realschule mit vorw. Realien, dem Sachlichen befaßt, im Ggs. zum Gymnasium mit dem Formalen, bes. Sprachlichen befaßt.‹

Ich war zerschmettert. Woran hatten die beiden im Bus erkannt, daß ich nicht länger mit Sprachlichem, mit meinen Büchern, mit schönen Wörtern und Sätzen ›befaßt‹ war, sondern mit Schreibmaschine und Stenographie, mit Holz und Pappe. Daß mich nicht mehr der Inhalt von Papieren interessierte, sondern ihre Beschaffenheit, ihre ›reale Qualität‹? Wie dick, wie leicht, holzfrei, gebleicht. O flaumenleichte Zeit der dunklen Frühe, hundert Kubikmeter Fichte geschält. Woher wußten sie, daß ich mein Dasein, meine Existenz auf ›die Realien‹ gestellt hatte?

Kurz darauf begegnete ich Hanni. Weit vom Dorf, fast bei Pleen, kam sie mir auf dem Fahrrad entgegen und schien, als sie mich sah, umdrehen zu wollen. Ich winkte und fuhr schnell auf sie zu. Noch bevor sie mich grüßte, sprudelte sie heraus, daß sie in Hölldorf eine alte Freundin besucht habe, eine ganz alte; dabei drehte sie sich immer wieder um, bis auch ich das Fahrrad bemerkte. Der Mann trug eine Kappe und ein weithin leuchtendes, kornblumenblaues Hemd. Hanni redete. Wir schoben unsere Räder nebeneinanderher, und ich fand die Cousine schön und jung, auch roch sie wieder beinah so frisch wie in den Tagen ihrer Brautzeit mit Ferdi nach gutem Brot und Stärke, vielleicht ein wenig voller.

Ob es stimme, was die Tante erzähle, wollte sie wissen, daß ich alle meine Kleider schwarz gefärbt hätte. Ich nickte. Dann sei ich ja eine richtige Ex, Ex, Exin – wir brachten das Wort gemeinsam nicht heraus. Schwarz sei das Kennzeichen dieser, dieser Leute, sagte Hanni. In der ›Hörzu‹ sei neulich ein ganzer Artikel darüber zu lesen gewesen. Die Zeitung liege noch im Keller.

Der Artikel war mit ›Bonjour tristesse‹ überschrieben, leider hatte jemand etwa ein Fünftel der Seite herausgerissen. In der Tat trugen alle Menschen auf den Fotos dunkle Kleidung. Röhrenhosen und Rollkragenpullover, die Beine der Anzughosen zerknautscht, die Sakkos zu weit, Hemden mit offenen Kragen ohne Krawatte. Die Männer hielten sich krumm, waren schlecht rasiert, als lohnten sich derlei Äußerlichkeiten nicht. Niemand lächelte oder zeigte gar freundlich die Zähne. Den Frauen fielen

Fransen tief in die Stirn, und sie guckten aus schwarz gemalten Augen tragisch. Im Gedruckten ging es um das Nichts, um geistige Leere, um Traurigkeit und Überdruß am Leben. Ich hatte das Buch ›Bonjour tristesse‹ im letzten Jahr gelesen, Doris hatte es heimlich vom Stapel ihrer Mutter genommen. Mit Lisa, der siebzehnjährigen Erzählerin, die sich in ihrem Luxusleben an der Riviera langweilt, hatte ich schon damals nichts anfangen können. Ich war wütend geworden auf die verwöhnte Pute, die sich in Traurigkeit suhlt, Trauer über nichts und wieder nichts, sie hatte alles und mehr, Dinge, von denen ich noch nicht einmal träumte, da ich gar nicht wußte, daß es sie gab. Das sollten Menschen in ›Realien‹ sein? Unzufriedene, faule Leute, die nichts anderes im Kopf hatten, als ihre leeren Köpfe zu füllen? Fest stand: Dieser Existentialismus hier hatte nichts mit Realien zu tun. Was immer die beiden im Bus mit ihrer Frage gemeint haben mochten, der Sachlichkeit verdächtigt hatten sie mich nicht. Mein Überdruß, meine Hoffnungslosigkeit, meine Verzweiflung hatten andere Gründe als die der ›Hörzu‹-Existentialisten, und doch fühlte ich mich ihnen auf eine unbestimmte Weise verwandt, fühlte mich in meinen Trauerkleidern, meinen Protestkleidern, nicht mehr allein. Und einen Satz hatte ich in dem Artikel gefunden, den ich gleich in mein Heft für Schöne Sätze eintrug; er war von einem Franzosen, Jean Paul Sartre: ›Ich bin meine Freiheit.‹ Ein Satz, als stieße man ein Fenster auf, frische Luft, das Sausen der Pappeln am Rhein und das Meer, das ich nicht kannte, Hauke Haiens Meer. Ich würde mir die Haare abschneiden lassen. Wie Jean Seeberg. Streichholzkurz.

Zu Hause winkte mich die Mutter geheimnisvoll beiseite. Ein Brief von Sigismund war gekommen. Aus Freudenstadt. Hier, in der guten Luft des Schwarzwaldes, solle er seine Lungen auskurieren und kräftigen, schrieb er. Er sei froh, von zu Hause fort zu sein. Froh, mir schreiben zu können, Post von mir zu kriegen. Ob ich mir die Gedichte von Benn schon gekauft hätte? Was ich gerade lese? Er schicke mir eine Postkarte. Wie mir das Bild gefiele? Ob ich wisse, daß ›Stilleben‹ auf französisch ›nature morte‹ heiße, tote Natur? Dein Sigismund.

Das Gemälde auf der Postkarte zeigte einen Mann bis zu den Knien, schwarz verbeulte Hose, faltiges Sakko, auf einem Knopf geschlossen, schmutzig gelbes Hemd mit noch schmutzigerer Krawatte, langer, dünner Kopf, abstehende Ohren, die Linke wie zum Schwur auf die Brust gelegt, die Rechte mit einem Pinsel bis auf den Fußboden herabhängend, wo ein Kanonenöfchen stand, dessen Rohr sich über das Fenster im Hintergrund bis zur Decke zog. Der Mann sah ausgezehrt aus, seine Mundwinkel wiesen in Richtung der Füße. Das Zimmer wirkte elend, verloren, leer. Ob Sigismund auch ein Existentialist war? Das Bild hieß ›Selbstbildnis‹, der Maler Bernard Buffet. Von ihm war auch in der ›Hör zu‹ die Rede gewesen, leider in dem Teil, der offenbar zum Feueranzünden gedient hatte. Nur sein Name unter einer Abbildung, von der man gerade noch ein Paar Männerschuhe erkennen konnte, war lesbar gewesen.

An diesem Abend stenographierte ich nicht. Ich stellte mir einen Sigismund vor in schwarzen Röhrenhosen und Rollkragenpullover, vornübergebeugt und mager wie mein Schiller, und schrieb einen langen, trostlosen Brief nach Freudenstadt, ein endloses Lamento über die Leere, das Nichts, die Vergeblichkeit menschlichen Strebens. Nur von mir schrieb ich nichts. Sigismund war zu weit weg. Weiter als Freudenstadt. Weiter als vor einem Jahr in Spanien. Zu weit.

Frau Wachtel wartete schon. Ich stellte ihr den Kaffee auf die Gummiunterlage. Setzte mich auf meinen Platz ihr gegenüber. Unter meinem Fuß klumpte ›Ich bin meine Freiheit‹. Nun, drängte Frau Wachtel.

Nichts, sagte ich.

Wie nichts?

Ein bißchen gelesen und dann ins Bett gegangen.

Wie? Sie klopfte mit dem Kaffeelöffel ein paarmal an die Tasse. Wie? Gelesen und ins Bett gegangen …

Ja, wie immer. Sonst nichts.

Was gelesen?

Vergessen.

Du! Du! Ich will wissen, was du gestern abend getan hast. Mach den Mund auf!

Der Zettel unter meinem Fuß fühlte sich naß an, faserig. ›Ich bin meine Freiheit‹ der Auflösung nahe. Ich schwieg.

Wir redeten an diesem Tag kein Wort mehr miteinander. Und nicht am nächsten. Ich tat, was sie mir zuwies. Schweigend.

Am dritten Tag, ich hatte ihr gerade den Kaffee hingestellt, sagte sie zu mir: Steh auf. Das tat ich. Stand auf meiner Freiheit im Schuh und schwitzte.

Komm her.

Ich ging die paar Schritte um meinen Schreibtisch herum, blieb vor ihrem stehen.

Näher. Sie blies mir Rauch ins Gesicht. Ich machte einen Schritt rückwärts.

Und jetzt hörst du mir einmal gut zu. Das Fräulein Palm ist faul. Das Fräulein Palm ist aufsässig. Das Fräulein Palm taugt nichts. Das Fräulein Palm hat diese Stelle nicht verdient. Das Fräulein Palm gehört hier nicht her.

Es war, als ginge etwas in meinem Rücken entzwei, und ich konnte nicht mehr schlucken. Speichel sammelte sich in meinem Mund, unter den Plastikhälften meiner Spange, immer mehr Speichel. Ich spuckte. Vor ihren hellen Schreibtisch, die moderne Schreibmaschine.

Frau Wachtel rauschte hinaus und kam mit Dr. Viehkötter wieder. Der Rotz war weg. Zitternd deutete sie auf die Stelle, wo nichts war. Mein Rücken hatte sich wieder zusammengefügt. Ich sah Dr. Viehkötter an. Aufrecht und demütig zugleich, so, wie einer, der weiß, was er seinem Vorgesetzten schuldig ist, der weiß, wo oben und unten ist, weiß, wo er hingehört.

Fräulein Palm, begann Dr. Viehkötter verwirrt, brach ab, riß das Fenster auf. Eine Luft ist hier. Wie Sie das bloß aushalten! Bei dem Wetter. Also, Frau Wachtel, das machen Sie mal unter sich aus. Ohne Corpus delicti kein Delikt. Hahaha. Empfehlung, die Damen. Und vergessen Sie den Luftbefeuchter nicht!

Die Sache hat ein Nachspiel! Frau Wachtel knallte das Fenster wieder zu und verließ das Zimmer. Als sie zurückkam, sah sie mich aus zusammengekniffenen Augen höhnisch an.

Wir sprachen nicht am Montag und nicht am Dienstag. Am Mittwoch kam der Brief. Der Brief an den Vater.

Fürläse, knurrte er, er war früher als gewöhnlich aus dem Garten des Prinzipals nach Hause gekommen und mußte bald schon zurück in die Fabrik, wo er wieder den Nachtwächter im Urlaub vertrat. Wenn ich morgens zur Arbeit fuhr, kam mir der Vater auf seinem Fahrrad entgegen, kleingeschrumpft vor Müdigkeit, schwarze Stoppeln im grauen Gesicht. Wir grüßten uns mit den Augen.

Fürläse.

Die Mutter schlug den Brief auseinander: › ... sehen wir uns gezwungen, Sie davon zu unterrichten, daß die Leistungen und das Benehmen Ihrer Tochter zu beträchtlichen Klagen Anlaß geben. Sollte hier nicht auf beiden Gebieten Besserung eintreten, sehen wir uns gezwungen, das Lehrverhältnis aufzulösen. Bitte bestätigen Sie die Kenntnisnahme des Briefes mit Ihrer Unterschrift. Ihre Tochter ist gehalten, mit dem unterschriebenen Brief baldmöglichst in der Personalabteilung vorstellig zu werden. Hochachtungsvoll.‹

Der Mutter zitterten die Hände, der Brief segelte sacht auf das Wachstuch.

Dat hät mer dovon, dat mer desch op de Scholl jescheck han, sagte sie tonlos. Dann, lauter: En dä Fabreck hät mer der de Flause ald usjedrevve. Sie sah den Vater beifallheischend an. Der wischte sich mit dem erd- und ölverschmierten Ärmel seines Blaumanns über die Stirn und ging hinaus.

In meinem Holzstall schob ich den Riegel vor, hörte, wie der Vater im Schuppen nebenan Nägel einschlug, schnelle, helle Schläge und dumpfe, schwere wechselten einander ab. Das Hämmern setzte aus, Schritte, ein paar Faustschläge an meine Stalltür, die Stimme des Vaters: Kumm russ. Ein Rütteln. Mach op.

Ich rührte mich nicht. Saß in der einbrechenden Dämmerung vor dem Stenoblock, den Bleistift in der Hand. Leer.

Mach op! Esch trät de Düür en. Mach op!

Ich schob den Riegel zur Seite. Der Vater erschien in der Tür, hereinkommen konnte er nicht, es war ja nur Platz für Tisch und Stuhl und meine Bücher, die allmählich an den Wänden hochwuchsen. Er zwängte sich aber doch in den Raum, einem Bücherstapel neben dem Öfchen, das er mir dort eingebaut hatte, einen Fußtritt versetzend, alte Bücher, mit morschem Papier und schütteren Einbänden, vom Dachboden der Bürgermeistervilla, ›Rolf der Junker‹, ›Rolf der Dragoner‹, ›Die Majorin‹ und ›Der letzte Rittmeister‹. ›Der Kranz der Engel‹ und ›Die Letzte am Schaffott‹, ›Ich filme mit Wilden‹, ›Das Beichtgeheimnis‹.

Papa, schrie ich. Und noch einmal lauter. Papa! Wo war die Mutter? Die Großmutter? Der Bruder? Hörte mich denn niemand?

Der Vater riß mich hoch, warf den Stuhl in den Hof. Preßte mich mit einer Hand und einem Bein fest gegen die Tischkante. Ich roch seinen müden Schweiß, den er gleich in die Müdigkeit der Nachtschicht schleppen würde.

Mach de Muul op, zischte der Vater. Die Klammere eruss!

Ich biß mir auf die Lippen; die Zähne zusammenbeißen konnte ich wegen der Klammern nicht. Mit der freien Hand packte der Vater mich im Nacken, drückte zu: Die Klammere eruss.

Er preßte seinen Unterleib gegen den meinen, umklammerte mit der Rechten meinen Nacken, griff mir mit der Linken unters Kinn und quetschte meinen Unterkiefer zusammen. Die Kiefer sprangen auseinander, ich schrie vor Schmerzen, der Vater fuhr mit seinem Finger in meinem Mund herum. Ich würgte. Tastete mit fliegenden Fingern nach meinem Mund, die Hand zog sich zurück. Ich nestelte die Klammern heraus, hielt sie behutsam, furchtsam in beiden Händen.

Her domet! Der Vater streckte die Hand aus, Handfläche nach oben. Mit der anderen drückte er noch immer meinen Nacken nach unten, bediente sich meines Nackens zur Lenkung meiner Person wie eines Steuerknüppels; bei jedem Versuch, den Kopf zu heben, bei jedem Zögern, seinen Befehlen zu folgen, verstärkte sich der Druck, so, wie man mehr Gas gibt. Ich spurte.

Her domet!

Zitternd legte ich die speichelfeuchten, zarten Gebilde aus Plastik und Draht auf seine Handfläche, schwielig verborkt, die Linien grauschwarze Striche wie mit Tinte gezogen, mit der Nadel radiert.

Papa, flehte ich. So hatte ich ihn seit meinen Kindertagen nicht mehr genannt, nicht, als er mir die Kleider gekauft hatte, das Fahrrad, die Klammern bewilligt hatte. Papa, hatte ich gerufen, wenn er sich dem Schrank zugewandt hatte, dem blauen Stöckchen hinter der Uhr. Sein Gesicht konnte ich nicht sehen, aber den Geruch erkannte ich wieder; den wilden Geruch, der ihm aus allen Poren gequollen war, wenn er, Papa!, nach dem Stöckchen gegriffen hatte. Jedesmal hatte er nach dem Stöckchen gegriffen, wenn ich Papa! gerufen hatte, wenn sein Geruch auf mich eingedrungen war, ein Bote der Schmerzen.

Papa, rief ich noch einmal, drückte den Nacken freiwillig tiefer, zog den Kopf freiwillig zwischen die Schultern. Der Schlag blieb aus. Vielmehr riß er meinen Kopf am Nacken wieder in die Höhe, so, daß ich aufsehen mußte, hinsehen mußte, auf seine Hand, auf meine Zahnklammern auf seiner Hand. Die sich langsam und vorsichtig schloß, bis der Gegenstand ganz verborgen, unsichtbar war.

Papa, wimmerte ich.

Papa, winselte ich.

Da drückte er zu.

Langsam. Langsam. In jedem Bruchteil der Sekunden wäre noch etwas zu retten gewesen. Erst verbogen sich nur die Drähte, lautlos, erst im nächsten Jahr erreichte mein Ohr das Platzen der Gaumenplatten, im Jahr darauf das Splittern der Kieferschienen, im nächsten Jahrhundert hörte ich, wie sich Draht am Plastik rieb, ein feines, trockenes Knirschen, Schuhe auf harschem Schnee und tausend Jahre später das Malmen der Splitter und Drähte zu Klump.

Do häs de et widder. Die Stimme des Vaters drang wie durch großes Glockengeläut, die Glocken ganz nah, die Stimme fern, kaum hörbar: Do häs de et widder. Du wollst doch immer en Klammer han. Du wollst doch immer jet Besseres sin. Do häs de et. Do!

Der Vater bog mir die Faust auf und preßte die scharfkantigen Trümmer hinein. Als ich wieder zu mir kam, schwebten die Gesichter der Mutter und Großmutter über mir. Der Vater war weg. Vor meiner Nase ein Taschentuch mit Kölnisch Wasser, ein naßkalter Lappen auf meiner Stirn.

Kenk, wat es los, näherte sich von ferne die verstörte Stimme der Mutter, Heldejaad, Heldejaad, Jesses Maria, die der Großmutter. Ich ließ sie rufen. Ich wollte nicht mehr. Ich konnte nicht mehr.

Bertram, schrie die Mutter nach dem Bruder. Holl dä Papp! Wo es dann dä Papp? Dä Papp wor doch jrad noch do!

Nur das nicht. Keinen Vater. Lieber die Augen aufmachen, sich langsam aufrichten, den Arm der Großmutter im Rücken fühlen, zum Sitzen kommen, sich aufstützen. Warum kriegte ich meine rechte Hand nicht auseinander? Warum schmerzte sie wie von tiefen Schnitten?

Hilla, die Stimme der Mutter klang unwillig und besorgt, wat es los? Wat sull dat Spell?

Loß dat Kenk doch esch ens zo sesch kumme, fiel ihr die Großmutter ins Wort.

Heldejaad, wat häs de dann do en dä Häng?

Bebend streckte ich den Frauen meine Faust entgegen, und der Bruder, der erst jetzt dazugekommen war, lachte und ahmte die Geste nach. Es ist kalt, wimmerte er dazu, es ist kalt, schüttelte sich wie in großem Frost am ganzen Leibe. Noch ein Jahr nachdem ich mit dieser Gebärde und diesen Worten aus dem Düsseldorfer Schauspielhaus zurückgekommen war, konnten wir beide uns ausschütten vor Lachen, wenn wir in wilden Verrenkungen, bibbernd und mit zitternd ausgestreckten Händen, wehklagend umherliefen. Der Bruder sah mir ins Gesicht und verstummte. Hilla, was ist los?

Wat soll los sin? fauchte die Mutter. Nun stang ald op! Wo bliev bloß dä Papp?

Dä ist mit däm Fahrrad weg, sagte der Bruder, unschlüssig, ob er mehr zur Mutter sprechen sollte, auf Platt, oder Hochdeutsch mit mir.

Ich stand auf.

Is jut, Mama, sagte ich. Jeht schon wieder.

Der Bruder sah mich groß an. Wo war mein richtiges Sprechen, mein vornehmes G?

Wat häs de dann do en dä Hand? Die Mutter ergriff meine Faust. Ich überließ sie ihr willig. Wollte ja selbst nichts anderes als es loswerden, fallen lassen, was mir da ins Fleisch schnitt, mich schmerzte, verletzte, verhöhnte. Die Faust ging nicht auf. Die kleinen, harten Hände der Mutter konnten gegen den großen Krampf nichts ausrichten.

Esch kann nit, stöhnte ich. Laßt mesch mal in Ruhe.

Diesen Satz kannten Mutter und Großmutter von mir. Sie wandten sich ab, kopfschüttelnd, mürrisch, die Mutter holte den

Brief aus der Kitteltasche, las ihn, ins Haus zurückgehend, der Großmutter mit erhobener Stimme vor. Der Bruder blieb bei mir. Er sagte nichts. Nahm meine Faust in seine schmuddeligen, knochigen Jungenhände und streichelte sie. Unbeholfen, verschämt. Ich schluchzte nicht, ich heulte nicht, es weinte aus mir heraus, die Tränen liefen die Wangen hinab in den Ausschnitt meiner schwarzen Bluse. Ein paar Tropfen fielen auf unsere Hände. Allmählich löste sich der Krampf, die streichelnde Hand half der geballten Faust, die Finger wieder geradezubiegen, hielt vor Entsetzen inne, als sie sah, was da verborgen gelegen hatte, soviel zerstörte Hoffnung auf eine kleine Schönheit.

Sach nix dä Mama und dä Oma, sagte ich. Et war dä Papa.

Der Papa, wiederholte der Bruder entsetzt.

Ja, sagte ich und schluchzte, diesmal laut und verzweifelt, Rotz und Wasser. Dann war es vorbei.

Nach ein paar Tagen fiel der Mutter auf, daß ich keine Klammer mehr trug. Verloren, antwortete ich. Verloren? Dat jibt et doch ja nit. Waat, bes dä Papp no hem kütt! Do kanns de ding blaues Wunder erlääve! Das blaue Wunder blieb aus. Die Zahnklammer wurde von niemandem mehr erwähnt. Die Raten mußten noch jahrelang bezahlt werden.

Der Brief mit der Unterschrift des Vaters, sorgfältig gemalt, lag am nächsten Morgen neben meinem Frühstücksbrot. Die Mutter fauchte, daß ich nicht zum Ansehen sei in meinem schwarzen Zeug. Sie hatte rotumränderte, verquollene Augen. Als mir der Vater auf der Großenfelder Chaussee entgegenkam, sahen wir aneinander vorbei. Mein Mund fühlte sich leer an, verlassen; ich tastete mit der Zungenspitze über meine schief und eng stehenden Zähne, so würden sie bleiben für alle Zeiten, ich trat in die Pedale, als gälte es mein Leben, raste eine Weile neben der Straßenbahn her, bis mich ein Pferdegespann zum Aufgeben zwang. Ein herrlicher Tag, schnappte ich aus einer Gruppe mir entgegenkommender Radfahrerinnen auf. Ich sah die Wolken, die Pappeln, die Wiesen, die Felder, ich sah den Rhein. Alles blieb auf der Netzhaut kleben, kleine Bildchen einer Guckkastenbühne.

Auf dem Weg ins Gehirn verloren die Dinge ihre Farben, verdüsterten sich, verblaßten, wurden grau. Angst konnte mir der Anblick eines Baumes machen, wie er mich vorher beglückt hatte, vorher, als die Bücher noch lebten und ich mit ihnen. So, wie sich der Sinn in die Wörter zurückzog, zogen sich Farben, Gerüche, Bewegungen in die Dinge zurück. Sie verdorrten zu Kulissen, in denen ich umherging wie in einem falschen Stück.

Die Briefe zum Einheften lagen schon da. Während sich Bücher und Landschaften von mir abwandten, drängten sich die Sachen des Büros, je länger ich mit ihnen umging, immer mehr auf. Ich führte Krieg gegen die Sachen und die Sachen gegen mich. Aktenordner fielen mir aus der Hand, die Klammern waren nicht geschlossen, Blätter torkelten heraus, verstreuten sich, Kugelschreiber rollten unter Schränke, Farbbänder rissen, Durchschlagpapier legte sich falsch herum in die Maschine. Spitzte ich einen Bleistift, brach die Mine in Stücke.

Um zehn machte ich mich zum Kaffeeholen bereit, aber da war keine Hand, die mir die nötigen Münzen zuschob. Ich ging dennoch. Traf auf dem Gang Frau Zipf und fragte nach der Personalabteilung. Sie überflog den Brief und sah mich mitleidig an.

Dann kommen Sie erst einmal zu mir, sagte sie. Ihr Zimmer, Abteilung ›Verkauf‹, war etwa so groß wie das Wachtelsche, hatte aber zwei Fenster, weit geöffnet, Topfblumen auf den Fensterbänken. In einem Wechselrahmen hing ein bärtiger Geiger über einer Stadt, daneben ein Korkbrett, Ansichtskarten mit Stecknadeln festgepinnt. Sogar der Fußboden, graues Linoleum mit dunklen Einsprengseln, schien mir heller als der, den ich jeden Tag sah.

So, sagte sie. Ehe Sie ins Personalbüro jehen, erst mal eine kleine Stärkung. Einverstanden?

Frau Zipf sperrte die Schreibtischtür auf, sie hatte den Schlüssel in einer Dropsdose versteckt, holte eine Thermosflasche heraus und goß den Verschluß randvoll; füllte ein Wasserglas bis zur Hälfte mit der braunen Flüssigkeit und drückte es mir in die Hand. Ein Schluck Tee würde jetzt gut tun. Wohlsein! Mit einem Ruck ihres Kopfes kippte die Frau den Becher hinunter und schüttelte sich. Wahrscheinlich Kräutertee mit viel Salbei, also runter damit. Ich tat es für ihre freundlichen Augen. Augen, die aus hohen Hautwülsten sicher herausschauten wie aus einer un-einnehmbaren Festung.

Ich ruckte wie sie den Kopf in den Nacken und goß mir die braune Flüssigkeit in den Hals. Es schlug mich vornüber, schlug mich zusammen. Reine Medizin, hörte ich durch mein Keuchen, Prusten, Schnaufen, reines Kräuterwasser. Rückenklopfen und die Versicherung: ›Was bitter ist für den Mund, ist fürs Herze gesund.‹ Schritte näherten sich. Frau Zipf legte verschwörerisch den Zeigefinger auf die Lippen: ›Täglisch einen Underbersch, und du fühlst disch wohl‹, flüsterte sie, zwinkerte mir noch einmal zu und schob mich zur Tür hinaus.

Und ob ich mich wohl fühlte! Leicht und weit, warm und weich, ich war stark und schön, Kräutergeister aus dreiundvierzig Ländern durchströmten mich, füllten mich aus bis in die Haarwurzeln. Ich ging, schritt, wandelte, schwebte, die Treppe hinunter, am Backsteingebäude vorbei, in die weiße Villa, wo ich vor Monaten ins Leben getreten war, fühlte den warmen Wind auf meinen Wangen, im Nacken, hätte am liebsten den Zopf gelöst und die Haare flattern lassen im Winde, fühlte meine Muskeln, die Sehnen und Bänder meiner Beine, die Hüften, die Füße, schleuderte die Arme, hüpfte, streckte die Hände der Sonne entgegen: Das war Ich. Mein wahres Ich ins Leben getreten. ›So fordre ich mein Schicksal in die Schranken.‹

In der Personalabteilung empfing mich eine große, schlanke Dame. Sie war beinah noch jung und nannte sich mit engelsmilder Stimme Fräulein Klemm. Aufgekratzt schaute ich mich in dem lichten Zimmer um, die Topfpflanzen waren hier noch blühender als bei Frau Zipf, die bunten Postkarten auf einer noch größeren Tafel, aber nicht wie dort kreuz und quer, sondern in Reih und Glied, rechtwinklig, korrekt wie alles in diesem Raum. Sogar Fräulein Klemm schien mir zwischen zwei Lidschlägen aus lauter Rechtecken und Quadraten zusammengesetzt. Laut lachte Ich aus mir heraus.

Zum Lachen bestehe nun wirklich kein Anlaß, tadelte Fräulein Klemm säuerlich. Herr Dr. Wadepohl erwarte mich schon.

Das Zimmer des Leiters der Personalabteilung war mit dem des Fräulein Klemm direkt verbunden durch eine gutgepolsterte Tür, wie sie nach meinem Besuch bei Dr. Luchs schon einmal hinter mir zugefallen war. Auf dem kurzen Weg von der Tür bis zum Schreibtisch versanken die Füße in einem flauschigen Teppichboden, als wäre ich von einem Schritt zum anderen von trockenem Boden in tiefen Schnee geraten. Eine Schneise aus niedergetretenem Flor führte von Fräulein Klemms Tür zu Dr. Wadepohls Schreibtisch. Hinter diesem Schreibtisch steckte in einem gewaltigen Ledersessel, dessen dunkelrotes Polster von goldfarbenen Nieten in handgroße Rhomben geteilt war, ein kleiner, zartgliedriger Mann. Sein vertrocknetes Gesicht war von dünnen Linien durchzogen wie immer wieder glattgestrichenes Pergamentpapier. Ein Männchen. Da half auch sein Bürstenhaarschnitt nichts, der ihn ein paar Zentimeter größer scheinen lassen sollte, durch seine übertriebene Jugendlichkeit das ältliche Gesicht aber nur noch grämlicher machte.

Wadepohl, Dr. Wadepohl, der volltönende Name umgab seinen Träger wie Schaumgummi. Die Hand, die er mir gab, war durchscheinend, kalt und knochig.

Dr. Wadepohl, sagte er, mit jeder Silbe ein paar Zentimeter wachsend. Große, blaue Augen blickten mich ausdruckslos an. Ich sah über ihn hinweg auf das Bild hinter ihm. Es war der dünne, lange Mann neben dem Öfchen vor dem lila Fensterrahmen von der letzten Postkarte Sigismunds.

Dr. Wadepohl kniff die Augen zusammen. Sie kennen das Bild? Natürlich nur ein Druck, hehehe. Er meckerte schwächlich, seinem Brustkorb entsprechend. Die Lachlaute sprangen mir in die medizinierten Ohren wie freche Ziegenböcke. Ich lachte lauthals mit. Dies gefiel Dr. Wadepohl, und es gefiel ihm noch mehr, als ich beiläufig hinzufügte: Bernard Buffet, ›Selbstbildnis‹. Und es gefiel ihm über die Maßen, als ich dieser Bildungsbekundung noch ein ›Herr Dr. Wadepohl‹ anhängte, volltönig underbergwarm, reine Medizin.

Ich durfte mich setzen. In mir rauschte der Geist von dreiundvierzig Kräutern, Sonnenlicht knallte durch die Fensterscheiben, der Himmel schwipsblau hinterm grünen Schwung der Birken, nur auf die Schlingpflanzen, die aus dem Teppichflor die Wände hochkletterten, auf diese Ungeheuer schauen durfte ich nicht. Vor meinen Augen wuchsen sie weiter, fuhren Stengel und Blätter aus wie Schnecken ihre Fühler, krochen über Wände und Decke.

Nun, Fräulein Palm, Dr. Wadepohl rutschte von seinem Sessel herunter, ganz so, wie Kinder von den Stühlen Erwachsener herunterrutschen müssen, und fast hätte mein Ich wieder aus mir herausgelacht, doch ich schlug mir wie im Entzücken auf den Mund und deutete auf ein weiteres Bild, das ich kannte, wilde Sonnenblumen, die, ähnlich wie die Schlingpflanzen aus ihren Töpfen, aus der Vase, aus dem Bild herauszuwuchern schienen, ins Zimmer, über Tisch und Stühle, über Dr. Wadepohl und mich.

Nun, Fräulein Palm, Dr. Wadepohl stand jetzt vor mir. Er war noch schmaler als in seinem Stuhl, der ihn umgeben hatte wie ein großartiger Rahmen. Er stemmte seine kurzen, dünnen Arme in die Hüften, lehnte sich an seinen Schreibtisch und schlug ein Bein lässig über das andere. Merkwürdigerweise waren die Hosen zu kurz. Ob er glaubte, seine Beine wirkten so länger?

In der Kunst kennen Sie sich also aus. Aber das ist hier nicht gefragt. Dr. Wadepohl griff hinter sich, schwenkte den Brief. Das, was Sie nicht können, ist hier gefragt! Was das Benehmen angeht, das gibt sich von selbst. Lehrjahre sind keine Herrenjahre. Aber die Stenographie. Das Maschineschreiben. Das Können. Das Können an sich. Hehehe. Wieder sprangen die sieben Geißlein über Tisch und Bänke in meine Ohren, wieder brach ich in schallendes Gelächter aus. Dr. Wadepohl zuckte zusammen, ich zuckte zusammen und sah ihn ebenso verdutzt an wie er mich. Auf dem Tisch lag ein silbernes Etui, fein ziseliert: ›Dr. Siegfried Wadepohl‹ eingraviert. Dr. Wadepohl entnahm ihm eine Zigarette und klopfte sie ab, als stauche er sie zusammen. Dabei leuchtete an seiner Hand ein blauer Stein, in dem ein S und ein W, kunstvoll verschränkt, eingeschnitten waren. Auch auf seinem Krawattenhalter konnte man sich der Anfangsbuchstaben seines Namens versichern.

Also, das Stenographieren ... Dr. Wadepohl blickte versonnen auf seinen blauen gekerbten Stein, als wollte er sich, mich hypnotisieren, ... wollen wir probieren, platzte Ich aus mir heraus, platzte die Fühlst-dich-wohl-Arznei aus mir heraus. Ich zog den Kopf ein. Spürte eine hühnerknochendürre, kalte Hand unter meinem Kinn, aus den Manschetten stieg Zitronenduft.

Dafür müssen Sie sich nicht schämen, Fräulein Palm. Es ist

schön, wenn in einem Menschen Talente schlummern, die den Alltagsgeschöpfen lachhaft scheinen. Aber Sie haben recht. Probieren wir es doch! Dr. Wadepohl blickte auf die Uhr und drückte einen Knopf. Fräulein Klemm erschien in der Tür. Stenoblock und Papier, bitte. Die Konferenz eine Stunde später.

Als erstes diktierte mir Dr. Wadepohl einen Brief, den ich schon kannte. Den Brief an den Vater. Mein Ich führte mir die Hand, meine arzneientfesselte Ich-Hand wirbelte den Stift in Spiralen und Kaskaden über das Papier, ein Kinderspiel, nicht der Rede wert, der Rede aus dem Mund dieses schmächtigen, mächtigen Männchens. ›Ich bin meine Freiheit‹, tänzelte Ich über das Papier, ›sehen wir uns gezwungen, das Lehrverhältnis aufzulösen‹. Da konnte Ich nur lachen.

Dr. Wadepohl diktierte noch zwei Briefe, die auf seinem Schreibtisch herumlagen, mein Ich-Stift spießte die Laute auf, stieß sie in Schnörkel und Schleifen, Spitzen und Kehren, ließ sie kreiseln und hüpfen. Nur mußte ich darauf achten, daß Ich nicht über die Stränge schlug, hier ein Spitzchen zuviel, dort einen Bogen zuwenig anlegte, Ich sich an die Spielregeln hielt.

Fräulein Klemm überließ mir ihre Schreibmaschine, ein blitzendes Geschöpf, das mich mit gebleckten Zähnen anfletschte, Ich bleckte zurück. Spannte die schwarzen Rößlein, das weiße Blatt ein, jetzt würde ich es beflecken, entehren, verdrecken, mit Dreck bewerfen, Buchstabendreck aufs Blatt versenken wie Steine in den Rhein. Meine Ich-Finger schwirrten über die Tasten, drückten die Tasten wie Mücken tot, jagten die Buchstaben, brachten immer neue zur Strecke, die Strecke sauber gelegt aufs Papier. Halali.

Den ersten Brief, den Brief an den Vater hatte ich fehlerlos, die anderen mit ein, zwei Fehlern getippt. Meine Hände, aus denen sich das kräutergeistige Ich allmählich zurückzog, zitterten.

Dr. Wadepohl nickte anerkennend. Ich hielt den Kopf hoch. Nur nicht noch einmal eine Hand unters Kinn. Ich blickte zum Fenster. Die Schlingpflanzen wuchsen wieder im Maß ihrer Zeit. Unsichtbar. Dr. Wadepohl war noch ein wenig kleiner und dünner als unterm Underberg. Die Propeller eines Ventilators wirbelten ein wenig Luft in seine Haare, die wogten wie reifer Weizen.

Fräulein Palm. Dr. Wadepohl rutschte vom Stuhl, blieb aber hinterm Schreibtisch, der ihm bis zur Taille reichte, stehen wie hinter einer Barrikade.

Das hier, er hob den Brief an den Vater ins Licht des späten Vormittags. Das hier war wohl etwas voreilig. Ich finde keinen Grund zur Klage. Sie müssen sich keine Sorgen machen. Teilen Sie das auch Ihren Eltern mit. Dr. Wadepohls blasse Finger ergriffen den Brief mit der Unterschrift des Vaters und zerrissen ihn, einmal, zweimal, mitten durch das sorgfältig gemalte Josef Palm. Warfen ihn mit den anderen Briefen in den Papierkorb.

Und jetzt schicken Sie bitte Frau Wachtel zu mir, oder nein. Er drückte den Knopf, Fräulein Klemm, rufen Sie bitte Frau Wachtel an. Danke, Fräulein Palm. Und bitte, vergessen Sie nicht, Ihre Eltern zu beruhigen. Es ist alles in Ordnung.

Frau Wachtel kam mir auf dem Flur entgegen, ihre Füße schlurften in zu weiten Sandalen. Als sie an mir vorüberging, stieß sie Luft aus der Nase wie ein aufgeschrecktes Pferd.

Ich riß das Fenster auf, trug die vollen Aschenbecher hinter die Tür ›Für Damen‹, spülte sie sauber. Mechanisch griff ich den ersten Aktenordner heraus, Adler zu A, Ahrens hinter Adler, der achtundzwanzigste vor dem neunundzwanzigsten.

Kurz vor dem Mittagessen kam Frau Wachtel zurück. Ihre hochtoupierte Krause neigte sich nach rechts, Hals und Gesicht rotgefleckt, das Kinn auf die Brust gepreßt, den Tränen nahe.

Du Miststück, sagte sie, warf das Fenster zu und ließ das Feuerzeug klicken. Und, mit einem Blick auf die sauberen Aschenbecher, noch einmal: Du Miststück.

Sie, sagte ich. Sie Miststück.

Gegen drei klingelte das Telefon. Guten Tag, Herr Dr. Viehkötter, dienerte sie. Ja, sofort. – Aber ja. – Ach so. – Ja. Von Antwort zu Antwort wurde ihre Stimme flacher, bis zu einem letzten kleinmütig gehauchten: Ja.

Zögernd, als schiebe sie etwas unwiderruflich beiseite, legte sie den Hörer auf.

Man soll zum Diktat kommen, sagte sie.

Ich nahm Block und Bleistift, wartete, daß sie desgleichen täte, sich den Lippenschnitt färbte, die Haare richtete. Frau Wachtel blieb sitzen. Griff nach einer Zigarette. Zwanzig gute Freunde, hatte sie mir einmal im vertraulichen Überschwang erklärt, zwanzig gute Freunde steckten in jeder Packung, Freunde, die einen nie im Stich ließen. Und die man herausholen und ausdrücken kann, wie es gerade paßt, hatte ich in Gedanken hinzugefügt.

Ich stand auf. Bereit zum Gehen.

Frau Wachtels Feuerzeug klickte. Einmal, zweimal. Rauch tief in die Lunge und fast spurlos aus Mund und Nase wieder hinaus.

Man, sie stieß das Wort von sich wie einen giftigen Brocken. Man soll zum Diktat kommen. Nicht ich.

Ich floh. Zuerst hinter die Tür ›Für Damen‹? Nein. Ich würde es Ich schon zeigen.

Nun, Fräulein Palm, schnarrte mir Dr. Viehkötter leutselig entgegen, da wollen wir doch einmal sehen, ob uns Dr. Wadepohl zuviel versprochen hat. Dumme Sache, das mit dem Brief. Schwamm drüber. Bitte das auch zu Hause auszurichten. Und von Kunst verstehen Sie auch noch etwas.

Dr. Viehkötter drosselte sein Tempo, sprach, wie ich es aus der Berufsschule kannte, nur fielen seine Pausen nie mit der Bedeutung dessen, was er diktierte, zusammen. Mitten im Satz unterbrach er, um dann über Punkt und Komma hinweg bis zum nächsten Satzstück weiterzuhaspeln. Dr. Viehkötter diktierte drei Briefe.

Man soll zu Dr. Viehkötter kommen, sagte ich zu Frau Wachtel und setzte mich an meine Schreibmaschine. Ich nicht.

Frau Wachtel tat, als höre sie nicht. Nach ein paar Minuten schrillte das Telefon. Frau Wachtel nahm ab, nickte Ja, ja, ja, malte ihren Mundstrich und ging.

Nichts war wie am Morgen. Es war kein Spiel. Kein Ich fuhr mir in die Fingerspitzen, kein Kräutergeist erhellte mein Gemüt, erquickte Geist und Sinn, nichts tat mir wohl.

Aber ich brachte es zuwege, Wort für Wort, jeden Buchstaben einzeln verramschend an ›Sehr geehrte Herren‹, ›Bruttoregistertonne‹, ›Hochachtungsvoll‹. Danach tippte ich in rasendem Tempo, als schriebe Ich, schriebe aus mir der Kräutergeist den einen Satz, eine ganze Seite voll: ›Ich bin meine Freiheit‹, zerriß den Bogen in winzige Schnipsel, die ich aus dem Fenster rieseln ließ. Einer aus der Fegekolonne, der mit dem steifen Bein, drohte mir von weitem mit der Faust.

Dr. Viehkötter war mit den Briefen zufrieden und schickte mich nach Hause. Eine Viertelstunde vor Schluß. Ich verließ Frau Wachtel grußlos. Stieg auf mein Fahrrad und kurvte durch das Werksgelände, kreuz und quer. Leer.

Zu Hause erzählte ich nichts. Ging in den Holzstall und schlug ihn noch einmal auf, meinen Schiller, meinen Friedrich, kramte im Schuhkarton, in meinen Briefen an ihn, Schulmädchengeschwätz, starrte auf sein Reclamheftchenprofil, die blaue Kunstseide. Las seine ›Nänie‹, die bis zuletzt noch gelebt, mir den Trost ihrer Wortmusik gegeben hatte, ihrem traurigen Inhalt zum Trotz. Die Wörter lagen abgeholzt auf den Seiten, gefällte Stämme in den Zeilen, in den Bäumen auf den Lastwagen, bevor sie zu Papier zermahlen wurden, Ihre Bestellung vom fünfzehnten Juni, hochachtungsvoll. Ohne den Funken vom heiligen Feuer sterben die Wörter, tot bis in den Wurzelstock.

Aus dem Kästchen mit den Scherben von der grünen Vase, meinem Schatzkästlein, in dem die kaputte Kommunionsuhr lag, das Armband vom Vater, das Wanderkäppchen mit den Ansteckinadeln und ein bißchen Geld, das nicht auf der Sparkasse war – ich hatte ein Sparbuch, seit ich op dr Papp nach Golde drängte –, nahm ich drei Markstücke, noch zwei. Fuhr mit dem Rad nach Strauberg, wo mich niemand kannte, und verlangte am Büdchen bei der Straßenbahnhaltestelle eine Flasche Underberg. Bitte sehr, der Mann stellte ein daumenhohes Fläschchen auf die Theke. Empört schob ich das Kinkerlitzchen zurück: Eine große! Große gibt's nicht, knurrte der Mann, also, was soll's sein? Zehn, stotterte ich, zehn kleine, zählte das Geld auf die Gummiplatte und machte mich aus dem Staube. Fuhr aber noch einmal zurück und kaufte ein Päckchen Pfefferminz. Dr. Hillers extra stark.

Der Platz bei der Großvaterweide war besetzt. An warmen Sommerabenden nutzten Pärchen die sandigen Mulden unter den Büschen, als mache die Umfriedung der graugrünen, schwingenden Höhlen sie unsichtbar. Zwei Paar nackte, ein wenig

zapplige Beine sahen hervor, von der flimmernden Sonne gesprenkelt. Ich mußte an mich halten, um nicht mit beiden Händen Steine gegen die Eindringlinge zu schleudern.

Ich floh. Floh in meinen Holzschuppen und verstaute acht
Fläschchen hinter den Büchern, trank eines aus und warf es ins
Plumpsklo. Setzte mich hinterm Hühnerstall in die Abend-
sonne, lehnte meinen Rücken an die sonnesatten Steine. Dahlien,
Astern, Gladiolen drängten über den nachbarlichen Gartenzaun, in der Krone des Apfelbaumes färbten sich die ersten
Klaräpfel. Ich wollte ein Fest feiern. Ein Fest für mich und das
Alphabet. Auferstehung wollte ich feiern, Auferstehung jedes
einzelnen Buchstabens. Der Kräutergeist sollte heilen, wieder
zusammenfügen, zurückbringen, was krank, zerstückelt, verlo-
rengegangen war, meine Wörter, meine Sätze, ihr Sinn. Aus dem
Leben zurücktreten wollte ich, in die Bücher, die Dichtung. ›Füllest wieder Busch und Tal still mit Nebelglanz‹, begann ich mit
halblauter Stimme. Ein paar Hühner gackerten, wurden still, als
sie merkten, daß es kein Futter gab. ›Lösest endlich auch einmal
meine Seele ganz.‹ Ich trank das zweite Fläschchen. Das Wunder,
das erhoffte, geschah. Die Kräuter heilten. Ihr Geist fuhr in den
meinen, wie der Wind in das Laub hoher Bäume fährt, das auf-
braust, erbebt, sich ergibt, willenlos zu sich kommt unter seiner
herrischen Berührung, Inbesitznahme. Die Wörter lebten herrlicher als je zuvor. Ein Wort, ein Satz genügte, der Satz sank in
mich, leuchtete mich aus, durchglühte mich. Wörter glitten in
mich hinein, ich glitt in sie – wir hielten uns umfangen; ich tat
Abbitte für jedes ›Hochachtungsvoll‹, jedes ›Brutto‹ und ›Netto‹;
ich hatte die Wörter geschändet und mich mit ihnen. Im Rausch
der rauschenden Wörter, Rausch des Kräutergeistes ließ ich Mich
über mich hinaustragen, weit über die züngelnden Gladiolen, die
Feuerräder der Astern und Dahlien, hoch in den Himmel einer
kreiselnden Buchstabensonne, Lichtspeichensonne, kreiste mit
ihren Strahlen in rasender Fahrt um den Erdball, o Leben,
o Schönheit, o Geist aus der Flasche, nichts Schöneres gab es unter der Sonne, als unter der Sonne zu sein. Ich war Ich. ›Ich bin
meine Freiheit.‹

Die Landung war hart. Obwohl es nicht die Mutter, sondern
der Bruder war, der mich rüttelte und fragte, ob mir nicht gut sei.

Ich fühlte meinen Rücken schmerzen, die Beine waren eingeschlafen.

Alles in Ordnung, sagte ich mit schwerer Zunge, erhob mich
aber so mühsam, daß der Bruder mir unter die Arme griff. Das
Heftchen mit Goethe-Gedichten glitt mir aus dem Schoß. Als
ich mich nach ihm bückte, wäre ich fast vornübergefallen.

›Eilt!‹ befahl der Aktenordner, mit dem mich Frau Wachtel kurz
vor Feierabend ins Labor schickte.

Die Labors, drei stabile Bretterbungalows mit Wellblech-
dächern, standen, braun, grün, ocker gestrichen und von Pappeln
umrauscht, wie verspielte Kinder neben dem ernsten Fabrik-
backstein und den nüchternen Betonbauten. Die Pappeln rochen
nach nasser Wäsche. Ihre Blätter, noch speckig, spielten schon
das grün-weiße Wechseldich mit dem Wind, Fenster und Türen
der bunten Baracken standen weit offen. Aus einem der Fenster
winkte mir Mechthild übermütig zu. Sie trug einen weißen Kittel, der ihre bräunliche Haut noch dunkler schimmern ließ und
ihr eine erwachsene Würde verlieh. Mechthild, früher eines der
stillsten Mädchen der Klasse, war nicht wiederzuerkennen.

Zwei Männer, die ich schon mit ihr in der Kantine gesehen
hatte, stellten sich vor, gaben mir die Hand, sagten Sie zu mir,
boten mir einen Stuhl an und fragten, ob ich ihnen ein bißchen
Gesellschaft leisten wolle. So konnte man also auch ins Leben
treten.

Alles ging den dreien leicht von der Hand, spielerisch bewegten sie Kolben und Gläser mit- und gegeneinander, gossen Flüs-
sigkeiten in eins, fachten Flämmchen an oder drosselten sie,
zählten Tropfen aus braunen Fläschchen in klares Wasser, es
färbte sich grünlich, bröselten ein paar Körner hinzu, es färbte
sich rot. Von Zeit zu Zeit schaute einer auf die Uhr, stoppte den
Lauf einer Flüssigkeit und notierte mit schnellen Strichen etwas
in eine Tabelle.

Ich glaube, Fräulein Palm braucht eine Stärkung, meinte der
Jüngere, ein sportlicher Blonder, und blinzelte dem Endfünfziger
verschmitzt zu. Der kniff die Äugelchen zusammen, zwirbelte
seinen Schnurrbart, sah mich listig an und nickte: Dat Weet kann
ein Schlückchen vertragen. Wat meinst du, Meschthildsche?

Mechthild stupste mich in die Rippen: Na klar, sagte sie. Dat Hilla hält dicht, worauf der Rheinländer, wie aus der Haut gezogen, drei stattliche Reagenzgläser zwischen den Fingern seiner linken Hand hielt und sie randvoll mit klarer Flüssigkeit aus einem Kolben goß, den er aus der Fülle der unterschiedlichen Glasgefäße zielsicher herausgegriffen hatte. Mit feierlicher Verbeugung drückte er mir das größte Glas in die Hand. Meschthildschen kriegt keins, sie hatte schon eins, hoben die beiden Männer die Gläser zur Brust und: Na, denn fröhlischen Einstand.

Was war das? japste ich, atemringend.

Betriebsgeheimnis, flachste der blonde Sportler. Jeruchlos, jeschmacklos bis de deine Sorjen los, ergänzte der Rheinländer. Geruchlos und geschmacklos war die Flüssigkeit, folgenlos war sie nicht. Ich war vom Underberg einiges gewöhnt. Der helle Geist des Kolbens war überwältigender als alles, was mir je widerfahren war. Viel fehlte nicht, und ich wäre den beiden Männern um den Hals gefallen. Sie waren groß und gut, Mechthild die beste Freundin auf Erden, alles war groß und gut.

In den Wiesen am Rhein holte ich meine Goethe-Gedichte aus dem Matchbeutel. Lehnte mich in den Schatten einer Erle, nichts vor Augen als einen grünen Streifen aus Gras, einen gelben aus Sand, einen grauen aus Wasser und einen aus Himmelblau. Und die Streifen der Zeilen, rubinrot im Sonnenlicht. Der helle Geist spülte meine Seele heraus aus Eilschrift, Verkehrsschrift, Zehnfingersystem, ›lösest endlich auch einmal meine Seele ganz‹.

Die Ordnung der Buchstaben wurde mir erkennbar wie die Ordnung der Dinge. Ich verstand, warum ein Blatt ein Blatt ist und warum ein Blatt ›Blatt‹ heißt. Ich liebte das Wort ›Blatt‹. Am Baum, im Buch. Ich liebte es, Blätter vom Baum zu den Blättern ins Buch zu legen, Blätter verheiraten nannte ich das, Kinder kriegen, wenn sich das grüne Blatt mit den schwarz-weißen vermischte, wenn sich der Abdruck des Blattes vom Baum auf dem Buchblatt zeigte. Daß Papier aus Holz hergestellt wird, daß eine enge Beziehung besteht zwischen Buchblatt und Baumblatt, war mir bei meiner Entscheidung für die Lehrzeit auf der Pappenfabrik sogar ein flüchtiger Trost gewesen.

Im Lichte des hellen Geistes verstand ich alles. Die Schönheit war der Schlüssel, die Schönheit der Ordnung, des Sinns. Bestimmung der Buchstaben war es, Wort zu werden, Zweck des Wortes war der Sinn, wer im Wort war, war im Sinn. ›Ich bin meine Freiheit.‹ Ich bin mein Sinn. Der Satz ergoß sich in mich wie eine Woge aus Licht. Ich hatte einen schönen Satz gefunden. Ich war glücklich. Ich war mein Sinn. Die Wirklichkeit gehorchte mir aufs Wort, tanzte nach dem Taktstock meines hellen Geistes. Solange es diesem gefiel.

Das Horn eines Schleppkahns brachte mich zu mir. Ich fuhr nach Hause. Zerschlagen, erschöpft. Papier wurde auch aus Lumpen gemacht.

›Ich bin mein Sinn.‹ Das war und blieb ein schöner Satz. Wert, in mein Heft geschrieben zu werden.

Danach besuchte ich Mechthild fast jeden Tag, holte mir meine Absolution, die Gnade des hellen Geistes, ein Gläschen in Ehren, selten zwei, und ließ darauf in den Rheinwiesen oder im Holzstall Frau Wachtel, Dr. Viehkötter und Co. In Flammen aufgehen, Flammen aus züngelnden Buchstaben.

In den Wiesen schwangen die Halme, schwer von Nässe und Samen, träge im Wind, grüne, gewaltige Mähnen. Ich hatte mein Fahrrad nach der Arbeit zu Hause gelassen, war den Weg hierher zu Fuß gegangen. Hin und wieder hatte es auch heute geregnet, Schauerwetter wie im April. Seit ein paar Stunden war der Himmel aufgerissen, Felder und Weiden wie gelackt unter einer kräftigen Hochsommersonne, festtäglich geputzt würden die Leute von Seldwyla das nennen, dachte ich, als ich dem Rhein, der sich in graugoldener Würde präsentierte, näher kam.

Die Bank war trocken. Wie ein silbernes Himmelsgeschoß stieß eine Möwe in den Strom, andere stürzten ihr nach. Ich verfolgte ihren jähen Flug und die schattenhaft weiße Spur, die sie in der Luft hinterließen. Für alle Fälle wußte ich im Matchbeutel einen Underberg, den ich neben dem Reclamheftchen jetzt immer bei mir trug.

Peter war schön wie im letzten Jahr. Die Gesichtszüge hatten ihre kindliche Weichheit verloren, er war magerer geworden. Von seiner Mutter grüßen solle er mich, sagte er, noch bevor er guten Tag sagte. In mir bäumte sich der Rest des hellen Geistes zu einem wütenden Kichern. Manierlich lächelte ich Peter an und bewunderte seine Vespa, pünktlich zum heutigen Tage sei sie geliefert worden, erzählte er stolz. Dies sei die erste Fahrt, Jungfernfahrt nenne man das bei Schiffen. Peter ließ seine Augen auf mir herumwandern, musterte mich wie ein Käufer die Ware, die er nach Katalog bestellt hat, Bild und Wirklichkeit. Erinnerung und Gegenwart.

Es ist also wahr, sagte er, ließ seine Lippen überm ›a‹ offenstehen und sah mich aus seinen grünen Augen ausdruckslos an.

Was soll wahr sein, fragte ich zurück. Peters Zähne schimmerten tadellos weiß hinterm roten Lippenpaar, ›Rote Lippen soll man küssen Tahahag und Nacht‹.

Dat du nur noch Schwarz trägst, sagte er. Die Mutter sagt, wie sisch dat nette Mädschen nur so schäbbisch machen kann. Peters Augen noch immer auf Wanderschaft. Schön, schloß er dann, seine Lippen im ›ö‹ zu einem vollendeten Kreis rundend, schön is dat wirklisch nit.

Aber praktisch, sagte ich.

Also stimmt dat nit, wat die Mutter jehört hätt. Wieder ließ Peter den Mund offenstehen, diesmal über dem ›ä‹. War es eine neue Angewohnheit, oder hatte ich das im letzten Jahr nur nicht bemerkt?

Was denn? fragte ich.

Dat du in einer Sekte bist. Peter schloß den Mund, sogar fester als nötig.

Einer Sekte? echote ich. Ich kannte nur eine Sekte. Die Zeugen Jehovas. Nach Dondorf trauten sie sich nicht, sagte die Großmutter, aber in Großenfeld standen sie vor dem Fotogeschäft an der großen Kreuzung, weil dort die Leute Bilder von Hochzeitspaaren und Kommunionkindern begutachteten.

Einer Sekte. Peter sah mich aus seinen unbewegten Augen mit aller ihm zu Gebote stehenden Eindringlichkeit an. Einer Sekte, die nur schwarz tragen darf. Ecks-, Ecksteinspezialisten, sagt die Mutter, heißen die Mitglieder.

Nein, sagte ich, bestimmt nicht. Es ist einfach praktisch. Sieh her. Ich riß ein paar Blätter vom falschen Sauerampfer ab und zerrieb sie auf meinem ehemals blauen Baumwollrock zu einem dunklen Fleck.

Siehst du, sagte ich. Trocknet, und weg. Was denkst du, wie das auf Hellblau aussehen würde.

Peter sah zu Boden. Erleichterung und Dankbarkeit in seinen ebenmäßigen Zügen.

Steisch auf, sagte er. Wir fahren nach Mühlerath. Ins Schloßcafé.

Die erste Prüfung hatte ich bestanden.

Es war schön, etwas Wirkliches zu tun, aus freien Stücken. Auf den Rücksitz einer Vespa steigen, die Arme um die Brust eines Jungen legen, den Fahrtwind spüren, der meinen Zopf vom Rücken hob, Münchhausens Zöpfchen beim Kanonenkugelritt. Peters Rücken roch nach frisch gebügeltem Hemd und würziger Haut, Wind und Motorradlärm verschlossen die Ohren, die Chausseebäume flogen vorbei, ich war ein Wesen inmitten aller anderen, ich war ich, ohne Bücher und ohne hellen Geist, ich spürte mich als kühlen Wind auf der Haut, in den Haaren, den Ohren, den Augen, die vom scharfen Zug zu tränen begannen, glückliche Tränen, ich leckte ihr Salz von den Lippen.

Peter steuerte direkt zum Schloß. In der Stadt war die feuchtwarme Luft dick vom Benzingeruch, Pfützen, denen Peter geschickt auswich, schimmerten in den Farben des Regenbogens.

Seit dem letzten Jahr hatte Peter an Sicherheit gewonnen; er schlängelte sich vor mir an den Stühlen vorbei, machte einen der wenigen freien Tische aus, schob mir, kaum verlegen, sogar den Stuhl zurecht. Isch hab einen Tanzkurs jemacht, erklärte er, da lernt man auch Benimm.

Das kann man im Leben immer brauchen, sagte ich und dachte an Lene und ihren Botho und daß sie mit Niembsch hatte vorliebnehmen müssen. Jedenfalls hatte Peter nun Benimm, und Fischbrötchen aß er auch nicht.

Peter reichte mir die Karte. Hast du schon jejessen? fragte er. Ich nickte. Nichts hatte ich seit mittags gegessen.

Ein Könijinpastetschen vielleischt, drängte Peter, bereit, etwas springen zu lassen, wie die Mutter sagen würde. Oder Ragu fäng?

Ich hätte ihm gern den Gefallen getan, doch mein Magen, meine Nerven, jede Zelle meines Körpers wollte etwas anderes. Ich mußte den Kopf schütteln. Drehte die Karte um. Da standen sie, Spirituosen mit Namen, Spiritus hieß Geist, das wußte ich, seit ich den ›Schott‹ studiert, die Sprache Gottes entziffert hatte, Spiritus sanctus, heiliger Geist, ›veni creator Spiritus‹, ›Komm, Schöpfer Geist, kehr bei uns ein‹.

Sie hatten viele Namen, diese Geister, manche plump und gemein, andere protzig und machtvoll, sündhaft und unverblümt, einer stach mir ins Auge, fremde Verlockung: Escorial grün. Einzig der Name verführte mich, spanische Granden und spanische Glut, schwarze Gestalten in gleißendem Licht, verschleierte Damen, sonnenheiße, hohe Mauern, harte Schatten, jedes Ding von jedem geschieden, einsam, allein.

Escorial grün, sagte ich, jede Silbe einzeln verkostend. Escorial grün.

Peter wiederholte das Wort verständnislos, ich mußte es ihm auf der Karte zeigen. Du trinkst Schnaps? entsetzte er sich.

Schnaps? Keine Spur. Escorial grün ist reine Medizin. So etwas wie Underberg. Pure Kräuterkraft.

Ach so, Peter war erleichtert. Bestellte für sich Würstchen und Kartoffelsalat, Bier und tippte mit dem Finger auf meine Medizin.

Er schimmerte grün wie feuchtes Gras in der Dämmerung, dunkel verschattet, und roch wie ein reicher Verwandter des Underberg. Peter wollte nicht einmal schnuppern an dieser grünen Betörung in kugliger Schale auf dünnem Stiel, flüssige Blüte auf gläsernem Stengel, an diesem Duft nach nächtlichen Abenteuern, Mantel und Degen, Capes, um die Schulter geschlagen, Spitzenschleier, Mantillas, verbotenen Blicken, Sünde womöglich.

Ich kippte ihn, wie ich es bei seinem armen Vetter, dem Underberg, gelernt hatte, den Kontakt mit Zunge und Gaumen vermeidend, dem Geschmack ausweichend, direkt in den Rachen. Ein triumphales Wohlgefühl stieg in mir auf, verbreitete sich vom Magen in langen, flutenden Wellen bis unter die Haarwurzeln, bis in den kleinen Zeh. In diesem Spiritus verbanden sich die Kräfte des hellen mit denen des Kräutergeistes zu einer überwältigenden Macht, die mein Ich unverzüglich wieder von mir Besitz und die Führung übernehmen ließ.

Das Ich lächelte Peter an, als habe der sich soeben aus einer Bestie in einen Prinzen verwandelt, Schneeweißchen und Rosenrot. Mit der Anteilnahme einer wohlwollenden Erbtante fragte Ich nach seiner Gesellenprüfung, er antwortete gesprächig wie nie, als flösse ein Strom der grünen Kraft von mir zu ihm, als vermöchte ich ihn zu beseelen mit grünem Geist.

Ohne Peter zu fragen, rief Ich den Ober, Ich fragte niemals, weder mich noch jemand anderen, ich tat, was Ich wollte, ich hatte da nichts mehr zu sagen. Es gefiel mir, was Ich tat, ich freute mich mit Ich auf den zweiten Escorial grün. Diesmal kostete Ich aus, was mir die Kehle hinunterfloß; es schmeckte brackig und süß.

Vor dem zweiten Schluck stierte Ich eine Weile in die grüne Flüssigkeit, Peters Stimme, die von der praktischen Zusatzprüfung zum Friedhofsgärtner sprach, hob und senkte sich in meinen Ohren, Grabpflege brauste heran und verebbte in Stiefmütterchen, Erika, auf der Heide, da blüht ein Blümelein, Erika, auf der Omama, Sorge tragen, brauste heran, Beileid aussprechen, Gebinde zu Selbstkostenpreisen. Dieses letzte Wort, Wort aus der Wachtelwelt, fuhr wie ein Säbel, blankgezogen, durch mein grünes, berauschtes Gewebe. Wäre nicht mein Ich schon so stark gewesen, ich wäre womöglich wieder zu mir gekommen, ich hätte über Ich die Oberhand gewonnen. Das Ich parierte den Hieb des ›Selbstkostenpreises‹ mit einem dritten Escorial.

Der Charme des ersten Gläschens, des Gläschens in Ehren, war längst verflogen. Nach dem zweiten hatte ich mir noch nach Kräften den Anschein gegeben, als höre ich zu, Ah, Hm, Ach was eingestreut, wann immer es Ich in den Sinn kam. Ein Pärchen am Nachbartisch, einige Jahre älter als wir, war auf uns aufmerksam geworden. Lachend hatte der Mann, schlank und mit spanierschwarzen Haaren, dem Kellner gewinkt, auf mein Glas gezeigt, zwei bitte. Der Mann, je länger ich hinsah, von immer spanischerer, adligerer Abkunft, trank sein Glas in einem Zuge aus, schüttelte sich, nahm dem Mädchen das Getränk weg, hielt sein Feuerzeug darüber, knipste es grimassierend an; in finger-hohen, blaugoldenen Flammen lohte der grüne Geist auf und er-losch. Frech sah Ich Peter ins Gesicht und bestellte mit fester Stimme noch einen Escorial grün.

Nach dem ersten Glas hatte mich kurz ein Verlangen über-kommen, Peters braungebrannte Hand zu berühren, flüchtig, wie damals beim Betrachten der Pflanzen. Schon das zweite Glas machte diese Aufwallung zunichte. Meine Empfindungen zogen sich aus der Außenwelt zurück, schlossen sich um mein Ich, ihm zu Diensten, ihm zu Gefallen zu sein. Nach dem dritten Glas be-gann meine Umgebung sich wieder vorzudrängen, merkwürdig verändert, Peter zuerst. Zwischen zwei Lidschlägen nahm sein Gesicht eine grünliche Tönung an, die sich von Atemzug zu Atemzug vertiefte. Zunächst stimmte er ein, als ich zu lachen be-gann, herzhafte, grüne Gemütlichkeit, guter Witz, daß Boviste auch Leichenfinger heißen, grüne Leichenfinger, grüne Veilchen-bringer. Dann kam der Schluckauf, und Ich konnte nicht mehr aufhören zu lachen, wieherte, keuchte, prustete, randalierte vor Lachen, und dazwischen der Schluckauf, immer wieder der Schluckauf, trank Wasser auf meinen leeren, grünen Geistermagen, rebellierte mit noch mehr Schluckauf, Gelächter, das mich zerriß. Alle Augen waren auf uns gerichtet, auf mich gerichtet. Gerichtet.

Herr Ober, zahlen, rief Peter. Wir jehen.

Peter stand auf. Ein Kästchen fiel zu Boden, Ich, krumm vor Lachen, hob es auf. Ein Ring kullerte heraus. Goldener Reif mit grünem Stein und blauem Stein. Grün wie die Hoffnung, die Treue so blau.

Wie schön, sagte ich zwischen zwei Schluckaufs.

Jib her, sagte Peter und nahm mir den Ring aus der Hand.

Er war rot geworden, das konnte ich sogar durch die grüne Farbe sehen.

›Grün, grün, grün‹, sang ich, ›sind alle meine Kleider. Grün, grün, grün ist alles, was ich trag. Darum lieb ich alles, was so grün ist, weil mein Schatz ein Gärtnermeister ist.‹

Schwarz, sagte Peter und nahm mir das Kästchen weg. Deine Kleider sin schwarz. Un isch bin erst Jeselle. Komm jetzt.

Er packte mich fest beim Ellenbogen und führte mich ab, an

einem Spalier apfelgrüner Köpfe vorbei, die in der Abenddämmerung giftig zu phosphoreszieren begannen. Unter meinen Füßen wand sich der Boden, als schritte ich auf einem Reptil. Ich klammerte mich an Peter. Er hielt mich auf Abstand. Da fing ich wieder zu singen an, gegen die Angst, wie Kinder im Keller, das Lied vom Tannenbaum und seinen grünen Blättern.

Auf dem Weg zur Vespa begann es zu regnen. Das Reptil hatte sich in meinen Magen zurückgezogen und suchte mich von dort aus dem Gleichgewicht zu bringen. Gegen Peters Arm um meine Schultern hätte ich nichts einzuwenden gehabt. Er dachte nicht daran. Hatte nur im Sinn, sich in Sicherheit zu bringen. Sich und sein Kästchen. Hoffnung und Treue.

Es regnete in Strömen, als wir die Vespa erreichten. Es regnete auf der ganzen Heimfahrt, regnete mir das Grün aus dem Kopf und den Fahrtwind hinein. Ich hielt Peter umklammert und wußte, es war das erste und das letzte Mal. An Piepers Eck stieg ich ab, Peter wollte mich nicht vor die Haustür fahren. Da, wo meine Brüste ihn berührt hatten, war sein weißes Hemd schmuddelig verfärbt.

Es waren die Flämmchen, blaugolden züngelnd auf samtigem Grün, die mich einen Zehnmarkschein aus dem Großvaterkästchen nehmen und nach Hölldorf fahren ließen. An den Kiosk in Strauberg traute ich mich nicht. Zu oft hatte ich dem Mann die Geschichte einer magenkranken Großmutter erzählt. Immer unwirscher hatte er mir die Fläschchen über die Theke geschoben.

Der Hölldorfer Verkäufer war groß und dünn und trug eine Goldrandbrille. So ähnlich sah er dem Großenfelder Buchhändler, daß mein schlechtes Gewissen mich fast aus dem Laden herausgetrieben hätte. Acht Mark fünfzig. Damit sagte ich zwölfmal: ›Ich kenne diesen Menschen nicht‹, zwölfmal den Kopf zur Seite gewendet, zwölfmal den Wörtergeist verleugnet. Zwölf Reclamheftchen mit einem Punkt! Er packte mir die Flasche als Geschenk ein.

Der grüne Geist hatte den der Bücher fast verzehrt. Wozu der

Umweg über die Buchstaben, um die Welten zu wechseln, um aus der einen Wirklichkeit in eine andere überzusiedeln, die Dinge abzustreifen, in Bildern aufzugehen? Nach dem ersten Schluck stand ich in einer züngelnden Aureole, wie ich sie von den Heiligenbildchen kannte, die ich einst als Fleißkärtchen gesammelt hatte. Den Heiligen wuchs die Heiligkeit in goldenen Stacheln nach außen, mir glühte ein weicher, geschmeidiger Strahlenkranz unter der Haut.

Die Flasche im Holzschuppen zu verstecken, wagte ich nicht. Nur in meinem Matchbeutel, den ich immer mit mir trug und jeden Abend neben mein Bett stellte, war sie sicher. Ich machte das Geschenkpapier nicht ab, trank, wann immer es nötig war, einen Schluck aus der Flasche und schob das Papier wieder über den Flaschenhals.

Von Sigismund kein Brief. Ich hielt es in meinem Holzstall nicht aus, setzte mich zu Mutter und Großmutter. Häs de jenuch von de Bööscher, fragte die Mutter schadenfroh. Jojo, ergänzte die Großmutter, dat is jitz der Ernst des Lebens. Um acht gab es die ›Tagesschau‹. In der Kantine hatte ich vom Nebentisch ein erregtes Gespräch mit angehört, in dem es um ›Flüchtlingswellen‹ ging, wie die ältere Frau der jüngeren mitteilte, wobei sie ihre Gabel ein paarmal auf und ab durch die Luft führte. Täglich Tausende, hatte ich aufgeschnappt, kämen über die grüne Grenze nur mit dem, was sie gerade anhätten. Vielleicht noch eine Tasche, ein Köfferchen.

Ich wußte, daß drüben der Kommunismus herrschte, der Antichrist, und daß der Kommunismus die Weltherrschaft anstrebte. Luzifer, suchend, wen er verschlingen könnte. Vor Jahren hatte ich geholfen, Päckchen nach drüben zu packen, wenn die Frauen vom Frauenverein sich in der Weihnachtszeit ihrer Schwestern und Brüder erinnerten, Heidenkinder, arm und unglücklich, aber deutsch. Im ersten Jahr, ich konnte gerade schreiben, hatte ich vier Gedichte beigesteuert, viermal in meiner schönsten Schrift ›Markt und Straßen stehn verlassen‹ abgeschrieben. Die Mutter war außer sich geraten über die Papierverschwendung – ich hatte ein ganzes Schreibheft verbraucht –, und die anderen Frauen hatten gelacht und gesagt, von schöne Wööd wäd mer nit satt*. Friedel, die Kaffee und Würfelzucker brachte, bewirkte mit ihrem Lob, daß die Mutter sich beruhigte und die Gedichte auf vier Päckchen verteilt wurden.

Freiheit sei es, was im Osten fehle, hatte die Ältere der Jüngeren in der Kantine erklärt. Unterdrückt seien die Menschen, bespitzelt Tag und Nacht. Und in die Kirche gehen dürften sie auch nicht.

Noch keine fünf Jahre war es her, der Großvater schon tot, daß die Familie um das Radio gesessen hatte, sogar die beiden Nachbarinnen Julchen und Klärchen, zu geizig, ihren alten Volksempfänger reparieren zu lassen, waren zu uns gelaufen, um das Unglaubliche zu hören: Schüsse, Gewehrsalven aus dem Radio, Schreie, Explosionen, Rasseln wie von schweren Ketten, Panzer, hatte der Vater gesagt, dat sin Panzer, dazwischen die Stimme eines Reporters, abwechselnd tonlos vor Entsetzen, dann wieder sich überschlagend in hilfloser Wut.

Nä, nä, die ärme Lückscher, hatte Julchen gesagt und Klärchen wie immer den Satz papageienhaft wiederholt. Die Mutter hatte aufgeschluchzt und sich mit dem Kittelzipfel die Augen gewischt. Nur die Großmutter behielt die Nerven. Als das Dröhnen der Panzer lauter wurde, die Gewehrsalven kaum noch abrissen, sagte sie: Lommer bäde und begann einen schmerzhaften Rosenkranz. Was den Vater nicht wenig aufbrachte, denn der wollte dabeisein, beim Weltgeschehen, Kampf und Pulverdampf, Freiheit oder Tod, und er drehte das Radio lauter. Die betenden Stimmen der Frauen wurden zerschossen, von Panzern überrollt. Kardinal Mindszenty, dem das Gebet vor allem gegolten hatte, konnte in die amerikanische Botschaft flüchten, durfte aber das Haus nicht mehr verlassen. Andachten wurden gehalten für den Kardinal, für die im Kampf für Glauben und Freiheit gefallenen Glaubensbrüder und alle anderen armen Seelen. Aber die Kommunisten hatten gewonnen. Allerdings nur für dieses Mal, wie der Pastor nicht müde wurde zu betonen, wir alle müßten wachsam sein und unser Teil beitragen für den Sieg des Glaubens über den Unglauben, der Freiheit über die Diktatur, über Luzifers Reich.

* Von schönen Wörtern wird man nicht satt.

Auch die Brüder und Schwestern lebten unter den Kommunisten, jedem Gebet für den ungarischen Kardinal wurde die Bitte angefügt, auch unser gespaltenes Volk möge bald wieder zusammenkommen.

Täglich Tausende, hatte die Frau in der Kantine gesagt. Der Fernseher zeigte Bilder von Frauen, Männern und Kindern, die aus Bahnen stiegen und in Notunterkünften wohnen mußten, gemeinsam in Hallen oder als Familien in winzigen Zimmern. Aber sie schienen glücklich, lächelten bereitwillig in die Kameras, und Freiheit, frei sein, frei, strömte es aus ihren Mündern, als sänge ein jeder von ihnen Töne eines uralten Liedes. Zahlen wurden verkündet wie Lottogewinne: Hundertfünfzigtausend Flüchtlinge, sagte die dunkelhaarige Ansagerin mit der eleganten Kurzfrisur, seien es seit dem ersten Januar gewesen; zwölftausendfünfhundert Flüchtlinge für eine Woche gab sie Anfang August bekannt. Um die zweitausend waren es jetzt jeden Tag. Mutter und Großmutter schüttelten den Kopf. Unbegreiflich, wie man so alles im Stich lassen konnte und mit nix, einfach so, rübermachte, wie die Geflohenen sich ausdrückten, sie hatten rübergemacht, ein Satz, der den Bruder, als er ihn aus dem Mund einer stämmigen Fünfzigerin, die rund und drall in die Kamera guckte, aufschnappte, zu einem unbändigen Lachanfall reizte, rübergemacht, rübergemacht, wo denn rübergemacht, er war nicht zu halten, ahmte mit dem Mund einen Furz nach, hahaha, einfach rübergemacht. Mit nix!

Überall diskutierte man, was man selber wohl tun würde, gehen oder bleiben? Auch Sigismund im fernen Freudenstadt hatte die ›Flüchtlingswelle‹ erreicht. Mit seiner winzigen Schrift schrieb er mir beinah fünf DIN-A4-Seiten; er mußte große Langeweile haben.

Seine Ansichten empörten mich. Sie glichen denen der Mutter und Großmutter, denen der Tante, der Nachbarn. Was man von der Freiheit habe, meinte Sigismund, wenn man im Westen vor dem Nichts stünde, bei Null anfangen müßte. Nein, dableiben müsse man und versuchen zu ändern, was einem mißfalle, jeder an seinem Platz. In diesem Zusatz unterschied Sigismund sich von Mutter, Großmutter und den übrigen. Der nächste Absatz vereinte sie wieder. Wer dazu nicht bereit sei, der solle sich fügen, schrieb Sigismund. Wo käme man hin, wenn jeder, dem in seinem Staat etwas nicht passe, abhauen würde. Die reinste Völkerwanderung wäre das. Denen da drüben gehe es nicht um die westliche Freiheit, sondern um den westlichen Wohlstand. Unser Geld. Kopfschüttelnd entsann ich mich unserer Diskussionen, wie Sigismund damals Kohlhaas verteidigte, während ich ihn einen Narren genannt hatte.

Ich schluckte einen Underberg und schrieb, dem Menschen sei die Freiheit eingeboren wie sein Drang zum Leben. ›Der Mensch ist frei geboren, ist frei, und würd' er in Ketten geboren.‹ Freiheit sei das Geburtsrecht eines jeden Menschen. Daß sich der Adel, ja Adel schrieb Ich, eines Menschen daran erweise, ob er die Freiheit auf Leben und Tod zu erkämpfen bereit sei. Ich schluckte einen zweiten. ›Und setzet ihr nicht das Leben ein, nie wird euch das Leben gewonnen sein‹, zitierte Ich meinen Friedrich. ›Freiheit sei ihr erst Geläute.‹ Wie konnte Sigismund einem Käfig das Wort reden, der nicht einmal golden war? In meinem Ich-Kopf rauschten himmlische Heerscharen gegen die Pforten der Hölle und machten das Tor auf, der Panther setzte in weiten Sprüngen aus der Pappenfabrik in die Wiesen am Rhein, Tell schoß Geßler den Kopf vom Hut, und Ritter Delorge warf der Schönen den Handschuh vor die Füße.

Freiheit, schrieb Ich, ist das fünfte Element: Feuer, Wasser, Erde, Luft und Freiheit. Daß sie einem nicht in den Schoß fiele, schrieb ich, davon wußte ich ein Lied zu singen. Fühlend, wie mein hochgespanntes Ich, mein Ich gegen Tod und Teufel, langsam von mir wich, schloß ich mit der Weisheit von dreiundvierzig Kräutergeistern: ›Wer die Freiheit gratis begehrt, verrät, daß er sie nicht verdient.‹ Ein Satz für meine Sammlung.

Mitte August, hatte Sigismund an den Rand gekritzelt, sei er wieder zurück.

Bald kam ich nirgends mehr ohne einen der drei Geister, den hellen, den grünen, den braunen zurecht. Eine Zeitlang hatte ich am Berufsschultag auf seine Unterstützung verzichtet. Unter Zenders Augen fühlte ich mich sicher. Dies änderte sich, als der Lehrer nach ein paar Wochen sein Buch von mir zurückerbat und mich fragte, wie es mir gefallen habe. Ich hatte es nicht gelesen.

Zender war enttäuscht. Er verlor sein Interesse an mir. Nachsichtig zog er die Augenbrauen hoch, wenn er sah, wie ich für Geld einen Aufsatz nach dem anderen zusammenstümperte. Daß sich meine Leistung in Steno und Schreibmaschine besserte, registrierte er beinah mißbilligend. Im kaufmännischen Rechnen blieb ich eine der letzten. Spottend gab er mir ein ums andere Mal die Klassenarbeiten zurück: Nun, es drängt Sie wohl doch nicht ganz so brennend ›nach Golde‹, wie?

Nur einmal stellte sich die Vertrautheit der ersten Begegnungen wieder her. Auch vor der Berufsschule hatte die ›Flüchtlingswelle‹ nicht haltgemacht. Einen Aufsatz über die Freiheit schreiben sollten wir. Was wir darunter verstünden, was sie uns wert sei, wie wir handeln würden, eingeschlossen in einer Diktatur. Ich schrieb den Brief an Sigismund noch einmal, war im Handumdrehen fertig und konnte meine Gedanken noch ein paarmal für Geld variieren, ehe Zender die Blätter zusammenschob.

Wütend gab er mir den Aufsatz zurück. Fräulein Palm, schnauzte er, Sie haben hier wirklich nichts verloren. Daß Sie hier herumsitzen ist Zeitverschwendung. Sie hier jedesmal zu sehen, macht mich krank.

Die Klasse saß gespannt. So hatte Zender noch mit keinem geredet. Ich schaute auf meinen Matchbeutel. Da war der Geist, der alles richten würde.

Nun schauen Sie nicht so verzweifelt, fuhr Zender milder fort: Eine glatte Eins. Eins und besser. Besser schreibt ein Erwachsener nicht.

Kunststück, dachte ich, wer schreibt schon besser als Schiller. Immerhin blieb das Vertrauen meiner Abnehmer in meine Ware stabil, und das Silber glänzte mir weiter.

Jeden Abend sah ich nun die ›Tagesschau‹. Selbst der Vater kam rechtzeitig nach Hause, und die Nachbarn drückten sich für die ersten Meldungen in die Küche. Eine seltsame Unruhe hatte sich der Menschen bemächtigt, alle führten das Wort ›Freiheit‹ im Munde, alle sprachen es hochdeutsch und feierlich aus wie das Amen im Gebet. Wenn man auch nit vell an de Föß hatte, so hatte man doch seine Freiheit. Hi kann jeder hin, wohin he will, trumpfte die Großmutter auf, die noch nie über Kevelaer hinaus-gekommen war.

Ich war froh, nicht allein zu sein, als wir an jenem Montag-abend das Unfaßbare sahen: als wir sahen, wie mitten durch Ber-lin Stacheldraht ausgerollt und aufgetürmt wurde, Stacheldraht, wie ich ihn nur von der Weide kannte, wo Karrenbroich seine Bullen hielt; als wir Unter den Linden die Kradmelder hin- und herjagen sahen, immer mehr Soldaten, in fabrikneuen Jeeps und Mannschaftswagen; als wir die Posten sahen mit Schnellfeuer-pistolen und im Kampfanzug; als wir zuerst das Geräusch ver-nahmen und der Vater Panzer sagte; als wir die dünne Stimme hörten, seltsam im Fernsehton verzerrt: Die Panzer kommen; als wir sie dann sahen, wie sie sich langsam und drohend näher scho-ben, zwischen den Tausenden Menschen, die mit versteinerten Gesichtern den Straßenrand säumten; als wir den ersten Pfiff hörten, aus der wehrlos entsetzten Menge, dem ein ohrenbetäu-bendes Pfeifkonzert folgte um die Ohren der Männer, die in ihren Tarnanzügen in den Panzertürmen hockten und vor sich hin starrten; als wir die Straßen sahen, aufgerissen wie für eine neue Kanalisation, aber mit Stacheldraht gefüllt; als wir die Frau aus dem dritten Stock eines Hauses in den Westen springen sa-hen – Feuerwehrmänner hielten ein Sprungtuch bereit; als wir das alles in unserem Fernseher Schauinsland mit der Telelupe sahen, da war ich froh, eine Flasche in Geschenkpapier zu haben. Wie im KZ, sagte die Großmutter und: Lommer bäde, wie sie es vor fünf Jahren gesagt hatte, als die Panzer durch Budapest rollten.

Wie damals beteten wir den schmerzensreichen Rosenkranz, ›der für uns ist gegeißelt worden‹. Nach dem ersten Gesetz ging man bedrückt auseinander. Montag. Die Frauen mußten noch die Wäsche von der Leine nehmen.

Jitz es dä Prummekooche ald verbrannt, seufzte Julchen, als sie aus der Hintertür trat und ihrem Küchenfenster entgegen-schnupperte.

Nä, nä, tadelte Klärchen ihre Schwester, wie kanns de blos an Prummekooche denke, wenn se en dä Zone die Minsche henger Stacheldroht bränge wie de welde Diere em Zoo. Fählt nur noch, dat se die lebendesch enmure*.

* lebendig einmauern

Jongejong, lenkte Julchen ein und dehnte sich gewaltig in den Armen. Vielleicht konnte sie keine Telegrafenmasten mehr schultern, aber man glaubte ihr aufs Wort, wenn sie die Hände zu Fäusten ballte und sagte: Die sollte mer kumme! Du häs Räät! Minsche henger Stacheldroht! Dat kann mer sesch doch nit beede loße.

Julchen und Klärchen mit ihren geballten Fäusten, die Großmutter mit ihrem Rosenkranz hatten recht: Diese Bilder konnte man nicht einfach hinnehmen. Man mußte handeln. Ich ging in den Holzstall, nahm einen dem Ereignis angemessenen Schluck und schrieb:

›Deutsch! Hörst du den Klang, Deutscher?
Die Freiheitsglocke in deinem Herzen?
Deutsch!
Sie läutet deutsch!
Deutsche Freiheit für alle Deutschen
Freiheit für alle!
Hörst du den Klang, Deutscher?
Sie läutet uns zusammen
Deutsch und frei!
Mensch und frei!‹

Wirklich hörte ich es klingen, deutsch und Mensch und frei, und in diesem Ton noch einige Seiten fort, majestätisch brausten die Wörter durch meinen Kopf aufs Papier, ein machtvoller Haufen, Truppen, eine Armee. Bataillone ließ ich aufmarschieren, je mehr Wörter, desto größer die Kraft, ein Bollwerk gegen die finsteren Mächte der Wirklichkeit, niederreißen den Stacheldraht auf dem Papier, die Panzer zertrümmern mit Tausenden zur Freiheit umeinander verhakten Buchstaben, wie Demonstranten gegen die Volkspolizei. In immer neuen Formationen ließ ich die Wörter paradieren, ›deutsch und frei‹, ›Mensch und frei‹ gingen voran, trugen die Standarte mit Klang und Geläute, gefolgt von anderen, schwächeren Worten, keines konnte neutral bleiben, jedes wurde zur Parteinahme gezwungen, den unlustigen durch ein paar Ausrufezeichen Beine gemacht. Selbst altbekannte Drückeberger – ›und‹, ›so‹, ›es‹ – gerieten in den Sog der großen, deutschen Freiheitsbewegung in meinem Rechenheft. Später ersetzte ich Stacheldraht durch Mauer:

›Reiß die Mauer nieder
in deinem Herzen!
Erst dann bist du frei!
Mensch und frei!‹

Je länger Ich schrieb, desto weniger bedrückten mich die Bilder, die Spannung ebbte ab, als hätten mich die Wörter vom Erleben der Bilder erlöst. Die Bilder waren wieder Bilder, sonst nichts. Ich konnte wieder hinsehen, gelassen, ohne den Drang, auf der Stelle dazwischenfahren zu müssen. Selbst Frau Wachtel vergaß ich zeitweilig über den eingemauerten Brüdern und Schwestern. Sich mit fremdem Leid zu befassen erleichterte das eigene. War dies am Ende das Geheimnis der Barmherzigkeit, der sieben guten Werke?

In den nächsten Tagen ließ ich keine Sendung der ›Tagesschau‹ aus, dann wurden die täglichen Bilder alltäglich. Die Nachbarn blieben weg. Die Verhältnisse waren klar. Es gab ein gutes Deutschland und ein schlechtes; Demokratie und Diktatur. Man lebte im guten Land. Für die im schlechten ging man in den Andachten beten. Oder im Holzschuppen dichten. Aber für eine kurze Zeit hatte ich mich nicht allein gefühlt, hatte dazugehört wie als Kind in der Kirche, Gemeinschaft der Gläubigen, Gemeinschaft der Demokraten, Großmutter, Julchen und Klärchen, Vater und Mutter, der Bruder und ich. Gemeinschaft der freien Welt, von mir bis Konrad Adenauer, von mir bis Kennedy. Doch dieses Gefühl verging schnell, jedenfalls in seiner Heftigkeit, die Trost verleihen kann. Nur wenn ein Fluchtversuch glückte oder mißlang, als der erste Tote im Stacheldraht verblutete, eine alte Frau aus dem Fenster in den Tod sprang, brachte das die freie Welt in der Altstraße noch einmal vor unserem ›Schauinsland‹ zusammen.

Meine Freiheit bestand weiterhin darin, acht Stunden täglich mit Frau Wachtel in einen Raum gesperrt zu sein, meine Wörter zu verraten, die Buchstaben zu verdrecken und mich abends zu erlösen in immer tieferen Zügen aus der Flasche im Geschenkpapier.

Sigismund war zurück. Morgen, schrieb er, er könne es kaum erwarten, am Möhnebusch, wie beim letzten Mal vor achtundachtzig Tagen. Daß er die Tage gezählt hatte, rührte mich. Mein Ärger war größer. Mittwoch war Berufsschultag, das mußte er doch wissen. Was wußte Sigismund überhaupt noch von mir? Ich von ihm? Briefe hatten wir uns geschrieben, Briefe wie Klassenaufsätze über die Freiheit, die Treue, den Neid, sogar über den Fahneneid hatten wir zwischen Freudenstadt und Dondorf philosophiert, ganz zu schweigen von den Leidenschaften, die wir aufs Papier gossen, wenn wir uns in Beteuerungen kaum zu ertragender Sehnsucht ergingen. Auch meiner Gestalt hatte sich Sigismund immer unverblümter genähert, ›Brüste‹ hatte er einmal wortwörtlich geschrieben und daß sie wie ›Rehe unter der Bluse hüpften‹, schiefes Bild hätte Fräulein Abendgold an den Rand geschrieben.

Ein paarmal hatte ich ihn mit der Macht des Kräutergeistes, des grünen Geistes herbeizurufen versucht, mich in seine Briefe versenken wollen wie in ein Buch, ihn auferstehen lassen wie einen Tonio, Wronski, Botho, Heinrich, Hauke, Eduard. Es war mir nicht gelungen. Der Brief war ein Brief geblieben von einem Jungen aus Freudenstadt.

Nun war er da, und ich hatte Angst vor seiner Nähe. Meine Antwort ein Telegramm. Kann nicht kommen. Berufsschule. Erwarte Antwort. H.

Wie immer wartete Trudi in der Mittagspause auf mich. Schon morgens im Bus war sie bekümmert erschienen; ich hatte sie nicht gefragt, zu versunken im eigenen Hader mit der Welt.

Vor ein paar Wochen hatten Trudi und ich den Platz gewechselt. Unsere neue Bank stand bei einem Springbrunnen, ich wie immer versunken in sein Plätschern und Plaudern, Steigen und Fallen.

Ein Rippenstoß Trudis ließ mich nach Luft schnappen. Ihre kurze, weiße Hand, nie ganz sauber, wedelte vor meinem Gesicht. Hilla, Hilla, hörte ich von weither ihre Stimme. Hilla, hörs de mir überhaupt zu. Hilla, isch krisch en Kind.

Trudi! Ich trank in einem Zug meine Cola aus und faßte das Mädchen neben mir ins Auge. Hätte sie jemand meine Freundin genannt, ich hätte protestiert und wäre mir dabei vorgekommen wie eine Verräterin.

Trudi! sagte ich noch einmal. Ihr Gesicht war so blaß wie im Frühjahr. Blasser, flacher Teig, Rosinenaugen, Kohlenaugen, das spitze Näschen, der Tupfen Mund, Trudi der Schneemann, Trudi der Schneemann kriegte ein Kind.

Jo, sagte Trudi. Esch ben em zwedde Monat.

Ja, aber, sagte ich dümmlich, wie ist das denn passiert?

Wie soll dat passiert sin, erwiderte Trudi hilflos grinsend. Esch wes et nit. Mer wore am Rhing. Esch hab och jet jedronke. Sujet Jrönes. Es ... Es ...

Escorial, half ich. Escorial grün.

Trudi riß ihre kleinen Augen auf. Jo! Reschtesch. Woher weeß du dat dann? Woher kennst du dann sujet?

Ich zuckte die Achseln.

Jo, esch han dat Düvelszeusch jedrunke. Ene un dann noch ene. Et wor jo och jemötlisch. Un dann sin mer no Rhingheem op de Kirmes jefahre un han Feschbrütscher jejesse. Un dann sin mer op de Raupe. Un weil et mer donoh schläät wor, sin mer noch ens dat jröne Zeusch drinke jejange. Reine Medizin, hät dä Kääl jesäät. Nix wie Kräuter. Et wor mer dann och widder besser, ävver wie mer dann russjekumme sin, o weia.

Trudi machte eine Pause. Sie war noch bleicher geworden, die Linien ihres Gesichts verwischt, zerflossen bis in die dünn verklebten Haare. Eine Hand legte sie auf meinen Oberschenkel, mit der anderen hielt sie die zugeknöpfte Bluse krampfhaft über der Brust zusammen.

Hilla, sagte sie, wat denks de jitz von mir? Esch scham mesch su.

Anders als beim Brustkrebs der Cousine, beim Betrug an Maria, bei Hannis Asthma wußte ich in diesem Fall, was zu tun war.

Widerstrebend, als hätte sie die Grippe, legte ich den Arm um die dickliche Person, die sich dankbar an mich schmiegte: Da gibt es doch nur eines, Trudi. Er muß dich heiraten.

Nä, schluchzte Trudi, esch kenn den doch ja nit. Esch wes jo ja nit, wie et passiert es.

›Et‹. Da war es wieder. ›Et‹. Et es en Sekond, hatte die Mutter gesagt. Ob ›et‹ zum Äußersten gekommen sei, hatte Cousine Hanni gefragt.

Esch wees nit, wie ›et‹ passiert is, wiederholte Trudi. Also, mer kumme us däm Weetshuus en Rhingheem, et war dä ›Vater Rhein‹, viellesch kenns de dat jo? Trudi sah mich an, als könnte meine Bekanntschaft mit der Wirtschaft auf wundersame Weise alles zum Guten wenden. Ich kannte ihn nicht, den ›Vater Rhein‹. Also, aus der Wirtschaft seien sie gekommen. Doch kaum an der frischen Luft, habe die Straße sich unter ihren Füßen bewegt wie …, wie …, wie … eine grüne Schlange, fiel ich ein, und Trudi sah mich wiederum mit großen Augen an, worauf ich nur vielsagend den Kopf wiegte. Trudi aber war schon weiter, im Griff des Kääls die Böschung hinunter ins Erlengestrüpp, ins Unterholz, in die Weiden am Rhein. Plötzlich hätten ihre Knie nachgegeben. Aus dem Griff des Kääls sei sie auf alle viere gefallen wie ein Hund und habe zu würgen angefangen, zu kotzen. Dabei habe sie genau gemerkt, wie der Kääl ihr den Rock gehoben und die Hose runtergezogen habe, et wor jo wärm, stöhnte Trudi, esch hatt nit vell an. In immer neuen Schüben hätten sich halbverdaute Fischbrötchen und Likör in ihrem Mund gesammelt, immer neue Krämpfe hätten sie geschüttelt und vornübergeworfen, während sich der Kääl an ihr zu schaffen gemacht habe, bis sie beide fast gleichzeitig zusammengebrochen seien, sie, einen letzten Schwall von sich gebend, dä Kääl mit einem Zucken und Stöhnen, als kotze er auch. Sie sei liegengeblieben, wie lange, wisse sie nicht. Als sie wieder zu sich gekommen sei, habe ihr Gesicht im Erbrochenen gelegen. Der Kääl war weg, der Bauch tat weh. Blut habe sie auch gesehen, da habe sie geglaubt, sie habe vor Schreck die Tage gekriegt. Sie sei in den Rhein gegangen und habe sich saubergemacht. Zu Hause habe sie keinem etwas erzählt. Der Vater prügle sie tot, wenn er von der Schande erführe. Und die Mutter habe vor dem Vater mehr Angst als vor der Hölle.

Von weither schlug eine Kirchturmuhr. Wir sprangen auf und hasteten in den Unterricht. Warenkunde. Die vier Gebote für den klugen Einkäufer.

Es wurde spät an diesem Abend in der Eisdiele. Ja, gebeichtet habe sie schon, erzählte Trudi weiter. Eigens nach Langenhusen sei sie dafür gefahren, wo sie niemand kenne, aber der Pastor hätte alles so genau wissen wollen, und so genau habe sie das doch gar nicht mitgekriegt, sie sei ja mit Kotzen beschäftigt gewesen und hätte auf Einzelheiten am anderen Ende ihres Körpers nicht achten können.

Als der Pastor auch noch habe wissen wollen, ob sie denn gar keine Lust verspürt habe, sei sie wütend aufgestanden und gegangen, ohne Buße und ego te absolvum. Reue, o ja, Reue verspüre sie, aber mehr noch Wut, Wut op dä Kääl, aber auch auf sich selbst. Esch wor doch esu besoffe, sagte Trudi, über ihrer Bananenmilch schon wieder den Tränen nahe, dat esch nit jemerk han, wie et passiert es. Un et wore och nit ming Daach, esch meen, dat Bloot, dat esch jesinn han. Dä Kääl hät mesch zerresse.

Rotgeweint und verquollen saß mir Trudi auf dem Plastikstuhl gegenüber.

Ob sie dän Kääl wiedergesehen habe und ob sie wenigstens wisse, wie er heiße und wo er wohne?

Heinz, heiße er, sagte sie, Heinz Holl, und er wohne in Hölldorf, arbeite in einer Baukolonne, ungelernter Maurer. Wiedergesehen habe sie ihn von weitem, auf der Straße, aber er habe sein Moped nicht einmal angehalten, und im Hochamt sei er vor dem Segen schon gegangen.

Trudis Stimme wurde mit jedem Wort fester und empörter. Das Unfaßbare auszusprechen tat ihr gut.

Heiraten, hatte ich, ohne zu zögern, gesagt, heiraten müsse Trudi dä Kääl, so war es in den Büchern mit glücklichem Ende. Andernfalls führte der Weg ins Wasser oder ins Kloster. Auch Selbstmorde, getarnt als Lungenentzündung nach leicht bekleidetem nächtlichem Wandeln im Park, gab es mitunter. Die Zeiten von Holzstoß oder Schafott für ein sündiges Gretchen waren gottlob vorbei. Doch hatte es sich in meinen Büchern niemals um ungelernte Maurer gehandelt, die Schänder waren meist aus gutem Hause, Adel und Bürgertum, leichtsinnig oder heruntergekommen; manchmal gab es Subjekte; doch so wie dä Kääl hatte keiner von ihnen et getan. Laue Sommernächte, Fliederbüsche, Kornfelder, Heuschober, Abschiede und Nachtigallen waren ihnen zur Hand, zuweilen beschleunigten Kriege und Duelle ihre niederträchtigen Erfolge. Auch auf dem Papier ge-

schah et mitunter im Rausch, allerdings in dem der Leidenschaft, nicht des Besoffenseins. Die Art und Weise, wie Trudi in
ihren Zustand geraten war, ließ mich fast an meinem Rat zwei-
feln.

Doch Trudis Stimme klang jetzt unternehmungslustig: Meens
de werklesch, Hilla, esch sull dä Kääl hierode? Ihr Gesicht nahm
allmählich wieder seine gewohnten Farben und Formen an.

Trudi, sagte ich, kannst du dir ein Leben mit dem Kääl, dem
Heinz, denn vorstellen?

Met däm so joot wie met nem andere. Dä Papp schläät mesch
duut, wenn dä dat hürt. Schützend legte Trudi ihre Hände über
dem Bauch zusammen. Duut schläät dä mesch, tot schlägt der
mich.

Wie gut ich Trudi verstand. Am Sonntag, sagte ich, komm ich
nach Hölldorf. Wir gehen zusammen ins Hochamt. Der Kääl
entwischt uns nicht. Den knöpfen wir uns vor. Notfalls gehen
wir zu seinem Meister.

Dä is doch unjelernt, sagte Trudi, schon wieder unsicher.

Ja, richtig. Kennst du seine Eltern? Weißt du, wo er wohnt?

Das wußte Trudi. Es machte die Sache einfacher. Man würde
mit den Eltern reden. Auch das kannte ich aus den Büchern.
Hinter dem Rücken der Betroffenen wurden dann Verhandlun-
gen geführt. Nicht immer mit dem Ziel einer Heirat. War die
Gefallene nicht von Stand, suchte man sie mit Geld wieder auf
die Beine zu bringen. Nie hatte ich gelesen, daß eine Gefallene
die Eltern des Fallenstellers persönlich aufgesucht hatte.

Ich brauchte einen Plan. Etwas wie ein Drama. Wie ›Nathan‹
oder ›Wilhelm Tell‹. In den Hauptrollen Trudis Vater und ich.

Was machen denn seine Eltern? fragte ich.

Seine Eltern? echote Trudi. Waröm wills de dat denn wisse?

Nur so, murmelte ich.

Esch jlööv, dä Vatter es Maurer, wie dä Sohn. Aber jelernter
Maurer, Polier. Un die Mutter is em Huus. Ävver deit vell für dä
Frauenverein. Wie ming Modder och.

Auf der Rückfahrt war es schon dunkel. Trudi, mein Schneemann, strahlte in Zuversicht. Mein Herz war schwer. Nichts von
Sigismund.

Auf dem Zettel, den der Bruder am nächsten Tag mitbrachte,

schlug der Freund den Sonntagmorgen vor. Übermorgen. Samstags, schulfrei, konnte der Bruder ihn nicht treffen. Ich aber durfte Trudi nicht im Stich lassen.

Sie wartete bei der Post auf mich. Ich stellte das Fahrrad ab, und wir reihten uns in den Strom der Kirchgänger ein. Trudi, mit locker gebürsteten Haaren und in einem fliederfarbenen Jäckchenkleid, winkte nach allen Seiten, stolz auf die Begleitung einer Fremden, der schwarze Kleidung einen geheimnisvollen Anstrich verlieh. Mit gravitätischem Nicken begleitete ich Trudis heitere Grüße und stolperte vor Vornehmheit über die eigenen Füße, als zwei Mopeds sich an uns vorbeischlängelten und Trudi mich in die Seite puffte.

Dat es dä Heinz, flüsterte sie, der zweite. Un dä Broder. Ich sah einen braunbeige karierten Rücken, breit und kurz, und eine fest pomadisierte schwarze Entenschwanzfrisur.

Wir gingen schneller, doch als wir bei der Kirche ankamen, standen die Fahrzeuge schon aufgebockt am Nebenportal.

Da, zischte Trudi und deutete Richtung Kanzel: die Entenschwanzfrisur.

Der Pastor sprach mit vorgeschobenem, locker herabhängendem Unterkiefer, als hätte er die Wörter durch den Fleischwolf gedreht. Grinsend sah ich Trudi an.

Der is ne Rüberjemachte, flüsterte sie. Und fügte beruhigend hinzu: nur zur Aushilfe.

Psst, zischte meine Nachbarin und sah mich ohne jede Nächstenliebe an. Ich aber lauschte der Predigt aufmerksam wie schon lange nicht mehr. Mit nahezu wissenschaftlichem Interesse folgte ich den Lautbildungen des gottgeweihten Mundes auf der Kanzel. Als erforschte ich die Töne einer fremden Vogelart, suchte ich die Absonderlichkeiten der rübergemachten Aussprache, ihre Abweichungen vom Hochdeutschen zu ordnen, wie es mir aus dem Kölschen mit J statt G, T statt S, Sch statt Ch, geläufig war. Besonders die Ä hatten es dem Aushilfspastor angetan; E kannte er nicht, alles Harte war ihm fremd, K P T wurden in weicher Speichellauge zu G B D gespült. Ich hing an den Lippen des Predigers und schlug mit großem Bedauern das Kreuzzeichen, als er den Säschän sprach in der Schbrachä Joddäs, in nominä badä äd wilio äd schbiridus sangdus.

Trudi und ich flankierten die Mopeds, als die Brüder herauskamen. Die Entenschwanzfrisur gehörte tatsächlich dem Hölldörper, meinem Fischbrötchenspender. Gut, daß noch genügend grüner Geist in mir kreiste.

Tach, sagten Trudi und ich wie aus einem Munde und lehnten uns an die Fahrzeuge. Tach, knurrte Heinz, der Hölldörper, sah uns nicht an und wollte das Moped von mir wegziehen.

Tach, sagte auch der andere. Wat soll dat? Kennst du die? wandte er sich an seinen Bruder.

Der Ältere war sicher anderthalb Kopf größer, mittelblond, schlank, fast mager, hatte ein waches, mit Pockennarben übersätes Gesicht und kluge, flinke Augen.

Wir haben mit dem da, ich zeigte auf Heinz, zu reden. Sie können gerne dabeisein. Wir, ich betonte das Wort mit Nachdruck, wir haben nichts zu verbergen. Hören Sie ruhig zu. Sie zu sagen, hatte ich mir am Vorabend überlegt. Es verfehlte seine Wirkung nicht. Der Ältere nahm Haltung an. Hier ging es nicht um Kinderkram.

Walter Holl, stellte sich der Ältere vor und gab mir die Hand.

Hilla Palm.

Heinz, der Fischbrötchenspender, zog seine Hand aus der meinen, als habe er in Disteln gegriffen, und drängte mich beiseite, um auf seinem Moped zu entwischen. Ein paar schnelle, kurze Tritte meiner eisenbeschlagenen Schuhspitze gegen den Kotflügel brachten ihn davon ab.

Also los, suchte der Ältere die Situation augenzwinkernd zu entspannen. Wo soll et denn hinjehen, meine Damen?

Nach Rheinheim, sagte ich, ohne Trudi zu Worte kommen zu lassen. Erst mal nach Rheinheim. Ich sag dann, wie es weitergeht.

Na jut, sagte Walter, bis zwei Uhr hab isch Zeit. Dann spielt Straubersch jejen Hölldorf.

Er nickte mir zu, ich stieg auf.

Trudi kennt den Weg, sagte ich. Und Ihr Bruder auch.

Bis zur Heirat, der Sühne, war Heinz ein Verbrecher. Verbrecher lockt man an den Ort ihrer Untat und treibt sie dort in den seelischen Zusammenbruch.

Die Mopeds parkten wir beim ›Vater Rhein‹. Trudi und ich quälten uns auf Zehenspitzen durch den Kies. Nach ein paar Metern blieb sie stehen und brach in Schluchzen aus. Heinz stierte in den Sand. Walter blickte zwischen Trudi und mir hin und her.

Ich legte den Arm um Trudi: Hier also ist es passiert? fragte ich.

Trudi nickte, schniefte. In meiner Fußspitze zuckte es.

Wat soll hier passiert sein? fragte Walter.

Heinz machte eine Bewegung, als wollte er fliehen. Das kannte ich aus meinen Büchern, fliehen wollen sie immer. Wie damals traf meine Fußspitze zuerst aufs Schienbein, aufs Harte, der helle Hacklaut erfreute mein Herz. Ich holte aus für den zweiten, ein Stück höher, ins Weiche, da riß der Bruder den Jüngeren zurück, packte ihn beim Kragen und schüttelte ihn fast aus seinem braunbeige karierten Sakko: Wat is he passiert, wat häs du jedonn? Esch han desch schon einmal jewarnt.

Esch, esch, winselte der Hölldörper und versuchte, sich loszureißen. Der Ältere packte ihn bei den Armen und drehte sie ihm auf den Rücken.

Wat ist hier passiert, wiederholte Walter, gefaßter.

Der Jüngere schwieg verstockt. Trudi kriegte vor Schluchzen kein Wort heraus. Das war der Augenblick für den Kommissar.

Hier, erklärte ich in meinem besten Hochdeutsch, hätte am liebsten Englisch gesprochen, wenigstens ein ›well‹ oder ›daresay‹ einfließen lassen mögen wie meine großen Vorbilder, doch dazu war die Lage zu ernst, zu wirklich, hier ist Ihr Bruder über Trudi Kluthe hergefallen. Vorher hat er sie betrunken gemacht im ›Vater Rhein‹. Mit Escorial grün. Und jetzt – ich machte eine Pause und nahm zwei Züge aus Sherlock Holmes Meerschaumpfeife –, Und jetzt kriegt Fräulein Kluthe ein Kind. Von Ihrem Herrn Bruder.

Trudi und die Brüder sahen mich an wie Moses den flammenden Dornbusch. Keiner sprach ein Wort. Nur die Wellen schlugen ihre Silben ans Ufer, gleichmütig, gleichmäßig schrieben sie ihre endlosen Zeilen bis in den Ozean.

Das Getöse eines Motorbootes, wie sie seit kurzem an Sonntagen immer häufiger auf dem Rhein zu sehen, vor allem aber zu hören waren, löste Walter aus seinem angespannten Schweigen.

Es dat wohr, schrie er und zog dem Bruder die Arme nach

oben, daß der sich im Schmerz zusammenkrümmte. Um der Wahrheit zu ihrem Recht zu verhelfen, ging es auch in den Büchern nicht immer vornehm zu.

Jo, jo, stotterte der, keuchend, die Augen traten ihm aus dem Kopf. Ävver met däm Kenk, dat han esch nit jewoß.

So, dat häs de nit jewoß! Walter rüttelte an den Armen des Bruders, daß der aufheulte und ein paar Spaziergänger auf der Böschung stehenblieben. Esch han dir of jenuch jesäät, dat nümp met dir e schläät Äng*!

Genug, schritt ich ein. Sie können Ihren Griff lockern. Aber nicht loslassen. Wir sollten jetzt beratschlagen, was zu tun ist. Ich klopfte meine Pfeife auf dem Absatz aus.

Heiraten muß er sie! Etwas anderes kommt jar nischt in Frage! Jedes Wort Walters in eine richterliche Robe gekleidet.

Der Jüngere stöhnte, ohne daß der Bruder ihm die Arme verdreht hätte.

Ich war sprachlos. Las Walter die gleichen Bücher wie ich? Warum nur hatte Gretchens Bruder Valentin nicht mit Faust unter vier Augen geredet, anstatt blindwütig mit dem Degen dreinzuschlagen? Wie Walter und ich dieses Kapitel im Leben von Heinz und Trudi gemeinsam zu Ende schrieben, gefiel mir weitaus besser.

Du gehst heute noch zu Trudis Vater. Walter versetzte dem Bruder einen derben Stoß auf beide Schultern und ließ ihn los. Knöcheltief steckte der Hölldörper im Sand. Mit schiefgelegtem Kopf schielte er zu Trudi hinüber, die in ihrer fliederfarbenen Unbeholfenheit aussah, als ginge sie alles nichts an.

Trudi, Walter streckte die Hand nach ihr aus, schlag ein. Es liegt jetzt an dir.

Trudi ließ den Weidenzweig fahren, von dem sie ein Blatt nach dem anderen abgeknipst hatte, als könnte der alte Strauch ihr verraten – er liebt mich, von Herzen, mit Schmerzen, ein wenig, gar nicht –, wofür sie sich entscheiden solle, und schaute uns ausdruckslos an. Ihre Hände, weich, weiß, dick, hingen aus den Kostümärmeln an den Seiten herunter wie zwei plumpe Kinderfäustlinge.

* ein schlechtes Ende

Trudi, drängte ich, denk an deinen Vater. Das letzte Wort fuhr in Trudi wie Strom in einen toten Frosch, schnurgerade schoß ihre Rechte auf Walters Hand und schlug ein.

Abgemacht, sagte Walter, ohne Trudis Hand loszulassen, und jetzt du. Er ergriff die Hand des Bruders und legte sie auf Trudis, ich legte meine dazu, Walter seine obenauf.

Abgemacht.

Ich war zufrieden. Der Missetäter hinter Schloß und Riegel. Walter sah erschöpft aus. Heinz hielt noch immer Trudis Hand. Trudi schaute auf ihre Füße, die ebenso tief in den Sand gesunken waren wie die ihres Verlobten in spe.

Und jetzt stoßen wir darauf erst einmal an. Walter ließ Trudi und Heinz, Hand in Hand, an sich vorbeistapfen, wir folgten ihnen wie Eltern ihren Sprößlingen.

Im ›Vater Rhein‹ räumten gerade die letzten Frühschöppler die Stühle, kamen sehr aufrecht steifen, gleichwohl schlingernden Schritts aus der Tür.

Schweinekääls, schimpfte die Wirtin, nix em Kopp als suffe und Wiewer. Dabei kumme se direck us dä Kersch. Wat darf es sein, die Herrschaften?

Mit einem nassen Lappen wischte sie die Bierränder vom Tisch, ihre Hand sah verbraucht aus, trotz der tomatenroten Fingernägel, von denen der Lack an den Rändern blätterte, als fehlte den Nägeln die Kraft, die Farbe zu halten. Was es sein dürfe, wiederholte sie ihre Frage, wie ein Kontrolleur, der im Fahrgast einen Schwarzfahrer vermutet.

Sekt, antwortete Walter, ohne uns zu fragen. Eine Flasche und vier Gläser.

Ob es auch vier Pikkolo sein dürften, gab die Frau mürrisch zurück. Ganze Flaschen würden so selten verlangt. Nur bei Verlobungen, Hochzeiten und Taufen. Sie hätten keine kalt gestellt.

Es dürften vier Pikkolo sein, aber zum Preis einer Flasche Hausmarke, und keinen Pfennig mehr. Walter sah mich beifallheischend an. Heinz flüsterte Trudi etwas ins Ohr. Sie kicherte, ihr Schneemanngesicht färbte sich rosa.

Anita, wo bliews de, de Zupp wütt kalt, schallte eine Männerstimme hinter dem braunen Velourvorhang, über dem ein Schild ›Toiletten‹ hing.

Kundschaft! kreischte die Wirtin zurück.

Sie gestatten? Walter zog ein Zigarettenetui aus der Tasche und sah mich an.

So etwas hatte ich bisher nur in Büchern erlebt. Undenkbar, der Vater oder ein Onkel würde eine derartige Frage stellen. Nicht einmal der vornehme, kleine Dr. Siegfried Wadepohl war so weit gegangen.

Selbstverständlich gern, erwiderte ich mit einem Lächeln, würdig einer Anna Karenina.

Er bot mir eine Zigarette an. Ich verneinte graziös.

Die Pikkolos kamen. Walter schraubte meine, Heinz Trudis Flasche auf. Walter ging zur Musikbox, ›Wir wollen niemals auseinandergehn‹, ließ er eine Frau in langgezogenen Tönen schwören, gar nicht mehr loslassen wollte sie jeden einzelnen Ton, ›wir wollen immer zueinanderstehn‹, kleine Rauchfahnen stiegen aus den vier Flaschen, die Männer gossen ein, ›mag auf der großen Welt auch noch so viel geschehn‹, Trudis rosiges Gesicht leuchtete von innen wie die Stehlampe der Frau Bürgermeister, Alabaster heiße das milchweiße Gestein, hatte sie mir erklärt, ›wir wollen niemals auseinandergehn‹. Heinz trank sein Glas in einem Zug, rülpste und goß nach. Sein Bruder schaute ihn mißbilligend an und blies ein paar vollendete Ringe in den Raum.

Auf das junge Paar. Walter erhob sein Glas.

Wir stießen an, es klang mulmig und dumpf. Das Getränk stellte mich auf die Zehenspitzen, spritzig flirrten mir seine Perlen durchs Blut, lauter kleine Ballons, die mich höher, immer höher trugen, bis Trudi und Heinz zu zwei Püppchen zusammenschnurrten, putzig in ihre Umgebung gebettet, zwei Kiesel am Weg, Kätzchen im Korb, Äpfel am Baum.

›Ich bin ja nur ein Troubadour‹, sang eine Männerstimme, die Heinz ausgewählt hatte, ›und ziehe singend durch das Land, ich bin ja nur ein Troubadour, ja der erlebt so allerhand.‹ Verschiedene Damenbegegnungen wurden geschildert, die der Sänger jedesmal in einem schallenden, melodisch geformten Gelächter beendete.

Heinz war mit seinem Pikkolo schon fertig, grinste vor sich hin und wollte sich den Rest aus Trudis Flasche einschenken.

Nix do, sagte Trudi und goß sich selbst ein. Mir sin noch nit verhierod. Es war das erste Wort, das ich von ihr seit dem Pakt am Rheinufer hörte.

Richtig, Trudi, sagte ich, laß dir nichts gefallen. Der soll froh sein, wenn er eine Frau wie dich zum Altar führen darf.

›Hahahaha‹, lachte es aus der Musikbox, ›nahm ich den Schimmel und war weg‹, und Heinz Holl sah aus, als wollte er stehenden Fußes ihm nach. Bis er mit Trudis Vater gesprochen hatte, durfte man ihn nicht aus den Augen lassen.

Walter begleitete den Bruder ans Gartentor, ich blieb mit Trudi in einiger Entfernung stehen. Das Haus war nicht größer als unseres, aber freistehend und weiß verputzt. Selbst durch Gardinen und Topfpflanzen unterschieden sich die Häuser in dieser Straße kaum voneinander. Nur die Vorgärten verrieten etwas von ihren Besitzern, einige hatten sich strikt auf gemähten Rasen beschränkt, andere diesen mit abgezirkelten Rosenbeeten durchbrochen, manche sogar verschiedene Stauden in Rabatten zu pflanzen gewagt. Trudis Vorgarten gehörte zu den scharf rasierten grünen. Ein Dutzend werktätiger Zwerge bemühte sich, jeder mit seiner Gerätschaft, dieses Fleckchen Erde noch feiner herauszuputzen. Nur einer lag da und las. Lurens, sagte Trudi: Dat es der ewige Faulpelz.

Wir mußten eine ganze Weile warten. Trudi spitzte die kugeligen Lippen und, dadam dadada dam dam dam, pfiff den ›River-Kwai-Marsch‹ durch die sonntagsmittagsstille Straße. Ich fiel ein dadada, dam, dam, dam. Ruhe! schrie eine Frau aus dem Fenster. Pfeifend marschierten wir im Takt auf die andere Straßenseite, Trudi in ihrem fliederfarbenen Jäckchenkleid, ich im grauschwarz gestreiften Hemdblusenkleid, das einmal weißblau gewesen war.

Dann sahen wir Walter mit den Armen rudern, uns heranwinken, auf Trudis Gartentor zulaufen, sahen, wie Heinz und Trudis Vater auf die Straße traten und sich suchend nach uns umschauten. Trudi, die davonstürzen wollte, fest im Griff, tat ich ein paar zögernde Schritte auf sie zu. Der Vater – der Vater schlägt mich tot – breitete die Arme aus. Trudi flog hinein, ein stöckelnder Flug auf spitzen Sonntagsschuhabsätzen und kurzen Schneemannbeinen unterm Kellerfaltenrock, in die Arme des Vaters, vorbei am Kindsvater, der neben dem Brautvater stand wie das

Eckfähnchen neben dem Schiedsrichter. Seine Ohren glühten, als habe sich dort jemand grob zu schaffen gemacht.

Trudis Vater bat uns ins gute Zimmer. Kluthes konnten sich eine Schrankwand leisten, beinah so vornehm wie die der Cousine. Auch Trudis Mutter war klein, hatte eine rote Nasenspitze und feuchte Augen. Diesmal gab es ›Danziger Goldwasser‹ wie auf einer Kinderkommunion, und als Frau Kluthe hörte, daß wir noch nichts gegessen hatten, brachte sie einen Teller belegte Brote, über die sich der Bräutigam hermachte, als vertilge er nicht Wurst und Käse, sondern jeden der Anwesenden einzeln. Ich knabberte an einer Leberwurstschnitte, zog es vor, die Reste des perlenden Geistes mit denen des Goldwassers aufzufrischen. Wie edel mir alle Anwesenden erschienen im Namen des perlenden, goldenen Geistes, edel, hilfreich und gut war der Mensch, ich ein Mensch unter Menschen und nicht allein hinterm Hühnerstall, hier war ich Mensch und durfte es sein, am liebsten hätte ich laut gesungen oder noch einmal den River-Kwai-Marsch gepfiffen. Trudis kummervoll zerflossenes Gesicht hatte sich wieder gestrafft, den Kummer gleichsam ausgepreßt, ihre Kulleraugen blickten wieder klar und geradeaus, und ihr Mundlöchlein formte sich zu einer spitzbübischen Schnute, wenn die Mutter vom Kindersegen sprach. Der Vater sagte wenig. Saß auf dem Sofa zwischen Frau und Tochter, die Arme rechts und links mal auf der Sofalehne, mal auf ihren Schultern, er hatte sein Heim im Griff. Seine Hände lagen groß und grau auf dem abgewetzten Plüsch, Zement und Mörtelstaub bekam Herr Kluthe ebensowenig aus Poren und Hautfalten wie der Vater die Schmiere von den Maschinen.

Heinz schnappte das letzte Brot von der Platte, rülpste ungeniert: Jiddet och e Bier? Trudi sprang auf und brachte ihm eines, sogar mit Glas. Ohne zu schlucken, goß er das Bier direkt aus der Flasche die Kehle hinab: Dat deit joot, sagte er und sah Trudi herausfordernd an. Die verstand und erhob sich.

Bräng mer ent met, sagte der Vater. Er leerte die Flasche auf die gleiche Weise wie der Schwiegersohn in spe. Dieser kam allmählich aus seiner Betäubung wieder zu sich und begann, nach einem Rülpser, herzhafter als alle zuvor, lauthals über einen Polier zu schimpfen, den er als Saukääl, Dreckskääl, Drecksau titulierte.

Worauf Trudis Mutter mit einem Seitenblick auf ihren Mann meinte, so seien aber nicht alle Poliere, und Trudi zur Besänftigung weitere Flaschen verteilte. Walter schaute auf die Uhr, rüttelte den Arm und fragte aufgeregt, ob es denn wirklich erst halb drei sei. Es war bereits halb fünf. Er sprang auf, nickte mir zu. Herrn Kluthes Hand fühlte sich wie die des Vaters, die Hand von Trudis Mutter wie die meiner Mutter an. Im Hinausgehen sah ich Heinz über Trudi hängen, die sich glucksend sträubte. Manche, sagte sie, als wir uns das nächste Mal sahen, broche eben ihr Biersche, eh se us sesch eruss kumme.

An der frischen Luft, der Nebelmorgen hatte sich strahlend aufgeklärt, verwandelten sich Himmelblau und Sonnengelb vor meinen von perlendem goldenem Geist getränkten Augen in ein Feuerwerk, das über den schwankenden Hölldorfer Häusern explodierte.

Walter fuhr mich nach Hause, direkt bis ans Gartentor. Ein Fahrrad kam uns entgegen. Sigismund. Ob er mich erkannt hatte, war nicht auszumachen, er sah nicht rechts noch links. Und mein Fahrrad stand noch immer an der Hölldorfer Post! Also stieg ich gar nicht erst ab, fuhr mit Walter wieder nach Hölldorf zurück und noch einmal an Sigismund vorbei. Eng drückte ich mich an Walters Rücken, lieber Gott, mach mich klein, mach mich unsichtbar, zuckte gleich wieder zurück: Wie falsch konnte dieses Anschmiegen gedeutet werden. Kaum nahm ich mir Zeit, mich bei Walter zu bedanken, der sich, ganz das Gegenteil seines Bruders, höflich und umständlich von mir verabschiedete, und raste die Chaussee entlang, durch die Kämpen. Ein paar Mägde und Knechte von Karrenbroichs Hof sammelten Fallobst für Kraut und Saft, die Luft gesättigt vom vergorenen Duft überreifer Äpfel und Birnen.

Hinterm Damm mußte ich mein Fahrrad schieben, durch die Kiesel, den Sand, zertreten von Kindern und Liebespaaren einen ganzen Sommersonntag lang. Verlassen vom perlenden goldenen Geist suchte ich sie alle ab, die Weiden am Rhein, ein grünes Fahrrad, Beine in beigen Popelinehosen auf und ab, eine blaue

Windjacke, schwarzes Haar und vorüber, vorbei, eingebrannt in meine Netzhaut, hinter jedem Busch und Strauch. Sigismund war nirgends zu finden. Ich fuhr durch die Straßen des Dorfs, ziellos, planlos, fuhr den Feldweg hinauf in den Weskotter Busch, am Kiesberg vorbei, amHoldschlößchen vorbei; vorbei an Kackallers Baracke, fühlte den Fahrtwind nicht und nicht die Kühle des Sonnenuntergangs, fuhr über Landstraßen, Feldwege, querfeldein, fuhr, um zu fahren, bloß nicht stehenbleiben, nur in Bewegung bleiben, der Ruf vor dem Todesschuß: stillgestanden. Keine Bewegung. Ich fuhr, wie ich vor Wochen gelesen hatte, als die Bücher sich mir zu verschließen begonnen hatten, als ich mich gegen die Wachtelwelt an die alten, schönen Wörter und Sätze zu klammern versucht hatte, blindlings von Seite zu Seite, von Buch zu Buch, von Dichter zu Dichter geblättert, mich durchgeschlagen hatte und sie sich einer nach dem anderen von mir zurückgezogen hatte, mir ihren Sinn verweigert hatten, so fuhr ich jetzt durch die Landschaft, blind für alles, was mich umgab, in würgender Panik, bis ich zitternd abstieg, das Geschenkpapier zurückstreifte und Zuflucht suchte bei den Tröstungen des grünen Geistes.

Wo worst de dann dä janze Daach, empfing mich die Mutter. Em Hochamt hät mer desch och nit jesinn. Dä Sijismund war he und hät noh dir jefrooch. Hä soh schläät us. Zwei Stond hät dä op desch am Rhing jewaat. Su ne feine Jong leet mer doch nit wade. Du wes noch ens en ahl Juffer. Wie die vun nevvenan.

Dem Bruder gab ich einen Zettel mit, in dem ich Sigismund versprach, Montag und Dienstag am Mühnebusch nach der Arbeit auf ihn zu warten. Ich werde ihm alles erklären.

Ich wartete am Montag. Ich wartete am Dienstag. Ich wartete vergebens. Keine Zettel. Ja, sagte der Bruder, Bedauern und Mißbilligung in der Stimme, Sigismund komme jeden Tag zur Schule, sogar mit dem Fahrrad, schaue aber in eine andere Richtung, wenn er ihn sehe.

Ich lernte warten. Lernte, was Ohnmacht heißt. Ohne Macht. Dat es jeliefert, sagte die Mutter, wenn eine von einem nicht loskam oder einer Bankrott machte. Jeliefert sin. Ausgeliefert sein. Ich kannte das Warten aus den Büchern. Oft war es mir übertrieben erschienen. Doch ich hatte das Leiden der Wartenden und mein Mitleiden genossen, das zur schönen Sprache gebrachte leidvolle Warten, wo der geliebte Mensch in seiner Abwesenheit so sehr vorhanden ist wie kaum in seiner Anwesenheit. Jeder wartete auf seine Art. Manches wiederholte sich, so, wie ein Leben glücken oder fehlschlagen, ein Sterben schwer oder leicht sein kann, beides mit unendlich vielen Abstufungen. So auch das Warten.

Wundervoll ist das Warten in Gewißheit und Einverständnis. Sie sitzt auf der Bank unterm Weißdornstrauch am Feldrain, er kommt mit der Droschke, dem Fahrrad, dem Zug, sie weiß, er kommt, er weiß, sie wartet, da sieht sie die Gestalt am Horizont, da lehnt er seinen Oberkörper aus dem Zugfenster, sie sehen einander, erkennen sich, Warten als Vorfreude. Welch ein Genuß im Vorerleben des Genusses, der Berührung im Kopf, Funkenflug vorweggenommener Erlösung, ehe die Körper in ihrer groben Wirklichkeit zusammentreffen.

Weit öfter las ich vom Warten in Qual. Immer mit Ungewißheit verknüpft; oft mit Gewissensqualen. Böse Worte hat man dem zu Erwartenden gegeben, ihn sogar fortgeschickt. Hat er verziehen? Will er kommen? Wird er Hürden und Gefahren, die ihm den Weg versperren, überwinden können? Feuer und Ungewitter, Eltern oder Eheweib? Warten, durchtränkt von Ungewißheit und Selbstzerfleischung, Fegefeuer.

Erst Jahre später las ich von Menschen, Lenchen oder Abel, die mit geschnürten Bündeln hinter verschlossenen Türen oder Verschlägen im Dunkeln den Atem anhalten, wartend auf Schritte, die sich nähern, entfernen, Stiefelschritte, Tritte, Gewehrkolbenschläge an diese Tür oder die Tür nebenan. Warten, gegen das die bittersten Leiden der Liebenden sich wie Fingerübungen ausnehmen. Kommt die Liebe nicht, mag das Herz ihnen brechen. Kommt der Stiefel, bricht das Genick. Warten auf Ankunft. Warten auf Vorübergehen.

Doch wenn ich nach der Arbeit aufs Fahrrad stieg, half mir mein Wissen um das Warten in den Büchern nichts. Ich fuhr von einer Unfreiheit in die andere. Ich war frei wie ein hungriger Hund auf der Jagd nach einem Knochen. Vor meinen Augen Sigismund – Sigismund auf dem Fahrrad von hinten, erst klein, dann im Heranfahren des Mopeds größer werdend, lebensgroß, beige Hose, blaue Windjacke, schwarze Haarkappe.

Grüner Geist machte alles noch unerträglicher. Schärfer und gieriger noch spürte ich den Vermißten, wähnte ihn zu hören, zu sehen, zu riechen. Bei den Haselnußbüschen, die in diesem feuchten Jahr nur spärlich trugen, wartete Ich, an mein Fahrrad gelehnt. Einen fernen Punkt auf dem Feldweg fixierend, auf dem Sigismund kommen würde, kommen mußte, glitt Ich aus meiner Umgebung, hinein in eine Wirklichkeit, in der die wirklichen Dinge verblaßten und andere an ihre Stelle traten, Dinge, nackt bis in ihren Herzschlag hinein, Herzschlag meines Atems oder des ihren, meine Lungen antworteten dem Herzschlag der Dinge, der Dinge meines Herzens. Auf dem Heimweg fuhr ich an Sigismunds Haus vorbei. In seinem Zimmer brannte Licht. Nie wieder würde ich geringschätzig die Achseln zucken, wenn ich von Menschen läse, die sich im Warten verzehrten.

Am Freitag kam der Zettel: Samstag nach dem CVJM-Treffen am Notstein bei den drei Pappeln. S. Die dürren Worte wirkten wie ein grüner Schluck. Ich küßte den Bruder schallend auf die Wange. Die wirkliche Welt war schön; ich ein Teil von ihr, so gut wie Sigismund, der Bruder, die Eltern, Großmutter, Tanten, Verwandte und unser kranker Nachbar auch.

Nachts schlief ich kaum. Wann war das CVJM-Treffen zu Ende? Fand es nachmittags statt? Am Abend? Am Samstagmorgen machte ich mich auf zum evangelischen Gemeindehaus. Das Foto im Glaskasten zeigte eine Gruppe junger Männer in weißen Turnhemden und kurzen, schwarzen, schlotterigen Hosen vor einem Gewässer. Ich sah das Bild an, als könne mein Blick den Kasten öffnen, und heraus spazierte der zweite von links in meine Arme. Die Haustür ging auf, eine Frau schüttelte eine Fußmatte aus und dann noch eine. Ich traute mich nicht, sie nach dem Treffen zu fragen.

Zu Hause schlang ich die Bottermelchsbunne hinunter, weiße Bohnen, in Buttermilch weichgekocht, mit viel rohen Zwiebeln, eine Spezialität der Großmutter. Kippte einen Kräutergeist und machte mich an die Belagerung des Gemeindehauses. Umkreiste das Gebäude in wachsenden und schrumpfenden Ringen, verschnaufte eine Weile hinter den Mülleimern, auch trieben mich die Bohnen noch einmal nach Haus. Sigismund kam als einer der letzten. Mein Herz klopfte, daß ich von den Mülleimern abrückte, fürchtend, die Deckel könnten zu klappern anfangen. Hatte ich je etwas Schöneres von der Seite gesehen als eine beige Hose, blaue Windjacke, rote Ohren, schwarzes Haar?

Nach anderthalb Stunden kamen die ersten heraus. Als Sigismund bei den Pappeln eintraf, war ich noch außer Atem. Reiner Pfefferminzatem. Sigismund legte sein Rad neben meines, unsere Räder im Grün vergraben, die Lenker staken wie Hörner heraus. Von der Wiese wehte der Geruch von Schafdung und Kuhfladen herüber, rot strömte die untergehende Sonne in den Rhein, ein paar Wolken leckten das letzte Licht aus den Pappelspitzen, Möwen kreischten und berührten mit ihren Flügeln die Wogen im Flug, golden blitzte es aus der Ferne vom Hölldorfer Kirchturm. Lange Zeit hatte ich gedacht, auf allen Kirchtürmen säße der Heilige Geist, Gott in Gestalt einer Taube, und ich hatte vor Enttäuschung geweint, als ich erfuhr, daß die heilige Taube nur ein Messinghahn war.

In den vergangenen Tagen hatte ich mir eine Rede zurechtgelegt, wie sie überzeugender nicht der Teufel seiner Großmutter hätte halten können. Stichpunkte und eine Gliederung wie für einen Besinnungsaufsatz hatte ich mir gemacht, beginnend mit Trudis Fehltritt, über die Begegnung mit den Brüdern, den Besuch bei den Eltern, gipfelnd in Ausführungen zu Anstand und Menschenliebe im allgemeinen.

Na endlich, sagte Sigismund. Zwei Buchstaben zuviel. Sie verkehrten das sehnsuchtsvolle ›Endlich‹ in eine schulmeisterliche Rüge. Doch hätte ich ihm diese eine Silbe gern vergeben, hätte er mit den nächsten nach mir gefragt, mich nur einen Augenblick zu Wort kommen lassen, hätten wir miteinander geredet und einander zugehört.

Statt dessen sagte er: Na endlich, und tat, was in den Büchern heißt: Riß sie in die Arme und verschloß ihr den Mund mit Küssen. Sigismunds spitzer Unterbiß grub sich in meine Unterlippe, ein Bein drängte sich zwischen die meinen, es zuckte in meinem Fuß, das Bild des Hölldorfers schoß durch meinen Kopf, schoß in meinen Fuß. Aber das war doch Sigismund, der Langersehnte, Erwartete, der mir die Luft abschnürte, mich schmerzhaft umklammerte, meinen Körper bedrängte.

Bei der ersten Berührung hatte ich die Augen geschlossen, wenn schon nicht Worte, so doch Einverständnis erwartend, das vertraute Zögern, die allmähliche, gegenseitige Überwindung der Schüchternheit, das gemeinsame Suchen, Erkunden der anderen Haut. In Panik riß ich die Augen auf. War das wirklich Sigismund und kein anderer, dessen Knie mir die Beine zu spreizen versuchte, der mich übers Kreuz bog, bis ich das Gleichgewicht zu verlieren drohte. Sigismund roch wie der Vater, wenn er das Stöckchen hinter der Uhr hervorgeholt, als er die Klammern zerquetscht hatte. Auch seine Augen hatten denselben Ausdruck, sahen mich an, aber meinten nicht mich, sahen durch mich hindurch, dahin, wo sie sich selbst verloren, endlich einmal loskamen von sich selbst.

Sigismund, schrie ich, als er für Sekunden schnaufend seinen Zubiß lockerte, doch er ließ keinen Namen mehr gelten, meinen nicht und nicht seinen, das Namenlose hatte von ihm Besitz ergriffen. Mich brauchte er nur, um diesem Namenlosen zu willfahren, wie der Vater kein ›Papa!‹ mehr hatte gelten lassen, kein ›IchbinkleinmeinHerzistrein‹, wenn es ihn überkam.

Gut, daß an meiner Hose der Reißverschluß klemmt, dachte ich, dann lag ich auf dem Rücken, krampfte den Blick in die Pappelkronen und ließ die sanfte Betäubung ›eines Herbsttags, wie ich keinen sah, die Luft ist still, als atmete man kaum‹ durch meinen Kopf kreisen, beide Strophen, wieder und wieder, bis Sigismund mit einem Aufschrei von mir abließ. Beim Versuch, den kaputten Reißverschluß zu öffnen, hatte er sich den Daumen in die Sicherheitsnadel, die den Hosenbund zusammenhielt, gerammt. Er wälzte sich von mir. Ich richtete mich auf. Stumm saßen wir nebeneinander, und ich wartete, wie ich als Kind nach den Schlägen gewartet hatte, bis der Kopf sich wieder sicher wußte, wahrnahm, daß der Körper es überstanden hatte, die Gefahr vorüber war und das Fleisch sich wieder beseelte.

Sigismund legte seinen Arm um mich. Ich schüttelte ihn nicht ab. Ich rannte nicht weg. Ich blieb sitzen. Die Hand auf meiner Schulter tat mir gut. Die Hand auf meiner Schulter konnte ich in meinem Kopf unterbringen, der langsam aus dem ›Herbsttag, wie ich keinen sah‹ wieder auftauchte. Die Hand auf meiner Schulter konnte ich mit dem Jungen zusammenbringen, der neben mir saß. Die Hand auf meiner Schulter hatte mit dem, der mich zu Fall gebracht, auf mir gelegen, seine Hände überall gehabt hatte, nichts zu tun. Die Hand auf meiner Schulter gehörte einem, der einen Namen hatte.

Siggi, sagte ich leise, als ich die Wärme seiner Haut durch den Stoff meiner Bluse spürte. Wo warst du so lange?

Und du, gab er zurück. Wo warst du am Sonntag?

Ob er mir am Ende glaubte, ich wußte es nicht. Aber er hatte mich, während ich erzählte, die ganze Zeit gestreichelt, meine Schulter gestreichelt, gedankenlos, gedankenverloren, wie einen Hund. Das tat wohl. Es war, als striche diese, Sigismunds Hand von mir ab, was die namenlosen Hände mir zuvor angetan hatten, als könnte diese Hand, die streichelnde Hand, mich vor den drohenden, drängenden Händen beschützen. Als ich ihn fragte, was er in Freudenstadt erlebt hätte, zog er seine Hand von meiner Schulter zurück und murmelte: Nichts für kleine Mädchen.

Ich sehnte mich nach meinen Geistern.

Schau mal, wie schön, sagte ich, ergriff Sigismunds Hand und deutete auf den Rhein. Die Dämmerung durchflutete die Luft wie graue Seide, verwischte die Ränder zwischen Ufer und Strom, in dem sich das Rosa des Abendhimmels spiegelte.

Es wird kühl, sagte Sigismund. Ich muß vorsichtig sein. Er zog mich hoch. Wir standen Hand in Hand. So hätte der Abend anfangen sollen. Ich machte mich los. Zu Hause wartete der grüne Geist.

In meinem Holzstall schrieb ich Sigismund einen langen Brief, erzählte von meiner Zeit in der Pappenfabrik, von Frau Wachtel, Dr. Viehkötter und dem Labor, und wie ich mich auf ihn, Sigismund, gefreut habe, auf ihn, den einzigen Menschen, mit dem ich reden konnte. Als Antwort kam ein Zettel mit Ort und Datum für ein Treffen.

Wieder drang Sigismund auf mich ein, als gelte es, den Feind in die Flucht zu schlagen, erobern, fuhr es mir durch den Kopf, eine Frau erobern. Kaum blieb mir Zeit, meine Seele in Sicherheit zu bringen, ›Füllest wieder Busch und Tal‹, seine Hände wagten sich unter Bluse und Hemd, ›still mit Nebelglanz, lösest endlich auch einmal ...‹ Als der Büstenhalter aufging, war meine Seele schon unerreichbar. Ich kam bis Strophe drei. Da bäumte Sigismund sich auf, stöhnte, wie ich es einmal bei Doris gehört hatte, und rollte sich von mir herunter. Durch seine beige Hose schlug ein dunkler, nasser Fleck. Es roch nach Waschküche, nach heißer, dreckiger Lauge. Mit dem Fleck wuchs meine Angst. Et es en Sekond, das Wort auf der Scheunenwand, die Wörter im Lexikon.

Sigismund hatte es eilig. Das Streicheln entfiel.

Bis übermorgen, sagte er, ehe er davonfuhr, wieder hier. Es war keine Bitte. Es war ein Befehl. Das blaue Stöckchen hinter der Uhr.

Mit der Zeit entwickelte Sigismund eine beträchtliche Geschicklichkeit, unsere Kleidungsstücke zu schonen. Sobald seine Zuckungen einsetzten, wälzte er sich von mir ab und auf den Rücken, riß den Reißverschluß seiner Hose auf und klemmte ein Taschentuch zwischen die Beine. Dann saßen wir Schulter an Schulter noch eine Weile zusammen, und ich empfing meine Streichelbelohnung. Wir schwiegen oder sprachen Belanglosigkeiten. Nie mehr gelang es mir, Sigismund in ein Gespräch zu ziehen, ob ich nun die Rede auf einen besonders wagemutigen Fluchtversuch aus der Zone, Benn oder Camus oder auf die Leistungen der Chinesen beim Tischtennis brachte, Sigismund blieb einsilbig, stumm.

Dann kam der Zettel, mit dem er mich zu sich nach Hause bestellte. Er würde den Kürbis mit einer Kerze ins Fenster rücken, sobald der Vater fort sei; die Mutter sei verreist.

Es dämmerte, als der Kürbis, eine totenkopfähnliche Fratze, endlich aufleuchtete. Sigismund stand schon in der Tür. Im Bademantel. Schob mich in sein Zimmer und machte sich, nach einem verdrossenen Blick auf meine Bekleidung, an dem Reißverschluß meiner Hose zu schaffen. Seit dem Stich meiner Sicherheitsnadel hatte er das nie wieder versucht. Dieser Reißverschluß war intakt, keine Nadel, nirgends, keine Sicherheit, durch meinen Kopf rasten die Gestrauchelten aller Bücher und Zeiten, vor meinen Augen stand Trudi in fliederfarbenem Jäckchenkleid, stand die Mutter, Et es en Sekond.

Augenblick, sagte ich, eine Sekunde. Ich muß mal. Bin gleich wieder da.

Ich schloß die Klotür hinter mir ab. Es lag da, als hätte es jemand vergessen: ein Heft mit Abbildungen von Männern und

Frauen, die Männer auf den Frauen wie Sigismund auf mir. Aber nackt. Beide. Herzklopfen überfiel mich, eine angstvolle Lust, ähnlich der, die ich als Kind beim Anblick gepeinigter Heiliger, gerösteter, gevierteilter, gepeitschter Körper empfunden hatte. Doch rührte die Erregung nicht von den Bildern. Es waren die Wörter, die Sätze, die zur Sprache gebrachten Bilder, die Beschreibung, das Geschriebene, das Gedruckte, die mich überwältigten und in einen Zustand versetzten, wie es wirkliche Berührungen nie vermocht hatten. Der Körper verlor den Kopf. Der Kopf verlor den Kopf. Der Kopf war besiegt. Meine Augen entzündeten sich an den Wörtern, Wörtern von der Scheunenwand, Wörter von den Frauen bei Maternus, schmutzige Wörter, verbotene Wörter; ich sah sie zum ersten Mal gedruckt, saubere Buchstaben, rechtschaffene, rechtmäßige Lettern, und erschauerte von dem Reiz ihres Letternleibs.

Draußen wurde an die Tür gehämmert. Ich riß das Blatt aus dem Heft, steckte es in den Schuh, drängte Sigismund beiseite, schlug die Haustür hinter mir zu.

Die Nackten schnitt ich ab und warf sie ins Plumpsklo. Zu den Underbergflaschen. Dann erprobte ich die Vermählung von spiritus verde mit meiner Rubrik, wie ich das Gedruckte aus dem Fotoheft für mich nannte. Die Wörter drangen in mich ein, und ich öffnete mich ihnen, bis ich den Laut des Wortes von der Scheunenwand zu spüren glaubte.

Es bedurfte dreier Zettel von Sigismund, in denen er immer aufs neue erklärte, weshalb er an dem Abend einen Bademantel getragen habe, bis er mich zu einem Wiedersehen bei den Pappeln überredet hatte.

Vergebens. Ohne meine Wörter, meine gedruckten Wörter vor Augen, fühlte ich nichts. War mir dieses Aufeinanderprallen zweier Körper widerlich. Meine Erregung kam nicht aus dem Körper. Sie kam aus dem Alphabet, den Buchstaben. Und daß ich mir nichts Genaues darunter vorstellen mußte.

Dennoch traf ich Sigismund weiter. Ich bildete mir ein, Macht über ihn zu haben, bildete mir ein, diese Macht zu genießen. Nie ohne immer tiefere Züge aus der Flasche im Geschenkpapier, längst einer zweiten, dritten.

Bötschs Busse fuhren seit Wochen wieder nach Düsseldorf ins Schauspielhaus. Sigismund hatte mich noch nicht einmal eingeladen. Im Glaskasten beim Friedhof hing das Plakat zum ›Sommernachtstraum‹.

Nein, antwortete Sigismund brüsk, als ich ihn fragte, ob er Karten habe. An diesem Abend sei CVJM.

Dann fährst du ohne den, sagte Lieschen Bormacher, als ich ihr den neuen ›Michaelskalender‹ brachte. Ich kaufte bei Bötsch den billigsten Platz, ein Vermögen, elf Reclamheftchen mit einem Punkt.

Sigismund saß ganz hinten, auf einem unserer Stammplätze. Er sah weg, als ich auf ihn zuging. Ich wollte mich neben ihn setzen. Er legte die Hand auf den Platz.

Den muß ich freihalten, sagte er gereizt. Was machst du denn hier?

Für wen denn? fragte ich entgeistert. Ich denke, du bist beim CVJM?

Aller Augen folgten ihr, als sie, die blonden Haare in Kaskaden aufgesteckt, den Gang entlangtänzelte, ehe sie sich, den nachtblauen, weitschwingenden Seidenmantel zusammenraffend, auf den freien Platz neben Sigismund gleiten ließ: Beate Maternus, die Tochter von Dr. Dr. Maternus KG, deren Kuchen vom Fest für die Arbeiterkinder ich vor Jahren der Katze gefüttert hatte. Sigismund rutschte tiefer in seinen Sitz, die roten Ohren brannten. Ich hörte die helle Stimme Beates, die etwas auf französisch sagte, was ich nicht verstand, Sigismund antwortete, Beate brach in ein noch helleres Lachen aus, vornehm perlende Töne. Der Fahrer warf den Motor an, gab Gas, erlöste mich von den Stimmen. Aber mit zunehmender Dämmerung neigte sich der Haarturm immer kühner auf Sigismunds Seite, nur die Sorge um die Frisur verschob die innige Anlehnung auf die Heimfahrt. Hören mußte ich die beiden nicht mehr; die Augen konnte ich schließen. Dem Geruch blieb ich ausgesetzt. Es war ein schweres, kostbar duftendes Parfüm, gar nicht vergleichbar dem unschuldigen ›4711‹ in den Taschentüchern von Mutter und Großmutter und bei Ohnmachten auf die Stirn; dem altjüngferlichen Geruch von ›Mouson Lavendel‹; unvergleichbar auch dem gewagteren ›Farina gegenüber‹ oder gar ›Tosca‹. Beates Duft erinnerte an die Wässerchen der Cousinen: ›Zigeunerin‹ oder ›Blaue Rose‹, im geschliffenen Flakon und mit bunten Aufklebern, für mich bis heute höchster Ausdruck vornehmer Lebensart, jetzt nur noch heruntergekommene Verwandte. Widerwillig mußte ich den Duft aus Haarturm und Seidenmantel bewundern, fühlte mich in seinem Bann aus Reichtum, Schönheit, Mühelosigkeit.

Sie saßen fast genau auf den Plätzen, wo wir im ›Nathan‹ gesessen hatten. Von meinem Sitz im dritten Rang hatte ich einen guten Überblick. In der Pause verwickelte mich Lieschen gleich in ein Gespräch über die Aufführung und wußte es so einzurichten, daß ich den beiden den Rücken zukehrte. In meiner Handtasche hatte ich nur zwei Kräutergeister unterbringen können. Sie nahmen dem Schmerz die Spitze, wenigstens bis zum letzten Akt.

Auf der Rückfahrt setzte sich Lieschen Bormacher neben mich. Als der kunstvolle Haarturm sich endgültig zur Seite neigte und auf Sigismunds Schulter liegenblieb, griff die Hand des alten Fräuleins nach der meinen und drückte sie mit einer Kraft, die ich ihren vogelzarten Fingern nimmermehr zugetraut hätte, so lange und so fest zusammen, bis die Hand mehr schmerzte als mein Herz.

Warte, sagte Lieschen und kramte in ihrem über und über mit schwarzen und lila Pailletten bestickten Samtbeutel, schraubte ein flaches, silbernes Fläschchen auf und goß ein wenig von seinem Inhalt in den becherförmigen Verschluß. Ein herzhafter Geruch verbreitete sich, wie ich ihn von den Weinbrandkirschen kannte, die Weihnachten auf den Tellern lagen. Der Haarturm erhob sich, eine kurze, scharfgeschnittene Nase wandte sich uns zu, schnupperte, eine Zunge schnalzte, dann sank der Kopf wieder auf Sigismunds Schulter.

Cognac, sagte Lieschen. Den hab isch immer bei mir. Für alle Fälle. Reine Medizin. Aber besser.

Ich kippte den Becher in einem Zug, verzog keine Miene, Lieschen guckte verblüfft, hastig tat ich, als müßte ich husten.

›Mir schien, ein Esel hielt mein Herz jefangen‹, sagte Lieschen.

›Wie ist dies zugegangen‹, ergänzte ich und warf einen Blick auf die Schulter mit dem Haarturm. ›Wie mir vor dieser Larve graut.‹

Ja, sagte Lieschen, ›wie leischt, dat man den Busch für einen Bären hält‹.

Aber lachen konnten wir beide nicht.

Im Bett lag ich in dieser Nacht unter meiner eigenen Last, hielt meinen Körper fest, daß er nicht versinken konnte in der Matratze, wie er es wollte. Ich schloß die Augen und atmete weiter.

Jetzt brauchte ich die Geister schon frühmorgens, bevor ich durchs Werkstor fuhr. Nahm einen ersten Zug, sobald ich die Chaussee erreicht hatte, machte halt am Kristoffer Kreuz, einen dritten, ehe ich das Wachtelzimmer betrat. Das Nötigste sprachen wir wieder miteinander. Die Arbeit ging recht und schlecht von der Hand. Aber ich gewöhnte mich nicht. Ich stumpfte nicht ab. Spiritus verde und Spiritus herbes nahmen dem Klicken des Feuerzeugs, dem Schrillen des Telefons, der Wachtelstimme die Wucht, bremsten den Schlag, fingen ihn ab, bevor er mit voller Kraft die Nervenbahnen erreichte. Meine Mundhöhle war gereizt, aufgerieben von immer schärferem Pfefferminz, das ich unablässig lutschte und kaute. Ich schmeckte nicht mehr, was ich aß; aß ohnehin nicht mehr viel, hatte kaum Appetit, vertrug nur noch leichte Speisen, am liebsten altbackene Brötchen und trocken Brot. Ich magerte ab. Stak in meinen verfärbten Trauerfähnchen, von allen schönen Wörtern, allen guten Geistern verlassen, nur die schmutzigen waren geblieben und mit ihnen Kräuter- und grüner Geist.

Einmal noch, nachdem der Fleck auf Sigismunds Hose erschienen war – ›Et es en Sekond‹, ›Isch weeß nit, wie ›et‹ passiert es‹ –, versuchte ich zu beichten, was ich seit der Firmung nicht mehr getan hatte. Ich fuhr dazu eigens nach Strauberg, vorbei an dem Kiosk, wo ich meinen ersten Underberg gekauft hatte. Die Kirche, ein unscheinbarer Backsteinbau, lag nahe am Rhein, der Kirchhof gleich daneben. Anders als in Dondorf gab es nur einen Beichtstuhl, genug für die Handvoll alter Frauen und Kinder, die sich in den Bänken verteilten. Dennoch mußte ich lange warten, bis das Lämpchen am Giebel des Holzhäuschens anging. Leises Gemurmel drang durch den dicken lila Samt, der das Fenster verhängte, die Stimme des Pfarrers, dann wieder lange Pausen, Geflüster. Mein Mut sank, je länger das Wispern sich hinzog, ich griff in den Matchbeutel, zog die Flasche heraus, nahm einen Schluck, der schmerzensreichen Jungfrau Maria, den toten Jesus im Schoß, gerade ins Gesicht. Das Licht am Beichtstuhl leuchtete auf. Fröhlich, ruhig, beinah beschwingt tat ich die wenigen Schritte aus der Bank in den Beichtstuhl, ein paar Sonnenflecken zitterten durch das Körbchen der heiligen Elisabeth, die gerade Brot aus Rosen verteilte.

›Im Namen des Vaters und des Sohnes und des heiligen Geistes‹, begann ich mit fester Stimme, ›in Reue und Demut bekenne ich meine Sünden.‹

Leiser, mein Kind, zischte der Pfarrer. Ich wußte ohnehin nicht weiter. War es mit Hose überhaupt eine Sünde? Konnte ›et‹ durch die Hose passieren?

Nun, drängte der Pfarrer, was hast du mir zu sagen, meine Tochter?

Aber ohne Reue gibt es keine Vergebung, und die Reue war weggespült vom grünen Geist, von Demut keine Spur. Ich wollte wissen, nicht bereuen und nicht büßen. Nur ob man durch die Hose hindurch Unkeuschheit treiben könnte, sollte der Pfarrer mir sagen. Seine Antwort bestand in einem nicht enden wollenden Räuspern, worauf sich eine dürre Hand durch den Vorhang schob, die dem Pfarrer ein Hustenbonbon zusteckte. Klappernd warf der Beichtvater das harte Stück zwischen den Zähnen herum. Ob es denn eingeführt worden sei, wollte er wissen. Was? flüsterte ich zurück. Das Glied, pisperte es an mein gespannt lauschendes Ohr. Wie denn? raunte ich. Der Pfarrer seufzte, schnaufte. Eine Wolke reinen Menthols senkte sich auf mich herab. ›Ego te absolvo‹, wisperte er und schlug das Kreuzzeichen. Fünf ›Vater unser‹ und fünf ›Gegrüßet seist du, Maria‹. Ich bekreuzigte mich. Ich war mit Unschamhaftigkeit billig davongekommen. Klüger als zuvor war ich nicht. An den Grauzonen zwischen Gut und Böse schien Gott kein rechtes Interesse zu haben.

Kurz darauf versuchte ich ein letztes Mal, mir Klarheit zu verschaffen, in Großenfeld im Beichtstuhl des Dechanten, der höheren Instanz, nur auf ein winziges Schlückchen Spiritus verde gestützt. Ob man mit Wörtern Unkeuschheit treiben könne, wollte ich wissen, im Beichtspiegel habe ich nichts davon gelesen. Nach einigem Hin und Her bekam der Dechant den Sachverhalt aus mir heraus und versuchte mir klarzumachen, daß das, was ich da tat, der Frage: Allein? zuzurechnen sei. Ich protestierte. Ich tat es mit den Wörtern, nicht mit mir allein. Der Beichtstuhl ist kein Katheder, meine Tochter. Hier ist nicht der Platz für Spitzfindigkeiten. Du lebst in der Sünde. Schwächst deinen Körper, den du dir für deine zukünftigen ehelichen Pflichten reinhalten sollst. Denke daran. Dein Leib ist der Tempel des Heiligen Geistes. Und nun gehe hin und sündige nicht mehr. Ego te absolvo. Diesmal bedurfte es eines ganzen schmerzhaften Rosenkranzes. Ich hatte Unkeuschheit getrieben, wenn auch, jedenfalls nach Maßgabe des Dechanten, nur allein und nicht mit anderen. Später bereute ich, ihm den Fall mit dem feuchten Fleck nicht vorgetragen zu haben. Sonst bereute ich nichts.

Hätte die Mutter mich nicht gedrängt, ich wäre gewiß nicht hingefahren, hätte statt dessen, wie ich es mir zur Angewohnheit gemacht hatte, auch an diesem Abend mit dem Fahrrad das Dorf und die nähere Umgebung durchstreift, bis ich einen Zustand der Erschöpfung erreichte, der Gedanken und Gefühle in Müdigkeit ertränkte.

Die Mutter hatte mich geradezu genötigt, an diesem regnerischen Herbstabend statt aufs Fahrrad in die Straßenbahn zu steigen, nach Großenfeld zu fahren ins Café Lappes, wo Schüler und Lehrer der diesjährigen Abgangsklasse zum ersten Wiedersehen zusammenkommen wollten. Ausgerüstet mit den Wohltaten meines Matchbeutels, traf ich als eine der letzten ein und wurde mit einer so herzlichen Freundlichkeit empfangen, daß ich argwöhnisch um mich schaute, ob noch jemand anderer mit mir das Café betreten habe.

Fräulein Abendgold war nicht da, sie hatte zu ihrer kranken Mutter reisen müssen, und ich spürte ein Gefühl trotziger Erleichterung. Ich hatte ihr die Verweigerung des Steh auf! nicht verziehen.

Fast alle waren gekommen, sprachen durcheinander, winkten mich hierhin und dorthin an ihre Tische. Rosenbaum stand auf. An seinem Tisch war noch ein Stuhl frei. Um wen ich denn Trauer trage, wollte er wissen.

Um mich, murmelte ich, zuckte mit den Schultern und lächelte vage. Der Lehrer drang nicht weiter in mich und fragte nach meiner Arbeit. Ich antwortete wie vorher. Ob ich das Botanisieren noch betreibe, forschte er. Ich schüttelte den Kopf. Rosenbaum winkte der Kellnerin. Fräulein Feitzen hielt eine Ansprache. Wir klatschten. Ich ergriff den Matchbeutel, nahm hinter der Tür für ›Damen‹ einen Schluck aus dem Geschenkpapier, wartete auf mein Ich, das kräftige, starke, lindernde Ich, damit es mich durch diesen Abend leite. In letzter Zeit ließ es immer länger auf sich warten. Vorbei die Tage, wo ein winziger Schluck aus dem Kolben, ein einziges Fläschchen Medizin, ein Mundvoll grüner Geist mein Ich auf die Zehenspitzen gestellt, mein Selbstbewußtsein zum Ich geplustert hatte. Immer größere Mengen Zündstoff brauchte dieses Ich, ehe es in Erscheinung trat, sich seinen Auftritt verschaffte, oder auch nur mein ich soweit betäubte oder belebte, jedenfalls dergestalt bei der Hand nahm, daß es der Wirklichkeit gewachsen war. Ein paarmal war es ganz ausgeblieben, dieses Zehenspitzenhochgefühl, diese schwerelose Bewältigung der Wirklichkeit, dieses Gefühl, unverletzbar, allmächtig, göttlich zu sein. Ich setzte die Flasche zweimal an, zerbiß eine Handvoll Pfefferminz.

Rosenbaum schnupperte, fragte, ob ich Halsschmerzen hätte. Nein, die hatte ich nicht, aber der Geist ließ mich heute wieder im Stich, ballte sich im Magen zusammen und drückte mir von dort die Luft ab, stieg einfach nicht weiter, verflüchtigte sich nicht in Vergeistigung, kreiste nur dumpf im Gehirn, trieb ein Räderwerk um und um, das klare Gedanken schon im Ansatz zermalmte. Ich hätte singen mögen, ›Bella, bella, bella Marie‹, laut und brüllend, oder einfach nur schreien, dreckige Wörter, ›Scheiße, Pisse, Driss‹, am liebsten nur ›Scheiße, Scheiße, Scheiße‹, alles zudecken mit diesem Wort, alles begraben unter einem braunen, stinkenden Brei. Dabei unterhielt ich mich mit Rosenbaum, manierlich und unauffällig über den dreizehnten August, das Foto des Soldaten, der mit einem Satz über den Stacheldraht in die Freiheit springt. Ich hatte ein Gedicht darüber geschrieben, damals, als der grüne Geist mir noch hold war. Wie lange war das her. In mir tobte das eine dreckige Wort, während aus meinem Mund nette Sätze flossen über Freiheit und Demokratie, süffig und sämig. Rede und Antwort stand ich, als gäbe ich Pfötchen, schönes Händchen, braves Mädchen, wußte kaum, was ich sagte, wenn es nur ganze Sätze waren, aufrechte Wörter, schön gesprochen, klar und deutlich, hochdeutsch, hochdeutsch über alles, hochdeutschlich ohne Ende.

Einer warf die Musikbox an, Tische wurden zusammengestellt, ›Come on lets Twist again‹, alle Welt redete seit Wochen von diesem Tanz. Ich war eine der ersten, die aufsprangen, ich mußte sie loswerden, diesen Klumpen im Magen, das Räderwerk im Gehirn. Rosenbaum blickte mir kopfschüttelnd nach, mitten im Satz hatte ich ihn sitzenlassen, um mich zwischen die anderen zu drängen, mit ihnen in die Hocke zu gehen, die Arme über den Knien zu kreuzen, Hüften rechts heraus, Hüften links heraus, ›twisting time is here‹. Wir drückten den Twist noch einmal und zum drittenmal, ›as we did last summer‹, grölten mit und verrenkten uns immer verrückter, o ja, wir waren ins Leben getreten, jeden Tag traten wir neu ins Leben, mit jedem Schritt traten wir ins Leben, welche Lust, dem Leben mittenrein zu treten in die Fresse, den Magen, zwischen die Beine, ›come on‹, mit meinen eisenbeschlagenen Spitzen mitten hinein, ›lets twist again‹, ›Scheiße, Pisse, Driss‹, in jeder Bewegung zuckte und brüllte der Dreck aus mir heraus. Mein Gehirn war aus Glas, die grünen Geister hämmerten mit der Kraft von dreiundvierzig Kräutern, ich hörte die Glassplitter klirren. Die Tanzfläche war winzig, wir stampften auf der Stelle, genossen die Enge, die alte Vertrautheit, die gemeinsame Vergangenheit, die sich, weißt du noch damals, schon zu verklären begann. Doris' Haar war gewachsen, es fiel ihr bis über die Schultern. Ihr gebräunter Arm winkte mir über die Köpfe zu.

Wer den Stuhl zum Kippen gebracht hatte, war nachher nicht mehr auszumachen. Einer hatte ›Tutti Frutti‹ gewählt, ›Kebabbabalubadibabbambuh‹. Der Stuhl fiel um, und mit dem Stuhl fiel mein Matchbeutel um und mit dem Beutel die Flasche. Ich sah, wie Rosenbaum den Stuhl aufrichtete, den Beutel wieder darüberhängte. Ich brüllte ›Tutti frutti‹ und versuchte, mich zu Doris durchzudrängen. Jemand tippte mir auf die Schulter.

Rosenbaum stand hinter mir, ergriff meine Hand und drückte mich auf meinen Stuhl mit dem Matchbeutel. Der Beutel tropfte und verbreitete einen verräterischen Geruch.

Steh auf, sagte Rosenbaum leise.

Zu spät, dachte ich.

Stehen Sie auf, Fräulein Palm, wiederholte Rosenbaum lauter und ergriff den Beutel; es klirrte aus seinem tropfenden Innern heraus.

In der Ecke auf dem Durchgang zu den Toiletten zog Rosenbaum die Kordel des Beutels auseinander. Scherben, ein aufgeweichtes Reclamheft, ›Die schönsten Gedichte der Romantik‹, ein Kamm, ein Taschentuch, ein Portemonnaie.

Rosenbaum sah mich schweigend an. Ich wollte die Frage in seinen Augen nicht verstehen.

Das war ein Geschenk. Für die Großmutter. Da, da ist ja auch noch das Papier.

Das Papier war da, zerknüllt, eingerissen, abgeschabt.

Ein Geschenk, aha, sagte Rosenbaum und klaubte den Flaschenhals aus den Scherben. Am Schraubverschluß blätterte die Farbe vom vielen Auf- und Zudrehen.

Was ist los mit Ihnen, Fräulein Palm? Sie sind doch nicht mehr Sie selbst. Aber hier, Rosenbaum deutete auf die Türen für ›Damen‹ und ›Herren‹, ist nicht der Ort, darüber zu reden. Sie sollten jetzt nach Hause fahren. Ich würde mich freuen, wenn Sie mich nächste Woche besuchen kämen. Paßt Ihnen der Dienstag?

Wann hatte mich das letzte Mal jemand gefragt, ob mir etwas paßte? Mit Tränen in den Augen sagte ich ja.

Auf den naßkalten Sommer war ein milder, ebenso nasser Herbst gefolgt. Anfang November trugen die Obstbäume noch dichtes Laub, winkten die Birkenzweige vor dem Bürofenster mit grüngoldnen Blättern, nur die Pappeln am Rheinufer standen kahl.

Es dämmerte schon, als ich am Dienstag mein Fahrrad durch das Werkstor schob. Ich kürzte den Weg nach Großenfeld ab, hielt durch die Felder am Möhnebusch vorbei, schräg aufs Holdschlößchen zu, über steinige, aufgeweichte Wege mit Pfützen, die im Zwielicht schimmerten wie geschmolzenes Blei. Einen Augenblick hatte ich wohl geträumt. Das Vorderrad bockte, stockte, drehte zur Seite, versank in einem tiefen Wasserloch, das Rad kippte um. Ich lag im Matsch, im Dunkeln, die neue, fast volle Flasche auf einem hoch und spitz herausgewaschenen Feldstein zersplittert. Vorsichtig leerte ich den Matchbeutel, säuberte ihn, so gut ich es in der Dunkelheit vermochte. Ich klemmte den schlappen Beutel unter den Gepäckträger, trat in die Pedale und wäre beinah zum zweitenmal gestürzt, diesmal vornüber. Aus dem Vorderreifen war die Luft raus.

Nieselregen setzte ein. Ich machte mich auf den Weg. Mit Goethe und Schiller und allen andern, sagte, was ich von ihnen auswendig wußte, vor mich hin wie der Pilger seine Gebete auf der Fahrt ins Heiligtum. Drostes ›Knabe im Moor‹ und das ›vogelin‹ Walthers, all die Wanderlieder von Eichendorff, seine ›Mondnacht‹, das ›Reh‹; Mörikes ›dunkle Frühe‹, seine ›gelassene Nacht‹, ›Herr, schicke, was du willst‹. Wackernagels ›Geduld bringt Rosen‹, das mir der Lehrer im zweiten Schuljahr ins Poesiealbum geschrieben hatte, Uhlands ›guter Kamerad‹ und ›Droben stehet die Kapelle‹. ›Üb immer Treu und Redlichkeit‹, sang ich und ›Am Brunnen vor dem Tore‹, sang die ›Loreley‹ und ›Mit dem Pfeil, dem Bogen‹. Als mir die Gedichte ausgingen, griff ich auf die Kirchenlieder zurück, ›Komm Schöpfer Geist‹, sang ich, ›kehr bei uns ein, besuch das Herz der Kinder dein‹, aufrauschend flog ein Nachtvogel aus den Büschen bei Schloß Plaach, ›O Haupt voll Blut und Wunden‹. Mir taten die Füße weh. Die Schuhe durchgeweicht, nur die Eisen an Spitze und Absatz schrammten mitunter einen Stein, der sich durch die nassen Sohlen bohrte.

Rosenbaum hatte nicht mehr mit mir gerechnet. Seine Frau, zierlich, dunkelhäutig, viel Grau in den schwarzen Haaren und mit klugen, tiefen Augen, die aus ihren Höhlen sahen wie zwei uralte Vögel, Märchenvögel, Meropsvögel, führte mich gleich ins Bad. Helene, sagte ihr Mann zu ihr.

Ausziehen, alles, kommandierte sie liebevoll, schaute weg, als ich meine schwarz verfärbte Unterwäsche auszog. Ich durfte mich in einen Bademantel hüllen, wie ich ihn von Doris kannte, weich, weiß, ein bißchen zu schwer und zu füllig. Er duftete zart, empfindlich, ein leichter Hauch, nicht zu vergleichen mit der aufdringlichen Parfümwolke im Theaterbus. Helene, flüsterte ich und schmiegte mein Gesicht in die weiten Ärmel des Mantels.

Rosenbaum saß in einem Zimmer, wie ich noch keines gesehen hatte. Ohne Schrank, ohne Schrankwand, keine Anrichte, Sitzecke, Couchgarnitur. Bis auf einen dunklen Schreibtisch und zwei geräumige Sessel an einem kleinen runden Tisch war der Raum leer. Und Bücher. Bücher vom Fußboden bis unter die Decke. Ich wußte kaum, wo ich hinschauen sollte, machte ein paar Schritte in das Zimmer und drehte mich einmal langsam um die eigene Achse. Es sah fast aus wie beim Buchhändler, doch diese Bücher hatten alle schon gelebt und lebten noch immer. Rosenbaums Bücher waren glückliche Bücher. Sie wurden gebraucht. Wurden nicht hinter Glas erstickt wie bei der Frau Bürgermeister, mußten nicht auf dreistufigem Regal neben der Schrankwand mit dem Gummibaum konkurrieren wie im Wohnzimmer von Doris' Eltern, nicht strammstehen und Achtung, zugreifen! schreien wie beim Buchhändler. Diese Bücher waren Erwählte. Ein auserwähltes Volk. Große, kleine, dicke, dünne, Taschenbücher und gewichtige Lederbände standen einvernehmlich, mitunter augenzwinkernd, nebeneinander. Mochten ihre Verfasser zu Lebzeiten miteinander spinnefeind gewesen sein, dieser Leser gewöhnte sie an die Versöhnung. Manche Bücher lagen quer über den anderen, in vielen steckten Zeitungsausschnitte, die bei jedem Luftzug zum Nähertreten winkten, andere türmten sich in schiefen Stapeln auf dem Fußboden.

Zwei Tassen waren gedeckt, seine Frau, der, wie ich erst jetzt bemerkte, dicke, rote Narbenwülste über beide Handrücken bis in die langen Ärmelmanschetten liefen, brachte Kekse und Tee. Eine Stehlampe schnitt einen Lichtkegel aus der Dunkelheit, unter der Kanne brannte ein Kerzenstumpf. Rosenbaum hatte eine Achsel über die Sessellehne gehängt und die Beine weggestreckt. Eine Wolke von Wohlwollen ging von der bequemen Anordnung seiner Glieder aus, und seine streichholzlangen, eisgrauen Haare standen von seinem Kopf in alle Richtungen, ganz so wie einige Bücher in den Regalen.

Und jetzt, Fräulein Palm, zucken Sie nicht wieder mit den Achseln, wenn ich Sie frage, wie es Ihnen geht, begann Rosenbaum. Ihnen geht es schlecht. Das sieht, wer Augen im Kopf hat. Ich sage Ihnen auch noch mehr. Rosenbaum nahm den Arm von der Sessellehne und stellte die Füße zusammen, als sammle er Kraft für den nächsten Satz. Seine Augen, seine Haare, seine ganze Gestalt sprühte Funken. Ich duckte mich in meinen Bademantel.

Sie, Fräulein Palm. Sie trinken. Daß die Flasche ein Geschenk war, können Sie mir nicht weismachen. Ich möchte nicht wissen, was Sie heute in Ihrem Beutel haben. Wahrscheinlich schon wieder Nachschub. Sie bewegen sich auf einen Abgrund zu. Sehen Sie dem ins Auge. Wollen Sie als Trinkerin enden?

Hätten mir meine Geister beigestanden, Rosenbaum hätte etwas zu hören gekriegt. Doch auch ohne ihre Hilfe reichte meine Empörung, dem Lehrer klarzumachen, daß ich mit einer, die trinkt, das Wort Trinkerin brachte ich nicht über die Lippen, nichts, aber auch gar nichts gemein habe. Hin und wieder einen Schluck Spiritus verde oder Spiritus herbes, ein Gläschen in Ehren, sei reine Medizin, ›täglich einen Underberg, und du fühlst dich wohl‹. Mit Trinken habe das nicht im mindesten zu tun. Ich wisse, was Trinken sei. Wenn der Vater nach Hause komme, mit dem Kopf vor den Schrank knalle und umfalle wie tot; wenn der Onkel auf Familienfeiern verschwinde und nach Stunden torkelnd und lallend aus der Wirtschaft wiederkomme, das sei Trinken. Bier und Schnaps: das ist Trinken. Spiritus verde, Kräutergeister: reine Medizin.

Rosenbaum hatte sich in seinem weichen Sessel kerzengerade aufgerichtet. Jede Spur von Behagen war von ihm gewichen. Unter meinen Sätzen hatte er sich in einen unerbittlichen Richter verwandelt.

Was denn? Spiritus verde! Spiritus herbes! Das ist Schnaps. Hochprozentiger Fusel! Medizin? Machen Sie sich doch nichts vor! Sie trinken nicht. Sie saufen. Nennen Sie die Dinge doch beim Namen. Den richtigen! Spiritus verde! Ja, das klingt schön. Aber mit schönen Wörtern allein ist gar nichts getan. Im Gegenteil. Sie verkleistern die Sache nur. Aber Dinge bleiben Dinge. Tatsachen bleiben Tatsachen. Sie können üble Tatsachen nicht mit schönen Wörtern aus der Welt schaffen. Saufen bleibt Saufen. Fusel bleibt Fusel. Und wenn Sie ihn bei jedem Schluck Spiritus verde nennen. Spiritus verde! Wie kommen Sie bloß darauf?

Spiritus, spiritus sanctus, stotterte ich kleinlaut, der Geist aus der Flasche, weil er grün ist. Verde, steht im ›Stowasser‹.

Rosenbaum lachte kurz auf, wurde aber gleich wieder ernst. Phantasie haben Sie. Das haben Sie ja auch mit Ihrer Jahresarbeit, Ihren beiden Jahresarbeiten bewiesen. Aber was machen Sie mit Ihrer Phantasie? Ihrer Begabung? Sie nehmen mit ihr vor der Wirklichkeit Reißaus, anstatt sich mit aller Phantasie in sie hineinzubegeben, um sie zu bestehen. Worum geht es denn für einen, der die Wörter so liebt wie Sie? Wörter und Dinge zusammenzubringen, darum geht es. Das ist Wahrheit. Die Vertreibung aus dem Paradies hat Sachen und Namen voneinander getrennt. Wir müssen sie wieder zusammenfügen. Dazu sind wir auf Erden. Richtig zusammenfügen. Nach bestem Wissen und Gewissen. Um die Wahrheit geht es im Leben. In jedem kleinen Leben, an jedem Tag. Nur dann kann das Wort etwas ausrichten. In der Wirklichkeit. Dazu sind Wörter da. Wörter sind ein Teil der Wirklichkeit. Wenn sie sich gegen die Wirklichkeit stellen, lügen sie. Die Wahrheit muß immer wieder neu aus dem Staub gezogen werden. Immer neu. Immer ein Stück weiter. Jede Lüge tritt sie wieder in den Staub. Eine Zeitlang kann man mit Wörtern die Wirklichkeit betrügen. So wie Sie mit Ihrem Spiritus verde und Ihrer Medizin. Aber irgendwann schlagen die Dinge zurück. Und manchmal ist es dann zu spät.

Der Lehrer brach ab, stand auf und hob mein Gesicht, das ich, die Zähne zusammenbeißend, im Bademantel vergraben hatte, liebevoll am Kinn empor und rüttelte es sanft.

Ach, du liebe Güte, sagte er, jetzt sehen Sie fast so grün aus wie Ihr Fusel. Spiritus verde, spiritus merde. Nun lachen Sie ruhig wieder. Vor allem aber: Erzählen Sie.

Einmal steckte seine Frau den Kopf durch die Tür, schloß sie leise, kam dann wieder mit frischem Tee und Gebäck, goß uns ein, zog mich, unmerklich fast, an meinem Zopf, der über die Sessellehne hinabhing. Leichtfüßig, wie sie gekommen war, verschwand sie, einen feinen Geruch hinterlassend, den vertrauten Geruch des Bademantels, nach Minze, Honig und gerade gemähtem Gras.

Als ich zu Ende war, tat die Uhr in der Diele zehn gedämpfte Schläge.

Steh auf, sagte Rosenbaum und erhob sich. Reichte mir die Hand. Ich werde mit den Eltern reden. Dafür versprechen Sie mir eines.

Er mußte nicht weiterreden.

Ich nickte und heulte. Tränen der Erleichterung, der Dankbarkeit, der Erschöpfung. Doch Rosenbaum forderte mir nicht nur den Verzicht auf meine Geister, falsch, den Alkohol ab. Wort und Ding aufeinanderzulegen, so nah wie möglich, so wahr wie möglich, auch das mußte ich ihm versprechen.

Frau Rosenbaum räumte schon die Tassen vom Tisch, ich steckte wieder in meinen verfärbten Kleidern, die inzwischen getrocknet waren, da faßte ich mir ein Herz. Die ganze Zeit über hatte ich Buchrücken vor Augen gehabt, die mit sonderbaren Zeichen bedeckt waren. Sie erinnerten mich an mein erstes Buch, den Buchstein vom Rhein.

Ist das Griechisch? fragte ich. Ähnliche Zeichen glaubte ich im Lexikon bei Nachforschungen über Zeus gesehen zu haben.

Nein, sagte Rosenbaum, das ist Hebräisch. Er nahm eines der Bücher aus dem Regal und legte es in meine Hände. Ich schlug es auf. Hörte von ferne die Stimme des Großvaters, die Stimme der Pappeln, der Wellen am Rhein. Sah die Zeichen, für mich ohne Sinn, und wußte doch, ich konnte ihnen vertrauen, wie ich den Zeichen im Stein vertraut hatte, als der Großvater sie für mich übersetzte.

Bitte, murmelte ich. Lesen Sie. Ich möchte wissen, wie sich das anhört.

Rosenbaum zog die Augenbrauen hoch und zusammen, bis die dichten Büschel fast in der Mitte seiner faltigen Stirn zusammenstießen.

So, sagte er schmunzelnd. Sie wollen also schon wieder etwas wissen. Wie es sich anhört, wollen Sie wissen. Und nicht auch, was es bedeutet?

Rosenbaums Gesicht veränderte sich noch einmal, wurde hell und weit und jung wie das Gesicht des Großvaters, wenn er vom lieben Gott und den Herrlichkeiten seiner Schöpfung erzählt hatte. Er stand auf.

›Wayomer elokim yehi orr, waji orr. Wayarr elokim ett ha'orr ki toww, wayawdel elokim bejn ha-orr uwein hachoschech. Am Anfang schuf Gott Himmel und Erde. Und die Erde war wüst und leer. Und es war finster auf der Tiefe. Und der Geist Gottes schwebte auf dem Wasser. Und Gott sprach: Es werde Licht. Und es ward Licht. Und Gott sah, daß das Licht gut war.‹

Bei den letzten Worten war seine Frau ins Zimmer gekommen.

Es ist kühl geworden, sagte sie und legte mir einen breiten, buntgewebten Schal um die Schultern. Den bringen Sie bei Gelegenheit wieder mit. Augenzwinkernd fuhr sie ihrem Mann durchs Haar: Gut, daß unser Fräulein Palm nicht noch mehr wissen will. Die ersten Sätze gehen ja wirklich ganz flüssig.

Rosenbaum fuhr mich nach Hause. Selbst ihm gelang es kaum, die Mutter zu beruhigen, als sie hörte, daß ich einen Unfall gehabt habe. Jott, jitz es dat Rad kapott, jammerte sie. Wat dat ald widder kost.

Aber Ihre Tochter ist doch heil davongekommen, suchte der Lehrer die Mutter zu trösten. Unkruck verjeht nit, sagte die und schlug dem verdutzten Mann die Haustür vor der Nase zu.

Rosenbaums Brief kam schon am übernächsten Tag, auf dem Papier der Realschule Großenfeld, mit rundem Stempel über der Unterschrift, einschüchternd offiziell. Der Lehrer bat um eine Unterredung mit dem Erziehungsberechtigten von Fräulein Hildegard Palm. Wenn er nichts Gegenteiliges höre, würde er sich erlauben, am Freitag um achtzehn Uhr bei Herrn Josef Palm vorzusprechen.

Wat es dann jitz ald widder los? knurrte der Vater, riß der Mutter den Brief aus der Hand und schlug auf das Papier.

Weiß nicht, brachte ich wenig überzeugend hervor, hochrot und mit einem Herzen, doppelt so groß wie meine Brust.

Aha, du wees et nit, brummte der Vater ungeduldig. Am Fridach welle kumme? Losse kumme. Weeß dä Düvel, wat dä well. Du häs doch met dä Scholl nix mi ze dunn. Du häs doch usjeliert. Der Vater lachte trocken, unfroh.

Mer liert ni us, mischte sich die Großmutter ein und warf die Herdringe durcheinander.

Dä Rosenbaum es ene feine Mann, sagte die Mutter, dä hät dat

Heldejaad sujar heem jebräät. Nur de Haar künt he sesch besser kämme. Do sühst du besser us.

Dä Vater brummte noch einmal ›losse kumme‹ und verschwand in seinem Schuppen.

Ich kaufte mir eine neue Flasche Escorial grün. Saß davor und zwang mich zu denken: Alkohol, Fusel. Doch der grüne Geist, Spiritus verde, drängte sich immer wieder dazwischen, verführerisch, verlockend. Alkohol, Fusel, Alkohol, Alkohol, ich nahm das Wort in den Mund, versuchte, Abscheu zu wecken wie vor der Beichte Reue und Demut, heftete den Blick auf die Flasche, der ich das Geschenkpapier herunterstreifte, daß die grüne Flüssigkeit, Alkohol, Alkohol, Fusel, Fusel, ihre Reize durchs Glas blicken ließ. Ich drehte den Verschluß, schnupperte, Alkohol, Alkohol, den vertrauten Geruch, verboten, versprochen, verboten.

Da griff ich noch einmal, wie bei der Suche nach schönen Wörtern, für die schmutzigen zum Lexikon. Alkohol. ›Das Denkvermögen verliert an Schärfe, das Gedächtnis wird unsicher, die Sinne versagen den Dienst, das Gehirn verliert seine Herrschaft über den Körper, so daß die Bewegungen unsicher werden und endlich Schlafsucht und völliger Verlust des Bewußtseins sich anschließen.‹ Von Säuferwahnsinn las ich, von Delirien, Blödsein, Blutüberfüllung des Gehirns, Blutergüssen in das Gehirn, Entzündungen der Hirnsubstanz mit anschließendem Hirnschwund, von Säuferleber und Bauchwassersucht. Alkohol. Alkohol. Ich schob das Geschenkpapier wieder über die Flasche. Mich von ihr trennen, wollte ich noch nicht. Wer weiß, wie der Freitagabend ausging.

Wort zu halten war schwer. Besonders da, wo mir der helle Ge..., der Alkohol, zum ersten Mal geholfen hatte, im Büro. Meine Nerven breiteten sich wie ein Netz über Schreibtische, Rollschränke, Aktenordner, Schreibmaschinen, zogen die Wände hoch und über die Decke, sich immer weiter und feiner verästelnd; was auch immer in diesem Raum geschah, spürte ich unmittelbar auf meiner Haut als schmerzhaftes Prickeln, Pressen, Stoßen. Unter Frau Wachtels Tastenhagel krümmte ich mich manches Mal wie unter Gertenhieben; wenn das Feuerzeug klickte, zuckte ich auf, Arme und Beine von mir schleudernd;

traf der erste Ausstoß des Qualms meine Nase, mußte ich mitunter würgend das Zimmer verlassen.

Auch das Maschinenschreiben, auf den Schwingen des grünen Geistes, pardon, unter Alkoholeinfluß, ein stumpfsinniger Firlefanz, wurde wieder zur Qual. Ein ›Hochachtungsvoll‹ war wieder ein ›Hochachtungsvoll‹, ein Kubikmeter ein Kubikmeter, ich war gezwungen, die Wörter wieder zur Kenntnis zu nehmen, so, wie sie waren, geschäftsmäßig, sachlich, gewöhnlich, überwältigend wie Quecke in einem verwilderten Garten.

Aber über mir schwebte die Verheißung des Freitagabends: ›Widersagt ihr dem Teufel? Wir widersagen. Und all seinen Werken? Wir widersagen!‹ Ich rührte die Flasche nicht an. Selbst nach dem Auffüllen des Luftbefeuchters bei Dr. Viehkötter erlag ich den Einflüsterungen des Satans, der mir noch einmal einen Underberg – reine reine reine Medizin – einzuflößen versuchte, nicht. Sogar – Jott, Kenk, wie sühst du dann us! Du bes jo janz jrön em Jesesch! – das mit Melissengeist getränkte Zuckerstück der Großmutter verschmähte ich. Sollte ich doch aussehen wie das Leiden Christi. Er war auch nach drei Tagen wiederauferstanden von den Toten.

Das Wohnzimmer war warm, als ich am Freitag nach Hause kam. Die Mutter hatte den Ofen angemacht, zum ersten Mal in diesem Herbst, den ganzen Vormittag habe sie sich abplagen müssen mit dem alten Ding, hier, und sie zeigte mir die pfenniggroße Brandblase in ihrer schwieligen Handfläche.

Der Vater hatte sich umgezogen, trug seine beigebraune Strickjacke, die wir in Köln gekauft hatten, und ein sauberes Hemd zur verbeulten Hose, die vor Jahren einmal zum Sonntagsanzug gehört hatte. Auf dem Couchtisch lag Rosenbaums Brief. Daneben zwei Sammeltassen mit Untertassen und Kuchentellern. Die Mutter hatte gebacken. Über einen der Teller lief ein Sprung wie ein ausgefallenes Haar. Wir saßen stumm. Einmal streckte die Großmutter den Kopf zur Tür herein, der Vater knurrte, raus.

Es klingelte. Die Mutter und ich sprangen auf. Der Vater rutschte unbehaglich tiefer in den Sessel, der grünsamten und ausladend die ganze Ecke neben dem Ofen einnahm, erst vor kurzem hatte ihn die Bürgermeisterwitwe ausrangiert.

Die Mutter stieß einen Schrei aus. Rosenbaum war nicht allein gekommen. Er hatte Pastor Kreuzkamp und Lehrer Mohren mitgebracht. Die Mutter warf mir einen vorwurfsvollen Blick zu. Die drei Männer stauten sich im Flur. Die Großmutter hörte die Stimme des Pastors und eilte aus der Küche, selbst der Bruder warf einen Blick auf die Versammlung.

Die Mutter stellte noch zwei Tassen und Teller hinzu, schnitt Kuchen auf, die Großmutter kam mit der Kaffeekanne, der großen mit dem Zwiebelmuster. Bis die Frauen und ich das Zimmer verlassen hatten, redeten die Männer vom Wetter, alle waren sich einig: das war kein gutes Jahr. Für die Bauern nicht und nicht für die von drüben.

Esch wes jitz, wat die wolle, flüsterte die Mutter mir draußen zu, als hätten die Wände Ohren. Wenn dat blos jut jeht. Du häs doch op dr Papp su en jode Stell. Wat wills de dann noch mi?

Im Holzstall erwartete mich der Bruder, neugierig auch er. Außer bei den Sonntagsmahlzeiten hatte ich ihn in den letzten Wochen nur selten zu Gesicht bekommen. Für ihn gab es zu Hause keinen Platz, der nur ihm gehörte. Ich hatte wenigstens meinen Verschlag. Wenn das Wetter es irgend zuließ, war der Bruder draußen. Meist am Rhein, wo sich immer ein paar andere Jungen fanden, um Olympiaden auszutragen, wie sie es aus Fernsehen und Zeitschriften kannten. Eine Weile spielte er auch in der Jugendmannschaft des Dondorfer Fußballvereins. Seine Hausaufgaben machte er an einer Ecke des Küchentisches, auf alten Bonifatiusblättern, um das Wachstuch zu schonen. Seit ich zur Pappenfabrik ging, hatte ich ihm erlaubt, sich an mein Tischchen im Stall zu setzen. Ich fand nie eine Spur von ihm.

Ihn ins Vertrauen zu ziehen fiel mir nicht schwer. Er rannte gleich los und kam mit dem kleinen ›Stowasser‹, seinem Lateinbuch, ›Ludus Latinum‹, und einer Grammatik zurück. Amo, amas, amat, ließ er mich deklinieren, amamus, amatis, amant. Wir erfreuten uns an den Wörtern, spielten mit ihnen, wie wir es als Kinder getan hatten. Meine Freude war größer als je zuvor. Ich würde diese Sprache lernen, die ich einmal für die Sprache Gottes gehalten hatte, die Sprache, die mir das Fundament für alle schönen Wörter, die Bücher, das Wissen schlechthin bedeutete, die Sprache, die mir den Grundstein für ein herrliches Leben zu legen schien. Gut war es, daß in dieser Stunde der Bruder bei mir war, der Bruder und die schönen, neuen Wörter, die wir uns zuwarfen, auffingen, verwandelten, aufsteigen ließen mit unserem Atem, um sie wieder in den Gesetzen der Grammatik zu versenken, wo sie allezeit warten würden, die schönen Toten, daß einer ihnen seinen Atem einhauche in ihr immergleiches, ewiges Leben.

Wir kamen bis zur dritten Lektion: ›Lupus est in silva.‹

Dann endlich hörten wir die leichten, schnellen Schritte der Mutter, die sich immer fortbewegte, als hätte man sie gerade aufgeschreckt. Sie hielt noch ein Stück Messingkette in der einen, den Haken in der anderen Hand. Sie rief meinen Namen, nicht Hilla, nicht Heldejaad, ein feierlich hochdeutsches Hildejard rief sie, daß der Bruder mich verdutzt und ungläubig ansah.

Amoamasamat, flüsterte er und puffte mich in die Rippen. Amamusamatisamant, flüsterte ich zurück. Zwei Verschwörer, ein Losungswort, Zauberwort, Schutzwort, gegen alles Böse, Verfolgung und Pein.

Rosenbaum saß vor dem Schrank mit der Standuhr von der Kirmes, mit dem Stöckchen hinter der Uhr. Er nickte mir aufmunternd zu. Pastor Kreuzkamps Gesicht war rot, als hätte er gerade seinen Pfarrkindern von der Kanzel herab die Leviten gelesen, Tag des Zornes, Tag der Zähren, das Jüngste Gericht. Er blies weiße Ringe in die Luft, wie man Rauch aufsteigen läßt im Vatikan, wenn ein neuer Papst gewählt worden ist.

Lehrer Mohren war alt geworden, gelb von seinen Malariaanfällen. Müdigkeit drückte seine Gestalt zusammen.

Steh auf, Hildegard, sagte er. Ich lächelte den Lehrer an, blinzelnd, die Tränen mühsam zurückhaltend. Zuletzt sah ich auch den Vater an. Er saß da wie einer, der gerade von seinem Hauptgewinn erfahren hat. Aber vom falschen. Als hätte man einem Bauern, der einen Traktor braucht, gerade ein Medaillon mit einem Splitter vom heiligen Kreuz überreicht. Er kaute auf einem Burger Stumpen.

Steh auf, hatte Lehrer Mohren gesagt. Meine Knie gaben nach. Ich hockte mich auf das unterste Brett des Blumenbänkchens. Mohren klopfte neben sich. Ich setzte mich zu ihm. Saß nun mit den drei Männern dem Vater gegenüber. Ich war bei ihnen, in ihrem Wir. Der Vater war allein. Wir schauten ihn erwartungsvoll an. Er blieb stumm. Schließlich hielt der Pastor eine Art Ansprache. Von den Talenten, die der Herr seinen Knechten anvertraut habe, erzählte er, und daß es Sünde sei, sein Licht unter den Scheffel zu stellen. Auch für ein Mädchen.

Angelockt durch die wohltönende Stimme, die das kleine Haus mühelos vom Keller bis zum Speicher ausfüllte, war die Großmutter ins Zimmer gekommen, auch die Mutter und der Bruder standen in der Tür und hörten zu. Kreuzkamp erhob sich, nahm meine beiden Hände in seine, wie er sie vor Jahren in die Hände genommen hatte, meine Hände mit dem schwarzen Fritz, und drückte sie sanft.

Und das Schulgeld, sagte Mohren, ist auch frei.

Mer wollen für et Heldejaad beten, ließ sich die Großmutter vernehmen und begann ein ›Vater unser‹. Kreuzkamp fiel mit fester Stimme ein, Mohren stand auf, Rosenbaum auch, zuletzt der Vater. Alle sprachen mit, nur Rosenbaums Stimme konnte ich nicht heraushören. Dann holte die Großmutter den Aufgesetzten vom Kellerbrett. Mein Gläschen schob ich unauffällig Rosenbaum zu.

Jojo, ließ sich endlich auch der Vater vernehmen. Et is ald spät. Esch ben möd. Er nickte den drei Männern zu, drückte sich an den Frauen vorbei, an mir. Er sah mich nicht an. Ihn zu berühren, ihm zu danken, ich wagte es nicht.

Rosenbaum, Kreuzkamp und Mohren gaben mir jeder zum Abschied noch etwas mit auf den Weg. Wie die Heiligen Drei Könige, spöttelte der Bruder später. Mohren sprach die ersten Zeilen des Gedichts, das er mir vor Jahren ins Poesiealbum geschrieben hatte: ›Geduld bringt Rosen. Es ist Geduld ein rauher Strauch voll Dornen aller Enden, und wer ihn kennt, der merkt es auch an Füßen und an Händen.‹ Aber, schloß er und zog mich am Ohrläppchen, der Kranz von Rosen ist dir gewiß.

Kreuzkamp hatte eine kleine, weiße Karte für mich, nicht halb so groß wie ein Heiligenbildchen. ›Johannes-Offenbarung‹ stand darauf, ›2,17‹. Zum Nachlesen, sagte er. Das, was für dich gerade das Richtige ist, wirst du schon verstehen. Ganz verstehen wir es ohnehin niemals. Nicht in diesem Leben.

Zuletzt gab mir Rosenbaum die Hand. Er zog ein Reclamheftchen aus der Tasche. Kennen Sie den Dichter Heine? fragte er.

Die ›Loreley‹, antwortete ich, ›Belsazar‹. ›Der Schelm von Bergen‹. Und ›Die Wallfahrt nach Kevlaar‹.

Dies ist eine Auswahl seiner schönsten Gedichte. Ich werde den Brief an die Schule gleich morgen schreiben. Lassen Sie bald von sich hören.

Der Brief von der Schule kam an mich. Nicht an den Vater. Die Einladung zur Aufnahmeprüfung.

Hast du denn vor der Prüfung keine Angst? fragte der Bruder. Ich verstand die Frage kaum. Die einzige Hürde, vor der ich gezittert hatte, war genommen. Was jetzt kam, war ein Kinderspiel.

Ich machte den Weg an den Rhein zu Fuß. Hinterm Damm sauste der Wind durchs ausgefranste Schilf, stauchte es klappernd zusammen, fuhr den Weiden unter die Zweige, blies lange, kalte Töne durch die kahlen Pappeln. Bei der Großvaterweide schnürte ich den Matchbeutel auf. Warf ein Underbergfläschchen nach dem anderen in den Rhein. Sah die Flasche im Geschenkpapier lange an. Gesichter stiegen auf, wie sie in den Steinen aufgestiegen waren, viele Gesichter, die ich so nie mehr sehen wollte, boshafte, verschlossene, argwöhnische, höhnische, wutverzerrte, gehässige, spöttische, kalte Gesichter. Meines war auch dabei. Ich nahm einen Anlauf und schleuderte die Flasche von mir, die in einem tropfensprühenden Trichter versank, hochgereckte Fangarme aus flüssigem Blei. Mir war leicht, so, wie damals, als ich Aniana das Zerbrechen der grünen Vase gestanden hatte. So wohl war mir, als hätte die Flasche den Stein getroffen, den einen Stein, der alles verwandelt, alles zum Leuchten bringt, Großvaters Stein.

Aus den ›Heine-Gedichten‹ zog ich Pastor Kreuzkamps Zettel. Ich hatte den Vers gleich gesucht und aufgeschrieben: ›Dem Sieger will ich das verborgene Brot geben; auch einen weißen Stein will ich ihm geben und, auf dem Stein geschrieben, einen neuen Namen, den niemand kennt als der, der ihn empfängt‹.

Lommer jonn.

Ääzezupp: Erbsensuppe
aff: ab
affträcke: abziehen
ahl: alt
ald: schon
am Äng: am Ende
antrecke: anziehen
ävver: aber
bäde: beten
bedrore: betrogen
bedügge: bedeuten
besöke: besuchen
Blaach: Balg, abwertend für Kind
Böchs: 1. Hose, 2. Büchse
Boochsteen: Buchstein
Bööm: Bäume
Böschtekopp: Bürstenkopf
   (hier: Adolf Hitler)
Bottermelschsbunne: Buttermilch-
   bohnensuppe
bränge: bringen
Bunne: Bohnen
Daach: Tag
däm Düvel us dä Kiep jesprunge:
   dem Teufel aus der Kiepe
   gesprungen
dat kütt dovon: das kommt davon
deis: tust
do jow et Kooche, su vell mer wollte:
   da gab es Kuchen, soviel wir wollten
   do kanns du dir en Schiew vun
   affschnigge: da kannst du dir eine
   Scheibe von abschneiden.
dolle Döppe: verrückte, überspannte Person
doröp: darauf
drieße: scheißen
Drisskääl: Mistkerl
Drömdöppe: Traumtopf, abwertend
   für geistesabwesende Menschen

drüje: trocknen
Düsje: Döschen
duut: tot
Düvelskrom: Teufelskram
ens: mal
enträcke: einziehen
et es bal su wick: es ist bald soweit
Fastelovend: Karneval
Feschbrütsche: Fischbrötchen
fiere: feiern
Fierovend: Feierabend
flöck: flott
flööt: pfeift
fott: fort
Fott: Hintern
fringse: klauen (nach Kardinal
   Frings, der Kohlenklau u. ä.
   duldete)
fuul Schoof: faules Schaf
haal de Muul: halt's Maul
hal se fass: halt sie fest
Hämsche: Eisbein
han: haben
Häng: Hände
Häz: Herz
he jiddet jet ze lure: hier gibt es was
   zu sehen
heejebleeve: hiergeblieben
hölpe: helfen
Honk: Hund
Hötsche: Hütchen
Höttsche: Hüttchen
Huck: Haut
hück: heute
huhdüksch: hochdeutsch
Huzick: Hochzeit
Jade: Garten
jäff: gib
jän: gern
jank: geh
Jebootsdaach: Geburtstag

Jeckes: Geckershausen, Nervenheilanstalt
jedäät: gedacht
jedööv: getauft
jehoot: gehört
jehöpp: gesprungen
jejovve: gegeben
jliesch: gleich
jlööve: glauben
joot: gut
Juffer: Jungfer
Kääl: Kerl
Kääze: Kerzen
Kabänes: etwas dickes Rundes,
dicker Kopf
kalle: sprechen
Kamelle: Geschichten
Kenger: Kinder
Kersch: Kirche
Kning: Kaninchen
Köbes: Ober
Kösch: Küche
kriesche: weinen
Kummelejonskenk: Kommunionskind
Kummeniß: Kommunist
Künnje: Könige
kütt: kommt
leeve Jott: lieber Gott
liert: lernt
Liev: Leib
lommer jonn: laßt uns gehen
loß jöcke: leg los
Lück: Leute
lur ens: schau mal
lurt ens: schaut mal
Märl: schrille, hohe Frauenstimme
mer kunnte och noch jet met hem
nämme: wir konnten auch noch
etwas mit nach Hause nehmen
met singem Mann de Molli mät:
seinem Mann auf der Nase herumtanzt
metjebraat: mitgebracht
mieh: mehr

Möhne: im Karneval als alte
Frauen/Hexen verkleidete
Frauen
Mungk: Mund
Müppe: Asoziale
Muzemändelsche: kleine Krapfen
Näjerpopp: Negerpuppe
nüng: neun
ömjedriet: umgedreht
ömsös: umsonst
Ooje op: Augen auf
op dä fuule Huck ze lije: auf der
faulen Haut zu liegen
opschrieve: aufschreiben
Ottekolong: Eau de Cologne
övverjeschnapp: übergeschnappt
Owend: Abend
Pääd: Pferd
Pänz: Kinder
Ping: Schmerzen, Pein
Pläät: Glatze
Pöngelsche: Bündelchen
Pöözje: Törchen
Prummekooche: Pflaumenkuchen
Räät: Recht
Röggelsche: Brötchen
säs: sagst
Schawu: Wirsing
Schiev: Scheibe
schläät Äng: schlechtes Ende
Scholl: Schule
Schüppe: Schaufel
schwaade: schwätzen
sin: sind
sinn: sehen
sing: seine
sööke: suchen
sös krit et dä Pastur ze hüre: sonst
kriegt es der Pastor zu hören
spingsen: auskundschaften
staatse Kääl: stattlicher Kerl
Strömp: Strümpfe
trecke: ziehen
Ühl: Eule
usdeit: auszieht

ushale: aushalten
usjebloose: ausgeblasen
usjesökt: ausgesucht
verdraje: vertragen
Verzäll: Gefasel
Wäv: Weberei
Weet: Mädchen

wigger: weiter
wööd: wird
Wööd: Wörter
wüs: wirst
Zick: Zeit
zozemode: zuzumuten